Globetrotteur [illegible], **Richard Morgan** a été lecteur à l'université de Strathclyde (Grande-Bretagne) avant de se tourner vers l'écriture. Il s'impose très vite comme un écrivain incontournable de science-fiction et de Fantasy grâce à une plume efficace. En 2008, il reçoit le prix Arthur C. Clarke pour le techno-thriller *Black Man*. *Carbone modifié*, son premier roman, lui a valu en 2003 le prix Philip K. Dick et fait désormais l'objet d'une adaptation en série télévisée sur Netflix.

Du même auteur :

Altered Carbon :
1. *Carbone modifié*
Prix Philip K. Dick 2003
2. *Anges déchus*
3. *Furies déchaînées*

Terre de héros :
1. *Rien que l'acier*
2. *À pierre fendre*
3. *Jusqu'à l'âme*

Black Man
Prix Arthur C. Clarke 2008

Thin Air

Market Forces

Édition Bragelonne Stars :
Carbone modifié

Richard Morgan

Furies déchaînées

Altered Carbon – 3

Traduit de l'anglais (Grande-Bretagne) par Cédric Perdereau

Bragelonne

Collection dirigée par Stéphane Marsan et Alain Névant

Titre original : *Woken Furies*

Originellement publié par Gollancz,
une maison d'édition de Orion Publishing Group.

ISBN : 979-10-281-0388-0

Bragelonne
60-62, rue d'Hauteville – 75010 Paris

E-mail : info@bragelonne.fr
Site Internet : www.bragelonne.fr

Ce livre est pour ma femme, Virginia Cottinelli,
qui sait ce qu'est un empêchement.

Remerciements

Ce livre est presque tout droit sorti de mon imagination. Aux rares endroits où ce n'était pas possible, je suis le débiteur de ces personnes pour leur aide :

Dave Clare m'a donné des conseils capitaux sur l'escalade, sur le papier comme sur le terrain. L'excellent roman *Tapping the Vein* de Kem Nunn et les e-mails de Jay Caselberg m'ont apporté de précieux éclaircissements sur le monde du surf. Et Bernard, de Diving Fornells, m'a appris à évoluer sans risque sous l'eau. Toutes les erreurs viennent de moi, et pas d'eux.

Des remerciements tout particuliers vont à Simon Spanton et Carolyn Whitaker, qui ont attendu avec une patience infinie, et n'ont jamais, jamais mentionné les échéances.

Furie (n.f.) :

1. Chacune des trois divinités infernales chargées d'exercer sur les criminels la vengeance divine.

1b. Femme donnant libre cours à sa colère, à sa haine avec violence.

2. Fureur particulièrement vive qui se manifeste avec éclat.

3. Violente agitation.

Le Nouveau Petit Robert 1994

Prologue

Ils ont dû me réveiller dans une pièce soigneusement préparée. Pareil pour la chambre d'audience où ils ont signé le deal. La famille Harlan ne fait jamais rien à moitié, comme peut vous le dire n'importe quelle personne reçue. Ils aiment faire bonne impression. Décor noir moucheté d'or, pour coller au blason mural. Les subsoniques d'ambiance engendrent une impression de gratitude larmoyante. Vous êtes en présence de nobles… Un artefact martien quelconque dans un coin, pour rappeler que le flambeau a changé de mains. Nos bienfaiteurs inhumains depuis longtemps disparus ont cédé la place à la modernissime oligarchie des Premières Familles. L'holosculpture incontournable, le vieux Konrad Harlan lui-même en mode « découvreur de planètes ». Une main levée, l'autre qui protège son visage contre la lumière d'un soleil étranger. Ce genre de truc.

Ajoutez à la scène Takeshi Kovacs, qui sort tout juste d'un réservoir plein de gel, dans allez savoir quelle nouvelle enveloppe, en train de se remettre sur pieds dans la lumière pastel, soutenu par de charmants assistants en maillot de bain design. Des serviettes d'un confort incroyable pour essuyer le plus gros du gel. Peignoir de la même étoffe, avant de passer dans la pièce à côté. Douche, miroir – habitue-toi, soldat, c'est ta nouvelle tête – nouveaux vêtements sur mesure pour l'enveloppe, et direct dans la chambre d'audience pour rencontrer un membre de la famille. Une femme, bien sûr. Ils n'utiliseraient jamais un homme, avec ce qu'ils savent de mon passé. Abandonné par un père alcoolique à dix ans, élevé avec deux sœurs cadettes, une vie de réactions psychotiques sporadiques face aux figures d'autorité masculines… Non, une femme, bien sûr. Une tante, efficace, assurée et polie. Une entrepreneuse de services secrets pour les affaires les moins publiques de la famille Harlan. Une belle plante, mais discrète, dans une enveloppe clonée sur mesure. La quarantaine à peine entamée, a priori. *Comme d'habitude.*

—Bienvenue chez vous, Kovacs-san. Vous vous sentez bien ?

—Moi ça va. Et vous ?

Insolent, crâne. L'entraînement diplo vous habitue à absorber et traiter les détails de votre environnement à une vitesse inespérée pour les humains. En regardant autour de lui, le Diplo Takeshi Kovacs sait en une fraction de seconde, sait depuis qu'il s'est réveillé dans son bocal, en fait, qu'on a quelque chose à lui demander.

—Moi ? Vous pouvez m'appeler Aiura. (Elle parle amanglais, pas japonais, mais la magnifique et très intentionnelle mésinterprétation de la question, l'élégante esquive de l'offense sans le recours à l'outrage, montre bien les racines culturelles des Premières Familles. Elle esquisse un geste, aussi élégant que ses paroles.) Mais peu importe qui je suis, en l'occurrence. Vous avez dû comprendre qui je représente.

—Oui, c'est clair.

Ce sont peut-être les subsoniques, ou sa réponse sobre à ma pique, mais je suis moins arrogant. Les Diplos absorbent ce qu'il y a autour d'eux, et dans une certaine mesure c'est contagieux. On adopte souvent le comportement qu'on observe, inconsciemment, surtout si l'intuition de Diplo capte que ce sera un avantage dans l'environnement immédiat.

—Donc, je suis en soutien.

—D'une certaine façon, oui, répond-elle en toussant délicatement.

—Déploiement solo ?

Ce n'est pas inhabituel, mais c'est plus barbant. Dans une équipe de Diplos, on trouve un sentiment de confiance qu'on n'a pas avec des humains normaux.

— Oui. Disons que vous serez le seul Diplo de l'histoire. Des ressources plus conventionnelles sont à votre disposition en grand nombre.

— Ça promet.

— Espérons.

— Et qu'est-ce que vous voulez que je fasse ?

Autre éclaircissement de voix, délicat toujours.

— Bientôt. Puis-je vous demander, de nouveau, si l'enveloppe est confortable ?

— On dirait. (Prise de conscience soudaine. Très fluide, réaction à des niveaux impressionnants, même pour un Diplo, habitué au sur-mesure militaire. Un corps superbe, au moins à l'intérieur.) C'est une nouveauté Nakamura ?

— Non. (Le regard de la femme bascule-t-il vers le haut à gauche ? C'est une cadre de sécurité, elle est sans doute câblée avec un affichage rétinien.) Harkany Neurosystems, cultivée sous licence extra-planétaire pour Khumalo-Cape.

Les Diplos ne sont pas censés souffrir de la surprise. Si je fronçais les sourcils, il faudrait que ce soit à l'intérieur.

— Khumalo ? Jamais entendu parler.

— Rien d'étonnant.

— Pardon ?

— Disons simplement que nous vous avons équipé du summum existant en biotech. Inutile d'énumérer les capacités de l'enveloppe, vu votre formation. Si vous voulez des détails, vous avez un manuel de base dans l'affichage tête haute à gauche de votre vision. (Un petit sourire, une trace de fatigue ?) Harkany ne développait pas spécialement pour les Diplos, et nous n'avons pas eu le temps de faire du sur-mesure.

— Vous avez une situation de crise ?

— Très finement déduit, Kovacs-san. Oui, la situation pourrait être décrite ainsi. Nous aimerions que vous vous mettiez au travail tout de suite.

— C'est pour ça qu'on me paie.

—Oui. (Va-t-elle aborder maintenant le sujet de qui me paie, exactement ? Sans doute pas.) Vous avez déjà dû deviner qu'il s'agit d'un déploiement secret. Rien à voir avec Sharya. Mais vous avez eu une certaine expérience dans la lutte antiterroriste vers la fin de cette campagne, il me semble.

—Ouais. (Une fois qu'on a éclaté leur flotte IP, brouillé leurs systèmes de communications, abattu leur économie et tué à peu près toute possibilité de résistance planétaire, il est resté quelques acharnés qui n'avaient pas compris le message du Protectorat. Donc, on les a cherchés. Infiltrés. Mis en confiance. Détournés. Trahis. Poignardés dans le dos. Littéralement, pour certains.) Ouais, j'ai fait un peu de ça.

—Bien. Ce travail ne sera pas très différent.

—Vous avez des problèmes de terrorisme ? Les quellistes refont des leurs ?

Elle a un geste badin. Plus personne ne prend le quellisme au sérieux. Et ça fait quelques siècles. Les derniers vrais quellistes sur Harlan ont échangé leurs principes révolutionnaires contre des activités criminelles. Le risque est le même, mais ça paie mieux. Ils ne constituent pas une menace pour cette femme ou l'oligarchie qu'elle représente. Donc, les choses ne sont pas ce qu'on pourrait croire.

—C'est plus une chasse à l'homme, Kovacs-san. Un individu, pas un sujet politique.

—Et vous appelez un Diplo en renfort. (Malgré l'entraînement, j'ai bien dû lever un sourcil, pour le coup. Et ma voix a dû s'affoler un peu aussi.) Ça ne doit pas être n'importe qui.

—Très juste. Un ex-Diplo, pour être exacte. Kovacs-san, avant que nous continuions, je pense qu'il faut vous dire quelque chose, quelque chose qui…

—Quelque chose qu'il faudrait dire à mon officier supérieur. Parce que, à mon avis, vous faites perdre leur temps aux Diplos. On ne fait pas ce genre de boulot.

— … pourrait vous faire un choc. Vous… euh, vous devez croire qu'on vous a réenveloppé peu de temps après la campagne de Sharya. Quelques jours après votre sortie par injection, peut-être.

Haussement d'épaules. Cool comme un Diplo.

— Quelques jours, quelques mois… pas grande différence, pour m…

— Deux siècles.

— Quoi ?

— Comme je vous l'ai dit, vous êtes en stockage depuis près de deux siècles. En termes réels…

Le cool du Diplo a foutu le camp.

— Qu'est-ce que c'est que ces putains…

— Je vous en prie, Kovacs-san, écoutez-moi. (Un soupçon d'ordre. Puis, quand le conditionnement me court-circuite encore et me force à vraiment écouter, elle ajoute plus bas :) Plus tard, je vous donnerai tous les détails que vous voudrez. Pour le moment, retenez simplement que vous ne faites plus partie des Diplos. Vous pouvez vous considérer sous contrat privé auprès de la famille Harlan.

Séparé de vos derniers souvenirs par plusieurs siècles. Enveloppé hors du temps. Une vie entière passée à l'écart de tous ceux que vous connaissiez. De tout ce que vous connaissiez. Comme un putain de criminel. Bon, la technique d'assimilation des Diplos doit avoir enregistré tout ça, maintenant, mais bon…

— Comment avez-vous…

— Votre fichier de personnalité digitalisée a été acquis pour le compte de la famille il y a quelque temps. Comme je vous l'ai dit, je vous donnerai d'autres détails un peu plus tard. Inutile de vous soucier de tout cela pour le moment. Le contrat que je vous propose est lucratif et, au final, gratifiant. Le plus important pour vous, c'est de comprendre à quel point vos talents de Diplo seront mis à l'épreuve. Ce n'est plus la Harlan que vous connaissiez.

— Ça, c'est pas grave. (Impatience.) C'est mon boulot.

— Bien. J'imagine que vous voulez savoir…

— Ouais. (Écrase le choc. Serre, comme un garrot sur un membre ensanglanté. Ramène ta compétence, ton indifférence. Accroche-toi à l'évidence, au principal.) C'est qui, ce putain d'ex-Diplo que vous voulez que je chope ?

Ça a dû se passer comme ça.

Ou pas. Je dis ça, mais c'est surtout des soupçons et des idées après coup. Je construis avec ce que je peux deviner, avec mon intuition de Diplo pour combler les vides. Mais je pourrais me tromper, hein.

Allez savoir.

Je n'étais pas là.

Et je n'ai pas vu sa tête quand on lui a dit où j'étais. Quand on lui a dit qui *j'étais. Et ce qu'il devait faire.*

Première partie : Ça, c'est vous

« C'est *toujours* personnel… »

Quellcrist Falconer

Ce que je devrais avoir compris, maintenant, tome 2

Chapitre premier

Dégâts.

La blessure faisait un mal de chien, mais j'avais connu pire. Le tir de blaster avait ricoché sur mes côtes, déjà affaibli par la porte blindée qu'il avait dû défoncer pour me trouver. Des prêtres contre la porte fermée, qui cherchaient le carton facile. Putains d'amateurs. Ils avaient dû morfler au moins autant que moi rien qu'avec l'onde de choc à bout portant sur le blindage. De mon côté, je décrochais déjà. Ce qui restait de la charge a tracé un petit sillon sur ma cage thoracique avant de ressortir, faisant fumer les plis de mon manteau. Ce flanc-là s'est glacé instantanément, avec la puanteur soudaine de composantes de senseurs dermaux grillés. L'étrange bourdonnement du fragment d'os, presque un goût, où le bolt avait déchiré le biolubrifiant qui enveloppait mes côtes flottantes.

Dix-huit minutes plus tard – d'après l'affichage lumineux en haut à gauche de mon regard – j'avais encore le même bourdonnement. Je courais dans la rue éclairée de lampadaires, et j'essayais d'ignorer la blessure. Vague humidité sous mon manteau. Pas beaucoup de sang. Les enveloppes synthétiques, ça a du bon.

— Tu cherches du bon temps, mec ?

— C'est bon, j'en viens, ai-je répondu en m'écartant de la porte.

Il a battu de ses paupières tatouées de motifs de vagues, et il me disait comme ça tout ce que je ratais. Il a appuyé de nouveau son grand corps alangui dans l'ombre. J'ai traversé la rue, tourné l'angle, et je suis passé devant d'autres putes, une femme et les autres d'un genre indéterminé. La femme était une conversion, langue de dragon fourchue entre des lèvres préhensiles. Elle flairait peut-être ma blessure dans l'air de la nuit. Ses yeux ont aussi dansé sur moi et se sont détournés. De l'autre côté, le travelo a changé de position, un tout petit peu, et m'a regardé en se posant des questions. Sans rien dire. Personne n'était intéressé. Les rues étaient trempées de pluie, désertes, et ils m'avaient vu approcher depuis plus longtemps que le portier. Je m'étais nettoyé après avoir quitté la citadelle, mais on devait voir à ma tête que je ne venais pas pour ça.

Une fois passé, je les ai entendus parler de moi en stripjap. J'ai reconnu le mot pour « fauché ».

Ils/elles pouvaient se permettre de faire la fine bouche. Après l'initiative Mecsek, les affaires allaient bon train. Tekitomura était bondée cet hiver, avec courtiers en épaves et équipes de déClass qui les attiraient comme un chalutier attire les razailes. « Nous sécurisons New Hok pour le Nouveau Siècle », disait la pub. Depuis le nouveau dock à flotteurs lourds, du côté Kompcho de la ville, ça faisait moins de mille kilomètres en ligne droite aux rives de New Hokkaido. Les navettes tournaient jour et nuit. À moins d'un largage orbital, on ne pouvait pas traverser la mer d'Andrassy plus vite. Et sur Harlan, on ne décollait que si on n'avait pas le choix. N'importe quelle équipe avec du matériel lourd – c'était leur cas à toutes – faisait Tekitomura-New Hok en flotteur lourd. Celles qui survivaient faisaient le retour de la même façon.

Une ville poussée d'un coup. Pleine d'espoir et d'un enthousiasme violent tant que l'argent de Mecsek affluait. J'ai traversé en boitant les ruelles jonchées des restes de réjouissances humaines. Dans ma poche, les piles fraîchement extraites cliquetaient comme des dés qui roulent.

Il y avait de la bagarre au carrefour de Pencheva Street et Muko Prospect. Les fumoirs de Muko venaient de mettre à la rue leurs clients aux synapses grillées, qui avaient croisé les dockers de l'équipe de nuit en goguette dans le calme délité du quartier des entrepôts. Le parfait cocktail de violence. Une dizaine de silhouettes aux gestes maladroits vacillaient sur place dans la rue, battant des bras de façon approximative les unes vers les autres sous les vivats de la foule. Un corps était déjà étendu, inerte, sur la chaussée vitrifiée, et quelqu'un le traînait à l'abri, longueur de membre par longueur de membre, malgré le sang qui maculait le sol. Des étincelles bleues ont volé depuis un poing énergétique trop chargé, et une autre lumière s'est reflétée sur une lame. Mais tous ceux qui restaient debout paraissaient s'amuser. La police n'était pas encore là.

Ouais, railla une partie de moi. *Ils doivent être trop occupés de l'autre côté de la colline, pour le moment.*

J'ai contourné l'échauffourée de mon mieux, en protégeant mon flanc blessé. Sous le manteau, mes mains se sont refermées sur la courbe douce de ma dernière grenade hallucinogène et sur la poignée vaguement collante du couteau Tebbit.

« *Ne jamais se battre quand on peut tuer rapidement et partir.* »

Virginia Vidaura – formatrice pour les Diplos, puis criminelle professionnelle et, parfois, activiste politique. Une sorte de modèle pour moi, même si ça fait des décennies que je ne l'ai pas vue. Sur une dizaine d'autres mondes, déjà, elle s'était rappelée à mon souvenir sans que je lui demande rien, et je devais la vie à ce fantôme sous mon crâne. Au moins une quinzaine de vies, même. Cette fois, je n'ai pas eu besoin d'elle ni du couteau. Je suis passé devant la rixe sans croiser un seul regard, j'ai tourné dans Pencheva et j'ai disparu dans l'ombre, à l'autre bout des ruelles. Du côté mer de la rue. L'horodateur de mon œil m'indiquait que j'étais en retard.

Du nerf, Kovacs. D'après mon contact à Millsport, Plex n'était jamais très fiable, et je ne l'avais pas payé assez pour qu'il attende longtemps.

Cinq cents mètres de plus, je me retrouve dans les fractales rondes de la section Belacoton Kohei, un dédale de ruelles baptisé plusieurs siècles auparavant du nom de la famille qui les possédait et de ce qu'ils y stockaient de manière majoritaire. Avec l'Ébranlement et la perte de New Hokkaido en tant que marché, le commerce local de belalgue s'était plutôt effondré, et les Kohei avaient suivi bien d'autres familles dans la faillite. À présent, les fenêtres encrassées des étages se regardaient tristement par-dessus les entrées de garage dont les rideaux de fer étaient tous coincés en un entrebâillement indécis.

On parlait de régénération, bien sûr, de rouvrir ces bâtiments pour en faire des labos de déClass, des centres de formation et des entrepôts de matériel.

Mais ça s'arrêtait là, aux discussions. Cet enthousiasme avait permis de bâtir sur le quai, face aux rampes à flotteurs lourds, vers l'ouest, mais pour l'instant, la régénération ne s'était pas étendue bien loin. De ce côté du quai, si loin à l'est, les appels financiers de Mecsek restaient plutôt inaudibles.

La joie des retombées.

Belacoton Kohei 9-26 était vaguement illuminé à l'étage, et les longues langues d'ombre agitées sous le rideau de fer à moitié baissé donnaient à l'édifice une allure de dément baveux et borgne. Je me suis glissé jusqu'au mur et j'ai poussé les circuits auditifs de l'unité synthétique pour voir ce qu'ils valaient. Pas grand-chose. Les voix arrivaient jusque dans la rue, aussi instables que les ombres à mes pieds.

— … te dis, je ne vais pas attendre pour *ça*.

C'était un accent de Millsport, l'arôme métropolitain et traînant de l'amanglais de Harlan étiré au point de devenir un ânonnement irrité. La voix de Plex, trop basse pour que je la comprenne, apportait un contrepoint provincial plus doux. Il paraissait poser une question.

— Comment je pourrais savoir, putain ? Crois ce que tu veux.

Le compagnon de Plex se déplaçait, manipulait des objets. Sa voix disparaissait dans les échos de la baie de chargement. J'ai compris les mots « kaikyo », « problème », et un rire saccadé. Puis il est revenu plus près du rideau.

— ... problème, c'est ce que croit la famille, et elle croit ce que leur dit la technologie. La technologie laisse une trace, mon ami. (Une quinte de toux soudaine et une inspiration coupée, comme une drogue qu'on absorbe). Ce type est en retard, bordel.

J'ai froncé les sourcils. « Kaikyo » a beaucoup de sens, selon l'âge qu'on a. En géographie, c'est un détroit ou un canal. À l'époque de la Première Colonisation. Ou pour ceux qui veulent se la jouer Premières Familles, hyperéduqués et qui écrivent en kanji. Ce type n'avait pas trop l'air d'être des Premières Familles, mais rien ne prouvait qu'il n'était pas là quand Konrad Harlan et ses amis pleins de relations transformaient Glimmer VI en terrain de jeu privé. Beaucoup de personnalités digit avaient encore leur pile de l'époque, et attendaient de retrouver une enveloppe fonctionnelle. De toute façon, pour vivre toute l'histoire humaine de Harlan, on n'aurait pas eu besoin de plus d'une demi-douzaine d'enveloppes. Ça fait tout juste quatre cents ans, en temps terrien standard, que les barges de colonisation se sont posées.

L'intuition diplo se tordait sous mon crâne. Je n'y croyais pas. J'avais rencontré des hommes et des femmes qui vivaient depuis des siècles, et ils ne parlaient pas comme ça. Ce brouillard de pensées ne reflétait pas la sagesse des âges.

Dans la rue, récupéré par l'argot stripjap une centaine d'années plus tard, « kaikyo » est devenu un contact qui peut fourguer des biens volés. Une dérivation de flux, un passage, d'où le glissement de sens. Dans certaines parties de l'archipel de Millsport, c'est encore l'usage admis. Partout, sinon, le sens se décale encore pour représenter des consultants financiers on ne peut plus officiels.

Ouais, et un peu plus au sud, c'est un saint homme possédé par les esprits. Ou une bouche d'égout. Ça suffit, le détective. Tu l'as entendu, t'es à la bourre.

J'ai passé le dos de la main sous le rideau et je l'ai remonté, étouffant la déferlante de douleur lancée par ma blessure autant que l'enveloppe synthétique me le permettait. Le volet a claqué contre le plafond. La lumière est tombée dans la rue et sur moi.

—Salut.

—Bordel ! (L'accent de Millsport s'est reculé d'un grand pas. Il n'était qu'à quelques mètres du rideau quand je l'avais levé.) Tak.

—Salut, Plex. (Mes yeux restaient sur le nouveau.) C'est qui, le Noir ?

Mais je le savais déjà. Pâle, une belle gueule de designer sortie tout droit d'une expéria à petit budget, entre Micky Nowaza et Ryu Bartok. Une enveloppe de combattant bien proportionnée, massive aux épaules et à la poitrine, longue de membre. Les cheveux en bataille, collés, comme on le fait sur les défilés de bioware de nos jours. Le look frisottis statiques vers le haut, comme si on venait de sortir l'enveloppe de sa cuve de clonage. Un costume large et tombant, pour suggérer qu'il cachait des armes, et une pose qui montrait qu'il n'avait rien qu'il ait envie d'utiliser. Accroupi comme un pratiquant d'arts martiaux, mais c'était plus pour le show que parce qu'il s'y connaissait. Il avait encore la micropipe vide dans une main, et ses pupilles étaient complètement dilatées. Par concession à une vieille tradition, il avait des tatouages à l'illuminum, des arabesques sur un coin de son front.

Apprenti yakuza de Millsport. Un voyou.

—Me traite pas de *noari*. C'est toi l'étranger, ici, Kovacs. C'est toi, l'intrus.

Je l'ai gardé à la périphérie de ma vision pour regarder Plex, qui était du côté des établis et trifouillait un nœud de sangles araignées, en essayant un sourire qui ne voulait pas rester sur son visage d'aristo dissipé.

—Écoute, Tak.

—C'était une soirée privée, Plex. Je ne t'ai pas demandé d'engager une danseuse.

Le yakuza a fait mine de s'avancer, et s'est retenu de justesse. Il a eu un raclement de gorge sauvage, et Plex a paniqué un peu.

—Attends, je… (Il a reposé les sangles, et ça lui coûtait, ça se voyait.) Tak, il est là pour autre chose.

—Il est là pendant qu'on devrait régler nos affaires.

—*Écoute*, Kovacs, espèce de…

—*Non.* (Je me suis retourné vers le yakuza en parlant, en espérant qu'il comprendrait bien l'énergie que j'avais dans la voix.) Tu sais qui je suis ? Alors tu vas pas te fourrer dans mes pattes. Je viens voir Plex, et pas toi. Maintenant, dehors.

Je ne sais pas ce qui l'a arrêté. La réputation des Diplos, les dernières infos – *tout le monde doit en parler, t'as fichu un beau bordel, là-haut* – ou une tête un peu plus froide que son affectation de racaille en costard voulait le laisser croire. Il est resté devant la porte un moment, enveloppé dans sa propre rage, puis il a laissé tomber et l'a ravalée. Il a regardé les ongles de sa main droite et il a ri.

—Ouais, bien sûr. Va faire ton biz avec Plex. J'attends dehors. Ça devrait aller vite.

Il a même fait le premier pas vers la rue.

—De quoi il parle, putain ?

Plex a sourcillé.

—Euh, il faut qu'on reporte, Tak. On ne peut…

— Oh non. (Mais en regardant dans la pièce, je voyais déjà les motifs de tourbillons dans la poussière, là où quelqu'un avait utilisé un transporteur grav). Non, non, tu m'as dit…

— J-je sais, Tak, mais…

— Je t'ai *payé*…

— Je vais te rendre l'argent…

— Je m'en cogne, de ce putain d'argent, Plex. (Je l'ai regardé, en résistant à l'envie de lui arracher la gorge. Sans Plex, pas de bande montante. Sans bande montante…) Je veux mon putain de *corps* !

— C'est cool, pas de souci, tu vas le récupérer. C'est juste que pour l'instant…

— Pour l'instant, c'est nous qui utilisons l'installation, Kovacs. (Le yakuza est revenu dans mon champ de vision, toujours avec un sourire.) Parce que franchement, elle est un peu à nous, hein… Mais Plex n'a pas dû te le dire, ça…

J'ai regardé les deux, rapidement. Plex avait l'air gêné.

« *Il doit en baver, quand même.* » Isa, mon arrangeuse à Millsport, quinze ans, des cheveux violets en pointes et des prises de CyberRat à l'archaïsme brutal, qui me faisait le coup de la nostalgie en négociant le deal. « *Regarde l'Histoire, mec. Il s'est bien fait baiser.* »

Certes, l'Histoire n'avait pas fait de fleurs à Plex. Né trois siècles plus tôt avec le même nom de famille, ç'aurait été un fils cadet idiot et gâté, sans aucun besoin de se fatiguer à part pour appliquer son intelligence évidente dans des domaines convenables comme l'astrophysique ou l'archéologie. Mais, dans l'Ébranlement qui avait suivi, la famille Kohei n'avait laissé à ses générations post-Décolonisation que les clés de dix rues d'entrepôts vides et un charme aristo fatigué qui, selon les propres paroles de Plex, aidait bien à tirer son coup quand on était fauché. Il m'avait raconté toute l'histoire, défoncé à la pipe. Ça faisait à peine trois jours qu'on se connaissait, mais il avait besoin de parler et les Diplos sont doués pour écouter.

On classe dans Couleur locale, on absorbe. Et après, les détails peuvent nous sauver la vie.

Poussés par la terreur d'une seule vie sans enveloppe de réserve pour la suite, les ancêtres nouveaux pauvres de Plex avaient appris à gagner leur croûte, mais ils n'étaient pas très doués pour ça. Les dettes s'étaient accumulées, et les vautours avaient plongé. Le temps que Plex arrive, la famille était si liée aux yakuzas que le crime était une réalité quotidienne. Il avait dû grandir au milieu de mecs en costard aussi agressifs que celui-ci. Et apprendre ce petit sourire gêné et vaincu d'avance en regardant son père.

Je ne voulais surtout pas énerver ses patrons.

Je ne voulais surtout pas prendre un flotteur lourd pour retourner à Millsport avec cette enveloppe.

— Plex, je dois partir d'ici sur le *Saffron Queen*. Dans quatre heures. Tu me rembourses mon billet ?

— On va l'échanger, Tak. (Sa voix était suppliante.) Il y a un autre flotteur pour Empé demain soir. J'ai des trucs, enfin, les mecs de Yukio…

— Utilise pas mon *nom*, putain ! glapit le yakuza.

— Ils peuvent te transférer au transport du soir, personne le saura. (Le regard implorant s'est tourné vers Yukio.) Tu peux faire ça, hein ?

J'ai rajouté mon propre regard.

— Hein ? Puisque vous foutez en l'air mes plans de sortie, là ?

— T'as déjà foiré ta sortie, Kovacs. (Le yakuza avait les sourcils froncés et secouait la tête. Il jouait les *sempai*, avec des maniérismes qu'il avait dû pomper à son propre maître pas beaucoup plus tôt dans son apprentissage.) Tu sais combien de flics tu as après toi, ici ? Ils ont des renifleuses dans toute la périphérie de la ville, et à mon avis, ils seront sur le dock des flotteurs d'ici une heure. Tout le TPD veut jouer avec toi.

Sans parler de nos amis barbus de la citadelle. Merde, mec, tu crois que tu aurais pu faire les choses plus salement ?

— Je t'ai posé une question, j'ai pas demandé ton avis. Tu me transfères au départ suivant ou pas ?

— Ouais, ouais. (Il a écarté la question d'un geste.) Disons que c'est fait. Ce que tu comprends pas, Kovacs, c'est que certaines personnes ici ont de vraies affaires à faire tourner. Toi, tu débarques, t'affoles la police avec ta violence irraisonnée... Ils pourraient paniquer et arrêter des gens *importants*.

— Importants pour quoi ?

— Ça te regarde pas. (L'imitation *sempai* s'est cassé la gueule et il est redevenu le petit punk de Millsport que j'avais vu.) Alors tu fais profil bas pendant cinq ou six heures, et t'essaies de tuer personne.

— Et après ?

— Et après on t'appelle.

J'ai secoué la tête.

— Il va falloir trouver mieux que ça.

— Mieux que... Putain mais tu sais à qui tu parles, connard ?

J'ai mesuré la distance, le temps qu'il me faudrait pour arriver jusqu'à lui. La douleur que ça me coûterait. J'ai dit ce qu'il fallait pour le pousser.

— À qui je parle ? Je parle à un *chimpira* camé jusqu'aux yeux, une putain de racaille de Millsport à qui son *sempai* a lâché la bride. Et ça me fatigue, Yukio. Donne-moi ton téléphone, j'ai envie de parler à quelqu'un qui a de l'autorité.

La rage a explosé. Les yeux écarquillés, il a voulu prendre ce qu'il avait dans sa veste. Beaucoup trop tard.

Je l'ai frappé.

Dans l'espace qui nous séparait, en attaquant depuis mon côté qui n'était pas blessé. Latéralement, dans le genou et la gorge. Il est tombé en s'étranglant. J'ai pris son bras, je l'ai tordu et j'ai appuyé le couteau Tebbit sur sa paume, pour qu'il le voie.

— Ça, c'est une lame bioware. Fièvre hémorragique d'Adoracion. Je te coupe avec ça, et tous les vaisseaux sanguins de ton corps éclatent en moins de trois minutes. *C'est ça que tu veux ?*

Il s'est soulevé contre ma main, en essayant de respirer. J'ai appuyé un peu avec la lame, et j'ai vu la panique dans son regard.

— C'est moche, comme façon de mourir, Yukio. *Téléphone.*

Il a fouillé dans sa veste, et le téléphone a basculé sur le béton. Je me suis penché pour être sûr que c'était pas une arme, et je l'ai repoussé vers lui du bout du pied. Il l'a ramassé comme il pouvait, respirant toujours par à-coups derrière sa gorge. Bel hématome en formation.

— Bien. Maintenant, appelle quelqu'un qui peut m'aider et passe-le-moi.

Il a touché l'affichage une ou deux fois et m'a tendu l'appareil, le visage aussi implorant que celui de Plex quelques minutes plus tôt. Je l'ai regardé fixement un long moment, en comptant sur l'immobilité notoire des visages synthé bon marché, puis je l'ai lâché, j'ai pris le téléphone et je me suis reculé. Hors de portée. Lui a roulé par terre, la main toujours posée sur la gorge. J'ai porté le téléphone à mon oreille.

— Qui est-ce ?

— Je m'appelle Kovacs. (J'ai suivi automatiquement le changement de langage.) J'ai un conflit d'intérêt avec votre *chimpira*, Yukio. Je pensais que vous pourriez nous aider à le résoudre.

Silence frigide.

— Ce soir, tant qu'à faire. Pas demain.

Il a inspiré, un son sifflant.

— Kovacs-san, vous faites une erreur.

— Vraiment ?

— Il serait imprudent de vous impliquer dans nos affaires.

— Ce n'est pas moi qui m'implique. Pour le moment, je suis dans un entrepôt, face à un espace vide où se trouvait un équipement à moi. Je tiens de source sûre que c'est vous qui l'avez pris.

Nouveau silence. Les conversations avec les yakuzas sont toujours ponctuées de longues pauses. Pendant lesquelles on est censé réfléchir et écouter attentivement ce que personne ne dit.

Je n'étais pas d'humeur. J'avais mal.

— On m'a dit que vous auriez fini dans six heures. Six heures, ça me va. Mais je veux votre parole qu'à la fin de ce délai, l'équipement sera rapporté ici, en état de marche, prêt à l'emploi. Par moi. Je veux votre parole.

— C'est à Hirayasu Yukio qu'il faut…

— Yukio est un *singe*. Soyons honnêtes l'un avec l'autre. Le seul travail de Yukio, ici, c'est de s'assurer que je ne tue pas notre prestataire commun. Et d'ailleurs, il n'est pas très doué pour ça. J'étais déjà un peu agacé en arrivant, et ce n'est pas parti pour s'arranger. Yukio ne m'intéresse pas. C'est *votre* parole que je veux.

— Et si je refuse ?

— Alors je redécore deux ou trois de vos façades comme la chapelle de ce soir. Et ça, moi, je peux vous le promettre.

Silence. Puis :

— Nous ne négocions pas avec les terroristes.

— Vous avez fini de faire des discours, oui ? Vous êtes assez mal placé. Je pensais traiter au niveau dirigeant. Il va vraiment falloir que je m'énerve pour qu'on m'écoute ?

Silence. D'un autre type. La voix au bout du fil paraissait penser à quelque chose.

— Hirayasu Yukio a-t-il été blessé ?

— Pas de façon notable, non. (J'ai eu un regard froid pour le yakuza. Il avait repris une respiration normale, et commençait à s'asseoir. La sueur perlait autour de son tatouage.) Mais ça peut changer, si ça vous arrange. À vous de voir.

— Très bien. (À peine quelques secondes avant la réponse. Pour un yakuza, c'était presque de l'empressement.) Je m'appelle Tanaseda. Vous avez ma parole, Kovacs-san, que l'équipement que vous avez demandé sera en place et disponible au moment que vous avez précisé. De plus, vous serez dédommagé pour ce contretemps.

— Merci. C'est...

— Je n'ai pas fini. Vous avez en outre ma parole que si vous commettez le moindre acte de violence envers mon personnel, j'émettrai une condamnation planétaire demandant votre capture et votre exécution. Je parle d'une VM, particulièrement déplaisante. Me suis-je bien fait comprendre ?

— Ça me paraît juste. Mais vous feriez mieux de dire au singe de se tenir à carreau. On dirait qu'il se prend pour un grand.

— Passez-le-moi.

Yukio Hirayasu était assis, penché sur le béton inusable, et respirait à grand bruit. J'ai sifflé dans sa direction et je lui ai lancé le téléphone. Il l'a attrapé de justesse, d'une main, l'autre encore serrée sur sa gorge.

— Ton *sempai* veut te parler.

Il m'a foudroyé de ses yeux haineux et encore larmoyants et a porté le téléphone à son oreille. Des syllabes japonaises compressées s'en échappaient par éclats, comme quelqu'un qui ferait hurler un moteur au cylindre cassé. Il s'est raidi et a baissé la tête. Ses réponses étaient saccadées, monosyllabiques. Le mot « oui » revenait souvent. Il faut reconnaître aux yakuzas qu'ils savent mieux que personne remettre les sous-fifres en place.

Ce monologue s'est achevé et Yukio m'a rendu le téléphone sans croiser mon regard. Je l'ai pris.

— L'affaire est close, a dit Tanaseda dans mon oreille. Arrangez-vous pour être ailleurs cette nuit. Vous pourrez revenir dans six heures, et l'équipement et votre dédommagement vous attendront ici. Nous ne nous parlerons plus. Cette… confusion… fut des plus regrettables.

Il n'avait pas l'air trop mécontent.

— Vous pouvez me conseiller un bon endroit pour prendre un petit déjeuner ?

Silence. Parasites bas en bruit de fond. J'ai soupesé le téléphone dans ma main un moment, puis je l'ai renvoyé à Yukio.

— Bon… (J'ai regardé le yakuza, puis Plex, puis de nouveau le yakuza.) Et vous, vous pouvez m'en conseiller un ?

Chapitre 2

Avant que Leonid Mecsek déchaîne sa générosité sur l'économie sinistrée de l'archipel Safran, Tekitomura vivotait en organisant de gros safaris contre les baleines à bosse pour les riches chasseurs de Millsport ou des îles Ohrid, et en récoltant des gelées toilées pour leurs huiles internes. Leur bioluminescence les rendait plus faciles à attraper la nuit, mais les équipes de balayage restaient rarement en mer plus de quelques heures d'affilée. Plus, et les soies urticantes des gelées toilées collaient tellement à la peau et aux vêtements qu'on perdait pas mal de productivité à cause de l'absorption des toxines et des irritations dermato. Toute la nuit, les balayeurs rentraient pour qu'on nettoie les ponts et les équipages au jet et au biosolvant bon marché. Derrière les projecteurs de la station de nettoyage, un court défilé de bars et de pauvres restaurants restait ouvert jusqu'à l'aube.

Plex, se déversant en excuses comme un seau retourné, m'a accompagné dans le quartier des entrepôts jusqu'au quai, et dans un endroit sans vitrine appelé *Tokyo Crow*. Ça ressemblait à un bar craignos pour navigateurs de Millsport – des esquisses au mur, signées Ebisu et Elmo, intercalées avec des plaques votives en kanji ou en amanglais romain : « Des mers calmes, par pitié, et des filets pleins. » Les moniteurs derrière le bar en bois miroir donnaient la météo locale, les tendances orbitales et les dernières nouvelles planétaires. L'inévitable holoporn, sur une base de projection large au bout de la pièce. Les membres d'équipage des balayeurs étaient coude à coude au bar et autour des tables, visages uniformisés par un masque d'ennui. Pas beaucoup de clients, malgré tout. Surtout des hommes. Surtout de mauvais poil.

— C'est moi qui paie, a dit Plex très vite en m'ouvrant la porte.

— Tu m'étonnes.

— Hum. Bon. Qu'est-ce que tu veux, alors ?

Il m'a regardé d'un air de chien battu.

— Ce qu'ils vendent sous l'appellation whisky. Bien corsé. Un truc que je pourrai sentir même avec les pauvres circuits gustatifs de cette enveloppe de merde.

Il est allé au bar et j'ai trouvé une table dans un coin. Question d'habitude. Un œil sur la porte, l'autre sur les clients. Je me suis laissé tomber sur un siège, en sourcillant quand mes côtes griffées ont bougé.

Quel gâchis.

Pas vraiment. J'ai touché les piles au travers du tissu de ma poche poitrine. *J'ai ce que je venais chercher.*

Et tu ne pouvais pas leur trancher la gorge pendant leur sommeil ?

Il fallait faire passer le message. Il fallait que tout le monde le voie venir.

Plex est revenu du bar, avec des verres et un plateau de sushis assez maladroits. Il avait l'air content de lui. Allez comprendre…

— Bon, Tak, pas la peine de t'inquiéter pour les renifleuses. Dans une enveloppe synthé…

— Oui. Je sais.

— Et puis, tu sais, ça n'est que pour six heures.

— Plus demain jusqu'au départ du flotteur. (J'ai vidé mon verre.) Tu devrais vraiment la fermer, Plex.

Il l'a fait. Après quelques minutes à ressasser, je me suis rendu compte que je n'avais pas non plus envie de ça. J'étais nerveux dans ma peau synthétique, comme pour une descente de meth. Je n'étais pas à l'aise avec mon identité physique. Il me fallait de la distraction.

—Ça fait longtemps que tu connais Yukio ?

—Je croyais que tu voulais…

Accompagné d'un regard un peu blessé.

—Ouais. Désolé. On m'a tiré dessus, ce soir, et ça ne m'a pas mis de bon poil. J'étais juste…

—On t'a *tiré dessus* ?

—*Plex.* (Je me suis penché au-dessus de la table.) Tu pourrais parler moins fort ?

—Oh, pardon.

—Sérieusement… comment tu fais pour rester dans le business ? Tu es censé être un criminel, mec.

—Ce n'est pas une vocation pour moi.

—Ah bon ? Alors comment ça s'est passé ? On t'a recruté de force ?

—C'est ça, marre-toi. Toi, tu as dû choisir de rentrer dans l'armée, non ? À dix-sept ans, temps standard ?

J'ai haussé les épaules.

—Ouais, j'ai fait un choix. L'armée ou les gangs. J'ai mis l'uniforme. Ça payait mieux que les crimes que je commettais déjà.

—Et moi, je n'ai jamais *appartenu* à un gang. (Il a avalé la moitié de son verre.) Les yakuzas ne m'auraient pas laissé faire. Trop de risques de corrompre leur investissement. J'ai été suivi par les meilleurs tuteurs, j'ai passé du temps dans les bons cercles sociaux, j'ai appris à faire illusion, et après ils m'ont cueilli comme un putain de fruit mûr.

Son regard s'est échoué sur le bois rayé de la table.

—Je me souviens de mon père, a-t-il dit avec amertume. Le jour où j'ai eu accès aux piles de la famille. Le lendemain de ma majorité. J'avais encore la gueule de bois, j'étais encore en montée, avec Tanaseda et Kadar et Hirayasu dans son bureau comme des putains de vampires. Il a pleuré, ce jour-là.

— Ce Hirayasu-*là* ?

— Non, ça c'est le fils, Yukio. Depuis quand je connais Yukio ? On a grandi ensemble. On s'est endormis ensemble dans les mêmes classes de kanji, on s'est détruit au même *take*, on est sortis avec les mêmes filles. Il est parti pour Millsport à l'époque où j'ai commencé à exercer en biotech et hd. Un an après, il est revenu avec son putain de costume. (Il a levé les yeux.) Tu crois que ça me plaît, de vivre sur les dettes de mon père ?

Il ne voulait pas vraiment que je réponde. Et j'en avais marre d'écouter sa bio. J'ai siroté un peu de whisky, en me demandant à quel point il taperait, dans une enveloppe avec des vraies papilles. J'ai fait un geste vague, avec le verre.

— Alors, pourquoi ils ont besoin de ton matos de déballage/remballage ? Il doit bien y avoir plus d'une installation de dérivation d'humain digital en ville…

— Une connerie, a-t-il répondu en haussant les épaules. Ils ont leur propre matos, mais il a été contaminé. De l'eau de mer dans les conduits à gel.

— Super, le crime organisé…

Il y avait de la jalousie haineuse dans la façon dont il m'a regardé.

— Tu n'as pas de famille, toi, hein ?

— Rien de bien important, non. (C'était un peu dur, mais il n'avait pas besoin des détails. Changement d'histoire.) J'étais ailleurs.

— En stockage ?

— Hors planète.

— Hors planète ? Où ça ?

Pas moyen de rater l'excitation dans sa voix. À peine retenue par son éducation. Dans le système Glimmer, Harlan est le seul monde habitable. Les tentatives de terraformation sur le plan de l'écliptique de Glimmer V ne rendront rien avant au moins un siècle. Pour un Harlanite, « hors planète », c'est une diff sur distance stellaire. On abandonne son identité physique et on se réenveloppe quelques AL plus loin, sous un soleil étranger. C'est très romantique, et les hyperdiffés connus acquièrent une notoriété instantanée auprès du public. Un peu comme les pilotes sur Terre à l'époque des vols intrasystème.

Mais contrairement aux pilotes, ces célébrités ne font rien après la diff. En fait, dans la plupart des cas, ces types n'ont aucun talent, aucun statut à part leur célébrité. Ça ne les empêche pas de captiver l'imagination du public. La vieille Terre est une destination tout bénef, bien sûr, mais au final, on se fout un peu de savoir où ils vont, du moment qu'ils reviennent. C'est une technique de come-back très appréciée des stars d'expéria sur le retour et des courtisans en défaveur de Millsport. Si on arrive à trouver le financement pour la diff, on est plus ou moins sûr d'avoir une couverture rentable dans les magazines de fouille-méninges.

Sauf pour les Diplos, bien sûr. Nous, on entrait discret, on écrasait tel soulèvement planétaire, on renversait tel régime, et on se branchait sur n'importe quel matos compatible UN en état de marche. Massacre et répression dans les étoiles, pour le bien supérieur – *évidemment* – d'un Protectorat unifié.

C'est plus mon truc.

— Tu es allé sur Terre ?

— Entre autres. (J'ai souri en y repensant, un siècle après). La Terre, c'est le trou-du-cul du monde, Plex. Une putain de société statique, une caste de super-riches immortels qui dominent des masses asservies.

Il a haussé les épaules et a tripoté ses sushis avec les baguettes.

— Ouais, c'est comme ici, quoi.

— Ouais. (J'ai repris du whisky. Il y avait beaucoup de différences subtiles entre Harlan et ce que j'avais vu de la Terre, mais ça me gavait de lui faire l'article.) Ouais, maintenant que tu le dis…

— Alors qu'est-ce que tu… Oh merde !

Un moment, j'ai cru qu'il avait lâché son sushi de baleine à bosse. Mauvais feedback sur l'enveloppe synthé trouée, ou juste la fatigue du petit matin pour moi. Il m'a fallu des secondes entières pour lever les yeux, suivre son regard jusqu'à la porte et au bar, et comprendre ce que je voyais.

La nana avait l'air plutôt ordinaire, au premier coup d'œil. Fine, pardosse gris et veste matelassée de base. Les cheveux particulièrement longs, un visage pâle à faire peur. Un peu trop tendue pour une nettoyeuse, peut-être. Et après seulement, on remarquait sa façon de se tenir, bien efficace. Les pieds bottés un peu écartés, les mains à plat sur le bar en bois miroir, le visage en avant, le corps particulièrement immobile. Après, on regardait de nouveau ses cheveux, et…

À la porte, pas cinq mètres sur le côté, des prêtres de la caste supérieure de la Nouvelle Apocalypse zieutaient la clientèle. Ils avaient dû repérer la nana à peu près quand je les avais vus.

— Oh *putain* de merde !

— Plex, ta gueule, j'ai murmuré, dents serrées et lèvres immobiles. Ils ne connaissent pas ma tête.

— Mais elle…

— *Bouge* pas.

Le gang du bien-être spirituel s'est avancé dans la salle. Neuf, en tout. Des barbes de patriarches façon expéria éducative, le crâne rasé de frais. Une tronche de six pieds de long. Trois officiants, drapés dans le noir des élus évangéliques par-dessus leur robe ocre et les lunettes de bioware portées comme des bandeaux de pirate, par-dessus l'œil. Ils étaient concentrés sur la nana au bar, tournant vers elle comme des mouettes dans un courant descendant. De l'autre côté de la pièce, ses cheveux découverts devaient être comme un étendard de provocation.

Peu importait qu'ils soient ou non sortis pour me retrouver. J'étais entré masqué dans la citadelle, avec une enveloppe synthé. J'étais invisible.

Mais sur tout l'archipel Safran, contaminant peu à peu les parties nord du continent suivant comme le venin d'une gelée toilée ouverte, s'ancrant par petites poches jusqu'à Millsport, les chevaliers de la Nouvelle Apocalypse brandissaient leur gynécophobie fraîchement renouvelée avec un enthousiasme dont leurs ancêtres christiano-musulmans terriens auraient été fiers. Une femme seule dans un bar, c'était déjà mal. Mais *ça*…

— Plex, ai-je dit doucement. Finalement, je pense que tu ferais mieux de filer.

— Tak, écoute.

J'ai réglé la grenade hallucino au retardement maximal, j'ai enclenché la détonation et je l'ai laissé rouler sous la table. Plex l'a entendue et a jappé.

— Allez, va, j'ai insisté.

L'officiant en chef a atteint le bar. Il se tenait à moins de un mètre de la femme, attendant peut-être qu'elle s'écarte.

Elle l'a ignoré. En fait, elle ignorait tout ce qui n'était pas la surface du bar sous ses mains, et le visage qu'elle y voyait reflété. Je venais de me rendre compte…

Je me suis mis debout, sans me presser.

— Tak, ça ne vaut pas le coup, mec. Tu ne sais pas…

— Je t'ai dit de filer, Plex. (J'étais en train de me mettre dans l'humeur, je glissais dans la fureur comme un radeau abandonné au bord de l'ouragan.) Tu ferais mieux de ne pas jouer ce niveau-là.

L'officiant s'est fatigué qu'on l'ignore.

— Femme ! il a aboyé. Couvre-toi.

Elle a répondu lentement.

— Va te carrer quelque chose dans le cul. Un truc tranchant, si possible.

Il y a eu une pause presque comique. Les poivrots de service se sont retournés avec une expression universelle. *Elle lui a vraiment dit…*

Quelque part, quelqu'un a gloussé.

Le coup était déjà parti. Une gifle en retour, les doigts à moitié pliés, qui aurait dû projeter la femme loin du bar et la faire tomber au sol. Au lieu de ça…

L'immobilité figée a disparu. Plus rapide que tout ce que j'avais pu voir depuis les combats sur Sanction IV. Je m'y attendais un peu, quelque part, et pourtant j'ai raté les gestes exacts. Elle a eu l'air de clignoter, comme un virtuel mal monté. Sur le côté. « Hop », plus rien. Je me suis rapproché du petit groupe, la rage du combat canalisant mon champ de vision sur les cibles. En périphérie, je l'ai vue tendre la main en arrière et la fermer sur le poignet de l'officiant. J'ai entendu le craquement du coude. Il a crié et battu du bras. Elle a relevé la main, il est tombé.

Une arme est sortie. Tonnerre et sale éclair du côté du bar. Du sang et de la cervelle plein la salle. Des gouttes surchauffées m'ont brûlé au visage.

Erreur.

Elle avait tué celui au sol, et foutu la paix aux autres assez longtemps pour que ça se chronomètre. Un prêtre s'est rapproché, a frappé avec un poing énergétique et elle est tombée en tressautant sur le cadavre de l'officiant. Les autres ont refermé le cercle, des bottes coquées frappant de sous les robes couleur de sang séché. Du côté des tables, quelqu'un a applaudi.

Je suis arrivé, j'ai tiré une barbe en arrière et tranché la gorge en dessous, jusqu'à la colonne vertébrale. Écarté le cadavre. Frappé bas dans le dos, dans la robe, et la lame s'est plantée dans la chair. Tourner et arracher. Le sang a coulé sur ma main. Le couteau Tebbit a goutté en se dégageant. J'ai encore tendu la main, comme dans un rêve. Tenir, saisir.

Fixer, frapper. Un coup de pied pour écarter. Les autres se retournaient, mais ce n'étaient pas des combattants. J'ai ouvert une joue jusqu'à l'os, une paume tendue du majeur au poignet. Je les ai éloignés de la fille au sol. Tout ce temps-là, je souriais comme un démon du corail.

Sarah.

Un ventre s'est offert. Il tendait la robe, c'était trop beau. J'ai fait un pas, le couteau Tebbit a sauté vers le haut, comme sur une fermeture Zip. Je regardais le type que j'étripais dans les yeux. Un visage ridé et barbu en face du mien. Je sentais son haleine. Nos visages sont restés à quelques centimètres d'écart, on aurait dit que ça durait des minutes entières, avant qu'il comprenne ce que j'avais fait. J'ai hoché la tête, senti le sourire forcer aux commissures de mes lèvres serrées. Il s'est éloigné en trébuchant et en criant, ses entrailles cascadant sur ses pieds.

Sar…

— C'est *lui* !

Une autre voix. Ma vision s'est dégagée, j'ai vu celui à la main blessée qui tenait sa plaie comme une ignoble preuve de sa foi. La paume était rouge et dégouttait, les vaisseaux sanguins les plus proches commençant à éclater.

— *C'est lui ! Le Diplo ! L'intrus !*

Avec un gentil « plop » derrière moi, la grenade hallu a explosé.

La plupart des cultures apprécient peu qu'on massacre leurs saints hommes. Je ne savais pas vers qui la clientèle de durs à cuire allait se ranger. Harlan n'a jamais eu une réputation de fanatisme religieux, mais beaucoup de choses avaient changé pendant mon absence, et rarement en mieux. Depuis deux ans, j'avais vu plusieurs citadelles comme celle qui surplombait les rues de Tekitomura, et où que j'aille au nord de Millsport, c'était souvent les pauvres et les opprimés qui composaient les rangs des fidèles.

Autant la jouer tranquille.

La détonation a fait valdinguer une table comme un fantôme en colère, mais avec la scène sanglante au bar, personne n'a fait attention. Il fallait une demi-douzaine de secondes pour que le shrapnel moléculaire entre dans les poumons, se détériore et fasse effet.

Des cris à noyer la souffrance des prêtres autour de moi. Des hurlements perdus, mêlés à un rire affolé. C'est une expérience intensément personnelle, de se manger une grenade H. J'ai vu des hommes repousser des choses qui devaient leur voler devant les yeux. D'autres regardaient leurs mains en souriant, ou scrutaient les recoins en frissonnant. Quelque part, j'ai entendu des sanglots rauques. J'avais automatiquement retenu mon souffle à l'explosion, reliquat des décennies entières passées dans une armée ou une autre. Je me suis tourné vers la femme, qui s'appuyait au bar pour se relever. Elle avait le visage tuméfié.

J'ai risqué un souffle pour lui parler.

— Vous pouvez vous lever ? (Hochement de tête contrôlé. J'ai indiqué la porte.) Dehors. Sans respirer.

Penchés, on a dépassé les restes de la Nouvelle Apocalypse. Ceux qui n'avaient pas commencé à saigner par la bouche et les yeux étaient trop occupés par leur trip pour nous ennuyer. Ils trébuchaient et glissaient dans leur sang, bêlant et frappant l'air devant eux. J'étais sûr de les avoir tous eus, d'une façon ou d'une autre, mais au cas où j'en aurais raté un, je me suis arrêté à côté d'un type sans blessure apparente. Je me suis penché sur lui.

— Une lumière, disait-il d'une voix haut perchée et rêveuse. Une lumière dans le ciel, l'ange est sur nous. Qui prétendra à la renaissance alors qu'ils refusent. Alors qu'ils attendent.

Il ne devait pas savoir comment elle s'appelait. À quoi bon.

— L'ange.

J'ai levé le couteau Tebbit. La voix tendue par le manque de souffle.

— Regarde mieux, officiant.

— L'an…

Quelque chose a dû lui parvenir, malgré les hallucinogènes. Sa voix est devenue criarde, il s'est écarté à reculons, les yeux écarquillés sur la lame.

— Non ! Je vois l'autre, après la renaissance ! Je vois *l'émissaire de la destruction* !

— Voilà, c'est mieux.

Le bioware du couteau Tebbit est encodé dans la gouttière, cinq millimètres après le fil de la lame. Si on se coupe soi-même, on a une chance de ne pas aller assez profond pour le toucher.

Je lui ai balafré le visage et je suis parti.

Assez profond.

Dehors, une colonie de petites lucioles iridescentes à tête de mort a flotté vers nous dans la nuit et a tourné autour de ma tête en riant. J'ai cligné des yeux pour les chasser et j'ai pris quelques grandes inspirations. *Élimine-moi cette saloperie. Calmos.*

La route qui courait sur le quai derrière la station d'arrosage était déserte dans les deux directions. Aucun signe de Plex. Aucun signe de qui que ce soit. Le vide paraissait lourd de sens, vibrant de potentiel cauchemardesque. Je m'attendais vraiment à voir deux griffes reptiliennes déchirer les coutures en bas du bâtiment et l'écarter d'un coup.

Alors arrête, Tak. Dans ton état, si tu t'y attends, ça va arriver.

Le trottoir…

Bouge. Respire. Fous le camp.

Une pluie fine avait commencé à tomber du ciel couvert, noyant l'éclat des projecteurs sous une interférence légère. Sur le toit plat de la station d'arrosage, les ponts d'une structure de balayage arrivaient lentement vers moi, constellés des signaux de navigation. Des cris faibles par-dessus le vide entre pont et quai, et le sifflement/claquement des autoamarres trouvant leurs logements dans la rive. Il y avait un certain calme dans cette scène, un moment étrangement paisible qui ramenait des souvenirs de mon enfance à Newpest. Mon angoisse passée s'est évaporée, et j'ai senti un sourire amusé se greffer sur mon visage.

Tak, arrête un peu. C'est juste la drogue.

De l'autre côté du quai, sous une grue immobile, une lumière lointaine s'est reflétée sur ses cheveux quand elle s'est retournée. J'ai encore regardé par-dessus mon épaule, au cas où on nous suivrait. L'entrée du bar restait fermée. À la limite de mon ouïe synthé bon marché, j'entendais quelques bruits ténus. Des rires, des pleurs ? Ou autre chose. Les grenades H sont inoffensives à long terme, mais pendant qu'elles durent, on perd tout intérêt pour la pensée ou l'action rationnelle. Personne ne trouverait la porte avant au moins trente minutes. Quant à la franchir…

La balayeuse a heurté le quai, serrée par l'autoamarre. Des silhouettes ont débarqué en bavardant. Je suis passé sous l'ombre de la grue, invisible. Son visage flottait dans la nuit comme un fantôme. Une beauté de louve pâle. On aurait dit que ses cheveux crépitaient d'une énergie retenue.

— Adroit, avec le couteau.

— L'entraînement, ai-je répondu en haussant les épaules.

— Enveloppe synthé, acier biocode… vous faites du déClass ?

— Non. Pas du tout.

— En tout cas, vous… (Son regard évaluateur s'est arrêté, braqué sur la partie de mon manteau qui couvrait la blessure.) Merde, ils vous ont eu.

— Non, ça c'était avant. Il y a un moment.

— Ah ouais ? On dirait qu'un médecin ne vous ferait pas de mal. J'ai quelques amis qui…

— Pas la peine. Je me fais réenvelopper dans quelques heures.

— Réenvelopper ? (Elle a haussé les sourcils.) OK, vos amis sont meilleurs que les miens. Du coup, je vais avoir du mal à vous rembourser mon *giri*, là…

— Laissez. Offert par la maison.

— Par la maison ? (Elle a fait un truc avec ses yeux, qui me plaisait beaucoup.) Vous vous croyez dans une expéria, là ? Micky Nowaza ? Le samouraï robot au cœur humain ?

— J'ai dû le rater, celui-là.

— Ah ? Son come-back. Il y a une dizaine d'années.

— J'étais ailleurs.

Un peu de mouvement sur le quai. Je me suis retourné d'un bloc, et j'ai vu la porte du bar ouverte, des silhouettes très habillées qui se découpaient à contre-jour. La clientèle de la nouvelle balayeuse qui débarquait dans la grenade-party. Des cris, des pleurs, des têtes relevées à un angle à la fois sensuel et sauvage. Mais ça m'a fait battre le cœur.

— Ils appellent, là.

Elle s'était de nouveau décoincée, aussi rapide et fluide que pour se tendre. Elle s'est renfoncée dans l'ombre.

— Je mets les bouts. Bon, écoutez, euh, merci. Merci beaucoup. Désolée de vous avoir ruiné votre soirée.

— De toute façon, ç'allait être longuet.

Elle s'est éloignée encore de quelques pas puis s'est arrêtée. Sous les vagues cris du bar et le bruit de la station, j'ai cru entendre un gros truc s'allumer, un petit gémissement insistant derrière la trame de la nuit. Un potentiel qui se déplace, comme des monstres de carnaval qui se mettent en place derrière le rideau baissé. Ombre et lumière derrière les lampadaires lui faisaient un masque blanc. Un œil brillait comme l'argent.

— Vous avez un endroit où patienter, Micky-san ? Vous avez parlé de quelques heures. Qu'est-ce que vous allez faire, en attendant ?

J'ai écarté les mains. J'avais encore le couteau. Rangé, maintenant.

— Aucune idée.

— Aucune idée, hein ? (Il n'y avait pas de vent qui venait de la mer, mais j'ai cru voir ses cheveux onduler. Elle a opiné de la tête.) Et pas de planque non plus, hein ?

J'ai encore haussé les épaules, pour repousser l'irréalité de la descente après la grenade H. Et autre chose en plus, peut-être.

— Bon résumé.

— Donc, vous allez jouer avec le TPD et les Barbes toute la nuit, pour voir si vous en sortez entier ?

— Eh, vous devriez écrire des expéria. Dit comme ça, ça paraît presque sympa.

— Ouais. Putains de romantiques. Bon, si vous voulez vous enterrer quelque part jusqu'à ce que vos amis haut placés soient prêts pour vous, je peux vous aider. Si vous préférez jouer Micky Nowaza dans les rues de Tekitomura, là… (Elle a penché la tête.) Je regarderai le film quand il sortira.

J'ai souri.

— C'est loin ?

— Par là.

Vers la gauche, d'après son regard. Dans le bar, des cris de déments, et une voix appelant au meurtre et à la vengeance divine.

On s'est glissés entre les grues et les ombres.

Chapitre 3

Kompcho était tout éclairé, chaque rampe de béton inusable noyée de projecteurs autour des glisseurs lourds écrasés et amarrés. Les transporteurs étaient ramassés au sol, perdus au milieu de leur jupe dégonflée, au bout des autoamarres, comme des raies éléphants harponnées et échouées sur la berge. Les baies de chargement étaient ouvertes sur leur flanc, et des véhicules peints à l'illuminum manœuvraient sur les rampes, tendant leurs bras élévateurs chargés de matériel. Il y avait un bruit de fond constant, machinerie et cris sans aucune existence individuelle. Comme si quelqu'un avait pris le cœur lumineux de la station d'arrosage et l'avait multiplié par une croissance virale et massive. Kompcho noyait la nuit dans toutes les directions sous la lumière et le bruit.

Nous avons traversé l'enchevêtrement de gens et de machines sur le quai derrière les rampes de chargement. Les détaillants en matériel bradé s'entassaient là, le long des allées de marchandises éclairées d'un néon pâle à la base des façades, entrecoupées des lueurs plus viscérales des bars, bordels et cliniques à implant. Toutes les portes étaient ouvertes, fournissant un accès facile, dans la plupart des cas aussi large que la façade elle-même. Les clients entraient et sortaient par grappes. Une machine a pris un virage serré devant moi, sortant avec un chargement de bombes intelligentes profil surface Pilsudski, annoncée par son alarme embarquée : *a*-ttention, *a*-ttention, *a*-ttention. Quelqu'un a pilé devant moi pour l'éviter, s'est tourné vers moi avec un sourire d'excuse sur son visage à moitié métallique.

La fille m'a fait entrer dans un des salons d'implant, devant huit fauteuils d'opération où des hommes et femmes aux muscles longs étaient assis, les dents serrées, et se voyaient en cours d'augmentation dans le long miroir en face et la série de moniteurs en gros plan, au-dessus d'eux. Sans doute pas vraiment de douleur, mais ça ne doit pas être rigolo de voir la chair qu'on a enfilée se faire charcuter et ouvrir et écarter pour pouvoir caser le nouveau jouet interne que, d'après votre sponsor, *toutes* les équipes de déClass portent cette saison.

Elle s'est arrêtée à côté d'une des chaises et a regardé dans le miroir le géant au crâne rasé qui y logeait de justesse. On était en train de lui faire quelque chose à l'épaule gauche – un revers de cou et de clavicule était rabattu sur une serviette tachée de sang devant lui. Dans son cou, les tendons d'un noir de carbone ensanglanté se crispaient sans relâche.

— Salut Orr.

— Salut Sylvie !

Le géant n'avait pas les dents serrées, mais ses yeux étaient un peu voilés par les endorphines. Il a levé une main alanguie du côté encore intact et a heurté le poing de la femme avec le sien.

— Ça boume ?

— Je me balade. Tu es sûr que ce sera guéri dans la matinée ?

Orr a levé le pouce.

— Sans cela, je fais la même chose au charcutier avant de partir. Sans anesthésie.

L'implanteur a souri et a poursuivi son travail. On lui faisait si souvent la même promesse… Les yeux du géant sont passés sur mon reflet. S'il a remarqué le sang dont j'étais taché, ça n'a pas eu l'air de le déranger. En même temps, il aurait été mal placé.

— C'est qui, le synthé ?

— Un ami, a répondu Sylvie. On se voit en haut.

— J'arrive dans dix minutes. Pas vrai ? a-t-il demandé à l'implanteur.

— Trente, a répondu le chirurgien sans s'arrêter. Il faut laisser le liant tissulaire se poser.

— Merde. Et l'Urushiflash, c'est pour les chiens ? Ça fixe en quelques secondes.

Il continue à travailler. Une aiguille fait des bruits de succion.

— Tu m'as demandé le tarif normal, mec. À ce tarif, on ne sort pas les biochem militaires.

— Putain. Et combien ça va me coûter de passer à la classe supérieure ?

— Cinquante pour cent de plus.

— Laisse tomber, Orr, a dit Sylvie en riant. Tu as presque fini. T'auras même pas le temps d'apprécier les endorph…

— Fait chier, Sylvie. Je m'emmerde déjà. (Le géant s'est léché le pouce et l'a levé.) Toi. Envoie la sauce.

L'implanteur a levé la tête, haussé un tout petit peu les épaules et a posé ses outils sur la tablette d'opération.

— Ana. Va me chercher l'Urushiflash.

Pendant que l'assistante s'affairait dans un placard avec les nouveaux biochem, l'implanteur a sorti un lecteur d'ADN de son étagère et a frotté la partie sensible contre le pouce d'Orr. L'affichage de la machine s'est allumé. L'implanteur a regardé Orr.

— Cette opération va te mettre dans le rouge.

Orr l'a regardé.

— Rien à foutre. Je pars demain, j'aurai du pognon, et tu le sais.

L'implanteur a hésité.

— C'est *parce que* tu pars demain que…

— Oh, bordel, lis un peu le nom du sponsor. Fujiwara Havel. On sécurise New Hok pour le Nouveau Siècle. On n'est pas des guignols. Si je ne reviens pas, le paiement *enka* couvrira les frais. Tu le sais.

— Ce n'est…

Les tendons dans le cou d'Orr se sont tendus et soulevés.

— Tu te prends pour qui, putain, mon comptable ? (Il s'est levé de sa chaise et a regardé l'implanteur.) Fais le paiement, bordel. Et file-moi des endorphines militaires, pendant que tu y es. Je les prendrai plus tard.

On est restés assez longtemps pour voir l'implanteur céder, et Sylvie m'a poussé vers l'arrière.

— On sera en haut.

— Ouais. (Le géant souriait de toutes ses dents.) On se voit dans dix minutes.

En haut, c'était une enfilade de pièces spartiates autour d'une combinaison cuisine-salon avec des fenêtres sur le quai. L'isolation sonore était bonne. Sylvie a enlevé son blouson et l'a posé sur le dossier d'un fauteuil. Elle m'a regardé en allant vers la cuisine.

— Fais comme chez toi. La salle d'eau est derrière, si tu veux te nettoyer.

J'ai compris le message, rincé le plus gros de mes mains et de mon visage dans une petite niche à lavabo avec un miroir, et je suis revenu. Elle était à la cuisine, en train de regarder dans les placards.

— Vous êtes vraiment avec Fujiwara Havel ?

— Non. (Elle a trouvé une bouteille et l'a ouverte, deux verres dans l'autre main.) On est vraiment des guignols. Et c'est rien de le dire. Orr a juste un branchement dans les codes de sécurité de FH. Bibine ?

— C'est quoi ?

— Je sais pas. Du whisky.

Elle a secoué la bouteille. J'ai tendu la main pour prendre un verre.

— Un tunnel pareil, ça doit coûter bonbon.

Elle a secoué la tête.

— Avantage en nature dans le déClass. On est tous mieux câblés pour le crime qu'un putain de Diplo. J'ai du matos d'intrusion électronique plein la gueule. (Elle m'a tendu un verre, nous a servis tous les deux. Le goulot a tinté contre le verre.) Orr est en vadrouille depuis trente-six heures, à se taper des putes et des trips avec son crédit et ses promesses de paiement *enka*. Comme chaque fois qu'on part. Il voit ça comme une sorte d'art, j'ai l'impression. À la tienne.

— Pareil. (C'était un whisky très raide.) Ahh. Tu taffes avec lui depuis longtemps ?

Elle m'a regardé bizarrement.

— Assez longtemps. Pourquoi ?

— Désolé, vieille habitude. Avant, on me payait pour m'imprégner des infos locales. (J'ai levé mon verre une deuxième fois.) Alors bon retour.

— En général, ça porte malheur. (Elle n'a pas levé son verre.) T'étais vraiment ailleurs, hein ?

— Depuis un moment.

— Je peux te demander où ?

— Si on s'assied, ouais.

Les meubles étaient bon marché, pas même automoulants. Je me suis posé dans un fauteuil inclinable. Ma blessure avait l'air de guérir, pour autant que la chair synthé puisse guérir. Elle s'est laissé tomber en face de moi et a écarté les cheveux qu'elle avait dans les yeux. Quelques mèches se sont tordues et ont grésillé à cette intrusion.

— Alors. Depuis combien de temps ?

— Une trentaine d'années, en gros.

— Avant les Barbes, alors ?

— Avant le plus dur, ouais, ai-je répondu avec une amertume soudaine. Mais j'ai vu la même chose sur plein d'autres planètes. Sharya. Latimer. Adoracion, aussi, dans certains coins.

— Frimeur.

— C'est là que j'ai bourlingué.

Derrière Sylvie, une porte intérieure s'est ouverte avec difficulté et une petite femme à l'air malin est entrée en bâillant, enveloppée dans une deuxième peau en polalliage noir léger, à moitié ouverte. Elle a penché la tête d'un côté en me voyant et s'est appuyée sur le fauteuil de Sylvie, en m'étudiant avec une curiosité sans honte. Elle avait rasé certains de ses cheveux longs pour former des caractères kanji.

— Tu as de la compagnie ?

— Contente de voir que tu as pu faire améliorer tes mirettes…

— La ferme. (Elle a passé ses ongles laqués dans les cheveux de l'autre femme, souriant en voyant les mèches reculer avant ses doigts.) C'est qui ? Un peu tard pour les amourettes d'avant-voyage, non ?

— C'est Micky. Micky, je te présente Jadwiga. (La femme frêle a sourcillé en entendant son nom complet et a articulé : « *Jad* ».) Enfin, Jad. On ne baise pas. Il reste juste un moment.

Jadwiga a hoché la tête et s'est détournée, aussitôt désintéressée. De derrière, les caractères sur son crâne disaient : « Me rate pas, putain, c'est tout. »

— Il nous reste du frisson ?

— Je crois que Laz et toi vous avez tout pris, hier.

— Tout ?

— Merde, poulette, c'est toi qui y étais. Essaie la boîte sur la fenêtre.

Jadwiga a fait quelques pas de danse pour s'approcher de la fenêtre et a retourné la boîte en question. Une petite fiole lui est tombée dans la main. Elle l'a tenue à la lumière et l'a secouée pour que le liquide rouge au fond oscille un peu.

— Bah, ça me fera quelques chatouilles. En temps normal, je vous en proposerais, mais…

— Mais au lieu de ça, tu vas tout te garder, a prédit Sylvie. Ah, cette hospitalité de Newpest. Ça me chavire chaque fois.

— Eh, t'es super-mal placée pour la ramener, grognasse, a renvoyé Jadwiga sans s'énerver. Combien de fois, en dehors des missions, tu nous branches à ta tignasse ?

— C'est pas par…

— Non, c'est mieux. Tu sais, pour une Renonçante, t'es assez rat avec ta capacité. Kiyoka trouve…

— Kiyoka n'a pas…

— Eh, les filles… (J'ai gesticulé pour qu'elles s'arrêtent et pour avorter la confrontation qui rapprochait Jadwiga de Sylvie, pas à pas). C'est rien. Je n'ai pas trop envie de drogues récréatives.

— Tu vois, a dit Jadwiga en souriant à Sylvie.

— Mais si je pouvais taxer quelques endorphines à Orr quand il remontera, ça me ferait plaisir.

Sylvie a opiné de la tête, sans détourner le regard de sa compagne. Elle était encore vexée, soit par le manque d'hospitalité soit par la mention de son passé de Renonçante. Je n'arrivais pas à décider.

— Orr a des *endorphines* ? a demandé Jadwiga très fort.

— Oui. Il est en bas. En train de se faire charcuter.

Jad a montré les dents.

— Putain d'addict. Toujours à courir après la mode. Il n'apprendra jamais.

Elle a glissé la main sous sa combi et en a tiré une seringue oculaire. Ses doigts, programmés par une habitude évidente, ont fixé le mécanisme à la fiole, puis elle a renversé la tête et, avec la même aisance, a repoussé deux paupières pour utiliser la seringue. Sa position s'est relâchée, et le frisson caractéristique de la drogue a traversé ses épaules.

Le frisson est assez bénin – six dixièmes d'analogue bétathanatine coupé avec quelques extraits de *take* qui rendent les objets ordinaires fascinants, et les réflexions anodines tout à fait hilarantes. Rigolo si tout le monde en a pris dans la pièce, insupportable pour ceux qui sont en dehors. En général, surtout, ça vous ralentit. Et à mon avis, c'était ce que voulait Jad, comme tous les déClass.

— Tu viens de Newpest ? ai-je demandé.

— Mm-mm.

— À quoi ça ressemble, maintenant ?

— Oh, c'est beau. (Rictus mal contrôlé). La plus belle ville de marécages de tout l'hémisphère Sud. Ça vaut le détour.

Sylvie s'est rapprochée de moi.

— C'est de là que tu viens, Micky ?

— Oui. Il y a longtemps.

La porte de l'appartement a sonné et s'est écartée pour laisser passer Orr, encore torse nu, l'épaule droite et le cou badigeonnés de ciment tissulaire orange. Il a souri en voyant Jadwiga.

— Tiens, t'es debout ?

Il s'est avancé dans la pièce, a lâché une poignée de fringues dans le fauteuil à côté de Sylvie, qui a grimacé.

Jad a secoué la tête et a levé le flacon vide.

— Couchée. Couchée pour le compte, voire plus.

— On ne t'a jamais traitée de droguée, Jad ?

La jeune femme a gloussé, avec autant de retenue que la moue précédente. Le sourire d'Orr s'est élargi, il a mimé les tremblements des junkies, avec un visage crispé et idiot. Jadwiga a éclaté d'un rire contagieux. J'ai vu le sourire de Sylvie, et me suis surpris à glousser.

— Alors, où est Kiyoka ? a demandé Orr.

Jad a indiqué du menton la chambre d'où elle était sortie.

— Dodo.

— Et Lazlo court encore après cette fille avec les armes et le décolleté, non ?

— Qui ça ? a demandé Sylvie en levant les yeux.

— Tu sais, Tamsin, Tamita, l'autre, là. Celle du bar de Muko. (Il a fait la moue et rapproché ses pectoraux de la paume de chaque main, puis il s'est arrêté quand la pression sur la cicatrice l'a fait sourciller.) Juste avant que tu te barres toute seule. Allez, Sylvie, tu étais là. Je ne pensais pas qu'on pourrait oublier une paire d'obus pareille.

— Elle n'est pas équipée pour détecter ce genre de munitions, sourit Jadwiga. Aucun intérêt de consommatrice. Moi, par contre…

— Vous avez entendu parler de la citadelle ? ai-je interrompu.

— Ouais, j'ai chopé la diff d'actu en bas. Un malade a descendu la moitié des grandes Barbes de Tekitomura, on dirait. Il paraît qu'il manque des piles. Le type les a prises dans les colonnes vertébrales comme s'il avait fait ça toute sa vie, il paraît.

J'ai vu le regard de Sylvie remonter jusqu'à la poche de mon manteau, puis vers mes yeux.

— Sauvage, ça, a dit Jad

— Ouais, et pas trop utile. (Orr a pris la bouteille sur le bar de la cuisine.) Ces types ne peuvent pas se réenvelopper. C'est une question de foi, on dirait.

— Putain de malades. (Jadwiga a haussé les épaules et s'est désintéressée.) Sylvie m'a dit que tu avais pécho des endos, en bas ?

— Ouais, c'est vrai. (Le géant s'est versé un verre de whisky avec un soin exagéré.) À la tienne.

— Allez, *Orr*. Al*lez*…

Après, avec les lumières baissées et l'atmosphère de l'appartement redescendue presque à des proportions comateuses, Sylvie a écarté Jadwiga, vautrée sur son fauteuil, et s'est penchée vers l'endroit où je profitais de l'absence de douleur dans mon flanc. Orr avait depuis longtemps disparu dans une autre chambre.

— C'est toi qui as fait ça ? Le truc à la citadelle ? (J'ai hoché la tête.) Tu avais une raison particulière ?

— Ouais.

Petit silence.

— Alors ? a-t-elle fini par dire. Ce n'était pas vraiment un sauvetage à la Micky Nowaza, hein ? Tu étais déjà d'humeur.

J'ai souri, un peu stone à l'endorphine.

— Disons que c'était la chance.

— D'accord, Micky la Chance. Ça sonne bien. (Elle a froncé les sourcils en regardant les profondeurs de son verre qui, comme la bouteille, était vide depuis un bout de temps.) Faut que je te dise, Micky, tu me plais bien. J'arrive pas bien à mettre le doigt sur ce qui me plaît, mais c'est comme ça. Je t'aime bien.

— Moi aussi, je t'aime bien.

Elle a agité un index sous mon nez, peut-être celui qu'elle n'arrivait pas à mettre sur ce qui lui plaisait en moi.

— C'est pas… du sexe. Tu vois ?

— Je sais. Tu as vu la taille du trou que j'ai dans les côtes ? (J'ai secoué la tête.) Bien sûr que tu as vu. Puce de vision spectrochim, hein ?

Elle a eu un petit hochement de tête.

— Tu viens vraiment d'une famille de Renonciateurs ?

— Ouais. (Grimace amère.) Enfin, j'en viens… j'en suis partie, plutôt.

— Ils ne sont pas fiers de toi ? (J'ai indiqué ses cheveux.) J'aurais pensé que ça te donnait pas mal de points sur la route vers l'Upload. Logiquement…

— Ouais, logiquement. Et là, on parle religion. Les Renonciateurs ne sont pas plus logiques que les Barbes, quand on y réfléchit.

— Alors, qu'est-ce qu'ils n'apprécient pas ?

— L'opinion, a-t-elle commencé avec une délicatesse moqueuse, est assez divisée sur ce point. Les radicaux aspirants n'apprécient pas, ils n'apprécient rien de ce qui ancre fermement les systèmes constructs dans l'être physique. Les préparants préfèrent être gentils avec tout le monde. Ils disent que toute interface virtuelle est, comme tu dis, un pas sur la voie. Ils ne s'attendent de toute façon pas que l'Upload arrive de leur vivant. Nous ne sommes tous que des esclaves préparant le processus.

— Et de quel bord est ta famille ?

Sylvie s'est déplacée dans le fauteuil, a froncé des sourcils et a encore poussé Jadwiga pour se faire de la place.

— Avant, ils étaient prépas modérés. C'est comme ça qu'ils m'ont élevée. Mais ces dernières décennies, avec les Barbes et leur lutte contre le laisser-aller, beaucoup de modérés se transforment en radicaux aspirants. Ma mère a dû suivre ce chemin-là, elle a toujours été très pieuse. Aucune idée, en fait. Je ne suis pas rentrée chez moi depuis des années.

— Ah ouais ?

— Ouais. Je ne vois pas l'intérêt. Ils essaieraient de me faire épouser un bon parti du coin. (Elle a ri en reniflant.) Tant que j'aurai ce truc-là, ça ne risque pas.

Je me suis redressé, un peu assommé par la drogue.

— Quel truc ?

— Ce truc-là. Ce putain de truc, a-t-elle répondu en tirant sur ses cheveux.

Ils se sont tordus entre ses doigts, essayant de se dégager de ses mains comme des milliers de serpents argentés. Sous la masse noire et argent, les brins les plus épais se déplaçaient lentement, comme des muscles sous la peau.

Datatech standard de déClass.

J'avais déjà vu des trucs comme ça. Une variante proto sur Latimer, où la nouvelle industrie d'interface machine martienne avait lancé la R & D à fond. D'autres utilisés comme dragueurs de mines sur le système Hun Home. Il ne faut jamais très longtemps pour que les militaires abâtardissent la techno de pointe pour s'en servir.

— C'est pas vilain, pourtant, ai-je dit avec prudence.

— Oh, bien sûr.

Elle a passé les mains dans ses tresses et a isolé le segment central. Un serpent d'ébène s'agitait dans son poing.

— Et ça, c'est séduisant, hein. Après tout, n'importe quel bon mâle bien sain sera content d'avoir un membre long comme deux queues qui fait « flip-flap » dans son lit à hauteur de sa tête, hein ? Peur de la concurrence ou homophobie latente. Effet deux en un.

J'ai fait un geste.

— Eh bien, les femmes…

— Oui. Malheureusement, je suis hétéro.

— Ah.

— Eh oui. (Elle a laissé retomber le câble pour que le reste de sa crinière argentée se mette en place.) Ah. Exactement.

Il y a un siècle, elles étaient plus difficiles à repérer. Les officiers systèmes militaires avaient un entraînement extensif en virtuel sur la façon de déployer les racks d'interface mécanique incorporés à leur tête, mais l'équipement était interne. À l'extérieur, les pros de l'interface n'étaient jamais très différents des autres enveloppes. Un peu bizarres sur les bords, peut-être, quand ils étaient sur le terrain depuis trop longtemps, mais c'est valable pour tous les CyberRats en surmenage. On apprend à suivre le flux, il paraît.

Les découvertes archéologiques au bord du système Latimer avaient tout changé. Pour la première fois en près de six siècles de farfouillis dans les restes martiens, la guilde avait fini par trouver le gros lot. Des vaisseaux. Des centaines, peut-être des milliers de vaisseaux, installés en orbites de stationnement autour d'une petite étoile reculée appelée Sanction. Tout portait à croire que c'étaient là les restes d'une confrontation navale massive, et certains avaient une capacité de propulsion plus rapide que la lumière. D'autres preuves, notamment la vaporisation de tout un habitat de chercheurs de la guilde archéologique et de son équipage d'environ sept cents membres, suggéraient que les systèmes des vaisseaux étaient autonomes et très actifs.

Jusqu'alors, les seules machines vraiment autonomes laissées par les Martiens étaient les gardiens orbitaux de Harlan, et personne ne pouvait en approcher. D'autres trucs étaient automatiques, mais on ne pouvait pas pour autant les appeler intelligents. À présent, il y avait des archéologues spécialistes en systèmes à qui on demandait de s'interfacer à des intelligences de commandes navales estimées à un demi-million d'années.

Il fallait une remise à niveau. Vite.

Cette évolution était assise en face de moi, en plein trip aux endos militaires, un verre à whisky vide à la main.

— Pourquoi tu as signé ?

Elle a haussé les épaules.

— Pourquoi quelqu'un irait signer pour cette connerie ? L'argent. On se dit qu'on remboursera l'emprunt pour l'enveloppe en quelques passages, et après, c'est la thune qui s'accumule.

— Et en fait non ?

— Si, si. Mais tu sais, il y a tout un style de vie qui va avec. Et après, l'entretien, les mises à jour, les réparations. Incroyable comme l'argent file. Ça s'accumule, et ça disparaît. Difficile de mettre assez de côté pour tout lâcher.

— L'Initiative n'est pas éternelle.

— Ah bon ? Il reste un bon bout de continent à nettoyer, tu sais. Il y a des endroits où on n'a même pas avancé de cent bornes hors de Drava. Et même là, il faut toujours nettoyer les endroits où on est déjà passés, empêcher les minmils de revenir. On parle d'au moins dix ans avant de commencer la recolonisation. Et je vais te dire, Micky, moi, je pense que c'est de l'optimisme à la mords-moi le nœud. Juste pour rassurer le public.

—Arrête. New Hok, c'est pas si grand.

—Eh, t'es pas d'ici, tu te souviens ? (Elle m'a tiré la langue, avec plus de défiance maorie que d'infantilisme.) Pour toi, ce n'est peut-être pas gros. Je suis certaine qu'il y a des continents de cinquante mille bornes là où tu es allé. Ici, c'est un peu différent.

J'ai souri.

—Eh. Je suis *né* ici, Sylvie.

—Ah oui, Newpest. C'est ce que tu m'as dit. Alors ne viens pas me dire que New Hok est un petit continent. À part Kossuth, c'est ce qu'on a de plus grand.

En fait, il y avait plus de masse terrestre dans l'archipel de Millsport que dans Kossuth ou New Hokkaido, mais comme la plupart des groupes d'îles qui composent l'essentiel de Harlan, beaucoup étaient faites de terrain rocailleux et impraticable.

On pourrait croire, avec une planète couverte d'eau aux neuf dixièmes et un système solaire sans autre biosphère habitable, que les gens économiseraient leur espace. Qu'ils développeraient une approche intelligente à l'allocation et l'utilisation du terrain. On pourrait croire qu'ils ne mèneraient pas de petites guerres idiotes sur de grandes parcelles de terrain. Qu'ils ne déploieraient pas des armes aptes à rendre le sol inutilisable par les humains pendant des siècles.

On pourrait, hein ?

—Je vais me coucher, annonça Sylvie, épuisée. La journée va être longue, demain.

J'ai regardé par la fenêtre. Dehors, l'aube arrivait et recouvrait la lueur des projecteurs d'une lumière gris pâle.

— Sylvie, c'est déjà demain.

— Ouais. (Elle s'est levée et étirée jusqu'à ce que quelque chose craque. Sur le fauteuil, Jadwiga a murmuré et démêlé ses membres pour remplir l'espace libéré par Sylvie.) Le porteur ne part que vers midi, et on est à peu près tranquilles avec les gros trucs. Bon, si tu veux pioncer, prends la chambre de Laz. On dirait qu'il ne va pas rentrer. À gauche de la salle de bains.

— Merci.

Elle m'a lancé un sourire triste.

— Pas de quoi, Micky. C'est le moins que je peux faire. 'nuit.

— 'nuit.

Je l'ai regardée partir vers sa chambre, j'ai vérifié ma puce horaire et décidé de ne pas dormir. Dans une heure, je pourrais retourner chez Plex sans déranger la danse noh de ses potes yakuzas. J'ai regardé la cuisine en me demandant si je trouverais du café.

Ç'a été ma dernière pensée consciente.

Putains d'enveloppes synthé.

Chapitre 4

Je me suis réveillé parce que quelqu'un tambourinait. Sans doute trop bourré de drogue pour se rappeler comment utiliser une flexoporte. Retour aux méthodes de Néandertal. « Bang, bang, bang. » J'ai cligné de mes yeux englués de sommeil et je me suis redressé dans le fauteuil. Jadwiga était toujours vautrée en face de moi, comateuse. Un petit filet de salive coulait de ses lèvres et mouillait la surface en bellacoton. Par la fenêtre, le soleil transformait l'air de la cuisine en une brume lumineuse. Au moins la fin de la matinée.

Merde.

« Bang bang ».

Je me suis levé, et la douleur a éclaté dans mon flanc. Les endorphines d'Orr s'étaient fait la malle pendant que je dormais.

« Bang, bang, bang. »

— Putain, c'est quoi ? a crié quelqu'un dans une chambre.

Jadwiga s'est étirée sur son fauteuil en entendant la voix. Elle a ouvert un œil, m'a vu debout et s'est relevée rapidement en une sorte de stance de combat, puis s'est détendue en me reconnaissant.

— Porte, j'ai dit, un peu pataud.

— Ouais, ouais. J'espère que c'est pas Lazlo qu'a oublié son code. Sinon, c'est le coup de pied mal placé.

La personne avait arrêté de taper en entendant des voix à l'intérieur, mais a repris de plus belle. J'ai senti une vague douleur sur le côté de ma tête.

—*Putain*, est-ce que *quelqu'un* pourrait *répondre* ?

C'était une voix de femme, mais je ne la connaissais pas. Sans doute Kiyoka, enfin réveillée.

—J'y vais, a crié Jad en retour pendant qu'elle traversait la pièce, mal assurée. (Puis plus bas :) Est-ce que quelqu'un est allé voir l'embarquement ? Non, pas encore. Ouais, ouais. *On arrive.* (Elle a appuyé sur le bouton, et la porte s'est repliée.) T'as un problème, taré ? On t'a entendu, pas la peine… *eh* !

Il y a eu un rapide chahut, et Jadwiga est repartie en arrière dans la pièce, en essayant de ne pas tomber. La personne qui avait frappé l'a suivie, a remarqué ma présence avec un hochement de tête, et a brandi un index menaçant vers Jad. Il arborait un sale sourire aux dents pointues, selon la mode, avec une paire de lentilles d'amélioration de vision fumées jaunes, de un centimètre en tout. Les ailes de son tatouage s'écartaient sur ses joues.

Il ne m'a pas fallu beaucoup d'imagination pour comprendre la suite.

Yukio Hirayasu est entré. Un deuxième garde du corps à sa suite, un clone de celui qui avait écarté Jad, à part qu'il ne souriait pas.

—Kovacs. (Yukio venait de me voir. Son visage était un masque de rage ravalée.) Qu'est-ce que vous foutez ici, bordel ?

—Je m'apprêtais à vous demander la même chose.

Ma vision périphérique a vu le visage de Jadwiga frémir. On aurait dit de la transmission interne.

—On vous a dit, a craché Yukio, de rester à l'écart jusqu'à ce qu'on soit prêts à vous recevoir. De ne pas vous attirer d'ennuis. C'est trop difficile pour vous ?

—C'est eux, tes amis haut placés, Micky ?

C'était la voix de Sylvie, qui sortait de la porte sur ma gauche. Elle était en peignoir, regardant étrangement les nouveaux venus. Mon sens de proximité m'a dit qu'Orr et un autre étaient aussi sortis, derrière moi. J'ai vu le mouvement reflété dans les lentilles des clones de Yukio, et repéré la crispation infime de leur visage en réaction.

— On pourrait dire ça, oui.

Les yeux de Yukio sont allés jusqu'à la voix de femme et se sont froncés. La référence à Micky l'avait peut-être déstabilisé, à moins qu'il désapprouve la nouvelle situation. Cinq contre trois.

— Vous savez qui je suis, a-t-il commencé. Alors ne compliquons pas…

— Pas la moindre idée de qui vous êtes, déjà, a commencé Sylvie d'une voix plate. Mais je sais que vous êtes chez nous, sans invitation. Alors je pense que vous feriez mieux de partir.

Le visage du yak montrait toute son incompréhension.

— Ouais, foutez-nous le camp d'ici.

Jadwiga a levé les deux mains, à mi-chemin de la garde de combat et du renvoi insultant.

— Jad…, ai-je commencé.

Mais tout avait déjà dérapé. Jad s'avançait, décidée à rendre la monnaie de sa pièce au gros bras yak. Il a réagi, tendu la main, toujours en souriant. Jad l'a feinté, *très* vite, l'a laissé sur place et l'a mis par terre avec une prise de judo. Quelqu'un a crié, derrière moi. Puis, sans précipitation, Yukio a sorti un petit blaster à particule noir et a tiré sur Jad.

Elle est tombée, illuminée par l'éclair du coup. L'odeur de viande grillée a envahi la pièce. Et tout s'est arrêté.

J'avais dû me mettre en mouvement, parce que l'un des gardes m'a bloqué, le visage surpris, les mains occupées par une paire de pistolets à cartouche Szeged. Je me suis figé, j'ai levé mes mains vides devant moi. Par terre, l'autre garde essayait de se relever. Il est tombé sur les restes de Jad.

— Bon. (Yukio a regardé le reste de la pièce, en agitant le blaster dans la direction de Sylvie.) Ça suffit. Je ne sais pas ce qui se passe ici, mais vous…

Sylvie a craché une seule syllabe.

— Orr.

Le tonnerre a de nouveau retenti dans l'espace confiné. Cette fois, il a été aveuglant. J'ai eu l'impression de voir des arcs de feu arrondis, qui m'ont dépassé et se sont séparés pour s'enfoncer dans Yukio, dans le garde devant moi, dans le type encore à moitié par terre. Le garde a tendu les bras, comme s'il accueillait la détonation qui l'a arrosé des pieds à la poitrine. Sa bouche s'est ouverte. Le reflet dans ses lentilles était incandescent.

Le feu s'est éteint, ses rémanences noyant mon champ de vision de taches violettes. J'ai cligné des yeux pour me raccrocher aux détails.

Le garde était en deux moitiés fumantes, par terre, Szeged encore en main. La décharge excessive avait fait fusionner les armes et ses poings.

L'autre n'avait pas eu le temps de se relever. Son corps, interrompu au niveau des pectoraux, gisait à côté de Jad.

Yukio avait un trou dans le tronc, qui l'avait privé d'à peu près tous ses organes internes. Le bout carbonisé de ses côtes dépassait de la partie supérieure d'un ovale presque parfait par lequel on voyait le carrelage du sol. Dans une expéria, un effet pareil aurait eu l'air presque kitsch.

La pièce s'est remplie de la puanteur soudaine des boyaux qui se vident.

— Ha. On dirait que ça a marché.

Orr m'a dépassé en regardant ce qui devait être son œuvre. Il était encore torse nu, et j'ai vu les ports de décharge qui avaient déchiré une ligne verticale d'un côté de son dos. On aurait dit de grosses ouïes de poisson, ondulant encore sous la chaleur. Il est allé droit sur Jadwiga et s'est accroupi au-dessus d'elle.

— Rayon étroit, a-t-il diagnostiqué. Ça lui a dégagé le cœur et presque tout le poumon droit. On ne peut plus rien faire pour elle.

— Que quelqu'un ferme la porte, a suggéré Sylvie.

Pour un conseil de guerre, celui-là était plutôt rapide. L'équipe de déClass avait quelques années d'opération commune, et ils communiquaient dans une déferlante sténo qui devait autant à la comm interne et aux gestes symboliques qu'à la parole proprement dite. Mon intuition de Diplo à plein rendement me permettait tout juste de suivre.

— Faire un rapport ?

Kiyoka, une petite femme dans une enveloppe maorie qui devait être sur mesure, se posait la question. Elle regardait Jad par terre et se mordait la lèvre.

— À ?

Orr a fait un geste rapide, pouce et petit doigt. Son autre main suivait les tatouages sur son visage.

— Oh. Et lui ?

Sylvie a fait quelque chose avec son visage, plus un geste bas. Je n'ai pas compris, mais j'ai tenté ma chance.

— Ils sont venus pour moi.

— Sans blague. (Orr me regardait à la limite de l'hostilité ouverte. Les ports sur sa poitrine et son dos étaient refermés, mais à voir sa musculature massive, il n'était pas difficile de les imaginer se rouvrir pour un autre coup.) Super, tes potes.

— Je pense qu'ils ne seraient pas devenus violents si Jad n'avait pas attaqué. C'était un malentendu.

— Un malenten… *putain* ! (Les yeux d'Orr se sont écarquillés). Jad est *morte*, connard.

— Elle n'est pas Vraiment Morte, ai-je répondu d'un ton penaud. Vous pouvez exciser la puce et…

— Exciser ? (Le mot est sorti avec un calme mortel. Il s'est approché, menaçant.) Tu veux que je *découpe* mon amie ?

En revoyant la position des tubes de décharge dans ma tête, je me suis dit que presque tout son flanc droit devait être artificiel, et que le pack énergétique devait être caché dans la partie inférieure de sa cage thoracique. Avec les progrès récents en nanotech, on pouvait coller de grosses boules d'énergie à peu près où on voulait, sur une distance limitée. Les fragments de nanocon suivaient l'onde comme des surfeurs, en jugulant l'énergie et en tirant le champ conteneur là où les données de lancement les dirigeaient.

Je me suis dit que quitte à le frapper, autant taper à gauche. C'était bon à savoir.

— Je suis désolé. Je ne vois pas d'autre solution pour le moment.

— Tu...

— Orr. (Sylvie a fait un geste du tranchant de la main, sur le côté). Clac, là, *heure*. (Elle a secoué la tête. Un autre signe, pouce et index écartés par les doigts de l'autre main. À voir sa tête, j'ai eu l'impression qu'elle émettait aussi sur le réseau de l'équipe.) Planque, la même. Trois jours. Marionnette. Feu et balayage. *Maintenant*.

Kiyoka a opiné.

— Logique, Orr. Laz ? Oh.

— Ouais, on peut faire ça. (Orr n'était pas super-emballé. Il était encore en colère et parlait lentement.) Ouais. Enfin. OK...

— Matos ? (Encore Kiyoka, elle compte sur une main, incline la tête.) Jet ?

— Non, pas le temps. (Sylvie, un mouvement paume tendue.) Orr et Micky. Facile. Vous vous effacez. Ça, ça et peut-être ça. En bas.

— Pigé. (Kiyoka vérifiait un écran rétinien en parlant, les yeux en l'air, à gauche, pour parcourir les données lancées par Sylvie.) Laz ?

— Pas encore. Je te fais signe. Go.

La femme en enveloppe maorie est repartie dans sa chambre, revenue une seconde après avec une grosse veste grise pour sortir par la porte principale. Elle s'est autorisée un coup d'œil en arrière pour Jadwiga. Après, partie.

— Orr. Découpe. (Le pouce vers moi.) Guevara.

Le géant m'a lancé un dernier regard noir et s'en est allé vers une caisse dans un coin de la pièce. Il en a sorti une vibrolame lourde. En revenant, il s'est planté devant moi avec son arme, assez décidé pour que je me crispe. Ce n'est qu'en comprenant l'évidence – Orr n'avait pas besoin d'un couteau pour me planter – que je me suis retenu de l'attaquer. Ma réaction physique a dû être assez évidente, parce qu'il a souri d'un air dédaigneux. Il a fait tourner le couteau dans sa main et m'a tendu la garde. J'ai pris l'arme.

— Tu veux que je le fasse ?

Sylvie s'est approchée du corps de Jadwiga et a regardé les dégâts.

— Je veux que tu prennes les piles de tes deux amis, là, oui. Je pense que tu as de l'entraînement. Tu peux laisser Jad.

— Vous la laissez là ? j'ai dit en clignant des yeux.

Orr a encore gloussé. La femme l'a regardé et a fait un geste en spirale. Réprimant un soupir, il est allé dans sa chambre.

— Laisse-moi m'occuper de Jad. (Son visage était perdu au loin, son esprit impliqué à des niveaux que je ne pouvais pas sentir.) Découpe, toi. Et pendant que tu y es, tu pourrais me dire qui on vient de tuer, exactement ?

— Bien sûr. (Je suis allé au cadavre de Yukio et l'ai retourné sur ce qui restait de l'avant de son corps.) Ça, c'est Yukio Hirayasu – un yak local, mais apparemment, c'est le fils d'un type important.

Le couteau s'est animé dans ma main, les vibrations trouvant un écho déplaisant dans la blessure à mon flanc. J'ai laissé passer un frisson, posé une main sur l'arrière du crâne de Yukio pour le stabiliser, et j'ai commencé à ouvrir la colonne vertébrale. La puanteur mêlée de la chair brûlée et de la merde n'aidait pas à se concentrer.

— Et l'autre ? a-t-elle demandé.

— Un gros bras jetable. Jamais vu.

— Il vaut le coup qu'on l'emmène ?

— C'est mieux que de le laisser, je dirais. On pourra le foutre par la fenêtre sur la route de New Hok. Celui-ci, à ta place, je le garderais pour la rançon.

— C'est bien ce que je pensais.

Le couteau a passé les derniers millimètres de vertèbres et a percé plus rapidement dans le cou. Je l'ai éteint, j'ai changé ma prise sur la poignée et j'ai commencé une nouvelle entaille, quelques vertèbres plus bas.

— Ce sont des yakuzas poids lourd, Sylvie. (J'avais les tripes qui tremblaient en me rappelant ma conversation avec Tanaseda. Le *sempai* avait fait un marché avec moi, sur la base du retour de Yukio en un seul morceau. Et il avait été assez explicite sur ce qui se passerait si ce n'était pas le cas.) Des connexions à Millsport, sans doute avec les Premières Familles. Ils vont tout vous balancer dessus.

Son regard est resté hermétique.

— Toi aussi, ils vont venir te chercher.

— Ça, je m'en occupe.

— C'est très généreux de ta part. Mais… (Elle a marqué une pause quand Orr est sorti de sa chambre, tout habillé et sur le chemin de la sortie.) Je pense qu'on est tranquilles. Ki est partie éliminer nos traces électroniques. Orr peut griller toutes les pièces de cet endroit en une demi-heure. Ce qui ne leur laisse que…

— Sylvie, c'est des yakuzas, là, pas des amateurs.

— Que des témoins oculaires, des données vidéo périphériques, et dans deux heures on est en route pour Drava. Et personne ne va nous suivre là-bas. (Il y avait une fierté soudaine et sauvage dans sa voix.) Pas les yakuzas, pas les Premières Familles, même pas ces putains de Diplos. Personne ne veut se frotter aux minmils.

Comme la plupart des fanfaronnades, elle était déplacée. Déjà, je tenais d'un vieil ami que six mois plus tôt, le commandement diplo avait répondu à l'appel d'offre pour New Hokkaido – mais les Corps diplomatiques n'étaient pas assez bon marché pour convenir à la foi ravivée du gouvernement Mecsek dans les forces libres du marché. Un sourire sur le visage de Todor Murakami, tandis qu'on partageait une pipe sur le ferry d'Akan à New Kanagawa. La fumée odorante dans l'air hivernal du canal, et le ronronnement doux du maelström, au loin. Murakami se laissait repousser les cheveux après la brosse des Diplos, et ils flottaient un peu dans le vent. Il n'aurait pas dû être là, à me parler, mais c'est difficile de donner un ordre à un Diplo. Ils savent ce qu'ils valent.

— *Eh, merde à Leo Mecsek. On lui a dit ce que ça coûterait. Il n'a pas les moyens, c'est pas notre problème, hein ? On serait censés rogner sur les frais et mettre les Diplos en danger pour qu'il puisse rendre leurs impôts aux Premières Familles ? Mon cul, ouais. On n'est pas du coin, nous…*

— *Tu es du coin, Tod,* m'étais-je senti obliger de rappeler. Tu as passé toute ton enfance *à Millsport.*

— *Tu sais ce que je veux dire.*

Je savais ce qu'il voulait dire. Le gouvernement local n'avait aucune prise sur les Corps diplomatiques. Les Diplos vont où le Protectorat a besoin d'eux, et la plupart des gouvernements prient leurs dieux respectifs de ne jamais être à ce point dans la merde qu'ils auront besoin de ce recours. Les retombées d'une intervention diplo peuvent être très désagréables pour tout le monde.

— *De toute façon, cette idée de contrat, c'est de la merde en branche.* (Todor avait soufflé sa fumée par-dessus le bastingage.) *Personne n'a les moyens de nous payer, personne ne nous fait confiance. Ça rime à quoi, hein ?*

— *Je croyais que c'était pour équilibrer les coûts non opérationnels que vous générez en restant assis à rien foutre…*

— *Ah oui, c'est vrai. Et ça arrive quand, ça ?*

—*Vraiment ? On m'a dit que c'était plutôt calme, en ce moment. Depuis Hun Home, je veux dire. Tu me racontes des histoires d'insurrections secrètes ?*

—*Eh, mec*, a répondu Todor en me repassant la pipe. *Tu te souviens ? T'es plus dans l'équipe…*

Je me souvenais.

—*Innenin !*

—*Ça éclate en bordure des souvenirs comme une bombe maraudeuse submergée qui remonte au loin, mais trop près pour que ce soit sans danger. Des tirs de lasers rouges et les cris des hommes à l'esprit dévoré par le virus Rawling.*

J'ai un rien frissonné et j'ai tiré sur la pipe. Avec sa sensibilité de Diplo, Todor a vu le problème et a changé de sujet.

—*Alors, c'est quoi cette arnaque ? Je croyais que tu traînais avec Radul Segesvar, maintenant. Nostalgie et petit crime organisé.*

—*Ouais.* (Je l'ai regardé, morne.) *Et où tu as entendu ça ?*

—*Tu sais comment ça marche.* (Haussement d'épaules.) *Par-ci par-là. Alors, pourquoi tu remontes au nord ?*

La vibrolame a de nouveau touché le muscle et la chair. Je l'ai éteinte et j'ai commencé à faire levier pour sortir la section de colonne vertébrale de la nuque de Yukio Hirayasu.

Un aristo yakuza, mort et sans pile. Avec les compliments de Takeshi Kovacs. Parce que c'est ça qu'on croirait, quoi que je fasse. Tanaseda allait m'en vouloir à mort. Hirayasu senior aussi, sans doute. Il voyait peut-être son fils comme un raté trop bavard, mais j'en doutais un peu. Et même si c'était le cas, toutes les règles d'obligation des yakuzas de Harlan l'obligeaient à corriger le problème. C'est comme ça, le crime organisé. Mafia *haiduci* de Radul Segesvar à Newpest ou yak, nord ou sud, c'est tous les mêmes. Putains de liens du sang.

En guerre contre les yakuzas.

« *Pourquoi tu remontes au nord ?* » J'ai regardé le segment excisé de colonne vertébrale, le sang sur mes mains. Ce n'était pas ce que j'avais en tête en prenant le flotteur lourd pour Tekitomura trois jours plus tôt.

— Micky ? (Le nom ne m'a rien dit, un instant.) Eh, Mick, ça va ?

J'ai levé les yeux. Elle me regardait avec inquiétude. Je me suis forcé à hocher la tête.

— Ouais, ça va.

— Alors tu penses que tu pourrais speeder un peu ? Orr va revenir, et va vouloir s'y mettre.

— Bien sûr. (Je me suis tourné vers l'autre cadavre. Le couteau s'est remis en marche.) J'aimerais bien comprendre ce que vous allez faire pour Jadwiga.

— Tu vas voir.

— Vous avez un tour ?

Elle n'a rien répondu. Elle est allée à la fenêtre et a regardé la lumière et le vacarme du jour nouveau. Puis, quand j'ai commencé la deuxième incision, elle s'est retournée vers la pièce.

— Pourquoi tu ne viens pas avec nous, Micky ?

J'ai glissé et enfoncé le couteau jusqu'à la garde.

— Quoi ?

— Viens avec nous.

— À Drava ?

— Oh, tu vas me dire que tu as de meilleures chances en luttant contre les yak à Tekitomura ?

— J'ai besoin d'un nouveau corps, Sylvie. (J'ai dégagé la lame et fini l'incision.) Celui-ci n'est pas en état de croiser des minmils.

— Et si je peux t'arranger ça ?

— Sylvie. (J'ai grogné sous l'effort en sortant le morceau d'os.) Où tu vas me trouver un nouveau corps sur New Hokkaido ? On a déjà du mal à y vivre. Où tu vas trouver l'installation ?

Elle a hésité. J'ai arrêté ce que je faisais, mon intuition de Diplo se rendant compte qu'il y avait vraiment une possibilité.

— La dernière fois qu'on est sortis, on a trouvé un bunker de commandement du gouvernement, dans les collines à l'est de Sopron. Les verrous intelligents étaient trop compliqués à pirater avec le temps qu'on avait, mais j'ai pu aller assez loin pour lancer un inventaire de base. Ils ont un medlab complet, avec unité de réenveloppement et baies de clonage cryocap. Une vingtaine d'enveloppes, du biotech de combat, d'après les signatures.

— Ouais, ce serait logique. C'est là que vous emmenez Jadwiga ?

Elle a hoché la tête.

J'ai regardé le segment de vertèbres dans ma main, les lèvres hachurées de la blessure d'où il sortait. J'ai pensé à ce que les yak me feraient s'ils me retrouvaient dans cette enveloppe.

— Combien de temps vous partez ?

— Le temps qu'il faudra, a-t-elle répondu en haussant les épaules. On a des provisions pour trois mois, mais la dernière fois, il nous a fallu moitié moins de temps pour remplir notre quota. Tu pourrais revenir plus tôt, si tu voulais. Il y a toujours un glisseur qui part de Drava.

— Et tu es sûre que le matos du bunker est en état de marche ? (Elle a souri et secoué la tête.) Quoi ?

— C'est New Hok, Micky. Là-bas, *tout* est encore en état de marche. C'est bien le problème.

Chapitre 5

Le flotteur lourd *Guns for Guevara* était exactement ce à quoi on s'attendait. Un requin discret et lourdement équipé, l'épine dorsale hérissée d'armes. En contraste marqué avec les flotteurs commerciaux qui sillonnaient les routes entre Millsport et l'archipel Safran, il n'avait aucun pont ou tourelle extérieur. La passerelle de commandement formait une bosse raccourcie sur l'avant de la structure gris terne, et les flancs s'évasaient en courbes douces et lisses. Les deux baies de chargement, ouvertes de chaque côté du nez, paraissaient faites pour dégorger des volées de missiles.

— Tu es sûre que ça va marcher ? ai-je demandé à Sylvie en atteignant la rampe de chargement.

— Relax, a grogné Orr derrière moi. C'est pas la Ligne Safran.

Il avait raison. Pour une opération dont le gouvernement disait qu'elle était menée dans des règles de sécurité très strictes, l'embarquement des déClass me paraissait particulièrement relâché. À côté de chaque soute, un agent en uniforme bleu taché prenait des documents *sur papier* et passait les flashs d'autorisation sous un lecteur qui n'aurait pas été trop déplacé dans une expéria sur les années de Colonisation. Les files du personnel en attente d'embarquement montaient et descendaient la rampe, les bagages empilés jusqu'aux chevilles. Les bouteilles et les pipes passaient de main en main dans l'air froid. Il y avait une hilarité tendue et des chahuts amicaux qui éclataient çà et là, des plaisanteries répétées sur le vieux lecteur. Les agents souriaient en retour, patients.

— Et où est Laz, putain ? se demandait Kiyoka.

— Il va venir. Comme chaque fois, a dit Sylvie en haussant les épaules.

On s'est glissés derrière la file la plus proche. La petite grappe de déClass devant nous a tourné la tête, posé un regard sur les cheveux de Sylvie, et a repris son bavardage. Elle ne détonnait pas, dans cette foule. Une grande enveloppe noire, quelques groupes plus loin, avait une crinière du même genre, en dreadlocks, et il y en avait d'autres un peu moins imposantes dans la foule.

Jadwiga était à côté de moi, silencieuse.

— Mais c'est pathologique, chez Laz, m'a dit Kiyoka en regardant tout le monde sauf Jad. Il faut toujours qu'il soit en retard, bordel.

— Il a ça dans les circuits, a dit Sylvie d'un air absent. On ne devient pas un poisson-grimace professionnel sans vivre sur la corde raide.

— Eh, moi aussi je suis un poisson-grimace, et moi je suis à l'heure.

— T'es pas un poisson-grimace pilote, a dit Orr.

— Ah ouais, je vois. Bon, on est tous… (elle a regardé Jadwiga et s'est mordu la lèvre) poissons pilotes, c'est juste une histoire de place. Laz est pas câblé différemment de moi ou de…

En regardant Jad, on n'aurait jamais cru qu'elle était morte. On l'avait nettoyée à l'appartement. Les blessures d'armes à rayon cautérisent, il n'y a donc pas beaucoup de sang. On lui a collé un gilet de combat de marine qui cachait les blessures, plus un blouson, on lui a mis des lentilles d'EV pour cacher ses yeux ouverts. Puis Sylvie est passée par le réseau de l'équipe et a enclenché ses systèmes moteurs. Ça devait demander un peu de concentration, mais à peine par rapport à ce qu'il fallait pour déployer l'équipe contre les minmils à New Hok. Elle faisait marcher Jad à sa gauche, et on était en phalange autour des deux filles. Des ordres simples aux muscles faciaux avaient fermé la bouche de la déClass morte, et sa pâleur… En fait, avec les lentilles EV et un grand sac besace sur l'épaule, Jad n'avait pas plus mauvaise mine que pour une descente de frisson et d'endorphine combinés. Et nous non plus, on ne devait pas avoir fière allure.

— Autorisations, s'il vous plaît.

Sylvie a tendu ses sorties papier, et l'agent a entrepris de passer chaque feuille sous le lecteur. Elle a dû envoyer un petit coup aux muscles de Jadwiga dans le même temps, via le réseau, parce que la morte a penché la tête, un peu raide, comme si elle regardait le flanc blindé du glisseur. Très bien joué, très naturel.

— Sylvie Oshima. Équipe de cinq, a dit l'agent en nous comptant. Matériel déjà embarqué.

— Exact.

— Allocation cabine. (Il a plissé les yeux pour lire l'écran du lecteur.) Trié. P19 à 22, pont inférieur.

Il y a eu un léger mouvement vers l'arrière de la rampe. On s'est tous retournés sauf Jadwiga. J'ai repéré des robes ocre et des Barbes, des gestes rageurs et des gesticulations.

— Qu'est-ce qui se passe ? a demandé Sylvie, très calme.

— Oh – des Barbes. (L'agent a rendu la documentation.) Ils rôdent sur le quai depuis ce matin. Apparemment, ils sont tombés sur deux ou trois déClass hier, à l'est. Ça a mal tourné. Vous savez comment ils sont, dans ce cas-là.

— Ouais. Colère. (Sylvie a pris les papiers et les a rangés dans son blouson.) Ils ont un signalement, ou ils sont prêts à prendre n'importe quel déClass ?

L'agent a souri.

— Pas de vidéo, apparemment. Le bar utilisait tout ce qu'il pouvait pour l'holoporn. Mais ils ont un témoin. Une femme, et un homme. Ah oui, la femme avait des cheveux.

— Bon sang, c'est moi tout craché, a ri Sylvie.

Orr l'a regardée bizarrement. Derrière nous, le bruit a grossi. L'agent a haussé les épaules.

— Ouais, vous ou des dizaines d'autres têtes de contrôle que j'ai fait passer ce matin. Moi, ce que je voudrais savoir, c'est pourquoi des prêtres se sont pointés dans un rade qui passe de l'holoporn ?

— Pour se branler ? a suggéré Orr.

— Ah, la religion, a soupiré Sylvie avec un serrement de gorge, comme si elle allait vomir.

À côté de moi, Jadwiga a vacillé et a tourné la tête plus brutalement que les gens le font d'habitude.

— Est-ce que quelqu'un s'est déjà rendu compte...

Sylvie a grogné, dans ses tripes. J'ai lancé un regard à Orr et Kiyoka, et vu leur visage se crisper. L'agent a continué à la regarder, curieux, pas encore inquiet.

— ... que tous les sacrements humains sont des illusions bon marché, et...

Autre son étranglé. Comme si on lui arrachait ses paroles d'un endroit pris dans la glace. Jadwiga vacillait de plus en plus. Le visage de l'agent commençait à changer. Il avait senti l'odeur de notre inquiétude. Même les déClass dans la file derrière nous oubliaient la bagarre au sommet de la rampe, se reportant sur la femme pâle et le discours qu'elle lançait par bribes.

— ... que *toute l'histoire humaine* pourrait être une simple *putain d'excuse à la con* pour l'incapacité de donner un *vrai orgasme à une femme.*

Je lui ai écrasé le pied. Très fort.

— Tout à fait.

L'agent a eu un rire nerveux. Les sentiments quellistes, même les plus poétiques, étaient encore à prendre avec des pincettes dans la culture de Harlan. Trop dangereux. L'enthousiasme pourrait amener quelqu'un vers les dernières théories politiques de Quell, et ses pratiques. On peut donner un nom de révolutionnaire à son flotteur si on veut, mais seulement s'il est trop ancien pour que qui que ce soit se rappelle pour quoi il luttait.

— Je…, a commencé Sylvie, perdue.

Orr s'est approché pour la soutenir.

— On en reparlera plus tard, Sylvie. D'abord, on va tout poser. Regarde. (Il l'a bousculée.) Jad *est morte de fatigue*, et je ne me sens pas beaucoup mieux. On pourrait…

Elle a compris. S'est redressée et a opiné de la tête.

— Ouais, plus tard.

Le cadavre de Jadwiga a arrêté de vaciller, et a même levé sa main à son front de façon réaliste.

— Le blues de la redescente, ai-je plaisanté à l'attention de l'agent, clin d'œil à l'appui.

Sa nervosité est retombée, il a souri.

— Ouais, j'ai déjà vu ça.

Des lazzis en haut de la rampe. J'ai entendu quelqu'un crier : « Abomination », puis une décharge électrique. Sans doute un poing énergétique.

— Je crois qu'ils ont eu les yeux plus gros que le ventre, a dit l'agent en regardant derrière nous. Ils auraient dû venir en force s'ils voulaient se la jouer devant les déClass. Bon, voilà pour vous. Vous pouvez monter à bord.

Nous sommes passés par l'écoutille sans que personne vacille, et nous sommes descendus dans les coursives pleines d'écho à la recherche de nos cabines. Derrière moi, le cadavre de Jad gardait son pas mécanique. Le reste de l'équipe faisait comme s'il ne s'était rien passé.

— C'était quoi, ces conneries ?

J'ai fini par poser la question une demi-heure plus tard. L'équipe de Sylvie se tenait autour d'elle dans la cabine, mal à l'aise. Orr devait se voûter pour tenir sous les armatures de renfort du plafond. Kiyoka regardait par le seul hublot sans tain, trouvant quelque chose de très intéressant dans l'eau du dehors. Jadwiga était allongée sur le ventre sur une couchette. Toujours aucun signe de Lazlo.

— C'était un bug.

— Un bug. Et ça t'arrive souvent, ce genre de court-circuit ?

— Non. Pas souvent.

— Mais ça t'est déjà arrivé.

Orr est passé sous une poutrelle pour me rejoindre.

— Eh, lâche-la, Micky. Personne ne t'a forcé à venir avec nous. Si t'es pas content, tu peux foutre le camp, hein…

— Je suis curieux, c'est tout. Qu'est-ce qu'on fait si Sylvie lâche la rampe et commence à lancer des quellismes en pleine rencontre contre les minmils ? C'est tout.

— Tu nous laisses nous occuper des minmils, a dit Kiyoka d'un ton mort.

— Ouais, Micky, a ri Orr. C'est notre boulot. Toi, tu profites de la balade.

— Je veux juste…

— Ferme ta gueule si tu…

— Bon… (Elle a parlé très calmement, mais Orr et Kiyoka se sont retournés vers elle.) Pourquoi vous ne nous laissez pas tous les deux, Micky et moi, pour qu'on en parle ?

— Euh, Sylvie, il est…

— Il a le droit de savoir, Orr. Tu nous laisses ?

Elle les a regardés sortir, a attendu que la porte de la cabine se déplie, puis a pris un siège.

— Merci, ai-je dit.

— Bon. (Elle a tendu la main dans la masse de ses cheveux et a saisi le câble central.) Tu connais le principe. Il y a plus de capacité de traitement là-dedans que dans la plupart des bases de données de la ville.

Elle a lâché le câble et secoué la tête pour remettre les cheveux en place. Un petit sourire a fleuri sur ses lèvres.

— Là-bas, on peut se manger une attaque virale assez méchante pour écraser un esprit humain comme de la pulpe de fruit. Ou juste des codes interactifs minmils qui essaient de se reproduire, des systèmes d'intrusion machine, des façades de personnalités artificielles, des débris de transmission, tout et n'importe quoi. Il faut que je puisse contenir tout ça, le trier et l'utiliser sans rien laisser filtrer dans le réseau. C'est ça, mon taf. Tout le temps. Et même si on paie un bon nettoyage après coup, il reste des saloperies dans les coins. Des traces de code résistant. (Elle a frissonné.) Des données fantômes. Il y a des trucs implantés là-dedans, derrière les amortisseurs, auxquels je ne veux même pas penser.

— On dirait que c'est le moment de changer le matos.

— Ouais. (Un sourire amer.) Mais je n'ai pas les moyens, là tout de suite. Tu saisis ?

Je saisissais.

— Techno récente. C'est la merde, hein.

— Ouais. Les prix de la techno de pointe, c'est le royaume du n'importe quoi. Ils prennent le financement de la guilde, les fonds de défense du Protectorat, et après ils font porter les coûts de la R & D de Sanction à des clampins comme moi.

— Le prix du progrès, hein…

— Ouais, j'ai vu la pub. Connards. Bon, ce qui m'est arrivé, là, c'est juste un peu de boue dans les conduits, rien de grave. Peut-être en rapport avec le piratage de Jad. Je fais rarement ça, c'est de la capacité inutilisée. Et c'est généralement là que le système de gestion des données largue les restes. Le SysNer de Jad a dû me demander beaucoup de puissance, et hop, on vire les déchets.

— Tu te rappelles ce que tu disais ?

— Pas vraiment. (Elle s'est passé la main sur le côté du visage, les doigts appuyés contre un œil.) Un truc sur la religion ? Sur les Barbes.

— Ouais, en gros. Tu es partie de là, mais après tu as commencé à paraphraser des vieux textes de Quellcrist Falconer. Tu serais pas quelliste, toi ?

— Putain, non.

— C'est bien ce qu'il me semblait.

Elle y a réfléchi un moment. Sous nos pieds, les moteurs du *Guns for Guevara* ont commencé à tourner doucement. Départ imminent pour Drava.

— J'ai pu le choper sur un drone de dissémination. Il en reste encore pas mal à l'est – leur prime de déClassement ne mérite pas qu'on s'en occupe, alors on les laisse tant qu'ils ne foutent pas en l'air les comlinks locaux.

— Il y aurait du quelliste dedans ?

— Oh oui. Au moins quatre ou cinq des factions qui ont niqué New Hok étaient d'inspiration quelliste. Tu parles, il paraît même que Quell se battait là-haut, quand la Décolo a commencé.

— Ouais, c'est ce qu'on dit.

La porte a sonné, Sylvie m'a fait un petit geste de la tête, et je suis allé ouvrir. Dans le couloir frissonnait un petit homme fin, avec de longs cheveux noirs attachés en queue-de-cheval. Il suait à grosses gouttes.

— Lazlo. (Pure déduction de ma part.)

— Ouais. Et toi, t'es qui ?

— Longue histoire. Tu veux parler à Sylvie ?

— Ce serait bien, ouais. (Bonne dose d'ironie. Je me suis écarté pour qu'il entre. Sylvie l'a regardé de la tête aux pieds.) Je suis passé par le lanceur de radeaux, a annoncé Lazlo. Quelques coupe-circuits pour passer, sept mètres à ramper dans une cheminée en acier poli. Du gâteau.

Sylvie a soupiré.

— Ce n'est pas génial, Laz, ce n'est pas intelligent, et un jour tu vas rater le bateau. Et qu'est-ce qu'on fera, à ce moment-là ?

— Eh bien, on dirait que tu cherches déjà des remplaçants. (Regard dans ma direction.) C'est qui, ça ?

— Micky, Lazlo. (Un petit geste désinvolte de l'un à l'autre.) Lazlo, voici Micky la Chance. Compagnon de voyage temporaire.

— Tu l'as fait rentrer avec mes papiers ?

— Tu ne t'en sers jamais.

Lazlo a repéré Jadwiga sur le drap et a souri. Il a traversé la cabine et lui a collé une claque sur les fesses. Voyant qu'elle ne réagissait pas, il a froncé les sourcils. J'ai fermé la porte.

— Bon Dieu, qu'est-ce qu'elle a pris hier ?

— Elle est morte, Laz.

— *Morte ?*

— Pour le moment, oui. (Sylvie m'a regardé.) Tu as raté une bonne partie de la danse, depuis hier.

Lazlo a suivi le regard de Sylvie.

— Et tout est lié au grand synthé brun, là, non ?

— Si, ai-je répondu. Comme je t'ai dit, c'est une longue histoire.

Lazlo est allé à la niche lavabo et a fait couler de l'eau dans ses mains. Il a baissé la tête dans l'eau et a reniflé. Puis il a passé le reste d'eau dans ses cheveux, s'est redressé et m'a regardé dans le miroir. S'est tourné vers Sylvie.

— OK, capitaine. Je t'écoute.

Chapitre 6

Il a fallu une journée et une nuit pour arriver à Drava. Une fois passé le milieu de la mer d'Andrassy, le *Guns for Guevara* a mis les machines au minimum, déployé le filet de senseurs aussi loin que possible, et réveillé les armes. Officiellement, le gouvernement Mecsek disait que les minmils avaient toutes été conçues pour la guerre terrestre, et n'avaient donc aucun moyen de quitter New Hok. Au sol, les équipes de déClass avaient rapporté des engins qui n'étaient pas décrits dans les archives des machines intelligentes militaires, ce qui suggérait qu'au moins une partie des armes encore larguées sur le continent avait trouvé une façon d'évoluer au-delà de leurs paramètres d'origine. On murmurait que des nanotechs expérimentaux avaient échappé à tout contrôle. Officiellement, les nanotechs étaient trop grossiers et trop mal compris à l'époque de la Décolo pour qu'on les ait déployés en tant qu'armes. La rumeur était niée, traitée de propagande antigouvernementale, mais le point de vue officiel faisait rire partout où l'on trouvait un interlocuteur intelligent. Sans couverture aérienne ou satellite, aucun moyen de prouver l'une ou l'autre version. Le mythe et la désinformation régnaient en maîtres.

Bienvenue sur Harlan.

— Difficile à croire, a murmuré Lazlo pendant qu'on couvrait les derniers kilomètres de l'estuaire et qu'on entrait dans les docks déserts de Drava. Quatre siècles sur cette putain de planète, et on ne peut toujours pas décoller.

Il avait réussi à entrer dans l'une des galeries d'observation en plein air qui s'étaient ouvertes sur la colonne vertébrale du glisseur une fois que nous étions passés sous la couverture scan de la base de Drava. Et d'une façon encore plus incompréhensible, il nous avait convaincus de l'accompagner. Nous étions tous là, à frissonner dans l'air humide du petit matin tandis que les quais vides de Drava glissaient de part et d'autre. Au-dessus de nous, le ciel était d'un gris fatidique.

Orr a relevé le col de son blouson.

— Si tu trouves le moyen de déClass une station orbitale, Laz, tu nous fais signe.

— Ouais, ça m'intéresse aussi, a dit Kiyoka. Si on descend une orbitale, on m'enverra Mitzi Harlan me brouter tous les matins pour le restant de mes jours.

C'était du courant, dans les équipes de déClass. Le même genre que les baleines à bosse de cinquante mètres dont parlaient les capitaines de navire dans les bars de Millsport. Même si on rapportait beaucoup de New Hok, ça restait à l'échelle humaine. Même si les minmils étaient très hostiles, c'étaient des choses que nous avions construites nous-mêmes, et elles avaient à peine trois siècles. Rien de comparable avec l'attrait du matériel martien laissé en orbite de Harlan environ cinq cent mille ans plus tôt. Du matériel qui, pour des raisons connues de lui seul, brûlait tout ce qui décollait du sol d'un trait de feu céleste.

Lazlo a soufflé sur ses mains.

— Ils auraient déjà pu les descendre s'ils avaient voulu.

— Allez, c'est reparti, a dit Kiyoka en roulant des yeux.

— On raconte beaucoup de conneries sur les orbitales, a dit Lazlo, entêté. Qu'elles descendent tout ce qui décolle de plus gros qu'un hélico, par exemple, mais il y a quatre cents ans, on a réussi à faire atterrir les barges de colonisation sans problème. Ou… (Orr a reniflé. J'ai vu Sylvie fermer les yeux) les gros hyperjets du gouvernement qui se trouvent sous le pôle : rien ne les touche, eux, quand ils décollent. Et toutes les fois où les stations orbitales détruisent un truc à la surface. Ils n'aiment pas en parler, de ça. Ça arrive tout le temps. Je suis sûr que vous n'avez pas entendu parler du dragueur qu'on a retrouvé en morceaux du côté de Sanshin Point…

— Si, j'en ai entendu parler, a répondu Sylvie, agacée. Pendant qu'on t'attendait hier matin. Le rapport a dit qu'il a touché terre la pointe en avant. Tu cherches une conspiration alors qu'il n'y a que de l'incompétence.

— Bien sûr qu'ils disent ça, pilote. Qu'est-ce qu'ils pourraient dire d'autre ?

— Oh, putain…

— Laz, mon petit, a commencé Orr en laissant tomber son bras sur les épaules du poisson-grimace. Si ç'avait été du feu céleste, il ne serait rien resté à trouver. Tu le sais. Et tu sais aussi qu'il y a un putain de trou dans la couverture, à l'équateur, assez gros pour faire passer toute une flotte de barges de colonisation, si on fait bien ses calculs. Alors tu lâches ta conspiration à la con et tu regardes le paysage que tu nous as fait venir voir.

C'était impressionnant. À l'époque, Drava était à la fois portail de commerce et port maritime pour tout New Hokkaido. Les quais voyaient passer les expéditions de toutes les grandes villes de la planète, et l'architecture derrière les docks remontait une dizaine de kilomètres dans les terres, pour loger près de cinq millions de personnes. Au faîte de son pouvoir commercial, Drava rivalisait avec Millsport par sa richesse et sa sophistication, et la garnison navale était l'une des plus fortes dans l'hémisphère Nord.

À présent, on passait devant des rangées d'entrepôts des années de Colonisation, avec des containers et des grues tombés sur les docks comme des jouets d'enfants, et des navires marchands coulés à l'ancre de bord à bord. Il y avait de drôles de taches chimiques à la surface de l'eau, et les seuls êtres vivants à la ronde étaient les razailes qui battaient timidement des ailes sur le toit rouillé d'un entrepôt. L'un d'eux a basculé la tête en arrière et poussé un cri de défi en nous voyant passer. Mais on sentait que le cœur n'y était pas.

— Fais attention à ces trucs-là, m'a dit Kiyoka. Ils n'ont pas l'air bien dangereux, mais ils sont malins. Sur cette côte, ils ont déjà éliminé presque toutes les mouettes, et de temps en temps ils attaquent les humains.

— C'est leur planète, ai-je répondu en haussant les épaules.

Les fortifications de l'avant-poste de déClass sont apparues. Des centaines de mètres de fil rasoir autonome qui rampaient sans cesse selon leurs paramètres de patrouille, des rangées dentelées de blocs araignées au sol et des sentinelles robotisées sur les toits alentour. Dans l'eau, quelques sous-marins automatisés ont sorti des tours coniques de la surface, couvrant toute la courbe de l'estuaire. Les cerfs-volants de surveillance flottaient à intervalles réguliers, attachés à des amarres de grues et à un mât de communication au cœur de l'avant-poste.

Le *Guns for Guevara* a mis en panne et s'est laissé glisser entre deux sous-marins. Du côté quai, quelques silhouettes se sont arrêtées de travailler et ont salué les nouveaux arrivants de la voix. Presque tout le travail était mécanisé, silencieux. La sécurité de l'avant-poste a interrogé l'intelligence navigatrice du flotteur, puis a donné l'autorisation. Le système d'autoamarre a parlé aux logements dans le quai, accepté la trajectoire et a tiré. Les câbles se sont resserrés et ont tracté le navire. Un couloir de débarquement articulé s'est déplié pour relier l'écoutille de chargement du quai. L'antigrav stabilisatrice a hissé le navire au niveau d'amarrage avec un sifflement. Portes ouvertes.

— C'est l'heure de partir, a annoncé Lazlo avant de disparaître comme un rat dans son trou.

Orr a fait un geste obscène dans son dos.

— Pourquoi tu nous as fait venir ici, si t'étais si pressé de descendre ?

Une réponse indistincte a flotté jusqu'à nous. Ses pieds ont résonné contre le sol métallique.

— Ah, fous-lui la paix, a dit Kiyoka. Personne ne bouge avant qu'on ait parlé à Kurumaya, de toute façon. Il va y avoir la queue autour du préfa.

— Qu'est-ce qu'on fait pour Jad ? a demandé Orr à Sylvie.

— On la laisse ici.

La tête de contrôle regardait l'installation laide en préfa bulle gris avec une expression étrangement captivée. Difficile de croire que c'était la vue. Elle écoutait peut-être les systèmes machine, les sens ouverts, perdue dans le déluge de transmission. Elle s'est reprise d'un coup et s'est tournée vers l'équipage.

— On a les cabines jusqu'à midi. Pas besoin de la bouger avant de savoir ce qu'on fait.

— Et le matériel ?

Sylvie a haussé les épaules.

— Pareil. Je ne vais pas trimballer tout ça dans Drava toute la journée en attendant que Kurumaya nous accorde un moment.

— Tu crois qu'il va nous laisser reprendre la rampe ?

— Après la dernière fois ? Ça m'étonnerait.

Sous le pont, les couloirs étroits étaient encombrés de déClass qui se bousculaient et portaient leur barda à l'épaule ou sur la tête. Les portes des cabines étaient repliées, les occupants réduisant au maximum l'encombrement de leur bagage avant de se lancer dans la cohue. Des cris vifs ricochaient par-dessus les têtes. Le flot avançait lentement, vers l'écoutille de débarquement bâbord. Nous nous sommes insérés dans la foule et avons piétiné avec elle, Orr en tête. Je restais en arrière, pour protéger ma blessure du mieux possible. J'ai quand même pris quelques coups. J'ai subi, les dents serrées.

Plus tard – j'aurais dit *beaucoup* plus tard – nous sommes sortis au milieu des bulles préfas. La nuée de déClass nous a dépassés vers le mât central. À mi-chemin, Lazlo nous attendait sur une caisse d'emballage en plastique retournée. Il souriait.

— Il vous en a fallu, du temps.

Orr, avec un grognement, a fait semblant de le frapper. Sylvie a soupiré.

— Au moins, dis-moi qu'on a un jeton de queue.

Lazlo a ouvert la paume avec tout le sérieux d'un illusionniste et a présenté un fragment de cristal noir sur sa paume. Le numéro cinquante-sept s'est défini à partir d'un petit point de lumière floue en son cœur. Sylvie et ses compagnons ont lâché quelques jurons en voyant ça.

— Ouais, ça va prendre un peu de temps. (Lazlo a haussé les épaules.) Des restes d'hier. Ils sont encore en train d'affecter les anciens arrivants. Apparemment, il s'est passé un truc sérieux dans la zone nettoyée, la nuit dernière. Autant aller manger.

Il nous a fait traverser le campement jusqu'à une longue remorque argentée adossée à l'une des clôtures du périmètre. Des tables et des chaises moulées bon marché avaient poussé dans l'espace autour de l'écoutille de service. Il y avait plusieurs clients, l'air endormi et tranquille autour de leur café et de leur ration de petit déjeuner. Derrière l'écoutille, trois employés allaient et venaient comme sur des rails. La vapeur et l'odeur de la nourriture flottaient jusqu'à nous, assez fortes pour déclencher même le pauvre odorat/goût de mon enveloppe synthétique.

— Miso et riz pour tout le monde ? a demandé Lazlo.

Grognements d'assentiment des déClass qui s'attablaient. J'ai secoué la tête. Pour les papilles synthé, même une bonne soupe miso a un goût d'eau de vaisselle. J'ai accompagné Lazlo à l'écoutille de service pour voir ce qu'ils vendaient d'autre. Je me suis pris un café et quelques pâtisseries riches en féculents. J'allais sortir ma puce de crédit quand Lazlo a tendu la main.

— Eh, c'est pour moi. Laisse.

— Merci.

— Pas de souci. Bienvenue chez les Furtifs de Sylvie. J'ai un peu oublié de te le dire, hier. Désolé.

— Ça faisait beaucoup à encaisser, faut dire.

— Ouais. Tu veux autre chose ?

Il y avait un présentoir sur le comptoir, avec des patchs analgésiques. J'ai pris quelques bandes et je les ai montrées à l'employé. Lazlo a opiné du chef, sorti une puce de crédit et l'a lancée sur le comptoir.

— Alors t'as dégusté ?

— Oui. Dans les côtes.

— C'est bien ce que je me disais, à te voir bouger. Nos amis d'hier ?

— Non. Avant.

— T'es occupé, toi, a-t-il dit en haussant les sourcils.

— T'imagines même pas.

J'ai pris une dose sur une des bandes, j'ai remonté ma manche et appliqué le patch. Tiédeur du bien-être artificiel au creux du coude. On a pris les plateaux de nourriture et on les a rapportés à table.

Les déClass mangeaient dans un silence concentré qui détonnait avec leurs chamailleries précédentes. Autour de nous, les tables ont commencé à se remplir. Quelques personnes ont salué les équipiers de Sylvie d'un hochement de tête au passage, mais la norme était plutôt distante. Les équipages restaient entre eux, par petites grappes. Des éclats de conversation passaient autour de moi, riches en stats et avec le même calme froid que j'avais observé chez mes compagnons depuis que je les connaissais. Les employés criaient les numéros de commande, et quelqu'un avait un récepteur réglé sur une station de jazz époque Colonisation.

Détendu et délivré de la douleur grâce au patch, j'ai entendu la musique et l'ai sentie me renvoyer direct à ma jeunesse à Newpest. Les vendredis soir chez Watanabe – le vieux Watanabe était un grand fan de jazz Colo ; il en passait tout le temps, accompagné des grognements rapidement ritualisés de ses jeunes clients. Il suffisait de rester assez longtemps chez Watanabe pour se faire avoir. Quoi qu'on aime comme genre, on se laissait conquérir par ces rythmes bancals.

— C'est du vieux, ça, ai-je dit en indiquant les enceintes de la caravane.

— Bienvenue à New Hok, a grogné Lazlo.

Quelques sourires, et un échange de gestes où les doigts se touchaient.

— T'aimes bien ce machin ? m'a demandé Kiyoka en mâchant son riz.

— Ce genre de truc, ouais. Ce morceau-là, je ne le reconnais…

— Dizzy Csango et le Grand Champignon Rigolard, a dit Orr d'un coup. *Descente d'elliptique.* Mais c'est une reprise d'un standard de Blacman Taku, à l'origine. Taku n'aurait jamais utilisé un violon.

J'ai lancé un regard étonné au géant.

— Ne l'écoute pas, a dit Sylvie en se grattant les cheveux. Si tu retournes à Taku et Ide, ils ont le son gipsy de partout. Ils l'ont juste viré pour les sessions Millsport.

— C'est pas…

— Sylvie ! Vous êtes déjà revenus ?

Une jeune tête de contrôle, avec les cheveux dressés par l'électricité statique, s'est arrêtée à notre table. Il avait un plateau de café en équilibre sur la main gauche, et un gros câble de feed sur l'épaule droite, qui battait un peu. Sylvie a souri.

— Salut, Oishii. Je t'ai manqué ?

Oishii a fait semblant de s'incliner. Le plateau sur ses doigts n'a pas bougé d'un iota.

— Comme toujours. Plus que je ne pourrais le dire pour Kurumaya-san. Tu comptes le voir aujourd'hui ?

— Pas toi ?

— Nan, on ne sort pas. Kasha a chopé une sorte de splash de contre-int la nuit dernière. Elle ne sera pas sur pieds avant deux ou trois jours. On est à la coule. (Oishii a haussé les épaules.) Tous frais payés. Fonds d'urgence.

— Fonds d'urgence ? a rugi Orr. Qu'est-ce qui s'est passé, hier ?

— Vous n'êtes pas au courant ? (Oishii a fait le tour de la table du regard, étonné.) Pour la nuit dernière. Vous n'avez pas entendu ?

— Non, a dit Sylvie patiemment. C'est pour ça qu'on te demande.

— D'accord. Je pensais que tout le monde serait au courant, maintenant. On a un noyau de co-op en maraude. Dans la zone nettoyée. La nuit dernière, il a commencé à assembler de l'artillerie. Canon autopropulsé, et un gros. Châssis scorpion. Kurumaya a fait partir tout le monde avant qu'on se prenne un barrage.

— Il reste quelque chose ? a demandé Orr.

— Personne n'en sait rien. On a descendu les assembleurs principaux en même temps que le canon, mais beaucoup de petits trucs se sont fait la malle. Des drones, des secondaires, ce genre de saletés. Quelqu'un a dit qu'il avait vu des karakuri.

— Ouais, c'est ça, a gloussé Kiyoka.

— C'est ce qu'on m'a dit, a insisté Oishii.

— Des marionnettes mécha ? Putain, non. (Kiyoka se mettait en jambes.) Ça fait presque un an qu'il n'y a plus de karakuri dans la ZN.

— Et pas de machines co-op non plus, a fait remarquer Sylvie. Putain… Oishii, tu penses qu'on a une chance d'avoir une mission aujourd'hui ?

— Vous ? (Oishii a souri une nouvelle fois.) Aucune chance, Sylvie. Pas après la dernière fois.

— C'est bien ce que je pensais.

La piste de jazz a disparu sur une note enlevée. Une voix l'a remplacée, une voix de gorge, féminine, insistante. Ses mots avaient une connotation archaïque.

— Et voici la version de *Descente d'elliptique* par Dizzy Csango, une nouvelle lumière sur un vieux thème, comme le quellisme illumine les anciennes injustices de l'ordre économique que nous avons embarquées avec nous depuis les profondeurs obscures de la Terre. Naturellement, Dizzy a été un quelliste confirmé toute sa vie, et il a souvent dit…

Les déClass assemblés ont grogné en chœur.

— Ouais, et un junkie à la meth toute sa vie, aussi ! a crié quelqu'un.

La DJ de propagande a continué parmi les cris. Elle chantait la même chanson depuis des siècles. Mais les plaintes des déClass ne paraissaient pas bien virulentes. Aussi à l'aise que nos protestations contre la programmation de Watanabe. Je commençais à comprendre pourquoi Orr s'y connaissait tant en jazz Colo.

— Il faut que je file, a dit Oishii. On se reverra peut-être chez Annette.

— Ouais, peut-être.

Annette… J'ai compris – merci l'intuition diplo : la zone à net, toutes les saletés qu'on avait pu larguer dans le coin, et que personne n'avait encore supprimées. Chez Annette, ça sonnait quand même moins stressant.

Sylvie a regardé l'autre partir et s'est penchée vers Lazlo.

— On en est où, niveau temps ?

Le poisson-grimace a sorti le jeton de queue. Le numéro était passé à cinquante-deux. Sylvie a soupiré d'un air excédé.

— Et c'est quoi, les karakuri ? ai-je demandé.

— Des marionnettes mécha, a dit Kiyoka d'un air désinvolte. T'inquiète pas, tu risques pas d'en voir par ici, on les a toutes nettoyées l'année dernière.

Lazlo a rangé le jeton dans sa poche.

— Ce sont des unités de facilitation. Il y en a de toutes les dimensions, de toutes les formes. Les petites sont de la taille d'un razaile, mais elles ne volent pas. Des bras et des jambes. Armées, parfois, et elles sont rapides. (Il a souri.) Pas très amusant.

Une crispation soudaine de Sylvie, impatiente. Elle s'est levée.

— Je vais parler à Kurumaya. Je pense qu'il serait temps qu'on se porte volontaires pour du ramassage.

Protestations générales, plus fortes que celles que la DJ de propagande avait suscitées.

— Déconne...

— Ça paie que dalle, le ramassage, capitaine...

— C'est comme si on faisait la manche...

Sylvie a levé les mains.

— Les mecs, je m'en cogne, d'accord ? Si on ne grille pas la file d'attente, on ne sera pas partis avant demain. Et c'est pas bon. Au cas où vous auriez oublié, dans pas longtemps, Jad va avoir un parfum assez spécial.

Kiyoka a détourné la tête. Lazlo et Orr ont marmonné dans leur soupe miso.

— Quelqu'un vient avec moi ?

Silence et regards détournés. J'ai jeté un coup d'œil à la ronde, puis je me suis levé, savourant la nouvelle absence de douleur.

— Bien sûr, moi je veux bien. Ce Kurumaya, il ne mord pas, hein ?

À voir sa tête, la question restait ouverte.

Sur Sharya, j'avais traité avec un chef nomade, un cheik qui avait planqué sa fortune dans toutes les bases de données du monde et qui choisissait de passer son temps avec des troupeaux de bisons génétiquement adaptés et à moitié sauvages dans la plaine de Jahan. Il vivait dans une tente à énergie solaire. Directement ou non, près de cent mille nomades armés de la steppe lui devaient allégeance. Et quand on tenait conseil avec lui sous cette tente, on sentait l'autorité qui émanait de lui.

Shigeo Kurumaya était une version plus pâle du même bonhomme. Il dominait son préfa de commandement par son intensité muette et attentive. Il était assis derrière un bureau chargé d'équipement de monitoring et entouré par une phalange de déClass attendant leur mission. C'était une tête de contrôle, comme Sylvie, des cheveux gris et noirs nattés pour montrer le câble central attaché façon samouraï, avec mille ans de retard.

— Déploiement spé, chaud devant. (Sylvie nous a frayé un chemin à coups d'épaules dans la masse des déClass). Excusez-nous. Déploiement spé. Bordel, vous me laissez passer, oui ? Déploiement spé.

Ils se sont écartés à contrecœur et on est arrivés devant. Kurumaya a à peine levé les yeux de sa conversation avec une équipe de trois déClass enveloppés dans un corps jeune et mince que je commençais à identifier comme le standard du poisson-grimace. Son visage est resté impassible.

— À ma connaissance, vous n'êtes pas en déploiement spécial, Oshima-san, a-t-il dit calmement.

Autour de nous, les déClass ont laissé éclater leur énervement. Kurumaya les a balayés du regard jusqu'à ce que le silence revienne.

— Comme je disais…

— Je sais, l'a interrompu Sylvie avec un geste d'apaisement. Je sais que je ne l'ai pas, Shiego. Mais je le veux. Je porte les Furtifs volontaires pour un ramassage de karakuri.

Ça a aussi fait parler, mais moins fort. Kurumaya a froncé les sourcils.

— Vous *voulez* faire du ramassage ?

— Je vous demande un passe. Les gars ont des sales dettes chez eux, et ils aimeraient déjà être au travail. S'il faut faire du ramassage pour ça, on y va.

— Fais la queue comme tout le monde, salope, a dit quelqu'un derrière nous.

Sylvie s'est tendue mais ne s'est pas retournée.

— J'aurais dû me douter que tu verrais les choses comme ça, Anton. Toi aussi, tu voulais te porter volontaire ? Prendre ce qui présentait, faire du porte-à-porte. À mon avis, ton équipage ne t'aurait pas remercié.

J'ai regardé les déClass et j'ai trouvé Anton, grand et carré sous une crinière de commande teinte d'une demi-douzaine de couleurs incompatibles entre elles. Il s'était fait poser des lentilles pour que ses yeux ressemblent à des roulements à bille, et il avait des circuits sous ses pommettes slaves. Il a frémi, mais n'a fait aucun geste. Ses yeux métalliques et morts se sont posés sur Kurumaya.

— Allez, Shigeo, a souri Sylvie. Ne me dites pas que tous ces gens font la queue pour aller faire du ramassage. Combien de vieux vont se porter volontaires pour ces conneries ? Vous envoyez les jeunots, sur ce coup-là, parce que personne d'autre ne veut le faire pour si peu d'argent. Je vous fais une fleur, et vous le savez.

Kurumaya l'a regardée de la tête aux pieds, puis a fait un signe de tête aux trois poissons-grimace. Ils se sont écartés avec un air boudeur. L'holocarte a disparu. Kurumaya s'est renfoncé dans son fauteuil et a regardé Sylvie.

— Oshima-san, la dernière fois que je vous ai fait partir en avance, vous avez négligé votre mission et vous avez disparu vers le nord. Comment puis-je être certain que vous n'allez pas recommencer ?

— Shig, vous m'avez envoyée regarder une *épave*. Quelqu'un était passé avant nous, il ne restait rien. Je vous l'ai dit.

— Quand vous avez fini par revenir, oui.

— Oh, soyez raisonnable. Comment je pouvais déClass ce qui était déjà démoli ? On a mis les bouts parce qu'il ne restait rien.

— Ça ne répond pas à ma question. Comment puis-je vous faire confiance cette fois ?

Sylvie a poussé un soupir théâtral.

— Bon sang, Shig. T'as une queue-de-cheval à traitement rapide, sers-t'en. Je t'offre un service en échange d'une possibilité de gagner rapidement. Sans ça, j'attends après-demain de revenir te voir, toi tu n'as que des bleus comme ramasseurs, tout le monde y perd. Et ça nous avance à quoi ?

Personne n'a bougé. Puis Kurumaya a regardé l'une des unités sur le bureau. Une spirale de données s'est allumée.

— C'est qui, le synthé ?

— Oh. (Sylvie a fait les gestes de présentation.) Nouvelle recrue. Micky la Chance. Soutien en armement.

— Depuis quand Orr a-t-il besoin ou envie d'avoir du soutien ? a demandé Kurumaya en haussant un sourcil.

— C'est un essai. L'idée est de moi. (Sylvie a eu un grand sourire.) À mon avis, là-bas, on a rarement trop de soutien.

— Peut-être. (Kurumaya m'a regardé.) Mais ton nouvel ami a pris des coups.

— C'est juste une égratignure, ai-je dit.

Les couleurs ont dansé sur la spirale. Kurumaya a regardé sur le côté, et des chiffres se sont solidifiés au sommet. Il a haussé les épaules.

— Très bien. Soyez à la grande porte dans une heure, apportez votre matériel. Vous aurez le tarif d'entretien standard par jour, plus dix pour cent de bonus d'ancienneté. C'est ce que je peux faire de mieux. Prime pour toutes les destructions, table MIM.

Elle lui a lancé un autre grand sourire.

— Ce sera très bien. On sera prêts. Contente d'avoir pu faire affaire avec toi, Shiego. Allez, Micky.

Nous nous sommes retournés pour partir, et elle a froncé le visage en recevant une communication. Elle s'est retournée d'un coup vers Kurumaya, irritée.

— Oui ?

Il lui a souri gentiment.

— Soyons bien clairs, Oshima-san. Tu seras prise dans une opé de ramassage avec d'autres équipes. Si tu essaies de te faire la malle comme la dernière fois, je le saurai. Je ferai supprimer ton autorisation et je te ferai ramener, même si je dois déployer tous les ramasseurs pour ça. Si tu veux te faire arrêter par des balayeurs et ramener ici par la peau du cul, n'hésite pas.

Sylvie a de nouveau soupiré, secoué la tête et a traversé la foule des déClass. Quand nous sommes passés devant Anton, il a montré les dents.

— Tarif entretien, Sylvie. On dirait que tu as enfin trouvé ton niveau.

Puis il s'est crispé, ses yeux ont basculé en arrière et son expression s'est effacée quand Sylvie est rentrée dans sa tête pour tordre quelque chose. Il a vacillé, et le déClass à côté de lui l'a soutenu par le bras. Il a fait un bruit de boxeur qui prend un sale coup. La voix pâteuse, vexée.

— Putain de…

— Ta gueule, le bouseux.

Les mots ont flotté derrière elle, laconiques, tandis que nous quittions le préfa.

Elle ne l'avait même pas regardé.

Chapitre 7

La porte était une simple feuille de blindage en alliage gris de six mètres de large sur dix de haut. Des glisseurs antigrav à chaque bout étaient montés sur des rails dans la surface intérieure des tours de vingt-deux mètres, surmontées de robots sentinelles. Si on se tenait assez près du métal gris, on entendait le grattement continu des barbelés autonomes de l'autre côté.

Les volontaires au ramassage de Kurumaya se tenaient en petits groupes devant la porte, leurs conversations à voix basse entrecoupées de grandes fanfaronnades. Comme Sylvie l'avait prédit, la plupart étaient jeunes et sans expérience, deux aspects rendus évidents par le peu d'aisance qu'ils mettaient à préparer leur attirail et la façon dont ils regardaient autour d'eux. Leur matériel n'était pas très impressionnant. Leurs armes semblaient sortir de surplus militaires obsolètes, et ils ne devaient pas avoir plus d'une dizaine de véhicules – qui transporteraient peut-être la moitié de la cinquantaine de déClass présents. Certains n'étaient même pas antigrav. Apparemment, les autres feraient le balayage à pied.

Les têtes de contrôle étaient rares.

— C'est comme ça que ça marche, a dit Kiyoka presque avec tendresse.

Elle s'est appuyée sur le nez du rampeur grav que je pilotais. Le petit véhicule a oscillé sous le poids, et j'ai poussé le champ stationnaire pour compenser.

— Tu vois, la plupart des têtards n'ont pas d'argent, ils arrivent presque sans système. Ils essaient de gagner de quoi payer leurs améliorations avec du ramassage et peut-être une ou deux primes faciles en bordure de chez Annette. S'ils ont de la chance, ils font du bon travail et quelqu'un les remarque. Une équipe les engage après avoir eu des pertes.

— Et sinon ?

— Sinon, ils vont se faire pousser les cheveux. (Lazlo a souri depuis une des nasses d'un des deux autres rampeurs, où il farfouillait.) Pas vrai, capitaine ?

— Ouais, c'est ça.

Il y avait de l'amertume dans la voix de Sylvie. Près du troisième rampeur, avec Orr à côté d'elle, elle essayait une fois de plus de faire passer Jad pour un être vivant, et on voyait que ça lui coûtait. Moi-même, ça ne m'amusait pas tellement. On avait fait monter la déClass morte sur un des rampeurs, mais piloter le véhicule à distance de cette manière aurait été trop difficile : Jad était canonnière derrière moi. Ç'aurait été plutôt étrange si j'avais démonté pendant qu'elle restait perchée. Donc, je restais aussi à bord. Sylvie avait installé le corps pour qu'elle passe un bras sur mon épaule, et que l'autre main se mette sur ma cuisse. De temps en temps, Jadwiga tournait la tête et ses traits inexpressifs se tordaient en un semblant de sourire. J'essayais de rester détendu.

— N'écoute pas Laz, m'a conseillé Kiyoka. Il n'y aura pas un sur vingt de ces bleusailles qui pourra arriver au contrôle. Bien sûr, ils pourraient se faire brancher des trucs dans la tête, mais ils deviendraient fous.

— Ouais, comme notre capitaine.

Lazlo a fini de charger la nasse, l'a refermée et a fait le tour pour regarder l'autre.

— Voilà ce qui se passe, a continué Kiyoka avec patience. On cherche quelqu'un qui peut tenir le coup, et on forme une co-op. On met les fonds en commun jusqu'à ce qu'on puisse leur payer les cheveux, plus un branchement de base pour les autres. Et c'est parti. Nouvelle équipe. Qu'est-ce que tu regardes ?

Ça, elle l'avait demandé à un jeune déClass qui s'était approché pour jeter un œil rêveur sur les rampeurs grav et l'équipement qu'ils embarquaient. Il a reculé un peu en entendant Kiyoka, mais il a gardé la même expression d'enfant.

—Modèle Dracul, c'est ça ?

—Exact. (Kiyoka a tapé des phalanges sur la carapace.) Dracul 41, sorti des usines de Millsport il y a trois mois, et *tout* ce que tu as entendu dire à leur sujet est vrai. Réacteurs masqués, IEM et batteries de rayons à particules montées en interne. Bouclier à réponse fluide, systèmes intelligents Nuhnovic intégrés. Tout ce dont on a besoin, on l'a.

Jadwiga a tourné la tête dans la direction du jeune déClass et j'ai deviné que sa bouche s'essayait de nouveau à son sourire. Sa main a quitté mon épaule pour suivre mon flanc. Je me suis un peu déplacé sur le siège.

—Ça coûte combien ? a demandé notre nouveau fan.

Derrière lui, une petite foule d'amateurs de mécanique se rassemblait.

—Plus que vous gagnerez cette année, a lancé Kiyoka. Les options de base sont à partir de cent vingt mille. Et ça, c'est tout sauf la base…

Le jeune déClass s'est approché de quelques pas.

—Je peux…

—Non, tu ne peux pas, ai-je répondu en lui lançant un sale regard. Celui-ci, c'est le mien.

—Viens par là, petit, a dit Lazlo en tapant sur la carapace du rampeur qu'il bricolait. Laisse donc les tourtereaux – ils sont tous les deux trop défoncés pour être polis. Je vais te montrer ma bécane. Comme ça, tu auras un rêve pour la prochaine saison.

Rires. Le petit groupe de têtards s'est approché sur cette invitation. J'ai échangé un regard soulagé avec Kiyoka. Jad a reposé la main sur ma cuisse et appuyé la tête sur mon épaule. J'ai regardé Sylvie d'un air mauvais. Derrière nous, un système de sono s'est éclairci la voix.

— Ouverture des portes dans cinq minutes, mesdames et messieurs. Vérifiez vos émetteurs.

Gémissement des moteurs grav, léger râclement de rails mal alignés. La porte s'est soulevée par à-coups au sommet de ses vingt mètres, et les déClass se sont avancés, avec les moyens que permettaient leurs finances. Les barbelés autonomes se sont écartés du champ que projetaient nos émetteurs, se dressant en haies plus hautes que nous. Nous avancions dans une clairière ouverte dans cette forêt ondulante digne d'un mauvais rêve au *take*.

Un peu plus loin, les blocs araignées se sont écartés sur leurs articulations multiples en détectant l'approche des champs. Quand nous sommes arrivés plus près, ils ont soulevé leur corps polyèdre massif et se sont écartés en une imitation inversée de leur programmation, intercepter et écraser. J'ai traversé avec prudence. Une nuit, sur Hun Home, je m'étais assis entre les fortifications du palais Kwan et j'avais écouté les cris tandis que ces machines éliminaient toute une ligne d'assaut de techninjas insurgés. Malgré leur masse et leur intelligence très limitée, il ne leur avait pas fallu longtemps.

Quinze minutes de progression plus que prudente plus tard, nous avons quitté le périmètre de défense et nous sommes déversés en désordre dans les rues de Rava. La surface des quais a cédé la place à des passages encombrés de gravats et des immeubles d'appartements intacts, sur vingt étages en moyenne. Le style était l'utilitaire standard des années de Colonisation. Aussi près de la mer, les logements servaient au port naissant, et on ne pensait pas à l'esthétique. Des rangées d'étroites fenêtres en retrait braquaient leur regard myope sur la mer. Les murs de béton inusable brut étaient couturés par les bombardements et les siècles sans entretien. Des taches de lichen gris-bleu marquaient les endroits où la protection antibiotique avait cédé.

Un soleil fade traversait les nuages et filtrait dans les rues. Le vent fort venu de l'estuaire semblait nous pousser vers l'avant. J'ai jeté un coup d'œil en arrière : les barbelés autonomes et les blocs araignées s'étaient refermés comme une blessure qui cicatrise.

— Autant y aller, hein. (La voix de Sylvie, à mon épaule. Orr avait monté l'autre rampeur, en parallèle, et la tête de contrôle était assise derrière lui, dodelinant de toutes parts comme si elle cherchait une odeur. Les déClass se sont tournés vers le son comme une meute de chiens de chasse excités.) OK les amis, écoutez bien. Sans vouloir avoir l'air de prendre le commandement… (Elle s'est éclairci la voix. Murmure.) Mais quelqu'un, et si pas moi alors… (Autre toussotement.) Il faut que *quelqu'un* fasse quelque chose. Ce n'est pas un exercice de, de… (Elle a secoué la tête. Sa voix a pris de la force, et a recommencé à résonner sur les murs.) Ce n'est pas un putain de rêve masturbatoire politique pour lequel on se bat, ce sont les faits. Ceux qui ont le pouvoir forment leurs alliances, ils ont montré leurs allégeances ou leur refus d'allégeance, ils ont fait leur choix. Et à ce moment, nos propres choix nous ont été retirés. Je ne veux pas… je ne *veux pas*…

Elle s'est étranglée. A baissé la tête.

Les déClass restaient immobiles, attendaient. Jadwiga s'est affaissée contre mon dos, puis a commencé à glisser du siège de tourelle. J'ai tendu un bras en arrière pour l'arrêter. Sourcillé quand la douleur a traversé la doublure fine des analgésiques. Et j'ai soufflé entre mes dents serrées pour couvrir l'espace entre Sylvie et moi.

— Sylvie. Putain, reprends-toi. On fout le camp. (Elle m'a regardé derrière ses cheveux en désordre, et elle a mis très longtemps à me reconnaître.) Reprends-toi.

Je m'étais radouci. Elle a frissonné, s'est redressée, et a levé un bras.

— De politique, a-t-elle terminé, et les équipages qui attendaient ont ri. On ne vient pas là pour ça, mesdames et messieurs. Je me rends compte que je ne suis pas la seule chevelue parmi nous, mais j'ai sans doute plus d'expérience que les autres. Pour ceux d'entre vous qui ne savent pas trop comment faire, voici ce que je suggère. Une configuration de fouille radiale, avec bifurcation à tous les carrefours jusqu'à ce que chaque équipe motorisée ait sa propre rue. Les autres peuvent suivre s'ils veulent, mais je serais d'avis d'être moins d'une demi-douzaine dans chaque file de fouille. Les équipes motorisées ouvrent la voie dans chaque rue. Ceux qui ont la malchance d'être à pied fouillent les immeubles. Une longue pause à chaque immeuble. Les motorisés, ne prenez pas d'avance. Les types à l'intérieur peuvent appeler les motorisés pour *n'importe* quel genre d'activité qui pourrait être minmil. N'importe laquelle.

— Ouais, et la prime ? a crié quelqu'un.

Murmure croissant d'assentiment.

— Ce que j'abats, c'est à moi, je ne le partage pas, a lancé un autre aussi fort.

Sylvie a hoché la tête. Sa voix amplifiée a écrasé les contestations.

— Vous allez vous rendre compte qu'une déClass réussie comporte trois étapes. D'abord, vous descendez vos minmils. Ensuite, vous appelez pour faire enregistrer la proie. *Après*, il faut encore vivre assez longtemps pour rentrer à la base et toucher l'argent. Ces dernières phases sont particulièrement difficiles si vous êtes étendu dans la rue avec les tripes à l'air et sans votre tête. Ce qui arrivera certainement si vous essayez de prendre un nid de karakuri sans aide. Le mot *équipe* a certaines connotations. Ceux d'entre vous qui aspirent à en intégrer une un jour devraient y réfléchir.

Le bruit est retombé. Derrière moi, le corps de Jadwiga s'est redressé, et mon bras s'est détendu. Sylvie a regardé son public.

— Bon. L'arrangement en étoile va nous disperser assez rapidement, alors gardez toujours votre logiciel de carto en ligne. Marquez les rues quand vous avez fini. Restez en contact les uns avec les autres, et préparez-vous à revenir en arrière pour couvrir les interstices à mesure que le schéma de couverture s'ouvre. Si vous laissez une faille, ils la verront, et ils l'utiliseront.

— S'ils sont là, a dit quelqu'un d'autre dans la foule.

— S'ils sont là, a admis Sylvie. On le saura bien assez vite. Bienvenue à New Hok. Bon. Et maintenant, est-ce que quelqu'un a quelque chose de *constructif* à ajouter ?

Sylvie s'est redressée et a regardé autour d'elle. Silence. Quelques traînements de pieds. Elle a souri.

— Bien. Alors en route. Fouille radiale, comme convenu. Scanners en marche !

Un cri sauvage a retenti, sous la forêt de poings et d'armes brandies. Un crétin a tiré un bolt de blaster en l'air. Des jappements ont suivi, un enthousiasme volcanique.

— … leur niquer la gueule aux minmils…

— On va en faire une pile, mec, une vraie pile !

— Drava, gare à ton cul, nous voilà !

Kiyoka est remontée sur mon autre flanc et m'a fait un clin d'œil.

— Ils vont avoir besoin de tout ça, a-t-elle dit. Et même plus. Tu vas voir.

Une heure après, je voyais.

C'est un travail lent et frustrant. On avance de cinquante mètres à un pas de gelée toilée, on contourne les débris et les épaves. On regarde le scan. On s'arrête. On attend que les piétons traversent les immeubles de chaque côté de la rue et montent la vingtaine d'étage, toujours en traînant. On écoute leur transmission parasitée par les structures. On regarde le scan. On signale que l'immeuble est propre sur la carte. On attend que les piétons redescendent. On regarde le scan. On repart, pour encore cinquante mètres. On regarde le scan. On s'arrête.

On n'a rien trouvé.

Le soleil luttait en vain contre les nuages. Au bout d'un moment, il s'est mis à pleuvoir.

On regarde le scan. On avance. On s'arrête.

— C'est pas ce qu'on dit dans les journaux, hein ? Trouvez l'aventure et la fortune dans le territoire perdu de New Hok. Apportez votre parapluie.

Kiyoka, assise à l'abri de la pluie derrière les écrans invisibles de son rampeur, a indiqué du menton les piétons qui disparaissaient derrière la dernière façade en date. Ils étaient déjà trempés et leur excitation avait presque disparu.

Assis derrière elle, Lazlo a souri et bâillé.

— Écrase, Ki. Il faut bien commencer.

Kiyoka s'est renfoncée dans son siège et a regardé par-dessus son épaule.

— Eh, Sylvie, encore combien de temps on va…

Sylvie a fait un geste, un autre de ces codes que j'avais vus après la fusillade contre Yukio. La concentration des Diplos m'a montré le frémissement de la paupière de Kiyoka quand elle a absorbé les données de sa tête de contrôle. Lazlo a opiné de la tête comme pour lui-même.

J'ai appuyé sur le communicateur qu'ils m'avaient donné comme ligne directe dans le crâne de la tête de contrôle.

— Il se passe quelque chose que je devrais savoir ?

— Nan, a répondu Orr, désinvolte. On te mettra au courant quand ce sera utile. Pas vrai, Sylvie ?

J'ai regardé la pilote.

— Sylvie ?

— C'est pas le moment, Micky, a-t-elle répondu avec un sourire timide.

On regarde le scan. On suit la rue trempée et endommagée. Les écrans des rampeurs forment des parapluies ovales et tremblants au-dessus de nos têtes. Les piétons jurent et se mouillent.

On n'a rien trouvé.

À midi, on avait avancé de quelques kilomètres dans la ville et la tension opérationnelle avait cédé le pas à l'ennui. Les équipes les plus proches étaient à une demi-douzaine de rues de chaque côté. Leurs véhicules apparaissaient sur l'équipement de carto en formations stationnaires lâches. Si on passait sur le canal général, on entendait les piétons grommeler pendant qu'ils montaient et descendaient les escaliers, toute trace de leur furie guerrière envolée.

— Oh, regardez, a grondé Orr.

L'allée qu'on suivait tournait à droite, et s'ouvrait immédiatement sur une place ronde bordée de terrasses façon pagodes. Elle était bloquée de l'autre côté par un temple à niveaux soutenu par des piliers en porte-à-faux largement espacés. Sur ce terrain découvert, la pluie faisait de grandes mares là où le sol avait subi des dégâts. À part la grosse carcasse écroulée d'un canon scorpion grillé, il n'y avait aucun abri.

— C'est celui qu'ils ont descendu hier ? ai-je demandé.

Lazlo a secoué la tête.

— Nan, il est là depuis des années. Et puis, d'après ce que racontait Oishii, la nuit dernière, ils ne sont pas allés au-delà du châssis avant qu'on les grille. Celui-là, c'était une minmil autoprop en plein fonctionnement avant de crever.

Orr l'a regardé, sévère.

— Autant faire redescendre les têtards.

Sylvie a acquiescé. Sur le canal local, elle a fait sortir les nettoyeurs rapidement et les a rassemblés derrière les rampeurs. Ils ont essuyé la pluie sur leur visage et regardé la machine sur la place. Sylvie s'est levée à l'arrière de son engin. Elle a enclenché son haut-parleur.

— Bon, écoutez. Ça a l'air plutôt tranquille, mais on ne peut pas savoir. Donc, nouvelle formation. Les rampeurs traversent de l'autre côté et vérifient le premier niveau du temple. Disons dix minutes. Puis un des trois recule et forme un point de surveillance pendant que les deux autres remontent de chaque côté de la place. Quand ils sont revenus à l'abri, tout le monde traverse en chevron et les piétons montent vérifier les niveaux supérieurs du temple. Tout le monde a compris ?

Monosyllabes d'assentiment dans la foule. Ils s'en moquaient. Sylvie a opiné du chef pour elle-même.

— Ça ira. On y va. Scan !

Elle s'est rassise derrière Orr. Quand elle s'est penchée vers lui, j'ai vu ses lèvres bouger, mais l'enveloppe synthé n'était pas assez fine pour entendre ce qu'elle disait. Le murmure des propulseurs des rampeurs a augmenté, et Orr a ouvert la marche sur la place. Kiyoka s'est rangée en position de flanc gauche, j'ai donc pris le flanc droit.

Après l'étroitesse relative des rues encombrées de gravats, la place paraissait à la fois moins oppressante et plus vulnérable. L'air paraissait plus léger, la pluie moins intense. Sur le terrain découvert, les rampeurs ont pris de la vitesse. Il y avait une illusion de progression.

Et de risque.

Le conditionnement diplo qui réclamait mon attention. Des problèmes à l'horizon de ma perception. Quelque chose qui allait exploser.

Difficile de dire quels fragments de détails inconscients ont pu la déclencher, cette fois. L'intuition diplo est toujours capricieuse, et toute la ville me faisait penser à un piège depuis qu'on était sortis de la base.

Mais on n'ignore pas ce genre de truc.

On n'ignore pas un truc qui vous a sauvé la peau un demi-millier de fois, sur des mondes aussi éloignés et différents que Sharya et Adoracion. Quand il est câblé dans l'essence même de votre être, plus profond que vos souvenirs d'enfance.

Mes yeux effectuaient un scan périphérique constant le long de la pagode. Ma main droite était posée sur la console d'armement.

On arrivait au canon scorpion.

Presque à mi-chemin.

Là !

Une explosion d'équivalent-adrénaline, violente dans l'enveloppe synthé. Ma main se crispe sur les commandes des armes.

Non.

Juste des fleurs qui oscillent dans un parterre qui s'est frayé un chemin dans la carcasse du canon. Les gouttes de pluie frappent et font bouger les fleurs sur le ressort de leur tige.

J'ai repris ma respiration. Nous avons dépassé le canon scorpion et la moitié du chemin. J'ai gardé mon impression d'impact imminent. La voix de Sylvie a soufflé dans mon oreille.

— Ça va, Micky ?

— Ouais. (J'ai secoué la tête.) C'est rien.

Derrière moi, le corps de Jadwiga m'a serré d'un peu plus près.

Nous sommes arrivés dans l'ombre du temple sans incident. La maçonnerie anguleuse nous surplombait, attirant l'œil vers le haut, et les grandes statues de percussionnistes daiko. Les structures de soutien se dressaient de guingois, comme des piliers ivres fusionnés avec le sol vitrifié. La lumière arrivait par des ouvertures sur le côté, et la pluie par le toit crevé en rigoles incessantes au fond des ténèbres. Orr a fait avancer son rampeur à l'intérieur d'une façon qui me paraissait très imprudente.

— OK, ça ira, a dit Sylvie assez fort pour faire naître des échos. Grouillez-vous.

Elle s'est levée, s'est appuyée sur l'épaule d'Orr et s'est laissé tomber à terre.

Lazlo a sauté de l'arrière du rampeur et a rôdé un moment, apparemment pour étudier la structure du temple. Orr et Kiyoka se sont arrêtés pour démonter.

— Qu'est-ce qu'on…

Je me suis tu en sentant que le comlink dans mon oreille était mort. J'ai freiné, retiré l'oreillette et je l'ai regardée. Mon regard est retourné aux déClass et à ce qu'ils fabriquaient.

— Eh ! Quelqu'un veut bien me dire ce qui se passe, bordel ?

Kiyoka m'a lancé un sourire préoccupé en passant. Elle portait une ceinture à toilage avec assez de charges de démolition pour…

— Ne bouge pas, Micky, a-t-elle dit d'un ton décontracté. On a fini dans cinq minutes.

— Là, a dit Lazlo. Là. Et Là. Orr ?

Le géant a fait signe de l'autre côté de l'espace vide.

— En route. Les cartes comme tu pensais, Sylvie. Encore une ou deux, et hop.

Ils plaçaient les charges.

J'ai regardé la structure voûtée.

— Oh non. Oh non, putain, vous déconnez. (J'ai fait mine de descendre, et la poigne morte de Jadwiga s'est resserrée sur ma poitrine.) Sylvie !

Elle a levé les yeux du sac noir qu'elle avait posé à côté d'un pilier. Un affichage masqué montrait plusieurs colonnes de données multicolores, qui se déplaçaient au rythme de ses doigts sur les contrôles.

— Encore quelques minutes, Micky, c'est tout ce qu'il nous faut.

J'ai indiqué Jadwiga du pouce.

— Retire-moi ce putain de truc avant que je le casse en deux, Sylvie.

Elle a soupiré et s'est relevée. Jadwiga m'a lâché et s'est affaissée. Je me suis retourné sur la selle pour la saisir avant qu'elle tombe à terre. Sylvie m'a rejoint à peu près au même moment. Elle a opiné du chef pour elle-même.

— OK. Tu veux te rendre utile ?

— Je veux savoir à quoi vous jouez.

— Plus tard. Pour l'instant, tu peux prendre le couteau que je t'ai donné à Tekitomura et exciser la pile de Jad. Apparemment, tu pourrais faire ça les yeux fermés, et je ne pense pas qu'un des gars de l'équipe ait très envie de s'en charger.

J'ai regardé la morte entre mes bras. Elle avait glissé tête la première, et les lentilles avaient glissé. Un œil mort a renvoyé la lumière.

— C'est *maintenant* que tu veux faire l'excision ?

— Oui, maintenant. (Sa tête a bougé pour contrôler un affichage rétinien. Le temps était compté.) Dans les trois prochaines minutes, parce qu'on n'a pas plus.

— Fini de mon côté ! a crié Orr.

Je suis descendu du rampeur et j'ai déposé Jadwiga sur le sol. Le couteau a sauté dans ma main comme si c'était sa place naturelle. J'ai découpé les vêtements à la nuque et écarté les couches pour arriver à la chair pâle. Puis j'ai activé la lame.

Dans le temple, les autres ont levé les yeux par réflexe en entendant ce bruit. J'ai soutenu leur regard. Ils se sont détournés.

Entre mes mains, le haut de la colonne vertébrale de Jad s'est délogé en deux incisions rapides et un bref coup de levier. L'odeur qui l'a accompagné n'était pas très agréable. J'ai essuyé le couteau sur ses vêtements et je l'ai rangé en examinant les vertèbres encrassées de chair que je tenais. Orr m'a rejoint à grandes enjambées et a tendu la main.

—Je la garde.

—Avec plaisir. Tiens.

—On est prêts. (Revenue à sa sacoche, Sylvie a refermé quelque chose avec un geste éloquent.) Ki, tu veux dire un mot ?

Kiyoka m'a rejoint, regardant le corps mutilé de Jad. Elle avait un œuf gris et lisse dans la main. Nous sommes tous restés silencieux, pendant ce qui m'a paru un long moment.

—Ki, on n'a pas beaucoup de temps, a soufflé Lazlo gentiment.

Kiyoka s'est agenouillée à côté de la tête de Jadwiga et a placé la grenade là où j'avais ouvert sa nuque. Quand elle s'est relevée, son visage était crispé.

Orr l'a prise par le bras avec douceur.

—Elle sera comme neuve.

—Bon, vous voulez bien m'expliquer, maintenant ?

—Bien sûr. (La tête de contrôle a désigné la sacoche du menton.) Clause d'évasion. Les datamines vont exploser dans quelques minutes, et flinguer les scans et les coms de tout le monde. Quelques minutes après, les trucs bruyants éclatent. Des morceaux de Jad un peu partout, puis la maison s'écroule. Et on disparaît. Par-derrière. Moteurs masqués, on peut surfer sur la vague IEM et quand les têtards auront récupéré leurs systèmes, on sera en périphérie, invisibles. Ils trouveront assez de morceaux de Jad pour croire qu'on a dérangé un nid de karakuri ou une bombe intelligente et qu'on s'est fait vaporiser dans l'explosion. Ce qui nous laisse libres, une fois de plus, comme on aime.

J'ai secoué la tête.

—C'est le pire plan que j'aie jamais entendu, putain. Et si...

— Eh, a coupé Orr. Si ça ne te plaît pas, tu peux rester ici.

— Pilote. (Lazlo, de nouveau, le visage tendu.) Au lieu d'en parler, on pourrait peut-être le faire, non ? D'ici deux minutes ? Qu'est-ce que vous en dites ?

— Ouais. (Kiyoka a lancé un regard au cadavre de Jadwiga et s'est détournée.) On fout le camp. Maintenant.

Sylvie a hoché la tête. Les Furtifs sont montés en selle et nous sommes partis en formation vers le bruit de l'eau qui tombait derrière le temple.

Personne n'a regardé en arrière.

Chapitre 8

Pour autant qu'on pouvait le dire, tout a marché à la perfection.

Nous étions à bien cinq cents mètres du temple quand il a explosé. Après une série de détonations sourdes, un grondement est monté, qui s'est transformé en rugissement. Je me suis retourné sur ma selle – maintenant que Jadwiga était dans la poche d'Orr et plus derrière moi, j'avais la vue dégagée – et j'ai vu la structure se pencher dans un nuage de poussière. Une minute plus tard, un tunnel nous a fait passer sous le niveau de la rue et j'ai perdu le panorama.

J'étais à la hauteur des deux autres rampeurs.

— Vous aviez tout prévu ? ai-je demandé. Depuis le début, vous saviez que vous feriez ça ?

Sylvie a opiné de la tête, grave dans la lumière du tunnel. Contrairement au temple, l'effet était involontaire. Les panneaux d'illuminum défraîchis au plafond lançaient une lueur bleue mourante. C'était moins que ce qu'on pouvait attendre d'une nuit claire avec trois lunes. Les phares des rampeurs se sont allumés automatiquement. Le tunnel a tourné à droite, et nous avons perdu la tache de jour derrière nous. L'air s'est refroidi.

— On est passés par ici une cinquantaine de fois, déjà, a lâché Orr. Ce temple est un point de fuite idéal. On s'en est rendu compte tout de suite, mais on n'avait jamais eu à s'en servir avant.

— Ouais. Merci de m'avoir tenu au courant.

Frisson de rires déClass.

— Le hic, a expliqué Lazlo, c'est qu'on ne pouvait pas vraiment te mettre au courant sans communication audio en temps réel, et c'est pas très fin. La pilote nous a mis au courant et lancés en quinze secondes par le réseau de l'équipe. Toi, il aurait fallu qu'on te le dise, tu vois, avec des mots. Et vu la quantité de matos de surveillance de pointe dans la station, on ne sait jamais qui nous écoute.

— On n'avait pas le choix, a dit Kiyoka.

— Pas le choix, a répété Sylvie. Des corps brûlés, des ciels hurlants, et ils me disent, je me dis… (Elle s'est éclairci la voix.) Désolée, les gars. Encore un dérapage. Il faut vraiment que je règle ça quand on sera rentrés dans le Sud.

— Alors, combien de temps avant qu'ils récupèrent leur scan ? ai-je demandé avec un mouvement du menton.

Les déClass se sont regardés. Sylvie a haussé les épaules.

— Dix, quinze minutes, selon leur logiciel de secours.

— Dommage, si on croise les karakuri entre-temps, hein ?

Kiyoka a gloussé. Lazlo a soulevé un sourcil.

— Ouais, c'est ça, a grondé Orr. Dommage. La vie à New Hok. Autant t'y habituer.

— De toute façon, a rappelé Kiyoka d'un ton patient, il n'y a pas de karakuri à Drava. Ils ne pourraient…

Fracas métallique devant nous.

Nouvel échange de regards tendus. Les consoles d'armement des trois rampeurs se sont allumées, mises en attente, sans doute sur un ordre central de Sylvie, et le petit convoi s'est arrêté d'un coup. Orr s'est redressé sur sa selle.

Devant nous, un véhicule abandonné trônait dans le noir. Aucun signe de mouvement. Les bruits métalliques avaient l'air de venir de derrière, après un coude dans le tunnel. Lazlo a souri dans la lumière basse.

— Tu disais, Ki ?

— Eh, je suis ouverte à la contradiction.

Le battement s'est arrêté. A repris.

— C'est quoi, putain ? a murmuré Orr.

Le visage de Sylvie était insondable.

— Quoi que ce soit, les datamines auraient dû le griller. Laz, tu veux aller gagner ta paie de poisson-grimace ?

— Ouaip. (Lazlo m'a adressé un clin d'œil et a pivoté son siège derrière Kiyoka. Il a fait craquer ses phalanges.) T'as du courant, mon gros ?

Orr a acquiescé, mettant déjà pied à terre. Il a ouvert l'espace de stockage du pilote et sorti une barre à mine de cinquante centimètres. Lazlo a souri.

— Alors, mesdames et messieurs, attachez vos ceintures et reculez. Scan !

Et il est parti, collé à la paroi du tunnel pour se protéger jusqu'au véhicule, puis glissant sur le côté, à peine plus matériel que l'ombre qu'il projetait. Orr le suivait, silhouette simiesque et brutale avec la barre tenue bas dans sa main gauche. J'ai de nouveau regardé le rampeur où Sylvie se tenait, penchée en avant, les yeux fermés, le visage vide, dans le mélange d'absence et de concentration typique de la communication réseau.

C'était un vrai poème.

Lazlo a saisi une partie de l'épave d'une main pour se hisser, agile comme un singe, jusqu'au toit. Il s'est figé, la tête sur le côté. Orr est resté en arrière. Sylvie a marmonné, et Lazlo s'est remis en route. Un seul saut, directement au sol, et il a commencé à courir. En diagonale, vers le coude et un truc que je ne voyais pas. Orr a traversé, les bras écartés pour garder l'équilibre, le torse rigide face à la direction prise par le poisson-grimace. Une autre fraction de seconde, une demi-douzaine de pas rapides et décidés en avant, et lui aussi est sorti de notre champ de vision.

Les secondes se sont délitées. Nous attendions dans les ténèbres bleues.

Les secondes se sont délitées.

Et…

— … alors qu'est-ce que…

La voix de Sylvie, incrédule. Gagnant en volume tandis qu'elle sortait du réseau et rendait la prédominance à ses sens réels. Elle a froncé deux ou trois fois les sourcils et a regardé Kiyoka.

La petite femme a haussé les épaules. Je ne m'étais pas rendu compte qu'elle participait au ballet que je venais de contempler, le corps un peu raide sur sa selle tandis que ses yeux suivaient le reste de l'équipe en chevauchant Lazlo.

— Putain, j'en sais rien, Sylvie.

— OK ? (La tête de contrôle s'est tournée vers moi.) Ça paraît sans danger. Allez, on va jeter un coup d'œil.

Nous avons fait avancer les rampeurs dans le tunnel et sommes descendus pour regarder ce que Lazlo et Orr avaient trouvé.

La silhouette agenouillée dans le tunnel n'était humanoïde que par association. Il y avait une tête, montée sur le châssis principal, mais la seule raison pour laquelle il ressemblait à un homme est que quelqu'un avait arraché l'enveloppe extérieure et exposé la structure délicate. Au point supérieur, un grand anneau de protection avait survécu, comme un halo, et flottait sur une armature délicate au-dessus du reste de la tête.

Ça avait aussi des membres, à peu près là où on les attend chez un être humain, mais plus évocateurs de l'insecte que du mammifère. D'un côté, deux des bras étaient inertes, pendants, et dans un cas brisé et haché. De l'autre côté, un membre avait été entièrement arraché, avec des dégâts massifs au corps. Deux autres étaient à l'évidence inutilisables. Ils essayaient en permanence de se plier, mais des étincelles traversaient les circuits exposés jusqu'à ce que le mouvement se fige. Cette lumière irrégulière projetait des spasmes d'ombre sur les murs.

On ne savait pas bien si les quatre membres inférieurs de la chose étaient fonctionnels ou pas, mais elle n'a pas tenté de se lever à notre approche. Les trois bras valides ont simplement redoublé leurs efforts pour arriver à quelque chose d'indéfinissable dans les tripes du dragon de métal étendu sur le sol.

La machine avait quatre pattes puissantes terminées par un pied griffu, une longue tête anguleuse pleine d'artillerie à fûts multiples, et une queue pointue censée se planter dans le sol pour améliorer sa stabilité. Elle avait même des ailes – un cadre à membranes de tubes de lancement incurvés vers le haut censé recevoir la première charge de missiles.

Elle était morte.

Quelque chose avait ouvert deux blessures parallèles dans le flanc gauche, et les pattes s'étaient effondrées sous cette partie. Les tubes de lancement étaient tordus, la tête arrachée.

— Lanceur Komodo, a dit Lazlo en contournant la scène avec prudence. Et unité de soin karakuri. Perdu, Ki.

Kiyoka a secoué la tête.

— J'y comprends rien. Qu'est-ce qu'il fout ici ? Qu'est-ce qu'il fout, tout court ?

Le karakuri a tourné la tête vers elle. Ses membres fonctionnels sont sortis de l'entaille dans le corps du dragon et sont restés au-dessus des dégâts dans un geste qui paraissait étrangement protecteur.

— Des réparations ? ai-je suggéré.

Orr a aboyé de rire.

— Ouais. Les karakuri sont des soignants jusqu'à un certain point. Après, ils deviennent charognards. Un truc aussi endommagé que ça, ils le démontent pour qu'un noyau de co-op en fasse autre chose. Ils n'essaient pas de le *réparer*.

— Et c'est l'autre problème, a ajouté Kiyoka. Les marionnettes mécha ne s'aventurent pas si loin toutes seules. Où sont les autres ? Sylvie, tu n'as rien trouvé, hein ?

— Rien. Il n'y a que lui.

La tête de contrôle a scruté le tunnel dans les deux directions. La lumière bleue s'est reflétée sur ses cheveux argent.

Orr a soulevé sa barre à mine.

— Alors, on l'éteint, oui ou non ?

— Ça vaut que dalle comme prime, de toute façon, a grogné Kiyoka. Même si on pouvait la toucher, ce qui n'est pas le cas. Pourquoi on ne le laisse pas aux têtards ?

— Je refuse de repartir tant que ce truc sera activé, a informé Lazlo. Éteins-le, mon gros.

Orr a regardé Sylvie, attendant son ordre. Elle a haussé les épaules et opiné de la tête.

La barre s'est abattue. Trop rapide pour un humain, dans les vestiges de la tête du karakuri. Le métal a grogné et s'est arraché. Le halo a disparu, rebondi sur le sol, glissé dans l'ombre. Orr a dégagé la barre, frappé de nouveau. L'un des bras de la machine s'est levé et Orr l'a aplati dans les vestiges de la tête. Incroyablement silencieux, le karakuri a essayé de se redresser sur les membres inférieurs qui apparaissaient à présent comme irrémédiablement mutilés. Orr a grogné, levé un pied botté et l'a abattu de toutes ses forces. La machine a basculé, battant l'air humide du tunnel. Le géant a suivi, maniant sa barre avec la violence économe de l'expérience.

Il a fallu du temps.

Quand ç'a été fini, quand les étincelles se sont taries dans la ruine à ses pieds, Orr s'est redressé et a essuyé la sueur à son front. Il respirait fort. Il a de nouveau regardé Sylvie.

— Ça ira ?

— Oui, il est éteint. (Elle est retournée au rampeur qu'ils partageaient.) Allez, on ferait mieux de repartir.

Quand nous sommes remontés en selle, Orr m'a surpris à le regarder. Il a froncé les sourcils avec bonne humeur et a gonflé les joues.

— J'ai horreur de me les faire à la main. Surtout après avoir dépensé tout ce bon argent pour améliorer mes blasters.

J'ai acquiescé.

— Ouais. Trop dur.

— Ah, ce sera mieux quand on sera chez Annette, tu verras. Plein de place pour déployer le matériel, aucun besoin de cacher les retombées. Enfin. (Il a pointé la barre à mine vers moi.) Si on doit s'en refaire un à la main, tu fais partie de l'équipe, maintenant. Tu pourras éteindre le prochain.

— Merci.

— Y a pas de quoi.

Il a rendu la barre à Sylvie par-dessus son épaule, et elle l'a rangée. Le rampeur a frémi entre ses mains avant de dépasser la ruine du karakuri. De nouveau les sourcils froncés, plus un sourire.

— Bienvenue chez les déClass, Micky.

Deuxième partie :
Ça, c'est quelqu'un d'autre

« Enfilez la Nouvelle Chair comme un Gant Emprunté
Et Brûlez à Nouveau vos Empreintes Digitales. »

Graffiti de Bay City
sur un banc devant l'installation centrale
de stockage pénal

Chapitre 9

Sifflement statique. Le canal général était grand ouvert.

— Écoutez, a dit le canon scorpion d'un ton raisonnable. Ce n'est pas nécessaire. Pourquoi ne nous laissez-vous pas tranquilles ?

J'ai soupiré et bougé mes membres endoloris sur le promontoire exigu. Un vent polaire soufflait dans les parois érodées, me glaçant le visage et les mains. Le ciel au-dessus de nous était d'un gris habituel pour New Hok, la lumière déprimante du Nord hivernal déclinait déjà. Trente mètres en dessous de la façade rocheuse à laquelle je m'accrochais, une longue ligne d'éboulis rejoignait la vallée. La rivière décrivait un coude à l'endroit du petit carré de préfas archaïques qui formait le poste d'écoute quelliste abandonné. Où nous nous trouvions une heure plus tôt. La fumée continuait à s'élever de la structure démolie par le dernier obus intelligent du canon autoprop. Au temps pour les paramètres programmés.

— Laissez-nous tranquilles, a-t-il répété, et nous en ferons autant avec vous.

— Impossible, a murmuré Sylvie. (Sa voix était douce et détachée tandis qu'elle activait le réseau de combat de l'équipe et sondait les faiblesses du système d'artillerie, l'esprit étendu dans un réseau arachnéen de conscience qui se déposait comme une nuisette de soie sur le terrain avoisinant.) Vous le savez. Vous êtes trop dangereux. Tout votre système de vie est hostile au nôtre.

— Ouais. (Je mettais du temps à m'adapter au nouveau rire de Jadwiga.) Et en plus, on veut ce putain de bout de terrain.

— L'essence de la prise de pouvoir, a dit le drone de dissémination à l'abri en amont, est que la terre ne devrait pas avoir de propriétaire en dehors des paramètres du bien général. Une constitution de propriété commune…

Le canon a interrompu le drone avec une certaine impatience. On lui avait programmé un fort accent de Millsport qui me rappelait un peu feu Yukio Hirayasu.

— C'est *vous* les agresseurs, ici. Nous demandons simplement à exister comme ces trois cents dernières années, sans qu'on vienne nous déranger.

— Oh, arrête tes conneries, a lancé Kiyoka.

— Ça ne marche pas comme ça, a confirmé Orr.

Non, vraiment pas. Depuis cinq semaines que nous avions quitté les faubourgs de Drava pour entrer chez Annette, les Furtifs de Sylvie avaient éliminé un total de quatre systèmes co-op, et plus d'une dizaine de minmils autonomes et individuelles de différentes tailles et formes. Nous avions aussi réquisitionné le matériel stocké dans le bunker de commandement qui m'avait donné mon nouveau corps. La prime acquise par Sylvie et son équipe était énorme. S'ils arrivaient à déjouer les soupçons à demi fondés de Kurumaya, ils seraient riches un certain temps.

Et moi aussi, d'une certaine façon.

— … ceux qui s'enrichissent par l'exploitation de cette relation ne peuvent permettre l'évolution d'une démocratie vraiment représentative…

Drone. Une putain de machine sans cervelle, qui ânonne. Flinguez-moi ça…

J'ai poussé mes yeux neurachem et j'ai fouillé le fond de la vallée pour trouver la co-op. Les améliorations de la nouvelle enveloppe étaient basiques selon les standards actuels – par exemple, aucune puce visuelle d'affichage horaire comparable à celle qui équipe en standard les synthés les moins chers – mais elles fonctionnaient sans fatigue. La base quelliste a grossi devant moi, j'aurais cru pouvoir la toucher. J'ai regardé les espaces entre les préfas.

—… dans un combat qui a fait surface de nombreuses fois, dès que la race humaine trouve prise quelque part, car c'est là qu'on trouve les rudiments de…

Mouvement.

Des membres repliés sur eux-mêmes, emmêlés, comme des insectes timides. L'avant-garde des karakuri qui avance. Qui soulève les portes et les fenêtres des préfas avec la force d'un ouvre-boîte, qui se glisse à l'intérieur et ressort. J'en ai compté sept. Presque le tiers de la force – Sylvie avait estimé la force offensive de la co-op à une petite dizaine de marionnettes mécha, avec trois tanks araignées, dont deux assemblés à partir de pièces détachées, et bien sûr l'arme autoprop au cœur, le canon scorpion lui-même.

—Alors vous ne me laissez pas le choix, a-t-il dit. Je vais être forcé de neutraliser votre incursion avec un effet immédiat.

—Ouais, a répondu Lazlo en bâillant. Tu vas être obligé d'essayer. Alors c'est parti, mon ami de métal.

—J'ai déjà commencé.

Un léger frisson en imaginant l'arme meurtrière qui traversait la vallée vers nous, ses yeux à visée thermique cherchant nos traces. Ça faisait deux jours que nous traquions cette co-op minmil dans les montagnes, et le fait de nous retrouver traqués à notre tour était un rebondissement assez déplaisant. La combinaison furtive à capuche que je portais masquait la chaleur de mon corps, et mes mains et mon visage étaient tartinés d'un polymère caméléochrome à l'effet à peu près similaire. Mais avec le surplomb rocheux au-dessus de moi et un à-pic de vingt mètres sous mes pieds posés sur une prise à peine suffisante, j'avais du mal à ne pas me sentir coincé.

C'est que le vertige, Kovacs. Calme-toi.

C'était une des ironies les moins amusantes de ma nouvelle vie chez Annette. En plus du biotech de combat standard, ma nouvelle enveloppe – Eishundo Organics, un nom qui devait appartenir au passé – avait inclus des traits génétiques de gecko dans les paumes et la plante des pieds. Je pouvais – si cette idée à la con me traversait l'esprit – grimper cent mètres de falaise sans plus d'effort que les gens en mettent à grimper à l'échelle. Sous un meilleur climat, je pourrais le faire pieds nus, et doubler mon adhérence, mais même comme ça je pouvais rester là à peu près indéfiniment. Les millions de petites soies dont mes mains étaient dotées s'étaient logées dans la pierre, et le système musculaire parfaitement équilibré, tout juste sorti de la cuve, n'avait besoin que de vagues changements de position, de loin en loin, pour venir à bout des courbatures. Jadwiga, réenveloppée dans la cuve à côté de la mienne et encore troublée par le changement, avait poussé un cri de joie tonitruant en découvrant ça et avait passé le reste de l'après-midi sur les murs et au plafond du bunker comme un lézard sous tétrameth.

Moi, je n'aime pas l'altitude.

Sur une planète où personne ne décolle beaucoup, par peur du feu céleste, c'est une affliction assez courante. Le conditionnement diplo me permet de réprimer cette peur avec toute la délicatesse d'une presse hydraulique, mais il ne fait rien contre la myriade de petites précautions et appréhensions que nous utilisons pour nous protéger de nos phobies dans la vie quotidienne. Ça faisait près de une heure que je poireautais sur la falaise, et j'étais presque disposé à m'abandonner au canon scorpion pourvu qu'il me fasse descendre.

J'ai déplacé le regard vers la paroi nord de la vallée. Jad était par là, à attendre. J'ai presque cru la voir. Tout aussi protégée, beaucoup plus immobile mais pas encore reliée en interne à Sylvie et au reste de l'équipe. Comme moi, elle se débrouillait avec un micro à induction et un canal audio à brouillage sécurisé pour se relier au réseau de Sylvie. Peu de chance que les minmils puissent le craquer – elles avaient deux siècles de retard sur nous en crypto, et autant sur les codes du langage humain.

Le canon scorpion est apparu à mes yeux. Il avait le même camouflage kaki que les karakuri, mais demeurait assez massif pour rester visible sans ma vision poussée. À encore un kilomètre de la base quelliste, il avait franchi la rivière et patrouillait sur le terrain surélevé du côté sud, avec une ligne de vue directe sur les positions de couvert prises en hâte par le reste de l'équipe en aval. La masse d'armes primaire, au bout de la queue qui avait valu son nom à ce modèle, était tournée pour un tir horizontal.

J'ai enclenché le canal brouillé et murmuré dans le capteur :

— Contact, Sylvie. Soit on le fait maintenant, soit on plie nos gaules.

— Du calme, Micky, a-t-elle répondu. Je suis presque entrée. Et on est bien à l'abri pour l'instant. Il ne va pas tirer au hasard dans la vallée.

— Oui, je sais, et il ne va pas non plus tirer sur une installation quelliste. Les paramètres programmés, tu te souviens ?

Courte pause. J'ai entendu Jadwiga faire un bruit de poule, pour me faire comprendre que j'en étais une, et mouillée en plus. Sur le canal général, le drone de dissémination continuait son laïus.

Sylvie a soupiré.

— Bon. J'ai mal évalué leur câblage politique. Tu sais combien de factions rivales se sont affrontées ici pendant la Décolo ? Toutes à se bouffer le nez alors qu'elles auraient dû affronter les forces du gouvernement. Tu sais à quel point c'est difficile de les différencier, au niveau code rhétorique ?

C'était sans doute un blindage gouvernemental, recâblé par une faction para-quelliste post-Alabardos. Le Front du Protocole du 17 novembre, peut-être, ou les révisionnistes de Drava. Qu'est-ce qu'on en sait ?

— Qu'est-ce qu'on en a à foutre ? a souligné Jadwiga.

— Nous, on en aurait beaucoup à foutre, si on avait mangé notre petit déj dans les préfas il y a deux heures.

Ce n'était pas juste. Si l'obus intelligent nous avait ratés, c'était grâce à notre tête de contrôle. Derrière mes yeux, la scène s'est rejouée en un souvenir parfait. Sylvie s'était levée d'un coup à table, le visage vide, l'esprit étendu, cherchant le petit gémissement électronique du missile en approche qu'elle seule avait capté. Déploiement de transmissions leurres virales à la vitesse d'une machine. Plusieurs secondes après, j'ai entendu le sifflement aigu de la descente de l'obus dans le ciel au-dessus de nous.

— *Corrige !* a-t-elle sifflé pour nous, les yeux vides, la voix privée de toute amplification et descendue à une cadence humaine. (C'était un réflexe purement aveugle, les centres de parole du cerveau servant un analogue de ce qu'elle envoyait sur la transmission, comme un homme parle avec les mains pendant une conversation audio.) *Corrige tes putains de paramètres !*

L'obus a frappé.

Un froissement étouffé quand le système de détonation principal a sauté, pluie de petits débris sur le toit au-dessus de nos têtes puis – plus rien. Elle avait isolé la charge principale de l'obus, l'avait séparée du détonateur avec des protocoles de désarmement d'urgence volés à son propre cerveau rudimentaire. L'avait verrouillé et tué avec un plug-in viral déClass.

— … nos guerriers sortiront de la brousse de leur vie ordinaire pour mettre à bas cette structure qui depuis des siècles…

Maintenant, de l'autre côté de la rivière, je voyais le premier des tanks araignées. La tourelle cherchait de droite et de gauche, à la lisière de la végétation le long de l'eau. Par rapport à la masse du canon, c'étaient des machines à l'aspect délicat, plus petites même que les véhicules humains que j'avais abattus sur des mondes comme Sharya ou Adoracion, mais ils étaient plus conscients et vigilants qu'un équipage humain pourrait jamais l'être. J'aurais voulu être n'importe où sauf ici pendant les dix prochaines minutes.

Dans mon enveloppe de combat, l'alchimie de la violence s'est étirée comme un serpent et m'a traité de menteur.

Un deuxième puis un troisième tanks sont sortis de l'eau. Des karakuri longeaient la rive à leur suite.

— C'est parti. (Un murmure bas, pour Jadwiga et pour moi. Les autres étaient déjà au courant, alertés par réseau interne en moins de temps qu'il le fallait pour former une pensée consciente.) Par les protections primaires. Vous bougez sur mon ordre.

Le canon autoprop avait passé la grappe de préfas. Lazlo et Kiyoka avaient pris position près de la rivière, moins de deux kilomètres en aval de la base. L'avant-garde des karakuri devait être presque sur eux. Les fourrés et les longues herbes argentées le long de la vallée ondoyaient à une dizaine d'endroits où ils passaient. Les autres restaient à la hauteur des grosses machines.

— *Maintenant !*

Le feu a éclos, pâle et soudain dans les arbres de la rive. Orr tirait sur les premières marionnettes mécha.

— *Go ! Go !*

Le tank araignée de tête a frémi dans l'eau. J'étais déjà en mouvement, sur une trajectoire que j'avais mise au point une dizaine de fois pendant que j'attendais. En une cascade de secondes, l'enveloppe Eishundo a pris le relais et posé mes mains et mes pieds avec une assurance cultivée en laboratoire.

J'ai parcouru les deux derniers mètres d'un bond pour atterrir sur la pente couverte de gravats. Une cheville a essayé de se tordre sur les prises inégales – les servos d'urgence des tendons se sont resserrés pour l'arrêter. J'ai commencé à courir.

Une tourelle d'araignée a tourné. Là où je m'étais trouvé, les gravats se sont réduits en poussière. Des graviers m'ont frappé à la nuque et m'ont écorché la joue.

— *Eh!*

— Désolée. (La tension de sa voix m'évoquait des larmes retenues.) J'y suis.

Le coup suivant est passé loin au-dessus de moi, peut-être centré sur une image obsolète de ma descente sur la falaise qu'elle avait piquée dans l'ordinateur de visée, ou un tir aveugle, équivalent mécanique de la panique. J'ai jappé de soulagement, sorti le blaster à éclats Ronin de son holster et je suis arrivé à portée des minmils.

Ce que Sylvie avait fait aux systèmes de la co-op était d'une efficacité brutale. Les tanks araignées vacillaient comme des ivrognes, tirant au hasard dans le ciel et sur les sommets de la vallée. Autour d'eux, les karakuri couraient de part et d'autre comme des rats sur un navire qui prend l'eau. Le canon scorpion restait au milieu de tout ça, apparemment immobilisé, comme assoupi.

J'ai atteint le canon en moins de une minute, poussant le biotech de l'enveloppe à ses limites anaérobiques. À quinze mètres de là, un karakuri à moitié fonctionnel est tombé sur mon chemin, les bras battant en tous sens. Je lui ai tiré dessus de la main gauche avec le Ronin, j'ai entendu le toussotement de la détonation et vu la tempête de fragments monomoléculaires le déchirer. Le pistolet à éclats a monté une autre cartouche dans la chambre. Contre les petites minmils, c'était une arme dévastatrice, mais le scorpion était lourdement blindé, et ses systèmes internes seraient difficiles à endommager avec un tir directionnel.

Je me suis approché, j'ai plaqué la mine ultravib contre un grand flanc de métal, et j'ai essayé de mettre les bouts avant qu'elle explose.

Et quelque chose a merdé.

Le scorpion a penché sur le côté. Les systèmes d'armes sur son épine dorsale se sont réveillés. Une grande patte a rué sur le côté. Intentionnellement ou pas, le coup m'a raclé l'épaule, engourdi le bras et m'a envoyé voler dans l'herbe haute. Mes doigts soudain sans vie ont lâché le blaster à éclats.

— Putain.

Le canon a de nouveau bougé. Je me suis agenouillé en apercevant un mouvement périphérique. Haut sur la carapace, une deuxième tourelle essayait de braquer ses mitrailleuses sur moi. J'ai repéré le blaster dans l'herbe et j'ai plongé. Les produits chimiques de l'enveloppe custom ont giclé dans mes muscles pour ramener les sensations jusque dans ma main. Au-dessus de moi, sur la structure du canon autoprop, les mitrailleuses ont craché et les balles ont déchiré l'herbe. J'ai saisi le blaster et roulé en arrière vers le canon, pour essayer de fermer l'angle de tir. La tempête de plomb m'a suivi, faisant voler la terre et la végétation. Je me suis protégé les yeux avec un bras, ai levé le Ronin dans la main droite et tiré en aveugle vers les détonations. Mon conditionnement de combat a dû bien placer le coup – le déluge de balles s'est arrêté.

Et la mine ultravib s'est animée.

C'était comme une nuée de sauterelles qui s'abattaient sur un champ, amplifiée pour un docu expéria sur les insectes. Une explosion crissante et chuintante quand la mine a rompu les liens moléculaires et transformé les circuits en maille de fer sur un mètre de diamètre. Une poussière métallique est tombée là où j'avais plaqué la mine. Je suis retourné à reculons vers le flanc de la machine, détachant une deuxième bombe de mon baudrier. Elles ne sont pas beaucoup plus grosses que les bols de ramen auxquels elles ressemblent, mais si on se retrouve dans le rayon d'action, on est liquéfié.

Le cri de la première mine s'est tu quand son champ s'est effondré et qu'elle s'est réduite elle-même en poussière. De la fumée s'est élevée de la béance laissée. J'ai activé la nouvelle mine et l'ai lancée dans le trou. Les pattes du canon se sont pliées et ont battu le sol, trop près de l'endroit où je me tenais, mais tout cela paraissait peu contrôlé. La minmil avait perdu le sens de la direction de l'attaque.

— Eh, Micky. (La voix de Jadwiga sur le canal brouillé, un peu perdue.) T'as besoin d'aide ?

— Je crois pas. Et toi ?

— Nan, tu devrais voir…

J'ai raté le reste dans le hurlement de la deuxième mine. La coque ouverte a vomi une nouvelle poussière et une décharge électrique violette. Sur le canal général, le canon scorpion a commencé une lamentation électronique haut perchée tandis que l'ultravib lui hachait les entrailles. J'ai senti tous les poils de mon corps se hérisser en l'entendant.

À l'arrière-plan, quelqu'un criait. On aurait dit Orr.

Quelque chose a explosé dans les entrailles du scorpion, et ça a dû déloger la mine parce que le cri s'est arrêté presque tout de suite. La lamentation est retombée comme le sang absorbé par une terre desséchée.

— Tu disais ?

— Je disais, a crié Orr, tête de contrôle en rade ! Je répète, Sylvie est out. Foutez-moi le camp.

Une impression d'un truc énorme qui s'effondre…

— Facile à dire, Orr. (Il y avait un rictus de joie mauvaise et tendue dans la voix de Jad.) On est un peu occupés, là.

— Pareil, a grincé Lazlo en lien audio – l'effondrement de Sylvie ayant emporté le réseau de l'équipe. Radine-toi avec les gros calibres, mon gars. Ce serait…

Kiyoka l'a interrompu.

— Jad, tiens b…

Quelque chose a bougé dans un coin de mon champ de vision. Je me suis retourné alors que le karakuri me sautait dessus, ses huit bras tendus pour me saisir. Pas de trébuchement perdu cette fois, la marionnette était à plein rendement. J'ai poussé ma tête juste à temps pour éviter une lame qui l'aurait tranchée, et j'ai tiré au blaster à bout portant. Le coup a déchiré le karakuri et l'a repoussé, en volatilisant sa partie inférieure. J'ai également tiré sur le haut pour être sûr, puis j'ai fait demi-tour pour contourner la masse du canon, Ronin tenu à deux mains.

— Jad, tu es où ?

— Dans la putain de rivière. (Une explosion brève derrière elle sur le canal.) Cherche le tank abattu et ces millions de connards de karakuri qui veulent le récupérer.

J'ai couru.

J'ai tué quatre autres karakuri en allant vers la rivière, tous bien trop rapides pour être contaminés. Celui qui avait flingué Sylvie ne lui avait pas laissé le temps d'achever son intrusion.

Sur le lien audio, Lazlo a jappé et juré. On aurait dit une blessure. Jadwiga lançait une bordée continue d'insanités aux minmils, en contrepoint des détonations sourdes de son blaster.

J'ai évité la chute de la dernière marionnette et je suis parti droit vers la rive. Au bord, j'ai sauté. Impact glacé de l'eau jusqu'à l'entrecuisse et soudain, le bruit tourbillonnant de la rivière. Les pierres moussues sous mes pieds, et une sensation de sueur chaude quand les soies genetech ont essayé de se cramponner dans mes bottes. Pour retrouver l'équilibre. J'ai failli tomber, mais non. Plié comme un arbre par grand vent, j'ai résisté à mon propre élan et je suis resté debout, dans l'eau jusqu'aux genoux. J'ai cherché le tank.

Près de l'autre rive, effondré dans environ un mètre de courant fort. Ma vision boostée m'a montré Jad et Laz au sommet de l'épave, les karakuri rampant sur la rive, mais pas très chauds à l'idée de se risquer dans le courant. Un ou deux avaient sauté jusqu'à la coque, mais ne paraissaient pas capables de trouver une prise. Jadwiga leur tirait dessus d'une main, presque au hasard. Son autre bras était passé autour de Lazlo. Ils étaient tous les deux tachés de sang.

Portée cent mètres – trop loin pour un tir efficace avec le blaster. J'ai traversé la rivière à pied jusqu'à avoir de l'eau sous les aisselles, et c'était encore trop loin. Le courant a failli me faire tomber.

—Putaiiiiin…

L'eau était glacée, comprimant mes poumons contre le besoin de respirer, anesthésiant la peau de mon visage et de mes mains. Le courant avait l'air vivant, il me tirait les jambes tandis que je me débattais. Le poids du blaster et du baudrier de mines ultravib a manqué de me faire basculer.

M'a fait basculer, en fait.

Je suis remonté à la surface en me débattant, j'ai retrouvé de l'air, bu la tasse à moitié, et suis repassé sous l'eau.

Ressaisis-toi, Kovacs.

Réfléchis.

RESSAISIS-toi, putain.

Je suis remonté d'un coup de talon, me suis forcé à me redresser et à me remplir les poumons. J'ai repéré la carcasse du tank, déjà pas mal derrière moi. Puis je me suis laissé repartir, j'ai tendu la main vers le fond, et je me suis accroché.

Les soies ont trouvé une prise. J'ai coincé mes pieds, j'ai lutté contre le courant et j'ai commencé à ramper sur le lit de la rivière.

Il m'a fallu plus de temps que j'aurais voulu.

À certains endroits, les pierres que j'avais choisies étaient trop petites ou instables. Ailleurs, mes bottes ne trouvaient pas assez d'appui. Je perdais des secondes et des mètres chaque fois, et je repartais. Une fois, j'ai failli perdre le blaster. Et amélioration anaérobique ou pas, j'ai dû remonter toutes les trois ou quatre minutes pour respirer.

Mais j'y suis arrivé.

Après ce qui m'a paru une éternité dans un froid odieux, je me suis redressé, de l'eau jusqu'à la taille. J'ai gagné la rive en trébuchant et me suis hissé hors de l'eau, haletant et tremblant. Je suis resté un moment à tousser, à genoux.

Frémissement mécanique croissant.

Je me suis redressé, j'ai essayé de stabiliser le blaster à deux mains. Je claquais des dents, comme si j'avais un court-circuit dans les maxillaires.

— Micky.

Orr, assis sur un des rampeurs, un Ronin à canon long dans une main. Torse nu, les ports de blaster pas encore refermés sur la droite de sa poitrine, la chaleur faisant danser l'air autour de lui. Le visage strié des restes de polymère et d'une sorte de poussière carbonisée. Il saignait un peu, quelques coups portés par les karakuri sur sa tête et son bras gauche.

Il a arrêté le rampeur et m'a regardé, incrédule.

— Putain, qu'est-ce qui t'est arrivé ? On t'a cherché partout !

— Je, je, je… les kara, kara, les kara…

— Ouais, c'est fait. Jad et Ki font le nettoyage. Les araignées sont flinguées aussi, toutes les deux.

— Et SSSSSSylvie ?

Il s'est détourné.

Chapitre 10

— Comment elle va ?

Kiyoka a haussé les épaules. Elle a tiré la couverture isolante jusqu'au menton de Sylvie et a essuyé la sueur qui coulait sur le front de la pilote.

— Difficile à dire. Elle a une sacrée fièvre, mais ce n'est pas exceptionnel après un coup pareil. C'est surtout ça qui m'inquiète.

Un signe du pouce vers les moniteurs médicaux derrière la couchette. Un affichage holo en spirale de données au-dessus d'une des unités, constellé de couleurs et de mouvements violents. Reconnaissable dans un coin, une carte grossière de l'activité cérébrale humaine.

— C'est le logiciel de commandement ?

— Ouais. (Kiyoka a mis le doigt dans l'affichage. Pourpre, orange et gris vif ont tourné autour de son doigt.) C'est le couple principal entre le cerveau et le réseau de commande. C'est aussi l'endroit où se trouve le système de découplage d'urgence.

J'ai regardé l'enchevêtrement multicolore.

— Beaucoup d'activité.

— Oui. Beaucoup trop. Après un run, presque toute cette zone devrait être bleue ou noire. Le système injecte un analgésique pour réduire le gonflement des chemins nerveux et le couplage tombe presque entièrement pendant un moment. En temps ordinaire, elle dort. Mais ça… (Elle a encore haussé les épaules.) Je n'ai jamais rien vu de pareil.

Je me suis assis au bord du lit et j'ai regardé le visage de Sylvie. Il faisait chaud dans le préfa, mais je sentais encore le froid de la rivière au fond de mes os.

— Qu'est-ce qui s'est passé, Ki ?

Elle a secoué la tête.

— Je ne sais pas. Si je devais émettre une opinion, je dirais qu'on est tombés sur un antivirus qui connaissait déjà nos systèmes d'intrusion.

— Un logiciel vieux de trois siècles ? Arrête tes conneries.

— Je sais.

— On raconte que ces machins évoluent. (Lazlo se tenait à la porte, pâle, le bras bandé là où les karakuri l'avaient ouvert jusqu'à l'os. Derrière lui, l'après-midi de New Hok s'assombrissait déjà.) Qu'ils ont totalement échappé à leur programme. C'est pour ça qu'on est ici, tu sais. Pour les arrêter. Le gouvernement avait un projet top secret de génération d'IA…

Kiyoka a sifflé entre ses dents.

— Pas maintenant, Lazlo, putain. Tu ne crois pas qu'on a d'autres chats à fouetter ?

— … et ils ont perdu le contrôle. C'est *ça*, notre problème, Ki. Là, tout de suite. (Lazlo s'est avancé dans le préfa, en faisant un geste vers la spirale de données.) C'est du logiciel de clinique noire, là-dedans, et ça va bouffer la cervelle de Sylvie si on ne trouve pas les plans. Et c'est dur, parce que les architectes d'origine sont à Millsport, putain !

— Et ça, ce sont des conneries ! a crié Kiyoka.

— Eh ! (À ma surprise, ils se sont tus tous les deux pour me regarder.) Eh, oh. Laz. Je ne vois pas comment un logiciel évolué pourrait se retrouver comme par hasard identique à nos systèmes spécifiques. T'imagines la proba ?

— Pas si ce sont les mêmes gens, Micky. Allez. Qui écrit les trucs pour la déClass ? Qui a conçu tout le programme de déClass ? Et qui est impliqué jusqu'aux couilles dans le développement des nanotechs noirs ? L'administration Mecsek, tiens. (Lazlo a écarté les mains avec un regard épuisé.) Tu sais combien de rapports on trouve, combien de gens je connais, à qui j'ai parlé, qui ont vu des minmils dont on ne connaît aucune description officielle ? Tout ce continent est une expérience, mec, et nous avec, c'est tout. Et le capitaine vient de se faire balancer dans un labyrinthe pour rats…

Nouveau mouvement à la porte. Orr et Jadwiga, venus voir pourquoi on criait tant. Le géant a secoué la tête.

— Laz, il faut vraiment que tu t'achètes ta ferme à tortues à Newpest. Va te barricader là-bas et parle aux œufs.

— Va te faire mettre, Orr.

— Non, toi, va te faire mettre, Laz. C'est du sérieux, là.

— Elle va pas mieux, Ki ?

Jadwiga a suivi jusqu'au moniteur et a posé la main sur l'épaule de Kiyoka. Comme moi, sa nouvelle enveloppe était cultivée sur un châssis standard de Harlan. Un mélange de slave et de japonais lui avait donné des pommettes particulièrement belles, des yeux bridés de jade pâle et une bouche large. Les exigences des biotech de combat avaient donné un corps longiligne et musclé, mais le matériel génétique d'origine lui donnait une distance étrangement délicate. La peau était hâlée, délavée par la croissance en cuve et les cinq semaines de mauvais temps à New Hok.

En la regardant traverser la pièce, j'avais l'impression de me regarder dans un miroir. On aurait pu être frère et sœur. Physiquement, nous *étions* frère et sœur – la batterie de cuves de clonage du bunker dépendait de cinq modules, une dizaine d'enveloppes cultivées à partir de la souche génétique contenue par tel ou tel module. C'était plus facile pour Sylvie de ne pirater qu'un seul module.

Kiyoka a tendu la main pour prendre celle de Jadwiga, mais c'était un mouvement conscient, presque hésitant. C'est un problème courant avec les réenveloppements. Le mélange de phéromones n'est jamais le même, et beaucoup trop de relations sexuelles dépendent uniquement de ce facteur-là.

— Elle est foutue, Jad. Je ne peux rien faire pour elle. Je ne sais pas par où commencer. (Kiyoka a désigné la spirale.) Je ne sais pas ce qui se passe là-dedans.

Silence. Tout le monde regardait la tempête de couleurs.

— Ki. (J'ai hésité, soupesant mon idée. Un mois de déClass m'avait à peu près intégré à l'équipe, mais Orr au moins me considérait encore comme un étranger. Pour les autres, ça dépendait de l'humeur. Lazlo, généralement plein de camaraderie, avait parfois des attaques de paranoïa où mon passé inconnu me rendait soudain sinistre et menaçant. J'avais une certaine affinité avec Jadwiga, sans doute en grande partie due à la proximité génétique de nos enveloppes. Et Kiyoka pouvait être une vraie plaie le matin. Je ne savais pas trop comment ils allaient réagir.) Écoute. On aurait un moyen de lancer le découpleur ?

— Quoi ?

Orr. Évidemment.

Kiyoka n'avait pas l'air très heureuse.

— J'ai des drogues qui pourraient y arriver, mais…

— Tu ne vas pas lui enlever ses cheveux.

Je me suis levé du lit pour faire face au géant.

— Et si ce qu'il y a là-dedans la tue ? Tu la préfères chevelue et morte, c'est ça ?

— Ferme ta grande…

— Orr, il n'a pas tort. (Jadwiga s'est glissée entre nous.) Si Sylvie a attrapé quelque chose à cause de la co-op, et que ses propres antivirus ne le combattent pas, alors il y a le découpleur. C'est comme ça que ça marche, non ?

— C'est peut-être notre seul espoir, mon gros, a dit Lazlo avec un hochement de tête énergique.

— Ça lui est déjà arrivé, a insisté Orr. La fois à Iyamon Canyon, l'année dernière. Elle est restée dans le cirage pendant quatre heures, une fièvre à crever, et elle s'est réveillée sans problème.

J'ai vu le coup d'œil qu'ils se sont échangé. *Non. Pas tout à fait sans problème.*

— Si je lance le découpleur, a dit Kiyoka, je ne sais pas ce que ça risque de lui faire. Elle est engagée avec le logiciel de commande. C'est pour ça qu'elle a de la fièvre. Elle devrait fermer le lien, mais elle ne le fait pas.

— Oui, et il y a une raison, a renchéri Orr. C'est une battante, et elle continue à se battre là-dedans. Si elle voulait faire sauter le couplage, elle l'aurait fait elle-même.

— Oui, et peut-être que ce qu'elle combat ne la laisse pas faire. (Je me suis retourné vers le lit.) Ki, elle est sauvegardée, pas vrai ? La pile corticale n'a rien à voir avec le logiciel de commande ?

— Ouais, il y a un tampon de sécurité.

— Et pendant qu'elle est comme ça, la pile est verrouillée, hein ?

— Euh, oui, mais…

— Donc, même si le découplage lui fait des dégâts, on l'a encore entière sur pile. À quel cycle de sauvegarde vous tournez ?

Autre échange de regards. Kiyoka a froncé les sourcils.

— Je ne sais pas. Pas loin du standard, je pense. Oui, toutes les trois ou quatre minutes.

— Alors…

— Oui, ça te dirait bien, hein, monsieur la Chance de mes couilles. (Orr a planté son doigt dans ma poitrine.) Tu tues le corps, tu sors la vie avec ton petit couteau. Combien de ces putains de piles corticales tu trimballes sur toi, hein ? C'est quoi, ces conneries ? Qu'est-ce que tu comptes en faire ?

— C'est pas vraiment le sujet, j'ai l'impression. Je dis juste que si Sylvie sort endommagée du découplage, on pourra récupérer la pile avant qu'elle se mette à jour, retourner au bunker et…

Il s'est penché vers moi.

— *Tu veux la tuer.*

— Il veut la sauver, Orr, a contré Jadwiga en le repoussant.

— Et la copie qui est vivante ici même. Tu veux lui trancher la gorge *juste parce qu'elle a des lésions cérébrales et qu'on a une meilleure sauvegarde ?* Comme tu as fait avec tous ces gens dont tu ne veux pas parler ?

J'ai vu Lazlo sourciller et me regarder d'un air soupçonneux. J'ai levé les mains, résigné.

— OK, on laisse tomber. Faites ce que vous voulez, moi je travaille juste pour me barrer d'ici.

— De toute façon, on ne peut pas le faire, Mick. (Kiyoka a encore essuyé le front de Sylvie.) Si les dégâts sont mineurs, il nous faudra plus que quelques minutes pour les repérer, et ce sera trop tard, les dégâts seraient enregistrés sur la pile.

Vous pourriez tuer cette enveloppe de toute façon. Je n'ai rien dit. *Pour rattraper le coup, lui trancher la gorge et sortir la pile pour…*

J'ai réprimé cette pensée en regardant Sylvie. Comme l'enveloppe clonée de Jadwiga, c'était une sorte de miroir, une étincelle de moi qui me prenait à la gorge.

Orr avait peut-être raison.

— Une chose est sûre, a repris Jadwiga, sombre. On ne peut pas rester ici dans cet état. Avec Sylvie hors de combat, on se retrouve à poil chez Annette. On ne vaut pas mieux que des têtards. Il faut retourner à Drava.

Nouveau silence pendant que l'idée faisait son chemin.

— On peut la déplacer ?

— Il va bien falloir. Jad a raison, on ne peut pas rester ici. Il faut repartir, au plus tard demain matin.

— Ouais, et un peu de couverture ne nous ferait pas de mal, a murmuré Lazlo. C'est plus de six cents bornes, et on ne sait pas sur quoi on va tomber. Jad, tu penses qu'on pourrait retrouver des amis en route ? Je sais que c'est un risque.

— Mais ça vaut sans doute la peine, a confirmé Jadwiga avec un hochement de tête lent.

— Il va falloir toute la nuit. Tu as du meth ?

— Est-ce que Mitzi Harlan est hétéro ?

Elle a touché de nouveau l'épaule de Kiyoka, la caresse hésitante se transformant en claque professionnelle dans le dos, et elle est sortie. Avec un regard pensif dans ma direction, Lazlo l'a suivie. Orr est resté à côté de Sylvie, les bras croisés.

— Pas question que tu la touches.

Depuis la sécurité relative de la station d'écoute quelliste, Jadwiga et Lazlo ont passé le reste de la nuit à scanner les canaux, à chercher des signes de vie amicale dans la zone à nettoyer. Ils ont tendu la main sur un continent entier, avec des doigts électroniques délicats. Ils sont restés, privés de sommeil et tendus par la drogue sous la lueur de leurs écrans portatifs, à guetter une trace. De là où je les regardais, ça ressemblait aux chasses au sous-marin qu'on voit dans ces vieilles expéria d'Alain Marriott comme *Traque polaire* ou *Au cœur des profondeurs*. Les équipes de déClass font rarement de la communication à longue portée, ça va avec leur travail. On court trop le risque d'être repéré par un système d'artillerie minmil ou une meute de karakuri en maraude. Les transmissions électroniques sur la distance sont réduites à un minimum de giclées diff, en général pour faire enregistrer son tableau de chasse. Le reste du temps, les équipages font principalement silence radio.

Principalement.

Mais avec un peu de talent, on peut sentir le murmure des circulations de réseau local derrière les membres d'une équipe, les traces fuyantes d'une activité électronique que les déClass portent avec eux, comme l'odeur de tabac sur les vêtements d'un fumeur. Avec encore plus de talent, on peut faire la différence entre ça et les spores lancées par les minmils, et avec les bons codes de décryptage, on peut ouvrir la communication. Juste avant l'aube, Jad et Lazlo ont enfin réussi à trouver trois autres équipes de déClass qui travaillaient chez Annette entre notre position et la base de Drava. Les diff codées ont fusé dans les deux sens, établissant l'identité et les autorisations, et Jadwiga s'est renfoncée dans son siège avec un grand sourire de tétrameth.

— Ça fait plaisir d'avoir des amis.

Une fois briefées, les trois équipes ont accepté, avec plus ou moins d'enthousiasme, de couvrir notre retraite dans leur propre rayon opérationnel. C'était presque une règle tacite dans l'univers déClass d'apporter ce genre d'aide – on ne sait jamais quand on se retrouvera à en avoir besoin soi-même. Mais la distance affectée entre équipes les faisait maugréer par principe. La position des deux premières équipes nous a forcés à partir de façon assez détournée, puisqu'elles avaient plus ou moins refusé de se dérouter pour nous accueillir ou nous escorter vers le sud. Avec le troisième groupe, nous avons eu plus de chance. Oishii Eminescu campait deux cent cinquante kilomètres au nord-ouest de Drava, avec neuf collègues lourdement armés et équipés. Il nous a proposé immédiatement de remonter et de venir nous chercher dans le rayon de couverture du groupe précédent, et nous a ramenés jusqu'à la base.

— En fait, m'a-t-il dit quand nous étions au centre de son campement et que nous regardions le jour déserter un nouvel après-midi trop court, ça nous fait du bien de prendre du repos. Kasha a encore des dégâts résiduels de l'urgence qu'on a couverte à Drava, la veille de votre arrivée. Elle dit que tout va bien, mais on sent que non quand elle nous déploie. Et les autres aussi sont assez fatigués. Et puis, on a fait trois noyaux, une vingtaine d'unités autonomes, le tout en un mois. Ça ira pour l'instant. Pas de raison de se pousser jusqu'à ce qu'on fasse une connerie.

— Ça paraît presque trop rationnel.

— Ne nous juge pas tous en fonction de Sylvie. Tout le monde n'est pas aussi motivé.

— Je pensais qu'il *fallait* être motivé pour faire ce boulot. DéClass à donf et tout ça.

— Oui, c'est ce qu'on dit pour faire joli. C'est comme ça qu'on le vend aux têtards, et ouais, après, le logiciel te fait pencher naturellement vers l'excès. C'est pour ça qu'il y a autant de morts. Mais au final, c'est juste un programme. Du câblage, tu vois. Si tu te laisses commander par ton câblage, est-ce que tu es encore humain ?

J'ai regardé l'horizon un long moment.

— Je ne sais pas.

— Il faut dépasser ce genre de chose, mon vieux. Il faut. Sinon, on finit par en crever.

De l'autre côté d'un des préfas bulles, quelqu'un est passé dans l'obscurité montante et a crié en stripjap. Oishii a souri et a crié en retour. Les rires ont fusé de toutes parts. Derrière nous, j'ai senti la fumée de bois quand quelqu'un a allumé un feu. C'était un camp déClass standard – des préfas temporaires gonflés et durcis avec des matériaux qui se dissoudraient tout aussi vite quand il serait temps de repartir. À part les escales occasionnelles dans des bâtiments en dur comme le poste d'écoute quelliste, j'avais vécu dans le même genre d'installation avec l'équipe de Sylvie. Mais il y avait une chaleur décontractée chez Oishii Eminescu que je n'avais ressentie chez aucun des déClass que j'avais pu croiser jusqu'alors. Une absence de compétition acharnée.

— Depuis combien de temps tu fais ça ?

— Oh, un moment. Un peu plus que je voudrais, mais…

Un haussement d'épaules. J'ai opiné de la tête.

— Mais ça paie, hein ?

Il a eu un sourire amer.

— Plutôt, oui. J'ai un petit frère qui étudie la techno des artefacts martiens à Millsport, nos parents vieillissent et auront bientôt besoin de nouvelles enveloppes qu'ils ne pourront pas s'offrir. Vu l'économie actuelle, je ne pourrais rien faire d'autre qui puisse couvrir ces frais. Et vu comme Mecsek a massacré la charte d'éducation et la pension de réenveloppement, ces jours-ci, si on ne paie pas, on n'a pas.

— Ouais, ils ont tout foutu en l'air depuis ma dernière visite.

— T'es parti, hein ?

Il n'a pas insisté comme Plex l'avait fait. La politesse désuette de Harlan. Il avait dû se dire que si j'avais tiré du temps en stockage, je finirais par lui en parler. Ou alors, c'est que ça ne le regardait pas.

— Oui. Trente ou quarante ans. Beaucoup de changement.

Autre haussement d'épaules.

— Ça couvait depuis plus longtemps que ça. Tout ce que les quellistes avaient pris à l'ancien régime de Harlan a été reperdu petit à petit. Mecsek n'est que la dernière étape de la mauvaise nouvelle.

— « L'ennemi qu'on ne peut pas tuer », ai-je murmuré.

Il a hoché la tête et fini la citation à ma place.

— « On ne peut que le repousser, endommagé, dans les profondeurs, et apprendre à ses enfants à guetter les vagues qui annonceront son retour. »

— Alors, quelqu'un a arrêté de guetter les vagues.

— C'est pas ça, Micky. (Il regardait la lumière qui mourait à l'ouest, les bras croisés.) Les choses ont changé depuis ton époque, c'est tout. À quoi bon renverser le régime des Premières Familles, ici ou ailleurs, si c'est pour que le Protectorat vous débarque les Diplos sur le dos ?

— C'est pas faux.

Il a encore souri, avec plus d'humour cette fois.

— Mon vieux, c'est pas que c'est pas faux, c'est que c'est la vérité. La grosse différence entre ton époque et la nôtre. Si les Corps diplomatiques avaient existé à l'époque de la Décolo, le quellisme aurait duré six mois. On ne peut pas lutter contre ces enfoirés.

— Ils ont perdu, à Innenin.

— Oui. Et depuis, combien de fois ils ont perdu ? Innenin a été un raté mineur, un vague accroc. C'est tout.

Les souvenirs ont rugi à mon esprit. *Jimmy de Soto qui crie et qui griffe son visage en lambeaux avec des doigts qui ont réussi à déloger un œil et vont finir par avoir le deuxième si je ne…*

J'ai étouffé le coup. *Raté mineur. Vague accroc.*

— Tu as peut-être raison.

— Peut-être.

Nous sommes restés un moment sans rien dire, à regarder tomber la nuit. Le ciel était assez dégagé pour qu'on voie la descente de Daikoku vers la chaîne de montagnes au nord, et Marikanon pleine mais lointaine, comme une pièce de cuivre lancée loin au-dessus de nos têtes. La grosse Hotei était encore sous l'horizon à l'ouest. Derrière nous, le feu s'est lancé pour de bon. Nos ombres se sont solidifiées dans la lueur rouge dansante.

Quand il a commencé à faire trop chaud pour rester aussi près, Oishii a sorti une excuse polie et s'est éloigné. J'ai supporté la chaleur dans mon dos une minute après son départ, et je me suis retourné pour fixer les flammes. Quelques hommes d'Oishii, accroupis un peu plus loin, se réchauffaient les mains. Des silhouettes tremblantes et indistinctes dans l'air chaud et les ténèbres. Une conversation à voix basse. Personne ne me regarde. Difficile de dire si c'est de la politesse surannée comme celle d'Oishii, ou du mépris déClass.

Qu'est-ce que tu fous ici, Kovacs ?

Toujours des questions faciles.

J'ai abandonné le feu et j'ai longé les préfas bulles jusqu'à l'endroit où nous avions planté les trois nôtres, diplomatiquement à l'écart de ceux d'Oishii. Le froid léger sur mon visage et mes mains, quand ma peau a remarqué la soudaine absence de chaleur. La lumière lunaire sur les préfas leur donnait une allure de baleines échouées sur une mer d'herbe. Quand j'ai atteint celui où on avait couché Sylvie, j'ai remarqué une lumière plus vive derrière la porte fermée. Les autres étaient dans le noir. Sur le côté, deux rampeurs étaient appuyés de travers sur leurs rails de stationnement, matériel de navigation et montures d'armes se découpant contre le ciel. Le troisième avait disparu.

J'ai touché la zone sonnette, ouvert la porte et je suis entré. D'un côté, Jadwiga et Kiyoka se sont vite séparées dans un lit aux draps en désordre. En face, à côté d'une veilleuse d'illuminum tamisée, Sylvie gisait dans son sac de couchage, les cheveux rabattus avec soin pour dégager son visage. Un chauffage portable luisait à ses pieds. Il n'y avait personne d'autre dans le préfa.

— Où est Orr ?

— Pas ici. (Jad a réarrangé sa tenue, vexée.) Tu aurais pu frapper, Micky, putain.

— Je l'ai fait.

— Bon, alors tu aurais pu frapper *et patienter*.

— Désolé, je ne m'attendais pas à ça. Alors, où est Orr ?

— Il a pris le rampeur avec Lazlo. Ils se sont portés volontaires pour la patrouille de périmètre. Autant se montrer de bonne volonté, on s'est dit. Ces types vont nous porter jusqu'à la maison, demain.

— Alors pourquoi vous n'êtes pas dans un des autres préfas ?

Jadwiga a regardé Sylvie.

— Parce que quelqu'un doit monter la garde ici aussi, a-t-elle soufflé.

— Je vais le faire.

Elles m'ont toutes les deux regardé un moment en hésitant, puis elles se sont regardées. Kiyoka a secoué la tête.

— Pas poss. Orr nous tuerait.

— Orr n'est pas là.

Autre échange de regards. Jad a haussé les épaules.

— Ouais, merde, pourquoi pas ? (Elle s'est levée.) Viens, Ki. La garde ne change pas avant une heure. Orr n'en saura jamais rien.

Kiyoka a hésité. Elle s'est penchée sur Sylvie et lui a posé une main sur le front.

— D'accord, mais s'il se passe…

— Ouais, je vous appelle. Allez, foutez le camp.

— Ouais, Ki, *viens*… (Jadwiga a tiré la jeune femme par le bras. En sortant, elle a marqué une pause et m'a regardé avec un sourire.) Oh, Micky, j'ai vu la façon dont tu la regardes. Ne vas pas jouer au docteur, hein ? Pas touche au fruit défendu. On ne touche pas aux gâteaux sans demander à la vendeuse.

J'ai souri à mon tour.

— Va te faire foutre, Jad.

— Pas par toi, bonhomme. Rêve toujours.

Kiyoka a articulé en silence un « merci » plus conventionnel, et elles sont parties. Je me suis assis à côté de Sylvie et je l'ai regardée en silence. Après quelques instants, j'ai tendu la main pour lui caresser le front en écho du geste de Kiyoka. Elle n'a pas bougé. Sa peau était chaude et sèche.

— Allez, Sylvie, réveille-toi.

Pas de réaction.

J'ai retiré ma main et regardé la jeune femme.

Qu'est-ce que tu fous ici, Kovacs ?

Ce n'est pas Sarah. Sarah est partie. Qu'est-ce que tu fous…

Oh, la ferme.

Ce n'est pas comme si j'avais eu le choix, hein ?

Le souvenir des derniers moments au *Tokyo Crow* est venu pour détruire l'autre. La sécurité de la table avec Plex, le même anonymat, la promesse d'un ticket de sortie pour le lendemain. Je me souviens, je me suis levé et j'ai tout quitté, comme attiré par le chant des sirènes. Dans le sang et la fureur du combat.

À y repenser, c'était un moment si lourd d'implications, si prégnant dans ma destinée, si charnière en somme, qu'il aurait dû grincer quand j'ai fait mon choix.

Mais c'est toujours comme ça, non ?

« *Faut que je te dise, Micky, tu me plais bien.* » Sa voix était floue, entre le petit matin et la drogue. Le matin rampait sur nous dans l'appartement. « *J'arrive pas bien à mettre le doigt sur ce qui me plaît, mais c'est comme ça. Je t'aime bien.* »

C'est sympa.

Mais ça ne suffit pas.

Mes mains et mes paumes me démangeaient un peu, mes gènes commençant à désespérer de trouver une surface lisse et dure à laquelle s'accrocher. Je l'avais déjà remarqué dans cette enveloppe. Ça repartait comme ça venait, mais ça se manifestait surtout dans les moments de stress et d'inactivité. Une irritation mineure, le prix à payer pour l'injection. Même une enveloppe toute fraîche sortie de la cuve avait un passé. J'ai serré les poings deux ou trois fois, mis une main dans ma poche et trouvé les piles corticales. Elles ont cliqueté entre mes doigts, serrées dans ma paume, avec la valeur élevée des composantes de haute technologie. Yukio Hirayasu et son homme de main ajoutés à ma collection.

Dans la trajectoire d'élimination systématique, et légèrement obsessionnelle, que nous avions tracée chez Annette dans le mois écoulé, j'avais trouvé le temps de nettoyer mes trophées avec quelques produits chimiques et une brosse à circuits imprimés. Elles ont brillé à la lueur de la lampe à illuminum, toute trace d'os et de moelle envolée. Une demi-douzaine de petits cylindres métalliques et brillants, comme des tranches au laser d'un stylo aux lignes épurées, leur perfection rompue seulement par la petite protubérance des microjacks filament d'un côté. La pile de Yukio se faisait remarquer au milieu des autres – une bande jaune précise qui la ceignait au milieu, gravée du code du manufacturier. Produit de designer. Typique.

Les autres, homme de main yakuza compris, étaient des produits standard installés par l'État. Aucune marque visible, alors j'avais soigneusement enveloppé celle du yak dans un Scotch isolant noir pour le distinguer de celles prises dans la citadelle. Je voulais pouvoir faire la différence. Cet homme n'avait pas la valeur marchande que pouvait posséder Yukio, mais je ne voyais aucune raison de le condamner au même endroit où j'emmenais les prêtres. Je n'étais pas sûr de ce que j'allais faire de lui, mais au dernier moment quelque chose en moi s'était rebellé contre l'idée que j'avais suggérée à Sylvie. Je n'avais pas pu le jeter dans la mer d'Andrassy.

J'ai remis les deux piles dans ma poche et regardé les quatre autres encore dans ma main. Je me posais des questions.

Est-ce que ça suffit ?

Une fois, dans un autre monde, autour d'une étoile qu'on ne voyait pas depuis Harlan, j'avais rencontré un homme qui gagnait sa vie avec les piles corticales. Il achetait et vendait au poids, mesurant les vies contenues comme des tas de pierres semi-précieuses ou d'épices. Les conditions politiques locales avaient conspiré à l'époque pour rendre ce marché très rentable. Pour effrayer la concurrence, il avait adopté le style et la tenue d'une incarnation de la mort, et aussi extrême que soit son numéro, je ne l'avais pas oublié.

Je me demandais ce qu'il penserait de moi s'il me voyait.

Est-ce que…

Une main s'est refermée sur mon bras.

La surprise m'a traversé comme un choc électrique. Mon poing s'est refermé sur les piles. J'ai regardé la femme devant moi, à présent appuyée sur un coude dans son sac de couchage, le désespoir luttant contre les muscles de son visage. Il n'y avait aucun signe de reconnaissance sur son visage. Elle serrait mon bras comme une machine.

— Vous, a-t-elle dit en japonais avant de tousser. Aidez-moi. *Aidez-moi.*

Ce n'était pas sa voix.

Chapitre 11

Il y avait de la neige quand nous sommes arrivés aux collines qui surplombent Drava. Des précipitations par intervalles, et la morsure omniprésente de l'air. Les rues et le sommet des immeubles étaient saupoudrés comme par une spore toxique, et un épais nuage arrivait de l'est avec la promesse de nouveaux flocons. Sur l'un des canaux généraux, un drone de dissémination progouvernemental émettait des alertes au microblizzard et attribuait ce mauvais temps aux quellistes. Quand nous sommes entrés dans les rues déchirées, nous avons trouvé du givre partout et des mares de pluie déjà gelée. Avec les flocons de neige, un silence irréel tombait sur la ville.

— Joyeux Noël, les paumés, a murmuré un des hommes d'Oishii.

Des rires, mais rares. Le silence était trop puissant. Le squelette enneigé de Drava trop sinistre.

Nous sommes passés devant de nouveaux systèmes sentinelles. La réponse de Kurumaya à l'incursion de la co-op, six semaines plus tôt. C'était une arme robotisée monotâche, bien en dessous du seuil d'intelligence machine autorisé par la charte de déClass. Mais Sylvie a sourcillé quand Orr a guidé le rampeur devant chaque forme accroupie, et quand l'un d'eux s'est légèrement redressé, contrôlant nos émetteurs de sécurité une deuxième fois avec un léger crissement, elle a détourné son regard vide et a caché son visage dans l'épaule du géant.

Elle s'était réveillée, mais la fièvre n'était pas tombée. Elle avait reflué comme une marée, la laissant nue et trempée de sueur. Et au bord du terrain qu'elle avait cédé, petite et presque silencieuse, on voyait comme la vague la martelait toujours. On devinait le minuscule rugissement qu'elle devait encore susciter dans les veines de ses tempes.

Ce n'était pas fini. Loin de là.

Dans les rues encombrées et abandonnées de la ville, tandis que nous approchions de la base, les sens affinés de ma nouvelle enveloppe percevaient l'odeur discrète de la mer sous celle du froid. Un mélange de sels et de différents éléments organiques, de l'acidité de la belalgue et l'amère puanteur plastique des produits chimiques déversés à la surface de l'estuaire. Je me suis rendu compte pour la première fois comme les systèmes olfactifs du synthé étaient restreints – je n'avais rien senti de tout cela à notre arrivée de Tekitomura.

Les défenses de la base ont bougé à notre arrivée. Les blocs araignées se sont écartés, le fil auto s'est ouvert. Sylvie a rentré les épaules quand nous sommes passés, a baissé la tête en frissonnant. Même ses cheveux paraissaient se presser un peu plus sur son crâne.

« Surexposition », avait tranché le médecin de l'équipe d'Oishii en observant son kit d'imagerie pendant que Sylvie restait impassible sous le scanner. « Vous n'êtes pas encore sortie de l'auberge. Je vous recommande quelques mois de repos, à vivre dans un endroit plus chaud et plus civilisé. Millsport, peut-être. Allez à une clinique câble, pour faire une vérif complète. »

Elle avait tiqué. *Quelques mois ? À Millsport*, en plus ?

Haussement d'épaules détaché de déClass. « Sinon, ça va recommencer. Au moins, vous devriez retourner à Tekitomura pour faire éliminer les traces virales. Vous ne pouvez pas rester sur le terrain dans cet état. »

La porte de la base s'est soulevée pour nous permettre de traverser l'installation. Par rapport à la dernière fois, l'endroit paraissait presque désert. Quelques silhouettes allaient et venaient entre les préfas, pour transporter de l'équipement. Il faisait trop froid pour sortir sans une bonne raison. Quelques cerfs-volants de surveillance flottaient mollement au mât de communication, ballottés par le vent et la neige. On avait dû ramener les autres en prévision des tempêtes. Visible par-dessus le sommet des préfas, la structure d'un gros glisseur lourd reposait au dock, couvert de neige, mais les grues qui le préparaient ne bougeaient pas. Tout le campement donnait l'idée désolante d'une mise en pause.

—Autant aller voir Kurumaya tout de suite, a dit Oishii en sautant de son propre rampeur solo, bien abîmé, quand la porte est redescendue. (Il a regardé son équipe et la nôtre.) Essayez de trouver un logement. À mon avis, il n'y aura pas beaucoup de place. Je ne vois pas les arrivants du jour se déployer par un temps pareil. Sylvie ?

Sylvie a resserré son manteau autour d'elle. Elle avait le visage hagard. Elle ne voulait pas parler à Kurumaya.

—J'y vais, capitaine, a proposé Lazlo. (Il s'est appuyé sur mon épaule de son bras intact et est descendu du rampeur que nous partagions. La neige givrée a crissé sous ses pieds.) Les autres, allez vous prendre un café, un truc comme ça.

—Cool, a répondu Jadwiga. Et ne laisse pas le vieux Shig te faire chier. Si notre histoire ne lui plaît pas, il peut aller se faire foutre.

—Ouais, je lui dirai. Ou pas. Eh, Micky, tu veux venir avec moi pour me soutenir ?

J'ai cligné des yeux.

—Euh, ouais, bien sûr. Ki, Jad ? Vous prenez le rampeur ?

Kiyoka a quitté son poste d'artillerie et a pris les commandes. Lazlo a rejoint Oishii et m'a regardé. Il a incliné la tête vers le centre du camp.

—Allez. Plus vite on y sera…

Kurumaya, on aurait pu le prévoir, fut tout sauf ravi de voir des membres de l'équipe de Sylvie. Il nous a fait attendre dans une pièce mal chauffée du préfa de commandement pendant qu'il recevait Oishii et allouait les affectations. Des sièges en plastique bon marché bordaient les cloisons et un écran monté dans un coin donnait les nouvelles mondiales à un volume de bruit de fond. Une table basse proposait une spirale de données en accès libre pour les accros aux détails et un cendrier pour les idiots. Notre souffle se condensait légèrement dans l'air.

— Alors, de quoi tu voulais me parler ? ai-je demandé à Lazlo en soufflant dans mes mains.

— Quoi ?

— Allez, t'as besoin qu'on te soutienne comme Jad et Ki ont besoin d'une bite. Qu'est-ce qui t'arrive ?

Un sourire a fleuri à ses lèvres.

— Tu sais, je me suis toujours posé des questions sur ces deux-là. C'est le genre de truc qui empêche un homme de dormir.

— Laz.

— D'accord, d'accord. (Il s'est appuyé sur son coude valide et a posé les pieds sur la table basse.) Tu étais là quand elle s'est réveillée, non ?

— Oui.

— Qu'est-ce qu'elle t'a dit ? En vrai.

Je me suis tourné vers lui.

— Ce que je vous ai dit hier. Rien de bien mémorable. Elle a demandé de l'aide, elle a appelé des gens qui n'étaient pas là. Du charabia. C'était surtout du délire.

— Ouais. (Il a ouvert la main et en a examiné la paume, comme s'il s'agissait d'une carte.) Tu vois, Micky, je suis un poisson-grimace. Un poisson-grimace pilote. Si je suis vivant, c'est que je remarque les trucs en périphérie. Et ce que je remarque en périphérie, c'est que tu ne regardes plus Sylvie comme avant.

— Ah ? (J'ai gardé un ton très posé.)

— Ouais. Jusqu'à la nuit dernière, tu la regardais comme si tu avais faim et que tu la soupçonnais d'avoir bon goût. Et maintenant… (Il s'est tourné pour me regarder dans les yeux.) Tu as perdu ton appétit.

— Elle n'est pas bien, Laz. La maladie, ça me fait pas bander.

Il a secoué la tête.

— Du flan, ça. Elle était malade depuis le poste d'écoute, mais tu avais encore faim. Moins, d'accord, mais c'était quand même là. Maintenant, tu la regardes comme si tu attendais quelque chose. Comme si c'était une sorte de bombe.

— Je m'inquiète pour elle. Comme tout le monde.

Et sous mes paroles, une idée a filé comme une mèche thermique. *Alors, c'est en remarquant des trucs que tu restes en vie, hein ? Alors, pour ton info, parler de trucs comme ça à la légère, ça peut te tuer. Dans d'autres circonstances, avec moi, tu serais déjà mort.*

On est restés côte à côte en silence. Il a opiné du chef pour lui-même.

— Tu ne vas rien me dire, hein ?

— Il n'y a rien à dire, Laz.

Nouveau silence. À l'écran, les nouvelles défilaient. Mort accidentelle (pile récupérable) d'un héritier Harlan mineur dans le quartier des docks de Millsport, un ouragan en formation dans le golfe de Kossuth, Mecsek sur le point de réduire les dépenses de santé publique avant la fin de l'année. J'ai tout regardé sans intérêt.

— Bon, Micky… Je ne vais pas dire que je te fais confiance, parce qu'en fait, non. Mais je ne suis pas Orr. Je ne suis pas jaloux à propos de Sylvie. Pour moi, tu sais, c'est le capitaine, et c'est tout. Et je te fais confiance pour ce qui est de prendre soin d'elle.

—Merci. À quoi je dois cet honneur ?

—Ah, elle m'a un peu parlé de votre rencontre. Les Barbes et tout ça. Assez pour comprendre que…

La porte s'est ouverte sur Oishii. Il a souri et indiqué du pouce l'espace derrière lui.

—À vous de jouer. On se retrouve au bar.

Nous sommes entrés. Je n'ai jamais su ce que Lazlo avait deviné, ni à quel point il pouvait être loin de la vérité.

Shigeo Kurumaya était assis à son bureau. Il nous a regardés entrer sans se lever, le visage impassible et le corps si immobile qu'on lisait sa colère comme s'il l'avait criée. Vieille école. Derrière lui, un holo donnait une illusion d'alcôve dans le préfa, où les ombres et la lumière de la lune dansaient sur un parchemin à peine visible. Sur le bureau, la spirale de données était en veille à côté de son coude, jetant des motifs orageux de lumière colorée sur la surface de travail immaculée.

—Oshima est malade ?

—Ouais, elle a attrapé quelque chose d'un noyau co-op dans les hautes terres. (Lazlo s'est gratté l'oreille et a regardé la pièce vide.) Il ne se passe pas grand-chose par ici, hein. Vous avez fermé pour le microbliz ?

—Les hautes terres. Près de sept cents kilomètres de l'endroit où je vous ai envoyés. Où vous vous étiez portés *volontaires* pour faire du ramassage.

Lazlo a haussé les épaules.

—Vous savez, c'est le capitaine qui décide. Il faudrait…

—Vous étiez sous contrat. Et surtout, sous obligation. Vous deviez un *giri* à la base, et à moi.

—On nous a attaqués, Kurumaya-san. (Le mensonge est sorti avec toute la conviction des Diplos. Un léger frémissement de plaisir quand le conditionnement de domination s'est mis en route – je n'avais pas fait ça depuis longtemps.) Après l'embuscade dans le temple, notre logiciel de commande a été compromis. Nous avions subi des dégâts organiques sévères, moi et un autre membre de l'équipe. Nous avancions en aveugle.

Le calme est revenu après mes paroles. À côté de moi, Lazlo avait envie de dire quelque chose. Je lui ai lancé un regard d'avertissement et il s'est arrêté. Les yeux du commandant de la base allaient de lui à moi, et se sont posés sur mon visage.

— Vous êtes la Chance ?

— Oui.

— La nouvelle recrue. Vous vous posez en porte-parole ?

Une fois trouvé le point de pression, suivre la vague.

— Moi aussi, je dois un *giri* aux circonstances, Kurumaya-san. Sans l'aide de mes compagnons, je serais mort et j'aurais été démembré par les karakuri à Drava. Au lieu de cela, ils m'ont porté et m'ont trouvé un nouveau corps.

— Oui, c'est ce que je vois. (Kurumaya a regardé son bureau puis m'a refait face.) Très bien. Pour l'instant, vous ne m'avez rien dit de plus que ce que votre équipe m'a transmis depuis la zone à nettoyer, et ça ne me suffit pas. Veuillez m'expliquer pourquoi, aveugle comme vous l'étiez, vous avez choisi de ne pas revenir à la base.

Ça, c'était plus facile. On l'avait répété sur les feux de camp d'Annette pendant plus de un mois.

— Nos systèmes étaient brouillés, mais encore en partie fonctionnels. Ils indiquaient une activité minmil derrière nous, qui nous coupait toute retraite.

— Et menaçait potentiellement les équipes que vous aviez entrepris de protéger. Mais vous n'avez rien fait pour les aider.

— Bon sang, Shig, on était *aveugles*.

Le commandant de la base s'est retourné vers Lazlo.

— Je ne vous ai pas demandé votre interprétation des événements. Silence.

— Mais…

— Nous nous sommes repliés sur le nord-est, ai-je dit avec un nouveau regard de mise en garde pour le poisson-grimace. D'après ce que nous savions, la zone était sûre. Nous avons continué à avancer le temps que le logiciel de commande se remette en route. À ce moment, nous étions presque sortis de la ville, et je me vidais de mon sang. De Jadwiga, nous n'avions plus que la pile. Pour des raisons évidentes, nous avons préféré pénétrer dans la zone à nettoyer et avons visé un bunker précédemment repéré, avec cuves de clonage et capacité d'enveloppement. Comme vous le savez grâce au rapport.

— Nous ? Vous étiez impliqué dans cette décision ?

— Je me vidais de mon sang, ai-je répété.

Le regard de Kurumaya s'est de nouveau baissé.

— Vous serez surpris d'apprendre que suite à l'embuscade que vous avez décrite, il n'y a eu aucun autre rapport d'activité minmil dans la zone.

— Oui, c'est parce qu'on leur a fichu la baraque sur la tête, a lancé Lazlo. Allez creuser ce foutu temple et vous trouverez des morceaux. Moins un ou deux qu'il a fallu finir à la main dans un tunnel, en partant.

Kurumaya a de nouveau foudroyé le poisson-grimace du regard.

— Nous n'avons eu ni le temps ni la main-d'œuvre pour déblayer. Les scans à distance indiquent des éléments de machine dans les ruines, mais la détonation a oblitéré presque toute la structure inférieure, ce qui est très pratique. S'il y...

— *Si ?* Comment ça, *si* ?

— ... avait des minmils comme vous le prétendez, elles ont été vaporisées. Les deux dans le tunnel ont été retrouvées et paraissent corroborer l'histoire que vous avez transmise une fois à l'abri dans la zone à nettoyer. Sachez aussi que les ramasseurs que vous avez laissés en arrière ont bien trouvé des nids de karakuri plusieurs heures après, deux kilomètres à l'ouest. Dans la suppression qui s'est ensuivie, il y a eu vingt-sept morts. Dont neuf vraies, piles non récupérées.

— C'est une tragédie, ai-je dit sans émotion. Mais nous n'aurions rien pu faire pour l'empêcher. Si nous étions revenus avec nos blessés et nos systèmes de commandes endommagés, nous n'aurions été qu'un fardeau. Dans ces circonstances, nous avons cherché un moyen de revenir aussi vite que possible à notre mode opérationnel optimal.

— Oui. C'est ce qu'indique votre rapport.

Il a fulminé quelques instants. J'ai lancé un nouveau coup d'œil à Lazlo, au cas où il aurait voulu dire autre chose. Kurumaya a croisé mon regard.

— Très bien. Vous êtes logés avec l'équipe Eminescu pour le moment. Je vais demander à un médecin logiciel d'examiner Oshima, à vos frais. Si son état est stable, une enquête complète sera ouverte sur l'incident du temple, dès que la météo le permettra.

— Quoi ? (Laz a fait un pas en avant.) Vous voulez qu'on reste ici pendant que vous allez déblayer ces conneries ? Pas question, mec. On met les bouts. On retourne à Tek'to sur le flotteur…

— Laz…

— Non, je ne *veux* pas que vous restiez, je vous l'ordonne. Que cela vous plaise ou non, il y a ici une structure de commandement. Si vous essayez d'embarquer sur le *Daikoku Dawn*, vous serez arrêtés. (Kurumaya a froncé les sourcils.) Je préférerais ne pas avoir à être si direct, mais si vous m'y forcez, je vous ferai confiner.

— Confiner ? (J'ai eu un moment l'impression que Lazlo n'avait jamais entendu ce mot, et attendait que la tête de contrôle le lui explique.) Confiner ? Putain ! On a descendu cinq co-op le mois dernier, plus d'une dizaine de minmils autonomes, on a sécurisé tout un bunker plein de saletés électroniques, et c'est comme ça que vous nous remerciez quand on rentre ?

Puis il a glapi et fait un pas en arrière, la paume plaquée sur l'œil comme si Kurumaya venait de lui mettre le doigt dedans. La tête de contrôle s'est relevée derrière son bureau. Sa voix exprimait clairement sa rage soudaine.

— Non. C'est ce qui arrive quand je ne peux plus me fier aux équipes dont on me tient responsable. (Il m'a regardé.) Vous, la Chance. Faites-le sortir, et transmettez mes instructions au reste de l'équipe. Je ne compte pas avoir cette conversation une seconde fois. Dehors. Tous les deux.

Laz se tenait encore l'œil. J'ai mis ma main sur son épaule pour le guider, et il l'a repoussée avec humeur. En marmonnant, il a tendu un doigt tremblant vers Kurumaya, mais s'est ravisé. Il est sorti en quelques enjambées.

Je l'ai suivi. À la porte, j'ai regardé le commandant du camp. Difficile de lire quoi que ce soit sur son visage tendu, mais j'ai cru voir quelque chose – la rage face à la désobéissance, et surtout le remords de n'avoir pas pu contrôler la situation et son attitude. Un dégoût de voir où les choses en étaient arrivées, dans le préfa de commandement, maintenant, et peut-être dans toute l'initiative Mecsek du marché libre. Dégoût, si ça se trouve, pour la façon dont toute la planète allait à vau-l'eau.

Vieille école.

J'ai payé un verre à Laz dans le bar pour l'écouter jurer contre Kurumaya, cette merde d'enculé. Puis je suis allé retrouver les autres. Je l'ai laissé en bonne compagnie – le bar était plein de déClass enragés, tout juste débarqués du *Daikoku Dawn* qui se plaignaient amèrement du temps et de l'interruption des déploiements. Un jazz à chargement rapide formait un fond sonore strident à souhait, heureusement sans les diatribes du DJ que j'avais fini par lui associer au cours du mois dernier. Le préfa était plein de bruit et de fumée.

J'ai trouvé Jadwiga et Kiyoka assises dans un coin, perdues dans le regard l'une de l'autre et dans une conversation qui paraissait un peu trop intense pour qu'on s'y joigne. Jad m'a indiqué avec impatience qu'Orr était resté avec Sylvie dans le préfa médical, et qu'Oishii se trouvait dans les parages, peut-être au bar, il partait par là la dernière fois qu'elle l'avait vu, enfin quelque part dans la direction de son bras vaguement tendu. Devant tant de subtilité, j'ai compris qu'il valait mieux les laisser seules.

Oishii n'était pas vraiment dans la direction suggérée par Jadwiga, mais il était au bar et parlait à quelques déClass, dont un seul de son équipe. Il m'a accueilli avec un sourire et a levé son verre. Sa voix a porté malgré le bruit.

— Vous vous êtes fait taper sur les doigts ?

— On dirait. (J'ai levé une main pour avoir l'attention du barman.) J'ai l'impression que les Furtifs de Sylvie font des leurs depuis un bon bout de temps. Vous en voulez un autre ?

Oishii a regardé le niveau de son verre avec réflexion.

— Non, ça va. Faire des leurs, oui, on pourrait dire ça. Ce n'est pas l'équipe la plus communautaire du lot. Mais ils sont souvent meilleurs que les autres. Ça donne une certaine marge de manœuvre, même auprès d'un mec comme Kurumaya.

— C'est toujours sympa d'avoir une réputation.

— Oui. Tiens, à ce propos. Il y a quelqu'un qui te cherche.

— Ah ? (Il me regardait dans les yeux en m'annonçant ça. J'ai étouffé toute réaction et soulevé un sourcil avec dans la voix un désintéressement savamment étudié. J'ai commandé un single malt de Millsport au barman et me suis retourné vers Oishii.) Il t'a dit son nom ?

— Ce n'est pas moi qui lui ai parlé. (La tête de contrôle a désigné son autre compagnon.) Voici Simi. Simi est le grimace en chef des Interrupteurs. Simi, le type qui posait des questions sur Sylvie et sa nouvelle recrue, il t'a dit son nom ?

Simi a étréci les yeux un moment. Puis son visage s'est détendu et il a claqué des doigts.

— Ouais, ça me revient. Kovacs. Il a dit qu'il s'appelait Kovacs.

Chapitre 12

Tout s'est arrêté.

Comme si le bruit du bar s'était soudain transformé en boue dans mes oreilles. La fumée a cessé de bouger, la pression des gens derrière moi a paru reculer. C'était une réaction au choc que je n'avais pas encore eue dans l'enveloppe Eishundo, même en plein combat contre les minmils. De l'autre côté de cet instant onirique, j'ai vu Oishii me regarder avec attention, et j'ai porté le verre à mes lèvres en pilotage automatique. Le single malt est descendu, il m'a brûlé, et quand la chaleur a touché le fond de mon estomac, le monde a redémarré, aussi vite qu'il s'était arrêté. Musique, bruit, foule autour de moi.

— Kovacs. Vraiment ?

— Tu le connais ? a demandé Simi.

— J'en ai entendu parler. (Ce n'était pas le moment de partir sur un gros mensonge. Pas avec la façon dont Oishii me regardait. J'ai repris une gorgée.) Il a dit ce qu'il voulait ?

— Non. (Simi a secoué la tête avec l'air de s'en moquer.) Il a demandé juste où tu étais, si tu étais parti avec les Furtifs. C'était il y a quelques jours, alors je lui ai répondu que tu faisais la fête chez Annette, comme les autres. Il…

— Est-ce qu'il… Pardon, continue. Tu disais ?

— Il avait très envie de te parler. Il a persuadé quelqu'un, Anton et le gang du Crâne, je crois, de l'emmener jeter un œil chez Annette. Alors tu le connais, ce mec ? C'est un souci ?

— Bien sûr, a dit Oishii calmement, ce n'est peut-être pas le même Kovacs que tu connais. C'est un nom assez courant.

— C'est vrai, ai-je admis.

— Mais tu n'y crois pas ?

J'ai fabriqué un haussement d'épaules.

— Ça paraît peu probable. Il me cherche, j'ai entendu parler de lui. Le plus probable, c'est qu'on ait un truc en commun.

Le membre de l'équipe d'Oishii et Simi ont tous les deux eu un hochement de tête convaincu, assentiment alcoolisé. Oishii lui-même paraissait plus intrigué.

— Et qu'est-ce que tu as entendu dire sur ce Kovacs ?

Cette fois, le haussement d'épaules a été plus simple.

— Rien de bon.

— Ouais, a dit Simi. C'est ça. À le voir, on aurait dit un malade vraiment méchant, ce salaud.

— Il était seul ?

— Nan, tout un groupe de gros bras avec lui. Quatre ou cinq. Avec un accent de Millsport.

Super. Donc, ce n'était plus une question locale. Tanaseda tenait sa promesse. « *Une condamnation planétaire demandant votre capture.* » Et quelque part, ils avaient déterré…

Tu n'es pas sûr. Pas encore.

Allez. Bien sûr que si. Pourquoi utiliser ce nom-là ? Ça te rappelle pas le sens de l'humour de quelqu'un, ça ?

À moins…

— Simi, au fait : il ne m'a pas demandé personnellement ? En m'appelant par mon nom ?

— Je sais pas, a fait Simi en clignant des yeux. Tu t'appelles comment ?

— OK, laisse tomber.

— Ce type demandait Sylvie, a expliqué Oishii. Il connaissait son nom à elle. Et les Furtifs, apparemment. Mais il avait surtout l'air intéressé par une nouvelle recrue de Sylvie. Et son nom à lui, il ne le connaissait pas. C'est ça, Simi ?

— Ouais, ‘peu près, ouais.

Simi avait le regard perdu dans son verre vide. J’ai fait signe au barman de resservir tout le monde.

— Et ces types de Millsport, ils sont encore dans le coin, à ton avis ?

Simi a fait la moue.

— Peut-être. Sais pas. J’ai pas vu sortir le gang du Crâne, je ne sais pas combien de gens ils ont emmenés.

— Mais ce serait logique, a repris Oishii. Si ce Kovacs a fait ses recherches, il saura que c’est difficile de suivre quelqu’un chez Annette. Ce serait logique de laisser quelques gars derrière au cas où tu reviendrais. Pour qu’on lui envoie la nouvelle par diff.

— Ouais. (J’ai vidé mon verre et frissonné. *Debout.*) Je crois qu’il faut que je parle à mon équipe. Si vous voulez bien m’excuser.

Je me suis frayé un chemin dans la foule à coups d’épaules jusqu’à ce que je retrouve Jad et Kiyoka. Elles étaient prises dans un fougueux baiser, oubliant complètement ce qui les entourait. Je me suis glissé sur le siège à côté d’elles et j’ai mis la main sur l’épaule de Jadwiga.

— Arrêtez ça, toutes les deux. On est dans la merde.

— Et moi, a grondé Orr, je dis que tu te fous de notre gueule.

— Vraiment ? (J’ai gardé mon sang-froid, avec effort, et regretté de ne pas avoir utilisé toute ma persuasion de Diplo au lieu de laisser mes collègues de déClass décider par eux-mêmes.) Je te parle de yakuzas, là.

— Tu n’en sais rien.

— Réfléchis un peu. Il y a six semaines, on s’est rendus collectivement responsables de la mort du fils d’un yakuza de grade élevé et de ses deux hommes de main. Maintenant, quelqu’un nous cherche.

— Non. Quelqu'un *te* cherche. On ne sait pas encore s'il cherche aussi les autres.

— Écoutez-moi. Tous. (Un regard général dans la pièce sans fenêtre qu'on avait trouvée pour Sylvie. Une seule couchette, spartiate, des placards dans les murs, une chaise dans un coin. Avec la tête de contrôle recroquevillée sur la couchette et son équipage autour, l'espace était plein.) Ils connaissent Sylvie, ils ont fait le lien entre elle et moi. C'est ce qu'a dit le copain d'Oishii.

— Putain, on a nettoyé l'appart comme…

— Je sais, Jad, mais ça n'a pas suffi. Ils ont des témoins qui nous ont vus tous les deux, une vidéo périphérique peut-être, ou autre chose. Le principal, c'est que je connais ce Kovacs, et croyez-moi, si on attend qu'il nous rattrape, on se foutra bien qu'il cherche Sylvie, moi ou tout le monde. C'est un ancien Diplo. Il va descendre tous ceux qui sont dans cette pièce, histoire de simplifier les choses.

La terreur de l'ancien Diplo. Sylvie dormait, ou était bourrée de drogues pour récupérer. Orr était trop prêt à la confrontation. Mais les autres ont grimacé. Sous le calme blindé du déClass, ils avaient grandi en entendant les histoires d'horreur sur Adoracion et Sharya, comme tout le monde. Les Diplos débarquaient et ils ravageaient votre planète. Ce n'était pas si simple, bien sûr, la vérité était beaucoup plus complexe, et en fait bien plus effrayante. Mais qui a envie de vérité, dans notre univers ?

— Et si on prenait les devants ? a proposé Jadwiga. Si on trouvait les copains de Kovacs et qu'on les faisait taire avant qu'ils transmettent quoi que ce soit ?

— C'est sans doute trop tard, Jad. (Lazlo a secoué la tête.) On est rentrés depuis plusieurs heures. Si quelqu'un cherche à le savoir, il est déjà au courant.

Enfin, ça bougeait. Je suis resté silencieux et j'ai regardé les choses tourner comme je voulais. Kiyoka est intervenue, les sourcils froncés.

— De toute façon, on n'a aucun moyen de les trouver. Ici, l'accent de Millsport et une tête de dur, c'est la meilleure façon de passer inaperçu. Au minimum, il faudrait utiliser les données de la base et… (elle a indiqué Sylvie, toujours en position fœtale) on n'est pas en état.

— Même si Sylvie était d'attaque, on se ferait virer. Vu comme Kurumaya nous porte dans son cœur en ce moment, il suffirait qu'on se lave les dents avec le mauvais voltage pour qu'il nous saute dessus. J'imagine qu'on est protégés contre les intrusions.

Lazlo a désigné du menton le brouilleur d'espace personnel à résonance perché sur la chaise. Kiyoka a hoché la tête, d'une façon un peu incertaine à mon goût.

— Le fin du fin, Laz. Vraiment. Je l'ai acheté chez Reiko, Straight-to-Street, avant qu'on parte. Micky, ce que je veux dire, c'est qu'on est plus ou moins prisonniers, ici. Si ce Kovacs nous cherche, qu'est-ce qu'on peut y faire ?

C'est parti.

— Je peux mettre les bouts ce soir. Et à mon avis, je ferais mieux d'emmener Sylvie.

Silence dans la pièce. J'ai suivi les regards, évalué les émotions, estimé l'issue.

Orr a roulé la tête sur ses épaules comme un lutteur qui s'échauffe.

— Tu peux aller te faire mettre.

— Orr…, a commencé Kiyoka.

— Non, Ki. Hors de question. Hors de question que ce mec-là l'emmène où que ce soit. Pas tant que j'aurai mon mot à dire.

Jadwiga m'a regardé, soupçonneuse.

— Et nous, Micky ? Qu'est-ce qu'on fait quand Kovacs débarque avec l'envie de tuer ?

— Vous vous cachez. Vous récoltez les services qu'on vous doit, vous vous faites oublier soit dans la base, soit chez Annette avec une autre équipe si vous arrivez à convaincre quelqu'un. Merde, vous pouvez même vous faire arrêter par Kurumaya, si vous pensez qu'il vous gardera bien au chaud.

— Eh, connard, on peut faire tout ça sans te don…

— Ah oui, Orr ? Vraiment ? Tu vas pouvoir te promener chez Annette avec Sylvie dans cet état ? Qui va la porter ? Quelle équipe ? Quelle équipe peut se permettre un tel poids mort ?

Orr a regardé autour de lui, se sentant coincé.

— On peut la cacher ici, dans…

— Orr, tu ne m'écoutes pas. Kovacs va tout retourner pour nous trouver. *Je le connais.*

— Kurumaya…

— Laisse tomber. Il se farcira Kurumaya comme du beurre, s'il le faut. Orr, il y a une seule chose qui peut l'arrêter : la certitude que Sylvie et moi sommes partis. Parce que dans ce cas-là, il n'aura pas le temps de se faire chier à vous trouver. Quand on arrivera à Tek'to, on fera en sorte que Kurumaya l'apprenne, et quand Kovacs sera revenu, tout le monde dans la base saura qu'on a mis les bouts. Ça suffira à le faire grimper dans le prochain glisseur.

Un nouveau silence, cette fois comme un compte à rebours. Je les ai regardés se laisser convaincre, un par un.

— Ça se tient, Orr, a dit Kiyoka en posant la main sur l'épaule du géant. C'est pas beau, mais ça se tient.

— Au moins comme ça, la pilote sera sortie des emmerdes.

Orr s'est secoué.

— Putain, vous me faites halluciner. Vous ne voyez pas qu'il essaie de vous faire peur ?

— Ouais, il *réussit*, même, a lancé Lazlo. Sylvie est au tapis. Si les yakuzas engagent des assassins diplos, on est grave dépassés.

— Il faut la protéger, Orr. (Jadwiga regardait par terre, comme si la prochaine bonne idée serait de creuser un tunnel.) Et on ne pourra pas le faire ici.

— Alors je pars aussi.

— J'ai peur que ce ne soit pas possible, ai-je dit calmement. Je pense que Lazlo peut nous faire passer par un des lanceurs de radeaux, comme il est monté à Tek'to. Mais avec le matériel que tu trimballes, ta source d'énergie, si tu pénètres sans autorisation sur le navire, tu vas déclencher toutes les alarmes de fuite du *Daikoku Dawn*.

J'y étais allé au hasard, le saut de l'ange depuis un échafaudage rapide de déductions de Diplo, mais ça a fait mouche. Les Furtifs se sont regardés, et Lazlo a fini par opiner de la tête.

— Il a raison, Orr. Je n'arriverai jamais à te faire passer par ce conduit.

Le géant m'a fixé de longues secondes, puis s'est détourné pour regarder la femme sur le lit.

— Si tu lui fais le moindre mal…

J'ai soupiré.

— La meilleure façon de lui faire du mal, Orr, ce serait que je la laisse ici. Et je n'y compte pas. Alors garde tes sales regards pour Kovacs.

— Ouais, a dit Jadwiga. C'est promis. Dès que Sylvie sera de nouveau sur pieds, on se le fera, ce salaud, et…

Je l'ai interrompue.

— Admirable, mais un peu prématuré. Tu planifieras ta vengeance plus tard, OK ? Pour le moment, on va déjà essayer de survivre.

Bien sûr, c'était un tout petit peu plus compliqué.

Quand j'ai insisté, Lazlo a reconnu que la sécurité sur les rampes du glisseur à Kompcho était laxiste, à la limite du risible. À la base de Drava, où l'on craint l'assaut minmil en permanence, les docks seraient bourrés de contre-mesures électroniques anti-intrusion.

— Donc, ai-je dit en m'efforçant de rester calme et patient, tu n'as jamais fait ton petit tour de la rampe à canot de sauvetage ici, à Drava.

— Eh bien, si, une fois, a répondu Lazlo en se grattant l'oreille. Mais j'ai eu de l'aide. Du brouillage, signé Suki Bajuk.

— Cette petite traînée…, a gloussé Jadwiga.

— Eh, jalouse. C'est une excellente déClass de commandement. Même camée jusqu'aux yeux, elle a fait gicler les codes d'entrée comme…

— À ce qu'on m'a dit, elle n'a pas fait gicler que ça, ce week-end-là.

— Eh, c'est pas parce qu'elle est…

— Elle est *ici* ? Maintenant, dans la base ?

— Je ne sais pas. On pourrait vérifier, j'imagine, mais…

— Mais ça va prendre une éternité, a prédit Kiyoka. Et de toute façon, elle n'aura peut-être pas envie de recommencer son petit coup. T'aider à t'amuser, c'est une chose, Laz. Flinguer les ordres de Kurumaya, ça l'amusera peut-être moins. Tu vois ce que je veux dire ?

— Elle est forcée de le savoir ? a demandé Jadwiga.

— Jad, sois pas comme ça. Je ne vais pas foutre Suki dans la merde sans…

Je me suis éclairci la voix.

— Et Oishii ?

Ils se sont tous tournés vers moi. Orr a plissé le front.

— Sans doute. Sylvie et lui se connaissent depuis un bail. Ils ont été têtards ensemble.

Jadwiga a souri.

— Bien sûr qu'il le fera. Si Micky le lui demande.

— Quoi ?

Il y avait des sourires sur toutes les lèvres, maintenant. Une agréable libération de la tension ambiante. Kiyoka a gloussé derrière sa main. Lazlo a fait de son mieux pour regarder le plafond. Gloussements et reniflements contenus. Seul Orr était trop en colère pour se joindre à la rigolade.

— T'as rien remarqué depuis quelques jours, Micky ? (Jadwiga en profitait jusqu'au bout.) Oishii t'aime bien. Je veux dire, il t'aime *vraiment* bien.

J'ai regardé mes compagnons dans l'espace confiné et j'ai fait de mon mieux pour reproduire l'irritation d'Orr. J'étais surtout énervé contre moi-même. Non, je n'avais rien remarqué, ou au moins je n'avais pas identifié cette attraction pour ce que Jadwiga disait qu'elle était. Pour un Diplo, c'était un sérieux ratage au niveau détection d'occasion.

Ex-Diplo.

Oui, merci.

— Bon, alors. Je ferais mieux d'aller lui parler.

— Ouais, a répondu Jadwiga sans sourire. Pour voir s'il veut bien te donner un petit coup… de main.

Les éclats de rire ont fusé, explosant dans la pièce bondée. Un sourire involontaire a réussi à s'imprimer sur mon visage.

— Bande d'enfoirés.

Ça n'a rien arrangé. L'hilarité s'est encore accrue. Sur le lit, Sylvie a ouvert les yeux. Elle s'est levée sur un coude et a toussé. Ç'avait l'air de faire mal. Les rires sont repartis aussi vite qu'ils étaient arrivés.

— Micky ?

Sa voix était faible et rouillée. Je me suis tourné vers le lit. J'ai vu du coin de l'œil le regard assassin qu'Orr m'a lancé. Je me suis penché.

— Oui, Sylvie. Je suis là.

— Pourquoi vous riez ?

— C'est une très bonne question.

Elle a serré mon bras avec la même force que cette nuit-là, au campement d'Oishii. Je me suis préparé à ce qu'elle allait dire. Au lieu de ça, elle a frissonné et a regardé les doigts qui s'enfonçaient dans le bras de mon blouson.

— Je… Ça me connaissait. Ça me *connaissait.* Comme un vieil ami. Comme un…

— Laisse-la tranquille, Micky.

Orr a essayé de m'écarter d'un coup d'épaule, mais la poigne de Sylvie sur mon bras a suffi à résister. Elle l'a regardé sans comprendre.

— Qu'est-ce qui se passe ? a-t-elle supplié.

J'ai regardé le géant en biais.

— Tu veux lui dire ?

Chapitre 13

La nuit est tombée sur Drava par grandes touches d'ombre enneigée, s'installant comme une couverture usée autour de la centaine de préfas de la base. Puis sur les ruines de la ville, plus hautes et angulaires. Le microblizzard est arrivé et reparti avec le vent, a poussé la neige en grandes volutes enroulées qui vous collaient au visage et entraient dans le col de vos vêtements. Il l'a chassée en tourbillonnant, la faisant disparaître presque entièrement puis danser dans la clarté ciblée des projecteurs du camp. La visibilité est descendue jusqu'à cinquante mètres, puis s'est dégagée et a diminué de nouveau. C'était un temps à rester chez soi.

Accroupi dans l'ombre d'un conteneur abandonné d'un côté du quai, je me suis demandé un moment comment l'autre Kovacs se débrouillait, chez Annette. Comme tous les natifs de Newpest, il devait partager avec moi une aversion naturelle pour le froid. Comme moi, il devait être…

Tu n'en sais rien. Tu ne sais pas qui…

Ouais, c'est ça.

Mais enfin, où veux-tu que les yakuzas trouvent une copie de personnalité d'un ex-Diplo ? Et pourquoi ils prendraient ce risque ? Malgré tout ce vernis à la con d'ancestralité de la vieille Terre, ce sont des putains de criminels. Ils ne pourraient pas…

Ouais, c'est ça.

C'est ce qui nous démange tous, le prix de la modernité. *Et si… ?* Et si quelque part, à un moment donné de notre vie, on nous avait copiés ? Et si on était stockés dans le ventre d'une grande machine, à vivre dans Dieu sait quelle existence virtuelle parallèle, ou simplement à dormir, attendant d'être libérés dans le monde ?

Ou déjà libérés, à vivre quelque part ?

On en faisait des expéria, on entendait les légendes urbaines d'amis d'amis, ceux qui vivaient une bizarre erreur machine et finissaient par se rencontrer en virtuel ou, plus rarement, dans la réalité. Ou les conspirations à la Lazlo sur des enveloppements multiples avalisés par les militaires. On écoute ces histoires, et on est pris d'un agréable frisson existentiel. Et une fois de temps en temps, on entend une histoire crédible.

Une fois, j'avais rencontré et dû tuer un type qui avait deux enveloppes.

Une fois, je m'étais rencontré moi-même, et ça n'avait pas bien tourné non plus.

Je n'avais pas spécialement envie de recommencer.

J'avais déjà bien assez de problèmes comme ça.

Cinquante mètres plus loin, la masse du *Daikoku Dawn* encaissait le blizzard. Il était plus gros que le *Guns for Guevara*. À le voir, ça devait être un vieux glisseur commercial, sorti de la naphtaline et fourbi pour trimballer des déClass. Il lui restait une aura de grandeur envolée. La lumière brillait derrière les hublots et se concentrait en constellations blanches et rouges plus froides sur la structure en hauteur. Un peu plus tôt, il y avait eu un maigre défilé de silhouettes sur les passerelles, quand les déClass en partance étaient montés à bord, mais les écoutilles se refermaient et le glisseur était isolé dans le froid nocturne de New Hok.

Des silhouettes ont traversé le tourbillon noir et blanc à ma droite. J'ai touché la poignée du couteau Tebbit et j'ai poussé ma vision.

C'était Lazlo, menant l'équipe du pas souple et le sourire fier d'un poisson-grimace. Oishii et Sylvie le suivaient. La fonctionnalité chimique était criante sur le visage de la femme, un contrôle plus intense dans l'attitude de l'autre tête de contrôle. Ils ont traversé la zone découverte et se sont glissés dans l'abri du conteneur. Lazlo a frotté son visage des deux mains et a secoué ses doigts mouillés. Il avait fixé son bras convalescent avec une servo-armature de combat et n'avait pas l'air de souffrir. J'ai senti son haleine alcoolisée.

— OK ?

Il a opiné de la tête.

— Tous ceux que ça intéresse, et sans doute quelques autres, savent à présent que Kurumaya nous a fait enfermer. Jad y est encore, pour se plaindre très fort à tous ceux qui veulent bien l'écouter.

— Oishii ? Tu es en place ?

La tête de contrôle m'a regardé avec gravité.

— Si toi tu l'es. Comme je te l'ai dit, tu vas avoir cinq minutes, à tout casser. C'est tout ce que je peux faire sans laisser de trace.

— Cinq minutes, c'est très bien, a dit Lazlo avec impatience.

Tout le monde a regardé Sylvie. Elle a réussi à sourire malgré cette attention.

— Bien, a-t-elle répété. Scan ! On y va.

Le visage d'Oishii a pris l'intériorité abrupte du réseau d'équipe. Il opinait légèrement du chef pour lui-même.

— Ils ont mis les systèmes de navigation en veille. Tests moteurs et systèmes dans deux cent vingt secondes. Quand ça commencera, vous avez intérêt à être dans l'eau.

Sylvie a réussi à réveiller un intérêt professionnel et a étouffé une quinte de toux.

— Sécurité de coque ?

— Oui, activée. Mais les combinaisons de camouflage devraient repousser presque n'importe quel scan. Quand vous serez au niveau de l'eau, je pourrai vous faire passer pour deux razailes qui guettent une pêche facile dans la turbulence du sillage. Dès que le cycle du test systèmes commencera, entrez dans le conduit. Je vous ferai disparaître sur les scanners indépendants, le logiciel de nav pensera qu'il a perdu les razailes dans le sillage. Pareil quand tu sortiras, Lazlo. Alors, reste dans l'eau jusqu'à ce qu'ils soient bien loin dans l'estuaire.

— Super.

— Tu nous as trouvé une cabine ?

Le coin de la bouche d'Oishii s'est soulevé.

— Bien sûr. La maison ne recule devant aucun luxe pour nos amis fugitifs. Les bâbords inférieurs étaient presque tous vides, la S37 est tout à vous. Suffira de pousser.

— OK, on y va, a sifflé Lazlo. Un par un.

Il a quitté l'abri du conteneur avec la même foulée courbée que je l'avais vu utiliser chez Annette, a été un moment exposé aux regards sur le quai, puis a sauté en finesse dans l'eau. J'ai regardé Sylvie en biais et hoché la tête.

Elle est partie, moins douce que Lazlo, mais avec un écho de la même grâce. J'ai cru entendre une légère éclaboussure cette fois. Je lui ai donné cinq secondes et j'ai suivi, dans l'espace découvert et battu par le blizzard, me suis accroupi pour prendre le premier barreau de l'échelle d'inspection et suis descendu, degré par degré, dans la puanteur de l'estuaire. Quand j'ai été immergé jusqu'à la taille, j'ai lâché et me suis laissé aller dans l'eau.

Malgré la combinaison et les vêtements que je portais par-dessus, le choc de l'immersion a été brutal. Le froid m'a poignardé, a serré mon entrejambe et ma poitrine, et a expulsé l'air derrière mes dents serrées. Les cellules de gecko dans mes paumes se sont crispées par sympathie. J'ai pris une nouvelle inspiration et cherché les autres du regard.

— Par ici.

Lazlo a fait signe depuis une section du dock où Sylvie et lui se cramponnaient à un générateur d'amortisseur rouillé.

Je les ai rejoints en fendant l'eau, et j'ai laissé mes mains modifiées se cramponner directement au béton inusable. Lazlo a inspiré avec difficulté, et parlé malgré ses dents qui claquaient.

— Allllez à la pppproue et nnnagez un pppeu entre llle dock et la ccoqque. Vous verrrrez les lllanceurs. Nnne bbuvez papas llla tttasse.

Nous avons échangé un sourire crispé avant de partir.

C'était difficile, de nager contre un réflexe corporel qui voulait se blottir et trembler pour chasser le froid. Avant même d'arriver à mi-chemin, Sylvie prenait du retard, et nous avons dû faire machine arrière pour la soutenir. Son souffle était de plus en plus laborieux, ses dents étaient serrées et ses yeux commençaient à rouler dans leurs orbites.

— Jjje nne v-vais plus ttttenir ttrès longtttemps, a-t-elle murmuré quand je me suis retourné dans l'eau et que Lazlo m'a aidé à la hisser sur ma poitrine. Nne mmmme ddis pas qu'on gagne, on gggagne qquoi ?

— Ça va aller, ai-je réussi à dire malgré mes mâchoires serrées. Tiens bon. Laz, continue.

Il a acquiescé et est reparti. J'ai suivi, gêné par le poids sur ma poitrine.

— Est-ce qu'il n'y a pas d'autre choix ? a-t-elle gémi à peine plus fort qu'un murmure.

J'ai réussi à nous amener jusqu'à la proue surélevée du *Daikoku Dawn*, où Lazlo nous attendait. Nous avons pataugé dans le peu d'eau qui séparait la coque du quai, et j'ai plaqué une main contre le béton inusable pour me stabiliser.

— Mmmoins dd'une mminnnute, a dit Lazlo, sans doute après avoir consulté son affichage rétinien. Esssspérons qu'Oishii est bbien dddeddans.

Le flotteur s'est réveillé. D'abord le martèlement sourd du système antigrav est passé du stationnement à la propulsion, puis le gémissement aigu des prises d'air et le bruit de la jupe qui se gonfle. J'ai senti la traction latérale de l'eau qui gonflait autour de l'embarcation. L'écume m'a arrosé depuis la proue. Lazlo m'a fait un nouveau sourire et a tendu le doigt.

— Par là ! a-t-il crié pour couvrir le bruit du moteur.

J'ai suivi la direction de son bras et vu une batterie de trois aérations circulaires, des toboggans qui sortaient en spirale. Des veilleuses de maintenance éclairaient l'intérieur, dont une échelle d'inspection reliant la jupe du flotteur à la première ouverture.

La note des moteurs est redescendue, comme si elle se calmait.

Lazlo est monté en premier, sur l'échelle puis sur la pente douce qu'offrait la jupe. Calé contre la coque, il m'a fait signe. J'ai hissé Sylvie, crié dans son oreille de grimper, et vu avec soulagement qu'elle était encore en état de le faire. Lazlo l'a saisie dès qu'elle est arrivée en haut, et après quelques manœuvres ils ont commencé l'ascension. J'ai suivi aussi vite que le permettaient mes mains insensibles, me suis jeté sous le toboggan pour échapper au bruit.

Quelques mètres au-dessus de moi, j'ai vu Lazlo et Sylvie, les membres appuyés sur des protubérances à l'intérieur du tube. Je me rappelai la fanfaronnade du poisson-grimace à notre rencontre. « *Sept mètres à ramper dans une cheminée en acier poli. Du gâteau.* » J'étais heureux de voir que ceci, comme tant de choses qu'il disait, avait été une exagération. Le tube était tout sauf poli, et il y avait de nombreuses prises dans le métal. J'ai agrippé pour voir un creux au-dessus de ma tête et me suis rendu compte que je pourrais me hisser sur cette pente sans trop de problème. Plus haut, j'ai trouvé des bosses dans le métal, où mes pieds pouvaient s'appuyer pour supporter une partie de mon poids. Je me suis reposé un moment contre la surface vibrante du tube, me suis rappelé la limite de cinq minutes donnée par Oishii, et je me suis remis en route.

En haut du toboggan, j'ai trouvé Sylvie et Lazlo appuyés sur une petite bordure sous une trappe apparemment bouchée par une synthétoile orange. Le poisson-grimace m'a lancé un regard fatigué.

— Voilà. (Il a touché la surface molle au-dessus de sa tête.) Ça, c'est le radeau du niveau inférieur. Le premier à lâcher. Si vous vous glissez par là sur le haut du radeau, vous trouverez une trappe d'inspection qui mène à un espace sanitaire sous les niveaux. Faites sauter le premier panneau d'accès que vous trouvez et vous serez dans un couloir. Sylvie, tu devrais passer la première.

Nous avons repoussé le radeau en synthétoile d'un côté de son logement et un air chaud et rance a flotté jusqu'à nous depuis le conduit. J'ai ri d'un plaisir purement involontaire à cette sensation. Lazlo a eu un hochement de tête amer.

— Ouais, profitez-en. Moi, je retourne dans l'eau, là.

Sylvie est passée et j'allais la suivre quand le poisson-grimace a tiré sur ma manche. Je me suis retourné. Il a hésité.

— Laz ? Allez, mec, on n'a plus le temps.

— Toi. (Il a brandi un index de mise en garde sous mon nez.) Je te fais confiance, Micky. Prends soin d'elle. Protège-la le temps qu'on vous rejoigne. Jusqu'à ce qu'elle se remette sur pieds.

— D'accord.

— Je te fais confiance.

Puis il s'est retourné, a relâché sa prise sur la trappe et s'est laissé glisser. Il a disparu, et j'ai entendu un petit jappement remonter par le conduit.

Je suis resté à regarder l'espace vide un peu trop longtemps, puis je me suis forcé à franchir la barrière en synthétoile entre moi et mes nouvelles responsabilités.

Le souvenir m'est revenu d'un coup.

Dans le préfa.

— *Vous. Aidez-moi.* Aidez-moi.

Ses yeux me clouent sur place. Les muscles de son visage sont tendus par l'angoisse, la bouche entrouverte. Cette vision provoque en moi une excitation profonde et incongrue. Elle a rejeté le sac de couchage et s'est penchée pour me saisir, et dans la lumière basse de la veilleuse d'illuminum, sous son bras tendu, je vois les bosses jumelles de ses seins. Ce n'est pas la première fois que je la vois comme ça – les Furtifs ne sont pas très timides, et après un mois de campement en conditions précaires chez Annette, j'aurais sans doute pu dessiner chacun de leur corps de mémoire. Mais quelque chose, dans le visage et la posture de Sylvie, est soudain très sexuel.

— Touchez-moi. (La voix qui n'est pas la sienne râpe, dressant les cheveux sur ma nuque.) Dites-moi que vous êtes vrai.

—Sylvie, tu n'es…

Sa main quitte mon bras pour mon visage.

—Je crois que je vous connais. Élu de la Brigade Noire, non ? Bataillon Tetsu. Odisej ? Ogawa ?

Le japonais qu'elle utilise est archaïque, de plusieurs siècles. Je repousse un début de frisson et je reste en amanglais.

—Sylvie, écoute-moi.

—Vous vous appelez Silivi ? (Le visage tordu par le doute. Elle change de langue pour me rejoindre.) Je ne me rappelle pas. Je… c'est, je ne…

—Sylvie.

—Oui, Silivi.

—Non. (Je parle avec une bouche qui s'est anesthésiée.) C'est toi, *Sylvie.*

—Non. (Elle panique soudain.) Mon nom… mon nom, c'est… On m'appelle… On m'appelait… On…

Sa voix s'arrête et elle détourne le regard, loin du mien. Elle essaie de sortir du sac de couchage. Son coude dérape sur la doublure lisse et elle glisse vers moi. Je tends les bras, et soudain ils tiennent son torse chaud et musclé. Le poing que j'avais fermé quand elle a parlé s'ouvre involontairement, et les piles corticales tombent à terre. Mes paumes se pressent contre sa chair ferme. Ses cheveux frottent contre ma nuque, et je la sens, chaleur et sueur de femme qui émanent du sac de couchage ouvert. Quelque chose bat contre mon estomac, et elle le sent peut-être aussi, parce qu'elle lâche un gémissement sourd dans la chair de ma gorge. Plus bas dans les plis de son sac, ses jambes se débattent, impatientes, puis s'écartent pour que ma main glisse de sa hanche jusqu'entre ses cuisses. Je lui caresse la chatte avant même de prendre la décision. Elle est trempée.

— Oui. (La syllabe décolle de sa bouche.) Oui, ça. Là.

Cette fois, quand ses jambes bougent, tout son corps s'écarte de ses hanches, et ses cuisses s'ouvrent aussi grand que le sac de couchage le permet. Mes doigts glissent en elle et elle inspire derrière ses incisives, s'écarte de mon visage et me regarde comme si je venais de la poignarder. Ses doigts se crispent sur mon épaule et mon biceps. Je continue à caresser, en ovales lents à l'intérieur de son corps, et je sens ses hanches onduler en protestation contre la lenteur délibérée du mouvement. Son souffle commence à se raccourcir.

— Vous êtes réel, murmure-t-elle entre deux. Oh, vous êtes réel.

Et maintenant, elle commence à me toucher, ses doigts s'emmêlant dans la fermeture de mon blouson, frottant mon entrejambe qui durcit rapidement, saisissant mon visage par la mâchoire. Elle paraît incapable de décider quoi faire du corps qu'elle touche, et lentement je comprends, alors qu'elle sombre irrévocablement dans son orgasme, qu'elle teste l'assertion qui franchit ses lèvres encore et encore, de plus en plus vite. Vous êtes réel, vous êtes réel, oh oui vous êtes réel, hein, vous êtes réel, oh, vous êtes réel, oui, oui mon salaud, oui, oui, vous êtes réel vous êtes réel…

Sa voix se bloque dans sa gorge avec son souffle, et son ventre la plie presque en deux tellement elle jouit fort. Elle s'entortille autour de moi comme les longs rubans de la belalgue après le récif d'Hirata, les cuisses serrées autour de ma main, le corps plié sur ma poitrine et mon épaule. Je ne sais pas comment je sais qu'elle regarde depuis cette épaule les ombres de l'autre côté du préfa.

—Je m'appelle Nadia Makita, dit-elle tout bas.

Et une nouvelle fois, c'est comme un courant électrique le long de mes os. Comme quand elle a saisi mon bras, la surprise de ce nom. La litanie se lance dans ma tête. Ce n'est pas possible, ce n'est…

Je la déloge de mon épaule, la repousse et le mouvement libère une nouvelle vague de phéromones. Nos visages sont à quelques centimètres l'un de l'autre. Je lui réponds :

—Micky. La Chance.

Sa tête se lance en avant comme celle d'un oiseau, et sa bouche se referme sur la mienne, étouffant mes paroles. Sa langue est chaude, fiévreuse. Ses mains s'attaquent de nouveau à mes vêtements, cette fois de façon plus décidée. J'enlève mon blouson en force, je défais le lourd pantalon de toile et sa main est déjà dans l'ouverture avant qu'il tombe. Plusieurs semaines chez Annette, sans l'intimité nécessaire pour se masturber, un corps gardé dans la glace pendant des siècles, j'ai du mal à ne pas jouir quand sa main se referme sur moi. Elle le sent et sourit dans le baiser, ses lèvres se détachant des miennes. Frôlement de ses dents contre mes dents, un gloussement très loin dans sa gorge. Elle s'agenouille sur le sac de couchage, s'équilibrant d'une main sur mon épaule pendant que l'autre travaille entre mes cuisses. Elle a de longs doigts, fins, chauds et moites, serrés de façon experte et montant et descendant sur ma queue. Je pousse le pantalon pour qu'il passe mes hanches et je m'incline en arrière pour lui donner plus de place. La base de son pouce frotte contre mon gland avec une régularité de métronome. Je grogne, mes poumons se vident, et elle ralentit immédiatement au point de presque s'arrêter. Elle appuie le plat de sa main libre contre ma poitrine, me pousse vers le sol tandis qu'elle resserre sa main jusqu'à m'écraser. Les muscles noués de mon estomac me permettent de rester dressé sur le sol contre la pression qu'elle exerce et atténuent le besoin de jouir.

— Tu veux être en moi ? demande-t-elle sérieusement.

Je secoue la tête.

— Comme tu veux, Sylvie, comme tu…

— Je ne m'appelle pas Sylvie, rappelle-t-elle en tirant violemment sur la base de mon sexe.

— Nadia. Comme tu veux.

Je la saisis sous une fesse et sous la cuisse et l'attire vers moi. Elle enlève sa main de ma poitrine et l'utilise pour s'ouvrir, puis s'enfonce lentement sur ma queue. Notre hoquet de surprise est presque identique. Je cherche en moi le contrôle des Diplos, je colle mes mains sur ses hanches et je l'aide à se soulever pour mieux redescendre. Ça ne va pas durer très longtemps. Elle met la main derrière ma tête et l'attire vers un de ses seins gonflés, presse mon visage dans sa chair et me guide vers son téton. Je le suce et je prends l'autre sein dans ma main pendant qu'elle se soulève à genoux sur la couchette et nous amène tous les deux à un orgasme qui m'aveugle.

Nous nous écroulons l'un sur l'autre dans le préfa sombre, trempés de sueur et frémissants. Le chauffage projette une lueur rougeâtre sur nos membres emmêlés et nos corps serrés, et il y a un petit bruit qui pourrait être cette femme en train de pleurer, ou le vent qui essaie de trouver un moyen d'entrer.

Je ne veux pas tourner la tête pour le savoir.

Dans la vibration constante qui animait les entrailles du *Daikoku Dawn*, nous nous sommes extraits de l'espace sanitaire dans un couloir et nous sommes dirigés vers S37, les vêtements trempés. Comme promis, la porte s'est ouverte à la première pression. À l'intérieur, les lumières ont révélé un espace au luxe inattendu. Je m'étais préparé pour une autre version de l'installation spartiate à deux couchettes que nous avions sur le *Guns for Guevara*, mais Oishii nous a soignés. La cabine était une classe confort bien équipée, avec un espace de lit autoformant qui pouvait être programmé pour se développer en deux lits jumeaux ou un seul à deux places. Les installations étaient usées mais leur odeur diffuse d'antibactériens leur donnait un air immaculé.

— Ttttrès sympa, ai-je soufflé malgré mes dents qui claquaient encore. Bien joué, Oishii. J'approuve.

La salle de bains faisait presque la taille d'une autre cabine simple, avec séchoir à jet d'air dans la cabine de douche. Nous nous sommes déshabillés et avons laissé nos vêtements trempés au sol, puis nous sommes relayés pour rincer nos corps et les réchauffer, d'abord sous une averse battante d'eau chaude, puis dans une tempête vivifiante d'air tiède. Il a fallu un moment, l'un après l'autre, mais je n'ai vu aucune tentation sur le visage de Sylvie quand elle est entrée dans la cabine. Je suis donc resté dehors à frotter ma chair gelée. À un moment, en la regardant tandis qu'elle se tournait, de l'eau coulant sur ses seins et sur son ventre, coulant entre ses cuisses et pesant sur une petite touffe de poils pubiens, je me suis senti durcir. Je suis allé ramasser le blouson de ma combinaison furtive pour en couvrir mon érection. La femme dans la douche a surpris le mouvement et m'a regardé bizarrement, mais sans rien dire. Pourquoi l'aurait-elle fait ? La dernière fois que j'avais vu Nadia Makita, elle s'enfonçait dans un sommeil postcoïtal dans un préfa des plaines de New Hok. Un petit sourire confiant aux lèvres, un bras autour de ma cuisse. Quand je m'étais dégagé, elle s'était simplement retournée dans son sac de couchage en marmonnant.

Et depuis, elle n'était pas revenue.

Et toi tu t'es rhabillé et rendu présentable avant le retour des autres, comme un criminel qui couvre ses traces.

J'avais croisé le regard soupçonneux d'Orr avec une tromperie diplo sans faille.

J'étais reparti pour la nuit vers le préfa que je partageais avec Lazlo, où je n'avais pas dormi, encore choqué de ce que j'avais vu et entendu et fait.

Sylvie a fini par sortir de la cabine, presque sèche. Avec un effort, j'ai arrêté de regarder le paysage soudain sexualisé de son corps et l'ai remplacée. Elle n'a rien dit, s'est contentée de poser un poing détendu sur mon épaule et de froncer les sourcils. Puis elle a disparu dans la cabine à côté.

Je suis resté près de une heure sous la douche, me tournant puis me retournant dans l'eau presque bouillante, à me masturber vaguement en essayant de ne pas penser à ce que je devrais faire en arrivant à Tekitomura. Le *Daikoku Dawn* vibrait autour de moi dans son voyage vers le sud. Quand je suis sorti de la douche, j'ai jeté nos vêtements trempés dans le compartiment douche en laissant le souffle d'air à fond, puis j'ai traversé notre cabine. Sylvie dormait profondément sous le couvre-lit d'un espace qu'elle avait programmé en lit double.

Je l'ai regardée dormir un long moment. Sa bouche était ouverte, ses cheveux en désordre autour de son visage. Le câble central s'était tordu et reposait, phallique, sur une de ses joues. Imagerie superflue. Je l'ai repoussé avec les autres cheveux jusqu'à ce que son visage soit dégagé. Elle a murmuré quelque chose et a porté à sa bouche le même poing détendu avec lequel elle m'avait touché. Je l'ai encore regardée.

Ce n'est pas elle.

Je sais *que ce n'est pas elle. Ce n'est pas possi…*

Quoi, comme il n'est pas possible qu'un autre Takeshi Kovacs soit en train de me courir après ? Où est ton sens du merveilleux, Tak ?

Je l'ai regardée.

Et après, j'ai haussé les épaules et je me suis mis au lit pour dormir.

Ça m'a pris du temps.

Chapitre 14

La traversée retour vers Tekitomura a été beaucoup plus rapide que notre aller sur le *Guns for Guevara*. Filant droit sur la mer glacée, le *Daikoku Dawn* n'était pas retenu par la prudence dont le premier navire avait dû faire preuve en arrivant, et a donc avancé à pleine vitesse pendant presque tout le voyage. D'après Sylvie, nous avons eu Tekitomura en vue pas longtemps après le lever du soleil, qui l'a réveillée en s'infiltrant par les hublots que nous avions oublié d'opacifier. Moins de une heure après, nous débarquions à Kompcho.

Je me suis réveillé dans une cabine ensoleillée, avec les moteurs coupés. Sylvie, habillée, à califourchon sur une chaise derrière l'espace lit, me regardait derrière ses bras croisés sur le dossier. J'ai cligné des yeux.

— Quoi ?

— Qu'est-ce que tu foutais, hier soir ?

Je me suis redressé sous les couvertures et j'ai bâillé.

— Tu veux développer un peu ? Me donner une idée de ce dont tu parles ?

— Ce dont je parle, c'est de me réveiller avec ta queue collée contre ma colonne vertébrale comme un putain de canon de blaster.

— Ah. (Je me suis frotté les yeux.) Désolé.

— Mais oui. Depuis quand on dort ensemble ?

— Depuis que tu as décidé de mouler le lit en double, j'imagine. Qu'est-ce que tu voulais que je fasse ? Que je dorme par terre ?

— Oh. (Elle s'est détournée.) Je ne me rappelle pas avoir fait ça.

— Et pourtant. (J'ai fait mine de sortir du lit, me suis rendu compte que la trique incriminée était toujours aussi virulente, et suis resté sur place. J'ai eu un geste du menton vers ce qu'elle portait.) Les fringues ont l'air sèches.

— Euh, oui. Merci. D'avoir fait ça. (Rapidement, devinant peut-être mon état :) Je vais te chercher les tiennes.

Nous sommes sortis de la cabine et avons trouvé la première écoutille de débarquement sans rencontrer qui que ce soit. Dehors, dans la réverbération du soleil sur l'eau, une poignée d'officiers de sécurité se tenaient sur la rampe, à parler de pêche à la baleine à bosse et du boom immobilier. Ils nous ont à peine regardés. Nous sommes arrivés au sommet de la rampe pour nous insérer dans le flux et le reflux de la foule matinale de Kompcho. Quelques pâtés de maisons plus loin, trois rues après les quais, nous avons trouvé un hôtel trop miteux pour disposer de la moindre vidéosurveillance et avons loué une chambre qui donnait sur une cour intérieure.

— On ferait mieux de te couvrir la tête, ai-je dit en découpant un pan de rideau avec le couteau Tebbit. Va savoir combien de fanatiques se promènent dans la rue avec ta photo contre leur cœur. Tiens, essaie ça.

Elle a pris le foulard de fortune et l'a examiné avec dégoût.

— Je croyais qu'il fallait laisser des traces.

— Oui, mais pas pour les gros bras de la citadelle. Ne nous compliquons pas la vie par plaisir, hein ?

— D'accord.

Il y avait dans la pièce l'un des plus vieux terminaux à écran de données que j'aie jamais vus, scellé dans une table près du lit. Je l'ai allumé et coupé l'option vidéo de mon côté, puis j'ai appelé la capitainerie de Kompcho. Je suis bien sûr tombé sur un construct de réponse – une blonde dans une enveloppe d'une vingtaine d'années, tout juste trop bien apprêtée pour être vraie. Elle a souri comme si elle pouvait me voir.

— Que puis-je faire pour vous ?

— J'ai des informations vitales pour vous. (Bien sûr, ils feraient une empreinte de ma voix, mais sur une enveloppe inutilisée depuis trois siècles, quelles étaient les chances qu'ils trouvent ? Même la compagnie qui m'avait construit n'existait plus. Et sans visage, ils auraient du mal à me retrouver avec les vidéos secondaires. Ça devrait nous garder une piste froide un moment.) J'ai de bonnes raisons de croire que deux passagers non autorisés ont infiltré le *Daikoku Dawn* avant le départ de Drava.

Le construct a souri de nouveau.

— C'est impossible, monsieur.

— Ah oui ? Allez voir la cabine S37.

J'ai coupé la communication et fait un signe à Sylvie, qui luttait pour faire tenir ses cheveux revêches sous le foulard.

— Ravissant. On va faire de toi une vraie demoiselle pieuse et convenable.

— Va te faire mettre. (Le ressort naturel de la tête de contrôle appuyait sur le foulard et tombait même parfois. Elle a essayé de repousser le foulard pour dégager sa vision périphérique.) Tu crois qu'ils viendraient ici ?

— Ils vont finir, oui. Mais ils doivent vérifier la cabine, et ils ne vont pas se presser, avec ce genre d'appel sans fondement. Puis ils appelleront Drava, puis ils remonteront l'appel. Il leur faudra la journée, voire plus.

— Donc, on ne risque rien à ne pas brûler cet endroit ?

J'ai regardé la petite chambre autour de nous.

— Une équipe de renifleuses ne trouvera pas grand-chose dans ce qu'on a touché qui ne soit pas contaminé par au moins une dizaine d'anciens occupants. Peut-être de quoi confirmer les traces dans la cabine. Pas de quoi s'inquiéter. De toute façon, je n'ai pas d'incendiaires sur moi. Et toi ?

Elle a montré la porte.

— Tu peux en trouver n'importe où sur le quai de Kompcho, deux ou trois cents crédits la caisse.

— Tentant. Mais ce serait vache pour les autres résidents.

Haussement d'épaules. J'ai souri.

— Ça te rend vraiment furax de porter ce machin, hein. Allez, on coupera la piste ailleurs. On y va.

Nous avons descendu un escalier en plastique moulé, trouvé une sortie latérale et rejoint la rue sans repasser par la réception. Retour dans la foule des déClass. Des groupes de têtards faisaient les clowns au coin des rues pour attirer l'attention, des équipes se promenaient avec la cohésion subtile que j'avais commencé à remarquer à Drava. Des hommes, des femmes et des machines qui portent du matériel. Têtes de contrôle. Marchands de produits chimiques au rabais et de petits gadgets fabriqués en feuilles de plastique brillant. Les rares maniaques religieux déclamaient sous les quolibets des passants. Les amuseurs publics imitaient les dernières tendances pour faire rire, avec de petits décors holo et des spectacles de marionnettes plus miteux encore, la sébile tendue pour l'averse rare de puces de crédit presque épuisées et l'espoir que peu de spectateurs débineraient leur spectacle dépassé. Nous sommes allés de-ci de-là un moment, par habitude de ma part pour échapper aux surveillances et, vaguement, par intérêt pour certains spectacles.

— … histoire glaçante de Ludmilla la Cinglée et du Bonhomme Patchwork…

— … images hardcore des cliniques de déClass ! Voyez la pointe de la chirurgie et des tests physiques poussés aux limites, mesdames et messieurs, *aux limites !*

— … prise de Drava par les héros de la déClass, tout en couleurs…

— … Dieu…

— … repro multisenso piratée. Cent pour cent authentique ! Josefina Hiraki, Mitzi Harlan, Ito Marriot et tant d'autres. Allez vous mouiller avec les plus beaux corps des Premières Familles dans un cadre qui…

— … souvenirs de déClass. Fragments de karakuri…

À un coin, une pancarte en illuminum indiquait « Armes » en lettres amanglaises kanjifiées. Nous avons passé un rideau de milliers de petits coquillages pour entrer dans la chaleur conditionnée du bazar. Des armes lourdes à cartouches conventionnelles et des blasters à énergie étaient accrochés aux murs à côté de schémas techniques agrandis et d'images en boucle de batailles contre les minmils dans le décor glauque de New Hok. Un reef dive d'ambiance rebondissait depuis des haut-parleurs dissimulés.

Derrière un comptoir près de l'entrée, une femme au visage émacié avec des cheveux de commande nous a salués d'un hochement de tête et a recommencé à démonter une vieille carabine à plasmafrag pour le têtard qui voulait apparemment l'acheter.

— Regardez, vous enfoncez ça aussi loin que ça peut aller, et la charge de réserve tombe. D'accord ? Et là, vous avez une dizaine de coups avant d'être obligé de recharger. Très pratique dans un combat. Si vous vous retrouvez dans une nuée de karakuri sur New Hok, vous serez content d'avoir ça en soutien.

Le têtard a murmuré quelque chose d'inaudible. Je me suis promené, cherchant une arme facile à cacher pendant que Sylvie se grattait le foulard avec irritation. Le têtard a fini par payer et ressortir avec son achat sous le bras. La femme a reporté son attention sur nous.

— Vous voyez quelque chose qui vous plaît ?

— Pas vraiment, non. (Je suis allé au comptoir.) Je ne pars pas. Je cherche quelque chose pour des dégâts organiques.

Quelque chose que je pourrais avoir sur moi en soirée, vous voyez.

— Oh. Un taille-viande. (La femme m'a fait un clin d'œil.) Ce n'est pas aussi inhabituel qu'on pourrait le croire. Attendez un peu.

Elle a déplié un terminal au mur et a allumé la spirale de données. À présent que je regardais de plus près, j'ai remarqué qu'il manquait à ses cheveux le câble central et certaines des tresses secondaires les plus épaisses. Le reste était inerte contre sa peau pâle, et ne parvenait pas à cacher tout à fait une longue cicatrice incurvée sur un côté de son front, qui reflétait la lumière du terminal. Ses mouvements étaient raides et dépourvus de la grâce déClass que j'avais vue chez Sylvie et les autres.

Elle a senti mon regard et a gloussé sans se détourner de l'écran.

— On n'en voit pas souvent, des comme moi, hein ? Comme dit la chanson, « Voyez les déClass avancer d'un pas léger ». Ou alors ils ont les pieds devant, hein ? Eh bien, ceux comme moi, en général, ils n'aiment pas trop traîner à Tek'to. Trop de choses leur rappellent ce que c'est qu'être entiers. Si vous avez de la famille, vous retournez la rejoindre. Une ville natale ? Pareil. Et si j'arrivais à me rappeler si j'avais l'une ou l'autre, et où, alors j'irais. (Elle a ri de nouveau, comme de l'eau qui bouillonne dans une pipe.) Des taille-viande… Voilà. Un déchireur ? MM86 Ronin. Blaster à éclats à canon court, ça transforme un homme en bouillie à vingt mètres.

— J'ai dit quelque chose que je pourrais porter.

— C'est vrai. C'est vrai. Bon, Ronin ne fait pas vraiment plus petit que le 86 dans la gamme monomol. Vous voulez un pistolet à balles ?

— Non, ça, ce serait bien, mais il me le faut plus petit. Qu'est-ce que vous avez d'autre ?

La femme a mordillé sa lèvre supérieure. Ce qui la vieillissait beaucoup.

— Eh bien, on a quelques marques de la vieille Terre. H & K, Kalachnikov, General Systems. Surtout de l'occasion, hein, des échanges faits par les têtards qui veulent de quoi dérouiller de la minmil. Bon. Je vous vends un GS Rapsodia. Résiste au scan, ultrafin, ça s'attache sous les vêtements mais la crosse est automoulante. Elle réagit à la chaleur du corps et gonfle pour s'adapter à votre main. Ça vous dit ?

— Quelle portée ?

— Tout dépend de la dispersion. Resserrée, je dirais que vous pouvez toucher à quarante, voire cinquante mètres si vous avez la main stable. En large, vous n'avez presque aucune portée, mais ça vous nettoie la pièce.

— Combien ?

— Oh, on peut s'arranger, pour ça. (La femme m'a fait un clin d'œil maladroit.) Votre amie achète aussi ?

Sylvie était de l'autre côté du magasin, à cinq ou six mètres de là. Elle l'a entendue et a regardé la spirale de données.

— Oui, je vais prendre le Szeged que vous avez là. Vous n'avez pas d'autres munitions ?

— Euh… non. (La femme l'a regardée en clignant des yeux, puis s'est retournée vers son affichage.) Mais ça accepte aussi un chargeur de Ronin SP9. Ils sont compatibles. Je peux vous rajouter deux ou trois chargeurs si vous…

— Faites ça. (Sylvie a croisé mon regard avec une expression que je n'ai pas identifiée.) J'attends dehors.

— Bonne idée.

Personne n'a parlé avant que Sylvie soit ressortie. Nous avons tous les deux considéré la porte un moment après cela.

— Elle connaît son code de données, a fini par ajouter la femme.

J'ai observé son visage ridé et me suis demandé si ses paroles cachaient quelque chose. Démonstration flagrante du pouvoir que j'avais voulu cacher en lui voilant la tête, la lecture des données à distance attirait plutôt l'attention. Mais je ne savais pas trop à quelle puissance tournait l'esprit de cette femme, ou si elle s'intéressait à quoi que ce soit d'autre qu'une vente rapide. Ni si elle se souviendrait de nous dans quelques heures.

— Elle a un truc, ai-je dit faiblement. Bon, on discute prix ?

Dans la rue, j'ai retrouvé Sylvie en marge d'une foule assemblée autour d'un conteur holo. C'était un vieil homme, mais ses mains étaient agiles sur les contrôles, et un système synthé attaché à sa gorge modulait sa voix pour correspondre aux différents personnages de son histoire. L'holo était un orbe pâle plein de formes indistinctes à ses pieds. J'ai entendu le nom de Quell, et j'ai tiré Sylvie par le bras.

— Putain, tu n'aurais pas pu être moins discrète, là-bas ?

— La ferme. Écoute.

— Puis Quell est sortie de la maison du marchand de belalgue et elle a vu une foule sur le quai, et tout le monde *criait et gesticulait furieusement*. Elle ne voyait pas ce qui se passait. Rappelez-vous, mes amis, qu'elle se trouvait sur *Sharya*, où le soleil est une *violente lueur actinique*, et…

— Et où il n'y a pas de belalgue, ai-je murmuré dans l'oreille de Sylvie.

— Chhht.

— … elle a donc plissé les yeux encore et encore, mais… (Le conteur a lâché les contrôles et soufflé sur ses doigts. Dans l'affichage, sa Quell s'est figée et la scène autour d'elle a commencé à s'estomper.) Je vais peut-être arrêter ici pour aujourd'hui. Il fait très froid, et je ne suis plus tout jeune, mes os…

Chœur de protestations de la foule assemblée. Des puces de crédit sont tombées à verse dans la sébile en peau de gelée toilée. L'homme a souri et repris ses commandes. L'holo s'est éclairé.

— Vous êtes très généreux. Alors, Quell est allée au milieu de la foule, et elle a vu une jeune prostituée, les vêtements tout déchirés révélant à la foule *ses seins parfaits, aux tétons rouges et gonflés*, et la douce toison brune entre ses *cuisses fines et laiteuses* comme un petit animal caché sous l'ombre d'un *razaile sauvage.*

Le holo s'est déplacé pour un généreux gros plan. Autour de nous, les gens se sont mis sur la pointe des pieds. J'ai soupiré.

— Et là, se tenant au-dessus d'elle, deux *infâmes* membres de la police religieuse, des *prêtres barbus* vêtus de noir, armés de *longs couteaux*. Leur soif de sang faisait briller leurs *yeux* et leurs *dents*, leur pouvoir sur la *chair tendre* de cette jeune femme *impuissante* les faisait sourire.

» Mais Quell s'interposa entre la pointe de ces couteaux et la *chair dévoilée* de la jeune prostituée, et elle lança d'une voix sonnante : « *Qu'est-ce là ?* » et la foule fit silence à sa voix. Elle reposa sa question : « *Qu'est-ce là ? Pourquoi persécutez-vous cette femme ?* » et de nouveau tous firent silence, jusqu'à ce qu'un des deux prêtres annonce que cette femme avait été surprise commettant le péché de *prostitution*, et que selon les lois de Sharya elle devait être *mise à mort*, saignée dans le désert, sa dépouille jetée à l'eau.

Juste un instant, la rage et la tristesse papillonnèrent en bordure de mon esprit. Je les ai verrouillées et j'ai expiré. Les auditeurs autour de moi se pressaient davantage, se penchant ou tendant le cou pour mieux voir. Quelqu'un m'a collé d'un peu près, et j'ai donné un coup de coude en arrière. Un jappement, un juron que quelqu'un d'autre a fait taire.

— Et ainsi, Quell s'est tournée vers la foule et a demandé : *« Qui parmi vous n'a jamais péché avec une putain à un moment où un autre ? »* La foule s'est tue et a détourné le regard. Mais l'un des prêtres la repoussa, furieux qu'elle s'immisce dans cette affaire de loi divine. Elle lui demanda donc, directement : *« N'as-tu jamais connu l'étreinte d'une putain ? »* et ceux qui le connaissaient dans la foule rirent, et il dut reconnaître que si. *« Mais c'est différent*, répondit-il, *car je suis un homme. » « Alors,* répondit Quell, *tu es un hypocrite. »* Et de son long manteau gris elle sortit un gros revolver et tira une balle dans *chaque rotule* du prêtre. Il s'écroula *en criant.*

Deux petites détonations et de brefs cris aigus dans l'affichage holo. Le conteur a opiné du chef et s'est éclairci la voix.

— *« Que quelqu'un l'emporte »*, a ordonné Quell, et à ces mots deux personnes dans la foule ont soulevé le prêtre et l'ont emmené, encore hurlant. Et j'imagine qu'ils furent heureux de pouvoir partir, car ces spectateurs étaient à présent silencieux, effrayés par l'arme dans la main de Quell. Et quand les cris s'éloignèrent, le silence ne fut plus rompu que par le *gémissement* du vent marin sur le quai, et les *lamentations* de la *belle prostituée* aux pieds de Quell. Et Quell se tourna vers le deuxième prêtre et pointa le revolver sur lui. *« Et toi, vas-tu me dire que tu n'as jamais connu de prostituée ? »* Et le prêtre se redressa pour la regarder droit dans les yeux en disant : *« Je suis un prêtre, je n'ai jamais connu de femme de toute ma vie, car je refuse de souiller la sainteté de ma chair. »*

Le conteur a marqué une pause dramatique à cette réplique. Je me suis penché vers Sylvie.

— Il risque gros avec tout ça. La citadelle n'est pas si loin.

Mais elle était absorbée, concentrée sur le petit globe holo. Je l'ai vue vaciller.

Oh merde.

Je l'ai attrapée par le bras et elle s'est dégagée, irritée.

— Alors, Quell a regardé cet homme en noir et en voyant ses *yeux d'un noir de jais*, elle sut qu'il disait la vérité, que c'était un homme de parole. Elle regarda donc le revolver dans sa main, puis l'homme en face d'elle. Et dit : « *Alors tu es un fanatique et ne peux rien apprendre* », et lui tira dans le visage.

Nouvelle détonation, et l'affichage se teinta d'un rouge vif. Gros plan sur le visage détruit du prêtre. Applaudissements et vivats dans la foule. Le conteur laissa faire avec un sourire modeste. À côté de moi, Sylvie sursauta comme si elle se réveillait. Le conteur a souri.

— Mes amis, vous imaginez comme la *jeune et belle prostituée* était reconnaissante à celle qui l'avait sauvée. Et quand la foule eut emporté le corps du deuxième prêtre, elle invita Quell *chez elle*, où… (Le conteur a reposé ses contrôles et serré ses bras autour de lui. Il a mimé un frisson de première et s'est frotté vigoureusement.) Mais il fait vraiment trop froid pour continuer. Je ne pourrais pas…

Dans ce nouveau chœur de protestations, j'ai repris le bras de Sylvie et je l'ai emmenée. Elle n'a rien dit pendant ses premiers pas, puis a vaguement regardé le conteur, puis moi.

— Je ne suis jamais allée sur Sharya, a-t-elle dit d'une voix stupéfaite.

— Non, et je suis prêt à parier que lui non plus. (Je l'ai regardée attentivement dans les yeux.) Et Quell n'y a jamais mis les pieds. Mais ça fait une belle histoire, hein ?

Chapitre 15

J'ai acheté un paquet de téléphones jetables à un vendeur sur le quai, et j'en ai utilisé un pour appeler Lazlo. Sa voix dansait au rythme du codage/décodage antique qui flottait sur New Hok comme un nuage de pollution des premiers millénaires terrestres. Les bruits du quai, autour de moi, n'arrangeaient rien. J'ai appuyé le téléphone très fort contre mon oreille.

— Il va falloir parler fort.

— … dit qu'elle ne va toujours pas assez bien pour utiliser le réseau, donc ?

— Elle dit que non. Mais elle tient le coup. Écoute, j'ai lancé les traces. Tu peux t'attendre qu'un Kurumaya très énervé vienne défoncer votre porte dans la journée. Commencez à travailler sur vos alibis.

— Qui ça, moi ?

J'ai souri malgré moi.

— Toujours pas vu ce Kovacs ?

Sa réponse a été avalée par une poussée soudaine de statique.

— Tu disais ?

— … ce matin, et il a dit qu'il a vu le gang du Crâne vers Sopron hier, avec des têtes qu'il ne connaissait pas. On aurait dit… sud assez vite. Ils vont sans doute rentrer tard ce soir.

— Bon. Quand Kovacs se pointera, faites attention. C'est une raclure, et il est dangereux. Faites gaffe. Scan.

— Promis. (Longue pause lourde de parasites.) Eh, Micky, tu prends bien soin d'elle, hein ?

— Non, je suis sur le point de la scalper pour revendre la capacité supplémentaire à un courtier en données. À ton avis ?

— Je sais que tu ne p… (Une autre vague de parasites a noyé sa voix.) … inon, essaie de lui trouver quelqu'un qui peut.

— Ouais, on y travaille.

— … Millsport ?

J'ai essayé de deviner ce qu'il avait pu dire.

— Je ne sais pas. Pas encore, en tout cas.

— Si on n'a pas d'autre choix, mec. (Sa voix repartait, affaiblie par la distance et le brouillage.) On doit l'aider à tout prix, mec.

— Laz, je suis en train de te perdre. Il faut que je file.

— … à toi, Micky.

— Ouais, toi aussi. Je te rappelle.

J'ai coupé la communication, écarté le téléphone de mon oreille et l'ai soupesé. J'ai longtemps regardé la mer. Puis j'ai sorti un autre téléphone et j'ai composé un numéro dont je me souvenais depuis des décennies.

Comme beaucoup de villes sur Harlan, Tekitomura était cramponnée à la jupe d'une chaîne de montagnes engloutie. L'espace bâtissable était rare. À l'époque où la Terre se préparait pour l'âge glaciaire du Pléistocène, Harlan avait subi un changement climatique rapide dans la direction opposée. Les pôles avaient fondu et les océans étaient montés et avaient noyé tous les continents de la planète sauf deux. S'était ensuivie une extinction de masse, entre autres d'une espèce à la bouche ornée de défenses et qui vivait sur la côte. Tout porte à croire qu'ils avaient développé des outils de pierre rudimentaires, qu'ils maîtrisaient le feu et possédaient une religion reposant sur la danse gravitationnelle complexe des trois lunes de Harlan.

Apparemment, ça n'avait pas suffi à les sauver.

Les Martiens, quand ils étaient venus coloniser la planète, n'avaient pas eu de problème avec l'espace limité. Ils avaient construit de hautes aires délicates dans la pierre des versants les plus raides, sans s'ennuyer avec les petites excroissances de terre. Un demi-million d'années plus tard, les Martiens étaient partis mais les ruines de leurs aires avaient duré jusqu'à la vague des colons humains. Qui les avaient regardées, mais n'y avait pas touché. Les tables d'astrogation retrouvées dans les cités déterrées sur Mars nous avaient menés jusque-là, mais une fois arrivés, il n'y avait personne pour nous aider. Sans ailes et privée de sa technologie aérienne par les stations orbitales, l'humanité s'était résignée à des villes conventionnelles sur deux continents, une métropole étendue sur plusieurs îles au cœur de l'archipel de Millsport, et de petits ports situés de façon stratégique partout ailleurs pour assurer la jonction. Tekitomura était une bande de dix kilomètres de côte, entièrement urbanisée, aussi haut que possible dans les montagnes, où elle s'arrêtait net. Sur un versant rocheux, la citadelle dominait l'horizon, aspirant peut-être à son élévation vers le statut quasi mystique d'une ruine martienne. Plus loin, les fines lignes creusées dans la montagne par les archéologues humains remontaient vers les vraies ruines.

Il n'y a plus d'archéologue sur les sites de Tekitomura. Les prêts pour tout ce qui ne concernait pas la compréhension du potentiel militaire des stations orbitales avaient été retirés, et les maîtres de guilde qui n'étaient pas absorbés par le contrat militaire étaient depuis longtemps partis pour Latimer par hyperdiff. Des poches de talents entêtés et autofinancés résistaient encore sur quelques sites prometteurs près de Millsport et d'autres points au sud, mais sur la montagne au-dessus de Tekitomura, les fouilles étaient abandonnées, comme le squelette des tours martiennes à côté desquelles on les avait creusées.

— Ça paraît trop bien pour être vrai, ai-je dit tandis que nous achetions des provisions sur un étal face à la mer. Tu es sûre que nous n'allons pas partager ce truc avec des tourtereaux adolescents et accros au fil ?

En guise de réponse, elle m'a lancé un regard expressif et a rajusté une seule mèche de ses cheveux qui avait échappé à l'emprise du foulard. J'ai haussé les épaules.

— Dans ce cas, très bien. (J'ai soulevé un pack de cola amphétaminé.) Goût cerise, ça te va ?

— Non. Ça a un goût de chiotte. Prends le normal.

Nous avons acheté des sacs à dos pour porter les provisions, pris une rue montante pour sortir du quartier des quais, plus ou moins au hasard, et nous avons marché. En moins de une heure, le bruit et les bâtiments commençaient à disparaître tandis que la pente s'accentuait. Je regardais Sylvie de temps à autre à mesure que notre allure ralentissait et que nos pas se faisaient plus lourds, mais elle ne montrait aucun signe de faiblesse. L'air vif et le soleil froid paraissaient même lui faire du bien. Le froncement de sourcils crispé que j'avais remarqué à plusieurs reprises sur son visage ce matin avait disparu, et elle a même souri une fois ou deux. Pendant que nous montions, le soleil se reflétait sur des filons minéraux, et la vue a fini par valoir la peine qu'on la remarque. Nous nous sommes arrêtés deux ou trois fois pour boire de l'eau et regarder la côte de Tekitomura qui s'étendait sous nos yeux.

— Ça devait être cool d'être martien, ai-je fini par dire.

— Sans doute.

La première aire est apparue de l'autre côté d'une vaste bosse rocheuse. Elle montait sur presque un kilomètre, tout en torsions et excroissances impossibles à regarder sans se sentir mal. Des terrasses d'atterrissage s'avançaient comme des langues parfois trouées, des spires s'élançaient, des toits en partie ouverts se terminaient par des barres de nidification et autres projections moins identifiables. Les entrées béaient, une variété anarchique d'ouvertures ovales, de la fente vaginale étroite au cœur avachi, et tout ce qui va entre les deux. Il y avait des câbles suspendus partout. On avait l'impression fuyante mais répétée que toute la structure chanterait par vent debout, voire tournerait comme un gigantesque carillon.

Sur la piste qui approchait, les structures humaines se blottissaient, petites et solides, comme des chiots laids aux pieds d'une princesse de conte de fées. Cinq cabanes dans un style beaucoup plus récent que les ruines de New Hok, montrant la lumière bleue tamisée des systèmes automatiques en veille prolongée. Nous nous sommes arrêtés à la première et avons laissé nos sacs. J'ai regardé les angles de tir, évalué les abris potentiels pour tout assaillant et pensé aux techniques qui pourraient le contourner. C'était un processus plus ou moins automatique, le conditionnement diplo qui passait le temps comme les gens sifflent dans les files d'attente.

Sylvie a arraché son foulard et a secoué ses cheveux avec un soulagement évident.

— Je reviens dans une minute, a-t-elle dit.

J'ai considéré mon évaluation semi-instinctive de la défense du site. Sur n'importe quelle planète où l'on pourrait décoller, nous ferions une cible facile. Mais sur Harlan, les règles habituelles ne s'appliquaient pas. La masse limite des machines volantes est celle d'un hélicoptère six places avec rotor à l'ancienne, sans système intelligent ou arme à rayon. Tout le reste se fait réduire en cendres en plein air. De même que les planants unipersonnels avec harnais antigrav ou les nanocoptères. Les restrictions des orbitales dépendent autant, apparemment, du niveau technologique que de la masse physique. Ajoutez à cela une altitude limite d'environ quatre cents mètres, au-dessus de laquelle nous nous trouvions déjà largement, et nous pouvions supposer sans crainte que la seule façon d'approcher serait à pied. Ou en escaladant la falaise à pic à côté de nous. Si ça les amusait…

Derrière moi, Sylvie a grogné de satisfaction. Je me suis retourné pour voir la porte de la cabane s'ouvrir. Elle a eu un geste ironique.

— Après vous, professeur.

La lumière de veille bleue a frémi avant de passer au blanc quand nous avons rentré nos provisions, et j'ai entendu quelque part le déclic de l'air conditionné qui se mettait en route. Une spirale de données s'est réveillée sur la table dans un coin. L'air sentait les antibactériens, mais cela changeait vite à présent que les systèmes avaient détecté de nouveaux occupants. J'ai collé mon sac à dos dans un coin, enlevé mon blouson et tiré une chaise.

— La cuisine est dans une des autres cabanes, a expliqué Sylvie en ouvrant des portes intérieures. Mais ce qu'on a acheté se réchauffe tout seul, de toute façon. Et on a tout le reste de ce qu'il nous faut. Ici, salle de bains. Là et là, chambres. Désolé, pas d'automoulant. J'ai trouvé des caractéristiques en m'attaquant aux verrous, et il y a de la place pour six. Les systèmes données sont câblés, reliés directement au réseau par l'université de Millsport.

J'ai opiné de la tête et passé la main dans la spirale. En face de moi, une jeune femme à la tenue sévère est apparue. Elle m'a salué avec une révérence légèrement passée.

— Professeur la Chance.

J'ai regardé Sylvie.

— Très drôle.

— Je suis Fouilles 301. Que puis-je pour vous ?

J'ai bâillé et regardé la pièce.

— Cet endroit possède-t-il des systèmes de défense, Fouilles ?

— Si vous voulez parler d'armes, a dit le construct avec délicatesse, j'ai peur que non. La décharge de projectiles ou d'énergie non contrôlée aussi près d'un site à l'importance xénologique si capitale serait impardonnable. Toutefois, toutes les unités du site se verrouillent par un système de code extrêmement difficile à craquer.

J'ai lancé un autre coup d'œil à Sylvie. Elle m'a souri. Je me suis éclairci la voix.

— Très bien. Et la surveillance ? Tes senseurs vont loin sur la montagne ?

— Ma portée de vigilance couvre le site et les constructions secondaires. Toutefois, par la totalité du réseau planétaire, je peux atteindre…

— Oui, merci. Ce sera tout.

Le construct a disparu, laissant la pièce légèrement vide et triste. Sylvie est allée à la porte et l'a fermée. Elle a fait un geste englobant toute la pièce.

— Tu penses qu'on sera à l'abri, ici ?

J'ai haussé les épaules en me rappelant la menace de Tanaseda. « *Une condamnation planétaire demandant votre capture.* »

— Autant qu'ailleurs, je dirais. Moi, je préférerais partir pour Millsport dès ce soir, mais ce n'est pas vraiment pour ça…

Je me suis arrêté. Elle m'a regardé bizarrement.

— Vraiment pour ça quoi ?

Vraiment pour ça qu'on suit une idée qui vient de toi et pas de moi. Parce que tout ce que je pourrai imaginer, il y a de fortes chances que lui aussi l'imagine.

— Pas vraiment ça qu'ils s'attendent à nous voir faire, ai-je corrigé. Si nous avons de la chance, ils nous passeront sous le nez sur le transport le plus rapide qu'ils pourront trouver vers le sud.

Elle a tiré une chaise en face de moi et s'y est installée à califourchon.

— Oui. Et entre-temps, on fait quoi pour s'occuper ?

— C'est une proposition ?

Je l'avais dit avant de m'en rendre compte. Elle a écarquillé les yeux.

— Espèce de…

— Excuse-moi. Je regrette, c'était… une plaisanterie.

Au niveau mensonge, celui-ci m'aurait sans doute fait renvoyer des Diplos sous les éclats de rire de mes petits camarades. Je voyais presque Virginia Vidaura secouer la tête, consternée. Je n'aurais pas trompé un moine de Lokyo bourré de Sacrement de croyance pour la semaine d'Acceptation. Et je n'ai pas trompé Sylvie Oshima.

— Écoute, Micky, a-t-elle dit lentement. Je sais que je te dois une fière chandelle pour cette nuit-là, avec les Barbes. Et je t'aime bien. Vraiment bien. Mais…

— Eh, sérieusement, c'était une blague, OK ? Une mauvaise blague.

— Je ne dis pas que je n'y ai pas pensé. Je pense que j'en ai même rêvé, il y a quelques nuits. (Elle a souri, et quelque chose s'est serré dans mon ventre.) Tu y crois ?

J'ai fabriqué un autre haussement d'épaules.

— Si tu le dis.

— C'est juste… (Elle a secoué la tête.) Je ne te connais pas, Micky. Je ne te connais pas mieux qu'il y a six semaines, et ça me fait un peu peur.

— Oui, mais tu sais, le changement d'enveloppe, ça peut…

— Non, ce n'est pas ça. Tu es fermé, Micky. Plus fermé que ça, j'ai jamais vu et crois-moi, j'ai rencontré quelques cas d'école dans ce boulot. Tu es entré dans ce bar, le *Tokyo Crow*, avec rien d'autre que ton couteau, et tu les as tous tués sans avoir l'air de trouver ça bizarre. Et pendant tout ce temps, tu avais un petit sourire. (Elle s'est touché les cheveux, mais le geste m'a paru artificiel.) Ce truc, ça me fait à peu près une mémoire parfaite, quand je veux. J'ai vu ton visage, et je le vois encore. Tu souriais, Micky.

Je n'ai rien répondu.

— Je ne pense pas avoir envie de coucher avec une personne comme ça. Enfin… (Elle a souri pour elle-même.) Ce n'est pas vrai. Une partie de moi en a envie, en a *très* envie. Mais c'est la partie de moi à laquelle je ne fais pas confiance.

— C'est sans doute très sage.

— Oui, sans doute. (Elle a secoué la tête pour écarter les cheveux de son visage et a essayé un sourire plus ferme. Ses yeux ont retrouvé les miens.) Alors tu es monté à la citadelle et tu leur as pris leur pile. Pour quoi faire, Micky ?

J'ai souri en retour, et je me suis levé.

— Tu sais, Sylvie, une partie de moi a très envie de te le dire, mais…

— D'accord, d'accord.

— … c'est une partie de moi à laquelle j'ai appris à ne pas faire confiance.

— Très spirituel.

— Merci, je fais ce que je peux. Je vais vérifier deux ou trois trucs dehors avant qu'il commence à faire nuit. Je reviens vite. Si tu penses que tu me dois encore quelque chose pour les Barbes, rends-moi service en attendant. Essaie d'oublier à quel point j'ai été lourd, là. Ça me ferait vraiment plaisir.

Elle s'est détournée vers la spirale de données. Sa voix était très calme.

— Bien sûr. Pas de problème.

Si, il y a un problème. J'ai ravalé les mots en allant vers la porte. *Et un gros. Et je ne sais toujours pas ce que je peux y faire.*

Le deuxième coup de fil décroche presque immédiatement. Une voix masculine, brusque, pas vraiment intéressée par la perspective d'une conversation.

— Ouais ?

— Yaroslav ?

— Ouais. (Impatient.) C'est qui ?

— Un petit scarabée bleu.

Le silence s'ouvre comme une plaie au couteau derrière mes paroles. Pas de parasites pour le couvrir. Par rapport à la conversation avec Lazlo, la ligne est cristalline. J'entends la surprise frapper à l'autre bout.

— Qui est au téléphone ? (Sa voix a complètement changé. Durcie comme un béton inusable.) Activez la vidéo. Je veux voir votre visage.

— Ça ne t'aiderait pas vraiment, je ne porte rien que tu reconnaîtrais.

— Je vous connais ?

— Disons que tu n'avais pas beaucoup foi en moi quand je suis allé sur Latimer, et que je n'ai déçu aucune de tes attentes.

— Toi ! Tu es revenu au bercail ?

— Non, je t'appelle depuis l'orbite. À ton avis ?

Longue pause. Un souffle sur la ligne. Je regarde tout le quai de Kompcho avec une prudence automatique.

— Qu'est-ce que tu veux ?

— Tu sais ce que je veux.

Autre hésitation.

— Elle n'est pas là.

— C'est ça. Passe-la-moi.

— Je suis sérieux. Elle est partie. (Sa gorge se serre quand il le dit – assez pour que je le croie.) Quand es-tu revenu ?

— Il y a un moment. Elle est partie quand ?

— Je ne sais pas. Si je devais deviner…

Sa voix se perd dans un souffle expulsé entre des lèvres molles. Je regarde la montre que j'ai prise dans le bunker chez Annette. Elle est exacte depuis trois siècles, indifférente à l'absence humaine. Après des années d'affichage interne, c'est encore un peu bizarre, un peu archaïque.

— Oui, tu dois deviner. C'est important.

— Tu n'as jamais dit à personne que tu revenais. On pensait tous…

—Oui, je ne suis pas un fan des comités de réception. Bon, où est-elle allée ?

J'entends ses lèvres se serrer.

—Essaie Vchira.

—Vchira Beach ? Arrête…

—Crois ce que tu veux. À prendre ou à laisser.

—Après tout ce temps ? Je croyais…

—Moi aussi. Mais après son départ, j'ai essayé de… (Il s'arrête. Sa gorge fait du bruit quand il déglutit.) On avait encore des comptes communs. Elle a payé un passage à la dure sur un cargo lourd de Kossuth, s'est acheté une nouvelle enveloppe à son arrivée. Taillée pour le surf. Elle a vidé son compte pour ça. Tout brûlé. Elle est… je sais qu'elle est là-bas avec ce con…

Il s'étrangle. Gros silence. Un vestige fugace de décence me fait sourciller et baisser le ton.

—Alors tu penses que Brasil est encore par là ?

—Rien ne change jamais, sur Vchira Beach.

—OK, Yaros. C'est tout ce qu'il me fallait. Merci, mec. (Mes paroles m'étonnent moi-même.) Prends soin de toi, hein.

Il grogne. Je vais couper la connexion, mais il s'éclaircit la voix et recommence à parler.

—Écoute, si tu la vois, dis-lui…

J'attends.

—Oh, et puis merde.

Et il raccroche.

Le jour disparaît.

En dessous de moi, les lumières commencent à s'allumer sur Tekitomura tandis que la nuit arrive depuis la mer. Hotei est posée sur l'horizon ouest, teintant d'orange une bande d'eau qui rejoint la plage. Marikanon est perchée, cuivrée et mordue, au-dessus de nous. En mer, les lumières de navigation des dragueurs constellent déjà les ténèbres. Les bruits du port me parviennent faiblement. Pas de repos pour les déClass.

J'ai jeté un nouveau coup d'œil vers la cabine des archéologues et l'aire martienne a surgi dans un coin de mon champ de vision. Elle était massive et squelettique dans le ciel nocturne à ma droite, comme les os d'une créature morte depuis longtemps. Le mélange cuivre orangé des deux lunes tombait par les ouvertures de la structure et émergeait parfois à des angles inattendus. Un petit vent froid accompagnait la pluie, et les câbles suspendus s'agitaient à son rythme.

Nous les évitons parce que nous ne pouvons pas en faire grand-chose sur un monde comme celui-ci, mais je me demande s'il n'y a que ça. Autrefois, j'avais connu une archéologue qui m'avait dit que la colonisation évite les reliques martiennes comme celle-ci partout dans le Protectorat. « *C'est instinctif. Une peur atavique. Même les villes de fouilles commencent à mourir quand les chercheurs s'en vont. Personne ne* veut *rester.* »

J'ai regardé la masse de clair de lune brisé et d'ombres projetées par l'aire, et j'ai ressenti une partie de cette peur atavique. C'était trop facile à imaginer, le battement lent de leurs grandes ailes, une spirale de silhouettes reptiliennes tournant dans le ciel, plus grosses et anguleuses que tout ce qui a pu voler sur Terre de mémoire d'homme.

J'ai haussé les épaules et chassé cette pensée.

Concentrons-nous sur nos vrais problèmes, hein, Micky. On en a déjà assez comme ça.

La porte de la cabine s'est ouverte et la lumière s'est déversée, me faisant soudain prendre conscience du froid qui régnait à présent.

— Tu rentres manger quelque chose ? a-t-elle demandé.

Chapitre 16

Le temps passé à la montagne n'a rien arrangé.

Le premier matin, j'ai fait la grasse matinée, mais ça m'a laissé un mal de crâne et un inconfort quand j'ai fini par m'aventurer hors de la chambre. Eishundo Organics n'avait pas conçu ses enveloppes pour la débauche, apparemment. Sylvie n'était pas là, mais la table était chargée de tout ce qu'il fallait pour un petit déjeuner, généralement déjà réchauffé. J'ai fouillé dans les débris et trouvé une boîte de café inutilisée. J'ai tiré la languette et bu à la fenêtre. Des rêves à moitié oubliés trottaient à l'arrière de mon crâne, principalement des trucs cellulaires sur la noyade. Héritage du temps beaucoup trop long que l'enveloppe avait passé dans une cuve. J'avais eu la même chose au début chez Annette. Les affrontements minmils et la rapidité de la vie avec les Furtifs de Sylvie les avaient étouffés en faveur de scénarios plus simples, fuite ou combat, et reconstituaient un galimatias de souvenirs de ma propre conscience multicouche.

— Vous êtes réveillé, a constaté Fouilles 301 en apparaissant en bordure de mon champ de vision.

Je l'ai regardée en levant ma boîte de café.

— J'y travaille.

— Votre collègue vous a laissé un message. Voulez-vous l'entendre ?

— Sans doute.

— *Micky, je vais me balader en ville.* (La voix de Sylvie sortait par la bouche du construct sans que l'image soit altérée.

Dans mon état d'éveil fragile, ça m'a affecté davantage que ça aurait dû. Parfaitement incongru, mais rappel amusant de mon problème.) *Je vais m'enterrer dans le flot des données, voir si je peux relancer le réseau, voire l'utiliser pour appeler Orr et les autres. Savoir ce qui leur arrive. Je rapporterai des trucs.* Fin du message.

La soudaine réapparition de la voix du construct m'a fait ciller. J'ai opiné de la tête et apporté mon café à table. En poussant quelques reliefs du petit déj, j'ai regardé la spirale un moment. Fouilles 301 flottait derrière moi.

— Donc, je peux me connecter à l'université de Millsport, avec ça. Chercher dans leur pile générale ?

— Ce sera plus rapide si vous me demandez directement, a-t-elle répondu.

— D'accord. Fais-moi un précis sur (j'ai soupiré) Quellcrist F…

— Lancement.

Que ce soit par ennui après des années de non-utilisation ou faute d'une bonne reconnaissance d'intonation, le construct était déjà en branle. La spirale de données s'est gonflée et éclaircie. Une miniature de Fouilles 301 en buste est apparue près du haut et a commencé son précis. Des images illustratives intervenaient pendant l'exposé. J'ai regardé en bâillant, et j'ai laissé tourner.

— Résultat de la recherche, correspondance un. Quellcrist, aussi qualgrist, herbe amphibie native de Harlan. La quellcrist est une espèce d'algue marine des hauts-fonds, de couleur ocre, que l'on trouve avant tout dans les zones tempérées. Quoiqu'elle contienne des substances nutritives, elle n'a rien à voir avec les algues de la vieille Terre ou les espèces cultivées en laboratoire, et n'est donc pas considérée comme une source alimentaire suffisamment économique.

J'ai opiné du chef. Ce n'était pas ce qui m'intéressait, mais…

— Certaines substances médicinales peuvent être extraites des brins de quellcrist adultes, mais hors de certaines petites communautés dans le Sud de l'archipel de Millsport, cette pratique est peu courante. La quellcrist n'est en fait remarquable que pour son cycle de vie. Si et quand elle est piégée dans des conditions arides pour une longue période, les graines de la plante sèchent et deviennent une poudre noire qui peut être portée par le vent sur des centaines de kilomètres. Le reste de cette plante meurt et flétrit, mais la poudre de quellcrist, en entrant de nouveau en contact avec de l'eau, se reconstitue en micrograines qui peuvent en quelques semaines donner une nouvelle plante.

» Résultat de la recherche, correspondance deux, Quellcrist Falconer, nom de guerre de la meneuse d'insurrection et penseuse politique de l'époque de Colonisation. Nadia Makita, née Millsport le 18 avril 47 (calendrier colonial). Morte le 33 octobre 105. Fille unique de Stefan Makita, journaliste à Millsport, et de l'ingénieur marine Fusako Kimura. Makita étudia la démodynamique à l'université de Millsport et publia une thèse controversée, *Glissement des rôles sexuels et la nouvelle mythologie*, ainsi que trois recueils de vers en stripjap, rapidement devenus cultes dans la communauté littéraire de Millsport. Plus tard…

— Tu peux me donner un peu plus de détails, Fouilles ?

— Durant l'hiver 1967, Makita quitta l'académie, refusant apparemment une généreuse proposition de poursuivre ses recherches à la faculté des sciences sociales et le mécénat littéraire d'un membre éminent des Premières Familles. Entre octobre 1967 et mai 1971, elle voyagea beaucoup sur Harlan, soutenue en partie par ses parents et en partie par plusieurs petits emplois comme coupeuse de belalgue et récolteuse de fruits des corniches. On pense généralement que l'expérience de Makita parmi ces travailleurs aida à durcir ses convictions politiques. La paie et les conditions de travail pour ces deux groupes étaient médiocres, avec des maladies débilitantes courantes dans les fermes de belalgue et des chutes fatales fréquentes chez les récolteurs.

» Quoi qu'il en soit, début 1969, Makita publia des articles dans les journaux radicaux *Nouvelle Étoile* et *Mer du changement*, où elle s'éloignait notablement de la tendance réformiste libérale qu'elle affichait pendant ses études – et à laquelle ses parents souscrivaient également. À la place, elle proposait une nouvelle éthique révolutionnaire qui empruntait à des mouvements existants de pensée extrémiste mais était remarquable pour le vitriol avec lequel ces pensées étaient elles-mêmes critiquées, presque autant que la politique de la classe dirigeante. Cette approche ne fit rien pour la rendre populaire auprès de l'intelligentsia radicale de l'époque et elle se trouva, quoique reconnue comme une penseuse brillante, de plus en plus isolée de la mouvance révolutionnaire générale. Faute d'un descripteur adéquat pour sa nouvelle théorie politique, elle la baptisa quellisme, via l'article « La Révolution occasionnelle », où elle avançait que « les révolutionnaires modernes devaient, quand les forces oppressives les étranglaient, balayer le pays comme de la poudre de quellcrist, se répandre partout sans laisser de trace mais portant en eux le pouvoir de la régénération révolutionnaire quand un terreau fertile se faisait de nouveau jour ». On admet en général que sa propre adoption du nom Quellcrist suivit peu de temps après et dérive de la même source d'inspiration. L'origine de son nom Falconer, toutefois, reste sujette à débat.

» Avec l'éclatement des émeutes de belalgue à Kossuth en mai 1971 et l'effondrement qui s'est ensuivi, Makita a fait sa première apparition de guérillera au cours…

— Pause. (Le café dans sa boîte n'était pas si bon, et le défilement tranquille de faits historiques familiers était devenu hypnotique. J'ai bâillé et me suis levé pour jeter la boîte.) Bon, peut-être pas si détaillé, après tout. Passe un peu à la suite.

— … d'une révolution. Que les nouveaux quellistes montants ne pouvaient pas espérer gagner en soutenant l'opposition interne de…

— Encore un peu plus tard. Passe au deuxième front.

— Vingt-cinq années plus tard, cette vantardise apparemment rhétorique a fini par devenir axiome réel. Pour utiliser l'imagerie même de Makita, la poudre de quellcrist dispersée par la défaite des guérilleros grâce à ce que Konrad Harlan appela une « implacable tempête de justice » créait à présent une nouvelle résistance dans une dizaine d'endroits distincts. Le deuxième front de Makita commença exactement comme elle l'avait prédit, mais cette fois la dynamique insurgée avait changé davantage qu'on pouvait s'en douter. Dans le contexte de…

En cherchant un autre café, j'ai laissé le récit glisser sur moi. Ça aussi, je connaissais. À l'époque du deuxième front, le quellisme n'était plus un nouveau venu. Une génération à l'incubation lente sous le talon oppresseur de la répression harlanite en avait fait la seule force radicale encore présente sur la planète. Les autres tendances brandissaient les armes ou vendaient leur âme, abattues d'une façon ou d'une autre par les troupes du Protectorat qui en faisaient des chiots amers et sans illusions. Pendant ce temps, les quellistes ont simplement disparu, abandonnant la lutte et reprenant leur vie comme Nadia Makita avait toujours annoncé que cela pourrait devenir nécessaire. « La technologie nous a donné accès à une longévité dont aucun de nos ancêtres n'aurait pu rêver – nous devons être préparés à utiliser cette longévité, à vivre à cette échelle, si nous voulons réaliser nos rêves. » Et vingt-cinq ans plus tard, ils avaient resurgi, leur carrière établie, leurs familles formées, leurs enfants élevés, ils étaient revenus combattre, pas tant vieillis qu'aguerris, plus sages, plus forts, et nourris par le murmure qui demeurait au cœur de chaque soulèvement individuel : le murmure que Quellcrist elle-même était de retour.

Si la nature semi-mythique de son existence au cours de ces vingt-cinq années de fuite avait été difficile à gérer pour les forces de sécurité, son retour était encore pire. Elle avait cinquante-trois ans, mais une enveloppe neuve, impossible à identifier même pour ses intimes. Elle a traversé les ruines de sa première révolution comme un fantôme de vengeance, commençant par faire le ménage parmi les traîtres et les dissidents de son alliance originelle. Cette fois, il n'y aurait aucune fraction pour distraire les troupes, handicaper le commandement quelliste et la vendre aux Harlanites. Les néomaoïstes, les communautariens, le Sentier du nouveau soleil, le Parlement des gradualistes et les libertaires sociaux. Elle les a traqués dans leur vieillesse stérile, où ils repensaient à leurs propres tentatives pathétiques de prise de pouvoir. Et elle les a tous massacrés.

Le temps qu'elle se retourne contre les Premières Familles et leur timide assemblée, ce n'était plus une révolution.

C'était la Décolonisation.

C'était la guerre.

Trois ans, et le dernier assaut sur Millsport.

Puis les retombées. Le chaos, pour un moment. L'Ébranlement.

J'ai tiré la languette du deuxième café et l'ai bu pendant que Fouilles 301 lisait l'histoire jusqu'à sa conclusion. Enfant, je l'avais entendue un nombre incalculable de fois et avais toujours espéré une légère variation, une rémission de la tragédie inévitable.

— Millsport était fermement aux mains du gouvernement, l'assaut quelliste s'est brisé, et un compromis modéré étant trouvé à l'assemblée, Makita escomptait peut-être que ses ennemis auraient plus pressant à faire que la pourchasser. Elle avait surtout cru en leur amour de la rapidité, mais de mauvais renseignements la menèrent à méjuger le rôle vital que sa capture ou son élimination jouerait dans l'accord de paix. Le temps qu'elle comprenne son erreur, la fuite était quasiment impossible…

Pas « quasiment ». Harlan avait envoyé plus de navires de guerre encercler le cratère d'Alabardos que pour n'importe quel engagement marin dans toute la guerre. Des pilotes d'hélicoptère intrépides firent monter leurs engin à la limite des quatre cents mètres fatidiques avec une maîtrise presque suicidaire. Des tireurs d'élite s'entassaient à l'intérieur, avec des armes lourdes qu'on estimait tolérables par les plates-formes. Les ordres étaient d'abattre n'importe quel appareil essayant de fuir, par n'importe quel moyen, y compris si nécessaire la collision en plein air.

— Dans une dernière tentative désespérée pour la sauver, les hommes de Makita essayèrent une fuite risquée dans un jetcoptère désossé dont on pensait que les plates-formes orbitales pourraient l'ignorer. Toutefois…

— Ouais, OK, Fouilles, ça ira.

J'ai fini mon café. *Toutefois*, ils avaient merdé. *Toutefois*, le plan était mauvais – ou une trahison volontaire. *Toutefois*, un trait de feu céleste s'était abattu du ciel sur Alabardos et avait transformé un hélicoptère en image rémanente. *Toutefois*, Nadia Makita avait gentiment rejoint l'océan sous forme de molécules organiques dispersées au milieu de la cendre métallique. Je n'avais pas besoin de réentendre ça.

— Et les légendes sur sa fuite ?

— Comme pour tous les personnages héroïques, les légendes sur la fuite secrète de Quellcrist Falconer sont nombreuses. (La voix de Fouilles 301 paraissait empreinte de reproche, mais c'était sans doute mon imagination encore brumeuse.) Certains croient qu'elle n'a jamais mis les pieds dans l'hélicoptère qui fut vaporisé, et qu'elle a quitté l'Alabardos par la suite, déguisée, au milieu des troupes au sol. Les théories plus crédibles viennent de l'idée qu'avant sa mort, la conscience de Quellcrist a été sauvegardée et qu'on l'a ranimée quand l'hystérie postguerre s'est calmée.

J'ai acquiescé.

— Et où l'aurait-on stockée ?

— Les théories varient. (Le construct a levé une main élégante et déplié ses doigts fins en séquence.) Certains prétendent qu'on l'a hyperdiffée hors planète, soit dans une banque de données spatiale…

— Ben tiens, tu parles…

— … soit sur un autre monde colonisé où elle avait des amis. On pense généralement à Adoracion et Nkrumah. Une autre théorie suggère qu'elle a été stockée après une blessure subie à Hokkaido, qui aurait dû la tuer. Puis quand elle s'est rétablie, ses disciples ont abandonné ou oublié la copie…

— Oui, comme on le fait toujours avec la conscience des héros et meneurs…

Fouilles 301 a froncé les sourcils à mon interruption.

— Cette théorie présuppose des combats chaotiques et généralisés, des morts soudaines importantes et une rupture des communications générales. Le genre de conditions présentes à plusieurs périodes des campagnes sur New Hokkaido.

— Mmm.

— Millsport est une autre théorie. Les historiens ont avancé que la famille Makita avait suffisamment progressé dans la classe moyenne pour avoir accès à des capacités de stockage discrètes. Beaucoup de firmes de transferts de données ont mené des batailles légales victorieuses pour conserver l'anonymat de ces piles. La capacité totale de stockage discret dans la zone métropolitaine de Millsport est estimée à plus de…

— Et à quelle théorie croyez-vous ?

Le construct s'est arrêté de façon si abrupte qu'elle n'a pas refermé la bouche. La présence projetée a été prise d'un parasite. De petits caractères de code sont apparus près de sa hanche droite, de son sein gauche et sur ses yeux. Sa voix a pris le ton plat d'un message préenregistré.

—Je suis un construct de service de données Harkany Datasystems, niveau d'interaction basique. Je ne peux pas répondre à cette question.

—Aucune conviction, hein ?

—Je me contente de percevoir les données et l'étendue des probabilités qu'elles génèrent.

—Ça me suffira. Calcule. Quelle est la probabilité majoritaire ?

—Selon toute vraisemblance, d'après les données disponibles, Nadia Makita se trouvait à bord du jetcoptère quelliste à Alabardos, a été vaporisée par le tir orbital et n'existe plus.

J'ai soupiré, et opiné de nouveau de la tête.

—Voilà.

Sylvie est rentrée quelques heures plus tard, avec des fruits frais et une boîte thermos pleine de gâteaux épicés à la crevette. Nous avons mangé sans parler ou presque.

—Tu les as eus ? lui ai-je demandé.

—Non. (Elle a secoué la tête en mastiquant.) Il y a un problème. Vraiment. Je les sentais bien, mais pas assez précisément pour établir un lien de transmission.

Elle a baissé les yeux, crispée comme si elle souffrait.

—Il y a un problème, a-t-elle répété.

—Tu n'as pas enlevé le foulard, au moins ?

Elle m'a regardé.

—Non, je ne l'ai pas enlevé. Ça n'affecte pas la fonctionnalité. Ça me met hors de moi, c'est tout.

—Et moi donc.

Ses yeux ont glissé vers la poche où je gardais d'habitude les piles excisées, mais elle n'a rien dit.

Nous nous sommes mutuellement laissés seuls jusqu'à la fin de la journée. Sylvie est restée tout ce temps assise devant la spirale de données, causant parfois des changements de couleur dans l'affichage sans le toucher ou lui parler. À un moment, elle s'est étendue sur son lit pendant une heure. En jetant un coup d'œil au passage, je l'ai vue remuer les lèvres en silence. J'ai pris une douche, regardé par la fenêtre, mangé des fruits et bu du café dont je n'avais pas envie. J'ai fini par sortir et tourner autour de la base de l'aire martienne, en parlant de façon désinvolte à Fouilles 301 qui, pour je ne sais quelle raison, avait décidé de me suivre. Elle voulait peut-être s'assurer que je n'abîmerais rien.

Une tension indéfinie baignait l'air froid de la montagne. Comme un coït interrompu, comme une tempête qui arrivait.

On ne peut pas rester comme ça éternellement, me suis-je dit. Enfin, je le savais déjà, quelque part. *Il faut que ça bouge.*

Mais à la place, la nuit est tombée, et après un autre repas monosyllabique, nous avons très tôt regagné notre lit respectif. Je suis resté étendu dans le calme mort de l'isolation sonique de la cabane, imaginant des bruits nocturnes qui appartenaient pour la plupart à un climat plus au sud. Je me suis soudain rendu compte que j'aurais dû y être il y a deux mois. Le conditionnement diplo – gérer le présent et l'immédiat – m'avait empêché d'y penser ces dernières semaines, mais chaque fois que j'avais le temps, mon esprit revenait à Newpest et la Prairie d'Algues. Je n'avais pas dû manquer à qui que ce soit, hormis les quelques rendez-vous ratés, et Radul Segesvar devait se demander si ma disparition silencieuse annonçait ma capture, avec tous les problèmes que cela pouvait lui attirer sur la Prairie. Segesvar m'était redevable, mais c'était une dette à la valeur discutable, et avec les mafias du Sud, mieux vaut ne pas insister sur ces sujets. Les *haiduci* n'ont pas la discipline éthique des yakuzas. Et quelques mois de silence en trop pouvaient vraiment les énerver.

Les paumes me démangeaient de nouveau. Le désir de sentir la pierre sous mes mains pour l'escalader et me tirer de là.

Sois réaliste, Micky. C'est le moment de te barrer. Tes jours de déClass sont finis. C'était rigolo, tu as une nouvelle tête et tes mains de gecko, mais ça suffit. Il serait temps de te remettre sur le droit chemin. De te remettre au travail.

Je me suis tourné face au mur. De l'autre côté, Sylvie devait dormir dans le même calme, la même isolation. Peut-être aussi la même absence de sommeil angoissée.

Qu'est-ce que je peux faire ? La laisser ?

Tu as déjà fait pire.

J'ai vu le regard accusateur d'Orr. *Tu ne la toucheras pas.*

J'ai entendu la voix de Lazlo. « *Je te fais confiance, Micky.* »

Ouais, a ri ma propre voix. *Il fait confiance à Micky. Il n'a pas encore rencontré Takeshi Kovacs.*

Et si elle est bien qui elle dit être ?

Oh, je t'en prie. Quellcrist Falconer ? Tu as entendu la machine. Quellcrist Falconer a été vaporisée sept cents mètres au-dessus d'Alabardos.

Alors, c'est qui ? Le fantôme dans sa pile, je veux dire. C'est peut-être pas Nadia Makita, mais elle est persuadée que si. Et c'est pas Sylvie Oshima, ça c'est sûr. Alors qui ?

Aucune idée. En quoi ça te concerne ?

Je ne sais pas. Pourquoi pas ?

Ton problème, c'est que les yakuzas ont engagé ta propre personnalité, archivée dans une pile, pour te flinguer. C'est très poétique, et tu sais quoi, il ne fera sans doute pas du mauvais boulot. Il aura certainement les ressources – une condamnation planétaire, tu te rappelles ? Sois sûr qu'ils sauront le motiver. Tu connais les règles pour le double enveloppement.

Et à ce moment, la seule chose qui relie tout ça à l'enveloppe que tu portes, c'est la femme d'à côté et ses mercenaires à la petite semaine. Alors plus tôt tu les laisseras tomber pour repartir au sud et reprendre ton boulot, mieux ce sera pour tout le monde.

Le boulot. Ouais, ça va résoudre tous tes problèmes, Micky.

Et arrête de m'appeler comme ça.

Impatient, j'ai rejeté mes couvertures et je suis sorti du lit. J'ai entrebâillé la porte et vu une chambre vide en face. La table et la spirale de données ondulante, lumineuse dans le noir, le volume de nos deux sacs appuyés l'un contre l'autre dans un coin. La lumière d'Hotei peignait la fenêtre d'un orange pâle sur le sol. Je suis allé nu jusqu'à la flaque de lune et me suis accroupi devant les sacs, cherchant une canette de soda amphétaminé.

Quitte à pas dormir…

Je l'ai entendue derrière moi et me suis retourné avec un malaise froid et étranger dans les os. Ne pas savoir à qui j'aurais affaire.

— Toi non plus ?

C'était la voix de Sylvie Oshima, son regard lupin légèrement interrogateur tandis qu'elle me faisait face, les bras serrés autour de sa poitrine. Elle aussi était nue, les seins serrés et écrasés dans le V de ses bras comme un cadeau qu'elle s'apprêterait à me faire. Les hanches déséquilibrées dans un pas interrompu, une cuisse incurvée légèrement en arrière par rapport à l'autre. Ses cheveux épais autour de son visage encore bouffi de sommeil. Dans la lumière d'Hotei, sa peau prenait une couleur de cuivre et de braise. Elle a eu un sourire incertain.

— Je n'arrête pas de me réveiller. On dirait que ma tête tourne en surrégime. (Elle a désigné le soda dans ma main.) Ça ne va pas t'aider, tu sais.

— Je n'ai plus envie de dormir. (Ma voix était un peu rauque.)

—Non. (Son sourire a fondu et elle est redevenue sérieuse.) Je n'ai pas envie de dormir non plus. J'ai envie de faire ce que tu voulais tout à l'heure.

Elle a ouvert les bras et ses seins se sont libérés. Un peu gênée, elle a rejeté ses cheveux en arrière, appuyant sa main contre l'arrière de son crâne. Elle a déplacé ses jambes pour que ses cuisses frottent l'une contre l'autre. Entre les angles de ses coudes relevés, elle me regardait avec attention.

—Je te plais, comme ça ?

—Je… (Sa position relevait ses seins. Je sentais le sang affluer à ma queue. Je me suis éclairci la voix.) Tu me plais beaucoup, comme ça.

—Tant mieux.

Elle est restée là à me regarder. J'ai posé la canette sur le pack où je l'avais prise et j'ai avancé vers elle. Ses bras sont descendus et se sont enroulés sur mes épaules, se resserrant dans mon dos. J'ai rempli une main du poids doux d'un de ses seins, baissé l'autre vers la jonction entre ses cuisses et l'humidité dont je me souvenais qui…

—Non, attends. (Elle a repoussé la main du bas.) Pas encore, pas ici.

C'était un moment un peu brutal, une rupture avec les attentes établies dans le préfa deux jours plus tôt. J'ai laissé glisser le malaise et posé la deuxième main sur le sein que je tenais déjà. J'ai serré le mamelon pour le faire saillir et l'ai sucé. Elle a tendu la main et pris mon érection, la caressant mais sans cesse sur le point de me lâcher. J'ai froncé les sourcils, me rappelant une poigne plus dure et plus confiante, et j'ai raffermi sa main avec la mienne.

—Oh, pardon.

En trébuchant un peu, je l'ai poussée vers le bord de la table, me suis dégagé de sa main et me suis agenouillé par terre devant elle. Elle a murmuré quelque chose d'une voix de gorge et a écarté les cuisses, se penchant en arrière et posant les deux mains sur la table pour se soutenir.

— Je veux ta bouche sur moi, a-t-elle dit d'une voix langoureuse.

Mes mains ouvertes sont remontées sur ses cuisses et j'ai appuyé le bout d'un pouce de chaque côté de sa chatte. Un frisson l'a traversée, et ses lèvres se sont écartées. J'ai penché la tête pour glisser ma langue en elle. Elle a poussé un petit bruit retenu, et j'ai souri. Elle a dû sentir mon sourire et m'a donné une claque sur l'épaule.

— Salaud. Ne t'arrête pas, salaud.

Je lui ai encore écarté les cuisses et me suis remis au travail. Sa main est revenue se serrer sur mon épaule et ma nuque, et elle ondulait sans cesse sur le bord de la table, ses hanches allant d'avant en arrière au rythme de ma langue. Sa main emmêlait mes cheveux. J'ai réussi un autre sourire contre la pression qu'elle exerçait, mais cette fois elle était trop excitée pour dire quoi que ce soit de cohérent. Elle a commencé à murmurer, mais je ne savais pas si c'était pour moi ou pour elle-même. Au début, ce n'était que les syllabes répétées de l'encouragement, mais à mesure qu'elle approchait de l'orgasme, quelque chose d'autre a commencé à émerger. Perdu dans ce que je faisais, il m'a fallu du temps pour le reconnaître. Aux affres de l'orgasme, Sylvie Oshima chantait un fragment de code machine.

Elle a fini avec un raidissement et en m'écrasant la tête entre ses cuisses. J'ai desserré sa prise, me suis levé et lui ai souri.

Et me suis retrouvé face à une autre femme.

Impossible de dire ce qui avait changé, mais mes sens de Diplo l'ont perçu, et une certitude absolue est arrivée avec l'équivalent d'un éboulement dans mon estomac.

Nadia Makita était de retour.

Elle était là, dans l'étrécissement des yeux et le rictus au coin de sa bouche qui n'appartenaient à aucune expression de Sylvie Oshima. Dans une sorte de faim qui flottait autour de son visage comme le feu, et dans son souffle qui sortait en petits hoquets comme si l'orgasme, une fois passé, revenait comme par une sorte de feedback interne.

— Bonjour, Micky la Chance, a-t-elle soufflé.

Son souffle a ralenti et sa bouche s'est tordue en un sourire pour remplacer celui qui venait de quitter mon visage. Elle s'est laissé glisser de la table, a baissé la main pour me toucher entre les cuisses. C'était bien la poigne confiante dont je me souvenais, mais une grande partie de mon érection avait disparu dans la surprise.

— Un problème ? a-t-elle murmuré.

— Je…

Elle utilisait ses deux mains sur moi comme si elle enroulait lentement une corde. Je me suis senti durcir de nouveau, et elle m'a regardé.

— Un *problème* ?

— Pas de problème, ai-je répondu.

— Tant mieux.

Elle a glissé à genoux avec élégance, le regard encore braqué sur le mien, et a pris mon gland dans sa bouche. Une main est restée sur mon membre, caressant, pendant que l'autre trouvait ma cuisse droite et s'y cramponnait.

Putain, c'est de la folie, m'a dit une partie de ma conscience de Diplo en mission. *Il faut que tu t'arrêtes tout de suite.*

Avec son regard toujours dans le mien, tandis que sa langue et ses dents et sa main me menaient vers l'explosion.

Chapitre 17

Plus tard, nous étions étendus sur mon lit, humides l'un contre l'autre, les mains encore entrelacées après notre dernière empoignade frénétique. Notre peau était par endroits collante de nos liquides mêlés, et les orgasmes répétés avaient brisé nos muscles en une soumission molle. Des bribes d'images de ce que nous avions fait à et avec l'autre se rejouaient derrière mes paupières. Je la voyais accroupie au-dessus de moi, les mains à plat sur ma poitrine, s'enfonçant à chaque mouvement. Je me voyais la prendre violemment par-derrière. Je voyais sa chatte descendre sur mon visage. Je la voyais se tortiller sous moi, suçant sauvagement le câble central de ses cheveux tandis que je m'agitais entre ses jambes, qu'elle avait serrées sur mes hanches comme un étau. Je me voyais prendre le câble, humide de sa salive, dans ma propre bouche tandis qu'elle riait et jouissait avec une contraction puissante de muscles qui m'entraînaient à sa suite.

Mais quand elle a commencé à me parler, son nouvel accent amanglais traînant a envoyé un frisson le long de ma colonne vertébrale. Elle a dû le sentir.

—Quoi ?

—Rien.

Elle a laissé sa tête rouler dans ma direction. Je sentais la chaleur de son regard sur le côté de mon visage.

—Je t'ai posé une question. Qu'y a-t-il ?

J'ai fermé les yeux.

—Nadia, c'est ça ?

— Oui.

— Nadia Makita.

— Oui.

Je l'ai regardé en biais.

— Comment es-tu arrivée ici, Nadia ?

— C'est une question métaphysique ?

— Non. Technologique. (Je me suis appuyé sur un coude et ai indiqué son corps. Conditionnement de réaction diplo ou pas, j'étais stupéfait par le calme détaché que je ressentais.) Tu as forcément conscience de ce qui se passe. Tu vis dans le logiciel de commande, et parfois tu sors. À ce que j'ai vu, j'imagine que tu passes par les canaux des instincts primaires, tu suis le mouvement. Le sexe, et sans doute aussi la peur ou la colère. Tout ce qui occulte la plupart des fonctions conscientes, et c'est ça qui te donne de l'espace. Mais…

— Tu es une sorte d'expert, on dirait ?

— *J'étais*. (J'ai surveillé sa réaction.) J'étais Diplo, avant.

— T'étais quoi ?

— Peu importe. Ce que je veux savoir, pendant que tu es là, c'est ce qui est arrivé à Sylvie Oshima.

— Qui ?

— Tu portes son corps, putain, Nadia. Ne joue pas aux imbéciles.

Elle a roulé sur le dos et a regardé le plafond.

— Je n'ai pas vraiment envie d'en parler.

— Non, sans doute pas. Et tu sais quoi, moi non plus. Mais tôt ou tard, il va falloir le faire. Tu le sais.

Long silence. Elle a écarté les jambes et gratté l'intérieur de sa cuisse. J'ai repoussé sa main quand elle a serré ma queue flétrie.

— Laisse tomber, Nadia. Je suis vidé. Même Mitzi Harlan ne pourrait pas me faire bander pour l'instant. C'est le moment de discuter. Où est Sylvie Oshima ?

Elle s'est encore écartée.

— Tu me prends pour sa gardienne ? Tu crois que je contrôle ce qui se passe ?

— Sans doute pas. Mais tu dois avoir une idée.

Nouveau silence, lourd de tension cette fois. J'ai attendu. Elle a fini par se remettre face à moi, les yeux écarquillés par le désespoir.

— Je *rêve* cette putain d'Oshima, tu sais, a-t-elle sifflé. C'est un putain de *rêve*, comment veux-tu que je sache où elle va quand je me réveille ?

— Oui, et apparemment, elle te rêve aussi.

— C'est censé me rassurer ?

— Dis-moi ce que tu rêves, ai-je soupiré.

— Pourquoi ?

— Parce que, Nadia, j'essaie de t'aider, putain.

Flamboiement du regard.

— D'accord, a-t-elle craché. Je rêve que tu lui fais peur. Ça te va ? Je rêve qu'elle se demande où tu vas avec l'âme de tant de prêtres morts. Qu'elle se demande qui se cache derrière Micky la Chance, et si elle est en sécurité avec toi. Si elle va se faire baiser à la première occasion. Ou s'il va juste la baiser et s'en aller. Si tu pensais te taper cette femme, Micky, ou qui que tu sois, laisse tomber. Tu ferais mieux de rester avec moi. (J'ai enregistré ça. Elle m'a souri.) C'est le genre de choses que tu voulais entendre ?

J'ai haussé les épaules.

— Ça ira pour se mettre en train. C'est toi qui l'as poussée vers le sexe ? Pour avoir l'accès ?

— Tu aimerais bien savoir, hein ?

— Je pourrais sans doute le savoir en lui demandant.

— Tu parais bien sûr qu'elle va revenir. (Autre sourire, plus retors cette fois.) À ta place, je le serais moins.

Et ainsi de suite. Nous avons aboyé et grogné un moment, mais sous le poids de cette alchimie postcoïtale, ça n'a rien donné. Au final, j'ai abandonné et je me suis assis au bord du lit, à regarder vers la pièce principale et les flaques d'Hotei sur le sol. Quelques minutes plus tard, j'ai senti sa main sur mon épaule.

— Je suis désolée, a-t-elle dit doucement.

— Ah oui ? Pourquoi ?

— Je viens de me rendre compte que je l'avais cherché. Enfin, je t'ai demandé à quoi tu pensais. Si je ne voulais pas le savoir, je n'avais qu'à pas demander, hein ?

— Il y a de ça.

— C'est juste que… (Elle a hésité.) Écoute, Micky, je commence à m'endormir. Et j'ai menti, tout à l'heure. Je n'ai aucun moyen de savoir si ou quand Sylvie Oshima va revenir. Je ne sais pas si je me réveillerai demain ou pas. Ça rendrait n'importe qui nerveux, non ?

J'ai regardé la tache orange dans l'autre pièce. Un vertige temporaire m'a saisi. Je me suis éclairci la voix.

— Il y a toujours le cola amphétaminé.

— Non. Tôt ou tard, il faudra que je dorme. Autant que ce soit maintenant. Je suis fatiguée, et pire encore, je suis détendue et heureuse. Quitte à partir, c'est le meilleur moment. Ce n'est que chimique, je sais, mais je ne pourrai pas résister éternellement. Et je pense que je reviendrai. Je ne sais pas pourquoi. Mais pour l'instant, je ne sais pas quand, et je ne sais pas où je vais. Et ça me fait peur. Tu pourrais… (Nouvelle pause. J'ai entendu sa gorge se serrer.) Tu pourrais me tenir pendant que je m'endors ?

La lune orange sur un sol usé et noirci.

J'ai tendu la main vers la sienne.

Comme la plupart des enveloppes de combat que j'avais portées, l'Eishundo était équipée d'un réveil interne. À l'heure programmée, les rêves que j'étais en train de faire se sont dissous dans ma tête derrière l'ascension d'un soleil tropical sur des eaux calmes. L'odeur de fruit et de café venant d'un endroit que je ne voyais pas et le murmure joyeux de voix au loin. Le sable frais du petit matin sous mes pieds, et un vent faible mais persistant sur mon visage. Un bruit de vagues.

Vchira Beach ? Déjà ?

Mes mains étaient serrées dans les poches d'un pantalon de surf, quelques grains de sable au fond des poches que…

Les impressions sensorielles se sont estompées d'un coup quand je me suis réveillé. Pas de café, pas de plage. Pas de sable sous mes pieds ou entre mes doigts. Il y avait du soleil, mais moins violent que dans mon image de réveil, et presque décoloré par les fenêtres de l'autre pièce. C'était un calme pesant.

Je me suis retourné et me suis retrouvé nez à nez avec la femme qui dormait à côté de moi. Elle n'a pas bougé. Je me suis rappelé la peur dans les yeux de Nadia Makita la veille, tandis qu'elle s'endormait par étapes. Elle tentait de se cramponner à la conscience, mais celle-ci lui glissait entre les mains comme une corde tendue. Une ou deux fois, elle s'était réveillée de force. Puis à un moment, abrupt et inattendu, elle avait tout lâché et n'était plus revenue. À présent, je regardais le calme sur son visage. Ça ne m'aidait pas beaucoup.

Je suis sorti du lit en douceur et me suis habillé dans l'autre pièce. Je ne voulais pas être là quand elle se réveillerait.

Je ne voulais surtout pas la réveiller moi-même.

Fouilles 301 est apparue en face de moi et a ouvert la bouche. Mon neurachem de combat a réagi en premier. J'ai fait un geste du plat de la main en travers de ma gorge, et j'ai indiqué la chambre du pouce. Prenant ma veste sur le dossier d'une chaise, je l'ai enfilée et lui ai désigné la porte. Un murmure.

— Dehors.

Dehors, la journée s'annonçait mieux que je l'aurais pensé. Le soleil était hivernal, mais on pouvait se réchauffer à sa lumière, et les nuages commençaient à se disperser. Daikoku se dressait comme une lame de cimeterre au sud-ouest, et il y avait une colonne de points qui tournaient au-dessus de l'océan. Sans doute des razailes. Loin au-dessous, quelques navires étaient perceptibles à la limite de ma vision naturelle. Tekitomura donnait à l'air un murmure de fond. J'ai bâillé et regardé le cola amphétaminé dans ma main, puis l'ai glissé dans ma veste. J'étais bien assez réveillé pour le moment.

— Alors, qu'y a-t-il ? ai-je demandé au construct à côté de moi.

— Je voulais juste vous prévenir que le site a des visiteurs.

Le neurachem s'est injecté d'un coup. Le temps s'est transformé en bouillie autour de moi tandis que l'enveloppe Eishundo passait en conscience de combat. Je regardais 301 en biais, incrédule, quand le premier tir de blaster m'a dépassé. J'ai vu la lueur de l'air dérangé quand il a traversé le construct. Je pivotais sur moi-même quand mon blouson a pris feu.

— Encul…

Pas de flingue, pas de couteau. J'avais tout laissé à l'intérieur. Pas le temps d'atteindre la porte, et de toute façon l'instinct diplo me disait de m'éloigner. Par la suite, j'ai compris ce que mon intuition savait déjà – si je rentrais, je me coinçais moi-même, c'était du suicide. Le blouson encore en feu, je me suis glissé à l'abri du mur de la cabane. Le tir de blaster a jailli de nouveau, loin de moi. Ils tiraient encore sur Fouilles 301, qu'ils devaient prendre pour un être humain normal.

Ce n'est pas vraiment un combattant ninja. Cette pensée a surgi dans mon esprit. *Ça doit être les gros bras du coin.*

Oui, mais ils ont des flingues et pas toi.

Il était temps de changer d'ambiance.

L'ignifuge de ma veste avait presque étouffé les flammes quand elles ont atteint mes côtes. Les fibres brûlées laissaient couler leurs polymères. J'ai pris une grande inspiration et suis parti à toute allure.

Des cris derrière moi, passant tout de suite de l'incrédulité à la colère. Ils pensaient peut-être m'avoir eu avec le premier tir. Ils n'étaient peut-être pas très intelligents. Il leur a fallu quelques secondes pour réessayer. À ce moment-là, j'étais presque arrivé à l'autre cabane. Les tirs de blaster ont crépité à mes oreilles. La chaleur a frôlé ma hanche, et ma chair a crié. Je me suis écarté, suis arrivé à la cabane, dos au mur, et j'ai regardé le terrain devant moi.

Encore trois cabanes, réunies en un arc grossier sur le sol excavé par les premiers archéologues. Au-delà, l'aire s'élevait vers le ciel sur des piliers massifs, comme une antique fusée parée au décollage. Je n'étais pas entré la veille, il y avait beaucoup trop d'espace abrupt sous mes pieds, et cinq cents mètres d'à-pic vers le bas de la montagne. Mais je savais bien ce que les perspectives étranges de l'architecture martienne pouvaient suggérer aux perceptions humaines, et je savais que le conditionnement diplo compenserait.

Des gros bras du coin. N'oublie pas.

Ils viendraient me chercher, au mieux en hésitant, perturbés par les angles étourdissants, voire pris d'une terreur superstitieuse si j'avais de la chance. Ils seraient déstabilisés, ils auraient peur.

Ils feraient des erreurs.

Donc, l'aire était un terrain de chasse idéal.

J'ai filé dans l'espace dégagé qui m'en séparait encore, me suis glissé entre deux des bungalows et suis parti vers la saillie d'alliage martien la plus proche, qui sortait de la roche comme une racine de cinq mètres de large. Les archéologues l'avaient munie de marches de métal fixées au sol. Je les ai grimpées trois par trois et j'ai posé le pied sur la saillie, les bottes glissant sur l'alliage couleur d'ecchymose. Je me suis stabilisé sur un technoglyphe en bas relief qui formait le côté du soutien le plus proche. Le pilier était haut de dix mètres au moins, mais on y avait collé une échelle avec de la résine. J'ai saisi un échelon et commencé à grimper.

D'autres cris derrière les bungalows. Aucun tir. Apparemment, ils craignaient que je sois en embuscade quelque part, mais je n'avais pas le temps de pousser ma vision neurachem. La sueur a jailli de mes mains quand l'échelle a grincé et bougé sous moi. La résine n'avait pas très bien adhéré à l'alliage martien. J'ai accéléré, atteint le haut et me suis hissé sur le métal avec un grognement de soulagement. À ce moment, je me suis allongé à plat sur le soutien en porte-à-faux, pour reprendre mon souffle et écouter. Le neurachem m'a apporté les sons d'une fouille mal organisée en dessous de moi. Quelqu'un essayait de faire sauter le verrou d'un des bungalows. J'ai regardé en l'air et ai réfléchi un moment.

— Fouilles ? Tu es là ? ai-je murmuré.

— Je suis à portée de communication, oui. (Les paroles du construct paraissaient sortir de l'air à côté de mon oreille.) Vous n'avez pas besoin de parler plus fort. Je suppose, vu votre contexte situationnel, que vous ne désirez pas que j'apparaisse dans votre proximité.

— Bien supposé. Ce que j'aimerais que tu fasses, à mon signal, c'est devenir visible dans un des bungalows verrouillés, là. Encore mieux, plusieurs bungalows si tu peux faire des projections multiples. C'est possible ?

— Je suis capable d'interaction individuelle avec tous les membres originels des Fouilles 301 en même temps, plus sept invités potentiels. (C'était difficile à dire à un pareil volume, mais le construct paraissait presque amusé.) Ce qui me donne un total de soixante-deux représentations distinctes possibles.

— Bon, trois ou quatre devraient suffire, pour l'instant. (Je me suis mis à plat ventre avec un soin minutieux.) Et moi aussi, tu peux me projeter ?

— Non. Je peux choisir parmi un index de projections de personnalités, mais je ne suis pas capable de les altérer.

— Tu as des hommes ?

— Oui, quoique moins que…

— Très bien. Choisis-en quelques-uns qui me ressemblent dans l'index. Masculin, la même corpulence que moi.

— Quand désirez-vous commencer ?

J'ai placé les mains sous mon corps.

— Maintenant.

— Je commence.

Il a fallu quelques secondes, puis le chaos a éclaté autour des bungalows en contrebas. Les tirs de blaster ont fusé dans tous les sens, ponctués par les cris d'alarme et les bruits de course. Quinze mètres au-dessus, j'ai poussé très fort sur mes deux mains, me suis accroupi et suis parti en sprint.

Le montant en porte-à-faux courait au-dessus d'une cinquantaine de mètres de vide, puis s'intégrait parfaitement à la structure principale. Des entrées ovales béaient à la jonction. L'équipe de fouilles avait tenté d'attacher une rampe en haut du passage, mais comme pour l'échelle, la résine avait mal adhéré. À certains endroits, le câble s'était détaché et pendait sur le côté. Ailleurs, il s'était tout simplement arraché. J'ai grimacé et rétréci mon champ de vision à l'entrée devant moi, où le montant rejoignait la structure. J'ai tenu la course.

Le neurachem m'a fait parvenir une voix qui criait plus fort que les autres.

— …vres imbéciles ! Cessez le feu, cessez le feu ! Putain, cessez le feu ! *Là-haut*, il est *là-haut* !

Silence inquiétant. J'ai ajouté toute la vitesse que je pouvais. Puis l'air a été déchiré par les tirs de blaster. J'ai dérapé, failli tomber dans une faille du montant. Me suis de nouveau lancé en avant.

Fouilles 301 dans mon oreille, tonitruante avec l'ampli neurachem.

— Des portions de ce site sont pour l'instant considérées peu sûres…

Mon propre grognement inarticulé.

Chaleur d'un blaster dans mon dos, puanteur de l'air ionisé.

La nouvelle voix en contrebas, encore, rapprochée par le neurachem.

— Putain, mais donne-moi ça ! Je vais te montrer comment…

Je me suis jeté sur le côté pour traverser le creux. Le tir que j'attendais a creusé un sillon de douleur dans mon dos et mon épaule. Bon tir, à cette distance pour une arme aussi peu maniable. Je suis tombé, ai boulé de façon satisfaisante, puis me suis relevé et suis passé par l'ouverture la plus proche.

Les tirs de blaster m'ont suivi à l'intérieur.

Il leur a fallu près d'une demi-heure pour venir me chercher.

Coincé dans l'architecture martienne tout en hauteur, j'ai lutté avec le neurachem et écouté leurs hésitations. Je n'ai trouvé aucun point d'observation, aussi bas dans la structure, qui aurait pu me donner une vue dégagée sur la scène. Salauds d'architectes martiens. Mais des effets acoustiques étranges dans la structure interne de l'aire m'apportaient les voix par bouffées. La teneur de ce qui se disait n'était pas difficile à deviner. Les gros bras voulaient rentrer chez eux, leur chef voulait ma tête sur un bâton.

On pouvait le comprendre. À sa place, j'aurais fait la même chose. On ne retourne pas voir les yakuzas avec un contrat à moitié exécuté. Et on ne tourne pas le dos à un Diplo. Il le savait mieux que tous les autres.

Il avait l'air plus jeune que ce à quoi je m'attendais.

— … pas à croire que vous ayez peur de cet endroit. Putain, vous avez grandi juste à côté. C'est une putain de *ruine* !

J'ai regardé autour de moi les courbes et les creux aériens, senti la façon douce mais insistante dont leurs lignes faisaient monter le regard jusqu'à ce que vos yeux vous fassent mal.

La lumière du matin tombait d'ouvertures que je ne voyais pas, mais dans sa descente, elle s'adoucissait et changeait. L'alliage d'un bleu nuageux paraissait l'avaler, et la lumière reflétée en sortait étrangement tamisée. Sous la mezzanine sur laquelle je me trouvais, des taches d'ombre alternaient avec des creux et des trous dans le sol où aucun humain sain d'esprit n'aurait mis d'ouverture. Loin en dessous, la montagne était tout en pierre grise et végétation rase.

Rien qu'une ruine. Ben voyons.

Il était vraiment plus jeune que j'aurais cru.

Pour la première fois, j'ai commencé à me demander de façon constructive à quel point il l'était. Jeune. Au minimum, il devait lui manquer certaines de mes expériences formatrices au sujet des artefacts martiens.

— Écoutez, il n'est même pas armé.

J'ai placé ma voix pour qu'elle porte au-dehors.

— Eh, Kovacs, si t'es si sûr de toi, viens me chercher toi-même !

Silence soudain. Quelques murmures. J'ai cru entendre un rire étouffé d'un des gars du coin. Puis sa voix, égale à la mienne.

— Ils t'ont donné du bon matériel d'écoute.

— N'est-ce pas ?

— Tu comptes te battre un peu, ou juste nous écouter et essayer de nous insulter ?

J'ai souri.

— Je disais juste ça pour t'aider. Mais on peut se battre si tu veux. Viens me chercher. Et amène les gros bras, si tu as besoin d'eux.

— J'ai une meilleure idée. Et si je les laissais donner un stage d'ouverture multiorifice à ta compagne de voyage ? Le temps que tu descendes de ton perchoir. Tu pourrais utiliser ton neurachem pour écouter ça, aussi, si ça te dit. Mais pour être honnête, le son portera sans doute sans ça. Ils sont enthousiastes, ces petits gars.

La fureur a fusé en moi, trop rapide pour la pensée rationnelle. Les muscles de mon visage se sont crispés, et l'enveloppe Eishundo s'est raidie. Il m'a eu, pendant deux longs battements de cœur. Puis les systèmes diplos sont arrivés pour lisser l'émotion, l'emporter pour évaluation future.

Il ne va pas le faire. Si Tanaseda t'a retrouvé grâce à Oshima et les Furtifs, c'est parce qu'il les sait impliqués dans la mort de Yukio Hirayasu. Et s'il le sait, il voudra qu'elle soit intacte. Tanaseda est de la vieille école, il a promis une exécution de la vieille école. Il ne voudra pas de pensionnaires endommagés.

Et puis, on parle de toi. Toi, tu sais ce dont tu es capable, et ça n'en fait pas partie.

J'étais plus jeune, à l'époque. Maintenant. Je le suis. J'ai lutté un moment avec cette idée. *Là-bas. Je suis plus jeune là-bas. Va savoir…*

Je sais, justement. C'est du bluff de Diplo, et tu le reconnais, tu l'as assez utilisé.

— Rien à répondre à ça ?

— On sait tous les deux que tu ne le feras pas, Kovacs. On sait tous les deux pour qui tu travailles.

Cette fois, la pause avant sa réponse était à peine décelable. Bonne récupération, très impressionnante.

— Tu as l'air particulièrement bien informé, pour un fugitif.

— Ça fait partie de mon entraînement.

— S'imprégner de la couleur locale, c'est ça ?

Les paroles de Virginia Vidaura à l'induction des Diplos, un siècle subjectif plus tôt. Je me demandais combien de temps s'était écoulé depuis que lui l'avait entendue.

— Quelque chose comme ça.

— Dis-moi, je suis vraiment curieux. Avec tout cet entraînement, comment se fait-il que tu te retrouves tueur à gages gagne-petit pour vivre ? Au niveau plan de carrière, je dois dire que je ne comprends pas.

Une certitude froide s'est emparée de moi pendant que j'écoutais. J'ai fait la grimace et changé de position. Sans rien dire.

— La Chance, c'est ça ? C'est bien ton nom ?

— Eh bien, j'ai un autre nom, ai-je répondu. Mais un connard me l'a volé. D'ici à ce que je le récupère, la Chance, ça ira très bien.

— Tu ne le récupéreras peut-être pas.

— C'est gentil de t'inquiéter, mais je connais le connard en question. Il ne va plus me déranger très longtemps.

Le sursaut a été discret, à peine un battement de cœur raté. Il fallait être Diplo pour le sentir. La colère, écrasée aussi vite qu'elle était montée.

— Tiens donc ?

— Oui, comme je te dis. Un vrai connard. Forcément éphémère.

— Moi, je te trouve bien confiant. (Sa voix avait changé, légèrement. Quelque part, j'avais fait mouche.) Tu permets que je te tutoie, hein ? Tu ne le connais peut-être pas si bien que ça…

J'ai ri.

— Tu *plaisantes* ? Je lui ai appris tout ce qu'il sait. Sans moi…

Et là… la silhouette que j'attendais. Celle que je ne pouvais pas guetter avec le neurachem pendant que j'échangeais des insultes à demi-mot avec la voix à l'extérieur. Une forme accroupie, en noir, qui s'était glissée par l'ouverture cinq mètres sous moi, une sorte de masque/scan de commando donnant à sa tête une forme d'insecte. Imageur thermographique, localisateur sonique, détecteur de mouvements, ce n'était que le minimum.

Je tombais déjà. Une poussée sur le bord, les talons alignés avec sa nuque, pour la briser.

Quelque chose dans son casque l'a prévenu. Il a sauté de côté en levant les yeux, tournant son blaster vers moi. Sous le masque, sa bouche a bougé pour crier. Le tir a fendu l'air que je venais de quitter. J'ai touché le sol, accroupi, à un cheveu de son coude droit. J'ai bloqué son coup de crosse. Le cri est sorti de sa bouche, tremblant de choc. J'ai frappé vers le haut, dans sa gorge, du tranchant de la main. Dans sa trachée, un son étouffé, presque nauséeux. Il a vacillé. Je me suis redressé, l'ai suivi et ai frappé de nouveau.

Il y en avait deux autres.

Découpés dans l'ouverture, côte à côte. La seule chose qui m'a sauvé, c'est leur incompétence. Quand le commando de tête est tombé à mes pieds, étranglé, l'un ou l'autre aurait pu me tuer – au lieu de quoi ils ont essayé en même temps et se sont emmêlés. J'ai couru sur eux.

Sur certains mondes, on peut abattre un homme armé d'un couteau à dix mètres et plaider la légitime défense. L'argument légal étant qu'il ne faut pas très longtemps pour parcourir cette distance.

C'est vrai.

Si on sait vraiment ce qu'on fait, on n'a même pas besoin du couteau.

Là, il y avait cinq mètres, ou moins. Je suis arrivé avec un déluge de coups, écrasant pied et cheville, bloquant les armes autant que je pouvais, donnant un coup de coude dans un visage. Un blaster est tombé et je l'ai pris. J'ai tiré, dans un arc cruel à bout portant.

Un cri étouffé et une brève explosion de sang, quand la chair s'est fendue et cautérisée. La vapeur a sifflé, et leurs corps sont tombés. J'avais du mal à respirer. Un coup d'œil à l'arme entre mes mains – *saloperie de camelote de Szeged Incandes* – et un autre tir a fleuri sur l'alliage à côté de ma tête. Ils arrivaient en force.

« *Avec tout cet entraînement, comment se fait-il que tu te retrouves tueur à gages gagne-petit pour vivre ?* »

Je sais pas, je dois être incompétent.

J'ai reculé. Quelqu'un a passé la tête par l'ouverture. Je l'ai chassé avec un tir à peine visé.

Et trop imbu de toi-même. Ça joue des tours, ça.

J'ai saisi une saillie et me suis hissé, prenant entre mes jambes une grande projection en spirale qui revenait à ma cachette originelle de la mezzanine. J'ai glissé, tenté de me raccrocher, en vain, et je suis tombé. Deux nouveaux commandos sont arrivés par l'ouverture à gauche de celle que je couvrais. J'ai tiré au hasard, bas, avec le Szeged, tout en essayant de me relever. Le rayon a tranché le pied de la fille à droite. Elle a crié et perdu l'équilibre, les mains crispées sur sa jambe blessée. Elle a chuté par une ouverture dans le sol. Son deuxième cri est remonté par l'ouverture.

Je me suis remis debout et me suis lancé sur son compagnon.

C'était un combat maladroit, chacun étant embarrassé par ses propres armes. J'ai frappé avec la crosse de mon Szeged, il l'a bloqué et a essayé de lever le sien. Je l'ai écarté, puis j'ai cogné au genou. Il m'a dévié d'un coup de tibia. J'ai fait passer la crosse du Szeged sous son menton et l'ai remonté brusquement. Il a lâché son arme et m'a touché en même temps sur le côté du cou et aux parties. J'ai chancelé en arrière, me suis cramponné malgré tout au Szeged… et soudain, j'ai eu la distance pour l'utiliser. Mon sens de proximité m'a crié un avertissement dans la douleur. Le commando a sorti une arme de poing et l'a braquée. Je me suis écarté, ignorant la douleur et l'alerte sous mon crâne. J'ai abaissé le blaster.

Tir large de l'arme du commando. Le froid enveloppant d'un sonneur.

Ma main s'est ouverte, le Szeged est tombé.

J'ai encore reculé, et le sol a disparu sous mes pieds.

Putains d'architectes martiens.

Je suis tombé comme une bombe sans aile, loin de l'iris rapidement contracté de ma propre conscience.

Chapitre 18

— N'ouvrez pas les yeux, n'ouvrez pas la main gauche, ne bougez pas du tout.

On aurait dit un mantra, comme une incantation, et quelqu'un me la répétait apparemment depuis des heures. Même si je l'avais voulu, je ne savais pas si j'aurais pu lui désobéir. Mon bras gauche était une branche glacée et inerte, du poing à l'épaule, et mes yeux paraissaient soudés. Mon épaule trop tendue, peut-être déboîtée. Partout ailleurs, mon corps vibrait sous la douleur plus générale de la récupération après le coup de sonneur. J'avais froid partout.

— N'ouvrez pas les yeux, n'ouvrez pas la main gauche, ne...

— C'est bon, Fouilles, je t'ai entendue. (Ma gorge paraissait obstruée. J'ai toussé et un vertige alarmant m'a traversé.) Où suis-je ?

Brève hésitation.

— Professeur la Chance, cette information peut sans doute attendre. N'ouvrez pas votre main gauche.

— Oui, j'ai compris. Main gauche, ne pas ouvrir. Elle va si mal que ça ?

— Non, a dit le construct à contrecœur. Mais pour l'instant, c'est la seule chose qui vous retient.

Surprise, comme un pieu dans le cœur. Puis la vague de faux calme quand le conditionnement a pris le relais. Les Diplos sont censés être bons pour ce genre de chose. Se réveiller à un endroit inattendu, ça fait partie du briefing.

On ne panique pas, on réunit les données et on fait face. J'ai dégluti.

— Je vois.

— Vous pouvez ouvrir les yeux, à présent.

J'ai lutté contre la douleur du sonneur et écarté les paupières. Cillé deux ou trois fois pour me dégager le champ de vision, et tout de suite regretté de l'avoir fait. Ma tête pendait sur mon épaule droite, et la seule chose que je voyais en dessous, c'était cinq cents mètres de vide, puis le pied de la montagne. Le froid et le vertige s'expliquaient. J'étais accroché comme un pendu par la main gauche.

La surprise a fait un grand retour. Je l'ai écartée avec peine et j'ai tordu la tête pour regarder en hauteur. Mon poing était serré autour d'une boucle de câble vert qui disparaissait des deux côtés dans une gaine en alliage gris fumée. Des étais et des spires du même alliage me cernaient de chaque côté. Encore dans les vapes après le coup de sonneur, il m'a fallu quelques moments pour identifier le dessous de l'aire. Apparemment, je n'étais pas tombé très bas.

— Qu'est-ce qui se passe, Fouilles ?

— En tombant, vous avez saisi un câble personnel martien qui, conforme à ce que nous savons de sa fonction, s'est rétracté et vous a transporté jusqu'à une baie de récupération.

— Baie de récupération ? (J'ai cherché autour de moi, dans les projections qui m'entouraient, un endroit où je pourrais me tenir debout sans risque.) Et comment ça marche ?

— Nous ne savons pas trop. Apparemment, dans la position où vous vous trouvez pour l'instant, un Martien, un adulte du moins, pourrait utiliser la structure autour de vous pour atteindre les ouvertures du bas de l'aire. Il y en a plusieurs dans…

— D'accord. (J'ai regardé mon poing serré, maussade.) Depuis combien de temps je suis dans les vapes ?

— Quarante-sept minutes. Il semble que votre corps soit hautement résistant aux armes à fréquence neuronique. Ainsi que conçu pour la survie dans les environnements à haute altitude et haut risque.

Sans blague.

Je ne comprenais pas comment Eishundo Organics avait pu disparaître. Je leur aurais volontiers passé un contrat à vie. J'avais déjà vu des programmes de survie inconsciente dans des enveloppes de combat, mais celui-ci était un vrai coup de génie biotech. Un vague souvenir de l'événement a activé ma mémoire engluée par le sonneur. La terreur désespérée du vertige qui revient de toutes ses forces, la prise de conscience de la chute. Une main tendue vers un objet entraperçu tandis que les effets du sonneur se refermaient sur moi comme une cape noire et glacée. Un dernier sursaut quand j'ai perdu connaissance. Sauvé par un labo plein de malades du biotech et leur enthousiasme vieux de trois siècles.

Un sourire faible quand j'ai essayé d'évaluer ce que une heure dans cette position, muscles contractés et portant toute ma masse, avait pu faire aux tendons et à l'articulation de mon bras. Je me demandais s'il y aurait des dégâts permanents. Si même je pourrais faire fonctionner le membre.

— Où sont les autres ?

— Ils sont partis. Ils sont à présent au-delà de mes senseurs.

— Donc, ils pensent que je suis tombé jusqu'au fond.

— Apparemment. Celui que vous avez appelé Kovacs a ordonné à certains de ses employés de commencer une fouille à la base de la montagne. J'ai cru comprendre qu'ils comptent vous récupérer, ainsi que le corps de la femme que vous avez mutilée dans le combat.

— Et Sylvie ? Ma collègue ?

— Ils l'ont emmenée avec eux. J'ai enregistré les images de…

— Pas tout de suite. (Je me suis éclairci la voix, remarquant pour la première fois comme j'avais soif.) Bon, tu as dit qu'il y a des ouvertures. Des moyens de retourner dans l'aire. Où est la plus proche ?

— Derrière la stalactite trifide à votre gauche, il y a une entrée de quatre-vingt-treize centimètres de diamètre.

J'ai tourné la tête et repéré ce dont me parlait Fouilles 301. La stalactite m'évoquait un chapeau de sorcière de deux mètres, la pointe en bas, comme si des poings massifs l'avaient écrasé à trois endroits. Sa surface était faite de facettes bleuâtres inégales qui projetaient son ombre sur le mur ; elle luisait comme si elle était mouillée. La déformation la plus basse avait une pointe presque horizontale, et offrait une sorte de selle à laquelle je pensais pouvoir m'accrocher. C'était à moins de deux mètres de l'endroit où je me trouvais.

Facile. Les doigts dans le nez.

Enfin, si tu arrives à faire le saut avec un bras hors jeu.

Si ta main magique tient mieux à l'alliage martien qu'il y a une heure.

Si…

J'ai tendu le bras droit et saisi une boucle de câble, près de mon autre main. Très doucement, j'ai fait passer la tension vers ma nouvelle prise. Mon bras gauche a grincé quand le poids s'est déplacé, et un éclair de chaleur a traversé l'engourdissement. Mon épaule a craqué. La chaleur s'est séparée dans les ligaments torturés et a commencé à se transformer en une approximation de douleur. J'ai essayé de plier ma main gauche, mais n'ai rien senti à part quelques fourmis dans les doigts. La douleur dans mon épaule a enflé et a commencé à imprégner les muscles dans mon bras. Apparemment, quand ça se réveillerait vraiment, ça allait faire très, très mal.

J'ai réessayé les doigts de ma main gauche. Cette fois, les fourmis se sont accompagnées d'une douleur lancinante, jusqu'à l'os, qui a fait monter les larmes. Les doigts ne voulaient pas réagir. Ma main était coincée.

— Désirez-vous que j'appelle les services de secours ?

Les services de secours : la police de Tekitomura, suivie de près par la sécurité déClass avec le mauvais souvenir de Kurumaya, des yakuzas locaux emmenés par le nouveau moi et peut-être même les chevaliers de la Nouvelle Apocalypse, s'ils avaient les moyens de soudoyer la police et qu'ils se tenaient au courant des événements récents.

— Merci, ai-je répondu lentement. Je vais y arriver.

J'ai regardé ma main crispée, la stalactite trifide, la chute. J'ai pris une grande inspiration. Puis, lentement, j'ai fait glisser ma main droite jusqu'à ce qu'elle touche sa sœur bloquée. Nouvelle inspiration, et j'ai hissé mes jambes. Les tissus nerveux à peine remis dans mon ventre se sont mis à protester. J'ai passé mon pied droit sur le câble, raté mon coup, battu l'air et repassé le pied. Ma cheville s'est logée sur le câble. Le poids sur mon bras gauche s'est encore allégé. La douleur a commencé pour de bon, lançant des explosions dans les articulations et les muscles.

Nouvelle inspiration, nouveau regard vers le b…

Non, ne regarde pas en bas, putain !

Nouvelle inspiration, les dents serrées.

Puis j'ai commencé, avec le pouce et l'index, à détacher ma main inerte du câble.

J'ai quitté l'ombre bleutée de l'aire une demi-heure plus tard, encore au bord d'un ricanement nerveux insistant. L'humour adrénaline est resté avec moi jusqu'à la passerelle en porte-à-faux, puis quand j'ai redescendu l'échelle branlante des archéologues – pas facile, avec un bras à moitié en rideau –, et enfin les marches. J'ai touché le sol avec le même sourire stupide, et je suis retourné au bungalow avec une prudence instinctive et de petits hoquets de rire. Même de retour à notre bungalow, même à l'intérieur devant le lit vide où j'avais laissé Sylvie, je sentais le sourire nerveux qui tirait sur mes lèvres, et le rire encore accumulé au creux de mon estomac.

C'était passé près.

Ça n'avait pas été très rigolo de desserrer les doigts, mais par rapport au reste de la sortie, ç'avait été une partie de plaisir. Une fois libéré, mon bras gauche était retombé et avait pendu au bout d'une épaule qui faisait mal comme une dent pourrie. Il me servait autant qu'un poids mort passé à mon cou. Une bonne minute de jurons plus tard, je me suis autorisé à redescendre ma jambe droite, puis me suis balancé de la main droite pour faire un saut très laid sur le côté, jusqu'à la stalactite. J'ai agrippé, griffé, me suis rendu compte que pour une fois, les Martiens avaient construit avec un matériau offrant une friction honnête, et me suis cramponné à la selle en haletant. Je suis resté comme ça une bonne dizaine de minutes, la joue appuyée contre l'alliage froid.

En me penchant avec prudence pour examiner les alentours, j'ai vu le passage promis par Fouilles 301. Je pourrais m'y cramponner si je me tenais debout, sur la pointe des pieds, au bout de la stalactite. J'ai plié le bras gauche, ai obtenu une réaction au-dessus du coude et me suis dit qu'il pourrait servir, au moins, de crochet pour me cramponner au passage. De là, je pourrais sans doute faire passer mes jambes.

Encore dix minutes, et j'étais en sueur mais prêt à essayer.

Une bonne minute et demie de tension plus tard, j'étais allongé sur le sol de l'aire, gloussant tout bas pour moi-même et écoutant les échos qui rebondissaient dans l'architecture martienne qui venait de me sauver la vie.

Les doigts dans le nez.

J'ai fini par me relever pour sortir.

Dans le bungalow, ils avaient ouvert toutes les portes qui pouvaient dissimuler une menace et, dans la chambre que Sylvie et moi avions partagée, il y avait quelques traces de lutte. J'ai fouillé les lieux tout en me massant l'épaule. L'unité de chevet légère était renversée, les draps traînant à terre. Ils n'avaient rien touché d'autre.

Pas de sang. Pas d'odeur d'une décharge d'arme.

Par terre dans la chambre, j'ai trouvé mon couteau et le GS Rapsodia. Tombés de la surface de l'unité de chevet quand elle avait basculé. Ils n'y avaient même pas touché.

Trop pressés.

Trop pressés de quoi ? De quitter la montagne et retrouver un Takeshi Kovacs mort ?

J'ai sourcillé lentement en ramassant les armes. Étrange qu'ils n'aient pas tout renversé. D'après Fouilles 301, quelqu'un avait reçu l'ordre de récupérer mon corps brisé, mais ça ne demandait pas la participation de tout le monde. Il aurait été logique de fouiller au moins chaque bungalow.

Je me suis demandé quel genre de fouille ils faisaient maintenant, à la base de la montagne. Je me suis demandé ce qu'ils feraient en ne trouvant pas mon corps. Combien de temps ils continueraient à chercher.

Je me suis demandé ce qu'*il* ferait.

— Fouilles ?

Elle est apparue de l'autre côté de la table. D'une perfection toute mécanique, comme toujours, inaffectée par les événements de ces dernières heures.

— Professeur la Chance ?

— Tu as dit que tu avais filmé ce qui s'est passé ici ? Cela comprend tout le site ?

— Oui, l'entrée et la sortie tournent avec le même système d'imagerie. Il y a une microcaméra pour chaque huit mètres cubes du site. Dans le complexe de l'aire, l'enregistrement est parfois de mauvaise…

— Peu importe. Je veux que tu me montres Kovacs. Des images de tout ce qu'il a fait et dit ici. Passe-le dans la spirale.

— Je commence.

J'ai posé le Rapsodia et le Tebbit sur la table à portée de ma main droite.

— Fouilles ? Si quelqu'un d'autre arrive par ce chemin, tu me le dis au moment où tu les sens.

Il avait un bon corps.

J'ai cherché en accéléré les meilleures images, j'en ai trouvé une où les intrus grimpaient le chemin jusqu'au bungalow. Arrêt sur lui, un bon moment. Il avait un peu de la masse qu'on attend pour le sur-mesure de combat, mais il n'y avait pas que ça. Une façon de marcher et de se tenir qui rappelait plus le théâtre de corps total que le combat. Un visage avec plus de variantes raciales qu'on en trouve sur Harlan. Donc, une culture sur commande. Des codes génétiques achetés outre-planète. La peau tannée d'une couleur d'ambre chaud, les yeux d'un bleu étonnant. De larges pommettes saillantes, une bouche pleine et de longs cheveux noirs attachés avec une natte statique. Très joli.

Et très cher, même pour les yakuzas.

J'ai étouffé le premier sursaut d'inquiétude, et demandé à 301 de me montrer les autres intrus. Une autre silhouette m'a arrêté le regard. Grand et puissant, les cheveux de toutes les couleurs. Les microcams du site ont trouvé un gros plan d'yeux aux lentilles d'acier et de circuits sous-cutanés dans un visage pâle et sinistre.

Anton.

Anton et au moins deux ou trois poissons-grimace qui le précédaient sur le chemin avec la coordination facile et rythmée des réseaux d'opération déClass. La femme à qui j'avais coupé le pied en faisait partie. Deux, non trois autres suivaient la tête de contrôle, clairement à part du groupe maintenant que je cherchais le schéma dispersés-mais-reliés.

Quelque part en moi, une sensation de perte grise et morte a éclaté quand j'ai compris.

Anton et le gang du Crâne.

Kovacs avait ramené ses chiens de chasse de New Hok.

J'ai repensé à la confusion du combat dans les bungalows et l'aire, et j'ai commencé à comprendre. Des gros bras yakuzas et une équipe de déClass, mélangés et chacun dans les pattes de l'autre. Grosse erreur de logistique, pour un Diplo. Je n'aurais jamais fait la même, à son âge.

Qu'est-ce que tu racontes ? Tu viens de la faire, à son âge. C'est toi, ça.

Léger frisson dans mon dos.

— Fouilles, reviens à la chambre. Quand ils l'ont fait sortir.

La spirale a frémi. La femme avec les hypercheveux emmêlés s'est réveillée d'un coup dans les draps tordus. Les détonations au-dehors l'ont réveillée. Les yeux écarquillés par la compréhension. Puis une des portes s'ouvre d'un coup et la pièce se remplit de silhouettes massives brandissant du matériel et criant. Quand ils ont vu ce qu'ils tenaient, les cris se sont mués en gloussements. Les armes ont été rangées, et quelqu'un a tendu la main vers elle. Elle l'a frappé au visage. Un bref combat a éclaté, qui s'est arrêté quand le nombre est venu à bout de ses réflexes rapides. Les draps arrachés, quelques bons coups administrés pour mettre hors de combat, dans la cuisse et le plexus. Pendant qu'elle reprenait son souffle à terre, un des gros bras a empoigné un sein, mis sa main entre les cuisses de la femme et fait quelques mouvements de hanches au-dessus d'elle. Les autres ont ri.

Je le voyais pour la deuxième fois. Et la rage continuait à bondir. Dans mes paumes, les soies de gecko se sont réveillées.

Un deuxième yak s'encadre dans la porte, voit ce qui se passe et crie en japonais, furieux. Le type s'écarte de la femme. Il s'incline nerveusement et balbutie une excuse. Le nouveau venu s'approche et gifle l'autre trois fois, à grande force. Le gros bras se blottit contre le mur. Le nouveau venu continue à crier. Parmi certaines des insultes les plus imaginatives que j'aie jamais entendues en japonais, il ordonne d'apporter des vêtements pour la captive.

Le temps que Kovacs revienne de la chasse, ils l'ont habillée et assise sur une chaise, au centre de l'espace commun. Elle a les mains sur les genoux, les poignets attachés avec soin, l'un sur l'autre avec un lien invisible. Les yakuzas se tiennent à bonne distance d'elle, l'arme encore sortie. Le romantique contrarié boude dans un coin, désarmé, un côté de la bouche encore enflé, la lèvre supérieure fendue. Kovacs voit les dégâts et se tourne vers l'homme à côté de lui. Un échange murmuré que les microcams ne pouvaient pas percevoir. Il opine de la tête et revient vers la femme devant lui. J'ai lu une étrange hésitation dans son attitude.

Puis il se tourne de nouveau vers la porte du bungalow.

— Anton, tu peux entrer ?

La tête de contrôle du gang du Crâne obéit. Quand la femme le voit, sa bouche se tord.

— Enfoiré de vendu de merde.

Anton retrousse les lèvres mais ne dit rien.

— Vous vous connaissez, il me semble.

Mais il y avait une légère question dans la voix de Kovacs, et il regardait encore la femme devant lui. Sylvie s'est tournée vers lui.

— Oui, je connais ce trou-du-cul. Et alors ? Ça te regarde, peut-être, connard ?

Il l'a fixée, et je me suis raidi sur ma chaise. Pour moi, c'était la première fois, je ne savais pas ce qu'il allait faire. Qu'est-ce que j'aurais fait à son âge ? Non, plutôt, qu'est-ce que j'allais faire à son âge ? Mon esprit est revenu aux décennies de violence et de rage, pour anticiper.

Mais il s'est contenté de sourire.

— Non, madame Oshima. Ça ne me regarde plus du tout. Vous n'êtes qu'un paquet que je dois livrer en bon état, c'est tout.

Quelqu'un a murmuré, un autre a ri. Toujours poussée, mon oreille neurachem a entendu une plaisanterie grossière sur les paquets. Dans la spirale, mon moi jeune a marqué une pause. Son regard est tombé sur le yakuza à la lèvre fendue.

— Toi. Viens ici.

L'homme n'en avait pas envie. Ça se voyait à sa posture. Mais c'était un yakuza, et chez eux, tout est question de sauver la face. Il s'est redressé, a croisé le regard de Kovacs et s'est avancé avec un sourire aux dents limées. Kovacs l'a regardé, neutre, et a opiné du chef.

— Montre-moi ta main droite.

Le yakuza a penché la tête, le regard toujours braqué sur celui de Kovacs. C'était un geste d'insolence pure. Il a levé sa main d'un coup, les doigts tendus en faisant une lame à peine incurvée. Il a encore penché la tête, de l'autre côté, toujours aussi arrogant avec la vermine *noari* qu'il avait devant lui.

Kovacs a bougé comme un câble d'acier qui se rompt.

Il a saisi la main au poignet et l'a tordue vers le bas, bloquant toutes les réactions possibles de l'autre avec son propre corps. Il a tenu le bras droit devant lui et de l'autre main a contourné leurs deux corps, le blaster braqué. Un rayon a jailli.

Le gros bras a hurlé quand sa main a pris feu. Le blaster devait être réglé au minimum – la plupart des armes à rayon vaporisent complètement un membre sur la largeur du tir. Celui-ci avait simplement brûlé la chair et les tendons jusqu'à l'os. Kovacs a tenu l'homme quelques secondes de plus, et l'a lâché avec un coup de coude à la tempe. L'homme est tombé au sol, sa main brûlée serrée sous son aisselle, son pantalon souillé. Il pleurait sans pouvoir s'arrêter.

Kovacs a repris sa respiration et regardé dans la pièce. Il n'y a vu que des visages impassibles. Sylvie s'était détournée. Je sentais presque la puanteur de la chair brûlée.

— À moins qu'elle tente de s'échapper, vous ne la touchez pas, vous ne lui parlez pas. Aucun de vous. C'est clair ? Dans cette histoire, vous comptez moins que la crasse sous mes ongles. Jusqu'à ce que vous rentriez à Millsport, cette femme est une déesse pour vous. *C'est clair ?*

Silence. Le capitaine des yakuzas a crié en japonais. Assentiment murmuré chez les troupes. Kovacs a opiné et s'est tourné vers Sylvie.

— Madame Oshima. Si vous voulez bien me suivre.

Elle l'a regardé un moment, s'est levée et l'a accompagné hors du bungalow. Les yakuzas se sont encadrés après eux, laissant le capitaine et l'homme à terre. Le capitaine a regardé son homme blessé un moment, puis lui a donné un grand coup de pied dans les côtes, lui a craché dessus et est sorti.

Dehors, ils ont chargé mes trois victimes sur un rack de brancards antigrav. Le capitaine des yakuzas l'a confié à un de ses hommes, puis a pris l'avant de la phalange autour de Kovacs et Sylvie. Autour des brancards, Anton et les quatre derniers membres du gang du Crâne formaient une vague arrière-garde. Les microcams extérieures de Fouilles les ont suivis le long du chemin, vers Tekitomura.

Boitant cinquante mètres derrière eux, toujours crispé autour de sa main mutilée que personne n'avait traitée, le yakuza disgracié qui avait osé toucher Sylvie Oshima.

Je l'ai regardé partir, pour essayer de comprendre.

Pour essayer de faire le lien.

Je n'arrivais toujours à rien quand Fouilles 301 m'a demandé si j'avais fini ou si je voulais voir autre chose. Je lui ai dit que non, d'un ton absent. Dans ma tête, mon intuition diplo faisait déjà le nécessaire.

Elle mettait le feu à mes idées reçues et les anéantissait.

Chapitre 19

Quand je suis arrivé, toutes les lumières étaient éteintes à Belacoton Kohei 9-26. Mais dans une unité à cinq ou six baies de moi, les fenêtres de l'étage étaient vivement éclairées, comme si l'endroit était en flammes. Un rythme frénétique, hybride de neojunk et de reef dive, jaillissait dans la nuit, malgré le rideau baissé de la baie de chargement, et trois silhouettes épaisses se tenaient devant l'entrée en manteau noir, soufflant de la vapeur et battant des bras contre le froid. Plex Kohei avait peut-être la place nécessaire pour organiser de grandes soirées, mais il n'avait pas les moyens de s'offrir une sécurité mécanique à la porte. Ce serait plus facile que je pensais.

Si Plex était bien là.

— *Tu plaisantes ?* (La voix d'Isa, quinze ans, son accent de Millsport lourd de mépris quand je l'avais appelée cet après-midi.) *Bien sûr qu'il y sera ! On est quel jour ?*

— Euh… vendredi ?

— Ben oui, vendredi. Et qu'est-ce que les péquenots du coin font, le vendredi ?

— Comment tu veux que je le sache, Isa ? Et fais pas ta snob de la grande ville.

— Euh, vendredi ? T'atterris, oui ? Une communauté de pêcheurs. Nuit d'Ebisu ?

— Il fait la fête.

— Il essaie de faire du fric avec sa salle et de bonnes connexions de take. *Voilà ce qu'il fait. Tous ces entrepôts. Tous ces amis de la famille chez les yak.*

— Par hasard, tu ne saurais pas dans quel entrepôt exactement ?

Question idiote. J'aurais pu trouver plus amusant à faire que de traverser le plan de rue fractal des entrepôts, mais une fois arrivé dans la section Belacoton Kohei, ça n'avait pas été difficile de trouver la fête – on entendait la musique à une demi-douzaine de rues dans chaque direction.

— Je ne pense pas, non. (Isa a bâillé de l'autre côté. Elle ne devait pas être levée depuis très longtemps.) *Dis, Kovacs, tu as mis des gens en colère, dans ce coin-là ?*

— Non. Pourquoi ?

— Bah, je ne devrais sans doute pas te dire tout ça gratuitement, mais on se connaît depuis un sacré bail, toi et moi, alors…

J'ai réprimé un sourire. Je connaissais Isa depuis un an et demi. Quand on a quinze ans, ça doit faire long.

— Oui ?

— Ouais, il y a beaucoup de beau linge qui pose des questions sur toi. Et qui allonge des grosses sommes pour avoir des réponses, en plus. Alors si tu ne le fais pas déjà, je commencerais à regarder derrière moi, même avec ta nouvelle enveloppe et ta belle voix basse.

J'ai froncé les sourcils et réfléchi.

— Quel genre de beau linge ?

— Si je le savais, il faudrait que tu me paies. Mais il se trouve que je n'en sais rien. Les seuls qui m'ont parlé étaient des ripoux du Millsport PD, et eux, on les achète pour le prix d'une pipe sur Angel Wharf. N'importe qui aurait pu les envoyer.

— Et j'imagine que tu ne leur as rien dit sur moi ?

— Tu imagines bien. Tu comptes encombrer ma ligne encore longtemps, Kovacs ? Je ne suis pas comme toi, j'ai une vie sociale, moi.

— *Non, je m'en vais. Merci pour l'info, Isa.*

Elle a grogné.

— *Tout le plaisir a été pour moi et mon clito. Reste en un seul morceau, et on pourra peut-être refaire des affaires pour lesquelles tu me paieras.*

J'ai appuyé le revers autoscellant de mon nouveau manteau jusqu'au col, plié les mains dans les gants en polalliage – bref éclair de douleur dans la gauche – et ai pris la démarche la plus gangster possible en m'engageant dans la ruelle. Imaginez Yukio Hirayasu à ses moments les plus arrogants. Ignorez le fait que le manteau n'était pas fait sur mesure – une marque de prêt-à-porter, c'est ce que j'avais pu faire de mieux au débotté. Le vrai Hirayasu n'aurait jamais porté un truc pareil. Mais c'était un noir mat et luxueux, pour aller avec les gants vaporisés à même les mains et, dans cette lumière, ça devrait passer. La tromperie diplo ferait le reste.

J'avais envisagé un moment de m'incruster dans la fête de façon musclée. Défoncer la porte, ou escalader le fond de l'entrepôt et forcer une verrière sur le toit. Mais mon bras gauche me faisait encore un mal de chien des doigts jusqu'au cou, et je ne savais pas à quel point je pouvais lui faire confiance dans une situation critique.

Les videurs m'ont vu approcher et se sont regroupés. La vision neurachem me les a calibrés à distance – des costauds des quais, pas cher, avec peut-être une augmentation musculaire de base, à voir comment ils se déplaçaient. L'un d'eux avait un tatouage de marine tactique sur une joue, mais c'était peut-être un faux, trouvé dans un surplus militaire. Ou, comme beaucoup de marine tac, il avait eu des soucis après sa démob. Réduction de budget. La formule magique universelle, le catéchisme moderne de Harlan. Rien n'était plus sacré que réduire les coûts, et même les militaires n'étaient pas à l'abri.

— Du calme, mon pote.

C'était le tatoué. Je lui ai lancé un regard à faire peur. En m'arrêtant à peine.

— J'ai rendez-vous avec Plex Kohei. Je ne compte pas attendre.

— Un rendez-vous ? (Son regard a filé à gauche, pour vérifier la liste d'invités rétinienne.) Pas ce soir. Il est occupé.

J'ai laissé mes yeux s'écarquiller, fait monter la pression volcanique de la rage comme je l'avais vu faire chez le capitaine yak sur le film de Fouilles 301.

— Vous savez qui je suis ? ai-je aboyé.

Le videur tatoué a haussé les épaules.

— Je sais que je ne vois pas votre tête sur cette liste. Et par ici, ça veut dire qu'on n'entre pas.

À côté de moi, les deux autres me regardaient avec un intérêt tout professionnel. Regardaient ce qu'ils pourraient casser facilement. J'ai résisté à l'envie de me mettre en position de combat et je les ai observés à la place avec un mépris très affecté. J'ai lancé le bluff.

— Très bien. Vous voudrez bien informer votre employeur que vous avez renvoyé Yukio Hirayasu de sa porte, et que grâce à votre *diligence* dans cette affaire, il me parlera à présent demain matin en présence du *sempai* Tanaseda, sans conseil et donc sans préparation.

Des coups d'œil ont fusé entre les trois gardes. C'étaient les noms, l'arôme authentique du parler yakuza. Le porte-parole a hésité. Je me suis détourné. Il n'avait pas encore pris sa décision quand j'ai commencé à bouger, et s'est laissé convaincre.

— D'accord, Hirayasu-san. Un instant, s'il vous plaît.

Le plus beau dans le crime organisé, c'est le niveau de peur qu'il maintient dans ses sous-fifres et ceux qui s'y associent. La hiérarchie du sang. On voit la même chose sur des dizaines de mondes – les triades de Hun, les *familias vigilantes* d'Adoracion, les provos de Nkrumah. Variations régionales mais toutes sur le même modèle de respect et de terreur par la vengeance. Et du coup, toutes souffrent du manque d'initiative dans les rangs. Personne ne veut prendre de décision indépendante, puisqu'elle risque d'être réinterprétée comme un manque de respect. Ce genre de connerie peut vous valoir une vraie mort.

Mieux vaut largement s'en remettre à la hiérarchie. Le videur a sorti son téléphone et a appelé son patron.

— Écoutez, Plex, on…

Il a écouté un moment, le visage immobile. Des bruits d'insecte en colère sortaient du combiné. Je n'avais pas besoin de neurachem pour comprendre ce qu'il disait.

— Oui, je sais que vous avez dit ça, monsieur. Mais j'ai Yukio Hirayasu qui attend pour vous voir, et…

Une autre pause, mais cette fois le videur paraissait plus heureux. Il a opiné deux ou trois fois de la tête, m'a décrit et a répété ce que je venais de dire. À l'autre bout du fil, j'entendais Plex paniquer. J'ai attendu quelques instants, puis j'ai claqué des doigts et fait signe que je voulais le téléphone. Le videur me l'a tendu. J'ai imité les façons de parler d'Hirayasu de mémoire, après notre conversation d'il y a quelques mois, et j'ai coloré ce que j'ignorais avec du langage de gangster de Millsport.

— Plex. (Impatience enragée.)

— Euh. Yukio ? C'est vraiment toi ?

J'ai repris le glapissement de Yukio.

— Non, je suis un dealer de poudre. À ton avis ? On a des affaires sérieuses à conclure, Plex. Tu te rends compte que je suis sur le point de faire embarquer tes gusses pour une petite promenade avec mes amis ? Depuis quand on me fait attendre à la porte ?

— OK, Yukio, OK. C'est cool. C'est juste. Bon sang, on pensait que tu avais dégagé.

— Oui, eh bien, grande nouvelle, je suis revenu. Mais Tanaseda n'avait pas dû te le dire, hein ?

— Tana… (Plex a dégluti avec peine.) Tanaseda est ici ?

— T'inquiète pas pour Tanaseda. À mon avis, on a encore quatre ou cinq heures avant que le TPD s'intéresse à tout ça.

— À tout quoi ?

— À tout *quoi* ? (J'ai encore glapi.) À quoi, à ton avis ?

Je l'ai entendu respirer un moment. Une voix de femme à l'arrière-plan, étouffée. Quelque chose a bougé dans mon sang, puis est retombé. Ce n'étaient ni Sylvie ni Nadia. Plex lui a répondu d'une voix irritée, puis il est revenu au téléphone.

— Je croyais qu'ils…

— *Tu vas me laisser entrer, oui ou non ?*

Le bluff a pris. Plex a demandé à parler au videur, et trois monosyllabes plus tard, le mec a ouvert une petite porte découpée dans le rideau de fer. Il est entré et m'a fait signe de le suivre.

À l'intérieur, le club de Plex ressemblait à peu près à ce que j'en attendais. Un écho fadasse de la scène *take* de Millsport – des cloisons en alliage translucide, des holos de trips aux champignons gribouillés dans les airs au-dessus d'une foule de danseurs vêtus de peinture et d'ombre, et à peu près rien d'autre. La fusion noyait tout l'espace dans son volume, se frayait de force un chemin dans les oreilles et faisait vibrer les murs translucides en rythme. Je la sentais dans mon corps comme un bombardement. Par-dessus la foule, deux ou trois pseudo-danseurs de corps total faisaient tourner leur anatomie parfaitement dessinée en l'air, chorégraphiant l'orgasme à la façon dont ils glissaient leurs mains écartées sur eux-mêmes. Mais quand on y regardait de plus près, on se rendait compte qu'ils étaient retenus par des câbles, et pas de l'antigrav. Et les holos de trips étaient à l'évidence des enregistrements, et non l'échantillonnage cortical direct qu'on a dans les clubs de *take* de Millsport. Je me suis dit qu'Isa n'aurait pas été emballée.

Deux fouilleurs se sont levés à contrecœur pour se mettre devant deux chaises en plastique placées contre le mur. L'endroit étant plein à craquer, ils avaient dû se croire tranquilles pour la soirée. Ils m'ont regardé avec mauvaise grâce et ont brandi leurs détecteurs. Derrière eux, par les murs translucides, certains des danseurs les ont vus et ont imité leurs gestes avec de grands sourires défoncés. Mon escorte a fait rasseoir les deux hommes d'un hochement de tête et nous avons continué, contourné la cloison et sommes entrés dans l'air épais de la danse. La musique est devenue encore plus forte.

Nous avons traversé la piste de danse sans incident, serrés par les corps. Une ou deux fois, il a fallu que je pousse quelqu'un plutôt fort pour passer, mais les seules réactions suscitées ont été des sourires, des excuses ou un vide béat. La scène *take* est assez décontractée, où qu'on aille sur Harlan – une culture très minutieuse a placé les espèces les plus populaires dans la partie euphorique du spectre psychotrope, et le pire que ces drogués puissent faire serait de vous prendre dans leurs bras et de sangloter tout en vous faisant des promesses incohérentes d'amour éternel. On trouve des variétés hallucinogènes plus désagréables, mais en général ça n'intéresse que les militaires.

Après une poignée de caresses et une centaine de sourires beaucoup trop larges, nous sommes arrivés au pied de la rampe de métal et sommes montés là où deux conteneurs des docks avaient été installés sur un échafaudage et recouverts de lambris de bois miroir. La lumière reflétée des holos se brisait sur leur surface rayée et abîmée. Mon escorte m'a mené au conteneur de gauche, a appuyé sur une plaque sonnette et ouvert une porte jusque-là invisible dans le bois miroir. Il l'a vraiment ouverte, comme celle qui donnait sur la rue. Apparemment, pas de flexoporte par ici. Il s'est écarté pour me laisser passer.

J'ai fait un pas et regardé autour de moi. Au premier plan, un Plex tout confus, torse nu et s'efforçant d'enfiler un chemisier violemment psychédélique. Derrière lui, deux femmes et un homme étendus sur un lit automoulant aux proportions massives. Ils étaient tous les trois très jeunes et beaux, et portaient des sourires au regard vide, de la peinture qui avait bavé et pas grand-chose d'autre. On comprenait vite où Plex les avait trouvés. Des moniteurs de microcams de balayage braquées sur la piste en bas bordaient le fond du conteneur. Un mélange constant d'images de danseurs y défilait. Le rythme de fusion traversait les murs, étouffé mais encore assez reconnaissable pour qu'on y danse. Ou autre.

— Eh, Yukio, salut. Laisse-moi te regarder. (Plex s'est avancé et a soulevé les bras. Il a eu un sourire incertain.) Belle enveloppe, mec. Où tu as eu ça ? C'est du sur-mesure ?

J'ai indiqué ses petits camarades de jeu.

— Vire-les.

— Oh, bien sûr. (Il s'est tourné vers l'automoulant et a tapé dans ses mains.) Allez, les petits, c'est fini. Il faut que je parle business avec mon ami, là.

Ils sont partis à contrecœur, comme des enfants à qui on refuse la permission de rester debout tard. L'une des femmes a essayé de me toucher le visage en passant. Je l'ai repoussée avec irritation, et elle a fait la moue. Le videur leur a ouvert la porte, puis a lancé un regard interrogateur à Plex. Qui me l'a renvoyé.

— Oui, lui aussi.

Le videur est sorti, refermant la porte et nous isolant un peu de la musique. J'ai regardé Plex, qui s'approchait d'un module d'hospitalité bas et rétroéclairé contre un mur latéral. Ses mouvements étaient un mélange étrange d'alangui et de nerveux. Le *take* et la situation devaient se disputer dans ses veines. Il a tendu la main dans la lumière de l'étagère du haut, mal assuré dans tous les flacons de cristal et différents paquets de papier.

— Euh, tu veux te fumer une pipe, mec ?

— Plex. (J'ai joué la dernière partie de mon bluff à fond.) Qu'est-ce qui se passe, bordel ?

Il a sourcillé et balbutié :

— Je, euh, je pensais que Tanaseda t'aurait…

— Je m'en fous, Plex. C'est toi que je viens voir.

— Écoute, mec, c'est pas de ma faute. (Sa voix s'est faite pleurnicharde.) Je vous avais bien dit dès le début qu'elle était frappée, non ? Toutes ces conneries de *kaikyo* qu'elle sortait. Mais personne ne m'a écouté. Je m'y connais en biotech, mec. Quand ça déconne, je m'en rends compte. Et cette salope de câblée était *maboule*.

Ah.

Mon esprit est remonté deux mois plus tôt, la première nuit devant l'entrepôt, enveloppe synthétique, les mains encore tachées du sang des prêtres et un coup de blaster dans les côtes. J'écoutais vaguement Plex et Yukio. *Kaikyo* – un détroit, un fourgue, un consultant financier, une bouche d'égout. Et un saint homme possédé par les esprits. Ou une sainte femme, peut-être. Possédée par le fantôme d'une révolution tricentenaire. Sylvie, chevauchée par Nadia. Par Quell.

— Où l'ont-ils emmenée ? ai-je demandé doucement.

Ce n'était plus le ton de Yukio, mais de toute façon Yukio n'allait plus m'amener bien loin. Je n'en savais pas assez pour tenir le mensonge devant Plex, qui le connaissait depuis toujours.

— Ils ont dû l'emmener à Millsport. (Il se préparait une pipe, peut-être pour rattraper le flou du *take*.) Enfin, Yukio, Tanaseda ne t'a vraiment…

— Où ça, à Millsport ?

Et là, il a compris. J'ai vu la prise de conscience lui passer dessus, et il a soudain tendu la main sous l'étagère du module. Il avait peut-être du câblage neurachem dans son corps aristocratique pâle et bronzé, mais pour lui ça n'aurait été qu'un accessoire. Et la drogue le ralentissait tellement que c'en était risible.

Je l'ai laissé attraper le pistolet, le sortir à moitié de l'étagère sous lequel il était fixé. Puis je lui ai donné un coup de pied dans la main, l'ai repoussé dans l'automoulant avec un petit coup de poing et j'ai frappé l'étagère. Les flacons délicats se sont brisés, les paquets de papier ont volé et l'étagère s'est fendue. Le pistolet est tombé au sol. On aurait dit un blaster à éclats compact, le grand frère du GS Rapsodia sous mon manteau. Je l'ai ramassé et me suis retourné à temps pour voir Plex chercher une sorte d'alarme murale.

— Non.

Il s'est figé, hypnotisé par le pistolet.

— Assieds-toi. Par ici.

Il s'est laissé retomber dans l'automoulant, massant son bras là où je l'avais frappé. Il avait de la chance, me suis-je dit avec une brutalité qui m'a tout de suite paru excessive, que je ne le lui aie pas cassé.

Ou que je ne lui aie pas foutu le feu.

— Qui ? a articulé sa bouche. Qui êtes-vous ? Vous n'êtes pas Hirayasu.

J'ai posé la main sur mon visage et fait semblant d'enlever un masque de noh avec un geste ample. Puis je me suis incliné.

— Bravo. Je ne suis pas Yukio. Mais je l'ai dans ma poche.

Son visage s'est froncé.

— De quoi vous parlez ?

J'ai mis la main dans ma poche et j'ai sorti une pile corticale au hasard. En fait, ce n'était pas l'article de designer avec le trait jaune, mais à voir la tête de Plex, ça n'était pas très grave.

— Putain. Kovacs ?

— Bien vu. (J'ai rangé la pile.) L'original. Méfiez-vous des imitations. Alors, à moins que tu veuilles partager ma poche avec ton copain, je te suggère de me répondre comme tu le faisais quand tu me prenais pour lui.

—Mais tu es… (Il a secoué la tête.) Tu ne t'en tireras jamais, Kovacs. Ils ont… Ils ont envoyé *toi* pour te courir après, mec.

—Je sais. Ils doivent vraiment être désespérés, hein ?

—C'est pas drôle, mec. C'est un malade, lui, un psychotique. Ils comptent encore les cadavres qu'il a laissés à Drava. Ils sont Vraiment Morts. Piles envolées, la totale.

J'ai senti une vague surprise, mais très distante. Derrière, il y avait encore le froid glaçant, quand j'avais reconnu Anton et le gang du Crâne sur le film de Fouilles 301. Kovacs était allé à New Hok, et il avait fait son travail de terrain avec toute l'intensité d'un Diplo. Il avait rapporté ce dont il avait besoin. Un à-côté pratique. Ce qui ne lui servait à rien, il en avait fait un tas de cendres.

—Et qui a-t-il tué, Plex ?

—Je… je ne sais pas, mec. (Il s'est léché les lèvres.) Beaucoup de gens. Toute son équipe, tous les gens qu'elle…

Il s'est arrêté. J'ai opiné du chef, la bouche crispée. Regret détaché pour Jad, Kiyoka et les autres, que j'ai confinés à un endroit où ils ne me dérangeraient pas.

—Justement. Elle. Question suivante.

—Écoute, mec, je ne peux pas t'aider. Tu ne devrais même…

Je me suis rapproché de lui, impatient. La rage me consumait sur les bords, comme un papier qui brûle. Il a encore sourcillé, pire que quand il me prenait pour Yukio.

—D'accord, d'accord, je vais te le dire. Mais ne me touche pas. Qu'est-ce que tu veux savoir ?

Au boulot. Enregistre tout.

—D'abord, je veux savoir ce que toi tu sais, ou crois savoir, sur Sylvie Oshima.

Il a soupiré.

—Mec, je t'avais prévenu de ne pas t'en mêler. Dans le bar. Je t'avais prévenu.

— Oui, et Yukio aussi, apparemment. C'est très gentil de ta part, très civique, de prévenir tout le monde. Pourquoi elle te faisait aussi peur, Plex ?

— Tu ne sais pas ?

— Faisons comme si je ne savais rien. (J'ai levé une main, un geste pour écarter la colère qui menaçait d'éclater.) Et faisons comme si j'étais prêt à t'arracher la tête si tu me mens.

— Elle… elle dit qu'elle est Quellcrist Falconer.

— Ouais. Et c'est vrai ?

— Putain, mec, comment tu veux que je le sache ?

— Donne-moi un avis professionnel. C'est possible ?

— Je ne sais pas. (Il était presque plaintif.) Qu'est-ce que tu veux que je te dise ? Tu l'accompagnais à New Hok, tu as vu comment c'est, là-bas. J'imagine que oui, c'est possible, sans doute… Elle a pu trouver par hasard un cache de personnalités sauvegardées et se faire contaminer.

— Mais tu n'y crois pas ?

— Ça me paraît un peu bizarre. Je ne vois pas pourquoi un enregistrement de personnalité serait programmé pour lancer une fuite virale, déjà. C'est pas logique, même pour une bande de tarés de quellistes. Quel intérêt ? Et surtout une sauvegarde de leur précieuse pin-up révolutionnaire.

— Tiens, ai-je remarqué d'un ton neutre. Pas fan des quellistes, hein ?

Pour la première fois dans mon souvenir, Plex a paru enlever son bouclier de veulerie. Un hoquet de rire l'a traversé – quelqu'un de moins bien élevé aurait craché, je pense.

— Regarde autour de toi, Kovacs. Tu penses que je vivrais comme ça si la Décolonisation n'avait pas affecté le commerce de l'algue à New Hok comme il l'a fait ? À ton avis, c'est grâce à qui, ça ?

— C'est une question historique complexe…

— Mon cul, oui.

— … à laquelle je ne suis pas qualifié pour répondre. Mais je comprends pourquoi tu peux être énervé. Ça doit être horrible de devoir trouver tes copines sur des pistes de danse de seconde zone comme celle-ci. De ne pas pouvoir se payer les tenues exigées pour les fêtes des Premières Familles. Je compatis.

— T'es vraiment trop marrant, mec.

J'ai senti mon expression se geler. Il a dû le voir aussi, et toute sa rage soudaine l'a quitté de façon presque visible. J'ai parlé pour m'empêcher de le frapper et de lui faire mal.

— J'ai grandi dans un taudis de Newpest, Plex. Mon père et ma mère travaillaient dans les moulins à belalgue, comme tout le monde. Emploi journalier, salaire de misère, sans aucun avantage. Certaines fois, quand on avait de la chance, on mangeait deux fois par jour. Et ce n'était pas une question de récession, c'était comme ça, point. Les enculés comme ta famille et toi s'en mettaient plein les fouilles grâce à nous. (J'ai inspiré et me suis forcé à redescendre d'un ton, pour reprendre sur le mode ironique.) Alors tu excuseras mon manque de compassion pour la dégradation tragique de tes conditions de vie aristo, parce que pour l'instant, je m'en cogne. OK ?

Il s'est léché les lèvres et a acquiescé.

— OK. OK, mec, je comprends.

— Ouais. Bon. Donc. Tu disais, aucune raison qu'une copie de Quell ne soit réglée pour un déploiement viral ?

— Oui, voilà, c'est ça. (Il avait plus qu'envie de retourner à une conversation moins passionnée.) Et de toute façon, bon, Oshima est bourrée de toutes sortes de filtres pour empêcher les virus de l'atteindre via le couplage. Ces trucs de contrôle déClass, c'est le top du top.

— Ouais, ce qui nous ramène au point de départ. Si ce n'est pas vraiment Quell, pourquoi tu as peur d'elle ?

Il a cligné des yeux.

— Pourquoi je… ? Merde, mec, parce que Quell ou pas, elle se *prend* pour Quell. C'est une psychose majeure. Tu donnerais un logiciel pareil à une psychotique, toi ?

J'ai haussé les épaules.

— D'après ce que j'ai vu à New Hok, la moitié des déClass auraient droit au même diagnostic. Ils ne sont pas très équilibrés, dans l'ensemble.

— Ouais, mais à mon avis, il n'y en a pas beaucoup qui se prennent pour la réincarnation d'un chef révolutionnaire mort depuis trois siècles. Je doute qu'ils puissent citer…

Il s'est arrêté. Je l'ai regardé.

— Citer quoi ?

— Tu sais, des trucs. (Il a détourné le regard, nerveux.) Des vieux trucs de la guerre, de la Décolo. Tu as dû entendre la façon dont elle parle, de temps en temps. Ce japonais ancien qu'elle utilise de temps en temps.

— Ouais, j'ai entendu. Mais c'est pas de ça que tu allais parler, hein ?

Il a essayé de se lever de l'automoulant. Je me suis approché, il s'est figé. Je l'ai regardé avec la même expression que pour parler de ma famille. Même pas eu besoin de lever mon pistolet.

— Citer quoi ?

— Mec, Tanaseda va…

— Tanaseda n'est pas ici. Moi, oui. Citer quoi ?

Il a cédé. Un petit geste faible.

— Je ne sais même pas si tu vas comprendre de quoi je parle, mec.

— Essaie toujours.

— C'est très compliqué.

— Non, c'est simple. Je vais t'aider à commencer. La nuit où je suis venu prendre mon enveloppe, Yukio et toi, vous parliez d'elle. À mon avis, vous aviez fait des affaires avec elle. Ou plutôt, vous l'aviez rencontrée dans le rade où tu m'as emmené prendre le petit déjeuner. C'est ça ?

Il a opiné de la tête.

— Je ne pensais pas qu'elle reviendrait, a-t-il murmuré.

Je me souvenais de la première fois que je l'avais vue, ce soir-là. L'expression illuminée sur son visage tandis qu'elle se fixait dans le bar en bois miroir. Le souvenir diplo a extirpé un bout de conversation à l'appartement de Kompcho, plus tard. Orr, qui parlait des fantaisies de Lazlo.

— *... court encore après cette fille avec les armes et le décolleté, non ?*

Et Sylvie : — *Qui ça ?*

— *Tu sais, Tamsin, Tamita, l'autre, là. Celle du bar de Muko. Juste avant que tu te barres toute seule. Allez, Sylvie, tu étais là. Je ne pensais pas qu'on pourrait oublier une paire d'obus pareille.*

Et Jad : — *Elle n'est pas équipée pour détecter ce genre de munitions.*

J'ai frissonné. Non, pas équipée. Pas équipée pour se rappeler quoi que ce soit, perdue dans la nuit de Tekitomura entre Sylvie Oshima et Nadia Makita, *alias* Quellcrist Falconer. Pas équipée pour faire quoi que ce soit si ce n'est naviguer par bribes de souvenirs et de rêve, et choisir un bar dont elle se souvient à peine. Et juste quand tu essayais de reprendre pied, une bande de salauds barbus et sadiques avec un permis de tuer divin est venue te mettre sous le nez la prétendue infériorité de ton sexe.

Je me rappelais Yukio quand il a débarqué dans l'appartement de Kompcho le lendemain matin. La rage sur son visage.

« *Kovacs. Qu'est-ce que vous foutez ici, bordel ?* »

Et ce qu'il a dit à Sylvie en la voyant.

« *Vous savez qui je suis.* »

Non pas une référence en passant à son appartenance aux yakuzas. *Il pensait qu'elle le connaissait.*

Et la réponse calme de Sylvie : « *Pas la moindre idée de qui vous êtes.* » Parce qu'à ce moment-là, c'était vrai. Le souvenir diplo m'a fait un arrêt sur image de l'incompréhension de Yukio. Ce n'était pas du tout de la vanité offensée. Il était réellement surpris.

Dans les quelques secondes de la confrontation, dans la chair brûlée et le sang qui ont ramené la paix, je ne m'étais pas demandé pourquoi il était tellement en colère. La colère était une constante. La compagne immuable de ces deux dernières années, et de bien plus longtemps même, la rage en moi et celle reflétée par tous ceux qui m'entouraient. Je ne me posais plus de question, c'était une façon d'être. Yukio était en colère parce qu'il l'était. C'était un connard de mec avec des illusions de grandeur, comme Papa, comme tous les autres, et je l'avais humilié devant Plex et Tanaseda. Parce que c'était un trou-du-cul de mec comme tous les autres, en fait, et que pour eux, la rage était un réglage par défaut.

Ou alors :

Parce que tu viens de foutre les pieds dans un deal compliqué avec une femme dangereusement instable qui a des logiciels de combat de pointe plein la tête et une ligne directe vers…

Quoi ?

— Qu'est-ce qu'elle vendait, Plex ?

Il s'est vidé les poumons. Il a paru s'effondrer en même temps.

— Je ne sais pas, Tak. Vraiment. C'était une sorte d'arme, qui remontait à la Décolonisation. Elle appelait ça le protocole Qualgrist. Un truc biologique. On me l'a pris dès que je l'ai eu mise en contact avec eux. Dès que je leur ai dit que les données préliminaires correspondaient. (Il a encore détourné le regard, cette fois sans aucune inquiétude. Sa voix avec une amertume traînante.) Ils ont dit que c'était trop important pour moi. Qu'on ne pouvait pas me faire confiance pour tenir ma langue. Ils ont fait venir des spécialistes de Millsport. Cet enfoiré de Yukio est arrivé avec eux. Ils m'ont mis hors jeu.

— Mais tu étais là. Tu l'as vue, cette nuit-là.

— Ouais, elle leur donnait des trucs sur des puces de déClass vides. Par morceaux, tu vois, parce qu'elle ne nous faisait pas confiance. (Il a ri, sèchement.) Pas plus qu'on lui faisait confiance, remarque. J'étais censé l'accompagner chaque fois et vérifier les codes préliminaires. M'assurer que c'était vraiment d'époque. Tout ce que je confirmais, Yukio le prenait et le donnait à sa petite équipe d'Empé. Je n'ai jamais rien vu. Et tu sais qui l'a trouvée, au début ? Moi. C'est moi qu'elle est venue voir. Et voilà que je me fais virer du coup, avec une prime pour tout remerciement.

— Comment elle t'a trouvé ?

Haussement d'épaules résigné.

— Par le canal habituel. Apparemment, ça faisait des semaines qu'elle cherchait dans Tekitomura. Qu'elle cherchait quelqu'un capable de fourguer ses trucs.

— Mais elle ne t'a pas dit de quoi il s'agissait ?

Il a gratté une tache de peinture sur l'automoulant.

— Non.

— Plex, allez. Elle a fait une assez grosse impression pour que tu appelles tes copains les yak, mais elle ne t'a jamais montré ce qu'elle avait ?

— C'est elle qui a demandé les yak, pas moi.

J'ai froncé les sourcils.

— C'est *elle* ?

— Ouais. Elle m'a dit que ça les intéresserait. Qu'ils pourraient s'en servir.

— Oh, Plex, c'est des conneries. Pourquoi les yakuzas s'intéresseraient-ils à une arme biotech vieille de trois siècles ? Ils ne mènent pas la guerre.

— Elle pensait peut-être qu'ils pourraient la vendre à l'armée pour elle.

— Mais ce n'est pas ce qu'elle a dit. Elle a dit que ce serait quelque chose dont ils pourraient *se servir*.

Il m'a regardé.

— Ouais. Peut-être. Je ne sais pas. Je ne suis pas câblé pour le souvenir total comme toi, putain de Diplo. Je ne me rappelle pas ce qu'elle a dit, exactement. Et je m'en fous. Comme ils m'ont dit, ça ne me regarde plus.

Je me suis écarté de lui, et appuyé sur le mur pour examiner le pistolet d'un air absent. Ma vision périphérique a confirmé qu'il ne bougeait pas, qu'il restait prostré sur son lit. J'ai soupiré et senti le poids se soulever de mes poumons et s'y réinstaller tout de suite.

— Bon, Plex. Encore quelques questions faciles, et je mets les bouts. Cette nouvelle édition de moi, elle courait après Oshima, c'est ça ? Pas après moi ?

Il a claqué la langue, à peine audible par-dessus la fusion qui tapait dehors.

— Vous deux. Tanaseda veut ta tête pour ce que tu as fait à Yukio. Mais ce n'est pas toi le plus important.

J'ai opiné du chef. Je me suis dit un moment que Sylvie avait dû se trahir la veille à Tekitomura. Parler à la mauvaise personne, ou être prise par la mauvaise caméra de surveillance. Ou faire quelque chose pour nous coller l'équipe en chasse tout de suite. Mais ce n'était pas ça. C'était plus simple, pire. Ils avaient rappliqué à cause de ma promenade dans les archives sur Quellcrist Falconer. Ils devaient avoir une surveillance planétaire sur les flots de données qui la concernaient depuis le début de ces conneries.

Et tu la leur as servie sur un plateau. Bien joué.

J'ai grimacé.

— C'est Tanaseda qui gère tout ça ?

Plex a hésité.

— Non ? Alors qui ?

— Je ne...

— Te dégonfle pas maintenant, Plex.

— Écoute, j'en sais vraiment rien. Vraiment. Mais ça remonte plus haut, ça j'en suis sûr. Les Premières Familles, à ce qu'on m'a dit. Une maîtresse espionne de la cour de Millsport.

J'étais soulagé. Bon, pas les yakuzas. J'étais content de savoir que ma valeur marchande n'était pas tombée si bas.

— Cette espionne, elle a un nom ?

— Ouais. (Il s'est levé d'un coup pour aller au module d'hospitalité. A regardé l'intérieur défoncé.) Aiura. Il paraît que c'est une vraie dure.

— Tu ne l'as pas rencontrée ?

Il a farfouillé dans les débris que j'avais laissés, trouvé une pipe intacte.

— Non. De nos jours, je ne vois même pas Tanaseda. Je n'arriverais jamais à rentrer dans un truc au niveau des Premières Familles. Mais il y a des trucs sur elle dans le circuit des ragots de cour. Elle a une réputation.

— Elles en ont toutes, non ?

— Je suis sérieux, Tak. (Il a allumé sa pipe et m'a regardé avec un air de reproche derrière sa fumée.) J'essaie de t'aider. Tu te rappelles ce bordel il y a soixante ans, quand Mitzi Harlan a fini dans un porno de bas étage de Kossuth ?

— Vaguement.

J'étais occupé, à l'époque. Je volais du bioware et des bons de données outre-planète en compagnie de Virginia Vidaura et des Petits Scarabées Bleus. Criminalité de haut vol sous le couvert d'un idéal politique. On regardait les infos pour savoir si les flics approchaient, et pas grand-chose d'autre. On n'avait pas eu beaucoup de temps pour s'inquiéter des scandales incessants et des mésaventures des larves aristo de Harlan.

— Eh bien, il paraît qu'Aiura a fait du contrôle de dégâts au niveau de sa réputation, et a nettoyé un peu l'affaire pour la famille Harlan. Elle a fermé le studio, méchamment pour les gens qui étaient dedans. Elle a retrouvé tous ceux qui étaient impliqués. Il paraît qu'ils ont eu droit à un baptême de l'air. Elle les a emmenés à Rila Crags ce soir-là, les a tous attachés à un pack grav et a allumé le contact.

— Très élégant.

Plex s'est enfumé les poumons et a fait un geste. Sa voix grinçait.

—Apparemment, elle est comme ça. Vieille école, tu vois.

—Tu saurais où elle a pu trouver une copie de moi ?

—Non, mais je dirais stockage militaire du Protectorat. Il est jeune, beaucoup plus que toi. Que toi maintenant, je veux dire.

—Tu l'as rencontré ?

—Oui, ils m'ont embarqué pour un entretien le mois dernier, quand il est arrivé de Millsport. On comprend beaucoup de choses en écoutant la façon dont les gens parlent. Il se présente toujours comme un Diplo. (J'ai encore grimacé.) Il a aussi beaucoup d'énergie. On dirait qu'il a hâte d'agir, de commencer. Il est confiant, il n'a peur de rien. Rien ne lui pose problème. Il rit de tout…

—Ouais, OK, il est jeune, j'ai compris. Il a parlé de moi ?

—Pas vraiment. Il a surtout posé des questions et écouté. Mais… (Plex a encore tiré sur sa pipe.) J'ai eu l'impression qu'il était déçu, je ne sais pas. Par ce que tu faisais maintenant.

J'ai senti mes yeux s'étrécir.

—Il a dit ça ?

—Non, non. C'est juste une impression que j'ai eue, c'est tout.

—OK, dernière question. Tu as dit qu'ils l'ont emmenée à Millsport. Où ça ?

Autre pause. Je lui ai lancé un regard curieux.

—Allez, qu'est-ce qu'il te reste à perdre ? Où est-ce qu'ils l'ont emmenée ?

—Tak, laisse tomber. Tu recommences comme dans le bar. Tu te mêles de ce qui ne te…

—Je m'en suis déjà mêlé, Plex. Grâce à Tanaseda.

—Non, écoute. Tanaseda acceptera de faire un deal. Tu as la pile de Yukio, mec. Tu pourrais négocier pour qu'on lui rende intacte. Il le fera, j'en suis *sûr*. Hirayasu senior et lui se connaissent depuis au moins un siècle. C'est le *sempai* de Yukio, c'est presque son oncle adoptif. Il sera obligé de faire un deal.

— Et tu penses que cette Aiura va en rester là ?

— Bien sûr, pourquoi pas ? Elle a ce qu'elle voulait. Tant que tu restes hors de…

— Plex, réfléchis un peu. J'ai un double enveloppement. C'est un crime contre les NU, grosses pénalités pour tout le monde. Sans parler de savoir s'ils avaient le droit de garder une copie d'un Diplo en service, pour commencer. Si le Protectorat apprend tout ça, Aiura l'espionne va se retrouver avec un sacré temps de stockage derrière elle, avec ou sans ses liens dans les Premières Familles. Le soleil sera une putain de naine rouge quand on la laissera sortir.

Plex a ri.

— Tu crois ? Tu penses vraiment que les NU vont venir jusqu'ici et risquer de malmener l'oligarchie locale juste pour un double enveloppement ?

— Si on en parle assez, oui. Ils seront obligés. Ils ne pourront pas se permettre de faire autrement. Crois-moi, Plex, je sais de quoi je parle, c'était mon boulot. Tout le système du Protectorat repose sur la supposition que personne n'osera faire un pas de travers. Dès que quelqu'un dérape et ne se fait pas punir, même si cette transgression est infime, ça ouvre une première fissure dans un barrage. Si ça devient de notoriété publique, le Protectorat devra demander la pile d'Aiura sur un plateau. Et si les Premières Familles n'obéissent pas, les NU enverront les Diplos, parce qu'un refus de l'oligarchie locale sera considéré comme une insurrection. Et les insurrections, on les écrase, quel que soit le prix. Sans faute.

Je l'ai regardé, regardé comprendre comme j'avais compris la première fois, à Drava. Ce qui avait été fait, le pas qui avait été franchi et la séquence inévitable dans laquelle nous étions piégés. On ne pouvait plus faire machine arrière sans qu'un certain Takeshi Kovacs meure pour de bon.

— Cette Aiura, ai-je repris calmement, s'est coincée toute seule. J'aimerais savoir pourquoi, j'aimerais savoir ce qui justifie de tels risques, mais en fin de compte, ça n'a aucune importance. L'un de nous deux doit disparaître, lui ou moi, et le plus facile pour elle est de l'envoyer à mes trousses jusqu'à ce qu'il me tue ou que je le tue.

Il m'a regardé, les pupilles complètement dilatées par le mélange d'herbes et de champignons, la pipe oubliée et fumant légèrement dans le creux de sa main. Comme s'il n'arrivait pas à tout assimiler. Comme si j'étais une hallu au *take* qui refusait de devenir plus agréable ou de disparaître.

J'ai secoué la tête. Essayé d'en déloger les Furtifs de Sylvie.

— Donc, Plex, comme je te disais, j'ai besoin de savoir. J'ai *vraiment* besoin de savoir. Oshima, Aiura et Kovacs. Où je les trouve ?

Il a secoué la tête.

— Ça ne sert à rien, Tak. Enfin, je vais te le dire. Si tu veux vraiment savoir, je vais te le dire. Mais ça ne te servira à rien. Tu ne peux rien faire. Tu ne pourras jamais…

— Dis-le-moi, Plex. Ça ira mieux après. Laisse-moi m'inquiéter moi-même de la logistique.

Et il me l'a dit. Et je me suis occupé de la logistique. Et je m'en suis inquiété.

Jusqu'à ce que je sois sorti, je m'en suis inquiété, comme un loup avec une patte prise au piège. Jusqu'à ce que je sois sorti. En passant entre les danseurs défoncés, sous les hallucinations enregistrées et devant les sourires chimiques. Devant les panneaux translucides où une femme torse nu a croisé mon regard et s'est frottée contre la transparence pour que je la voie. Devant les petits videurs à l'entrée et leurs détecteurs. Le dernier filament de chaleur et de reef dive du club. Et dehors, dans le froid de la nuit, dans le quartier des entrepôts où il commençait à neiger.

Troisième partie : Ça, c'était il y a quelque temps

« Cette Quell, bien sûr qu'elle a un truc, quelque chose qui fait réfléchir. Mais bon, il y a ce qui dure, et ce qui ne dure pas. Et parfois, quand ça ne dure pas, c'est pas parce que c'est fini. C'est parce que ça attend son heure. Ça attend peut-être un changement. La musique, c'est comme ça. Et la vie aussi, mon vieux, la vie aussi. »

Dizzy Csango
Propos recueillis par le *New Sky Blue Magazine*

Chapitre 20

Il y avait des avis de tempête sur tout le Sud.

Sur certaines planètes où je suis allé, ils gèrent leurs ouragans. Des cartes satellite pour suivre les phénomènes, des modèles du système atmosphérique pour voir comment ça va tourner, et si nécessaire, des armes à rayon de précision pour leur déchirer le cœur avant qu'ils fassent du vilain. Ce n'est pas possible sur Harlan. Et soit les Martiens se sont dit que ça ne servait à rien de programmer un truc pareil dans leurs stations orbitales, soit ce sont les stations qui trouvent ça inutile. Peut-être qu'elles boudent parce qu'on les a laissées sur place. Quoi qu'il en soit, ça nous laisse au Moyen Âge, avec contrôle de surface et de temps en temps un hélicoptère de suivi en basse altitude. Les IA météorologiques nous aident pour les prévisions, mais trois lunes et 0,8G, ça vous chamboule un climat. Quand un ouragan de Harlan se met en route, on ne peut pas faire grand-chose à part s'éloigner le plus possible.

Celui-là, il se préparait depuis un moment – je me rappelais les prévisions données la nuit où nous avions quitté Drava en douce – et ceux qui pouvaient partir le faisaient. Sur tout le golfe de Kossuth, les radeaux habités et les usines maritimes levaient l'ancre aussi vite que possible. Les chalutiers et les chasseurs de raies, trop loin à l'est, cherchaient amarrage dans la protection relative des ports des hauts-fonds d'Irezumi. Le trafic des glisseurs lourds en provenance de l'archipel Safran était redirigé sur la partie ouest du golfe. Ce qui rallongeait le voyage d'une journée.

Le pilote du *Haiduci's Daughter* prenait ça avec philosophie.

— J'ai vu pire, a-t-il grommelé en regardant les affichages du pont. Dans les années 1990, la saison des tempêtes a été si mauvaise qu'on a dû rester à Newpest pendant plus de un mois. Pas moyen de remonter au nord en sécurité.

J'ai grogné, l'air de rien. Il a détourné les yeux de son tableau de bord pour me regarder.

— Vous étiez ailleurs, à ce moment-là, hein ?

— Oui. Hors planète.

Il a eu un rire de gorge.

— Ah oui, c'est vrai. Tous ces voyages exotiques que vous avez faits. Alors, quand est-ce qu'on voit votre tête sur KossuthNet, hein ? Vous avez un entretien exclusif prévu avec Maggie Sugita quand on arrive ?

— Il faut me laisser un peu de temps.

— Vous n'en avez pas eu assez comme ça, du temps ?

Voilà le genre de conversation qu'on a eue jusqu'à Tekitomura. Comme quelques pilotes de cargo que j'avais pu rencontrer, Ari Japaridze était retors mais assez simple. Il ne savait presque rien sur moi, et d'après ce qu'il m'a dit, c'était exactement le genre de relation qu'il cherchait avec ses passagers. Mais il n'en pensait pas moins. Pas besoin d'être archéologue pour savoir que si un homme monte à bord d'un vieux cargo fatigué une heure avant le départ et propose pour une couchette étroite le prix d'une cabine sur la ligne Safran… eh bien, cet homme n'est sans doute pas en bons termes avec la loi. Pour Japaridze, les trous qu'il avait décelés dans ma connaissance des dernières décennies de Harlan avaient une explication très simple. J'étais ailleurs. Au placard, comme on dit chez les criminels depuis l'aube des temps. J'avais opposé à cette idée la simple vérité sur mon absence, et chaque fois il avait ri.

Ce qui me convenait très bien. Les gens croient ce qu'ils veulent croire – regardez ces connards de Barbes – et j'avais la nette impression qu'il y avait aussi du placard dans le passé de Japaridze. Je ne sais pas ce qu'il voyait en me regardant, mais ça m'a valu une invitation sur le pont pour notre deuxième soirée en mer, et le temps qu'on quitte Erkezes sur la pointe sud de l'archipel Safran, nous échangions nos avis sur nos rades préférées de Newpest et sur la meilleure façon de faire griller les steaks de baleine à bosse.

J'ai essayé de ne pas me laisser user par l'impatience.

Essayé de ne pas penser à l'archipel de Millsport et au long arc qui nous en écartait vers l'ouest.

Difficile de dormir.

De nuit, le pont du *Haiduci's Daughter* fournissait une alternative sympathique. Je tenais compagnie à Japaridze et buvais du mauvais whisky de Millsport. J'ai regardé le cargo fendre les eaux du sud vers des mers plus chaudes, vers un air qui sentait la belalgue. Je racontais, aussi automatique que les machines qui maintenaient le cap du navire, des histoires normales de sexe et de voyage, des souvenirs de Newpest et de Kossuth. Je massais les muscles de mon bras et de ma main gauche, encore douloureux. Derrière tout cela, je pensais à la meilleure façon de nous tuer, Aiura et moi-même.

Le jour, je rôdais sur les ponts et me mêlais aussi peu que possible aux autres passagers. C'était de toute façon un groupe assez déplaisant. Trois déClass amers et grillés qui descendaient vers le sud. Peut-être pour rentrer chez eux, peut-être juste pour prendre le soleil. Il y avait aussi un entrepreneur en gelée toilée et son garde du corps, accompagnant un chargement d'huile vers Newpest. Un jeune prêtre de la Nouvelle Apocalypse et sa femme soigneusement emballée nous ont rejoints à Erkezes. Plus une autre demi-douzaine d'hommes et de femmes moins mémorables, encore plus discrets que moi, qui détournaient le regard chaque fois qu'on leur parlait.

Un certain degré d'interaction sociale était inévitable. Le *Haiduci's Daughter* était un petit navire, guère plus qu'un remorqueur soudé sur le nez de quatre nasses à chargement doubles et un puissant moteur de glisseur lourd. Les ponts couraient sur deux niveaux, entre et le long des nasses, et ramenaient à une étroite bulle d'observation fixée à l'arrière. Les maigres quartiers d'habitation étaient bondés. Très vite, quelques querelles ont éclaté, dont une sur de la nourriture volée que Japaridze dut interrompre avec des menaces de débarquement à Erkezes. Mais quand nous avons laissé l'archipel Safran derrière nous, tout le monde s'était trouvé une place. J'ai eu une ou deux conversations forcées avec les déClass pendant les repas, j'ai essayé de m'intéresser à leurs histoires de déveine et à leurs fanfaronnades sur la vie chez Annette. Du marchand de gelée toilée, j'ai eu des cours répétitifs sur les bienfaits économiques qui viendraient du programme d'austérité du régime Mecsek. Le prêtre, je ne lui ai pas parlé du tout, parce que je ne voulais pas être obligé de cacher son cadavre après coup.

Nous avons filé à bon train d'Erkezes au golfe, et il n'y avait aucun signe de tempête quand nous sommes arrivés. Je me suis retrouvé chassé de mes points d'observation habituels par la foule des autres passagers venus profiter de la chaleur et des transats. Je les comprenais. Le ciel était d'un bleu ininterrompu d'un horizon à l'autre. Daikoku et Hotei étaient sorties toutes les deux, haut dans le ciel. Un fort vent du nord atténuait la chaleur et soulevait l'écume. À l'ouest, les vagues se brisaient, blanches et bruyantes sur les grands récifs qui annonçaient l'approche de Kossuth, un peu plus au sud.

— C'est beau, n'est-ce pas ? a dit une voix douce à côté de moi.

J'ai regardé sur le côté et vu la femme du prêtre, toujours dans la même tenue malgré le climat. Elle était seule. Le peu que je pouvais voir de son visage me regardait depuis le cercle étroit que laissait le foulard couvrant tout ce qui était au-dessus des sourcils ou en dessous de la bouche. Son nez était perlé de sueur mais elle ne paraissait pas accablée. Elle avait tiré ses cheveux en arrière pour qu'aucun ne dépasse de l'étoffe. Elle était très jeune, sans doute vingt ans depuis très peu de temps. Et aussi enceinte de plusieurs mois, ai-je constaté.

Je me suis détourné, la bouche soudain crispée.

Me suis concentré sur le panorama au-delà du bastingage.

— Je ne suis jamais venue si loin au sud, a-t-elle repris en comprenant que je n'allais pas répondre. Et vous ?

— Oui.

— Il fait toujours aussi chaud ?

Je l'ai de nouveau regardée, froid.

— Il ne fait pas chaud, c'est vous qui n'êtes pas habillée de façon intelligente pour le climat.

— Ah. (Elle a posé ses mains gantées sur le bastingage et a paru les examiner.) Vous n'approuvez pas ?

J'ai haussé les épaules.

— Ça n'a rien à voir avec moi. On vit dans un monde libre, vous savez ? C'est Leo Mecsek qui l'a dit.

— Mecsek. (Elle a eu petit raclement de gorge.) Il est aussi corrompu que tous les matérialistes.

— Oui, mais il faut lui reconnaître que si sa fille se fait violer, il a peu de chance de la battre à mort parce qu'elle l'a déshonoré.

Elle a sourcillé.

— Vous parlez d'un incident isolé. Ce n'est pas…

— Quatre. (J'ai levé quatre doigts raides devant son visage.) Je parle de quatre incidents isolés. Rien que pour cette année.

J'ai vu la couleur lui monter aux joues. Elle a paru regarder son ventre légèrement rebondi.

— La Nouvelle Apocalypse n'est pas toujours fidèlement servie par les plus actifs de ses avocats. Beaucoup d'entre nous…

— Beaucoup d'entre vous laissent faire par peur, espérant tirer une quelconque valeur des directives les moins psychotiques de votre système de croyance gynocidaire parce que vous n'avez ni l'intelligence ni le courage de construire quelque chose de nouveau. Je sais.

Elle était à présent rouge jusqu'à la racine de ses cheveux cachés.

— Vous me jugez faussement. (Elle a touché son foulard.) Si je porte ceci, c'est de façon volontaire. Libre. Je crois en l'Apocalypse, j'ai ma foi.

— Alors vous êtes plus bête que vous semblez.

Silence outragé. Je l'ai utilisé pour ramener sous contrôle la fureur qui me faisait battre le cœur.

— Alors je suis bête ? Parce que je choisis la pudeur dans la féminité, je suis bête. Parce que je ne m'affiche ni ne me compromets à chaque occasion comme cette putain de Mitzi Harlan et les siennes, parce que…

— Écoutez, ai-je interrompu froidement. Pourquoi ne pas faire preuve d'un peu de cette pudeur en fermant votre jolie bouche féminine ? Je me fous de ce que vous pensez.

— Vous voyez ? a-t-elle attaqué, la voix un peu plus criarde. Vous la désirez tout autant qu'un autre. Vous vous laissez abuser par de simples artifices sensuels et…

— Oh, je vous en prie. À mon avis, Mitzi Harlan est une petite traînée idiote et superficielle, mais vous savez quoi ? Au moins elle vit une vie qui lui appartient. Au lieu de se rabaisser aux pieds de n'importe quel babouin qui peut se laisser pousser la barbe et des organes sexuels extérieurs.

— Êtes-vous en train de traiter mon mari de…

— Non. (Je me suis tourné vers elle d'un bloc. Apparemment, je n'avais rien ramené sous contrôle du tout.

Mes mains se sont tendues pour la saisir par les épaules.) Non, c'est *vous* que je traite de traîtresse à votre propre sexe. Je comprends ce que cherche votre mari, c'est un homme, il a tout à gagner à ces bêtises. Mais vous ? Vous avez rejeté des siècles de lutte politique et de progrès scientifique pour pouvoir rester assise dans l'obscurité et vous répéter que vous ne valez rien, spirituellement. Vous allez vous laisser voler votre vie, votre bien le plus précieux, heure après heure et jour après jour tant que vous pourrez conserver la pauvre existence que vos mâles vous prêtent. Et alors, quand vous mourrez, et j'espère que ce sera bientôt le cas, ma sœur, je l'espère *vraiment*, alors vous mépriserez votre propre potentiel et refuserez le pouvoir que nous avons acquis, de revenir et de réessayer. Tout cela à cause de votre putain de foi, et si cet enfant dans votre ventre est une fille, alors vous la condamnez au *même enfer* !

Puis il y a eu une main sur mon bras.

— Eh, mec. (C'était un des déClass, secondé par le garde du corps de l'entrepreneur. Il avait l'air effrayé mais décidé.) Ça suffit. Laisse-la.

J'ai regardé ses doigts refermés sur mon coude. J'ai pensé un moment les briser, enchaîner sur une clé de bras et…

Un souvenir est revenu devant mes yeux. Mon père qui secouait ma mère par les épaules comme un parc à belalgues qui ne voulait pas se détacher, lui criant ses insultes et ses effluves au visage. Sept ans. J'avais pris son bras et j'avais voulu lui faire lâcher prise.

Il m'avait envoyé voler presque sans y penser, ce jour-là. De l'autre côté de la pièce, dans un coin. Puis il s'en était repris à elle.

J'ai lâché les épaules de la femme. Je me suis dégagé de la prise du déClass. Et me suis mentalement secoué par la gorge.

— Et maintenant, recule.

— C'est bon, ai-je soufflé. Comme j'ai dit, frangine, on vit dans un monde libre. Ça ne me regarde pas.

La tempête nous est tombée dessus quelques heures plus tard. Une longue spirale de gros temps qui assombrissait le ciel devant mon hublot et a percuté le *Haiduci's Daughter* par le flanc. J'étais allongé sur le dos dans ma couchette, à regarder le plafond gris et à me sermonner sur ce qui ne me regardait pas. J'ai entendu le moteur monter en régime et me suis dit que Japaridze se stabilisait un peu plus avec le système grav. Quelques minutes plus tard, la cabine étroite a paru se pencher sur le côté, et sur la table en face de moi un verre a glissé de quelques centimètres avant que la surface antidérapante l'arrête. L'eau qu'il contenait a rué et a débordé. J'ai soupiré et me suis levé, en m'appuyant contre le mur de la cabine pour regarder par le hublot. Une pluie soudaine a frappé le verre.

Quelque part dans le cargo, une alarme s'est déclenchée.

J'ai froncé les sourcils. La réaction me paraissait extrême pour un grain pareil. J'ai enfilé un petit blouson acheté à un des membres d'équipage, ai glissé le Tebbit et le Rapsodia à l'intérieur et me suis engagé dans la coursive.

On recommence à se mêler de tout, hein ?

Pas vraiment. Si le rafiot doit couler, je préfère être au courant à l'avance.

J'ai suivi les alarmes jusqu'au pont principal, sous la pluie. Une nana de l'équipage est passée à côté de moi avec un blaster long à la main.

— C'qui s'passe ? lui ai-je demandé.

— Sais pas. (Elle m'a lancé un regard sinistre et a lancé un coup de tête vers la proue.) Les données montrent une rupture dans le cargo. Peut-être un razaile qui essaie de se planquer de la tempête. Peut-être pas.

— Tu veux un coup de main ?

Elle a hésité, les soupçons nageant sur son visage, puis elle a décidé. Japaridze lui avait peut-être parlé de moi, ou alors elle aimait bien mon nouveau visage. Ou elle avait simplement peur et voulait de la compagnie.

— Je veux bien. Merci.

Nous avons progressé jusqu'aux nasses à cargaison, nous tenant chaque fois que le navire tanguait. La pluie frappait à des angles étranges, cassés par le vent. L'alarme poussait son cri de guerre. Devant nous, dans l'ombre soudaine, une rangée de lumières rouges pulsait le long de la nasse gauche. Sous les signaux d'alerte clignotants, un jour pâle soulignait l'écoutille entrouverte. La femme devant moi a sifflé et fait un geste avec son canon.

— C'est ça, a-t-elle dit. Il y a quelqu'un.

Je lui ai lancé un coup d'œil.

— Ou quelque chose. Tu te souviens, les razailes ?

— Oui, mais il faudrait un razaile très intelligent pour utiliser les boutons. En général, ils flinguent le système d'un coup de bec et espèrent que ça leur permettra d'entrer. Et je ne sens rien qui brûle.

— Moi non plus. (J'ai calibré l'espace de l'écoutille, l'élévation des nasses devant nous. J'ai sorti le Rapsodia et réglé la dispersion maximale.) OK, alors faisons ça intelligemment. Laisse-moi passer devant.

— Je devrais…

— Oui, j'imagine. Mais moi, c'était mon boulot. Alors laisse-moi faire. Reste ici, et tire sur tout ce qui sortira de là à moins que je t'appelle avant.

Je me suis approché de l'écoutille avec toute la prudence possible sur le sol mouvant, et j'ai examiné le mécanisme. Il n'y avait aucun dégât. L'écoutille était ouverte sur quelques centimètres, peut-être à cause de l'inclinaison du cargo dans la tempête.

Enfin, elle est restée *ouverte après avoir été crochetée par le pirate ninja.*

Merci beaucoup.

J'ai occulté la tempête et l'alarme. Guetté des mouvements de l'autre côté, poussé le neurachem pour pouvoir percevoir une respiration.

Rien. Personne.

Ou quelqu'un formé au combat en infiltration.

Tu vas la fermer, oui ?

J'ai posé un pied contre la porte et je l'ai poussée. Les gonds étaient parfaitement équilibrés – le battant s'est entièrement ouvert vers l'extérieur. Sans me donner le temps de réfléchir, je me suis glissé dans l'ouverture, le Rapsodia cherchant déjà une cible.

Rien.

Des tonneaux d'acier à hauteur de taille, en rangées brillantes, dans tout l'espace. Les interstices étaient trop petits pour un enfant, et plus encore pour un ninja. Je suis allé jusqu'au plus proche et j'ai lu l'étiquette. Extrait Xenomedusal Luminescent Premium des Mers Safran, filtrage et pressage à froid. De l'huile de gelée toilée, avec une marque de luxe pour qu'il soit plus cher. Grâce à notre expert ès austérité.

J'ai ri et senti la pression me quitter.

Rien que…

J'ai reniflé.

Il y avait une odeur, fuyante dans l'air métallique de la nasse.

Et envolée.

Les sens de l'enveloppe de New Hok étaient juste assez fins pour savoir qu'elle était là, mais l'effort conscient l'a fait disparaître. De nulle part, j'ai eu un souvenir d'enfance fugace, une image atypique de chaleur et de rire que je ne parvenais pas à préciser. Quelle que soit cette odeur, je la connaissais de près.

J'ai rangé le Rapsodia et me suis préparé à partir.

— Il n'y a rien ici. Je ressors.

J'ai reposé le pied dans la pluie et repoussé l'écoutille. Le claquement solide des verrous de sécurité a enfermé l'odeur du passé que j'avais cru repérer. La pulsation rouge au-dessus de ma tête s'est éteinte et l'alarme, qui était devenue un bruit de fond peu dérangeant, s'est tue.

— Qu'est-ce que vous faisiez là-dedans ?

C'était l'entrepreneur, le visage tendu et presque en colère. Il avait sa sécurité avec lui. Et une poignée de membres d'équipage. J'ai soupiré.

— Je jetais un œil sur votre investissement. Tout va bien. On dirait que les verrous de la nasse ont eu une saute d'humeur. (J'ai regardé la femme avec le blaster.) Ou alors, un razaile particulièrement intelligent est arrivé ici, et on lui a fait peur. Écoutez, je sais que c'est beaucoup demander, mais il n'y aurait pas une renifleuse à bord ?

— Une *renifleuse* ? Vous voulez dire, les analyseurs de la police, là ? (Elle a secoué la tête.) Je ne crois pas. Il faudrait demander au pilote.

— Oui, bah… Comme je disais.

— Je vous ai posé une question.

La tension sur le visage de l'entrepreneur s'était muée en colère. À côté de lui, son garde me toisait en conséquence.

— Oui, et je vous ai répondu. Maintenant, si vous voulez bien m'excuser…

— Vous n'irez nulle part. Tomas.

J'ai lancé au garde du corps un regard méchant avant même qu'il puisse réagir. Il s'est figé. Mes yeux sont revenus à l'entrepreneur, en luttant contre mon envie de pousser cette confrontation jusqu'au bout. Depuis mon échange avec la femme du prêtre, ça me démangeait de libérer cette violence.

— Si votre ours me touche, il faudra le soigner. Et si vous ne vous écartez pas, il vous le faudra aussi. Je vous ai dit que votre cargaison ne craint rien. À présent, si vous vous poussez, vous nous épargnerez à tous les deux une scène très embarrassante.

Il a regardé Tomas, et a sans doute vu là quelque chose de très éducatif. Il m'a laissé passer.

— Merci. (J'ai dépassé les matelots derrière la fille.) Quelqu'un a vu Japaridze ?

— Sans doute sur le pont, a dit quelqu'un. Mais Itsuko a raison, il n'y a pas de lecteur d'odeurs sur le *Haiduci's Daughter*. On n'est pas des *garde-côtes*...

Rires. Quelqu'un a chanté le thème de l'expéria du même nom, et les autres ont renchéri sur quelques mesures. J'ai souri et suis parti. J'ai entendu l'entrepreneur exiger qu'on rouvre immédiatement la nasse.

Bah...

Je suis allé voir Japaridze malgré tout. Au moins, il pourrait me donner un verre.

La tempête est passée.

J'étais assis sur le pont et je l'ai regardée partir vers l'est sur les scanners météo. En regrettant que le nœud dans mon ventre ne suive pas le même chemin. Dehors, le ciel s'est éclairci et les vagues ont arrêté de percuter le *Haiduci's Daughter*. Japaridze a relâché la poussée d'urgence des moteurs grav et le cargo a repris son ancienne stabilité.

— Allez, mon gars, dis-moi la vérité. (Il m'a versé un autre verre de Millsport blended et s'est assis en face de la console de navigation. Nous étions seuls sur le pont.) Tu vas braquer le chargement de gelée toilée, hein ?

J'ai soulevé un sourcil.

— Si c'est le cas, ce n'est pas très prudent, comme question.

— Si, ça va. (Il m'a fait un clin d'œil et vidé son verre cul sec. Depuis qu'il savait que le pire était passé, il s'était légèrement saoulé.) Ce connard, pour ce que ça me fait, tu peux l'avoir, son chargement. Du moment que tu ne le prends pas à bord du *'duci*.

—Ça marche.

J'ai levé mon verre.

—Alors, c'est qui ?

—Pardon ?

—Ceux pour qui tu fais le repérage. Les yak ? Les gangs de la Prairie d'Algues ? Le truc…

—Ari, je suis sérieux.

Il a cligné des yeux.

—Quoi ?

—Réfléchis. Si je fais de la recherche pour les yak, avec des questions comme ça, tu vas te retrouver Vraiment Mort.

—Ah, tu parles. Tu vas pas me tuer. (Il s'est levé, s'est penché par-dessus la table et m'a regardé.) T'as pas ça dans les yeux. Je le vois bien.

—Tiens donc.

—Ouais. Et puis… (Il s'est recalé dans sa chaise et a repris son verre.) Qui ferait entrer cette bassine dans le port de Newpest si j'étais mort ? Ce n'est pas une saleté d'IA de la ligne Safran, hein. De temps en temps, il lui faut un contact humain.

J'ai haussé les épaules.

—Je pourrais toujours convaincre quelqu'un de l'équipage de s'en charger. En lui montrant ton corps calciné, par exemple.

—Bien vu. (Il a souri et tendu la main vers la bouteille.) Je n'y avais pas pensé. Mais je répète, t'as pas ça dans les yeux.

—Tu en as rencontré beaucoup, des types comme moi ?

—Mon petit, *j'étais* un type comme toi, a-t-il répondu en nous resservant. J'ai grandi à Newpest comme toi, et j'étais pirate comme toi. Je faisais des braquages de convoi pour les Anges à sept Degrés. Des conneries, des petits cargos qui arrivaient de la Prairie. Je me suis fait choper.

— C'est con.

— Oui, c'était con. Ils m'ont retiré ma peau et m'ont collé au placard presque trente ans, presque. Quand je suis sorti, tout ce qu'ils avaient pour m'envelopper, c'était une saleté d'accro au meth avec un câblage de merde. Ma famille avait grandi, ils étaient tous partis, tu sais… ou ils étaient morts. J'avais une fille de sept ans quand je suis parti. En ressortant, elle avait dix ans de plus que mon enveloppe. Elle avait une vie, une famille. Même si j'avais su comment lui parler, elle n'aurait pas voulu de moi. Je n'étais qu'une absence de trente ans, pour elle. Pareil pour sa mère, qui avait trouvé un autre mec, avait des gosses, tu vois le genre. (Il a descendu son verre, frissonné et m'a regardé avec des yeux soudain humides.) Mon frère s'était foutu en l'air dans un accident de rampeur quelques années après qu'ils m'ont chopé, sans assurance, sans moyen de se réenvelopper. Ma sœur était au placard, rentrée dix ans après moi, encore vingt à tirer. Il y avait un autre frère, né après mon départ. Je ne savais pas quoi lui dire. Ma mère et mon père étaient séparés. Il était mort en premier, a utilisé son assurance de réenveloppement et il est parti ailleurs, jeune, libre et célibataire. Il ne voulait pas l'attendre. Je suis allée la voir, mais elle regardait par la fenêtre avec un petit sourire, et elle répétait « bientôt, bientôt, ce sera mon tour ». Ça m'a fait trop peur.

— Alors tu es retourné aux Anges.

— T'as deviné.

J'ai opiné de la tête. Je n'avais rien deviné, c'était une redite de la vie d'une dizaine de personnes rencontrées dans ma jeunesse à Newpest.

— Ouais, les Anges. Ils m'ont accueilli, ils étaient un peu montés dans la chaîne alimentaire. Il restait quelques gars avec qui j'avais bossé. Ils braquaient des glisseurs lourds de l'intérieur, sur la ligne de Millsport. Du pognon, et il me fallait bien ça pour me payer mon meth. Je les ai accompagnés pendant deux ou trois ans. Et on m'a rechopé.

— Ah ouais ? (J'ai fait l'effort de paraître un peu surpris.) Combien de temps, cette fois ?

Il a souri, comme un homme devant un feu.

— Quatre-vingt-cinq.

On est restés un moment en silence. Japaridze a fini par nous reverser du whisky et l'a siroté comme s'il n'en voulait pas vraiment.

— Cette fois, je les ai tous perdus pour de bon. Si ma mère a trouvé une deuxième vie, je n'en ai jamais entendu parler. Et elle avait opté pour une troisième, elle venait de se faire stocker avec des instructions pour un réenveloppement de location pour certains événements familiaux. La libération de son fils Ari n'en faisait pas partie, et j'ai bien compris le message. Mon frère était toujours mort, ma sœur était sortie pendant que j'y étais retourné, et partie au Nord des décennies avant qu'on me relâche. Je ne sais pas où. Elle cherchait peut-être son père.

— Et la famille de ta fille ?

Il a ri.

— Une fille, des petits-enfants. Bon sang, à ce moment-là, j'avais deux générations d'écart avec eux, je n'ai même pas essayé de reprendre contact. J'ai pris tout ce que j'avais, et je me suis tiré.

— Et c'était quoi ? Cette enveloppe ?

— Ouais, cette enveloppe. J'ai eu comme un coup de bol. Elle appartenait à un capitaine chasseur de raies qui s'est fait choper pour braconnage sur les propriétés marines d'une Première Famille. Une bonne enveloppe bien solide, bien entretenue. Avec un bon logiciel de navigation marine et un sacré instinct pour la mer. Ça m'a un peu tracé ma carrière. J'ai eu un prêt pour un bateau, je me suis fait un peu de blé. J'ai pris un plus gros bateau, et un peu plus de blé. J'ai acheté le *'duci*. J'ai une femme à Newpest, maintenant. Quelques gamins que je peux regarder grandir.

J'ai levé mon verre sans ironie.

— Félicitations.

— Ouais, bah… Tu sais, comme je disais… j'ai eu de la chance.

— Et pourquoi tu me racontes tout ça ?

Il s'est penché en avant et m'a regardé.

— Tu sais très bien pourquoi je te raconte tout ça.

J'ai réprimé un sourire. Il ne savait pas, ce n'était pas de sa faute. Il faisait de son mieux.

— D'accord, Ari. Je vais te dire. J'oublie ta cargaison. Je vais me repentir, lâcher la piraterie et fonder une famille. Merci du conseil.

Il a secoué la tête.

— Je ne t'apprends rien de nouveau, petit. Je te le rappelle, c'est tout. La vie, c'est comme la mer. Il y a une marée à trois lunes qui t'attend quelque part, et si tu la laisses faire, elle va t'arracher tout ce qui a pu compter dans ta vie.

Il avait raison, bien sûr.

Mais comme prophète, il débarquait un peu tard.

Le soir a rattrapé le *Haiduci's Daughter* sur son virage plein ouest, quelques heures après. Le soleil s'est répandu comme un œuf cassé de chaque côté de Hotei qui se levait, et une lumière rougeâtre s'est déversée sur l'horizon. La lente montée de la côte de Kossuth a donné à l'image une base d'un noir épais. Loin au-dessus, de fins nuages brillaient comme une pelle pleine de pièces rougeoyantes.

J'ai évité les ponts avant, où le reste des passagers regardait le coucher de soleil. Après mes différentes prestations du jour, je doutais d'être très populaire. Au lieu de cela, je suis retourné sur l'une des coursives des nasses, j'ai trouvé une échelle et je suis monté au sommet de la nasse. Il y avait une passerelle étroite, et je m'y suis assis en tailleur.

Je n'ai pas tout à fait eu la même jeunesse inutile que Japaridze, mais le résultat final n'était pas si différent. J'avais évité les pièges faciles du crime idiot et du stockage pénal, mais de justesse. Quand je suis sorti de l'adolescence, j'ai échangé mes affiliations aux gangs de Newpest pour un service dans les Marines tactiques de Harlan – quitte à être dans un gang, autant choisir le plus gros, et personne ne faisait chier les tacs. Au début, ça m'a paru intelligent.

Sept années en uniforme plus tard, le recruteur des Diplos est venu me chercher. Le suivi qu'ils menaient sur toutes les recrues m'avait placé au sommet d'une liste de présélection, et on m'a invité à me porter volontaire pour le conditionnement. Ce n'était pas le genre d'invitation qu'on pouvait refuser. Quelques mois plus tard, j'étais hors planète, et les trous ont commencé à apparaître. On passe du temps au placard aussi, d'une certaine façon, en hyperdiff entre les différents mondes colonisés, du temps en stockage militaire et en environnements virtuels pour se reposer. Le temps s'accélère, ralentit, perd tout son sens devant la distance interstellaire. J'ai commencé à perdre de vue mon ancienne vie. Les permissions chez moi étaient rares et m'apportaient chaque fois une impression de dislocation. En tant que Diplo, j'avais tout le Protectorat pour m'amuser – *autant en voir un bout*, me disais-je à l'époque.

Et puis… Innenin.

Quand on quitte les Diplos, les choix de carrière sont limités. Personne ne vous fait assez confiance pour vous prêter de l'argent, et la loi des NU vous interdit tout bonnement d'occuper le moindre poste dans une corporation ou un gouvernement. Pour éviter la misère, vous pouvez adopter le mercenariat ou le crime. Le crime est plus sûr et plus facile. Avec quelques autres collègues démissionnaires suite à la débâcle d'Innenin, je me suis retrouvé sur Harlan à courir autour de la loi et des petits criminels avec qui ils jouaient au chat et à la souris. Nous nous sommes taillé une réputation, nous sommes restés en tête, et nous avons terrassé tous nos opposants comme le feu céleste.

Une tentative de réunion de famille a mal commencé puis a dégénéré. Ça s'est terminé par des cris et des larmes.

C'était aussi ma faute. Ma mère et mes sœurs étaient déjà des demi-étrangères, le souvenir de nos liens passés brouillé par la vivacité et l'exactitude de mes fonctions mémorielles diplos. J'avais perdu le fil, je ne savais plus où elles en étaient dans leur vie. La grande nouveauté était le mariage de ma mère à un ponte du recrutement du Protectorat. Je l'ai rencontré une fois et j'ai eu envie de le tuer. Il en avait sans doute autant à mon service. Aux yeux de ma famille, j'étais allé trop loin. Pire, ils avaient raison – notre seul sujet de discorde était le moment où j'avais commis mon erreur. Pour eux, c'était la transition entre le service militaire pour le Protectorat et la criminalité à mon propre compte. Pour moi, la chose s'était faite de façon moins marquée, pendant mon passage dans les Corps diplomatiques.

Mais allez faire comprendre ça à quelqu'un qui n'y était pas.

J'ai essayé. Pas longtemps. La souffrance immédiate et évidente que cela a infligée à ma mère a suffi à me faire arrêter. Elle n'avait pas besoin de ces conneries.

À l'horizon, le soleil était réduit à un flot en fusion. J'ai regardé vers le sud-est, là où la nuit approchait, à peu près vers Newpest.

Cette fois, je n'irais voir personne en passant.

Des ailes membraneuses à côté de mon épaule. J'ai levé les yeux et vu un razaile qui virait au-dessus de la nasse, son noir se transformant en un vert irisé dans les derniers rayons du soleil. Il a tournoyé autour de moi deux ou trois fois avant d'atterrir sur la passerelle, cinq ou six mètres devant moi. Je me suis tourné pour le regarder. Vers Kossuth, ils vivent moins en groupes et deviennent plus gros que ceux que j'avais vus à Drava. Ce spécimen faisait bien un mètre, du bec aux serres. Assez gros pour que je me réjouisse d'être armé. Il a replié ses ailes, a soulevé une épaule dans ma direction et m'a regardé d'un seul œil, sans ciller. Il avait l'air d'attendre quelque chose.

— Tu veux ma photo ?

Le razaile est resté silencieux un long moment. Puis il a arrondi le cou, déplié ses ailes et a crié vers moi deux ou trois fois. Je n'ai pas bougé. Il s'est calmé et a incliné la tête en un angle interrogateur.

— Je n'irai pas les voir, lui ai-je dit au bout d'un moment. C'est même pas la peine d'essayer de me convaincre. Ça fait trop longtemps.

Mais dans les ténèbres qui s'épaississaient rapidement autour de moi, ce vide en forme de famille que j'avais ressenti dans la nasse. Comme une chaleur venue du passé.

Comme la fin de la solitude.

Le razaile et moi sommes restés assis, à nous regarder en silence pendant que la nuit tombait.

Chapitre 21

Le lendemain matin, un peu avant midi, nous avons accosté à Newpest avec un soin minutieux. Tout le port grouillait de flotteurs lourds et autres navires fuyant la menace du gros temps dans le golfe est. Le logiciel de la capitainerie les avait arrangés selon un motif mathématique tout sauf intuitif qui n'était pas paramétré dans le *Haiduci's Daughter*. Japaridze a tout fait en manuel, maudissant les machines en général et l'IA de la capitainerie en particulier à mesure que nous passions les groupes d'ancrage apparemment aléatoires.

— Putain, mettez ci à jour, mettez ça à jour. Si je voulais être techos, j'aurais un job chez les déClass.

Comme moi, il avait une légère mais insistante gueule de bois.

Nous nous sommes dit « adieu » au poste de pilotage, et je suis descendu par le pont avant. J'ai lancé mon paquetage sur le quai alors que les autoamarres étaient encore en train de nous remorquer, et j'ai franchi l'espace restant en sautant. Ça m'a valu les regards de quelques passants, mais aucun en uniforme. Avec une tempête à l'horizon et un port plein à craquer, ils avaient autre chose à faire que verbaliser les débarquements dangereux. J'ai ramassé mon paquetage, l'ai passé à l'épaule et me suis engagé dans le flot rare des piétons. La chaleur m'a rapidement trempé. Quelques minutes plus tard, sorti du port, en nage, j'ai hêlé un autotaxi.

— Port intérieur, ai-je ordonné. Terminal des charters. Et vite.

Le taxi a fait demi-tour et a plongé dans les grands axes. Newpest s'est déroulée autour de moi.

Ç'avait beaucoup changé, tout au long de mes visites sporadiques étalées sur trois siècles. La ville où j'avais grandi était basse comme la terre sur laquelle elle était construite. Érigée en unités profilées antitempête et superbulles, sur l'isthme entre la mer et le grand lac qui deviendrait par la suite la Prairie d'Algues. À l'époque, Newpest sentait la belalgue et les différents processus industriels qui l'utilisaient, comme le mélange de parfum et de sueur d'une pute à deux crédits. On ne pouvait échapper à l'une ou à l'autre qu'en quittant la ville.

Au temps pour les souvenirs d'enfance.

À mesure que la Décolo reculait dans l'histoire, un retour à une prospérité relative avait amené une nouvelle croissance, le long du bord intérieur de la Prairie et de la courbe côtière, puis vers le ciel tropical. Les immeubles du centre de Newpest avaient poussé en graine. En partie grâce à la confiance accrue dans les méthodes de résistance aux tempêtes, et aussi grâce à une classe moyenne naissante mais riche qui avait besoin de vivre près de son investissement, mais pas de le sentir. Quand j'avais rejoint les Diplos, la législation environnementale avait un peu décontaminé l'air, et les gratte-ciel du centre-ville étaient aussi hauts qu'à Millsport.

Après cela, mes visites avaient été rares, et je n'avais pas fait assez attention pour remarquer le début de l'inversion de tendance. Sans parler de ses raisons. Je savais simplement qu'il y avait à présent des quartiers du sud de la ville où la puanteur était revenue en force, et les cités nouvelles le long de la côte et de la Prairie retombaient, kilomètre après kilomètre, en une gangrène de bidonvilles. Au centre, il y avait des mendiants dans les rues et des gardes armés devant la plupart des grands immeubles. En regardant par la fenêtre de l'autotaxi, j'ai retrouvé un écho de tension irritée dans la façon dont les gens avançaient. Ce n'était pas là il y a quarante ans.

Nous avons contourné le centre-ville dans une voie prioritaire surélevée qui a fait défiler les chiffres au compteur à toute allure. Ça n'a pas duré longtemps. Hormis une ou deux limousines reluisantes et quelques taxis, nous avions la route pour nous seuls, et quand nous avons repris l'autoroute principale de la Prairie de l'autre côté, le décompte est redevenu plus raisonnable. Nous nous sommes écartés de la zone élevée et avons traversé les parties moins reluisantes. Des maisons de mauvaise qualité, entassées devant la route. Ça, Segesvar me l'avait déjà annoncé. Les bas-côtés avaient été vendus pendant mon absence, après l'annulation des anciennes restrictions de sécurité et de santé publique. J'ai vu une gamine de deux ans, cramponnée à un grillage, hypnotisée par le vent que déplaçait la circulation à deux mètres de son visage. Sur un autre toit un peu plus loin, deux gosses guère plus vieux lançaient des projectiles de fortune qui rataient leur cible et rebondissaient dans notre sillage.

La sortie du port intérieur est apparue sous notre nez. L'autotaxi a pris son virage à toute allure, a dérapé sur quelques voies et a rétrogradé à une allure plus humaine pour suivre la spirale qui traversait le bidonville et arrivait au bord de la Prairie. Je ne sais pas pourquoi le programme réagissait comme ça – peut-être étais-je censé admirer le paysage. Le terminal lui-même était beau, au moins – ossature d'acier aérienne, recouverte d'illuminum bleu et de verre. La route passait au milieu, comme un fil dans un hameçon.

Nous nous sommes arrêtés en douceur et le taxi a présenté la note en grands chiffres mauves. J'ai donné une puce, attendu que les portes se déverrouillent et suis descendu dans une fraîcheur d'air conditionné. Des silhouettes dispersées allaient et venaient ou restaient assises, à mendier ou à tuer le temps. Les comptoirs des compagnies charter étaient massés contre un mur, devant des holos aux couleurs vives qui, dans la plupart des cas, comprenaient un construct de service clientèle virtuel. J'ai choisi un comptoir avec une vraie personne, un garçon de moins de dix-huit ans accoudé qui tripotait les prises d'immersion rapide dans son cou.

— Vous êtes à louer ?

Il a tourné des yeux mornes vers moi sans lever la tête.

— M'man.

J'allais le gifler quand j'ai compris que ce n'était pas une insulte. Il était câblé pour la communication interne, mais n'avait pas envie de subvocaliser. Ses yeux sont passés un moment dans le vague tandis qu'il écoutait la réponse, puis il m'a regardé avec presque plus de concentration.

— Où vous voulez aller ?

— Vchira Beach. Aller simple, vous pouvez me laisser là-bas.

Il a souri.

— Ouais, Vchira Beach. Elle fait sept cents bornes d'un bout à l'autre. Où ça, sur Vchira Beach ?

— Partie sud. La Bande.

— Sourcetown. (Son regard m'a balayé, hésitant.) Vous êtes surfeur ?

— J'ai l'air d'un surfeur ?

À l'évidence, il n'y avait pas de réponse sans danger. Il a haussé les épaules et s'est détourné, les yeux montant tout en haut quand il est retourné à son câblage interne. Quelques instants plus tard, une femme en bermuda de coupeuse d'algues et tee-shirt défraîchi est sortie de son terminal. Elle avait la cinquantaine, et la vie l'avait usée autour des yeux et de la bouche, mais ses jambes avaient la finesse des nageuses, et elle se tenait très droit. Le tee-shirt disait : « Je veux le boulot de Mitzi Harlan – elle passe sa vie au lit. » Elle avait un peu de sueur au front et du cambouis sur les doigts. Sa poignée de main était sèche et calleuse.

— Suzi Petrovski. Voici mon fils, Mikhail. Vous voulez qu'on vous emmène à la Bande ?

— Micky. Oui. On peut partir bientôt ?

— Je suis en train de démonter une des turbines, mais c'est de l'entretien de routine. Disons une heure. La moitié si vous vous foutez des vérifs de sécurité.

— Une heure, ça ira. Je dois retrouver quelqu'un avant de partir. Combien ça va me coûter ?

Elle a sifflé entre ses dents. A regardé autour d'elle, constaté l'absence généralisée de clients.

— Sourcetown, ça fait une trotte. Le trou-du-cul de la Prairie. Après, même. Vous avez des bagages ?

— Juste ce que vous voyez.

— Disons deux cent soixante-dix. Je sais que c'est un aller simple, mais je dois revenir, même si vous restez là-bas. Et c'est toute une journée de perdue.

Le prix était élevé, et j'aurais pu sans souci le faire redescendre sous les deux cent cinquante. Mais c'était à peine plus que ce que j'avais payé pour ma course en taxi. J'ai haussé les épaules.

— OK, ça me paraît raisonnable. Vous me montrez l'engin ?

Le transport de Suzi Petrovski était un modèle standard – un deux-turbines au nez carré, vingt mètres de long, qui méritait davantage le nom de flotteur lourd que les grands navires des mers de Harlan. Il n'y avait aucun système antigrav, rien que les moteurs et la jupe blindée, variante de la machine de base construite déjà bien avant que les humains quittent la Terre. Une cabine de seize places à l'avant et un espace de stockage marchandise à la poupe, avec des passerelles à rambarde de chaque côté de la structure, tout du long. Sur le toit derrière la coupole du pilote, un canon ultravib dépassait d'une autotourelle bon marché.

— Ça a beaucoup servi, ça ? ai-je demandé en indiquant le canon double.

Elle s'est hissée sur la turbine ouverte avec la grâce de l'habitude et m'a regardé gravement.

—Il reste des pirates dans la Prairie, si c'est ça que vous voulez savoir. Mais ce sont surtout des gamins, généralement défoncés jusqu'aux yeux au meth ou (regard involontaire vers le terminal) des drogués au fil. Les projets de réhabilitation ont tous disparu avec les réductions de budget. On a de gros problèmes dans les rues, et ça déborde dans le banditisme. Mais ils ne sont pas vraiment inquiétants. En général, on les fait fuir avec quelques coups de semonce. Vous faites pas de souci. Je garde votre sac dans la cabine ?

—Non, ça va, ce n'est pas lourd.

Je l'ai laissée à sa turbine et me suis retiré jusqu'à une extrémité moins visible du quai, où des caisses et des fûts vides avaient été empilés sans grand soin. Je me suis assis sur l'une des plus propres et j'ai ouvert mon sac. J'ai sorti mes téléphones et fini par en trouver un qui n'avait pas servi. Composé un numéro local.

—Southside Holdings, a dit une voix synthé androgyne. En raison de…

J'ai discrètement énoncé le code à quatorze chiffres. La voix s'est transformée en bruit blanc, puis en long silence. Puis une autre voix, humaine cette fois, masculine et reconnaissable entre toutes. Les syllabes mâchées et les voyelles écrasées de l'amanglais de Newpest, aussi brutes qu'à notre première rencontre, dans les rues de la ville, toute une vie plus tôt.

—Kovacs, putain, mais où tu étais ?

J'ai souri malgré moi.

—Salut, Rad. Moi aussi, ça me fait plaisir de t'entendre.

—Ça fait presque trois mois, mec. Je ne tiens pas une ménagerie, moi. Il est où, mon fric ?

—Ça fait deux mois, Radul.

—Plus que deux.

—Neuf semaines, et c'est ma dernière offre.

Il a ri, un bruit qui me rappelait toujours un treuil qui se met en route.

— OK, Tak. Alors, ton voyage, sympa ? Tu as pris du poisson ?

— Oui. (J'ai touché la poche où j'avais rangé les piles corticales.) J'ai tes spécimens, comme promis. En boîte, c'est plus facile à transporter.

— Bien sûr. Je ne m'attendais pas que tu me les apportes frais. Imagine l'odeur. Surtout au bout de trois mois.

— Deux mois.

Encore le treuil.

— Neuf semaines, je croyais qu'on était d'accord. Alors, tu es en ville ?

— Pas loin, oui.

— Tu viens nous rendre visite ?

— Alors, voilà le souci. Il m'arrive un truc, et je ne peux pas venir. Mais je ne voudrais pas te priver de tes poissons.

— Non, moi non plus. Ta dernière livraison a tourné. Elle est complètement avariée, maintenant. Mes gars pensent que je suis malade de continuer à la servir, mais je leur ai dit, Takeshi Kovacs est de la vieille école, il paie ses dettes. On fait ce qu'il a demandé, et quand il finira par refaire surface, il fera ce qu'il faut.

J'ai hésité. Calibré ma réponse.

— Je ne peux pas te payer pour l'instant, Rad. Je n'ose pas faire de transaction de crédit majeure. Ce ne serait bon ni pour toi, ni pour moi. Il va me falloir un peu de temps pour m'en occuper. Mais tu peux prendre le poisson, si tu envoies quelqu'un le récupérer d'ici une heure.

Le silence est revenu en ligne. Je tirais sur la corde de ma dette au point de la casser, et on le savait tous les deux.

— Écoute, j'en ai quatre. C'est un de plus que prévu. Tu peux les avoir maintenant, tous. Tu peux les servir, sans moi, les utiliser comme tu veux, ou pas du tout si mon crédit est vraiment épuisé.

Il n'a rien dit. Sa présence au bout du fil était oppressante, comme la chaleur humide qui dérivait depuis la Prairie d'Algues. Mon sens de Diplo m'a dit que c'était le moment de forcer. Et le sens de Diplo se trompe rarement.

— L'argent arrive, Rad. Compte-moi une surcharge, si tu veux. Dès que j'aurai fini ces saloperies, on reprend les affaires comme d'hab. C'est purement temporaire.

Toujours rien. Le silence commençait à chanter, la petite chanson mortelle d'un câble tendu et soumis à une contrainte. J'ai regardé la Prairie, comme si je pouvais l'y trouver et le regarder dans les yeux.

— Il t'aurait eu, ai-je lâché, abrupt. Et tu le sais.

Le silence a encore duré et a claqué. La voix de Segesvar vibrait de fanfaronnade.

— De quoi tu parles, Tak ?

— Tu sais très bien ce dont je parle. Notre ami le dealer de meth, à l'époque. Tu as fui avec les autres, Rad, mais avec ta jambe, tu n'aurais eu aucune chance. Si je ne l'avais pas retenu, il t'aurait rattrapé. Tu le sais. Les autres ont couru. Moi, je suis resté.

De l'autre côté de la ligne, je l'ai entendu soupirer, comme un câble qui se desserre.

— Donc, a-t-il dit, un supplément. Disons trente pour cent ?

— Ça me paraît raisonnable, ai-je menti pour nous deux.

— Oui. Mais je pense qu'il va falloir retirer tes premiers poissons du menu, maintenant. Pourquoi tu ne viens pas me donner ta bénédiction habituelle, et on discutera de ce… réajustement.

— Je ne peux pas, Rad. Je te l'ai dit, je ne fais que passer. Dans une heure, je repars. Je reviens pas avant une semaine, au moins.

— Bon… Tu vas rater l'adieu. Je ne pensais pas que tu voudrais manquer ça.

— Je ne veux pas.

C'était ma punition, un autre supplément en plus de mes trente pour cent. Segesvar m'avait bien compris. C'est un talent nécessaire pour le crime organisé, et il connaissait son travail. Les *haiduci* de Kossuth n'avaient peut-être pas le cachet et la sophistication des yakuzas du Nord, mais ça reste un peu le même genre. Si on veut gagner sa croûte en faisant du chantage, on a intérêt à connaître la corde sensible des gens. Et celle de Takeshi Kovacs, elle était inscrite au sang sur mon passé récent. Pas très difficile à comprendre, surtout pour lui.

— Alors viens, a-t-il dit, chaleureux. On va se saouler ensemble, voire aller chez Watanabe, en souvenir du bon vieux temps. Une bonne cuite au sake, une pipe… J'ai besoin de te regarder dans les yeux, mon vieil ami. Pour savoir que tu n'as pas changé.

Sorti de nulle part, le visage de Lazlo.

« *Je te fais confiance, Micky. Prends soin d'elle.* »

J'ai regardé Suzi Petrovski qui refermait le couvercle de sa turbine.

— Désolé, Rad. C'est trop important. Si tu veux ton poisson, envoie quelqu'un au port des terres. Terminal charter, rampe sept. J'y reste une heure.

— Pas d'adieu ?

J'ai grimacé.

— Pas d'adieu. Je n'ai pas le temps.

Il est resté silencieux un moment.

— Je pense, a-t-il fini par dire, que j'aimerais bien te regarder tout de suite dans les yeux, Takeshi Kovacs. Je vais peut-être venir moi-même.

— Super. Ça me fera plaisir de te voir. Si tu es là d'ici une heure.

Il a raccroché. J'ai serré les dents et donné un coup de poing dans la caisse à côté de moi.

—Chier. *Chier.*

« *Prends soin d'elle. Protège-la.* »

Oui, oui, d'accord.

« *Je te fais confiance, Micky.* »

C'est bon, j'ai compris...

Une sonnerie de téléphone.

J'ai collé celui que j'avais en main à mon oreille. Puis je me suis rendu compte que le son venait du sac ouvert derrière moi. Je me suis penché et j'ai écarté trois ou quatre téléphones avant de trouver celui qui s'allumait. Je l'avais déjà utilisé, le sceau était ouvert.

—Oui ?

Rien. La ligne était ouverte, mais il n'y avait aucun son. Pas même de neige. Un silence parfait et noir dans mon oreille.

—Allô ?

Et quelque chose a murmuré dans les ténèbres, à peine plus audible que la tension que je sentais dans le coup de fil précédent.

— *Vite...*

Puis le silence est retombé.

J'ai abaissé le téléphone et je l'ai regardé.

J'avais passé trois coups de fil à Tekitomura, utilisé trois téléphones. Lazlo, Yaroslav, Isa. Ça pouvait être n'importe lequel de ces trois-là. Pour en être certain, j'aurais dû vérifier le journal du téléphone pour voir qui j'avais joint avec.

Mais c'était inutile.

Un murmure dans un silence noir. Une voix couvrant une distance qu'on ne mesure pas.

Vite...

Je savais quel téléphone c'était.

Et je savais qui m'avait appelé.

Chapitre 22

Segesvar a tenu parole. Quarante minutes après avoir raccroché, un glisseur décapotable rouge et noir est arrivé en hurlant de la Prairie et est entré dans le port à une vitesse illégale. Tout le monde s'est retourné pour le regarder. Du côté océan, ce genre de navigation aurait valu une intervention électronique immédiate de la capitainerie, pour immobiliser le véhicule sur place. Je ne savais pas si le port des terres était mal équipé, si Segesvar avait un logiciel antibrouillage très puissant ou si les gangs de la Prairie d'Algues avaient cette capitainerie-ci dans leur poche. Quoi qu'il en soit, la Prairiemobile ne s'est pas arrêtée d'un coup. Au lieu de cela, elle a dérapé, soulevant l'écume, et a filé droit sur l'espace entre les rampes six et sept. Une dizaine de mètres avant, elle a coupé ses moteurs et a glissé sur son élan. Derrière le volant, Segesvar m'a vu. J'ai hoché la tête et levé la main. Il m'a répondu.

Soupir.

Ce genre de connerie nous colle au train depuis des décennies. Mais ce n'est pas comme l'écume soulevée par son arrivée, qui retombe dans le port sans laisser de trace. Ça, ça ne disparaît pas. Ça reste là, entre nous, comme la poussière qu'on a dans le sillage d'un croiseur du désert de Sharya. Et si on fait demi-tour et qu'on retourne dans son propre passé, on se retrouve à s'étouffer.

— Salut, *Kovacs!*

C'était un cri, délicieusement fort et joyeux. Segesvar se tenait dans le cockpit, la main encore sur les commandes. Des lentilles solaires larges en forme d'ailes de mouette lui couvraient le regard, rejet conscient de la mode de Millsport qui préfère les lentilles ultra-étudiées fines comme le doigt. Une veste en peau de panthère des marais, épaisse comme du papier et tannée à la main, soulignait ses épaules. Il a encore agité la main et m'a souri. De la proue de son embarcation, une amarre a fusé avec un claquement métallique. Elle avait une tête de harpon, incompatible avec les prises le long de la rampe, et elle a taillé un trou dans le béton inusable du quai, un demi-mètre sous l'endroit où je me trouvais. Le glisseur s'est remorqué tout seul et Segesvar a sauté du cockpit pour se tenir sur la proue, droit devant moi.

— Tu ne veux pas crier mon nom encore deux ou trois fois ? lui ai-je demandé, très calme. Au cas où quelqu'un n'aurait pas entendu.

— Oups. (Il a penché la tête et a écarté les bras en un geste d'excuse qui ne trompait personne. Il m'en voulait encore.) C'est juste ma nature spontanée. Alors, comment tu te fais appeler, en ce moment ?

— Laisse. Tu vas rester perché là-bas toute la journée ?

— Ça dépend. Tu comptes m'aider à accoster ?

Segesvar a pris ma main tendue et s'est hissé sur le quai. Mon bras a crié pendant que je l'aidais. Je payais encore mon miracle de l'aire martienne. Le *haiduci* a défroissé sa veste magnifique et a passé sa main dans ses cheveux noirs mi-longs. Radul Segesvar s'était fait de l'argent assez tôt pour financer des clones du corps dans lequel il était né, et le visage qu'il arborait aujourd'hui sous ses lentilles solaires était vraiment le sien – pâle malgré le climat, étroit et osseux, sans aucune trace d'ascendance japonaise. Il surmontait un corps tout aussi fin qui devait approcher de la trentaine. Segesvar vivait en général dans son enveloppe du début de l'âge adulte jusqu'à ce que, comme il le disait, il ne puisse plus baiser ou se battre comme il faut. Je ne sais pas combien de fois il s'était fait réenvelopper parce que depuis notre jeunesse commune à Newpest, je ne savais plus combien de temps il avait vraiment vécu. Comme la plupart des *haiduci* et moi-même, il avait eu sa part de stockage.

— Belle enveloppe, a-t-il dit en tournant autour de moi. Très belle. Qu'est-ce que tu as fait de l'autre ?

— Longue histoire.

— Que tu ne vas pas me raconter. (Il a terminé son tour et a enlevé ses lentilles et m'a regardé dans les yeux.) N'est-ce pas ?

— Exactement.

Il a poussé un soupir dramatique.

— C'est décevant, Tak. Très décevant. Tu deviens aussi muet que ces enfoirés de bridés du Nord avec qui tu passes tant de temps.

J'ai haussé les épaules.

— Tu sais, je suis à moitié un enfoiré de bridé du Nord, Rad.

— Ah oui, c'est vrai. J'oubliais.

Il n'avait rien oublié du tout. Il insistait un peu. D'une certaine façon, rien n'avait changé depuis l'époque où nous allions chez Watanabe. À l'époque, c'est toujours à cause de lui qu'on se battait. Même le dealer de meth, c'était son idée, au début.

— Il y a un distributeur de café à l'intérieur. Ça te dit ?

— Si on ne peut pas faire autrement. Tu sais, tu aurais pu venir à la ferme, on aurait bu du vrai café, on aurait eu du chanvre de mer, roulé à la main sur les cuisses de la meilleure actrice d'holoporn qu'on puisse engager.

— Une autre fois.

— Tu es toujours si sérieux… Quand ce ne sont pas les Diplos ou les néoquells, c'est un autre plan de vengeance. Tu sais, Tak, ça ne me regarde pas vraiment, mais il faut que quelqu'un te le dise, et apparemment c'est pour ma pomme. Il faut que tu t'arrêtes un peu, une fois de temps en temps. Histoire de te rappeler que tu es vivant. (Il a remis ses lentilles et a fait un signe de tête vers le terminal.) Allez, hop. Café en machine, pourquoi pas ? Ce sera nouveau.

Dans l'air frais, nous nous sommes assis près de panneaux de verre qui donnaient une belle vue sur le port. Une demi-douzaine de badauds attendait dans la même partie, assis au milieu de leurs bagages. Un homme défoncé, en haillons, passait entre les tables, tendant un plateau pour quémander des puces de crédit et racontant sa déveine à tous ceux que ça intéressait. C'est-à-dire pas grand monde. Il y avait une légère odeur d'antibactérien dans l'air, que je n'avais pas remarquée avant. Les robots nettoyeurs avaient dû passer.

Le café était sinistre.

— Tu vois, a dit Segesvar en repoussant le sien. Je devrais te péter les deux jambes rien que pour m'avoir fait boire ça.

— Tu te ferais mal.

Nos regards sont restés coincés un instant. Il a haussé les épaules.

— C'était une plaisanterie, Tak. Tu perds ton sens de l'humour.

— Oui, j'ai mis un supplément de trente pour cent. Avant, mes amis pouvaient l'avoir gratuitement, mais plus maintenant.

Il a laissé passer, puis a relevé la tête et m'a de nouveau regardé.

— Tu penses que je ne suis pas juste avec toi ?

— Je pense que tu oublies au moment qui t'arrange le sens véritable de : « Tu m'as sauvé tout à l'heure, mon vieux. »

Segesvar a opiné du chef comme s'il n'en avait pas attendu moins. Il a regardé la table entre nous.

— C'est une vieille dette, a-t-il dit doucement. Et douteuse.

— C'est pas ce que tu disais sur le moment.

C'était trop ancien pour me le rappeler facilement. Avant le conditionnement diplo, à l'époque où les choses étaient encore altérées par le passage du temps. Je me rappelais surtout la puanteur de la ruelle. Des précipités alcalins des usines de traitement de la belalgue, l'huile déversée par les systèmes hydrauliques des réservoirs comprimés. Les jurons du dealer de meth et l'éclat de la grande gaffe à baleine à bosse qu'il abattait dans l'air entre nous. Il approchait. Les autres avaient détalé, leur enthousiasme adolescent pour le vol remplacé par la terreur quand ce crochet d'acier était sorti et avait ouvert la jambe de Radul Segesvar de la rotule à la cuisse. Ils étaient partis à toute allure, en criant dans la nuit comme des esprits exorcisés, laissant Radul se traîner mètre par mètre dans la ruelle. Et moi, seize ans, les mains vides face à l'acier.

« *Viens ici, petite merde.* » Le dealer me souriait dans le noir, il roucoulait presque en avançant, puisqu'il me barrait la sortie. « *T'as essayé de me rouler sur mon propre turf, hein ? Je vais t'ouvrir en deux et te faire bouffer tes tripes, gamin.* »

Et pour la première fois de ma vie, je me suis rendu compte, comme si des mains froides me serraient le cou, que j'étais en face d'un homme qui me tuerait si je ne l'arrêtais pas.

Il n'allait pas me battre comme mon père, ni me couper comme un abruti des bandes rivales de Newpest. Me tuer. Me tuer, et sans doute m'arracher ma pile et la jeter dans les eaux sales du port, où elle resterait jusqu'à ce que toutes les personnes que j'aimais ou que je connaissais soient mortes. C'est cette image, cette peur de couler et de me perdre dans l'eau toxique, qui m'a poussé en avant, m'a fait chronométrer le balancement de l'acier et m'a fait frapper quand il était déséquilibré, quand la pointe arrivait au bout de sa course.

Puis nous sommes tous les deux tombés dans les débris et l'ammoniaque des rebuts des usines, et je me suis battu pour lui prendre la gaffe.

Je l'ai prise.

J'ai frappé, plus par chance que par calcul, et je lui ai ouvert le ventre.

Il a perdu toute combativité. Il a poussé un long gargouillis, les yeux écarquillés et rivés aux miens. Je le fixais aussi, ma rage et ma peur se disputant encore mon cœur, faisant encore battre mes tempes, toutes les réactions chimiques de mon corps déversées dans le système. J'avais à peine conscience de ce que je venais de faire. Puis il s'est écroulé en arrière dans la pile d'ordures. Il est resté assis là, comme dans son fauteuil préféré. Je me suis péniblement remis sur pieds, le visage et les cheveux trempés de bouillasse alcaline, le regard encore rivé au sien, la main serrée autour de la gaffe. Sa bouche s'ouvrait et se refermait, sa gorge poussait des sons désespérés et humides. J'ai baissé les yeux et vu ses entrailles enroulées autour de mon arme.

Le choc. Ma main s'est ouverte toute seule, et le crochet est tombé. Je me suis écarté, chancelant et vomissant. Les sons faibles et implorants qu'il émettait ont disparu derrière mes haut-le-cœur. La puanteur de la bile, chaude et envahissante, s'est mêlée à celle de la ruelle. Je me suis plié en deux sous la force de ma nausée et suis tombé dans le tout.

Je pense qu'il était encore vivant quand je me suis relevé pour aider Segesvar. Ses gargouillis m'ont suivi jusqu'au bout de la ruelle, et les infos le lendemain ont dit qu'il avait fini par mourir des suites d'une hémorragie peu avant l'aube. D'un autre côté, les mêmes bruits m'ont suivi pendant plusieurs semaines, chaque fois que j'étais dans un endroit assez calme pour m'entendre penser. Pendant presque un an, je me suis réveillé chaque matin avec ces sons dans l'oreille.

J'ai détourné le regard. Les panneaux de verre du terminal sont revenus dans mon champ de vision. De l'autre côté de la table, Segesvar me regardait fixement. Peut-être qu'il s'était perdu dans les mêmes souvenirs. Il a grimacé.

— Alors tu ne crois pas que j'ai le droit d'être en pétard ? Tu disparais pendant neuf semaines sans un mot, à me laisser ta merde et me faire passer pour un con devant les autres *haiduci*. Et maintenant, tu veux étaler les paiements ? Tu sais ce que je ferais si quelqu'un d'autre me faisait des emmerdes pareilles ?

J'ai opiné de la tête. Je me rappelais avec un humour certain ma propre fureur contre Plex, quelques mois plus tôt, tandis que je me vidais de mes fluides synthétiques à Tekitomura.

« *Euh, il faut qu'on reporte, Tak.* »

J'avais envie de le tuer, rien que pour avoir dit ça.

— Tu trouves que trente pour cent, ce n'est pas juste ?

J'ai soupiré.

— Rad, tu es un gangster et moi… je ne vaux pas mieux. Je ne pense pas que toi ou moi sachions vraiment ce qui est juste ou non. Fais ce que tu veux. Je te trouverai l'argent.

— D'accord. (Son regard ne m'avait pas lâché.) Vingt pour cent. Ça convient mieux à ton sens d'équité commerciale ?

J'ai secoué la tête sans rien dire. J'ai mis la main dans ma poche pour prendre les piles corticales, et gardé le poing serré en le tendant vers lui.

— Tiens. Voilà le poisson que tu es venu chercher. Quatre poissons. Fais ce que tu veux avec.

Il a repoussé mon bras et m'a brandi un doigt furieux sous le nez.

— Non, mon ami. Je fais ce que *toi* tu veux avec eux. Je te rends un service, et tâche de ne pas l'oublier. J'ai dit vingt pour cent. Est-ce que c'est juste ?

La décision s'est cristallisée de nulle part, si vite que c'était comme une claque derrière la tête. En y repensant, je n'ai pas su deviner ce qui l'avait déclenchée, mais j'avais l'impression une nouvelle fois d'avoir écouté une petite voix dans les ténèbres, qui me disait de faire vite. Comme une moiteur soudaine dans mes paumes, et la terreur d'arriver trop tard pour quelque chose d'important.

— Je suis sincère, Rad. À toi de décider. Si ça te fait perdre la face devant les autres *haiduci*, laisse tomber. Je les balancerai par-dessus bord dans la Prairie, et on mettra tout en pause. Donne-moi la note, je trouverai un moyen de payer.

Il a levé les mains au ciel, un geste qu'il avait copié quand nous étions encore jeunes, dans des films de *haiduci* comme *Amis d'Ireni Cozma* et *Voix hors la loi*. J'ai eu du mal à ne pas sourire en le voyant. À moins que ce soit seulement l'inertie qui m'entraîne, cette emprise presque psychotrope de la décision prise et de ce qu'elle impliquait. Dans la gravité du moment, la voix de Segesvar était soudain un bourdonnement à la limite de l'important. Je l'occultais.

— Putain, d'accord. *Quinze* pour cent. Allez, Tak, ça c'est normal. Moins, et mes mecs vont me virer pour faute professionnelle. Quinze pour cent, d'accord ?

J'ai haussé les épaules et tendu mon poing de nouveau.

— D'accord, quinze pour cent. Tu les veux toujours ?

Il a effleuré mon poing de sa main, a pris les piles avec le tour de passe-passe habituel de la rue, et les a empochées.

— T'es dur en affaires, Tak. On te l'a déjà dit ?

— C'est un compliment, non ?

Il a encore grogné, sans rien dire cette fois. Il s'est levé, a épousseté ses vêtements comme s'il s'était assis sur une plate-forme à fourrage. J'ai suivi son mouvement, et l'homme au plateau s'est dirigé vers nous.

— Vétéran déClass, a-t-il marmonné. Me suis fait griller en sécurisant New Hok pour le Nouveau Siècle, mec. J'ai descendu des gros noyaux de co-op. Vous avez…

— Non, je n'ai pas d'argent, a dit Segesvar avec impatience. Tenez, vous pouvez prendre mon café. Il est encore chaud.

Il a surpris mon regard.

— Quoi ? Je suis un putain de gangster, non ? À quoi tu t'attendais ?

Au-dessus de la Prairie d'Algues, le ciel était pris d'un grand calme. Même le ronflement des turbines paraissait réduit, avalé par le terrain plat et vide et les nuages au-dessus de notre tête. Accoudé au bastingage, les cheveux plaqués par la vitesse de notre progression, je respirais l'odeur caractéristique de la belalgue crue. Les eaux de la Prairie sont saturées d'algues, et le passage de n'importe quel glisseur les fait remonter à la surface. Nous avons laissé derrière nous un grand sillage de végétation hachée et de turbulences vaseuses qui ne s'estomperait pas avant une bonne heure.

À ma gauche, Suzi Petrovski, assise dans le cockpit, naviguait clope au bec, les yeux plissés pour se protéger de la fumée et de la lumière reflétée par le ciel nuageux. Mikhail était sur l'autre passerelle, avachi contre le bastingage comme un gros sac de lest. Il boudait depuis le début du voyage, parvenant à convoyer avec éloquence son ressentiment de devoir nous accompagner, mais rien d'autre ou presque. De temps en temps, il grattait d'un air morose les ports de branchement dans sa nuque.

Une station de fagotage abandonnée est apparue à bâbord, sorte de cabanon préfa avec une jetée en bois miroir noirci. Nous avions vu d'autres stations, certaines encore en fonction, allumées et déversant leur chargement sur de grandes barges automatisées. Mais c'était au moment où notre trajectoire serrait encore Newpest du côté lac. Ici, loin de la ville, cette petite île d'industrie interrompue renforçait simplement l'impression de désolation.

— Le commerce de l'algue en a pris un coup, hein ? ai-je crié par-dessus les turbines.

Suzi Petrovski a lancé un coup d'œil dans ma direction.

— Pardon ?

— Le commerce de l'algue, ai-je crié de nouveau en désignant la station qui disparaissait déjà derrière nous. Il en a pris un coup récemment, hein ?

Elle a haussé les épaules.

— Ce n'est jamais à l'abri, avec les fluctuations du marché pour ce genre de trucs. La plupart des indépendants ont dégagé depuis longtemps. Ici, c'est KosUnity qui gère les grosses plates-formes mobiles. La préparation et le fagotage sont faits à bord. Difficile de lutter.

Ce n'était pas une attitude récente. Il y a quarante ans, avant mon départ, les Suzi Petrovski donnaient déjà les mêmes réponses flegmatiques aux problèmes économiques du monde. La même endurance nourrie par le renfermement et les cigarettes à la chaîne, comme si la politique était une sorte de système météo capricieux et massif auquel on ne pouvait rien.

J'ai recommencé à regarder l'horizon.

Au bout d'un moment, le téléphone dans ma poche gauche a sonné. J'ai hésité un moment, puis je l'ai sorti avec un mouvement d'humeur avant de l'appuyer contre mon oreille.

— Oui, quoi ?

Les murmures sont apparus dans un nouveau silence électronique, une irruption dans le calme, comme une paire d'ailes noires battant juste au-dessus de moi. L'idée d'une voix, des mots glissants sur un murmure dans mon oreille.

— *Il ne reste pas beaucoup de temps.*

— Oui, tu l'as déjà dit, ça. Je fais ce que je peux.

— *Je ne pourrai plus les retenir très longtemps.*

— Oui, j'y travaille.

— *Travaille...*

On aurait dit une question.

— J'ai dit...

— *Il y a des ailes ici... un millier d'ailes qui battent et tout un monde fendu...*

Ça disparaissait, comme une station radio mal réglée, ça s'estompait, ça grésillait et c'est redevenu silence. Mais avant.

— *Fendu d'un bord à l'autre... c'est magnifique, Micky...*

Et plus rien.

J'ai attendu, rabaissé le téléphone et l'ai soupesé dans ma paume. Avec une grimace, je l'ai rangé dans mon blouson.

Suzi Petrovski m'a regardé.

—Mauvaises nouvelles ?

—On peut dire ça. On peut aller plus vite ?

Elle s'était déjà retournée vers l'eau devant nous. Et allumait une nouvelle cigarette, d'une main.

—Pas en toute sécurité.

J'ai opiné de la tête et repensé à la communication que je venais d'avoir.

—Et qu'est-ce que ça va me coûter d'oublier la sécurité ?

—Le double, environ.

—OK. On y va.

Un petit sourire dur a flotté sur ses lèvres. Elle a haussé les épaules, éteint sa cigarette et se l'est glissée derrière l'oreille. Sur le tableau de contrôle, elle a effleuré quelques écrans. Les images radar se sont agrandies. Elle a crié quelque chose à Mikhail en magyar des rues. C'était allé trop vite pour que je saisisse plus que la surface. « Descends et ne touche pas à… » quelque chose ? Il lui a lancé un regard blessé puis s'est déplié du bastingage pour retourner dans la cabine.

Elle s'est tournée vers moi, quittant à peine les contrôles des yeux.

—Vous aussi, allez vous asseoir. Je vais accélérer, et on va tanguer sévèrement.

—Je peux me cramponner.

—Eh bien, je préférerais que vous soyez là-bas. Vous pourrez lui faire la conversation, moi je vais être trop occupée.

J'ai repensé à l'équipement que j'avais vu entreposé dans la cabine. Plug-ins de navigation, une console de loisirs, des modificateurs de flux de courant. Des câbles, des jacks. J'ai repensé à l'attitude du gosse et à son absence d'intérêt pour le monde entier. J'ai compris ce que je n'avais pas encore compris.

— Bien sûr, ai-je dit. C'est toujours bien d'avoir quelqu'un à qui parler, hein ?

Elle n'a pas répondu. Elle était peut-être déjà plongée dans les images radar aux couleurs sombres qui donnaient notre trajectoire dans la Prairie. Ou alors elle réfléchissait. Je l'ai laissé faire et suis allé m'asseoir.

Au-dessus de ma tête, les turbines ont poussé un gémissement dément.

Chapitre 23

Sur la Prairie, le temps finit par s'arrêter.

Au début, on remarque les détails – les racines arrondies d'un buisson de tepes, brisant l'eau comme les os à moitié rongés d'un géant. De drôles de taches d'eau claire où la belalgue n'a pas daigné s'installer, et on voit en dessous l'émeraude pâle du sable, la légère pente du fond vallonné, pas encore rongé par la mousse de Sakate. Mais ces images sont rares, et parfois l'œil est attiré vers le grand horizon. Et après ça, même si on essaie de s'en arracher pour regarder les détails, on a l'impression d'une marée qui oblige à se désintéresser de tout ce qui n'est pas sur votre trajectoire.

On reste assis, on écoute la cadence du moteur parce qu'il n'y a rien d'autre à faire. On fixe l'horizon et on plonge dans ses propres pensées parce qu'on n'a nulle part où fuir.

Vite…

« *Je te fais confiance, Micky. Prends soin d'elle, elle, elle, elle, elle…* »

Elle. Sylvie, sa crinière argentée. Son visage…

Elle dont le visage est changé par la femme qui s'y est glissée et le lui a volé. Sa voix, délicatement modulée…

« *Je n'ai aucun moyen de savoir si et quand Sylvie Oshima va revenir.* »

« *Nadia, j'essaie de t'aider, putain.* »

« *Elle se demande qui se cache derrière Micky la Chance, et si elle est en sécurité avec toi. Si elle va se faire baiser à la première occasion.* »

« Elle se demande où tu vas avec l'âme de tant de prêtres morts. »

Les traits fins et attentifs de Todor Murakami sur le ferry. La fumée de sa pipe, balayée par le vent.

« Alors, c'est quoi cette arnaque ? Je croyais que tu traînais avec Radul Segesvar, maintenant. Nostalgie et petit crime organisé. Pourquoi tu remontes au nord ? »

« Il serait temps de te remettre sur le droit chemin. De te remettre au travail. »

Le boulot. Ouais, ça va résoudre tous tes problèmes, Micky.

Et arrête de m'appeler comme ça.

Et des cris. Et des trous béants découpés dans la colonne vertébrale à hauteur de nuque. Et le poids des piles corticales dans ma paume, encore poisseuses. Et le vide qui ne sera jamais comblé.

Sarah.

Le travail.

J'essaie de t'aider, putain.

Vite…

Je te fais confiance…

J'essaie de…

Vite…

J'ESSAIE…

— La côte. (La voix de Suzi Petrovski s'est déversée par le haut-parleur de la cabine, laconique et assez ferme pour qu'on s'y accroche.) Sourcetown dans quinze minutes.

J'ai arrêté de ressasser et j'ai regardé sur ma gauche, où la côte de Kossuth s'avançait vers nous. Elle s'élevait, ligne accidentée sur un horizon autrement sans interruption, puis a paru bondir en avant et prendre texture en une procession de collines basses, avec de temps à autre la tache blanche des dunes de sable au second plan. L'arrière de Vchira, le sommet de montagnes noyées et usées par les âges géologiques.

Un croissant de sept cents kilomètres, barrière maritime d'un côté et étendue de sable cristallin de l'autre.

« *Un jour,* m'avait informé l'une des habitantes permanentes de Sourcetown un demi-siècle plus tôt, *la mer va tout emporter, ici.* » Tout emporter puis se déverser dans la Prairie d'Algues comme une armée d'invasion pénétrant enfin une frontière disputée de longue date. Ronger les derniers bastions et ravager la plage. « *Un Jour, mec*, avait répété la locale avec des majuscules dans la voix et en me souriant avec ce que j'identifiais déjà comme le détachement caractéristique des surfeurs. *Un Jour, mais Pas Aujourd'hui. Et jusque-là, on peut regarder la mer, mec. Continue à regarder, ne regarde jamais derrière toi, ne te demande pas pourquoi elle tient en place.* »

Un Jour, mais Pas Aujourd'hui. Regarde la mer.

On pourrait appeler ça une philosophie, j'imagine. Sur Vchira Beach, c'est souvent ce qu'on croit. Limitée, certes, mais j'ai vu des façons bien plus négatives de trouver sa place dans l'univers.

Le ciel s'était dégagé quand nous avons atteint le sud de la Prairie, et j'ai commencé à voir des signes d'habitation au soleil. Sourcetown n'est pas vraiment un endroit, c'est une approximation, un terme flou pour une bande de cent soixante-dix kilomètres de services aux surfeurs et des infrastructures associées. Dans sa forme la plus ténue, ce sont des tentes et des préfas épars le long de la plage, des feux de camps ancestraux et des sites de barbecue, des auvents de belalgue grossièrement tressés et des bars. La permanence de l'occupation humaine enfle et retombe quand la Bande approche et dépasse les endroits où le surf n'est pas simplement bon mais phénoménal. Et dans la zone Big Surf, les logements deviennent plus denses, presque comme une vraie ville. De véritables rues apparaissent sur les collines derrière les dunes, avec un véritable éclairage public et des groupes de plates-formes et jetées en béton inusable tournées vers la Prairie d'Algues. La dernière fois que j'y étais venu, on comptait cinq noyaux, chacun avec sa bande d'enthousiastes qui juraient que le meilleur surf de tout le continent se pratiquait « ici, putain, juste ici ». Pour ce que j'en savais, ils avaient peut-être raison. Et il pourrait bien y avoir cinq ou six noyaux de plus, maintenant.

Les habitants eux-mêmes étaient tout aussi sujets à fluctuation. Toute la Bande était parcourue de cycles de population à fréquence lente. Certains suivaient les cinq saisons de Harlan, certains les cycles complexes des marées trilunaires, et d'autres le rythme plus long et alangui de l'espérance de vie d'une enveloppe de surfeur. Les gens vont, viennent et reviennent. Parfois, leur loyauté géographique à une partie de la plage restait valide d'un cycle à l'autre. Parfois elle se déplaçait. Et parfois, ils n'avaient aucune loyauté du tout.

Trouver quelqu'un sur la Bande n'a jamais été facile. C'est souvent pour ça que les gens viennent.

— Kem Point droit devant. (Encore Petrovski, sur un fond de turbines qui ralentissent. Elle avait l'air fatiguée.) Ça te va ?

— Oui, là ou ailleurs, ça ira.

J'ai regardé les plates-formes de béton inusable qui approchaient, et la masse basse des immeubles qu'elles maintenaient au-dessus des eaux de la Prairie. Les structures désordonnées remontaient la colline derrière la plage. Il y avait quelques silhouettes sur les balcons ou les jetées, mais autrement cette petite implantation paraissait déserte. Je ne savais pas du tout si je me trouvais dans la bonne partie de Sourcetown, mais il faut bien commencer quelque part. J'ai saisi la poignée de mon sac et me suis levé quand le glisseur a viré sur la gauche. J'ai regardé mon compagnon silencieux dans la cabine.

— Ça m'a fait plaisir de te parler, Mikhail.

Il m'a ignoré, les yeux rivés sur la vitre. Il n'avait pas prononcé un mot, de tout le temps où nous étions restés dans la cabine. Il avait simplement regardé l'absence de paysage autour de nous. Une fois ou deux, il avait surpris mes coups d'œil tandis qu'il frottait ses prises de jack, et s'était arrêté d'un coup avec un air crispé. Mais même là, il n'avait pas parlé.

J'ai haussé les épaules, j'allais me mettre contre le bastingage, quand j'ai changé d'avis. J'ai retraversé la cabine et me suis planté en plein dans le champ de vision de Mikhail, contre la vitre. Il a levé les yeux vers moi en clignant des paupières, la surprise l'extirpant de ses pensées.

— Tu sais, ai-je dit d'un ton joyeux, tu as de la chance, d'avoir une mère pareille. Mais dehors, il n'y a que des gens comme moi. Et on n'en a rien à foutre que tu vives ou pas. Si tu ne te décides pas à bouger ton cul, personne ne va venir t'aider.

Il a reniflé.

— Qu'est-ce que ça a…

Quelqu'un de plus habitué à la rue aurait lu mon regard, mais lui était trop occupé par son manque, trop plein de vie maternée. J'ai tendu la main sans me presser, l'ai saisi à la gorge et l'ai levé de son siège.

— Tu vois ce que je veux dire ? Qui va m'empêcher de te broyer le larynx ?

— Ma…

— Elle ne peut pas t'entendre. Elle est occupée à gagner de quoi vous nourrir tous les deux. (Je me suis rapproché.) Mikhail, tu es infiniment moins important, dans le monde, que ses efforts ont pu te le laisser croire.

Il a levé les mains et essayé de desserrer mes doigts. J'ai ignoré ses faibles tentatives et serré un peu. Il a commencé à avoir vraiment peur.

— Vu comment tu te comportes, lui ai-je dit sur le ton de la conversation, tu vas finir en pièces détachées sous une lumière tamisée. C'est le seul usage qu'un type comme toi a pour un type comme moi, et personne ne nous empêchera de venir te chercher, parce que personne n'a la moindre raison de vouloir te protéger. C'est ça que tu veux ? Devenir un tas de pièces détachées, avec le reste à la poubelle ?

Il s'est tordu, le visage violacé. Il a secoué la tête. Je l'ai tenu encore quelques secondes, puis j'ai relâché et l'ai laissé retomber dans sa chaise. Il s'est étranglé et a toussé, les yeux écarquillés et humides. Une de ses mains est montée pour masser sa gorge, là où j'avais laissé des marques.

— Tout ça, Mikhail, les trucs qui se passent autour de toi : c'est ça, la vie. (Je me suis penché sur lui, et il a sourcillé.) Essaie de t'y intéresser pendant que tu peux.

Le véhicule a rebondi doucement contre quelque chose. Je me suis redressé et je suis sorti sur le pont latéral, dans une chaleur et une luminosité soudaines. Nous flottions dans un lacis de jetées en bois miroir, assurées à intervalles stratégiques par des bases en béton inusable. Les moteurs du flotteur continuaient à tourner, murmure bas et pression délicate contre le débarcadère le plus proche. Le soleil de fin d'après-midi lançait des reflets durs sur le bois miroir. Suzi Petrovski se tenait dans le cockpit et plissait les yeux contre la lumière reflétée.

— On a donc dit le double, m'a-t-elle rappelé.

Je lui ai donné une puce et j'ai attendu qu'elle la vide. Mikhail a choisi de ne pas émerger de la cabine. Peut-être qu'il réfléchissait. Sa mère m'a rendu la puce, s'est protégé les yeux avec la main et m'a indiqué une direction.

— Ils ont une boutique qui loue des rampeurs pas cher, trois rues plus loin. À côté du mât de transmission, là. Celui avec les dragons sur les drapeaux.

— Merci.

— Pas de quoi. J'espère que vous allez trouver ce que vous cherchez.

Je me suis passé de rampeur, au moins dans un premier temps, pour déambuler dans la petite ville et m'imprégner de ce qui m'entourait. La route qui remontait la colline aurait pu se trouver dans n'importe quel faubourg de Newpest sur la Prairie. La même architecture utilitaire, le même mélange de magasins de matériel et de logiciel pour aller sur l'eau, avec des restaurants et des bars. Les mêmes rues en vitrifié sale et usé, les mêmes odeurs. Mais une fois la crête passée, la ressemblance se dissipait comme un rêve au réveil.

En dessous de moi, l'autre moitié de la ville s'achevait en structures lancées au petit bonheur et construites avec tout ce qu'on pouvait trouver. Des préfas bulles côtoyaient des maisons en rondins, des cabanes en bois flotté et, vers le fond, de vraies tentes en toile. Les rues vitrifiées cédaient le pas à des plaques de béton inusable mal posées, puis au sable, l'étendue infinie de la plage. Il y avait plus d'activité que du côté Prairie, la plupart des gens à moitié vêtus et allant d'un pas lent vers la côte sous le soleil de fin de journée. Un bon tiers de tout ce petit monde portait une planche sous le bras. La mer elle-même était d'un or bronze dans cette lumière rasante, et constellée d'activité, les surfeurs flottant à cheval sur leur planche ou debout pour découper des tranches dans la surface calme. Le soleil et la distance les transformaient tous en silhouettes de carton noir.

— Putain de vue, hein, mon pote ?

C'était une voix d'enfant, haut perchée, déplacée par rapport à ses paroles. Je me suis retourné devant un garçon d'une dizaine d'années qui me regardait depuis une porte. Son corps était maigre et bronzé, vêtu d'un short de plage. Les yeux d'un bleu délavé. Les cheveux emmêlés par la mer. Il était appuyé contre le chambranle, les bras croisés nonchalamment sur sa poitrine nue. Derrière lui, dans la boutique, j'ai vu des planches accrochées au mur. Des affichages mouvants de logiciel aquatech.

— J'ai vu pire, ai-je dû reconnaître.

— Première fois que vous venez à Vchira ?

— Non.

Déception dans sa voix.

— Alors vous ne cherchez pas de cours ?

— Non. (J'ai fait une pause pour évaluer l'intelligence de ma question.) Ça fait longtemps que vous êtes sur la Bande ?

Il a souri.

— J'y ai passé toutes mes vies. Pourquoi ?

— Je cherche des amis. Je me disais que vous les connaissiez peut-être.

— Ah ouais ? Vous êtes flic ? Mercos ?

— Pas récemment.

Apparemment, c'était la bonne réponse. Il a recommencé à sourire.

— Ils ont des noms, ces amis ?

— La dernière fois que je suis venu, oui. Brasil, Ado, Tres. (J'ai hésité.) Vidaura, peut-être.

Ses lèvres se sont tordues, il a aspiré contre ses dents. Tous ses gestes avaient été appris dans un autre corps, bien plus vieux.

— Jack Soul Brasil ? a-t-il demandé avec méfiance.

J'ai acquiescé.

— Vous êtes un Scarabée ?

— Pas récemment.

— Du Multiflores ?

— Non.

— BaKroom Boy ?

— Vous avez un nom ? lui ai-je demandé.

— Bien sûr. Milan. Par ici, on m'appelle le Fournisseur.

— Eh bien, Milan, lui ai-je dit d'un ton plat, vous commencez à me foutre les nerfs. Vous pouvez m'aider, ou pas ? Vous savez où se trouve Brasil, ou vous êtes encore impressionné par le sillage qu'il a laissé ici il y a trente ans ?

— Eh. (Ses yeux pâles se sont étrécis. Ses bras se sont décroisés, ses poings serrés.) Vous savez, c'est *chez moi*, ici.

Je *surfe*. Je tirais la vague à Vchira avant que vous soyez une putain de goutte dans la chatte de votre mère.

— J'en doute, mais ne mégotons pas. Je cherche Jack Soul Brasil. Je vais le trouver avec ou sans vous, mais vous pouvez me faire gagner du temps. Donc, est-ce que vous allez le faire ?

Il m'a regardé, encore en colère, encore agressif. Dans son enveloppe de dix ans, ce n'était pas très impressionnant.

— La question, mon vieux, c'est ce que ça rapporte de vous aider ?

— Ah.

Une fois payé, Milan s'est montré plus utile, en fragments lâchés à contrecœur pour masquer l'étendue limitée de son savoir. Je lui ai acheté du rhum et du café dans un petit rade en face de sa boutique – « je ne peux pas fermer comme ça, mec, ça me coûterait mon boulot » – et j'ai attendu qu'il se mette à table. La majeure partie de ce qu'il m'a dit était clairement un composé des légendes qu'on se repasse sur la plage, mais à quelques-unes des choses qu'il a dites, j'ai décidé qu'il avait vraiment rencontré Brasil, voire surfé avec lui. Leur dernière rencontre avait l'air de remonter à une dizaine d'années. Héroïsme conjoint au combat, à mains nues face à un gang de surfeurs loyalistes à Harlan qui s'accrochaient à quelques kilomètres au sud de Kem Point. Raclée généralisée et brutale, Milan s'en acquitte avec une sauvagerie qu'il minimise par modestie, quelques blessures – « tu aurais dû voir les cicatrices sur mon enveloppe, mec, quelquefois je la regrette encore » – mais les plus beaux éloges sont réservés à Brasil. « Comme une putain de panthère des marais, mec. Ces connards lui ont ouvert la poitrine, il n'a même pas remarqué. Il les a tous déchirés. Il ne restait rien quand il a eu fini. Il les a renvoyés chez eux en morceaux. » Tout cela suivi par une fête orgiaque – feu de joie et les cris des femmes au comble de l'orgasme sur fond de rouleaux déferlants.

C'était une image standard, et d'autres fanatiques de Vchira me l'avaient déjà dépeinte par le passé. En omettant les ajouts les plus évidents, j'ai acquis quelques détails utiles. Brasil avait de l'argent – « avec toutes ces années dans les Petits Bleus, hein. Il n'est pas obligé de gagner sa croûte en formant les gamins, en vendant des planches ou à préparer le prochain corps d'un putain d'aristo cinq ans à l'avance » – mais il n'a toujours pas de clone. Il posséderait un bon corps de surfeur, mais je ne reconnaîtrais pas son visage. « Cherche ces putains de cicatrices sur sa poitrine, mec. » Oui, il portait encore les cheveux longs. La rumeur actuelle voulait qu'il vive dans un petit hameau vers le sud. Apparemment, il apprenait le saxophone. Il y avait un jazzman qui jouait avec Csango junior, avant, qui avait dit à Milan…

J'ai payé les verres et je me suis levé. Le soleil était parti, et la mer d'un or sale s'était ternie en vil métal. De l'autre côté de la plage en dessous de nous, les lumières s'allumaient les unes après les autres. Je me suis demandé si j'arriverais à la loc de rampeurs avant qu'elle ferme.

— Et cet aristo, là, ai-je dit d'un ton badin. Tu apprends à son corps à surfer cinq ans à l'avance, pour lui affiner les réflexes. T'y gagnes quoi ?

Milan a haussé les épaules et terminé son rhum. L'alcool et l'argent l'avaient radouci.

— On échange nos enveloppes. Je récupère ce qu'il portait en échange de ça à l'âge de seize ans. Donc, j'y gagne une enveloppe aristo d'une trentaine d'années, avec altérations cosmétiques et échange notarié pour que je n'essaie pas de me faire passer pour lui. Sans ça, j'ai tout le reste. Du clone haut de gamme, avec tous les périphériques standard. Sympa, hein ?

— Ouais, s'il prend bien soin de ce qu'il porte. Le mode de vie aristo peut être assez méchant au niveau usure.

— Nan, ce type est en forme. Il vient ici de temps en temps pour jeter un œil à son investissement, tu vois, pour nager et surfer un peu. Il devait venir cette semaine, mais bon, le truc de la limo Harlan, ça a tout calmé. Il a un peu de graisse en trop, il ne sait pas surfer, bien sûr, mais ça c'est des conneries que je pourrai facilement régler quand…

— Le truc de la limo Harlan ?

La vigilance diplo m'a réveillé les nerfs.

— Ouais, le truc, là, l'antigrav de Seichi Harlan. Ce type est très proche de cette branche de la famille, il a dû…

— Il lui est arrivé *quoi*, à l'antigrav de Seichi Harlan ?

— T'es pas au courant ? (Milan a cligné des paupières, surpris.) T'étais où, bordel ? Le net parle que de ça depuis hier. Seichi Harlan emmenait ses fils et sa belle-fille à Rila, et l'antigrav a explosé dans le détroit.

— Comment ça, explosé ?

— On ne sait pas encore. Ça a explosé, c'est tout. D'après les images qu'on a, ça venait de l'intérieur. Il a coulé en quelques secondes. Enfin, ce qui en restait. Ils cherchent encore les morceaux.

Ils n'avaient pas fini. La tempête s'était fait sentir sur pas mal de distance, c'était la saison, et les courants du détroit étaient toujours imprévisibles. Les fragments d'épave pouvaient être emportés assez loin et finir dispersés sur une dizaine d'endroits différents au milieu des îles et récifs de l'archipel de Millsport. Ç'allait être un cauchemar de récupérer les piles.

J'ai repensé à Belacoton Kohei et aux marmonnements de Plex. « *Je ne sais pas, Tak. Vraiment. C'était une sorte d'arme, qui remontait à la Décolonisation.* » Il avait dit biologique, mais il reconnaissait lui-même qu'il ne savait pas tout. Les yakuzas du haut du panier et Aiura, la gentille espionne des Harlan, l'avaient tenu à l'écart. Aiura, qui s'occupait de limiter la casse et de faire le ménage pour la famille Harlan.

Un autre fragment de détail s'est mis en place. Drava sous la neige. J'attendais dans l'antichambre de Kurumaya, à regarder sans m'y intéresser le déroulé des news. Mort accidentelle d'un héritier Harlan mineur dans le quartier des docks de Millsport.

Ce n'était pas vraiment un lien, mais l'intuition diplo ne fonctionne pas comme ça. Elle empile les infos jusqu'à ce qu'on commence à voir la forme de quelque chose qui se détache. Jusqu'à ce que le lien se fasse pour vous. Je ne voyais rien pour l'instant, mais les fragments chantaient comme un carillon dans la tempête.

Ça, et la sourdine, toujours : *vite, vite, il ne reste pas beaucoup de temps.*

J'ai échangé avec Milan la poignée de main de Vchira, dont je me souvenais mal, et je suis parti rapidement sur la colline.

La loc de rampeurs était encore allumée, et j'y ai trouvé un surfeur qui s'ennuyait comme un rat. Ses yeux se sont réveillés assez longtemps pour se rendre compte que je n'étais pas surfeur, aspirant ou autre, puis il est passé en mode vendeur mécanique. Un vernis de boulot autour du cœur intime qui le retenait à Vchira, la chaleur de l'enthousiasme soigneusement remballée jusqu'à ce qu'il puisse la partager avec quelqu'un qui comprenait. Mais il m'a proposé avec compétence un rapide monoplace, à la déco criarde au possible, et m'a montré le logiciel de carto urbaine avec les points de dépose que je pourrais utiliser sur la Bande. À ma demande, il m'a aussi fourni une combi et un casque en polalliage prémoulé. J'ai vu l'opinion qu'il avait de moi foutre le camp. Apparemment, beaucoup de personnes à Vchira Beach ne faisaient pas la différence entre le risque et la bêtise.

Oui, et tu fais partie du nombre, Tak. Qu'est-ce que tu as fait qui ne soit pas risqué, ces derniers temps ?

Dix minutes plus tard, j'étais équipé et je sortais de Kem Point à bon train, derrière le cône de lumière que mon phare projetait sur la nuit.

Au sud, quelqu'un jouait du saxophone. Mal.

J'avais déjà eu de meilleurs indices à suivre. Mais une chose jouait pour moi. Je connaissais Brasil : dès que quelqu'un se mettrait à le chercher, il ne se cacherait pas. Il viendrait s'occuper du problème de la même façon qu'on traverse une grosse vague. Comme pour s'occuper d'un groupe de loyalistes à Harlan.

Si je faisais assez de bruit, ce ne serait pas la peine de le chercher.

Il viendrait me trouver.

Trois heures plus tard, je suis sorti de l'autoroute pour entrer dans le bleu des projos autour d'un restau et magasin à distributeurs ouvert toute la nuit. Tout bien considéré, je pensais avoir fait assez de bruit. Ma réserve de puces de crédit de faible valeur était presque épuisée, j'étais un peu embrouillé d'avoir partagé tant de verres et de fumettes sur la Bande, et ma main droite me faisait un peu mal depuis un coup de poing mal donné dans une taverne où on ne voyait pas d'un bon œil que les étrangers parlent des légendes du coin.

Sous les projos, la nuit était très agréable, et des grappes de surfeurs faisaient les clowns sur le parking, bouteille ou pipe à la main. Leurs rires paraissaient rebondir dans le lointain. Quelqu'un racontait une histoire de planche brisée d'une voix aiguë et excitée. Un ou deux groupes plus sérieux étaient agglutinés autour de véhicules éventrés en réparation. Les torches laser s'allumaient et s'éteignaient, faisant voler les étincelles vertes ou violettes des alliages exotiques.

J'ai acheté un café étonnamment bon au comptoir et je l'ai bu dehors en regardant les surfeurs. Dans mon enfance, à Newpest, je n'avais jamais eu accès à cette culture – le protocole des gangs ne permettait pas qu'on s'intéresse de près à la plongée *et* au surf, et je suis d'abord tombé dans la plongée. Je suis toujours resté fidèle. Il y a quelque chose qui m'attire dans le silence des profondeurs. Un grand calme à la respiration lente, un soulagement de la folie des rues et à ma propre vie encore plus chaotique.

On pouvait s'y noyer.

J'ai fini mon café et suis retourné à l'intérieur. Une odeur de soupe ramen flottait en l'air et me tiraillait les tripes. Je me suis rendu compte que je n'avais rien mangé depuis le petit déjeuner tardif avec Japaridze, sur le pont du *Haiduci's Daughter*. Perché sur un tabouret, j'ai fait signe au même gosse défoncé à la meth à qui j'avais acheté le café.

— Ça sent bon. Vous avez quoi ?

Il a pris une télécommande usée et l'a tournée vers l'autochef. L'holoaffichage du menu s'est réveillé. J'ai jeté un œil et choisi un plat qui me plaisait et qui était difficile à rater.

— Donnez-moi la raie au chili. C'est du surgelé, hein ?

— Vous vous attendez à de la raie fraîche ? a-t-il demandé en roulant des yeux. Dans un endroit pareil ? À ce prix-là ?

— Ça fait longtemps que je ne suis pas venu.

Mais il n'a pas répondu. Il a mis l'autochef en route avant de retourner à la fenêtre regarder les surfeurs, comme s'il s'agissait d'une forme de vie rare et magnifique en aquarium.

J'avais avalé la moitié de mon bol de ramen quand la porte s'est ouverte derrière moi. Personne n'a rien dit, mais je savais. J'ai reposé le bol et je me suis tourné lentement sur mon tabouret.

Il était seul.

Ce n'était pas le visage dont je me souvenais, loin s'en fallait. Il s'était choisi un visage plus beau et plus large que la dernière fois, une crinière emmêlée blonde striée de gris, et des pommettes qui tenaient autant du slave que de sa prédilection pour le sur-mesure d'Adoracion. Mais le corps était quasiment le même. Dans la combinaison large qu'il portait, il était toujours aussi grand et fin d'épaules et de poitrine, la taille et les jambes fuselées, les mains grosses. Et ses gestes irradiaient toujours la même maîtrise que quand il les a acquis.

Je le reconnaissais, comme s'il avait arraché sa combi pour me montrer les cicatrices sur sa poitrine.

— Il paraît que tu me cherches ? a-t-il dit simplement. Je te connais ?

J'ai souri.

— Salut, Jack. Comment va Virginia, en ce moment ?

Chapitre 24

— Je n'arrive toujours pas à croire que c'est vraiment toi, petit.

Elle était assise sur la dune à côté de moi et dessinait des triangles dans le sable entre ses pieds. Elle était encore mouillée d'avoir nagé, l'eau perlant sur sa peau de surfeuse noircie par le soleil, ses cheveux en crêtes trempés et inégaux sur son crâne. Ce ne serait pas facile de s'habituer à son visage fin. Elle avait au bas mot dix ans de moins que la dernière fois que je l'avais vue. Mais le même problème se posait sans doute de son côté. Elle parlait en regardant le sable, impassible mais hésitante, comme quand elle était venue me réveiller dans la chambre d'amis à l'aube, me demandant si je voulais l'accompagner sur la plage. Elle avait eu toute la nuit pour se remettre de la surprise, mais elle me regardait encore à la dérobée, comme si ce n'était pas permis.

J'ai haussé les épaules.

— Moi, je suis la partie qu'on peut croire, Virginia. Ce n'est pas moi qui reviens d'entre les morts. Et ne m'appelle pas « petit ».

Elle a souri.

— Nous sommes tous revenus d'entre les morts à un moment ou un autre. Les risques du métier, tu te rappelles ?

— Tu sais ce que je veux dire.

— Ouais. (Elle a arrêté un moment de regarder la plage, où le soleil était encore une rumeur sanglante et floue dans la brume matinale.) Alors, tu la crois vraiment ?

— Si je crois que c'est Quell ? (J'ai soupiré et ramassé une poignée de sable. L'ai regardé couler entre mes doigts et déborder de ma paume.) Je crois qu'*elle* y croit.

Virginia Vidaura a eu un geste d'impatience.

— J'ai rencontré des têtes de fil qui croient dur comme fer être Konrad Harlan. Ce n'est pas ce que je t'ai demandé.

— Je sais ce que tu m'as demandé, Virginia.

— Alors réponds à ma question, putain, a-t-elle dit sans énervement. Je ne t'ai rien appris, ou quoi ?

— Si c'est Quell ? (L'humidité de notre nage me laissait de petites rides de sable collées aux paumes. J'ai frotté mes mains l'une contre l'autre.) Comment ce serait possible, hein ? Quell est morte. Vaporisée. Quoi que tes potes à la maison puissent rêver dans leurs moments les plus torrides.

Elle a regardé par-dessus son épaule, comme si elle craignait qu'ils nous entendent. Qu'ils se soient réveillés et soient descendus à la plage en bâillant et en s'étirant, reposés et prêts à en découdre pour mon manque de respect.

— Je me rappelle un temps où tu aurais eu les mêmes rêves, Tak. Une époque où tu aurais voulu qu'elle revienne. Qu'est-ce qui t'est arrivé ?

— Sanction IV.

— Ah oui. Sanction IV. Cette révolution t'a demandé un peu plus d'engagement que tu comptais, c'est ça ?

— Tu n'y étais pas.

Un silence crispé s'est ouvert derrière mes paroles. Elle a détourné le regard. Le petit groupe de Brasil était en théorie composé de quellistes – ou au moins de néoquellistes – mais Virginia était la seule du groupe à avoir le conditionnement diplo. On lui avait arraché la capacité à se voiler la face ou à se mentir, et cela lui empêchait tout sentimentalisme pour une légende ou un dogme. Je me disais que son opinion méritait qu'on l'écoute. Elle aurait du recul.

J'ai attendu. Sur la plage, les vagues s'écrasaient avec un calme lancinant.

— Je suis désolée, a-t-elle fini par dire.

— Laisse. On se fait tous casser nos rêves de temps en temps, hein. Et si ça ne faisait pas mal, ce ne seraient pas de vrais rêves, hein ?

Sa bouche a frémi.

— Je vois que tu la cites toujours.

— Je paraphrase. Écoute, Virginia, reprends-moi si je me trompe, mais il n'y a aucune trace d'une sauvegarde de Nadia Makita, hein ?

— Il n'y en a pas non plus pour Takeshi Kovacs, mais apparemment il y en avait une.

— Ne m'en parle pas. Mais c'est la famille Harlan, et on peut comprendre pourquoi ils le feraient. Imagine la valeur que ça aurait.

— Bon, contente de voir que ton passage sur Sanction IV ne t'a pas privé de ton ego, au moins.

— Virginia, arrête. Je suis un ex-Diplo, je suis un tueur. Je suis *utile*. J'imagine moins la famille Harlan sauvegarder la femme qui a failli abattre leur oligarchie. Et de toute façon, comment une personne pareille, une personne qui est historiquement vitale, peut se retrouver balancée dans le crâne d'une artiste déClass standard ?

— Pas tout à fait standard. (Elle a encore tripoté le sable. Le creux de la conversation s'est étiré.) Takeshi, tu sais que Yaros et moi…

— Oui, je lui ai parlé. C'est lui qui m'a dit que tu étais ici. Il m'a demandé de te dire bonjour si je te voyais. Il espère que tu vas bien.

— Vraiment ?

— Eh bien, en fait, il a conclu par : « Oh, et puis merde », mais je lis entre les lignes. Alors, ça n'a pas marché ?

— Non. (Soupir.) Pas du tout.

— Tu veux en parler ?

— Ça sert à rien. C'était il y a si longtemps. (Un coup dans le sable.) Je n'arrive pas à croire qu'il ne se soit pas remis.

J'ai haussé les épaules.

— « Nous devons être préparés à vivre à une échelle dont aucun de nos ancêtres n'aurait pu rêver si nous voulons réaliser nos rêves. »

Cette fois, son regard était chargé d'une colère sale, qui ne convenait pas à ses traits fins.

— Tu te crois drôle ?

— Non, je fais juste remarquer que la pensée quelliste a plusieurs niveaux de…

— Ta gueule, Tak.

Les Diplos n'ont jamais mis l'accent sur les figures d'autorité traditionnelles, en tout cas pas à un niveau que les humains reconnaissent normalement. Mais l'habitude, la conviction que mes formateurs méritent d'être écoutés était difficile à perdre. Et quand on ajoute à ça des sentiments qui…

Enfin bref.

Je me suis tu. Pour écouter les vagues.

Un peu plus tard, les notes d'un saxophone rauque ont flotté jusqu'à nous depuis la maison. Virginia Vidaura s'est levée et a regardé en arrière, un peu radoucie, se protégeant les yeux sous le plat de la main. À la différence de beaucoup de maisons de surfeurs que j'avais vues la veille en descendant la Bande, celle de Brasil était construite, pas préfa. Les poutres de bois miroir attrapaient le soleil et brillaient comme des armes tranchantes. Les surfaces érodées par le vent offraient des ombres bienvenues de lignes grises délavées, mais sur les quatre étages de la façade mangée d'algues, les fenêtres nous clignaient de l'œil.

Une fausse note du saxo a entaillé la mélodie.

— Aïe, ai-je dit, peut-être avec exagération.

La douceur soudaine de son visage m'a fait un drôle d'effet.

— Au moins il essaie, a-t-elle dit de façon obscure.

— Oui. Bah, tout le monde doit être réveillé, maintenant.

Elle m'a lancé un regard en biais, le même coup d'œil furtif. Sa bouche a souri involontairement.

— Tu es un vrai salaud, Tak. Tu le sais, au moins ?

— On me l'a déjà dit une fois ou deux. Le petit déjeuner, il vaut quoi, par ici ?

Les surfeurs.

On en trouve à peu près partout sur Harlan. Parce que toutes les vagues ou presque sont belles à mourir, là-bas. Parfois littéralement. Rappelez-vous, 0,8G et trois lunes. À certains endroits de Vchira, on peut tenir une vague pendant près de cinq kilomètres. Et il faut voir la hauteur de ces machins. Mais la gravité basse et l'attraction trilunaire ont des effets moins amusants. Les océans de Harlan ont des courants qui ne ressemblent en rien à ceux de la Terre. Le contenu chimique, la température et le flux diffèrent de façon alarmante, et la mer fait des choses qui ne pardonnent pas, et qui ne préviennent pas non plus. Les théoriciens de la turbulence sont encore perdus par certains phénomènes de leurs simulations informatiques. Sur Vchira Beach, on fait un autre type de recherches. Plus d'une fois, j'ai vu jouer l'effet Young à la perfection sur une surface stable d'environ neuf mètres, comme un mythe prométhéen. Le rouleau parfait qui s'écroule comme un ivrogne sous le surfeur, puis se brise comme sous un tir d'artillerie. La mer ouvre sa gueule, avale la planche, avale le surfeur. J'ai plus d'une fois aidé à ramener les survivants sur la plage. J'ai vu leur sourire sonné, la lueur qui s'éteint sur leur visage quand ils disent un truc comme : « J'ai cru que cette salope ne me lâcherait jamais. » ou : « Putain, tu l'as vue s'ouvrir sous moi comme ça ? » ou plus souvent, frénétiques : « Vous avez pu sortir ma planche ? » Je les regardais repartir, quand ils n'avaient pas l'épaule déboîtée ou le crâne ouvert par le choc. Et j'ai regardé le désir dévorant dans le regard de ceux qui devaient attendre. Guérir.

Je connaissais bien ce sentiment. Mais en général, je l'expurgeais en essayant de tuer quelqu'un qui ne serait pas moi.

— Pourquoi nous ? a demandé Mari Ado avec l'absence de savoir-vivre qu'elle devait associer à son nom étranger.

J'ai souri et haussé les épaules.

— Je ne connaissais personne d'autre qui soit assez bête.

Elle s'est vexée comme un chat, a haussé une épaule et m'a tourné le dos en allant chercher du café près de la fenêtre. Elle avait dû demander un clone de son enveloppe précédente, mais il y avait chez elle une impatience fondamentale que je ne me rappelais pas, quarante ans plus tôt. Elle avait l'air plus fine, aussi. Un peu creusée autour des yeux, et les cheveux en arrière, en queue-de-cheval coupée qui paraissait lui tendre le visage à l'excès. Son visage custom d'Adoracion avait une structure osseuse qui collait, mais son nez ressortait, encore plus rapace, les yeux plus sombres et la mâchoire plus volontaire. Bref, ça ne lui allait quand même pas.

— Putain, t'es gonflé de te pointer ici après Sanction IV, Kovacs.

En face de moi, Virginia a sourcillé. J'ai secoué la tête discrètement. Ado a regardé sur le côté.

— Tu trouves pas, Sierra ?

Sierra Tres, comme souvent, n'a rien dit. Son visage à elle aussi était une version plus jeune que celui dont je me souvenais, les traits dessinés avec élégance dans l'espace entre le Japonais de Millsport et la beauté inca vue dans un salon de génétique. L'expression qu'elle arborait ne trahissait rien. Elle était appuyée contre le mur bleu délavé à côté de la cafetière, les bras croisés sur un haut minimal en polalliage. Comme presque toute la maisonnée récemment éveillée, elle ne portait pas grand-chose de plus que le maillot de bain vaporisé à même la peau et des bijoux bon marché. Elle avait le doigt dans l'anse d'une tasse de café au lait vide, qu'elle paraissait avoir oubliée. Mais le regard qu'elle a fait passer de Mari à moi était une réponse en soi.

Autour de la table, les autres paraissaient sympathiques. À quelle cause, je n'aurais su le dire. J'ai absorbé leurs réactions avec le vide du conditionnement diplo, pour l'évaluer plus tard. Nous avions pratiqué la Détermination la nuit précédente. Cet interrogatoire stylisé déguisé en échange de souvenirs avait été fait, et j'avais confirmé dans ma nouvelle enveloppe que j'étais bien qui j'affirmais. Ce n'était plus le problème.

Je me suis éclairci la voix.

— Tu sais, Mari, tu aurais pu venir aussi. Quoique, Sanction IV est très différente, il n'y a pas de marée et l'océan est aussi plat que ta poitrine. Alors finalement je vois pas ce que j'aurais fait d'un boulet comme toi.

C'était une insulte aussi injuste que complexe. Mari Ado, ancienne des Petits Scarabées Bleus, possédait un savoir-faire criminel qui couvrait aussi les insurrections éloignées de la mer, et n'était pas moins féminine que certaines autres enveloppes dans la pièce. Mais je savais qu'elle était sensible aux commentaires physiques, et contrairement à Virginia ou moi, elle n'avait jamais quitté Harlan. En fait, je venais de la traiter de petite joueuse, de bouseuse et de groupie à surfeurs, à la fois source facile de service sexuel *et* objet sexuel peu attirant. Si Isa avait vu ça, je suis sûr qu'elle aurait glapi de plaisir.

Je suis encore un peu sensible, au sujet de Sanction IV.

Ado a regardé le grand fauteuil de chêne en tête de table.

— Fous-moi cet enculé dehors, Jack.

— Non. (C'était un grondement bas, presque assoupi.) Pas encore.

Il s'était avachi, presque à l'horizontale, les jambes étendues devant lui, le menton sur sa poitrine, les mains ouvertes l'une contre l'autre sur ses genoux. Comme s'il essayait de lire les lignes de sa propre paume.

— Il est grossier, Jack.

— Et tu l'étais aussi.

Brasil s'est redressé et s'est penché en avant dans son fauteuil. Son regard a croisé le mien. Une légère sueur perlait à son front. J'ai reconnu la cause. Enveloppe fraîche ou pas, il n'avait pas tant changé que ça. Il n'avait pas abandonné ses mauvaises habitudes.

— Mais elle n'a pas tort, Kovacs. Pourquoi nous ? Pourquoi irions-nous faire ça pour toi ?

— Vous savez très bien que ce n'est pas pour moi, ai-je menti. Si l'éthique quelliste est morte sur Vchira, alors dites-moi où je vais aller la chercher. Parce que je manque de temps.

Un reniflement de rire de l'autre côté de la table. Un surfeur que je ne connaissais pas.

— Mec, tu sais même pas si c'est *vraiment* Quell. Regarde-toi, tu n'y crois même pas toi-même. Tu veux qu'on s'attaque à la famille Harlan pour un glitch dans la tête niquée d'une psycho de déClass ? Pas question, mec !

Quelques murmures, que j'ai pris pour de l'assentiment. Mais la majorité est restée silencieuse et m'a regardé.

J'ai capté le regard du surfeur.

— C'est quoi, ton nom ?

— Qu'est-ce que ça peut te foutre, mec ?

— Je te présente Daniel, a dit Brasil d'un ton aimable. Il n'est pas ici depuis longtemps. Et, oui, c'est son *vrai* âge que tu as devant toi. Et que tu entends, malheureusement.

Daniel a rougi, l'air trahi.

— Il n'en demeure pas moins, Jack, qu'on parle de Rila Crags. Personne n'est jamais entré sans invitation.

Un sourire est passé de Brasil à Virginia puis à Sierra Tres. Même Mari Ado a grogné dans son café.

— Quoi ? *Quoi*, putain ?

J'ai pris garde de ne pas me joindre aux sourires en regardant Daniel. Il pourrait être utile.

— J'ai peur que justement, tu viennes de trahir ton âge, Dan. Un tout petit peu.

— Natsume, a dit Ado comme si elle s'expliquait à un enfant. Ça te dit rien, comme nom ?

Le regard qu'il lui a renvoyé suffisait à répondre.

— Nikolai Natsume. (Brasil a encore souri, pour Daniel cette fois.) Ne t'inquiète pas, tu es quelques siècles trop jeune pour t'en souvenir.

— C'est une histoire vraie ? ai-je entendu quelqu'un murmurer, inspirant chez moi une grande tristesse. Je pensais que c'était un mythe de propagande.

Une surfeuse que je ne connaissais pas non plus s'est tournée sur sa chaise pour regarder Jack Soul Brasil, le visage lourd de protestation.

— Eh, Natsume n'est jamais entré.

— Bien sûr que si, a contredit Ado. Ne crois pas les conneries qu'on te vend à l'école de nos jours. Il…

— On discutera des exploits de Natsume plus tard, a lâché Brasil. Pour le moment, il suffit de dire que s'il faut entrer dans Rila, il y a un précédent.

Brève pause. La surfeuse qui n'avait pas cru à l'existence d'un Natsume réel murmurait à l'oreille de Daniel.

— OK, très bien, a fini par dire quelqu'un d'autre. Mais si la famille Harlan tient effectivement cette femme, qui qu'elle soit, y a-t-il la moindre raison de monter un raid ? Vu les techniques d'interrogatoire qu'ils ont là-haut, ils ont déjà dû la faire parler.

— Pas forcément. (Virginia Vidaura s'est penchée par-dessus son assiette vide. Ses petits seins ont bougé sous le vaporisé. C'était étrange de la voir aussi en uniforme de surfeuse.) Les déClass ont du matériel de pointe et plus de capacité que la plupart des IA. Ils sont construits au top de ce que nos ingénieurs de biomécа savent faire. En théorie, ils doivent pouvoir vaincre les systèmes d'intelligence navale martiens, je vous rappelle. Je pense que même un bon logiciel d'interrogatoire aura l'air un peu petit bras, à côté.

— Ils pourraient la torturer, a ajouté Ado en se rasseyant. On parle des Harlan, là.

J'ai secoué la tête.

— S'ils essaient, elle pourra se retirer dans le logiciel de commandement. Et puis, ils ont besoin qu'elle soit cohérente à des niveaux complexes. La douleur à court terme ne leur servira à rien.

Sierra Tres a levé la tête.

— Tu dis qu'elle te parle, à toi ?

— Je crois, oui. (J'ai ignoré d'autres bruits incrédules de l'autre côté de la table.) Je crois qu'elle a réussi à câbler son matériel de déClass dans un téléphone que j'ai utilisé pour appeler un des gars de son équipe il y a un moment. Sans doute une trace résiduelle dans le réseau de l'équipe, et elle l'a remontée. Mais le type est mort, la liaison n'est plus très bonne.

Rires de deux ou trois membres de l'assemblée, Daniel compris. J'ai mémorisé leur visage.

Brasil l'a peut-être remarqué. Il a réclamé le silence d'un geste.

— Toute son équipe est morte, hein ?

— Oui. C'est ce qu'on m'a dit.

— Quatre déClass dans un camp de déClass. (Mari Ado a fait la grimace.) Massacrés comme ça ? Difficile à croire, non ?

— Je ne…

Elle m'a coupé la parole.

— Qu'ils aient laissé faire, je veux dire. Ce… Comment il s'appelait ? Kurumaya, c'est ça ? Un grand ponte de déClass de la vieille école, qui laisse les Harlanites se pointer et faire ça sous son nez ? Et les autres ? Ça ne sent pas beaucoup l'esprit de corps, hein ?

— Non, ai-je répondu d'un ton neutre, en effet. Les déClass ont un système compétitif, une paie en fonction des résultats. Les équipes sont très liées en interne. Mais en dehors, d'après ce que j'ai vu, il n'y a pas beaucoup de loyauté. Et si l'oligarchie a fait pression, Kurumaya a dû plier, au moins après coup. Les Furtifs de Sylvie ne s'étaient pas rendus très populaires auprès de lui, et il n'avait aucune raison de hérisser sa hiérarchie.

— Charmant, a commenté Ado en plissant les lèvres.

— C'est l'époque qui veut ça, a dit Brasil en me regardant. « Quand on enlève toutes les loyautés supérieures, on retombe inévitablement sur la peur et l'envie. » C'est ça ?

Dans le sillage de la citation, personne n'a rien dit. J'ai examiné les visages dans la pièce, pour essayer de trouver un soutien contre l'antipathie et les sentiments mitigés. Sierra Tres a haussé un sourcil expressif sans rien ajouter. Sanction IV, cette *connerie* de Sanction IV, me pesait sur les épaules. On aurait bien pu démontrer que mes actions sur place avaient été gouvernées par la peur et l'envie. Certains des visages que je regardais ne s'étaient pas privés d'essayer.

D'un autre côté, personne n'était sur place à l'époque.

Aucun d'entre eux.

Brasil s'est levé. Il a examiné les visages autour de la table, peut-être à la recherche des mêmes signes que moi.

— Réfléchissez, tous. Nous serons tous affectés, d'une façon ou d'une autre. Chacun d'entre vous est là parce que je sais que vous ne direz rien, et parce que s'il faut faire quelque chose, je vous fais confiance pour m'aider. Il y aura une autre réunion au coucher du soleil. Et un vote. Comme je vous ai dit, réfléchissez.

Puis il a pris son saxophone sur un tabouret près de la fenêtre et a quitté la pièce comme s'il ne se passait rien de plus important dans sa vie.

Quelques secondes plus tard, Virginia Vidaura s'est levée et l'a suivi.

Sans me regarder.

Chapitre 25

Brasil m'a retrouvé un peu plus tard, sur la plage.

Il est sorti des vagues, sa planche sous le bras, en caleçon, avec cicatrices et bottes vaporisées. J'ai levé le bras pour le saluer, et il s'est approché de moi à petites foulées. Ce n'était pas rien, après les heures qu'il venait de passer dans l'eau. Quand il m'a rejoint, il respirait à peine plus fort que d'habitude.

J'ai plissé les yeux pour le regarder à contre-jour.

— Ça a l'air sympa.

— Tu veux essayer ?

Il a incliné la planche vers moi. Les surfeurs ne font pas ce genre de chose, pas avec une planche qu'ils possèdent depuis plus de quelques jours. Et celle-ci avait l'air plus ancienne que l'enveloppe qui la portait.

Jack Soul Brasil. Même ici sur Vchira Beach, on n'en trouvait pas deux comme lui.

— Merci, pas cette fois.

Il a haussé les épaules, planté sa planche dans le sable et s'est laissé tomber à côté de moi. L'eau a jailli de son corps en gouttelettes.

— Comme tu voudras. Il y avait de bons rouleaux aujourd'hui. Rien de trop flippant.

— Ça doit être ennuyeux, pour toi.

— C'est le piège, ça.

— Ah bon ?

— Oui. Quand on va dans l'eau, on profite de chaque vague comme elle vient. Sinon, autant retourner à Newpest. Quitter Vchira pour de bon.

J'ai opiné de la tête.

— Il y en a beaucoup comme ça ?

— Des malades ? Pas mal. Mais c'est bien de partir. Ce sont ceux qui restent qui font peine à voir.

J'ai jeté un œil aux cicatrices sur sa poitrine.

— Tu es trop sensible, Jack.

Il a souri pour la mer.

— Je fais de mon mieux.

— C'est pour ça que tu ne veux pas te faire cloner, hein ? Porter chaque enveloppe comme elle vient ?

— *Apprendre* chaque enveloppe comme elle vient, m'a-t-il corrigé doucement. Ouais. Et puis, tu n'imagines même pas ce que ça coûte, de nos jours, de faire conserver un clone. Même à Newpest.

— Ça n'a pas l'air de déranger Ado ou Tres.

Il a encore souri.

— Mari a un héritage à dépenser. Tu sais comment elle s'appelle, pour de vrai, hein ?

— Oui, je me rappelle. Et Tres ?

— Sierra connaît des gens dans le business. Quand on s'est tous foutus dans les Scarabées, elle a fait quelques coups pour les *haiduci*. On lui doit quelques services, à Newpest.

Un léger frisson l'a pris, qu'il a laissé passer. Éternué.

— Tu prends encore cette connerie, alors. C'est pour ça qu'Ado est si maigre ?

Il m'a regardé bizarrement.

— Ado est maigre parce qu'elle *veut* être maigre. La façon dont elle s'y prend, ça la regarde, non ?

— Bien sûr. (Haussement d'épaules.) Je suis curieux, c'est tout. Je me disais que vous deviez en avoir marre de l'autodestruction, maintenant.

— Ah, mais toi, ça ne t'a jamais plu. Je me rappelle la dernière fois que tu es venu, quand Mari a essayé de te vendre la cargaison de GH qu'on avait. Tu étais un peu puritain sur le sujet.

— Je n'ai jamais vu l'intérêt de me rendre malade par plaisir. Je pensais que tu serais un peu plus malin que ça, vu que tu es médecin.

— Je te le rappellerai la prochaine fois qu'on partagera une mauvaise descente de tétrameth. Une gueule de bois au single malt.

— Ce n'est pas pareil.

— Tu as raison. (Il a acquiescé, très sage.) Ces saloperies chimiques, c'est l'âge de pierre. J'ai pris de la Grippe de Hun contre un système immunitaire inhibé pendant dix ans, et tout ce que j'ai eu, c'étaient des vertiges, et des rêves de fièvre vraiment cool. De vrais trips. Pas de mal de tête, aucun dégât interne majeur, pas même le nez qui coule une fois que les inhibiteurs et le virus se mélangeaient. Trouve-moi une seule drogue qui fasse la même chose.

— C'est ça que tu prends en ce moment ? de la GH ?

Il a secoué la tête.

— Plus depuis longtemps. Virginia nous a trouvé de la custom d'Adoracion, il y a quelque temps. Un complexe artificiel de fièvre cérébrale. Putain, tu devrais voir mes rêves. De temps en temps, je me réveille en hurlant.

— Je suis content pour toi.

Nous avons regardé les silhouettes sur l'eau. Une fois ou deux, Brasil a grogné et m'a désigné quelque chose dans la façon dont tel ou tel surfeur bougeait. Ça ne voulait pas dire grand-chose pour moi. Une fois, il a applaudi lentement quand quelqu'un a plongé, mais quand je l'ai regardé, il n'y avait aucune moquerie dans son regard.

Un peu plus tard, il m'a de nouveau posé la question en montrant la planche.

— Tu es sûr que tu ne veux pas essayer ? Avec ma planche ? Mec, ce vieux truc que tu portes a l'air presque fait pour ça. Bizarre, pour du sur-mesure militaire, d'ailleurs. Un peu léger. (Il a appuyé sur mon épaule avec deux ou trois doigts.) En fait, je dirais que c'est une enveloppe de sport presque parfaite que tu as. C'est de qui ?

— Euh, une boîte qui a coulé, jamais entendu parler. Eishundo.

— *Eishundo* ?

Je l'ai regardé, surpris.

— Ouais, Eishundo Organics. Tu les connais ?

— Plutôt, oui. (Il s'est éloigné de quelques pas et m'a regardé.) Tak, c'est une enveloppe culte, que tu portes. Ils n'ont fait qu'une seule série, et elle avait au moins un siècle d'avance sur les autres. Des trucs que personne n'avait jamais essayés avant. Prise gecko, structure musculaire recâblée, des systèmes de survie autonomes auxquels tu ne croirais pas…

— Si, si, je t'assure.

Il ne m'écoutait pas.

— Une flexibilité et une endurance incroyables, des câblages réflexes qu'on n'a pas revus avant que Harkany se relance au début des années 300. Putain, des comme ça, on n'en fait plus.

— Ça, c'est sûr. Ils ont fait faillite, j'imagine ?

Il a secoué la tête avec violence.

— Nan, c'était de la politique. Eishundo était une coopérative de Drava, montée dans les années 1980. Les quellistes discrets typiques, à part qu'ils n'en ont jamais fait un secret, je crois. On les aurait sans doute fermés, mais tout le monde savait qu'ils faisaient les meilleures enveloppes de sport de la planète, et ils ont fini par fournir tous les gosses des Premières Familles.

— Pratique pour eux.

— Oui, bah… Comme je t'ai dit, on ne pouvait rien contre eux. (L'enthousiasme l'a déserté.) Et à la Décolo, ils se sont déclarés en faveur des quellistes. La famille Harlan ne leur a jamais pardonné. Quand ça a été fini, tous ceux qui ont travaillé pour Eishundo se sont retrouvés sur la liste noire, voire ont été exécutés pour trahison et terrorisme. Ils donnaient des armes à l'ennemi, voilà ce qu'on a dit. Et puis, vu la façon dont les choses ont tourné à Drava, ils étaient niqués de toute façon. J'hallucine que tu sois là avec un machin pareil. C'est un morceau d'histoire, Tak.

— Eh bien, c'est bon à savoir.

— Tu es sûr que tu ne veux pas…

— Te la vendre ? Non merci, je…

— *Surfer*, mec ! Tu es sûr que tu ne veux pas surfer ? Prends la planche et va te mouiller ! Pour voir ce que tu peux faire dans ce machin ?

— Je préfère vivre avec le suspense, ai-je répondu en secouant la tête.

Il m'a regardé bizarrement. Puis il a hoché la tête et a fixé la mer. Il y trouvait quelque chose, je le sentais. Ça équilibrait la fièvre qu'il s'était injectée. J'ai essayé, un peu sombre, de ne pas être jaloux.

— Alors une autre fois, peut-être, a-t-il dit tout bas. Quand tu auras moins de choses à porter.

— Ouais. Peut-être.

Je n'arrivais pas à imaginer une autre fois, à moins qu'il parle du passé, et je ne voyais pas de moyen pratique d'y retourner.

Apparemment, il voulait discuter.

— Ça ne t'a jamais branché, hein ? Même à Newpest ?

J'ai haussé les épaules.

— Je sais tomber d'une planche, si c'est ce que tu veux savoir. J'ai traîné sur les plages locales un été ou deux quand j'étais môme. Après, je me suis collé avec une équipe qui faisait strictement de la plongée. Tu sais comment c'est.

Il a opiné de la tête, peut-être en revoyant sa jeunesse à Newpest. Peut-être en repensant à la dernière fois que nous avions eu cette conversation, mais je n'y comptais pas. La dernière fois, c'était il y a une cinquantaine d'années, et sans le souvenir diplo, ça fait un sacré tas de conversations passées.

— C'est vraiment stupide, a-t-il marmonné. Avec qui tu étais ?

— Les Guerriers Corail. Surtout le chapitre Hirata. Les grandes profondeurs et le grand oubli, tout ça. Laissez l'infâme à la surface. On aurait pu vous rentrer dedans à vue, à l'époque. Et toi, tu étais avec qui ?

— Moi ? Oh, je me prenais pour un vrai esprit libre. Les Stormriders, la Vague Debout, la Patrouille de l'Aube de Vchira. Et d'autres, je ne me rappelle plus trop. (Il a secoué la tête.) Non mais quelles conneries.

On a regardé les vagues.

— Depuis combien de temps tu es ici ? lui ai-je demandé.

Il s'est étiré et a basculé la tête en arrière vers le soleil, les yeux fermés. Une sorte de ronronnement est monté de sa poitrine, pour finir en gloussement de gorge.

— Sur Vchira, tu veux dire ? Je ne sais pas, j'ai arrêté de compter. Ça doit faire près d'un siècle, maintenant. Avec quelques absences.

— Et d'après Virginia, les Scarabées se sont dissous il y a une vingtaine d'années.

— Ouais, à peu près. Comme je t'ai dit, Sierra va encore se promener de temps en temps. Mais nous, on n'a rien vu de pire qu'une bagarre de plage depuis dix ou douze ans.

— Alors espérons que vous n'êtes pas encore rouillés.

Il m'a encore souri.

— Tu vas un peu vite en besogne.

— Non. J'écoute juste avec beaucoup d'attention. « Nous serons tous affectés, d'une façon ou d'une autre » ? Tu as tout à fait raison. Tu vas m'accompagner, quoi que fassent les autres. Toi, tu y crois.

— Ah oui ? (Brasil s'est allongé sur le sable et a fermé les yeux.) Eh bien, voilà un truc auquel tu devrais réfléchir. Et que tu ne sais sans doute pas. À l'époque où les quellistes luttaient contre les Premières Familles pour dominer New Hokkaido, on parlait beaucoup de commandos gouvernementaux qui visaient Quell et les autres noms du comité de continence. Une sorte de réponse aux Brigades Noires. Et tu sais ce qu'ils ont fait ?

— Oui.

— Tu sais ? (Il a ouvert un œil.)

— Non. Mais je n'aime pas les questions rhétoriques. Si tu veux me dire quelque chose, accouche.

Il a refermé les yeux. J'ai cru voir de la douleur passer sur ses traits.

— D'accord. Tu sais ce que c'est, le schrapnel digital ?

— Bien sûr. (C'était un vieux terme, presque démodé.) Des virus à la petite semaine. Des trucs de l'âge de pierre. Des morceaux de code standard cannibale dans une matrice d'émission. On les lançait sur les systèmes ennemis et ils essayaient d'exécuter les fonctions en boucle qu'ils portaient à l'origine. Ça encombre le code d'opération avec des ordres inutiles. En tout cas, c'est la théorie. Il paraît que ça ne marche pas si bien que ça.

En fait, j'étais bien placé pour savoir à quel point ces armes-là sont limitées. La résistance finale sur Adoracion, cent cinquante ans plus tôt, avait diffusé des schrapnels digitaux pour ralentir la progression des Diplos sur le bassin de Manzana. Ça ne nous avait pas vraiment dérangés. Les corps à corps furieux dans les rues couvertes de Neruda nous avaient fait beaucoup plus de mal. Mais Jack Soul Brasil, avec son nom d'emprunt et sa passion pour une culture dont il ne verrait jamais la planète, n'avait pas besoin d'entendre toute cette histoire.

Il a déplacé son long corps sur le sable.

— Eh bien, le comité de contingence de New Hokkaido ne partageait pas ton scepticisme. À moins qu'ils aient été désespérés. Ils ont eu une idée semblable, avec un humain digitalisé. Ils ont construit des personnalités cadre pour chaque membre du comité, juste un assemblage de surface de souvenirs de base et d'une identité…

— Oh putain, tu te fous de ma gueule !

— … et les ont chargées dans des mines de données à diffusion large, pour les déployer dans les secteurs quellistes et les déclencher s'ils étaient débordés. Non, je ne plaisante pas.

J'ai fermé les yeux.

Oh merde.

La voix de Brasil a continué, sans pitié.

— Oui. Le plan, c'était qu'en cas de retraite, ils déclenchaient les mines. Du coup, leurs derniers défenseurs et l'avant-garde des assaillants se retrouvaient convaincus d'être la *vraie* Quellcrist Falconer. Ou quelqu'un d'autre.

Des bruits de vagues, des cris distants dans l'océan.

« *Tu pourrais me tenir pendant que je m'endors ?* »

J'ai vu son visage. J'ai entendu la voix modifiée qui n'était pas Sylvie Oshima.

« *Oh oui vous êtes réel, hein, vous êtes réel.* »

Brasil avait continué, mais on sentait qu'il avait presque fini.

— C'est une arme sacrément intelligente, quand on y réfléchit. Confusion généralisée, à qui on fait confiance, qui on arrête ? Le chaos, tout bonnement. Ça donne peut-être à la vraie Quell le temps de se tailler. Ou alors, ça crée juste le chaos. Un dernier coup. Qui sait ?

Quand j'ai rouvert les yeux, il était assis et regardait la mer. La paix et l'humour avaient déserté son visage, balayés comme du maquillage, comme de l'eau de mer séchée au soleil. Sans raison, dans son corps de surfeur musclé et dynamique, il avait l'air soudain amer et en colère.

— Qui t'a raconté ça ? lui ai-je demandé.

Il m'a regardé, et le fantôme de son ancien sourire est revenu.

— Quelqu'un que tu devrais rencontrer.

On a pris son rampeur, un biplace désossé guère plus gros que mon monoplace, mais plus rapide. Brasil a enfilé une combi de collision usée façon peau de panthère. Ça aussi, ça montrait qu'il était différent de tous les autres imbéciles qui montaient et descendaient l'autoroute en maillot de bain à des vitesses qui leur arracheraient la chair s'ils tombaient.

— Oui, bah…, a-t-il dit quand j'ai fait la remarque. Il y a des risques qu'on peut prendre. Le reste, c'est juste du suicide.

J'ai attrapé mon casque en polalliage et l'ai moulé. Ma voix sortait par le haut-parleur, faible.

— Il faut faire gaffe à ça, hein ?

— Tout le temps.

Il a mis les gaz, enfilé son propre casque et nous a envoyés sur l'autoroute à deux cents kilomètres-heure, vers le nord. La route que j'avais descendue pour le trouver, à l'envers. Après le restau nocturne, après les autres arrêts et nœuds de population où j'avais lâché son nom comme du sang autour d'un chalutier charter à baleine à bosse, au-delà de Kem Point et plus loin. De jour, la Bande perdait beaucoup de son aspect charmant. Les petits hameaux dont je n'avais vu que la fenêtre la veille au soir étaient en fait des préfas et des maisons basses décapées par le sable. Les néons et les holoaffiches étaient éteints ou délavés au point d'en devenir invisibles. Les maisons de la mer de dunes perdaient leur côté agréable de grand-rue la nuit pour devenir de simples groupes de bâtiments de part et d'autre d'une autoroute encombrée de détritus. Seul le bruit de la mer et l'odeur de l'air restaient les mêmes, et nous allions trop vite pour en profiter.

Vingt kilomètres au nord de Kem Point, une petite route mal couverte s'écartait vers les dunes. Brasil a décéléré pour le virage, moins que j'aurais voulu, et nous a fait sortir. Le sable giclait sous le rampeur, chassé des fissures du béton inusable et du terrain. Avec les véhicules grav, la chaussée sert autant à signaler la route qu'à former une surface proprement dite. Et juste après la première crête des dunes, celui qui avait posé cette piste avait renoncé en faveur de poteaux en illuminum et fibres de carbone plantés dans le sol tous les dix mètres. Brasil a laissé notre vitesse décroître d'elle-même pour glisser le long de cette allée de poteaux qui serpentait vers la mer. Quelques préfas bulles en sale état sont apparus le long de la route, inclinés à un angle étrange sur la pente. Je n'aurais pas su dire s'ils étaient encore habités. Un peu plus loin, j'ai vu un glisseur de combat garé sous une tente antipoussière dans un étroit défilé. Des systèmes chien de garde, arachnéens, comme des karakuri miniatures, se sont réveillés sur les parties les plus hautes à notre approche, que ce soit en raison du moteur du rampeur ou de notre chaleur. Ils ont levé quelques membres dans notre direction, puis se sont immobilisés à notre passage.

Nous avons monté les dernières dunes. Brasil a arrêté le rampeur de profil face à la mer. Il a enlevé son casque, s'est penché sur les commandes du bug et a indiqué le bas de la pente d'un mouvement du menton.

— Tiens. Ça te dit quelque chose ?

Il y a longtemps, quelqu'un avait fait monter un glisseur lourd blindé sur la plage jusqu'à ce que son nez percute la ligne des dunes, puis l'avait laissé là. L'embarcation était restée vautrée dans sa jupe effondrée comme une panthère des marais tuée là où elle s'était mise aux aguets. Les vannes de direction avaient tourné pour suivre le vent le plus fort, et y étaient apparemment restées coincées. Le sable s'était insinué dans les lignes irrégulières du blindage, accumulé sur le côté dune de la jupe, et les flancs blindés du flotteur paraissaient être les surfaces supérieures d'une structure enterrée beaucoup plus vaste. Les sabords de chaque côté étaient ouverts, leurs canons braqués sur le ciel, signe certain que son système de contrôle hydraulique était hors jeu. Les portes dorsales avaient été éjectées, comme pour une évacuation.

Sur le flanc du fuselage central, près de la bosse du pont, j'ai vu des traces de couleur. Rouge et noir, liés en un motif familier qui m'a caressé l'échine d'une main glacée. Les restes, abrasés par le temps, d'une feuille de quellcrist stylisée.

— Oh, c'est pas possible.

— Eh si, a confirmé Brasil en se recalant sur sa selle. Tout à fait.

— Ce truc est là depuis…

— À peu près, oui.

Nous avons descendu la dune sur le rampeur et avons démonté près de la queue. Brasil a coupé le contact et son véhicule s'est couché sur le sable comme un phoque dressé. Le glisseur nous dominait de sa hauteur, son blindage de métal intelligent absorbant la chaleur du soleil, refroidissant l'air autour de nous. En trois points le long du flanc, des échelles d'accès descendaient du haut de la jupe pour aller s'enfouir dans le sable. Celle de l'arrière, où le navire avait basculé vers le sol, était tournée vers l'extérieur, presque à l'horizontale. Brasil l'a ignorée, a pris le bastingage de la jupe et s'est hissé sur le pont avec une grâce sans effort. J'ai levé les yeux et fait comme lui.

La voix m'a surpris alors que je me redressais.

— C'est lui ?

J'ai sourcillé dans le soleil et vu une petite silhouette devant nous, sur le pont légèrement incliné. Il devait faire une tête de moins que Brasil, et portait un grand pardessus gris aux manches coupées aux épaules. À voir les traits sous ses cheveux blancs et rares, il devait avoir la soixantaine au moins, mais ses bras noueux s'achevaient sur de grosses mains osseuses. Et la voix douce avait une certaine force nerveuse. Sa question était portée par une tension proche de l'hostilité.

Je me suis avancé pour rejoindre Brasil. J'ai imité la façon dont le vieil homme se tenait, les mains pendant comme s'il s'agissait d'armes dont il pourrait avoir besoin plus tard. J'ai croisé son regard sans curiosité.

— Oui, je suis lui.

Son regard a paru se baisser, mais ce n'était pas ça. Il m'examinait. Un moment de silence.

— Elle t'a parlé ?

— Oui. (Ma voix s'est radoucie d'un cran. J'avais mal interprété sa tension. Ce n'était pas de l'hostilité.) Oui, elle m'a parlé.

Dans le flotteur, on avait une impression inattendue d'espace et de lumière naturelle. Les navires de combat de ce genre sont généralement assez confinés. Mais Soseki Koi avait changé beaucoup de choses. Les cloisons avaient presque toutes été arrachées et à certains endroits, il avait démonté le pont supérieur pour créer des puits de lumière de cinq mètres de large. Le soleil se déversait par les quelques meurtrières et les portes arrière, se faufilait ailleurs entre des plaques de blindage séparées soit par des dégâts subis au combat, soit par une modification volontaire. Une foule de plantes se pressaient autour de ces ouvertures, se déversant de grands paniers suspendus, leurs bourgeons s'insinuant dans le squelette du fuselage. Les panneaux d'illuminum avaient été soigneusement remplacés dans certains cas, et laissés à l'abandon dans d'autres. À un endroit invisible, une eau vive coulant sur les rochers faisait un contrepoint à la basse des vagues.

Koi nous a offert un siège sur des tatamis épais autour d'une table basse dressée de façon luxueuse en dessous d'un des puits de lumière. Il nous a servi avec quelques restes de cérémonie ce que préparait l'autochef du glisseur posé sur une étagère derrière lui et qui paraissait bien fonctionner. À la sélection de viandes grillées et de nouilles, il a ajouté un pot de thé de belalgue et des fruits poussés sur les plantes au-dessus de nous – des prunes et des baies catènes de Kossuth longues de trente centimètres. Brasil a pris de tout avec l'enthousiasme d'un homme qui a passé toute sa journée dans l'eau. J'ai été plus réservé, juste assez pour être poli, à part la baie catène, qui était l'une des meilleures que j'aie jamais goûtées. Koi se tenait très droit et a refusé de poser la moindre question pendant que nous mangions.

Brasil a fini par lancer les restes de son dernier morceau de baie catène dans son assiette, s'est essuyé les doigts sur sa serviette et m'a fait un signe de tête.

— Dis-lui. Je lui ai tracé les grandes lignes, mais c'est ton histoire.

— Je... (J'ai regardé les reliefs de la nourriture dévorée et j'ai vu la faim qui nous habitait.) Eh bien, ça remonte à quelques mois maintenant. J'étais à Tekitomura. Pour affaires. J'étais dans un bar près des quais, le *Tokyo Crow*. Elle a...

C'était bizarre de tout raconter. Bizarre et, pour être honnête, très lointain. En écoutant ma propre voix, j'avais du mal à croire au chemin que j'avais parcouru depuis cette nuit de sang et d'hallucinations, sur les terres perdues et hantées par les machines de New Hok vers le sud, à fuir mon double maléfique. Chevalier lancé contre des moulins dans un bar de port, sexe frénétique et schizophrène, fuite marine répétée en compagnie d'une femme mystérieuse et mutilée aux cheveux d'acier vivant, combats montagnards avec des fragments de moi-même dans les ruines de notre héritage martien. Sylvie avait eu raison de me surnommer Micky à l'ombre de la grue. C'était de la pure expéria.

Rien d'étonnant à ce que Radul Segesvar ait du mal à accepter ce que j'avais fait. Avec cette histoire de loyautés floues et de dérivation détournée, l'homme qui était venu le voir deux ans plus tôt aurait ri d'incrédulité.

Non, tu n'aurais pas ri.

Tu aurais regardé la personne, froid et détaché, en écoutant à peine, et tu aurais pensé à autre chose. Au prochain massacre de la Nouvelle Apocalypse, du sang sur la lame d'un couteau Tebbit, une profonde arène sur la Prairie d'Algues et un cri aigu qui n'en finit jamais…

Tu aurais écarté cette histoire, vraie ou pas, d'un haussement d'épaules satisfait de ce que tu avais à la place.

Mais Koi a tout écouté sans un mot. Quand je m'arrêtais pour le regarder, il ne posait aucune question. Il attendait simplement et une fois, quand j'ai paru hésiter, il m'a fait signe de continuer. Quand j'ai eu enfin fini, il est resté assis et a opiné du bonnet, les yeux dans le vide.

— Tu as dit qu'elle t'a appelé de différents noms, la première fois qu'elle est revenue.

— Oui. (Le souvenir diplo m'a tout rapporté depuis ces souvenirs sans conséquence.) Odisej. Ogawa. Elle pensait que je faisais partie de ses soldats, du bataillon Tetsu. Des Brigades Noires.

— Ha. (Il s'est détourné, le visage hermétique. La voix douce.) Merci, Kovacs-san.

Silence. J'ai regardé Brasil. Qui s'est éclairci la voix.

— Alors ? C'est mauvais ?

Koi a pris une grande inspiration, comme si cela lui faisait mal.

— Ça n'aide pas beaucoup. (Il nous a regardés de nouveau, avec un sourire triste.) Je faisais partie des Brigades

Noires. Le bataillon Tetsu n'en faisait pas partie, lui, c'était un front séparé.

Brasil a haussé les épaules.

— Elle s'était peut-être embrouillée.

— Oui, peut-être.

Mais la tristesse n'a jamais quitté son regard.

— Et les noms ? Vous les reconnaissez ? ai-je demandé.

Il a secoué la tête.

— Ogawa est un nom courant dans le Nord, mais je ne pense pas avoir rencontré quelqu'un qui le portait. Difficile d'être certain, après tout ce temps, mais il ne me rappelle rien. Et Odisej, eh bien… il y a bien la *sensei* de kendo, mais je ne pense pas qu'elle avait un passé quelliste.

Nous sommes restés assis dans ce silence un bon moment. Puis Brasil a soupiré.

— Et merde.

Pour je ne sais quelle raison, cette brève explosion a paru ranimer Koi. Il a souri, avec une luminosité que je ne lui avais pas encore vue.

— Tu parais découragé, mon ami.

— Eh bien, oui, j'ai cru que c'était parti, vous savez. Je pensais qu'on allait vraiment le faire.

Koi a pris les assiettes et a commencé à les déposer sur le comptoir derrière son épaule. Ses mouvements étaient fluides et comptés, et il parlait en s'affairant.

— Savez-vous quel jour ce sera, la semaine prochaine ? a-t-il demandé sur le ton de la conversation.

Nous l'avons tous les deux regardé sans comprendre.

— Non ? Comme c'est triste. Comme nous nous enveloppons facilement dans nos propres soucis, n'est-ce pas ? Comme nous nous détachons aisément de la vie menée par la majorité. (Il s'est penché en avant pour prendre les assiettes les plus éloignées, que je lui ai tendues.) Merci. La semaine prochaine, à la *fin* de la semaine prochaine plutôt, ce sera l'anniversaire de Konrad Harlan. À Millsport, les festivités seront obligatoires. Des feux d'artifice et des réjouissances sans fin. Le chaos des humains en célébration.

Brasil a compris avant moi. Son visage s'est illuminé.

— Vous voulez dire… ?

Koi lui a adressé un sourire généreux.

— Mon ami, pour ce que j'en sais, il s'agit peut-être de ce que tu décris de façon si cryptique, « c'est parti ». Mais que ce soit le cas ou non, je vous dis dès maintenant que nous *allons* le faire. Parce que nous n'avons pas le choix.

C'était ce que je voulais entendre, mais j'avais encore peine à croire qu'il l'avait dit. En descendant vers le sud, j'avais imaginé repartir avec Brasil et Vidaura, peut-être un ou deux autres fidèles néoquellistes, pour me soutenir malgré les coups qu'avaient pris leurs rêves. Mais l'histoire de schrapnels digitaux de Brasil, la façon dont cela correspondait aux détails de New Hok et la certitude que cette histoire venait de quelqu'un qui savait, qui y était à l'époque, la rencontre avec ce petit homme effacé et son approche sérieuse de la nourriture et du jardinage… tout cela m'avait presque convaincu que j'avais perdu mon temps.

Je fus tout aussi étourdi de comprendre que non.

— Écoute, a dit Koi avec une voix qui venait de changer. Ce fantôme de Nadia Makita est peut-être cela, justement. Un fantôme. Mais un fantôme éveillé et vengeur ne suffit-il pas ? N'est-il pas déjà parvenu à faire paniquer les oligarques au point qu'ils désobéissent aux commandements restrictifs de leurs marionnettistes sur Terre ? Comment pourrions-nous *ne pas* le faire ? Comment pourrions-nous *ne pas* leur reprendre l'objet de cette terreur et de cette rage ?

J'ai échangé un nouveau regard avec Brasil. Sourcil levé.

— Ce ne sera pas facile à vendre, a dit le surfeur. La plupart des ex-Scarabées se battront s'ils pensent récupérer Quell, et ils emmèneront les autres. Mais je ne sais pas s'ils le feront pour un fantôme éveillé, même particulièrement vengeur.

Koi a fini de débarrasser, a pris une serviette et a examiné ses mains. Il a trouvé un ruban de jus de baie catène autour d'un de ses poignets et l'a essuyé avec attention. Son regard était fixé sur ses gestes quand il a repris la parole.

— Je leur parlerai si tu le veux. Mais au final, s'ils n'ont aucune conviction propre, Quell elle-même ne leur demanderait pas de combattre, et je ne le ferai pas non plus.

— Super.

— Koi ? (J'avais soudain besoin de savoir.) Et vous, vous pensez que nous courons après un fantôme ?

Il a fait un petit bruit, entre le gloussement et le soupir.

— Nous courons tous après des fantômes, Kovacs-san. Avec des vies aussi longues que les nôtres, comment pourrait-il en être autrement ?

Sarah.

J'ai ravalé la pensée, me demandant s'il avait vu le plissement de mes yeux. Me demandant avec une paranoïa soudaine s'il ne savait pas déjà. Ma voix grinçait quand j'ai répondu.

— Ce n'est pas ce que je vous ai demandé.

Il a sourcillé, puis souri de nouveau.

— Non, en effet. Vous m'avez demandé si je croyais, et j'ai éludé votre question. Pardonnez-moi. Sur Vchira Beach, la métaphysique et la politique de bas étage vont de pair, et sont très demandées. Avec un peu d'efforts, on peut même gagner une vie tolérable en dispensant l'une et l'autre. Mais cette habitude devient difficile à perdre. (Il a soupiré.) Si je pense que nous avons affaire au retour de Quellcrist Falconer ? Je le voudrais, avec chaque fibre de mon être, mais comme tout quelliste je suis poussé à me montrer objectif. Et les faits ne soutiennent pas ce que j'aimerais croire.

— Ce n'est pas elle.

— Ce n'est pas probable. Mais dans l'un de ses moments les moins passionnés, Quell a offert une clause échappatoire pour une telle situation. Si les faits sont contre vous, a-t-elle dit, mais que vous ne pouvez cesser de croire – alors au moins suspendez votre jugement. Décidez plus tard.

— Je pensais que cela préviendrait l'action de façon plus qu'efficace.

Il a acquiescé.

— C'est généralement le cas. Mais ici, le sujet n'est pas la vérité que je désire : plutôt si nous devons agir ou non. Voici au moins ce que je crois : même si ce fantôme n'a qu'une valeur emblématique, il a sa place ici, parmi nous. D'une façon ou d'une autre, le changement est en route. Les Harlanites s'en rendent tout autant compte que nous, et ils ont déjà agi. Il nous reste à faire de même. Si au final je dois me battre et mourir pour le fantôme et le souvenir de Quellcrist Falconer, et non pour la femme elle-même, alors ce sera mieux que de ne pas combattre du tout.

J'ai gardé ses paroles en tête, comme un écho, longtemps après que nous avons laissé Soseki Koi à ses préparatifs et avons repris le rampeur vers la Bande. Ça, et sa question simple.

« *Un fantôme éveillé et vengeur ne suffit-il pas ?* »

Mais ce n'était pas pareil, pour moi. Parce que ce fantôme, je l'avais tenu, et j'avais regardé le clair de lune glisser sur le sol d'un bungalow dans les montagnes, tandis qu'elle s'éloignait de moi et s'enfonçait dans le sommeil, sans savoir si elle se réveillerait de nouveau.

Si on pouvait l'éveiller une nouvelle fois, je ne voulais pas être celui qui lui dirait ce qu'elle était. Je ne voulais pas voir son visage quand elle l'apprendrait.

Chapitre 26

Après ça, c'est allé vite.

« Il y a la pensée et il y a l'action », avait dit une toute jeune Quell. Je m'étais rendu compte par la suite qu'elle s'était largement servie dans l'héritage des samouraïs de Harlan. « Ne confondez pas les deux. Quand le moment est venu d'agir, votre pensée doit déjà être achevée. Vous n'aurez plus le temps de le faire quand l'action commencera. »

Brasil est retourné voir les autres et a présenté la décision de Koi comme la sienne. Il y a eu quelques protestations de la part de certains surfeurs qui ne m'avaient toujours pas pardonné pour Sanction IV, mais ça n'a pas duré. Même Mari Ado a abandonné son hostilité comme une poupée cassée quand elle a compris que j'étais périphérique au vrai problème. Un par un, dans l'ombre colorée par le coucher de soleil et la lueur du salon commun, les hommes et les femmes de Vchira Beach ont consenti.

Apparemment, un fantôme éveillé serait suffisant.

Les composantes du raid se sont assemblées avec une vitesse et une aisance que les plus influençables auraient pu attribuer à la faveur des dieux ou aux agents du destin. Pour Koi, c'était simplement le courant des forces historiques, tout aussi certaines que les lois de la gravité ou de la thermodynamique. C'était une confirmation que l'heure était venue, que la marmite politique bouillonnait. Bien sûr qu'elle allait déborder, et bien sûr que tout allait se retrouver par terre. Forcément.

Quand je lui ai dit que j'attribuais ça à la chance, il a souri.

Quoi qu'il en soit, ça s'est fait.

Personnel :

Les Petits Scarabées Bleus. Ils n'existaient presque plus en tant qu'entité, mais les anciens de l'équipe étaient encore assez nombreux pour former un noyau à peu près conforme à la légende. Les nouveaux venus attirés au fil des ans par l'attraction gravitationnelle de cette légende ajoutaient un poids externe et s'octroyaient le prestige par association. À la longue, Brasil en était venu à faire confiance à certains. Il les avait vus surfer et il les avait vus se battre. Surtout, il les avait tous vus appliquer la maxime de Quell et reprendre leur vie normale quand la lutte armée était impossible. Ensemble, anciens et nouveaux, ils étaient ce que je pouvais réunir de plus proche d'un groupuscule quelliste sans remonter dans le temps.

Armes :

Le glisseur militaire garé dans la cour de Koi était emblématique d'une tendance prévalant sur toute la Bande. Les Scarabées n'étaient pas les seuls spécialistes du grand banditisme réfugiés sur Vchira Beach. Quel que soit le facteur qui menait Brasil et ses hommes vers les vagues, c'était une attraction générale qui se manifestait tout aussi facilement par l'enthousiasme pour des dizaines de crimes et infractions… Sourcetown était toujours pleine de brigands et de révolutionnaires à la retraite, et apparemment aucun n'avait eu envie d'abandonner ses jouets pour de bon. Il suffisait de secouer un peu et il en tombait du matériel comme des fioles et des gadgets du lit de Mitzi Harlan.

Plan :

Superflu, en ce qui concernait l'équipe de Brasil. Rila Crags était presque aussi connu que le vieux quartier général de la police sur Shimatsu Boulevard, celui que la brigadiste noire Iphigenia Deme avait démoli quand ils avaient essayé de l'interroger dans la cave, activant sans le vouloir ses enzymes explosifs. Le désir de faire la même chose avec Rila était palpable dans la maison. Il m'a fallu quelque temps pour convaincre les plus passionnés des nouveaux Scarabées qu'un assaut frontal sur Crags serait un suicide beaucoup moins productif que celui de Deme.

— On ne peut pas leur en vouloir, a dit Koi, soudain rappelé à son passé de brigadiste noir. Ça fait longtemps qu'ils attendent l'occasion de faire payer quelqu'un.

— Pas Daniel, ai-je fait remarquer. Ça fait à peine vingt ans qu'il est là.

Koi a haussé les épaules.

— La rage contre l'injustice est un feu de forêt – elle enjambe tous les fossés, même celui des générations.

J'ai arrêté de patauger et je l'ai regardé. On l'imaginait très bien se laisser emporter. Nous étions tous les deux des géants des mers sortis des légendes, à présent, dans l'eau jusqu'aux genoux parmi les îles et les récifs de l'archipel de Millsport à l'échelle 1/2 000. Sierra Tres avait rappelé quelques *haiduci* qui lui devaient des services et elle nous avait eu du temps dans un construct de carto haute résolution, propriété d'une société d'architectes marins dont les techniques de management commercial n'auraient pas résisté à un examen légal attentif. Ils n'étaient pas emballés par ce prêt, mais c'est ce qui arrive quand on s'acoquine avec les *haiduci*.

— Vous avez déjà vu un feu de forêt, Koi ?

Parce qu'ils ne sont pas franchement courants, sur un monde constitué d'eau à quatre-vingt-quinze pour cent.

— Non. C'était une métaphore. Mais j'ai vu ce qui se passe quand l'injustice finit par déclencher la vengeance. Et ça dure très longtemps.

— Oui, je sais.

J'ai regardé vers les eaux du détroit au sud. Le construct avait reproduit le maelström en miniature, gargouillant et tourbillonnant et tirant sur mes jambes sous la surface. Si la profondeur de l'eau avait été à l'échelle du reste de la simulation, j'en serais sans doute tombé.

— Et toi ? Tu as déjà vu un feu de forêt ? Sur une autre planète, peut-être ?

— Quelques-uns, oui. Sur Lokyo, j'ai même aidé à en allumer un. (J'ai regardé dans l'ouragan.) Pendant la révolte des pilotes. Beaucoup de leurs appareils sont tombés à Ekaterina Tract, et c'est de là qu'ils ont mené leur guérilla pendant des mois. Il fallait les déloger. J'étais Diplo, à l'époque.

— Je vois. (Sa voix n'a eu aucune réaction.) Et ça a marché ?

— Un bon moment, oui. On en a tué beaucoup. Mais comme vous l'avez dit, ce genre de résistance persiste pendant des générations.

— Oui. Et le feu ?

Je l'ai regardé avec un léger sourire.

— Il a fallu longtemps pour l'éteindre. Bon, Brasil a tort, pour cette passe. Il y a une ligne de vue directe vers les patrouilles de sécurité de New Kanagawa dès qu'on a contourné l'île, ici. Regardez ça. Et il y a du corail de l'autre côté. On ne peut pas passer par là, on va se faire tailler en pièces.

Il s'est approché et a regardé.

— S'ils nous attendent, oui.

— Ils attendent quelque chose. Ils me connaissent, ils savent que je vais venir la chercher. Putain, ils m'ont à leur disposition, ils n'ont qu'à me demander, *lui* demander, et il leur dira à quoi s'attendre, le petit enfoiré.

Je me sentais immensément trahi. Comme si on m'avait arraché quelque chose de la poitrine. Comme Sarah.

— Alors n'aurait-il pas l'idée de venir ici ? a demandé Koi. À Vchira Beach ?

— Je ne pense pas.

J'ai répété mon raisonnement à un coup d'avance mené la première fois en embarquant sur le *Haiduci's Daughter* à Tekitomura, espérant qu'il serait aussi convaincant à voix haute.

— Il est trop jeune pour connaître mon passé avec les Scarabées, et ils ne peuvent lui donner aucune info officielle. Il connaît Vidaura, mais pour lui, elle est encore formatrice dans les Corps. Il n'aura aucune idée de ce qu'elle peut faire à présent, ou des rapports postservice que nous pouvons entretenir. Cette salope d'Aiura lui aura sans doute donné toutes les infos possibles sur moi, et peut-être sur Virginia. Mais ils n'ont pas grand-chose, et ça les desservira plus qu'autre chose. Nous sommes des Diplos, nous avons caché nos pistes et semé des leurres dans toutes les bases de données possibles.

— Très prévoyant.

J'ai cherché l'ironie dans son visage ridé, sans en trouver d'apparente. J'ai haussé les épaules.

— C'est le conditionnement. Nous sommes entraînés pour disparaître sans laisser de trace sur des mondes que nous connaissons à peine. Le faire là où on a grandi, c'est un jeu d'enfant. Tout ce que ces enfoirés ont pour travailler, ce sont des rumeurs de la pègre et une série de condamnations en stockage. Ça ne fait pas beaucoup, pour couvrir toute une planète sans capacité aérienne. Et la seule chose qu'il croit connaître sur moi, c'est que je vais éviter Newpest comme… comme la peste.

J'ai souri. En partie pour étouffer les regrets, l'envie de famille qui m'avaient poignardé à bord du *Haiduci's Daughter*. Soupir compact.

— Alors où va-t-il te chercher ?

J'ai hoché la tête vers le modèle de Millsport devant nous, agacé par les îles et plates-formes si denses.

— Je pense que c'est là qu'il me cherche. C'est là que je venais chaque fois que je n'étais pas sur un autre monde. Le plus grand environnement urbain de la planète, l'endroit le plus simple pour disparaître si on le connaît bien, et il est juste en face de Rila. Si j'étais Diplo, c'est là que je serais. Caché, à bonne distance de frappe.

Mon point de vue aérien inhabituel m'a donné un moment le vertige tandis que je regardais les rues et les quais, mes souvenirs détachés au fil des siècles confondant l'ancien et le nouveau dans une familiarité floue.

Et il est là, quelque part.

Allez, tu ne peux pas être…

Il est là comme un anticorps, parfaitement adapté pour correspondre à l'intrus qu'il traque, à poser des questions discrètes dans les milieux louches, à soudoyer, menacer, influencer, briser, tout ce qu'ils nous ont si bien appris à tous les deux. Il respire bien à fond en le faisant, il vit pour son plaisir sombre, comme une version inversée de la philosophie de Jack Brasil.

Les paroles de Plex ont retenti à mes oreilles.

« *Il a aussi beaucoup d'énergie. On dirait qu'il a hâte d'agir, de commencer. Il est confiant, il n'a peur de rien. Rien ne lui pose problème. Il rit de tout…* »

J'ai repensé aux gens avec qui je m'étais associé l'année passée. Ceux que j'avais peut-être mis en danger.

Todor Murakami, s'il n'avait pas encore été déployé. Mon moi plus jeune le connaîtrait-il ? Murakami s'était engagé chez les Diplos presque en même temps que moi, mais nous ne nous étions presque pas fréquentés à cette époque, et on ne nous avait pas déployés ensemble avant Nkrumah et Innenin. Le petit Kovacs d'Aiura irait-il faire le lien ? Pourrait-il manipuler Murakami ? Et d'ailleurs, Aiura laisserait-elle sa petite merveille à double enveloppement approcher d'un Diplo en service ? Oserait-elle ?

Sans doute pas. Et Murakami, soutenu par tout le poids des Corps, pourrait se débrouiller.

Isa.

Oh, merde.

Une gamine de quinze ans sous des airs de femme du monde en titane pour cacher une éducation douce et privilégiée au sein de ce qui restait de la classe bourgeoise de Millsport. Intelligente à faire peur, et tout aussi fragile. Comme un fac-similé de la petite Mito, juste avant que je parte chez les Diplos. S'il trouvait Isa, alors…

Du calme, tu ne crains rien. Le seul endroit où elle peut te situer, c'est Tekitomura. S'ils ont Isa, ils n'ont rien.

Mais…

Il m'a fallu tout ce temps-là, tout ce battement de cœur, pour me rappeler que c'était un être humain. La prise de conscience de ce laps de temps où je ne m'étais pas soucié d'elle était une révulsion froide qui me remontait à la gorge.

Mais il va la briser en deux si elle le dérange. Il va la brûler comme le feu du ciel.

Vraiment ? Si elle te rappelle Mito, elle devrait la lui rappeler, à lui aussi. C'est la même sœur pour vous deux. Ça va sans doute l'arrêter.

Vraiment ?

J'ai replongé dans la bouillasse de mon époque opérationnelle chez les Diplos, et je n'en étais plus si sûr.

— Kovacs !

C'était une voix sortie du ciel. J'ai cligné des yeux et relevé le nez des rues de Millsport. Au-dessus de nous, Brasil était suspendu dans l'air du virtuel, en short de surf orange et dans les lambeaux d'un nuage bas. Avec son physique et ses longs cheveux blonds repoussés par les vents stratosphériques, on aurait dit un demi-dieu. J'ai levé la main pour le saluer.

— Jack, il faut que tu viennes voir cette approche par le nord. Ça ne va pas…

— Pas le temps pour l'instant, Tak. Il faut sortir. Maintenant.

J'ai senti ma poitrine se contracter.

— Qu'est-ce qu'il y a ?

— De la compagnie, a-t-il dit sans plus d'explication avant de disparaître.

Les bureaux de Dzurinda Tudjman Sklep, architectes marins et ingénieurs en dynamique des fluides nommés par l'État, étaient au nord de Sourcetown, où la Bande s'ouvrait en deux pour se transformer en complexes touristiques et en plages où le surf était sans risque. Ce n'était pas une partie de la ville où Brasil voulait venir en temps normal, ce n'était pas bon pour l'image, mais ses camarades et lui s'étaient fondus dans la horde des touristes. Il aurait fallu chercher des mouvements que seuls les surfeurs hyperentraînés peuvent faire pour les repérer, sous les tenues de plage de marque dont les couleurs juraient violemment et qui leur servaient de camouflage. Dans le cadre sobre d'une salle de conférence 0-vib, dix étages au-dessus de la foule, ils avaient l'air de champignons exotiques anticorpos.

— Un prêtre ? Un putain de *prêtre* ?

— J'en ai bien peur, m'a dit Sierra Tres. Tout seul, apparemment, ce qui doit être très inhabituel pour la Nouvelle Apocalypse.

— À moins qu'ils prennent leurs trucs aux brigades des Martyrs de Sharya, a dit Virginia Vidaura. Des assassins solitaires et sanctifiés contre des infidèles ciblés. Qu'est-ce que tu as encore fabriqué, Tak ?

— C'est personnel, ai-je murmuré.

— Comme toujours. (Virginia a grimacé et regardé tous les gens assemblés. Brasil a haussé les épaules, et Tres a montré aussi peu d'émotion que d'habitude. Mais Ado et Koi avaient tous les deux l'air très intéressés.) Tak, je pense que nous avons le droit de savoir ce qui se passe. Ça pourrait compromettre tout ce à quoi nous travaillons.

— Ça n'a *rien à voir* avec ce sur quoi on travaille, Virginia. C'est sans importance. Ces connards de barbus sont trop incompétents pour nous toucher. Ils sont tout en bas de la chaîne alimentaire.

— Stupides ou pas, a remarqué Koi, celui-ci a réussi à te suivre ici. Et il te cherche dans Kem Point.

— Bon, je vais aller le tuer.

Mari Ado a secoué la tête.

— Certainement pas tout seul.

— Eh, c'est *mon* problème, OK, Mari ?

— Tak, du calme.

— *Putain, mais je suis calme !*

Mon cri est tombé dans le capitonnage 0-vib comme de la douleur noyée dans une IV d'endorphine. Personne n'a rien dit. Mari Ado a détourné les yeux vers la fenêtre. Sierra Tres a soulevé un sourcil. Brasil examinait le sol avec une attention toute particulière. J'ai grimacé et réessayé. Calmement.

— Les mecs, c'est mon problème à moi, et j'aimerais le régler tout seul.

— Non, a répondu Koi. Tu n'as pas le temps. Nous avons déjà perdu deux jours précieux en préparatifs. Nous ne pouvons plus reculer. Tes vendettas privées devront attendre.

— Ça ne va pas prendre…

— J'ai dit « non ». D'ici demain, ton ami barbu te cherchera de toute façon au mauvais endroit. (L'ancien commando des Brigades Noires s'est détourné, me mettant hors jeu à la façon dont Virginia l'avait parfois fait quand nous rations les sessions d'entraînement diplo.) Sierra, il va falloir accélérer le ratio temps réel dans le construct. Même s'il ne doit pas monter bien haut.

Tres a haussé les épaules.

— Le matos d'architecte, tu sais ce que c'est. Le temps n'est pas un problème, en général. Ils ont peut-être du quarante ou cinquante, sur un système pareil. À fond.

— Ça ira. (Koi était lancé et cela se voyait. J'ai imaginé la Décolonisation, des rencontres clandestines dans des arrière-salles cachées. Une lumière rase sur des plans griffonnés.) Ça ira. Mais il va falloir faire ça à deux niveaux. Le construct de carto et une suite d'hôtel virtuel avec des installations de conférence. Il va falloir pouvoir passer de l'un à l'autre facilement, à volonté. Une sorte de geste déclencheur de base, comme cligner deux fois des yeux. Je ne veux pas revenir au monde réel pendant qu'on planifie.

Tres a opiné de la tête, déjà en route.

— Je vais dire à Tudjman de s'y mettre.

Elle est sortie de la chambre 0-vib. La porte s'est refermée derrière elle. Koi s'est tourné vers nous.

— Je suggère que nous prenions quelques minutes pour nous vider la tête, parce qu'une fois lancés, nous allons vivre en virtuel jusqu'à ce que ce soit fini. Avec un peu de chance, nous aurons fini avant ce soir, temps réel. Et, Kovacs, ce n'est qu'un avis, mais je trouve que tu nous dois une certaine explication.

Je l'ai regardé dans les yeux, une vague soudaine d'antipathie pour sa théorie à la con de l'histoire en marche me donnant exactement le regard glacé que je voulais.

— Tu as tout à fait raison, Soseki. Ce n'est qu'un avis. Le tien. Alors garde-le pour toi.

Virginia Vidaura s'est éclairci la voix.

— Tak, je pense qu'on devrait aller prendre un café, cinq minutes.

— Oui, je crois aussi.

J'ai terminé de toiser Koi et je suis parti. J'ai vu Vidaura et Brasil échanger un regard, puis elle m'a suivi. Aucun de nous n'a dit quoi que ce soit dans l'ascenseur transparent qui nous a menés à un espace central très éclairé au rez-de-chaussée. À mi-chemin, dans un grand bureau de verre, j'ai vu Tudjman qui hurlait en silence sur une Sierra Tres impassible. Apparemment, la demande d'un ratio virtuel plus élevé passait plutôt mal.

L'ascenseur nous a lâchés dans un atrium ouvert d'où nous entendions la rue. J'ai traversé le hall, me suis engagé dans la foule des touristes sur la promenade, puis ai appelé un autotaxi d'un geste. Virginia Vidaura m'a pris l'autre bras quand le taxi se posait.

— Où tu vas comme ça ?

— Tu sais très bien où je vais.

— Non. (Elle m'a serré un peu plus fort.) Non, pas question. Koi a raison, on n'a pas le temps.

— Ce sera fini avant qu'on s'en inquiète.

J'ai essayé d'avancer vers la portière du taxi, mais à part en l'attaquant, je ne pourrais pas me dégager. Et même ça, contre Vidaura, c'était risqué. Je l'ai suivie, exaspéré.

— Virginia, lâche-moi.

— Qu'est-ce qui se passe si ça dérape, Tak ? Si ce prêtre...

— Ça ne va *pas* déraper. Je tue ces enfoirés depuis plus de un an et...

Je me suis arrêté. L'enveloppe de surfeuse de Vidaura était presque aussi grande que la mienne et nos yeux n'étaient qu'à quelques centimètres l'un de l'autre. Je sentais son souffle sur ma bouche, et la tension de son corps. Ses doigts se sont crispés sur mon bras.

— Voilà, a-t-elle dit. Tu te calmes. Parle-moi, Tak. Tu te calmes, et tu me parles de ces conneries.

— De quoi tu veux parler ?

Elle me sourit par-dessus la table en bois miroir. Ce n'est pas le visage dont je me souvenais. Déjà, elle est plus jeune d'un bon paquet d'années. Mais dans cette nouvelle enveloppe, on retrouve des échos du corps mort sous mes yeux dans un tir de kalachnikov, une vie ou deux auparavant. La même longueur de membres, la même rivière de cheveux noirs rabattus sur le côté. Quelque chose dans la façon dont elle incline la tête pour que les cheveux s'écartent de son œil droit. La façon dont elle fume. La façon dont elle fume encore.

Sarah Sachilowska. Sortie du stockage, vivant sa vie.

—Je suis heureuse. (Elle agite la main pour écarter la fumée, soudain agacée. C'est une petite étincelle de la femme que j'ai connue.) Tu ne le serais pas, toi ? Sentence commuée pour un équivalent cash. Et l'argent continue à arriver, il y aura du travail de biocodage pour au moins dix ans. Jusqu'à ce que l'océan se calme, on a de tout nouveaux niveaux d'échanges à domestiquer. Et je ne te parle qu'au niveau local. Il faut encore que quelqu'un modélise l'impact là où le courant Mikuni rencontre l'eau chaude venue de Kossuth, puis y fasse quelque chose. On va lancer les appels d'offres dès que le gouvernement nous aura donné des fonds. D'après Josef, au rythme où on va, j'aurai payé toute ma sentence dans dix ans.

—Josef?

—Oh oui, j'aurais dû t'en parler. (Le sourire revient, plus large cette fois. Plus ouvert.) Il est vraiment super. Tu devrais le rencontrer. C'est lui qui gère le projet là-haut, c'est une des raisons pour lesquelles j'ai eu la première vague. Il faisait des auditions virtuelles, et c'était mon agent de liaison à ma sortie, et, enfin, tu sais.

Elle baisse les yeux, toujours avec le sourire.

—Tu rougis, Sarah.

—Mais non.

—Mais si. (Je sais que je devrais me sentir heureux pour elle, mais ce n'est pas possible. Trop de souvenirs de ses longs flancs pâles contre moi dans des lits d'hôtel et des appartements de planque louches.) Et il a l'air sérieux, ce Josef? Sur la durée ?

Elle lève les yeux rapidement et me cloue du regard.

— On est tous les deux sérieux, Tak. Il me rend heureuse. Plus heureuse que je l'ai jamais été, je crois.

Alors pourquoi tu es venue me voir, pauvre conne ?

— C'est super.

— Et toi ? me demande-t-elle avec sollicitude. Tu es heureux ?

Je lève un sourcil pour gagner du temps. Je lui lance mon regard en biais, celui qui la faisait rire. Avant. Cette fois, ça ne me vaut qu'un regard maternel, soucieux.

— Eh bien, heureux... (Je fais une autre grimace.) Ça n'a jamais été un truc pour lequel j'ai été très doué. Enfin, oui, je suis sorti en avance comme toi. Amnistie NU complète.

— Oui, j'ai appris ça. Et tu es allé sur Terre, hein ?

— Un moment.

— Et maintenant ?

J'ai un geste vague.

— Oh, je travaille. Rien d'aussi prestigieux que vous, là-haut dans le Nord, mais ça paie l'enveloppe.

— C'est légal ?

— Tu plaisantes ?

Son visage se défait.

— Tu sais que si c'est vrai, Tak, on ne va pas pouvoir se voir. Ça fait partie de l'accord de réenveloppement. Je suis encore en liberté conditionnelle, je ne peux pas fréquenter des...

Elle secoue la tête.

— Des criminels ?

— Ne te moque pas de moi, Tak.

Je soupire.

— Je ne me moque pas, Sarah. Je suis très content de la façon dont les choses tournent pour toi. C'est juste, je ne sais pas... Je t'imagine en train d'écrire du biocode au lieu de le voler.

Elle sourit de nouveau, son expression par défaut pendant toute cette conversation, mais cette fois elle est bordée de douleur.

— On peut toujours changer. Tu devrais essayer.

Une pause inconfortable.

— Je vais y penser.

Une autre.

— Écoute, je devrais vraiment rentrer. Josef n'a sans doute pas…

— Non, je t'en prie. (J'indique nos verres vides seuls et séparés sur le bois miroir rayé. À une époque, nous ne serions jamais partis d'un bar comme celui-ci sans avoir couvert la table de verres et de pipes vides.) Tu n'as aucun amour-propre ? Reste pour un dernier verre.

Et elle reste, mais il n'y a que cet inconfort entre nous. Et quand elle a fini son deuxième verre, elle se lève, me dépose un baiser sur chaque joue, et me laisse planté là.

Et je ne la revois jamais.

— Sachilowska ? (Virginia Vidaura fronce des sourcils pour retrouver ce souvenir.) Grande, non ? Une coiffure débile, comme ça, sur l'œil ? Ouais. Je crois que tu l'as amenée à une fête quand Yaros et moi étions encore à Ukai Street.

— Ouais, c'est ça.

— Donc elle est partie dans le Nord, et toi, tu es revenu dans les Petits Scarabées Bleus pour la faire chier ?

Comme le soleil et les ferrures bon marché sur la terrasse autour de nous, la question brillait trop. J'ai détourné le regard vers la mer. Apparemment, je n'avais pas les mêmes droits que Brasil.

— Ce n'était pas ça, Virginia. J'étais déjà revenu avec vous quand je l'ai vue. Je ne savais même pas qu'elle était sortie. Aux dernières nouvelles, à mon retour de la Terre, elle avait une sentence pleine à tirer. Après tout, elle avait tué un flic.

— Toi aussi.

— Oui, mais moi j'avais eu l'argent de la Terre et l'influence des NU.

— OK. (Vidaura secoue sa canette de café et fronce encore les sourcils. Il n'était pas très bon.) Donc, vous êtes sortis de stockage à des moments différents, et vous vous êtes perdus dans l'intervalle. C'est triste, mais ça arrive tout le temps.

Derrière le bruit des vagues, j'ai encore entendu Japaridze.

« *Il y a une marée à trois lunes qui t'attend quelque part, et si tu la laisses faire, elle va t'arracher tout ce qui a pu compter dans ta vie.* »

— Oui, c'est ça. Ça arrive tout le temps. (Je l'ai de nouveau regardée dans la fraîcheur protégée de la table ombragée.) Mais je ne l'ai pas perdue dans l'intervalle, Virginia. Je l'ai laissé partir. Je l'ai laissé partir avec ce connard, ce Josef, et je suis parti.

La compréhension a illuminé son visage.

— Oh, d'accord. C'est pour ça que tu t'es intéressé à Latimer et à Sanction IV, tout d'un coup. Je me suis demandé à l'époque pourquoi tu avais changé d'avis si rapidement.

— Il n'y avait pas que ça, ai-je menti.

— D'accord. (Son visage me disait qu'elle s'en fichait, et qu'elle ne me croyait pas.) Alors, qu'est-ce qui est arrivé à Sachilowska entre-temps pour que tu te mettes à tuer des prêtres ?

— Le Nord de l'archipel de Millsport. Tu ne devines pas ?

— Ils se sont convertis ?

— *Lui* s'est converti. Elle, elle a juste été entraînée.

— Vraiment ? Elle était victime à ce point-là ?

— Virginia, elle était *sous contrat, bordel* ! (Je me suis arrêté. Les écrans des tables bloquent une partie de la chaleur et du bruit, mais la perméabilité est variable. Des têtes se sont tournées. J'ai cherché dans ma tour de fureur un peu du détachement diplo que je devais posséder. Ma voix est sortie avec une platitude abrupte.) Les gouvernements changent, comme les gens. Ils ont retiré les fonds des projets du Nord quelques années après son départ. Nouvelle éthique anti-ingénierie pour justifier les économies. Ne vous mêlez pas de l'équilibre naturel de biosystèmes planétaires. Laissez le soulèvement de Mikuni trouver son propre équilibre, c'est une meilleure solution, plus sage. Et moins chère, bien sûr. Elle avait encore sept ans à payer, en tout cas au rythme de ce qu'elle gagnait en tant que consultante en biocode. La plupart des villages n'avaient *que* le projet Mikuni pour les sortir de la misère. Imagine ce que ça a donné quand ils ont tous dû retourner gagner leur pitance en pêchant sur la côte.

— Elle aurait pu partir.

— *Ils avaient un gosse, d'accord ?* (*Pause. Respire. Regarde la mer. Du calme.*) Ils avaient un gosse, une fille, de quelques années. Tout d'un coup, ils n'avaient plus un rond. Et ils étaient tous les deux originaires de la région, c'est une des raisons pour lesquelles elle est apparue dans les premiers candidats possibles. Je ne sais pas, ils ont dû se dire qu'ils trouveraient un moyen. D'après ce que j'en sais, les fonds pour Mikuni sont reparus brièvement deux ou trois fois avant de disparaître définitivement. Ils espéraient peut-être un autre changement.

Vidaura a opiné du chef.

— Et ils ont eu raison. La Nouvelle Apocalypse est arrivée.

— Ouais. Dynamique de pauvreté classique, les gens se raccrochent à n'importe quoi. Et s'ils ont le choix entre la religion et la révolution, le gouvernement est plus qu'heureux de laisser les prêtres s'installer. Tous ces villages avaient la foi de base, de toute façon. Une vie austère, un ordre social rigide, très patriarcal. On se serait cru sur Sharya. Il a suffi que quelques militants de la NouvAp arrivent au moment où l'économie se cassait la gueule.

— Et qu'est-ce qui s'est passé ? Elle a contrarié un mâle vénérable ?

— Non. Ce n'était pas elle, c'était sa fille. Elle a eu un accident de pêche. Je ne connais pas les détails. Elle est morte, pile récupérable. (La rage refaisait surface, me gelant le cerveau par giclée.) À part que bien sûr, ce n'est pas *permis*.

Ironie finale. Les Martiens, autrefois vermine des vieilles fois terriennes quand les connaissances de leur civilisation interstellaire et millénaire ont commencé à briser notre idée de l'ordre des choses. Et maintenant usurpés par la Nouvelle Apocalypse pour en faire des anges. Les élus de Dieu, des créations ailées, et *aucun signe de quoi que ce soit ressemblant à une pile corticale n'a jamais été retrouvé dans les corps momifiés qu'ils nous ont laissés.* Pour un esprit pris dans la psychose de la foi, le corollaire était inévitable. Le réenveloppement était un péché né dans le cœur noir de la science humaine, une hérésie sur le chemin de l'au-delà et la présence de Dieu. Une abomination.

J'ai regardé la mer. Les paroles tombaient de mes lèvres comme des cendres.

— Elle a voulu s'enfuir. Seule. Josef était déjà niqué dans la tête par la foi, il refusait de l'aider. Elle a pris le corps de sa fille, seule, et a volé un glisseur. Elle est partie vers l'est, en cherchant un canal pour aller au sud, vers Millsport. Ils l'ont pourchassée et l'ont ramenée. Avec l'aide de Josef. Ils l'ont attachée à une chaise de châtiment que les prêtres avaient construite au cœur du village. Là, ils l'ont forcée à regarder pendant qu'ils prenaient la pile sur le cadavre de sa fille et qu'ils l'emmenaient. Après, ils lui ont fait la même chose, à elle. Pendant qu'elle était consciente. Pour qu'elle puisse apprécier son propre salut.

J'ai dégluti. Ça m'a fait mal. Autour de nous, les touristes allaient et venaient comme les imbéciles emplumés qu'ils étaient.

— Après ça, tout le village a fêté la libération de leur âme. La doctrine de la Nouvelle Apocalypse dit qu'une pile corticale doit être fondue pour libérer les démons qu'elle contient. Mais ils ont leurs propres superstitions, dans le Nord. Deux hommes emportent les piles en mer sur une embarcation couverte d'un plastique antisonar. Ils partent sur cinquante kilomètres, et quelque part en chemin, le prêtre officiant jette les piles par-dessus bord. Il n'a aucune idée du cap pris par le navire. Et le pilote n'a pas le droit de savoir où les piles ont été jetées.

— On dirait un système facile à corrompre.

— Peut-être. Mais pas cette fois. Je les ai torturés tous les deux, à mort. Ils n'ont rien pu me dire. J'aurais plus de chances de retrouver la pile de Sarah si on l'avait enterrée sous le récif d'Hirata.

J'ai senti son regard sur moi, et j'ai fini par lui faire face.

— Donc, tu y es allé.

— Il y a deux ans. Je suis allé la voir en rentrant de Latimer. À la place, j'ai trouvé Josef, qui pleurnichait sur sa tombe. Je lui ai arraché toute l'histoire. (Mon visage a frémi à ce souvenir.) À la longue. Il m'a donné les noms du pilote et de l'officiant, que j'ai retrouvés ensuite. Comme je t'ai dit, ils n'ont rien pu me dire d'utile.

— Et après ?

— Après, je suis retourné au village et j'ai tué les autres.

Elle a secoué la tête, déstabilisée.

— Les autres quoi ?

— Les autres villageois. Tous ceux qui étaient adultes le jour où elle est morte. J'ai trouvé un CyberRat à Millsport qui m'a fourni les infos sur la population. Les noms et les visages. Tous ceux qui auraient pu lever le petit doigt pour l'aider mais ne l'ont pas fait. J'ai pris la liste, j'y suis allé et je les ai tués. (J'ai regardé mes mains.) Et quelques autres, qui ont essayé de m'arrêter.

Elle me regardait comme si elle ne me connaissait pas. J'ai eu un geste d'irritation.

— Oh, je t'en prie, Virginia. On a tous les deux fait pire, sur plus de mondes que je pourrais en citer de tête.

— Tu as une mémoire de Diplo, a-t-elle dit, atone.

— C'est une façon de parler. Sur dix-sept planètes et cinq lunes. Et la station de l'Essaim Nevsky. Et…

— Tu as pris leur pile ?

— Celles de Josef et des prêtres, oui.

— Tu les as détruites ?

— Pourquoi je ferais une chose pareille ? C'est exactement ce qu'ils veulent. L'oubli après la mort. Sans retour. (J'ai hésité. Mais ça semblait futile de s'arrêter à présent. Et si je ne pouvais pas faire confiance à Vidaura, il ne me restait personne. Je me suis éclairci la voix et j'ai pointé le pouce vers le nord.) Un peu plus haut, sur la Prairie d'Algues, j'ai un ami *haiduci*. Entre autres affaires, il élève des panthères des marais pour des combats clandestins. Parfois, quand elles sont bonnes, il leur pose une pile corticale. Comme ça, il peut télécharger les vainqueurs blessés dans des enveloppes neuves et influencer les paris.

— Je crois que j'ai compris…

— Oui. Pour un certain prix, il prend mes piles et il charge leurs propriétaires dans ses panthères les plus fatiguées. On leur donne le temps de se faire à l'idée, puis on les met dans les petits combats, pour voir ce qui se passe. Il se fait pas mal de pognon dans certains combats, où tout le monde sait que ce sont des humains chargés dans des panthères. Apparemment, il y a une sorte de sous-culture perverse qui tourne autour de ça. (J'ai renversé ma canette de café et examiné le dépôt au fond.) J'imagine qu'ils doivent être fous, à présent. Ça ne doit pas être très rigolo d'être prisonnier dans l'esprit de quelque chose d'aussi différent, à la base. Mais en plus quand on se bat bec et ongles pour sa vie dans une arène… Je doute que leur conscience humaine y survive longtemps.

Vidaura a regardé ses genoux.

— C'est ce que tu te dis ?

— Non, ce n'est qu'une théorie. Je me trompe peut-être. Si ça se trouve, il leur reste un certain degré de conscience.

Ou beaucoup. Peut-être dans leurs moments les plus lucides se croient-ils arrivés en enfer. De toute façon, ça me va.

— Comment tu finances ça ?

J'ai trouvé un rictus plein de dents et l'ai enfilé.

— Eh bien, contrairement à ce que tout le monde croit, certaines parties de ce qui s'est passé sur Sanction IV ont été très profitables. Je ne manque pas de fonds.

Elle a relevé la tête, le visage crispé et proche de la colère.

— Tu t'es fait de *l'argent* sur Sanction IV ?

— Rassure-toi, je l'ai bien gagné.

Ses traits se sont radoucis quand elle a ravalé sa colère. Mais sa voix restait dure.

— Et ces fonds seront suffisants ?

— Suffisants pour quoi ?

— Eh bien, pour finir ta vendetta. Tu chasses les prêtres du village, mais…

— Non, ça, c'était l'année dernière. Ça ne m'a pas pris longtemps, ils n'étaient pas très nombreux. En ce moment, je pourchasse ceux qui servaient la Maîtrise ecclésiastique quand elle a été tuée. Ceux qui ont écrit les règles qui l'ont tuée. Ça me prend plus de temps, ils sont nombreux, et plus anciens. Mieux protégés.

— Mais tu ne comptes pas t'arrêter là ?

J'ai secoué la tête.

— Je ne compte pas m'arrêter du tout, Virginia. Ils ne peuvent pas me la rendre, n'est-ce pas ? Alors pourquoi je m'arrêterais ?

Chapitre 27

J'ignore ce que Virginia a dit aux autres quand nous sommes retournés dans le virtuel poussé. Je suis resté dans le construct de carto pendant que les autres s'isolaient dans la section hôtel, que je ne pouvais pas m'empêcher d'imaginer à l'étage. Je ne sais pas ce qu'elle leur a dit, et je m'en foutais. C'était un soulagement d'avoir pu raconter toute cette histoire à quelqu'un d'autre.

De ne plus être tout seul.

Les gens comme Isa et Plex en connaissaient des morceaux, bien sûr, et Radul Segesvar un peu plus. Mais pour les autres, la Nouvelle Apocalypse avait caché ce que je faisais dès le début. Ils ne voulaient pas de cette mauvaise publicité, ou de l'interférence de puissances infidèles comme les Premières Familles. Les morts devenaient des accidents, des cambriolages de monastère qui avaient mal tourné, de simples agressions gratuites. Pendant ce temps, Isa me disait qu'on mettait des contrats privés sur ma tête au nom de la Maîtrise. La prêtrise avait un bras armé, mais ne devait pas trop lui faire confiance, parce qu'ils avaient préféré engager quelques assassins clandestins de Millsport. Une nuit, dans une petite ville de l'archipel Safran, j'en avais laissé approcher un suffisamment pour tester le calibre des renforts. Pas franchement impressionnant.

Je ne sais pas ce que Virginia Vidaura a expliqué à ses collègues surfeurs, mais la présence du prêtre à Kem montrait bien qu'on ne pourrait pas rentrer du raid sur Rila Crags et rester sur la Bande. Si la Nouvelle Apocalypse pouvait me suivre jusqu'ici, d'autres plus compétents le pourraient aussi.

En tant que sanctuaire, Vchira Beach était grillée.

Mari Ado a exprimé tout haut ce qui devait être l'opinion générale.

— C'est toi qui as tout niqué, en apportant tes problèmes personnels avec toi. À toi de trouver une solution.

Alors je l'ai fait.

La compétence des Diplos, direct du manuel – travailler avec les outils qu'on a. J'ai fouillé dans mon environnement immédiat, trouvé ce que j'avais qui pouvait être influencé, et je l'ai vu tout de suite. C'étaient des conneries personnelles qui avaient fait les problèmes, et c'est ça qui nous sortirait du marigot, et résoudrait aussi pas mal de mes problèmes personnels dans le même temps. Avec une ironie qui m'a bien fait sourire.

Tout le monde n'a pas trouvé ça très amusant. Surtout Ado.

— Faire confiance à ces putains de *haiduci* ? (Ses paroles avaient un ton de mépris tout droit venu de Millsport.) Non merci.

Sierra Tres a haussé les sourcils.

— On les a déjà utilisés, Mari.

— Non, toi, tu les as déjà utilisés. Moi, je reste le plus loin possible de ces pourritures. Et de toute façon, celui-là, tu ne le connais pas.

— J'ai entendu parler de lui. J'ai eu affaire à des gens qui ont dealé avec lui, et à ce qu'on m'a dit, c'est un homme de parole. Mais je peux toujours vérifier. Tu dis qu'il te doit quelque chose, Kovacs ?

— Plutôt, oui.

— Alors ça devrait aller.

— Oh bon Dieu, Sierra. Tu n'es pas…

— Segesvar est solide, ai-je interrompu. Il prend ses dettes au sérieux, dans les deux directions. Il suffit d'avoir de l'argent. Si vous en avez.

Koi a regardé Brasil, qui a opiné de la tête.

— On peut l'avoir assez facilement, oui.

— Oh putain ! Joyeux anniversaire, Kovacs !

Virginia Vidaura a fait taire Ado d'un regard.

— Tu vas la fermer, Mari ? C'est pas ton argent. Ça, c'est bien à l'abri dans une banque d'affaires de Millsport, non ?

— Qu'est-ce que tu...

— *Assez !*

Koi avait crié, et ça a eu l'effet escompté. Sierra Tres est partie passer quelques coups de fil depuis les autres pièces dans le couloir, et nous sommes retournés au construct de carto. Dans l'environnement virtuel accéléré, Tres est restée absente toute la journée – soit dix minutes en temps réel. Dans un construct, on peut utiliser le différentiel temps pour passer trois ou quatre coups de fil en même temps, en passant de l'un à l'autre dans les minutes que représentent les blancs de quelques secondes d'une conversation humaine. Quand Tres est revenue, elle avait d'autres infos sur Segesvar pour confirmer ses impressions d'origine. C'était un *haiduci* à l'ancienne, du moins de son propre avis. Nous sommes retournés à la chambre d'hôtel et j'ai composé le code au téléphone, avec haut-parleur et sans visuel.

La ligne était mauvaise. Segesvar parlait dans un océan de parasites, en partie dus aux variations d'ajustement réel/virtuel, et en partie à autre chose. À quelqu'un qui criait, peut-être.

— Je suis un peu occupé, là, Tak. Tu peux me rappeler plus tard ?

— Ça te dirait d'effacer mon ardoise, Rad ? Tout de suite, transfert direct par une autorisation discrète. Plus le même montant, en prime.

Le silence a duré plusieurs minutes en virtuel. Peut-être trois secondes d'hésitation à l'autre bout de la ligne.

— Ça m'intéresserait beaucoup. Montre-moi l'argent, et on pourra discuter.

Un coup d'œil pour Brasil, qui m'a montré sa main grande ouverte et a quitté la pièce sans un mot. J'ai fait un rapide calcul.

— Vérifie ton compte, ai-je dit à Segesvar. L'argent sera là dans une dizaine de secondes.

— Tu m'appelles d'un construct ?

— Va vérifier ton solde, Rad. Je t'attends.

Le reste a été facile.

Dans un virtuel de séjour court, on n'a pas besoin de dormir, et la plupart des programmes ne prennent pas la peine d'inclure des routines de sommeil. Bien sûr, à long terme, ce n'est pas sain. Si on reste trop longtemps dans un construct de séjour court, on commence à perdre l'esprit. Au bout de quelques jours, les effets ne sont que… bizarres. Comme se bourrer à la fois au tétrameth et à une drogue de concentration comme le Sommet ou le Synagrip. De temps en temps, on a la concentration qui se bloque comme un moteur serré, mais il y a un truc. On fait l'équivalent mental d'une balade, on lubrifie ses pensées avec quelque chose qui n'a aucun rapport, et tout va bien. Comme pour le Sommet ou le Synagrip, on peut commencer à trouver un certain plaisir dans l'accumulation de ce gémissement focal.

Nous avons travaillé trente-huit heures d'affilée, à aplanir les angles du plan d'assaut, à mener des scénarios « et si… », et à nous chamailler. Il y en avait souvent un pour lancer un grognement exaspéré, se laisser tomber en arrière dans le mètre d'eau et partir en dos crawlé vers l'horizon. Si on choisissait bien l'angle de sortie et qu'on ne se cognait pas dans un îlot oublié ou qu'on ne s'égratignait pas sur un banc de corail, c'était une façon idéale de décompresser. À flotter là, avec la voix des autres qui s'estompait au loin, on sentait sa conscience se ramollir, comme une crampe qui se détend.

À d'autres moments, on pouvait avoir un effet similaire en s'extrayant complètement pour retourner à la chambre d'hôtel. Il y avait à manger et à boire en abondance, et bien que rien de tout cela n'atteigne jamais votre estomac, les sous-routines gustatives et alcooliques avaient été incluses avec soin. On n'avait pas plus besoin de manger que de dormir dans le construct, mais l'acte de consommer nourriture ou boisson conservait son effet apaisant. Un peu après les trente heures, je me suis retrouvé tout seul devant un plat de sashimis de baleine à bosse que je faisais descendre avec du saké de Safran, quand Virginia Vidaura est apparue devant moi.

— Ah, tu es là, a-t-elle dit avec une étrange légèreté dans le ton.

— Je suis là.

— Ça va, ta tête ?

— Elle refroidit. (J'ai levé ma tasse de saké.) Tu en veux ? Le meilleur *nigori* de l'archipel Safran, apparemment.

— Tak, tu ne devrais pas croire tout ce qu'on dit sur les étiquettes.

Mais elle a pris la flasque, fait apparaître une autre tasse dans sa main et s'est servie.

— *Kampai.*

— *Por nosotros*, ai-je répondu.

Nous avons bu. Elle s'est posée dans l'automoulant en face de moi.

— Tu essaies de me donner le mal du pays ?

— Je ne sais pas. Tu essaies de te fondre dans la masse ?

— Ça fait plus de cent cinquante ans que je n'ai pas mis les pieds sur Adoracion, Tak. Chez moi, c'est ici, maintenant.

— Oui, tu as l'air bien intégrée dans la vie politique locale.

— Et celle de la plage.

Elle s'est reculée un peu dans l'automoulant et a passé une jambe par-dessus l'accoudoir. Elle était finement musclée et bronzée par la vie sur Vchira, et le maillot de bain en polalliage vaporisé en montrait toute la longueur. J'ai senti mon pouls se mettre à battre.

— Très belle, ai-je admis. Yaros a dit que tu avais tout dépensé pour cette enveloppe.

Elle a paru se rendre compte de la nature particulièrement sexuelle de sa position, et a redescendu la jambe. Elle a pris son saké à deux mains et s'est penchée en avant.

— Qu'est-ce qu'il t'a dit d'autre ?

— Eh bien, la conversation n'a pas été très longue, je voulais juste savoir où tu étais.

— Tu me cherchais.

— Oui. (Quelque chose m'a arrêté à cette simple affirmation.) Oui, en effet.

— Et maintenant que tu m'as trouvée ?

Mon pouls s'était calmé, mais restait profond dans ma poitrine. Le gémissement du séjour prolongé dans le virtuel était revenu. Virginia Vidaura, le regard dur, le corps plus dur encore, formatrice diplo inaccessible, devant nous à la présentation, un rêve d'efficacité féminine que personne ne pourrait toucher. Des éclats de joie dans une voix et des yeux qui auraient pu faire naître le désir dans une relation moins clairement définie. Une tentative de flirt douloureusement maladroite de la part de Jimmy de Soto, au mess, écrasée avec un désintérêt brutal. Une autorité maniée sans la moindre tension sexuelle. Mes propres fantasmes frustrés, peu à peu aplatis par un respect immense, aussi enraciné que l'induction diplo.

Puis les combats, dissipation finale des moindres effluves romantiques qui auraient pu résister aux années d'entraînement. Le visage de Vidaura dans une dizaine d'enveloppes, sur une dizaine de mondes, souligné par la douleur ou la rage ou juste la concentration extrême des missions. La puanteur de son corps pas lavé depuis trop longtemps dans la navette confinée sur la face cachée de la lune de Lokyo, son sang poisseux sur mes mains par une nuit assassine de Zihicce où elle a failli mourir. Son regard quand est arrivé l'ordre d'éliminer toute résistance sur Neruda.

Je croyais que ces moments nous avaient amenés au-delà du sexe. Ils paraissaient puiser dans des émotions qui rendaient la baise assez quelconque. La dernière fois que j'étais venu sur Vchira Beach et avais vu la façon dont Brasil se penchait vers elle, subjugué par son ascendance d'Adoracion, j'avais ressenti une certaine supériorité. Même avec Yaroslav et l'engagement à long terme, parfois interrompu, qu'ils avaient entretenu, j'avais toujours cru qu'il n'arrivait pas au noyau dur de cette femme aux côtés de qui j'avais lutté sur plus de planètes du Protectorat que la plupart des gens en voyaient jamais.

J'ai adopté un regard interrogateur qui m'évoquait une cachette.

— Tu penses que c'est une bonne idée ? ai-je demandé.

— Non, a-t-elle répondu d'une voix voilée. Et toi ?

— Hmm... Honnêtement, Virginia, je m'en fiche de plus en plus, depuis cinq minutes. Mais ce n'est pas moi qui ai des liens avec Jack Soul Brasil.

Elle a ri.

— Ça ne le dérangera pas. Ce n'est même pas vrai, Tak. Et de toute façon, il ne le saura jamais.

— Il pourrait apparaître n'importe quand. Lui ou un autre, d'ailleurs. Je préfère ne pas me donner en spectacle.

— Moi non plus. (Elle s'est levée et m'a tendu la main.) Viens par ici.

Elle m'a tiré hors de la pièce. Dans le couloir, dans les deux directions, des portes identiques se faisaient face de part et d'autre du tapis gris, et se perdaient dans une brume grise après une dizaine de mètres. Main dans la main, nous sommes allés tout au bord de ce flou, sentant le léger froid qui s'en exhalait, et Vidaura a ouvert la dernière porte à gauche. Nous nous sommes glissés à l'intérieur, déjà serrés l'un contre l'autre.

Il ne faut pas longtemps pour arracher du polalliage vaporisé. Cinq secondes après que la porte s'était refermée, elle m'avait fait glisser le short sur les chevilles et mon gland durcissait rapidement entre ses paumes. Je me suis dégagé avec un effort, lui ai fait glisser le maillot des épaules et ai tiré le tout jusqu'à sa taille, puis appuyé une paume contre son entrecuisse. Son souffle s'est crispé, et ses abdos ont ondulé. Je me suis agenouillé, forçant le maillot à descendre un peu plus, sur ses hanches et le long de ses cuisses jusqu'à ce qu'elle puisse s'en dégager facilement. Puis j'ai écarté ses lèvres avec les doigts, suivi le contour de son trou avec ma langue et me suis relevé pour l'embrasser. Un autre frisson l'a parcourue. Elle a aspiré ma langue et l'a mordillée, puis a posé les deux mains sur ma tête et m'a tiré en arrière. J'ai fait glisser mes doigts sur sa chatte chaude et humide et appuyé légèrement sur son clitoris. Elle a frissonné et m'a souri de toutes ses dents.

— Et maintenant que tu m'as trouvée ? a-t-elle répété alors que ses yeux commençaient à se brouiller. Et maintenant ?

— Maintenant, je vais voir si les muscles de tes cuisses sont aussi forts qu'ils le paraissent.

Ses yeux se sont illuminés, le sourire est revenu.

— Je vais t'écraser, a-t-elle promis. Je vais te casser en deux.

— Tu vas essayer, plutôt.

Elle a poussé un petit grognement affamé et m'a mordu la lèvre inférieure. J'ai passé un bras sous son genou et l'ai relevé. Elle a saisi mes épaules, passé l'autre jambe autour de ma taille, puis tendu la main vers ma queue et l'a emmenée dans sa chatte. Ce bref moment de conversation avait suffi à ce qu'elle soit tout à fait prête et humide. De ma main libre, je l'ai écartée davantage et elle s'est laissé tomber, hoquetant à la pénétration et allant et venant contre moi. Ses cuisses se sont refermées autour de ma taille avec la brutalité promise. Je nous ai fait pivoter pour m'appuyer contre un mur. Ai récupéré un semblant de contrôle.

De courte durée. Vidaura a raffermi sa prise sur mes épaules et a commencé à monter et descendre sur mon érection, son souffle se transformant en grognements qui ont grimpé rapidement dans les aigus à mesure qu'elle approchait de l'orgasme. Peu après elle, j'ai senti la tension de ma queue répandre sa chaleur jusqu'à la base. J'ai perdu le peu de contrôle que j'avais, empoigné ses fesses et l'ai fait bouger plus fort sur moi. Au-dessus de mon visage, ses yeux fermés se sont ouverts d'un coup et elle m'a souri. Le bout de sa langue est sorti et a touché ses dents du haut. J'ai ri, crispé. C'était une lutte, Vidaura tendant le ventre vers l'avant et les hanches vers l'arrière, ramenant mon gland jusqu'à l'ouverture de sa chatte et les terminaisons nerveuses qui y étaient massées, mes mains la rabattant et essayant de m'enfoncer en elle jusqu'à la garde.

Le combat s'est dissous en une avalanche sensorielle.

La sueur naissant sur nos peaux, glissant dans nos mains serrées…

Sourires durs et baisers qui rappelaient plus une morsure…

Le souffle complètement affolé…

Mon visage, enterré dans le renflement de ses seins et la peau qui les séparait, glissante de sueur…

Sa joue remontant le long de ma tête…

Un moment d'agonie où elle s'est soulevée sur moi de toutes ses forces…

Un cri, peut-être d'elle, ou de moi…

… puis le jaillissement liquide de la libération, et l'effondrement, frissonnants et glissants le long du mur en un tas de membres affalés et de corps pris de sursauts.

Épuisés.

Après un long moment, je me suis hissé sur le coude, et ma queue flasque a glissé d'elle avec peine. Elle a bougé une jambe et gémi. J'ai essayé de nous trouver à tous les deux une position plus tenable. Elle a ouvert un œil et a souri.

— Alors, soldat, ça faisait longtemps que ça vous titillait ?

— Depuis toujours, c'est tout. Et toi ? ai-je répondu avec un sourire.

— L'idée m'avait traversée une ou deux fois, oui. (Elle a poussé contre le mur des deux pieds et s'est appuyée sur les coudes. Son regard a suivi la courbe de son corps, puis remonté le mien.) Mais je ne baise pas les recrues. Bon sang, regarde le bordel qu'on a mis.

J'ai touché son ventre couvert de sueur, descendu un doigt jusqu'à sa fente. Elle a sursauté, j'ai souri.

— Tu veux une douche, alors ?

— Oui, je pense qu'il vaut mieux.

Nous avons recommencé à baiser sous la douche, mais nous n'avions plus la force frénétique qui nous habitait la première fois, et nous n'avons pas pu rester appuyés. Je l'ai portée jusque dans la chambre et l'ai étendue trempée sur le lit. Je me suis agenouillé près de sa tête, l'ai tournée gentiment et ai guidé sa bouche jusqu'à ma queue. Elle a sucé, doucement au début puis avec de plus en plus d'énergie. Je me suis allongé à côté de son corps musclé, ai renversé la tête et ouvert ses cuisses. Puis j'ai glissé un bras autour de sa taille, attiré sa chatte vers mon visage et me suis mis au travail de la langue. Et la faim est revenue d'un coup, comme une rage. On aurait dit que mon ventre était plein de fils électriques à nu. Sur le lit, elle poussait des cris étouffés, a roulé sur elle-même pour se placer au-dessus de moi, sur les genoux et les coudes. Ses hanches et ses cuisses m'écrasaient, sa bouche s'activait sur mon gland pendant que sa main pompait à la base.

Il nous a fallu un long moment, plein de lenteur et de frissons. Sans aide chimique, nous ne nous connaissions pas assez pour un orgasme vraiment simultané, mais le conditionnement diplo, ou peut-être autre chose, compensait ce manque. Quand j'ai fini par éjaculer au fond de sa gorge, la force de ma jouissance m'a redressé d'un coup contre son corps, et par pur réflexe j'ai passé les deux bras autour de ses hanches. Je l'ai attirée sur moi, ma langue s'activant frénétiquement. Elle m'a recraché alors que je coulais encore et a crié son orgasme avant de s'effondrer sur moi, prise de frissons.

Mais peu de temps après, elle s'est laissé glisser, s'est assise en tailleur et m'a regardé sérieusement, comme si j'étais un problème qu'elle n'arrivait pas à résoudre.

— Je pense que ça doit suffire. On ferait mieux d'y retourner.

Plus tard, j'étais sur la plage avec Sierra Tres et Jack Soul Brasil, à regarder les derniers rayons du soleil teinter de cuivre les flancs de Marikanon, à me demander si j'avais fait une erreur quelque part. Je n'étais pas assez lucide pour le savoir. Nous étions allés dans le virtuel avec les relais physiques coupés, et malgré toute la délivrance sexuelle que j'avais eue avec Virginia Vidaura, mon corps réel était encore chamboulé d'hormones accumulées. Au moins à un niveau, tout ça aurait aussi bien pu ne jamais avoir eu lieu.

J'ai jeté un coup d'œil discret à Brasil et me suis posé de nouvelles questions. Brasil, qui n'avait eu aucune réaction visible quand Vidaura et moi étions revenus dans le construct de carto à quelques minutes l'un de l'autre, chacun d'un côté de l'archipel. Brasil, qui avait travaillé avec la même application calme, bonhomme et élégante jusqu'à boucler l'expédition et le repli. Qui avait avec naturel posé une main sur les reins de Vidaura et m'avait souri avant qu'ils disparaissent du virtuel avec une coordination qui en disait long.

— Tu vas récupérer ton argent, tu sais, lui ai-je dit.

Brasil a sourcillé, agacé.

— Je sais, Tak. Ce n'est pas l'argent qui m'inquiète. On aurait pu régler ta dette avec Segesvar, si tu nous l'avais demandé. On peut encore le faire – disons que c'est une prime pour ce que tu nous as apporté, si tu veux.

— Ce ne sera pas nécessaire, ai-je répondu d'un ton raide. Je considère que c'est un prêt. Je vous rembourserai dès que les choses se seront calmées.

Un hoquet de Sierra Tres. Je me suis tourné vers elle.

— Il y a quelque chose qui te fait rire ?

— Oui. L'idée que les choses pourraient se calmer prochainement.

Nous avons regardé la nuit ramper sur la mer jusqu'à nous. Du côté sombre de l'horizon, Daikoku s'est hissée à l'air libre pour rejoindre Marikanon dans le ciel à l'ouest. Un peu plus loin sur la plage, le reste de l'équipe de Brasil se faisait un feu de joie. Les rires fusaient autour de la pile de bois flotté, et les corps gambadaient à contre-jour. Comme pour étouffer les inquiétudes que Sierra ou moi pouvions avoir, il régnait un grand calme à cette soirée, aussi fraîche et douce que le sable sous nos pieds. Après les heures furieuses passées en virtuel, il n'y avait rien à dire ou à faire jusqu'au lendemain. Et pour le moment, demain était encore de l'autre côté de la planète, comme une vague profonde qui prenait de l'élan. Je me suis dit qu'à la place de Koi, j'aurais cru sentir l'histoire en marche retenir son souffle.

— Donc, personne ne va aller se coucher tôt, j'imagine, ai-je dit en désignant les préparatifs.

— On pourrait tous être Vraiment Morts dans quelques jours, a dit Tres. On dormira à ce moment-là.

D'un coup, elle a retiré son tee-shirt. Ses seins se sont soulevés puis sont retombés dans le même mouvement. Je n'avais pas besoin de ça. Elle a lâché le tee-shirt dans le sable et a couru vers la mer.

— Je vais nager. Vous venez ?

J'ai regardé Brasil. Qui a haussé les épaules et l'a suivie.

Je les ai vus atteindre les vagues et plonger, puis partir vers des eaux plus profondes. À une dizaine de mètres, Brasil a de nouveau plongé, est sorti de l'eau presque immédiatement et a crié vers Tres. Elle s'est retournée vers lui, l'a écouté un moment, puis a plongé. Brasil l'a imitée. Ils sont restés une bonne minute sous l'eau, puis sont ressortis avec force éclaboussures à près de cent mètres de la plage. Je me serais cru en train de regarder les dauphins au large du récif d'Hirata.

J'ai tourné à droite et suivi la plage vers le feu de camp. Les gens m'ont salué d'un hochement de tête, certains ont même souri. Daniel, à mon étonnement, a levé les yeux du petit groupe d'inconnus avec qui il se trouvait, et m'a tendu une flasque. Difficile de refuser. J'ai pris une bonne gorgée et toussé en sentant la vodka, assez dure pour être maison.

— C'est du costaud, ai-je sifflé en lui rendant.

— Oui, ce qu'on trouve de mieux de ce côté-ci de la Bande. Assieds-toi, reprends-en. Voici Andrea, ma meilleure amie. Hiro. Attention à lui, il est beaucoup plus vieux qu'il y paraît. Il était déjà à Vchira avant ma naissance. Et ça, c'est Magda. Un peu garce, mais gérable quand on la connaît.

Magda lui a flanqué une tape amicale sur la tête et s'est approprié la flasque. Faute d'avoir autre chose à faire, je me suis assis avec eux. Andrea s'est penchée et a voulu me serrer la main.

— Je voulais vous remercier pour ce que vous avez fait, a-t-elle murmuré dans un amanglais à l'accent de Millsport. Sans vous, on n'aurait jamais su qu'elle était encore en vie.

Daniel a acquiescé, la vodka donnant à son mouvement une solennité exagérée.

— C'est vrai, Kovacs-san. Je n'aurais pas dû dire ce que j'ai dit à votre arrivée. En fait, et je vous le dis comme je le pense, je vous prenais pour un arnaqueur. Venu nous baiser la gueule, vous voyez. Mais maintenant, avec Koi, bon sang, on est partis. On va renverser toute cette putain de planète.

Murmures d'assentiment, un peu trop fervents à mon goût.

— On va leur faire un deuxième Ébranlement, mais un vrai, cette fois, a dit Hiro.

J'ai repris la flasque. La deuxième fois, ce n'était pas si désagréable. Mes papilles devaient encore être sous le choc.

— Elle est comment ? a demandé Andrea.

— Ah. (Une image de la femme qui pensait être Nadia Makita a traversé mon esprit. Le visage en plein orgasme. Le cocktail dangereux d'hormones qui me traversaient a failli déborder.) Elle est… différente. C'est difficile à expliquer.

Andrea a opiné de la tête, heureuse.

— Vous avez de la chance. De l'avoir rencontrée. De lui avoir parlé.

— Toi aussi, tu pourras le faire, bientôt, a répondu Daniel d'une voix un peu pâteuse. Bientôt, on va la reprendre à ces enfoirés.

Un cri de joie approximatif. Quelqu'un allumait le feu.

Hiro a opiné du chef, sévère.

— Oui. On va leur montrer, aux Harlanites. À toutes les saloperies des Premières Familles. La vraie mort arrive…

— Ça va être trop bon, a soufflé Andrea en regardant les flammes monter. D'avoir enfin quelqu'un qui saura quoi faire.

Quatrième partie :
Ça, c'est tout ce qui compte

« Il faut bien comprendre ceci :
toute Révolution exige des Sacrifices. »

Sandor Spaventa
Tâches de l'avant-garde quelliste

Chapitre 28

Au nord-est, une fois franchi l'horizon et arrivé à Kossuth, l'archipel de Millsport s'étale dans l'océan Nurimono, comme une assiette brisée. Autrefois, il y a de cela plusieurs ères géologiques, c'était un système volcanique massif, large de plusieurs centaines de kilomètres, et cela se voit encore dans les bords particulièrement arrondis des îles du pourtour. Les feux qui alimentaient les éruptions sont éteints depuis longtemps, mais ils ont laissé un terrain haut et accidenté, dont les sommets ont sans peine surnagé quand les eaux ont monté. À l'opposé d'autres archipels de Harlan, les retombées volcaniques ont donné un sol fertile et presque toute la surface émergée était couverte de la végétation résistante locale. Par la suite, les Martiens avaient ajouté leurs propres plantes coloniales. Encore plus tard, les humains avaient fait la même chose.

Au cœur de l'archipel, Millsport proprement dite s'étend dans toute sa splendeur de béton inusable et de verre fondu. C'est un déferlement d'ingénierie urbaine, la moindre pente et le moindre recoin disponible couvert de tours, surplombant l'eau sur de larges plates-formes et des ponts longs de un kilomètre. Les villes de Kossuth et New Hokkaido ont acquis une taille et une richesse substantielles, à différentes époques ces quatre derniers siècles. Mais jamais elles n'ont rivalisé avec cette métropole. Peuplée de plus de vingt millions d'habitants, seule fenêtre de lancement orbital et donc spatial laissée par les satellites martiens, siège du pouvoir, de l'autorité financière et de la culture, Millsport exerce son attraction où qu'on se trouve sur Harlan.

— Je déteste ce bled, bordel, m'a dit Mari Ado. (Nous cherchions dans les rues un café baptisé *Makita's*. Avec Brasil, elle avait réduit sa dose de fièvre cervicale pour la durée du raid, et le changement la rendait plutôt irritable.) Putain de tyrannie planétaire de merde. Aucune ville ne devrait avoir autant d'influence.

C'était la râlerie classique, du quellisme typique. Ça faisait des siècles qu'ils disaient la même chose sur Millsport. Et ils avaient raison, bien sûr, mais la répétition constante peut rendre certaines idées si fatigantes qu'on est obligé de les réfuter.

— Tu as grandi ici, non ?

— Et alors ? (Elle m'a fusillé du regard.) Je ne suis pas obligée de l'aimer pour autant !

— Non, sans doute pas.

Nous avons poursuivi notre chemin en silence. Tadaimako bourdonnait autour de nous, plus affairé et délicat que je m'en souvenais trente ans plus tôt. Le vieux quartier du port, autrefois terrain de jeux louche pour aristos et jeunes cadres, était couvert de magasins et cafés tendance. Beaucoup de bars et de fumeries que je me rappelais avaient connu une mort relativement propre. D'autres avaient été transformés en versions terriblement symbolisées d'eux-mêmes. Toutes les devantures brillaient au soleil, peinture neuve et revêtement antibac, et la rue sous nos pieds avait une senteur de propreté immaculée. Même l'odeur de la mer, à quelques rues de nous, paraissait aseptisée – aucune amertume d'algues pourries ou de produits chimiques déversés, et le port était plein de yachts.

Pour coller à cette esthétique, *Makita's* était un établissement irréprochable qui se voulait des airs de bas quartier. Des fenêtres encrassées avec soin masquaient le soleil, et l'intérieur était décoré de nouveaux tirages photo époque Décolo et d'épigrammes quellistes en cadres ouvriers. Dans un coin, on trouvait même l'holo de l'icône en personne, avec la cicatrice de schrapnel sur le menton. Dizzy Csango passait dans la sono. Sessions Millsport, *Rêve d'algue.*

Sur une des banquettes de l'arrière-salle, Isa était assise devant un grand verre, presque vide. Ses cheveux d'un rouge violent étaient un peu plus longs que la dernière fois. Elle s'était peint des quartiers opposés du visage en gris pour donner un effet arlequin, et ses yeux étaient saupoudrés de paillettes luminescentes absorbant l'hémoglobine, qui donnaient l'impression que les veines de ses globes allaient exploser. Les prises de CyberRat étaient toujours dévoilées sur sa nuque, dont une branchée à la console qu'elle avait apportée. Une spirale entretenait sa couverture d'étudiante révisant pour ses exams. Et s'il fallait se fier à notre dernière rencontre, elle abritait aussi un sympathique champ d'interférences qui rendrait notre conversation impossible à surprendre.

— Vous en avez mis du temps.

J'ai souri en m'asseyant.

— Je me faisais désirer, c'est tout, Isa. Voici Mari. Mari, Isa. Alors, comment ça se présente ?

Isa a pris un long moment, presque insolent, pour observer Mari, puis a tourné la tête et s'est débranchée avec un geste élégant très étudié qui soulignait sa nuque.

— Ça se présente bien. Et ça se présente en silence. Rien de nouveau chez le Millsport PD, rien chez les sociétés privées de sécurité que les Premières Familles aiment utiliser. Ils ne savent pas que tu es ici.

J'ai opiné de la tête. Aussi agréable que soit la nouvelle, elle était logique. Nous étions arrivés à Millsport en début de semaine, à plusieurs jours d'intervalle. Fausses pièces d'identité au niveau d'impénétrabilité standard pour les Scarabées Bleus, et différentes options de transport allant des petits glisseurs rapides au luxe de la croisière Safran. Les gens arrivant à Millsport de toute la planète pour les festivités du Jour de Harlan, il aurait fallu être maudit ou très mauvais pour se faire coincer.

Mais ça faisait quand même plaisir.

— Et la sécurité à Crags ?

Isa a secoué la tête.

— Plus silencieuse qu'une femme de prêtre quand elle jouit, a répondu Isa en secouant la tête. S'ils savaient ce que tu as prévu, il y aurait une nouvelle couche de protocole, et elle n'est pas là.

— Ou alors tu ne l'as pas vue, a attaqué Mari.

Isa lui a lancé un nouveau regard glacial.

— Ma chérie, tu y connais quelque chose, au dataflow ?

— Assez pour connaître les niveaux de cryptage auquel on se heurte, là.

— Moi aussi. À ton avis, comment je paie mes études ?

Mari Ado a examiné ses ongles.

— Avec des petits délits, j'imagine.

— Charmant. (Isa a glissé un regard vers moi.) Tak, où tu l'as trouvée, celle-là ? Chez Mme Mi ?

— Isa, sois sage.

Elle a poussé un long soupir de souffrance adolescente.

— Bon, d'accord, Tak. Pour toi. Pour toi, je ne vais pas arracher les cheveux de cette sale petite conne. Et Mari, pour ton information, j'ai sans doute plus de clients comme auteur de software de sécurité, la nuit sous mon pseudo, que toi quand tu tailles des pipes dans les ruelles.

Elle a attendu, crispée. Ado l'a regardée un moment avec ses yeux brillants, puis a souri et s'est penchée en avant. Sa voix n'a jamais dépassé le murmure acide.

— Écoute, pauvre petite cruche de pucelle, si tu crois que tu vas me pousser à la bagarre, tu te trompes. Et heureusement pour toi. Au cas bien improbable où tu arriverais à me faire perdre les pédales, tu ne verrais même pas le premier coup partir. Maintenant, on va revenir aux affaires qui nous intéressent, et après tu retourneras jouer les grandes criminelles avec tes copains de la cour de récré, et tu feras semblant de savoir comment tourne le monde.

— Espèce de sale put…

— Isa ! (J'ai mis un peu de tension dans ma voix et interposé la main devant elle quand elle a commencé à se lever.) Ça suffit. Elle a raison, elle pourrait te tuer à mains nues sans se fatiguer. Maintenant, sois sage ou je ne te paie pas.

Isa m'a décoché un regard trahi et s'est rassise. Difficile à dire sous le maquillage arlequin, mais j'ai eu l'impression qu'elle rougissait. L'attaque sur sa virginité avait peut-être fait mouche. Mari Ado a eu la bonne grâce de ne pas paraître fière d'elle.

— Je ne voulais pas t'aider, a rappelé Isa d'une voix étranglée. J'aurais pu te vendre il y a une semaine, Tak. Et ça m'aurait sans doute rapporté plus que ce que tu me paies. Ne l'oublie pas.

— Évidemment, l'ai-je assurée avec un regard de mise en garde pour Ado. Et maintenant, à part que personne ne pense qu'on est là, qu'est-ce que tu peux me dire ?

Ce qu'Isa avait, chargé dans des petites puces data d'un noir mat et anodin, c'était l'ossature du raid. Des schémas des systèmes de sécurité de Rila Crags, avec les procédures modifiées pour les festivités du Jour de Harlan. Des cartes de prévision à jour pour les courants du détroit la semaine prochaine. Le déploiement du Millsport PD dans les rues et les protocoles de circulation aquatique pour toute la durée des réjouissances. Surtout, elle s'était hissée, avec son étrange identité secrète, à la frange de l'élite criminelle de Millsport. Elle avait accepté de nous aider, et maintenant son implication étroite dans le plan devait expliquer une grande partie de sa nervosité et de son absence de superbe. Participer à un assaut contre la famille Harlan représentait certes une bonne cause de stress, bien plus que ses incursions occasionnelles dans la vente de données illégales. Je l'avais plus ou moins mise au défi de le faire, sans quoi elle aurait certainement refusé de s'y intéresser.

Mais quelle adolescente pourrait refuser un défi ?

Moi, à son âge, j'en aurais été incapable.

Sans ça, je n'aurais jamais mis les pieds dans cette ruelle, avec le dealer et son crochet. Et peut-être…

Oui, bon. On n'a jamais de deuxième chance, tu sais. Tôt ou tard, on se retrouve forcément pris à la gorge. Il faut juste garder le nez à la surface, pas à pas…

Isa a merveilleusement caché son jeu. Quels que soient ses regrets, quand l'échange a été fini, elle avait repris ses esprits, et sa voix était redevenue traînante à souhait.

— Tu as retrouvé Natsume ? lui ai-je demandé.

— Oui, en fait, mais je ne suis pas sûre que tu vas avoir envie de lui parler.

— Pourquoi ?

— Parce qu'il a trouvé la foi, Kovacs. Il vit dans un monastère, au coin de Whaleback et de la 9e.

— Whaleback ? Le truc des Renonciateurs ?

— Ouaip. (Elle a pris une pose de piété absurde, qui n'allait pas avec sa coiffure et son visage.) La confrérie de la Conscience éveillée. Renoncez dorénavant à toute chair et au monde.

J'ai senti ma bouche se tordre. À côté de moi, Mari Ado avait tout l'humour d'un razaile.

— Je n'ai aucun problème avec ces types-là, Isa. Ils sont inoffensifs. À mon avis, s'ils sont assez bêtes pour renoncer à la compagnie des femmes, c'est tant pis pour eux. Mais je suis étonné que Natsume tombe là-dedans.

— Ah, mais c'est vrai, tu étais parti. Ils acceptent aussi les femmes, de nos jours.

— Ah bon ?

— Oui, ça remonte à dix ans. D'après ce qu'on m'a dit, ils ont découvert que des femmes s'étaient mêlées à leurs rangs, déguisées. Depuis des années. Pas étonnant, hein ? N'importe qui peut se faire réenvelopper et mentir sur son sexe. (La voix d'Isa a repris un peu de force, maintenant qu'elle était sur son terrain.) Personne en dehors du gouvernement n'a les fonds pour faire les vérifs nécessaires. Si on est depuis assez longtemps dans une enveloppe mâle, même la psychochirurgie a du mal à faire la différence. Pour en revenir à la confrérie, soit ils prenaient la voie NouvAp, une-seule-enveloppe-et-basta, soit ils se modernisaient et arrêtaient la ségrégation. Et soudain, la parole du Tout-Puissant a apporté le changement.

— J'imagine qu'ils n'ont pas changé de nom ?

— Non, bien sûr. Toujours la confrérie de la Conscience éveillée. Apparemment, le frère accueille la sœur à bras ouverts. Derrière portes closes. (Haussement d'épaules adolescentes.) Je ne sais pas ce que les sœurs pensent de tous ces accueils, mais apparemment, ça fait partie du droit d'entrée.

— À ce propos, a demandé Mari Ado, *nous*, on pourra entrer ?

— Oui, ils acceptent les visiteurs. Il faudra peut-être attendre Natsume, mais vous ne remarquerez rien. C'est ce qu'il y a de plus beau d'avoir renoncé à la chair, non ? Plus besoin de s'embêter avec des détails comme le temps ou l'espace…

— Bon travail, Issy.

Elle m'a envoyé un baiser.

Mais quand nous nous sommes levés pour partir, elle a froncé les sourcils et fini par prendre une décision. Elle nous a fait signe d'approcher.

— Écoutez, je ne sais pas ce que vous comptez faire dans Rila, et franchement, j'aime autant ça. Mais je peux vous dire quelque chose, gratuitement. Cette fois, le vieux Harlan ne sortira pas de sa capsule pour les festivités.

— Non ?

Pour son anniversaire, c'était plus qu'inhabituel.

— Eh non. Un ragot semi-secret que j'ai trouvé hier, tout droit venu de la Cour. Ils ont encore perdu un autre héritier, à Amami Sands. Coupé en morceaux à la fourche, apparemment. Ils n'ont encore rien annoncé, mais le MPD se relâche un peu en ce moment, côté cryptage. J'ai trouvé l'info dans la masse. Enfin, entre ça et le vieux Seichi qui s'est fait griller la semaine dernière, ils ne veulent pas prendre de risque. Ils ont annulé la moitié des apparitions de la famille, et on dirait que même Mitzi Harlan a droit à un double détachement des services secrets. Et le vieux Harlan reste sans enveloppe. Ça, c'est certain. Je pense qu'ils comptent lui faire regarder les festivités via une rediff virtuelle.

J'ai opiné de la tête.

— Merci. C'est bon à savoir.

— Oui. Désolée si ça vous nique une splendide tentative d'assassinat. Tu ne m'as rien demandé, alors je ne comptais pas t'en parler, mais je m'en voudrais si tu allais jusque là-bas sans trouver personne à tuer.

Elle a eu un sourire fin.

— On n'y va pas pour ça, lui ai-je dit. Mais merci quand même. Écoute, Isa, tu te rappelles il y a quelques semaines, un autre petit poisson Harlan s'est fait tuer près des quais ?

— Oui. Marek Harlan Tsuchiya. Défoncé à la meth, il est tombé de Karlovy Dock, s'est cogné la tête et il s'est noyé. Quelle tristesse.

Ado a eu un geste d'impatience. J'ai levé une main pour la retenir.

— Tu penses qu'on aurait pu l'aider à tomber ?

Isa a fait la grimace.

— Oui, sans doute. Karlovy n'est pas l'endroit le plus sûr, la nuit. Mais ils ont dû le faire réenvelopper, et on n'a pas parlé de meurtre. D'un autre côté…

— … pourquoi on en parlerait au grand public ? Certes. (Je sentais l'intuition diplo me chatouiller, mais trop faible pour me dire quoi que ce soit.) OK, Isa, merci pour la news. Ça ne change rien pour nous, mais reste à l'écoute, OK ?

— Comme toujours, mon vieux.

Nous avons payé la note et l'avons laissée là, ses yeux rouges et son masque d'arlequin, et la spirale de lumière tourbillonnant à son coude comme une sorte de familier démoniaque. Elle m'a fait un petit signe quand je me suis retourné, et j'ai ressenti une brève pointe d'affection pour elle, qui m'a tenu jusqu'à la sortie.

— Pauvre petite conne, a dit Mari Ado tandis que nous allions vers les quais. J'ai horreur de ces conneries de fausse classe-lab.

— Bah, la rébellion peut prendre bien des formes.

— Oui, et ce qu'elle fait, elle, ce n'en est pas une.

Nous avons pris un vrai bateau, un ferry, pour traverser le détroit et atteindre le quartier de plates-formes qu'on a baptisé Akan Est, apparemment dans l'espoir que les gens trop pauvres pour se payer les versants d'Akan viennent à la place s'installer ici. Ado est allée chercher du thé, et je suis resté près du bastingage, à regarder la circulation sur l'eau. Millsport a une magie propre, qu'on oublie facilement si on s'en éloigne. Mais dès qu'on remet le pied sur les eaux du détroit, la ville paraît s'ouvrir. Le vent de face, les odeurs de la belalgue et de la mer se conjuguent pour vous laver de toute la crasse urbaine, et on découvre à la place le large optimisme des marins, qui perdure parfois plusieurs heures après le débarquement.

En m'efforçant de garder la tête froide, j'ai scruté l'horizon vers le sud. Là, masqué presque totalement par le brouillard levé par le maelström, Rila Crags boudait, isolée. Ce n'était pas l'extrémité sud de l'archipel, mais il s'en fallait de peu. Vingt kilomètres de pleine mer avant d'arriver à l'île colonisée suivante – le bout de New Kanagawa –, et au moins dix avant le moindre caillou où poser le pied au sec. La plupart des Premières Familles avaient très tôt investi dans Millsport, mais Harlan les avait toutes coiffées au poteau. Rila, magnifique dans sa pierre volcanique noire et brillante, était une vraie forteresse. Pour rappeler à la ville, avec élégance et puissance, qui commandait. Une aire plus majestueuse que celles de nos ancêtres les Martiens.

Nous avons accosté à Akan Est avec un vague cahot, comme un réveil brusque. J'ai retrouvé Mari Ado, du côté de la rampe de débarquement, et nous avons parcouru les rues rectilignes aussi vite que possible en vérifiant qu'on n'était pas suivis. Dix minutes plus tard, Virginia Vidaura nous laissait entrer dans le loft encore nu que Brasil avait choisi comme base d'opérations. Elle nous a regardés comme un scanner mécanique.

— Tout roule ?

— Oui. Mari ne s'est pas fait une copine, mais c'est comme ça…

Ado a grogné et m'a bousculé pour passer, puis a disparu à l'intérieur de l'entrepôt. Vidaura a refermé la porte et l'a verrouillée pendant que je lui parlais de Natsume.

— Jack va être déçu.

— Oui, moi non plus je ne m'y attendais pas. Au temps pour les légendes, hein ? Tu veux venir à Whaleback avec moi ? (J'ai levé les sourcils comme un clown.) Environnement virtuel.

— Ce n'est sans doute pas une bonne idée.

— Non, sans doute pas.

Chapitre 29

Le monastère au coin de Whaleback et de la 9e était un lieu pâle et vierge. Cet îlot, comme une dizaine d'autres fragments de terre ou de corail colonisés, servait de cité-dortoir pour les ouvriers des docks et de l'industrie marine de Kanagawa. Les allées et ponts suspendus fournissaient un accès facile à Kanagawa malgré la courte étendue d'eau, mais l'espace limité sur ces satellites forçait à proposer des appartements exigus et spartiates. Les Renonciateurs avaient simplement acquis une façade de cent mètres de long et barricadé toutes les fenêtres.

— Par sécurité, nous a expliqué le prêtre qui nous a ouvert. Notre équipe sur les lieux est minimale, et il y a ici de nombreux appareils précieux. Vous devrez nous remettre vos armes avant d'entrer.

Sous la robe grise et simple de l'ordre, il était enveloppé dans un synthé de base, entrée de gamme Fabrikon, qui devait comporter un matériel de scan intégré. La voix rappelait une mauvaise connexion téléphonique, et l'expression détachée du visage de silicochair ne reflétait pas forcément les sentiments de son occupant. Les groupes de muscles minuscules sont rarement très bons sur les modèles les moins chers. D'un autre côté, même les synthés bon marché ont en général une force et des réflexes de machine, et on aurait sans doute pu brûler un trou au blaster dans celle-ci sans faire autre chose qu'énerver son propriétaire.

— Ça me paraît normal, ai-je dit.

J'ai sorti le GS Rapsodia et le lui ai tendu, crosse en avant. À côté de moi, Sierra Tres a fait de même avec un blaster court. Brasil a écarté les bras, conciliant, et le synthé a opiné du chef.

— Bien. Je vous les rendrai à la sortie.

Il nous a conduits via une entrée sombre en béton inusable, dont l'inévitable statue de Konrad Harlan avait été masquée de façon cruelle avec un morceau de plastique. Puis nous sommes arrivés dans ce qui devait être un appartement de rez-de-chaussée. Deux rangées de chaises à l'aspect peu confortable, aussi basiques que l'enveloppe du portier, faisaient face à un bureau et une lourde porte d'acier derrière lui. Une deuxième personne, une femme, nous attendait derrière le bureau. Comme son coreligionnaire, elle était synthétique et vêtue de la robe grise, mais ses traits paraissaient un tantinet plus animés. Elle faisait peut-être plus d'efforts, luttant pour se faire accepter au terme des nouveaux décrets d'induction unisexe.

— Combien de vous demandent la rencontre ? s'est-elle enquise avec assez d'amabilité pour sa voix Fabrikon limitée.

Jack Soul Brasil et moi avons levé la main. Sierra Tres se tenait intentionnellement à l'écart. L'hôtesse nous a priés de la suivre et a saisi un code sur la porte d'acier. Celle-ci s'est ouverte avec un grincement métallique ancien et nous sommes entrés dans une chambre aux murs gris, garnie d'une demi-douzaine de canapés fatigués et d'un système de transféreur virtuel qui avait une tête à encore utiliser de la silicone.

— Veuillez vous mettre à l'aise dans l'un de ces sofas et attacher les électrodes et hypnophones comme sur l'holo d'instruction que vous verrez à votre côté droit.

« *Veuillez vous mettre à l'aise* », c'était beaucoup demander : les sofas n'étaient pas automoulants et ne paraissaient pas conçus pour le confort. J'essayais encore de trouver une position agréable quand la jeune femme s'est rendue à l'unité de contrôle de transfert et nous a mis en route. Un sonocode a murmuré via les hypnophones.

— Veuillez tourner votre tête sur la droite et regarder l'holoforme jusqu'à ce que vous perdiez connaissance.

La transition a été beaucoup plus douce que je m'y serais attendu. Au cœur de l'holosphère, un huit oscillant s'est formé et a commencé à parcourir tout le spectre de couleurs. Le sonocode vrombissait en contrepoint. En quelques secondes, cette image s'est étendue pour envahir toute ma vision, et le son dans mes oreilles est devenu un déferlement d'eau. Je me suis senti basculer vers l'image, puis y tomber. Des bandes de lumière ont clignoté sur mon visage, puis ont viré au blanc et au rugissement du cours d'eau. Tout a basculé sous moi, comme si le monde entier pivotait de cent quatre-vingts degrés, J'ai soudain été déposé debout sur une plate-forme de pierre usée derrière une cascade d'eau claire. Les restes du spectre sont vaguement apparus dans un reflet sur la brume avant de disparaître comme une note mourante. Il y a bientôt eu des flaques autour de mes pieds, et un air froid et humide sur mon visage.

Je me retournais pour chercher une sortie, et l'air derrière moi a ondulé et s'est épaissi pour dessiner Jack Soul Brasil. La note de la cascade a tangué quand il s'est solidifié, puis a repris comme avant. Le spectre oscillant a traversé l'air, puis disparu de nouveau. Les flaques ont vacillé et réapparu. Brasil a cligné des paupières et regardé autour de lui.

— C'est par ici, je pense, ai-je dit en indiquant quelques marches basses d'un côté de la cascade.

On a suivi le chemin et contourné un promontoire avant d'émerger dans la lumière vive au-dessus de la chute. Notre route se poursuivait sur des dalles de pierre moussue à flanc de colline, et j'ai fini par repérer le monastère.

Il s'élevait au milieu de collines douces, sur un fond de montagnes accidentées qui rappelaient vaguement certaines parties de l'archipel Safran. Sept niveaux et cinq tours de bois ouvragé et de granit, dans un style de pagode classique. Le sentier qui montait depuis la cascade s'achevait sur une énorme porte de bois miroir où le soleil se reflétait. D'autres chemins semblables partaient du monastère sans motif apparent, vers les collines avoisinantes. J'y ai aperçu une ou deux silhouettes.

—Au moins, on comprend pourquoi ils sont passés en virtuel, ai-je dit surtout pour moi-même. C'est quand même mieux que le carrefour de Whaleback et de la 9e.

Brasil a grogné. Il n'avait presque pas dit un mot depuis qu'on était partis d'Akan. Apparemment, il n'avait pas encore surmonté la surprise. Nikolai Natsume renonçait au monde et à la chair.

Une fois au sommet, on a trouvé la porte entrebâillée. Suffisamment pour passer. À l'intérieur, une entrée au sol tapissé de bois de Terre poli et aux poutres apparentes menait vers un jardin intérieur et des cerisiers en fleur. De chaque côté, les murs étaient tendus de tapisseries aux couleurs complexes. Quand on a approché du centre de la pièce, une des silhouettes s'est extirpée du tissu, a flotté jusqu'à nous et a pris forme. Le moine portait la même tenue que dans le monde réel, mais son corps n'était pas synthétique.

—Puis-je vous aider ? a-t-il demandé doucement.

Brasil a opiné de la tête.

—Nous cherchons Nik Natsume. Je suis un vieil ami.

—Natsume. (Le moine a penché la tête un moment, puis a relevé les yeux.) Il travaille en ce moment au jardin. Je l'ai averti de votre présence. J'imagine qu'il sera bientôt là.

Le dernier mot quittait encore ses lèvres quand un homme fin entre deux âges, avec une queue-de-cheval grise, est entré à l'autre bout de la salle. À ce que je voyais, c'était son apparence naturelle, mais à moins que les jardins soient juste derrière le mur, la vitesse de son arrivée nous rappelait que tout ceci était une magie système savamment employée. D'autant que son ami ne portait aucune trace d'eau ou de terre.

— Nik ? (Brasil s'est avancé pour le saluer.) C'est toi ?

— Certainement, je dirais que c'est moi, oui. Mais à présent, je préfère me faire appeler Norikae.

Natsume s'est approché en flottant. De près, il me rappelait douloureusement Lazlo. La queue-de-cheval et la tension efficace qui l'habitait, un rappel du même charme fou dans son visage. « *Quelques coupe-circuits pour passer, sept mètres à ramper dans une cheminée en acier poli.* » Mais là où les yeux de Lazlo avaient toujours montré à quel point il se retenait, toujours, ceux de Natsume paraissaient avoir trouvé la paix. Son regard était intense et sérieux, mais n'exigeait rien du monde qu'il voyait.

Il a échangé quelques gestes honorifiques avec l'autre moine, qui s'est rapidement élevé dans les airs, dissous en une masse de fils colorés et a repris sa place dans la tapisserie. Natsume l'a regardé partir, puis a tourné son attention vers nous.

— J'ai peur de ne pas vous reconnaître dans ces corps.

— Vous ne me connaissez pas du tout, l'ai-je rassuré.

— Nik, c'est moi, Jack. De Vchira.

Natsume a contemplé un moment ses mains, puis de nouveau Brasil.

— Jack Soul Brasil ?

— Ouais. Qu'est-ce que tu *fous* ici, mec ?

Un bref sourire.

— J'apprends.

— Quoi, tu as un océan, ici ? Du surf comme à Four Finger Reef? Des rochers comme ceux de Pascani ? Arrête, mec.

— En fait, j'apprends en ce moment à faire pousser des pavots à filigrane. Incroyablement difficile. Vous voulez jeter un œil à mes efforts ?

Brasil a changé de position.

— Écoute, Nik. Je ne suis pas sûr qu'on ait le temps pour…

— Oh, il y a du temps, ici. (Encore le sourire.) Flexible. Je vais vous en donner. Par ici.

Nous avons quitté l'entrée et contourné le carré des cerisiers en fleur, puis franchi une arche et une cour dallée. Dans un coin, deux moines agenouillés en méditation n'ont pas levé les yeux. Impossible de savoir s'il s'agissait d'humains vivant dans le monastère ou de fonctions du construct, comme le portier. Natsume les a ignorés. Brasil et moi avons échangé un coup d'œil. Le visage du surfeur était troublé. Je lisais ses pensées comme s'il me les imprimait. Ce n'était plus le même homme qu'il avait connu, et il ne savait plus s'il pouvait lui faire confiance.

Natsume a fini par nous faire passer un tunnel voûté pour déboucher dans un autre carré, le long de quelques marches en bois de Terre dans une fosse peu profonde d'herbes de marécage et d'algues, bordée par un chemin de pierre. Là, au milieu de l'échafaudage gris et arachnéen de leurs racines, une dizaine de pavots à filigrane tendaient leurs pétales iridescents, violets et gris, vers le ciel virtuel. Le plus grand faisait à peine cinquante centimètres de haut. Il était peut-être impressionnant d'un point de vue horticole, je ne risquais pas de le savoir. Mais ce n'était pas très impressionnant pour un homme qui avait autrefois repoussé une baleine à bosse adulte sans autre arme que ses poings et ses pieds et une fusée d'alarme rapide. Pour un homme qui avait autrefois escaladé Rila Crags sans corde ni antigrav.

— Très joli, a dit Brasil.

J'ai acquiescé.

— Oui, vous devez en être très content.

— Modérément. (Natsume a fait le tour de ses protégés avec un œil critique.) J'ai fini par tomber dans le piège le plus évident, comme apparemment tous les novices de cette espèce.

Il nous a regardés, dans l'expectative.

J'ai lancé un coup d'œil à Brasil, qui ne pouvait rien pour moi.

— Ils sont un peu courts ? ai-je fini par demander.

Natsume a secoué la tête et gloussé.

— Non, en fait ils sont assez grands, pour un sol aussi humide. Et – je suis désolé – je vois que j'ai commis une autre bourde courante chez les jardiniers. J'ai supposé que la fascination pour mon obsession personnelle serait générale.

Il a haussé les épaules et nous a rejoints sur les marches, où il s'est assis. Il a fait un geste vers les plantes.

— Ils sont trop lumineux. Un pavot à filigrane idéal est mat. Il ne devrait pas scintiller comme ça, c'est vulgaire. Du moins est-ce ce que me dit l'abbé.

— Nik…

Il a regardé Brasil.

— Oui.

— Il faut qu'on te parle… d'un ou deux trucs.

J'ai attendu. C'était à Brasil de décider. S'il n'avait pas confiance, je n'allais pas me lancer sans lui.

— Des trucs ? (Natsume a opiné du chef.) Quel genre de trucs ?

— Nous… (Je n'avais jamais vu le surfeur aussi bloqué.) J'ai besoin de ton aide, Nik.

— Oui, apparemment. Mais pour quoi ?

— C'est…

Soudain, Natsume a ri. C'était un son délicat, et très peu moqueur.

— Jack, a-t-il dit. C'est moi. Ce n'est pas parce que je cultive des fleurs que tu ne peux pas me faire confiance. Tu penses que renoncer signifie abandonner son humanité ?

Brasil a détourné le regard.

— Tu as changé, Nik.

— Bien sûr. Ça fait plus d'un siècle. À quoi tu t'attendais ? (Pour la première fois, un soupçon d'irritation a percé la sérénité monacale de Natsume. Il s'est levé pour mieux faire face à Brasil.) À ce que je passe toute ma vie sur la même plage à faire du surf? À ce que j'escalade les mêmes parois à pic pour m'amuser? À ce que je craque des codes corpos pour du bioware, histoire de le revendre pour me faire de l'argent de poche sur le marché noir, en disant que c'était du néoquellisme? Cette putain de révolution lente...

— Ce n'est pas...

— Bien sûr que j'ai changé, Jack. Il faudrait être sacrément handicapé des émotions pour ne pas changer.

Brasil a descendu quelques marches pour le rejoindre.

— Oh, alors tu crois que ça, c'est mieux?

Il a tendu un bras vers les pavots. Leurs racines arachnéennes ont paru trembler devant ce geste.

— Tu viens te planquer dans ce putain de rêve, tu fais pousser des *fleurs virtuelles* au lieu de vivre, et tu viens m'accuser, moi, d'être handicapé des émotions? Va te faire foutre, Nik. C'est toi qu'est handicapé, pas moi.

— Qu'est-ce que tu as accompli, dehors, Jack? Qu'est-ce que tu fais qui vaille à ce point mieux?

— *Il y a quatre jours, je me suis retrouvé sur un mur de dix mètres.* (Brasil a fait l'effort de se calmer, sa voix est devenue murmure.) Ça vaut bien deux fois toutes ces conneries virtuelles.

— Vraiment? (Natsume a haussé les épaules.) Si tu meurs sous une de ces vagues sur Vchira, tu as écrit quelque part que tu ne voulais pas revenir?

— Ça n'est pas le problème, Nik. Je reviendrai, mais je serai quand même mort. Ça me coûtera la nouvelle enveloppe, et j'aurai franchi la porte. Dans le monde réel que tu détestes tellement...

— Je ne déteste...

— Dehors, les actions ont des conséquences. Si je me casse quelque chose, je le saurai parce que j'aurai mal.

— Oui, jusqu'à ce que le système d'endorphines améliorées de ton enveloppe s'enclenche, ou jusqu'à ce que tu prennes quelque chose contre la douleur. Je ne vois pas où tu veux en venir.

— Où je veux en venir ? (Brasil a de nouveau fait un geste vers les pavots.) *Tout ça n'est pas réel, Nik.*

J'ai vu un mouvement du coin de l'œil. En me retournant, j'ai vu deux moines, attirés par nos voix, qui attendaient à l'entrée des arches. L'un d'eux flottait littéralement, trente centimètres au-dessus des dalles.

— Norikae-san ? a demandé l'autre.

J'ai à peine changé de posture, me demandant vaguement si c'étaient de vrais habitants du monastère, et sinon quels paramètres d'opération avaient pu causer leur apparition. Si les Renonciateurs avaient des systèmes de sécurité interne, nos chances étaient nulles dans un combat. On ne peut pas s'aventurer dans le virtuel de quelqu'un et gagner une bagarre si la personne en décide autrement.

— Ce n'est rien, Katana-san, a répondu Natsume, avec un geste complexe et rapide des deux mains. Une divergence de point de vue entre amis.

— Alors, pardonnez mon intrusion.

Katana s'est incliné, un poing dans l'autre, et s'est retiré dans le tunnel avec son compagnon. Je n'ai pas vu s'ils marchaient en temps réel ou pas.

— Peut-être…, a commencé Natsume avant de s'arrêter.

— Je regrette, Nik.

— Non, tu as raison, bien sûr. Rien de tout ça n'est réel d'après la façon dont nous avons appris à le comprendre. Mais ici, moi, je suis plus réel que jamais. Je définis ma façon d'exister, et il n'est pas de défi plus grand que ça, crois-moi.

Brasil a répondu quelque chose d'inaudible. Natsume s'est assis sur les marches. Il a regardé Brasil, qui après un instant l'a rejoint, quelques marches plus haut. Natsume a hoché la tête et regardé son jardin.

— Il y a une plage à l'est, a-t-il dit d'un ton absent. Des montagnes au sud. Si je le désire, elles peuvent se rencontrer. Je peux faire de l'escalade quand je le souhaite, nager chaque fois que je le veux. Surfer, même, bien que je ne l'aie pas fait pour l'instant.

» Et dans toutes ces choses, je dois faire un choix. Le choix des conséquences. Un océan avec ou sans baleine à bosse ? Du corail où je pourrai me griffer les pieds et saigner ? Du sang, d'ailleurs, ou pas ? Tout cela nécessite une méditation préalable. Une gravité pleine dans les montagnes ? Si je tombe, laisserai-je la chute me tuer ? Et quel sens aura ma décision ? (Il a regardé ses mains, comme si elles-mêmes étaient une sorte de choix.) Si je me blesse, accepterai-je de sentir la douleur ? Et si oui, combien de temps ? Combien de temps attendrai-je avant de guérir ? Me laisserai-je un souvenir exact de cette douleur après coup ? Et ensuite, de ces questions découlent les secondaires – que certains trouveraient essentielles. Pourquoi suis-je en train de faire tout ceci ? Est-ce que j'ai *envie* de douleur ? Et si oui, pourquoi ? Ai-je envie de tomber ? Pourquoi ? Ai-je vraiment envie d'arriver au sommet, ou simplement de souffrir en chemin ? Pour quelle raison suis-je en train de faire tout cela ? Pour qui le fais-je, depuis le début ? Moi ? Mon père, peut-être ? Lara ? (Il a souri aux pavots.) À ton avis, Jack ? C'est à cause de Lara ?

— Ce n'était pas ta faute, Nik.

Le sourire a disparu.

— Ici, j'étudie la seule chose qui me fait encore peur. Moi. Et dans cette étude, je ne nuis à personne.

— Et vous n'aidez personne d'autre, ai-je fait remarquer.

— Oui, c'est axiomatique. (Il m'a regardé.) Vous êtes aussi un révolutionnaire ? L'un des fidèles du néoquellisme ?

— Pas vraiment.

— Mais vous avez peu de sympathie pour les Renonciateurs ?

J'ai haussé les épaules.

— Ils ne dérangent personne. Comme vous le dites. Et personne n'est obligé de jouer s'il n'a pas envie. Mais vous avez un peu l'idée que nous devons fournir une infrastructure alimentée pour votre style de vie. Il me semble que c'est la pierre d'achoppement de la Renonciation.

J'ai vu reparaître le sourire.

— Oui, c'est vraiment un acte de foi, pour beaucoup d'entre nous. Bien sûr, nous pensons qu'un jour, toute l'humanité nous suivra dans le virtuel. Nous préparons simplement le chemin. Nous l'apprenons, pour ainsi dire.

— Oui, a lâché Brasil. Et pendant ce temps, dehors, le monde tombe en morceaux pour nous autres.

— Il tombait déjà en morceaux avant, Jack. Tu penses vraiment que ce que je faisais, les petits vols, les petits défis, faisait la moindre différence ?

— On emmène une équipe à Rila, a dit Brasil, soudain décidé. Voilà la différence qu'on essaie de faire, Nik. Simplement.

Je me suis éclairci la voix.

— Avec votre aide.

— Ah.

— Oui, on a besoin de la voie, Nik. (Brasil s'est levé et s'est approché d'un coin du rectangle, élevant sa voix comme si, ce secret évacué, il voulait que le volume de la conversation reflète sa décision.) Tu pourrais nous la donner ? En souvenir du bon vieux temps ?

Natsume s'est levé pour me regarder, étonné.

— Vous avez déjà escaladé une falaise maritime ?

— Pas vraiment. Mais l'enveloppe que je porte sait le faire.

Il a soutenu mon regard un moment. Comme s'il enregistrait ce que je venais de lui dire, en vain. Puis il a aboyé d'un rire déplacé pour l'homme à qui nous avions parlé.

— Votre enveloppe sait le faire ? (Le rire est devenu un gloussement plus civilisé, puis il a récupéré sa gravité.) Il vous faudra plus que ça. Vous savez qu'il y a des colonies de razailes sur le dernier tiers de Rila Crags ? Sans doute encore plus nombreux qu'à mon époque. Vous savez qu'il y a un promontoire en dévers qui fait tout le tour des fortifications basses, et que Bouddha seul sait combien d'appareils anti-intrusion ils ont incorporé depuis ma petite farce ? Vous savez *au moins* que les courants à la base de Rila emporteront votre corps brisé jusqu'au détroit ou presque, avant de vous déposer ?

— Eh bien… au moins, si je tombe, on ne viendra pas me chercher pour m'interroger.

Natsume a jeté un coup d'œil à Brasil.

— Il a quel âge ?

— Laisse-le, Nik. Il porte une enveloppe Eishundo, qu'il a *trouvée*, à ce qu'il me dit, en se promenant dans New Hokkaido où il tuait des minmils pour rendre service. Tu sais ce que c'est, une minmil, non ?

— Oui. (Natsume ne m'avait pas lâché du regard.) On a entendu la nouvelle de l'élection de Mecsek, ici.

— Ce n'est plus exactement une nouvelle, Nik, lui a dit Brasil avec un plaisir évident.

— Tu portes vraiment une Eishundo ?

J'ai acquiescé.

— Tu sais ce que ça vaut ?

— Oui, j'ai eu la démonstration deux ou trois fois.

Brasil s'impatientait sur les marches.

— Écoute, Nik, tu nous donnes ton itinéraire ou pas ? Tu as peur qu'on batte ton record ?

— Vous allez vous faire tuer, tous les deux, piles irrécupérables. Pourquoi je vous aiderais à faire ça ?

— Eh, Nik, tu as renoncé à la chair et au monde. Pourquoi ce qui nous arrivera dans le monde réel devrait-il t'inquiéter ?

— Ce qui m'inquiète, c'est que tu sois devenu complètement dingue, putain.

Brasil a souri. Peut-être d'avoir fait jurer son ancien héros.

— Oui, mais au moins on est encore dans la partie. Et tu sais qu'on va le faire, avec ou sans ton aide. Alors…

— C'est bon. (Natsume a levé la main.) Oui, tu peux l'avoir. Tout de suite. Je vais même te faire le compte-rendu détaillé. Pour ce que ça va vous servir. Oui, allez-y. Allez mourir sur Rila Crags. Peut-être que ça, ce sera assez réel pour vous.

Brasil a souri en haussant les épaules.

— Eh ben quoi, Nik ? T'es jaloux ?

On a suivi Natsume dans le monastère jusqu'à une cellule spartiate au troisième étage, où il a dessiné des images en l'air pour évoquer Rila. Une partie était tracée de mémoire, mais les fonctions de données du monastère lui ont permis de comparer avec un construct en temps réel de Rila. Ses prédictions s'avéraient parfaites – les colonies de razailes s'étaient étendues, et le promontoire avait été modifié, bien que la pile de données du monastère ne puisse offrir la confirmation visuelle de cette dernière information. Aucun moyen de savoir ce qui nous attendrait là-haut.

— Mais la mauvaise nouvelle fonctionne dans les deux sens, a-t-il dit avec une animation dans la voix qui n'était pas là avant qu'il trace son schéma. Le promontoire les gêne aussi. Ils ne voient pas bien, et les senseurs sont perturbés par les mouvements des razailes.

J'ai jeté un coup d'œil à Brasil. Inutile de dire à Natsume ce qu'il n'avait pas besoin de savoir – que les senseurs de Crags étaient le cadet de nos soucis.

— À New Kanagawa, ai-je dit à la place, il paraît qu'ils câblent des razailes avec des systèmes de microcaméras. Et qu'ils les dressent. C'est vrai ?

Il a reniflé.

— Ils racontaient déjà la même chose il y a cent cinquante ans. C'était déjà de la parano à l'époque, et ça ne s'est pas amélioré. Quel intérêt de mettre une microcam dans un razaile ? Ils évitent autant qu'ils peuvent les habitations humaines. Et si je me rappelle bien les études qui avaient été faites, ils ne sont pas faciles à domestiquer ou dresser. Et puis, les stations orbitales risqueraient de repérer le câblage et de les descendre en plein air. (Il m'a fait un sourire déplaisant, loin de la sérénité du Renonciateur.) Croyez-moi, vous avez assez à penser avec des razailes *sauvages*. Ne vous inquiétez pas des razailes cyborg domestiqués.

— D'accord. Merci. Un autre conseil ?

— Ouais. Ne tombez pas.

Mais son regard démentait son détachement laconique. Par la suite, quand il a chargé les données pour qu'on les récupère dehors, il gardait un silence tendu qui ne devait plus rien à son calme de moine. Quand il nous a raccompagnés dans le monastère, il n'a rien dit du tout. La visite de Brasil l'avait remonté comme le vent de printemps venu des lacs à carpes de Danchi. Sous la surface perturbée, des silhouettes puissantes se tordaient, impatientes. Quand on a atteint le hall, il s'est tourné vers Brasil et a commencé à parler, mal à l'aise.

— Écoutez, si vous…

Quelque chose a crié.

Le construct des Renonciateurs était bon. J'ai senti la démangeaison dans mes paumes quand mes réflexes de gecko se sont préparés à saisir la pierre pour grimper et me mettre à l'abri. Dans ma vision périphérique soudain poussée, j'ai vu Brasil se crisper – et derrière lui, j'ai vu le mur frissonner.

— *On bouge!*

Au début, j'ai cru que c'était la tapisserie du portier. Une extrusion de la même étoffe. Mais c'était la maçonnerie derrière la tenture qui s'incurvait, déformée par une pression que le monde réel n'aurait jamais tolérée. Le cri pouvait venir du construct pour signaler la contrainte extrême que subissait la structure, ou simplement de la chose qui cherchait à entrer. Pas le temps de se poser la question. Quelques fractions de seconde plus tard, le mur a implosé avec un bruit de melon écrasé, la tapisserie arrachée au centre. Une silhouette de dix mètres de haut s'est avancée.

On aurait dit qu'un Renonciateur avait été si rempli de lubrifiant industriel que chacune de ses articulations s'était fendue pour laisser déborder le liquide. Une silhouette humaine en robe grise restait vaguement reconnaissable au centre de tout cela, mais autour, son liquide noir iridescent bouillonnait et flottait en l'air en doigts tendus et visqueux. Le visage de la créature avait disparu, les yeux, le nez et la bouche arrachés par la pression. Ce qui avait occasionné tous ces dégâts giclait à chaque battement de cœur, sans jamais retomber avant le prochain mouvement.

Je m'étais replié dans une posture de combat que je savais d'avance pire qu'inutile. Il n'y avait rien d'autre à faire que courir.

— Norikae-san. Norikae-san. Veuillez quitter la zone immédiatement.

C'était un chœur de cris, parfaitement en cadence, quand du mur opposé une phalange de portiers est sortie des tapisseries. Ils sont passés par-dessus nos têtes avec grâce, maniant des lances et des gourdins étranges, hérissés de pointes. Leur corps fraîchement assemblé était baigné d'une extrusion de discrète lumière dorée.

— Veuillez mener vos invités vers la sortie la plus proche. Nous nous occupons de ceci.

Les fils d'or structurés ont touché la silhouette brisée, et elle a reculé. Le cri s'est brisé et a monté en volume et en tonalité, me martelant les tympans. Natsume s'est tourné vers nous en criant par-dessus le bruit.

— Vous les avez entendus. Vous ne pouvez rien y faire. Partez d'ici.

— Oui, mais comment ? ai-je demandé en criant aussi.

— Retournez à…

Ses paroles ont été noyées comme si on lui avait coupé le volume. Au-dessus de lui, quelque chose a fracassé le toit. Des blocs de pierre se sont effondrés, et les portiers ont frissonné dans l'air, frappant avec leurs lumières dorées pour éliminer les gravats avant qu'ils nous touchent. Cela a coûté l'existence à deux d'entre eux, quand l'intrus huileux a profité de leur distraction, tendu de gros tentacules et les a déchirés. Je les ai vus saigner une lumière pâle. Par le toit…

— Oh putain.

C'était une autre silhouette gonflée à l'huile, deux fois plus grande que la précédente. Elle a tendu des bras humains auxquels il avait poussé des griffes liquides entre les phalanges et sous les ongles. Une tête brisée s'est glissée par le trou et nous a regardés. Des globules de bouillie noire sont tombés comme de la bave à la lèvre de la créature, éclaboussant le sol et le rongeant jusqu'à un entrelacs argenté intérieur. Une gouttelette a touché ma joue et brûlé la peau. Le cri cacophonique a redoublé.

— Par la chute d'eau, a crié Natsume dans mon oreille. Jetez-vous dedans. Allez.

Puis le deuxième intrus a posé le pied et tout le toit s'est effondré. J'ai saisi Brasil, qui regardait au-dessus de lui avec une terreur totale, et l'ai traîné dans la direction de la porte entrebâillée. Autour de nous, des portiers se ralliaient et se lançaient en l'air pour affronter cette nouvelle menace. J'ai vu une nouvelle vague de défenseurs sortir des tapisseries restantes, mais la moitié ont été saisis et déchirés par la chose au plafond avant même de s'assembler. La lumière a saigné sur le sol en pierre. Des accords musicaux résonnaient dans l'espace et se fractionnaient en disharmonie. Les créatures noires en lambeaux se démenaient au milieu des portiers.

Nous sommes arrivés à la porte avec quelques autres brûlures mineures, et j'ai poussé Brasil devant moi. Je me suis retourné un instant, et l'ai regretté tout de suite. J'ai vu Natsume touché par un filament difforme, et l'ai entendu crier malgré le vacarme. C'était une voix humaine, puis très vite un son distordu par une main impatiente sur un contrôle audio. Natsume a paru fondre, se tordant comme un poisson entre deux plaques de verre, fondant et hurlant en harmonie irréelle avec la rage massive des deux intrus.

Je suis sorti.

Nous avons couru à toute allure jusqu'à la cascade. Un nouveau regard en arrière, et j'ai vu tout le flanc du monastère exploser derrière nous, les deux créatures gagnant en taille tandis qu'ils attaquaient les portiers autour d'eux. Le ciel au-dessus de nos têtes s'assombrissait, comme pour un orage, et l'air était devenu glacé. Un sifflement indescriptible a filé dans l'herbe de chaque côté du chemin, comme une pluie torrentielle, comme un gaz sous pression qui s'échappe. Arrêté de justesse avant la chute d'eau, j'ai vu des interférences sauvages faire danser le rideau de gouttes. Le flot s'est même immobilisé un instant, a disparu, a repris.

J'ai croisé le regard de Brasil. Il n'avait pas l'air plus heureux que moi.

—Passe d'abord, ai-je dit.

—Non, ça va. Vas…

Un cri perçant en haut du chemin. Je l'ai poussé au creux des reins et, tandis qu'il disparaissait dans le flot ronflant, j'ai plongé après lui. J'ai senti l'eau recouvrir mes bras et mes épaules, puis j'ai basculé et…

… me suis redressé d'un coup sur le vieux sofa.

C'était une transition d'urgence. Pendant quelques secondes, j'ai continué à sentir l'humidité de la chute d'eau, j'aurais pu jurer que mes vêtements étaient trempés et mes cheveux plaqués sur mon visage. J'ai pris une inspiration méfiante, puis ma perception du monde réel a pris le relais. J'étais au sec. J'étais à l'abri. J'ai arraché mes hypnophones et mes trodes, je me suis levé tant bien que mal, j'ai regardé autour de moi, le cœur commençant à battre plus vite maintenant que mon corps répondait aux signaux d'une conscience qui venait à peine de reprendre le volant.

De l'autre côté de la salle de transfert, Brasil était déjà debout et parlait rapidement à Sierra Tres, l'air sévère, qui avait récupéré son propre blaster et mon Rapsodia. La pièce était pleine des gémissements poussiéreux de sirènes inutilisées depuis des dizaines d'années. Les lumières ont tremblé. J'ai retrouvé la réceptionniste à mi-chemin de la sortie. Elle venait d'abandonner un panneau de contrôles pris d'une folie colorée. Même sur les muscles approximatifs du visage Fabrikon, la colère et l'indignation me sautaient aux yeux.

— C'est vous qui l'avez amené ? C'est vous qui nous avez contaminés ?

— Non, bien sûr que non. Vérifiez vos putains d'instruments. Ces trucs y sont encore.

— C'était quoi, ça ? a demandé Brasil.

— À mon avis, des virus dormants. (Avec des gestes absents, j'ai pris le Rapsodia à Tres et vérifié la charge.) Tu as vu leur aspect. C'étaient des moines, avant, un déguisement d'humain digitalisé autour de systèmes offensifs pendant qu'ils étaient en sommeil. À attendre le bon déclencheur. La personnalité de couverture ne savait peut-être même pas ce qu'elle cachait avant d'éclater.

— Ouais, mais *pourquoi* ?

— Natsume. (J'ai haussé les épaules.) Ils devaient le suivre depuis…

L'assistante nous regardait comme si toute cette discussion se faisait en langage machine. Son collègue est apparu derrière elle et nous a rattrapés. Il tenait une petite puce de données beige qui tendait la silicochair de ses doigts. Il a brandi la puce et s'est penché vers nous pour se faire entendre.

— Vous devez partir. Norikae-san voulait que je vous remette ça, mais vous devez partir immédiatement. Vous n'êtes ni bienvenus ni en sécurité ici.

— Ouais, sans blague. (J'ai pris la puce.) Si j'étais vous, je viendrais avec nous. Verrouillez tous les ports de données qui donnent sur le monastère avant de partir, et appelez une bonne équipe de nettoyage viral. D'après ce que j'ai vu, vos portiers sont dépassés.

Les sirènes gémissaient autour de nous comme des fêtards sous meth. Il a secoué la tête, comme pour oublier le bruit.

— Non. Si c'est une épreuve, nous la surmonterons en Renonciateurs. Nous n'abandonnerons pas nos frères.

— Et sœurs. Comme vous voulez, c'est très noble. Mais personnellement, tous ceux que vous enverrez là-dedans ressortiront sans le moindre inconscient. Vous avez besoin d'un soutien venu du monde réel.

Il m'a regardé.

— Vous ne comprenez pas. C'est là qu'est notre domaine, pas dans la chair. La destinée de l'humanité est de se Charger. Nous sommes les plus forts. Nous triompherons.

J'ai abandonné. Répondu.

— Super. Génial. Vous me tiendrez au courant. Jack, Sierra, on laisse ces abrutis se suicider et on met les bouts.

Les deux se sont retrouvés seuls dans la salle de transfert. L'homme à qui je venais de parler s'est allongé sur un des canapés, regardant la femme en attachant ses trodes. Son visage était luisant de sueur, mais aussi captivé, pris dans un paroxysme de détermination et d'émotion.

Nous sommes sortis sur Whaleback et la 9ᵉ, la lumière de l'après-midi peignait les murs du monastère d'un orange chaud, et le bruit de la circulation dans le détroit flottait jusqu'à nous avec l'odeur de la mer. Un léger vent d'ouest a fait voleter la poussière et des spores sèches dans le caniveau. Devant nous, deux enfants ont traversé la rue en criant et en courant après un jouet miniature ressemblant à un karakuri. Il n'y avait personne d'autre, et rien dans cette scène ne suggérait la bataille en cours dans le cœur mécanique du construct des Renonciateurs. On aurait pu croire que tout ça n'avait été qu'un rêve.

Mais à la limite inférieure de mon ouïe neurachem, j'entendais tout juste les cris des sirènes antiques, comme une faible mise en garde contre les forces éveillées et le chaos à venir.

Chapitre 30

Le Jour de Harlan.

Plus exactement, la veille de Harlan – les festivités ne débuteraient pas avant minuit. Dans quatre heures bien tassées. Mais, même aussi tôt dans la soirée, alors que le soleil était encore haut dans le ciel à l'ouest, tout était déjà commencé. À New Kanagawa et Danchi, les zones du centre-ville étaient déjà bouchées par un défilé d'holos et de danses masquées, et les bars servaient tout à des prix de fête, subventionnés par l'État. Pour gérer une bonne tyrannie, il faut savoir lâcher la bride à ses sujets, et les Premières Familles y étaient expertes. Même ceux qui les détestaient devaient reconnaître que la clique du vieux Harlan savait organiser une fête.

Du côté de la mer, à Tadaimako, l'humeur était plus douce mais toujours festive. Le travail s'était interrompu aux alentours du déjeuner dans le port commercial, et les dockers, assis par petits groupes sur les hauts flancs des bateaux cargos, partageaient des pipes et des bouteilles et guettaient le ciel d'un œil expert. Dans la marina, presque tous les yachts accueillaient leur propre fête privée, dont une ou deux qui avaient débordé sur les jetées. Un mélange confus de musiques giclait de partout. À mesure que la nuit s'épaississait, on se rendait compte que les ponts et les mâts avaient été saupoudrés d'illuminum rose ou vert. Cette poudre voletait parfois, donnant un reflet sale à l'eau entre les coques.

À quelques yachts du trimaran que nous étions en train de voler, une blonde en tenue minimale m'a fait un signe ahuri. J'ai levé le cigare Erkezes, également volé, en un salut poli, espérant qu'elle ne prendrait pas cela pour une invitation à monter à bord. Isa faisait beugler sous le pont une musique qu'elle jurait à la mode, mais c'était une couverture. La seule chose qui se passait dans ce tintamarre, c'était une intrusion dans les tripes du trimaran *Boubin Islander*. Les parasites qui voudraient s'inviter à cette fête se retrouveraient face à Sierra Tres ou Jack Soul Brasil, et leur ami le kalachnikov à éclats.

J'ai secoué la cendre de mon cigare et suis allé vers les sièges à la poupe, en faisant de mon mieux pour paraître à ma place. Une vague tension montait et descendait dans mes tripes, plus insistante qu'avant mes missions habituelles. Pas très compliqué de comprendre pourquoi. Une douleur que je savais psychosomatique a fait vibrer mon bras gauche.

Je n'avais vraiment aucune envie d'escalader Rila Crags.

Typique, ça. Toute la ville fait la fête, et moi je passe la nuit suspendu à une falaise de deux cents mètres.

— Salut.

J'ai levé les yeux et vu la blonde en tenue minimale sur la passerelle d'embarquement, un grand sourire aux lèvres. Elle vacillait un peu sur des talons exagérément aiguilles.

— Salut, ai-je renvoyé avec prudence.

— Je ne connais pas votre visage, a-t-elle dit avec une franchise incroyable. Je n'aurais pas oublié une coque aussi magnifique. Vous n'ancrez pas souvent ici, hein ?

— Non. (J'ai claqué la main sur le bastingage.) C'est la première fois qu'on vient à Millsport. Je ne l'ai que depuis quelques jours.

Pour le *Boubin Islander* et ses vrais propriétaires, au moins, c'était vrai. Il s'agissait de deux couples fortunés des îles Ohrid, enrichis par une sorte de vente à l'État sur des systèmes de navigation locaux, qui visitaient Millsport pour la première fois depuis des décennies. Un choix idéal, pioché par Isa dans les données de la capitainerie, avec tout ce qu'il nous fallait pour monter à bord de ce trimaran de trente mètres. Les deux couples étaient pour l'heure inconscients dans un hôtel de Tadaimako, et quelques-uns des révolutionnaires les plus jeunes de Brasil s'assuraient qu'ils le resteraient pendant les deux jours à venir. Dans la confusion des fêtes du Jour de Harlan, je doutais qu'ils manquent à quelqu'un.

— Ça vous dérange si je monte à bord pour jeter un œil ?

— Eh bien, ce serait volontiers, mais on va lever l'ancre. On part dans quelques minutes vers le détroit, pour voir le feu d'artifice.

— Oh, c'est fantastique. Vous savez, ça me plairait beaucoup. (Elle a tendu son corps vers moi.) Je suis complètement folle quand je vois des feux d'artifice. Ça me rend toute chose…

— Salut, mon bébé… (Un bras s'est glissé autour de ma taille, des cheveux d'un rouge violent m'ont chatouillé sous la mâchoire. Isa s'est blottie contre moi, vêtue simplement d'un maillot de bain très réduit et de bijoux corporels assez saisissants. Elle a lancé un regard amusé à la blonde.) C'est qui ta nouvelle amie ?

— Oh, nous n'avons pas, euh…

J'ai tendu ma main ouverte vers la femme.

Qui a crispé les lèvres. C'était peut-être un truc de concurrence. Ou le regard rouge et brillant d'Isa. Ou alors une réaction tout à fait saine, le dégoût de voir une gamine de quinze ans se cramponner à un homme deux fois plus vieux qu'elle. Le réenveloppement amène parfois à d'étranges options corporelles, mais ceux qui ont l'argent nécessaire pour un truc comme le *Boubin Islander* n'ont pas besoin d'y avoir recours. Si je baisais une nana qui avait physiquement quinze ans, soit elle avait *vraiment* quinze ans, soit je voulais qu'elle les paraisse, ce qui revenait un peu au même.

— Je pense que je devrais rentrer, a-t-elle dit en se retournant d'un coup.

Tremblant légèrement tous les deux ou trois pas, elle a fait une retraite aussi digne que possible sur des talons aussi insensés.

— Ouais, a crié Isa. Amuse-toi bien. On se recroisera peut-être.

— Isa ? ai-je murmuré.

— Oui, quoi ? (Un grand sourire.)

— Lâche-moi. Et va t'habiller.

Nous avons levé l'ancre vingt minutes plus tard, et sommes sortis du port sur une balise de guidage générale. Regarder le feu d'artifice depuis le détroit, ce n'était pas une idée monstrueusement originale, et nous n'étions pas le seul yacht de Tadaimako à partir dans cette direction. Pour le moment, Isa faisait le guet depuis le cockpit du pont inférieur et laissait l'interface de circulation marine nous remorquer. Nous aurions tout le temps de nous dégager plus tard, quand le spectacle commencerait.

Dans la cabine avant, Brasil et moi avons sorti le matériel. Combis de plongée furtives, avec harnais Anderson grâce à Sierra Tres et ses amis *haiduci*, armes tirées des centaines d'arsenaux privés de Vchira Beach. Le logiciel personnalisé d'Isa pour ce raid reliait les processeurs multi-usages des combis sous un système de comm avec brouilleur qu'elle avait volé en usine cet après-midi. Comme les propriétaires comateux du *Boubin Islander*, il ne manquerait à personne avant quelques jours.

Nous étions debout devant le matériel préparé, le noir luisant des combis pas encore activées, les différentes armes rayées et lustrées. Il y avait à peine assez de place par terre.

— Comme au bon vieux temps, hein ?

Brasil a haussé les épaules.

— Les vieilles vagues, ça n'existe pas, Tak. Chaque fois c'est différent. Regarder en arrière, c'est la plus grosse connerie qu'on puisse faire.

Sarah.

— Épargne-moi ta philo de plage à deux balles, Jack.

Je l'ai laissé dans la cabine pour aller voir à l'arrière comment Isa et Sierra Tres se débrouillaient avec notre esbroufe. J'ai senti le regard de Brasil me suivre, et l'amertume de mon coup d'éclat m'a accompagné jusqu'au cockpit.

— Salut, mon bébé, a ronronné Isa en me voyant.

— Arrête.

— Comme tu veux. (Elle a eu un sourire très satisfait et a regardé Sierra Tres, appuyée contre une des vitres du cockpit.) Ça n'avait pas l'air de te déranger, tout à l'heure.

— Tout à l'heure, il y avait un… (J'ai abandonné. Fait un geste.) Les combis sont prêtes. Des nouvelles des autres ?

Sierra Tres a secoué la tête. Isa a montré la spirale du comset.

— Ils sont tous en ligne. Feu vert à tous les étages. Pour le moment, c'est tout ce qu'il nous faut. Sans ça, ça veut dire que ça déconne. Crois-moi, pour le moment, pas de nouvelle, bonne nouvelle.

Je me suis retourné, mal à l'aise dans cet espace confiné.

— Je peux remonter sur le pont sans souci ?

— Zéro problème. C'est un bateau sympa, il a des écrans d'exclusion météo depuis des générateurs dans le bastingage. Je les ai réglés sur opaque partiel depuis l'extérieur. Tous ceux qui auront la curiosité de regarder, comme ta copine blonde, ne verront qu'une tache à la place de ta tête.

— Super.

Je suis ressorti et me suis hissé vers la zone des sièges, puis sur le pont proprement dit. Aussi loin au nord, le détroit était calme, et le trimaran était presque immobile sur l'eau. Je me suis avancé jusqu'au cockpit de beau temps, me suis assis dans un des fauteuils de pilote avant de sortir un cigare tout neuf. Il y en avait toute une humidicaisse en bas, et je me disais que les propriétaires pourraient se passer d'un ou deux. Politique révolutionnaire – tout le monde doit faire des sacrifices. Autour de moi, le yacht grinçait légèrement. Le ciel s'était assombri, mais Daikoku restait basse sur les sommets de Tadaimako et peignait la mer d'une lueur bleutée. Les feux de position des autres navires étaient statiques, séparés les uns des autres par le logiciel de navigation. Les lignes de basse se réverbéraient au-dessus de l'eau depuis les rives scintillantes de New Kanagawa et de Danchi. La fête battait son plein.

Vers le sud, Rila se dressait hors de l'eau, assez lointaine pour paraître fine et martiale – une lame noire et courbe, sans autre éclairage que les lumières de la citadelle à son sommet.

J'ai levé les yeux et fumé un moment en silence.

Il est là-haut.

Ou en ville, à ta recherche.

Non, il est là. Sois réaliste.

D'accord, il est là-haut. Et elle aussi. Ainsi d'ailleurs qu'Aiura, et quelques centaines de gardes de Harlan triés sur le volet. Tu t'inquiéteras de ça quand on sera en haut.

Une barge de lancement a glissé à côté de nous au clair de lune, en route vers une position de tir sur le détroit. Derrière, le pont était chargé de paquets écroulés, de toiles et de cylindres d'hélium. La structure avant, tronquée, abritait beaucoup de personnes qui faisaient des signes et tiraient des fusées d'alarme dans le soir. Un cri vif a fusé de l'embarcation quand elle est passée, l'hymne de l'anniversaire de Harlan repris entre les détonations.

Joyeux anniversaire, enculé.

— Kovacs ?

C'était Sierra Tres. Elle était arrivée au cockpit sans que je la remarque. Ça en disait très long sur ses talents d'infiltration, ou sur mon absence de concentration. J'espérais que c'était la première explication.

— Ça va ?

J'ai réfléchi un moment.

— Je n'ai pas l'air d'aller ?

Elle a fait un geste aussi laconique qu'à l'habitude et s'est assise dans l'autre fauteuil. Elle m'a regardé un long moment.

— Alors, qu'est-ce qui se passe avec la petite ? Tu cherches à te refaire ta jeunesse d'antan ?

— Non. (J'ai tendu le pouce vers le sud.) Ma jeunesse d'antan, elle est par là et elle veut me faire la peau. Il ne se passe rien avec Isa. Je ne suis pas un putain de pédophile.

Autre long silence. La barge de lancement a disparu dans le soir. Parler à Tres, c'était toujours comme ça. Dans des conditions normales, j'aurais trouvé ça insupportable. Mais ce soir, dans le calme avant minuit, c'était reposant.

— Depuis combien de temps tu penses qu'ils avaient ce virus braqué sur Natsume ?

— Difficile à dire. Tu veux savoir si c'était du suivi à long terme ou un piège préparé pour nous ?

— Si tu préfères.

J'ai secoué la cendre de mon cigare et regardé la braise.

— Natsume est une légende. Certes, peu de personnes s'en souviennent, mais *moi* je m'en souviens. Ainsi que la copie engagée par les Harlan. Il doit aussi savoir que j'ai parlé à des gens à Tekitomura, et que je sais qu'ils retiennent Sylvie à Rila. Il peut deviner ce que je ferais, avec cette information. Une petite intuition diplo aura suffi à faire le reste. S'il est en forme, oui, il a peut-être fait poster des chiens de garde virtuels autour de Natsume, en attendant que je me montre. Avec les moyens qu'il a, ce ne serait pas difficile d'écrire quelques personnalités d'enveloppe, de leur donner de fausses références d'un autre monastère Renonciateur.

J'ai tiré sur le cigare, senti la morsure de la fumée et l'ai exhalée.

— D'un autre côté, peut-être que la famille Harlan surveillait Natsume depuis longtemps. Ils ne sont pas cléments, et son escalade de Rila les a fait passer pour des benêts. Même si ce n'était qu'une blague de propagande quelliste.

Sierra se taisait, regardant devant elle par le pare-brise.

— Au final, c'est la même chose.

— Oui. Ils savent qu'on arrive. (Étrangement, le fait de le dire m'a fait sourire.) Ils ne savent pas exactement quand ni comment, mais ils savent.

J'ai regardé les navires autour de nous. J'ai fumé l'Erkezes jusqu'au mégot. Sierra Tres n'a pas bougé, pas parlé.

— J'imagine que ça a dû être moche, Sanction IV, a-t-elle ajouté plus tard.

— Tu imagines bien.

Pour une fois, j'ai été plus taciturne qu'elle. J'ai jeté le cigare terminé et en ai sorti deux autres. Je lui en ai tendu un, elle a secoué la tête.

— Ado t'en veut, m'a-t-elle dit. Et ce n'est pas la seule. Mais pas Brasil. Apparemment, il t'aime bien. Depuis toujours, je crois.

— Je suis un type agréable.

— On dirait, a-t-elle répondu avec un sourire.

— Ça veut dire quoi, ça ?

Elle a tourné le regard vers les ponts avant du trimaran. Son sourire avait disparu, retourné dans son calme félin.

— Je t'ai vu, Kovacs.

— Vu où ça ? Quand ça ?

— Avec Vidaura.

Ses paroles sont restées dans l'air un moment. J'ai donné vie à mon cigare et pris une assez grosse bouffée pour me cacher.

— Et ça t'a plu ?

— Je n'étais pas dans la pièce. Mais je vous ai vus y aller. Ça ne ressemblait pas à un déjeuner d'affaires.

— Non. (Souvenir du corps virtuel de Vidaura écrasé contre le mien, qui m'a fait vibrer le ventre.) Non, en effet.

Nouveau silence. Les basses distantes depuis New Kanagawa. Marikanon s'est levée et a rejoint Daikoku dans le ciel du nord-est. À mesure que nous dérivions vers le sud, j'entendais presque le ronflement subsonique du maelström déchaîné.

— Brasil est au courant ?

Ç'a été son tour de hausser les épaules.

— Je ne sais pas. Tu lui as dit ?

— Non.

— Et elle ?

Et nouveau silence. Je me rappelais le rire de Virginia, et les trois phrases décalées avec lesquelles elle avait écarté mes inquiétudes.

« *Ça ne le dérangera pas. Ce n'est même pas vrai, Tak. Et de toute façon, il ne le saura jamais.* »

J'avais l'habitude de faire confiance à son jugement au milieu des bombes et des tirs de Sunjet, je l'avais fait sur dix-sept planètes différentes, mais quelque chose paraissait décalé, cette fois. Virginia Vidaura avait autant l'habitude des virtuels que nous. Dire que ce qui s'y passait n'était pas réel… c'était une façon d'éluder.

Pendant qu'on y était, ça paraissait bien assez vrai.

Oui, mais tu es sorti de là aussi tendu et plein de foutre qu'en commençant. Ça n'était pas beaucoup plus vrai que les rêves humides que tu pouvais faire à l'époque où tu étais jeune recrue.

Eh, elle était là avec moi, cette fois.

Au bout d'un moment, Sierra s'est levée et étirée.

— Vidaura est une femme remarquable, a-t-elle dit, cryptique, avant de repartir vers la poupe.

Un peu avant minuit, Isa a quitté le contrôle de circulation du détroit, et Brasil a pris les commandes depuis le cockpit de beau temps. À ce moment, le feu d'artifice conventionnel était déjà lancé, comme des affichages sonar vert, or et rose, au-dessus de Millsport. Presque toutes les îles et plates-formes avaient leur propre arsenal à lancer, et sur les grandes masses terrestres comme New Kanagawa, Danchi ou Tadaimako, il y en avait dans chaque parc. Même certains des vieux navires du détroit s'étaient approvisionnés. De plusieurs de nos voisins, des fusées ont jailli sur une trajectoire ivre, et partout ailleurs on utilisait à la place des fusées de détresse. Sur le canal radio général, sur un fond de musique et de bruits de fête, un présentateur fou balbutiait une futile description de l'ensemble.

Le *Boubin Islander* a un peu gîté quand Brasil a poussé les moteurs et nous avons commencé à fendre les vagues vers le sud. Aussi loin dans le détroit, le vent portait une brume de gouttelettes soulevées par le maelström. Je les ai senties contre mon visage, aussi fines que des toiles d'araignées, puis froides et humides à mesure qu'elles s'accumulaient et coulaient comme des larmes.

Puis le vrai feu d'artifice a commencé.

— Regardez, a dit Isa.

Sur son visage, l'excitation enfantine a percé sous son masque de détachement adolescent. Comme nous tous, elle était montée sur le pont pour ne pas rater le début du spectacle. Du menton, elle a désigné l'écran radar.

— Voilà les premiers. Décollage.

Sur l'affichage, j'ai vu plusieurs points au nord de notre position, chacun suivi d'un trait en dents de scie rouge indiquant une trajectoire aérienne. Comme n'importe quel jouet pour riche, le *Boubin Islander* avait une redondance d'instruments qui me disait même à quelle altitude se trouvaient les contacts. J'ai regardé le nombre augmenter à côté de chaque point, et malgré moi j'ai ressenti une certaine angoisse. L'héritage de Harlan – quand on a grandi sur cette planète, on est marqué à vie.

« Et ils ont largué les amarres, a annoncé gaiement le présentateur radio. Les ballons montent, je vois les… »

— On est obligés d'écouter ça ?

— T'as qu'à trouver une station qui diffuse autre chose, a répondu Brasil avec un haussement d'épaules. Moi, j'ai pas réussi.

L'instant d'après, le ciel s'est déchiré.

Méticuleusement chargé de ballast explosif, le premier noyau de ballons à l'hélium a atteint la démarcation des quatre cents mètres. D'une précision inhumaine, d'une rapidité mécanique, la plate-forme orbitale la plus proche a repéré l'engin et envoyé un filet de feu céleste. Il a fendu le ciel, déchiré les nuages des hauteurs occidentales, et touché chaque ballon pendant une fraction de secondes.

Le ballast a explosé. Un feu arc-en-ciel a plu sur Millsport.

Le tonnerre de l'air violenté sur le passage du feu céleste a déferlé sur l'archipel comme une déchirure.

Même le commentateur radio s'est tu.

Depuis le sud, un deuxième groupe de ballons a atteint l'altitude. La plate-forme a ouvert le feu, la nuit redevenant un jour bleuté. Le ciel a encore déversé sa couleur. L'air carbonisé a aboyé.

À présent, en différents points de Millsport et sur les barges déployées dans le détroit, les lancements ont commencé. Étalés, appâts répétés pour les yeux martiens au-dessus de nos têtes. Les rayons clignotants de feu céleste sont devenus un pinceau constant de destruction, poignardant les nuages à tous les angles, léchant délicatement chaque machine qui transgressait la frontière des quatre cents mètres. Le tonnerre répété est devenu assourdissant. Le détroit et le paysage derrière lui sont devenus une série d'instantanés pris au flash. La réception radio a disparu derrière les parasites.

— C'est parti, a dit Brasil.

Il souriait.

Je me suis rendu compte que moi aussi.

Chapitre 31

Les eaux du détroit étaient froides, mais ça n'avait rien de déplaisant. Je me suis laissé glisser du *Boubin Islander*, j'ai lâché le bastingage et senti la fraîcheur se presser autour de moi à travers la combinaison. C'était une sorte d'étreinte, et je me suis laissé couler, emporté par le poids de mes armes et du harnais Anderson. Quelques mètres sous la surface, j'ai enclenché les systèmes de furtivité et de flottaison. La puissance grav a frissonné et m'a soulevé. J'ai crevé la surface au niveau des yeux, ai rabattu le masque sur la cagoule, et vidangé l'eau des tubes.

Tres est remontée à quelques mètres de moi. A levé une main gantée pour me saluer. J'ai cherché Brasil.

— Jack ?

Sa voix est revenue par le micro à induction, les lèvres tremblantes.

— Sous toi. Fait froid, hein ?

— Je t'avais bien dit de décrocher de ta saloperie de maladie. Isa, tu nous écoutes ?

— À ton avis ?

— Parfait. Tu sais quoi faire ?

— Oui, papa, a-t-elle soupiré. Maintenir la position, garder le silence radio. Transmettre tout ce qui arrivera des autres. Ne pas parler aux étrangers.

— Tout bon.

J'ai levé un bras avec prudence et vu que les systèmes furtifs avaient activé le décalage de réfraction de la combinaison.

Assez près du fond, le caméléochrome standard se mettrait en route et me confondrait avec les couleurs du moment. Mais dans l'eau, le décalage me rendait fantomatique, un courant d'air sur l'eau, une illusion de la lumière.

J'y trouvais un certain confort.

— Bon… (J'ai inspiré, plus fort que nécessaire.) On y va.

Je me suis repéré aux lumières de la pointe sud de New Kanagawa, puis à celles de Rila, vingt kilomètres plus loin. Puis j'ai replongé, me suis retourné avec lenteur et me suis mis à nager.

Brasil nous avait amenés aussi loin au sud de la circulation qu'on pouvait le faire sans attirer l'attention, mais nous étions encore loin de Crags. Dans des conditions normales, il aurait fallu au moins quelques heures d'efforts pour y arriver. Les courants, expulsés du détroit par le maelström, aidaient un peu, mais la seule chose qui permettait cette idée de plongée était le système de flottaison. La sécurité électronique aveuglée et assourdie par la tempête orbitale ne pourrait jamais détecter un moteur grav individuel sous l'eau. Et avec un vecteur bien appliqué, la même puissance qui nous maintenait entre deux eaux nous pousserait aussi vers l'avant à vitesse supérieure.

Comme les spectres marins dans la légende de la fille d'Ebisu, nous avons fendu l'eau sombre côte à côte, sans nous toucher de nos bras tendus. Au-dessus de nous, à la surface de la mer, éclosaient fréquemment des fleurs de feu céleste. Le harnais Anderson cliquetait et bouillonnait gentiment à mes oreilles, électrolysant l'oxygène directement dans l'eau autour de moi, mélangeant l'hélium depuis le miniréservoir ultracomp sur mon dos, avant de m'alimenter et de disperser l'air que j'exhalais en bulles plus petites que des œufs de poisson. Au loin, le maelström grondait en un contrepoint de basse.

C'était très paisible.

Oui, ça, c'est la partie facile.

Un souvenir m'a rattrapé dans l'obscurité. Une plongée de nuit au large du corail d'Hirata, avec une fille des quartiers huppés de Newpest. Elle était entrée chez Watanabe un soir, avec Segesvar et d'autres Guerriers Corail, plus une bande de filles à papa qui s'encanaillaient et de durs de Stinktown. Eva ? Irena ? Je me souvenais juste de la tresse enroulée de ses cheveux d'un miel sombre, de ses membres longs et de ses yeux vert scintillant. Elle fumait des roulées au chanvre de mer, mal, s'étouffant sur le mélange âcre avec une fréquence qui faisait rire ses amis plus durs. Je n'avais jamais rien vu d'aussi beau qu'elle.

Avec un effort rare – pour moi – je l'avais arrachée à Segesvar, qui avait l'air de la trouver assommante, nous avais trouvé un petit coin tranquille chez Watanabe, près de la cuisine, et je l'avais monopolisée toute la soirée. Elle avait l'air de venir d'une autre planète. Un père qui tenait à elle et s'occupait d'elle avec une attention que j'aurais trouvée ridicule dans d'autres circonstances. Une mère qui travaillait à mi-temps « juste pour ne pas se sentir complètement ménagère », une maison en dehors de la ville qui était à eux, des visites à Millsport et Erkezes tous les deux ou trois mois. Une tante qui était allée travailler sur une autre planète – ils étaient tous si fiers d'elle – et un frère qui espérait en faire autant. Elle en parlait avec l'abandon de quelqu'un qui trouve tout cela tout à fait normal, et elle toussait en fumant, et elle me souriait souvent, lumineuse.

— *Et toi*, a-t-elle dit avec un de ces sourires. *Qu'est-ce que tu fais pour t'amuser ?*

— *Je, euh… Je fais de la plongée en corail.*

Le sourire est devenu rire.

— *Ouais, les* Guerriers Corail, *j'avais compris. Tu descends où ?*

— *De l'autre côté d'Hirata*, j'ai balbutié. *Ça te dirait d'essayer, un jour ?*

—*Bien sûr*, a-t-elle répondu en me regardant. *Tout de suite ?*

C'était l'été à Kossuth, l'humidité ambiante avait atteint les cent pour cent depuis plusieurs semaines. L'idée de plonger me démangeait en permanence. Nous sommes sortis de chez Watanabe et je lui ai montré comment lire le flot des autotaxis, comment en repérer un infrarouge, et sauter sur le toit. Nous sommes restés là tout le trajet, la sueur refroidissant sur notre peau.

—*Accroche-toi bien.*

—*Ouais, je n'y aurais pas pensé.*

Elle m'a ri au nez dans la traînée aérodynamique.

Le taxi s'est arrêté pour une course près de la capitainerie, et nous nous sommes laissé glisser, effrayant les éventuels clients. Leur surprise a bientôt cédé le pas à des murmures et des regards désapprobateurs, nous faisant rire aux larmes. Il y avait un trou dans la sécurité du port au coin est des docks à flotteurs lourds – un angle mort aménagé l'été précédent par un pirate adolescent qui voulait s'amuser. Il l'avait vendu aux Guerriers Corail contre un holoporn. Je nous ai menés à une des rampes de chargement, et volé un ravitailleur à quille. Nous avons avancé à la rame, en silence, pour sortir du port, puis j'ai lancé le moteur et nous sommes partis pour Hirata avec des cris de joie.

Plus tard, dans le silence de la plongée, j'ai regardé la surface qui ondulait sous la lumière de Hotei, et j'ai vu son corps au-dessus de moi, pâle derrière les lanières noires de sa veste de flottaison et l'ancien équipement à air comprimé. Elle était perdue dans l'instant, à la dérive, peut-être dans la contemplation du mur de corail à côté de nous, ou simplement en train de savourer le froid de la mer contre sa peau. Pendant une minute, je suis resté en dessous d'elle, à apprécier la vue, à durcir dans l'eau. J'ai caressé du regard le contour de ses cuisses et de ses hanches, me suis concentré sur la barre de poils verticale à la base de son ventre, et sur les lèvres entraperçues quand elle battait des jambes pour avancer. J'ai regardé le ventre plat et musclé qui sortait du gilet de flottaison, le renflement évident de sa poitrine.

Puis il s'est passé quelque chose. Peut-être trop de chanvre de mer, ce n'est jamais une bonne idée avant de plonger. Ou un écho paternel de ma propre vie. Le corail a rampé dans mon champ de vision, et un instant il a paru basculer sur nous. L'érotisme de ses membres languides est retombé tout soudain sous la peur qu'elle soit morte ou inconsciente. Je suis remonté d'un coup, paniqué, la saisissant aux épaules et la retournant dans l'eau.

Elle allait parfaitement bien.

Les yeux écarquillés par la surprise derrière le masque, ses mains se posant sur moi en retour. Un grand sourire a fendu son visage, et elle a laissé de l'air filer entre ses dents. Gestes, caresses. Ses jambes enroulées autour de moi. Elle a sorti le régulateur, m'a fait signe de l'imiter, puis m'a embrassé.

— Tak ?

Après, dans le préfa à matériel que les Guerriers Corail avaient installé sur le récif, allongée avec moi sur un lit improvisé de combis de plongée d'hiver un peu moisies, elle paraissait surprise de la délicatesse avec laquelle je l'avais maniée.

— Tu ne vas pas me casser, Tak, je suis une grande fille.

Et ensuite, les jambes de nouveau enroulées autour de moi, ondulant contre moi, riant de bonheur.

— Accroche-toi bien !

J'étais trop perdu en elle pour lui voler son argent sur le toit de l'autotaxi.

— Tak, tu m'entends ?

Eva ? Ariana ?

— Kovacs !

J'ai cligné des paupières. C'était la voix de Brasil.

— Oui, désolé. Quoi ?

— Un bateau qui approche.

Quand il a eu fini de parler, je l'ai remarqué aussi, le gémissement de petits rouages dans l'eau, acide par-dessus le grondement sourd du maelström. J'ai vérifié mon système de proximité, n'ai rien trouvé dans les traces grav. Suis passé en sonar et je l'ai vu, sud-ouest, remontant rapidement le détroit.

— Une vraie quille. Tu penses qu'on devrait s'inquiéter ?

Difficile de croire que la famille Harlan se servirait de patrouilleurs à quille. Pourtant…

— On coupe la poussée. (Sierra Tres a pris la décision pour moi.) Flottaison stationnaire. Ça ne vaut pas le coup.

— Tu as raison.

À contrecœur, j'ai trouvé les commandes de flottaison et j'ai coupé le support grav. Je me suis tout de suite senti couler sous le poids de mon matériel. J'ai touché le cadran de flottaison d'urgence et senti les compartiments du gilet se remplir. J'ai coupé le système dès que ma descente s'est interrompue, et j'ai flotté dans la pénombre, en écoutant le gémissement du bateau qui approchait.

Elena, peut-être ?

Des yeux verts étincelants.

Le corail qui nous tombait dessus.

Un autre tir de feu céleste a fusé. J'ai repéré la quille au-dessus de nous, grosse, et terriblement déformée d'un côté. J'ai étréci les yeux et enregistré les détails postdétonation en poussant le neurachem. Le bateau avait l'air de tracter quelque chose.

Et la tension m'a quitté d'un coup.

— C'est un charter, les p'tits gars. Ils ramènent une carcasse de baleine à bosse.

Le bateau nous a dépassés avec peine et s'est éloigné vers le nord, déséquilibré par son trophée. En fait, il n'était pas passé si près de nous. Le neurachem me montrait la carcasse à contre-jour sur la surface bleutée striée de quelques filaments de sang à sa suite. Le grand corps fuselé roulait contre le sillage, les nageoires étendues comme des ailes brisées. Une partie de l'aileron dorsal avait été arrachée et dansait dans l'eau, ses bords brouillés par des bosses et des filaments de chair. Des câbles défaits pendaient à son côté. Ils avaient dû le harponner plusieurs fois... celui qui commandait ce bateau n'était décidément pas bon pêcheur.

Quand les humains étaient arrivés sur Harlan, les baleines à bosse locales n'avaient aucun prédateur naturel. Elles étaient au sommet de la chaîne alimentaire, des chasseurs marins parfaitement adaptés, des animaux très intelligents et sociaux. Rien de ce que la planète avait pu créer ne pouvait les tuer.

Nous avons rapidement changé cela.

— J'espère que ce n'est pas un présage, a murmuré Sierra Tres à ma grande surprise.

Brasil a eu un bruit de gorge. J'ai vidangé les compartiments d'urgence de mon gilet et relancé le système grav. L'eau a soudain paru plus froide autour de moi. Derrière les gestes automatiques de vérification de cap et de suivi du matériel, j'ai senti une vague colère diffuse s'emparer de moi.

— Allez, on va en finir.

Mais mon humeur était toujours aussi sombre à mes tempes et derrière mes yeux quand nous sommes arrivés dans les ombres au pied de Rila, vingt minutes plus tard. Et projetés sur le verre de mon masque, les pâles points rouges de l'itinéraire de Natsume paraissaient s'intensifier en rythme avec mon cœur. L'envie de faire des dégâts était une marée montante en moi, comme l'éveil ou le rire.

Nous avons trouvé le canal que Natsume nous avait conseillé, sommes passés en appuyant nos mains gantées contre la pierre et le corail pour éviter de s'accrocher. Nous nous sommes hissés hors de l'eau sur une petite plate-forme de pierre que le logiciel avait colorée et signalée par un visage souriant vaguement démoniaque. « Niveau d'entrée », avait dit Natsume, abandonnant sa réserve monacale un bref instant. « Toc toc ». Je me suis assis et ai regardé autour de moi. Une légère lumière argentée tombait sur Daikoku, mais Hotei n'était pas encore levée, et l'écume du maelström et des vagues proches brouillait la lumière. Le panorama était plongé dans les ténèbres. Le feu céleste envoyait des ombres sur les rochers quand de nouveaux paquets d'artifices explosaient vers le nord. Le tonnerre déferlait dans le ciel. J'ai examiné la façade de la falaise un moment, puis la mer obscure dont nous sortions à peine. Aucun signe prouvant qu'on nous avait repérés. J'ai détaché la structure casque du masque de plongée et l'ai soulevée. Abandonné mes nageoires et plié les orteils dans mes bottes de caoutchouc.

— Tout le monde va bien ?

Brasil a grogné en guise d'acquiescement. Tres a opiné de la tête. J'ai attaché la structure du casque à ma ceinture, au creux de mes reins, là où il ne me gênerait pas, ai enlevé les gants et les ai rangés dans une poche. J'ai recalé le masque, plus léger, sur mon visage, et vérifié que le lien data était bien branché. En basculant la tête en arrière, j'ai vu l'itinéraire de Natsume s'ouvrir devant nous, chaque prise signalée en rouge.

— Vous voyez bien ?

— Ouais. (Brasil a souri.) C'est moins marrant, non ? De l'avoir tout marqué comme ça.

— Tu veux ouvrir la voie ?

— Après vous, monsieur Eishundo.

Sans me laisser le temps d'y penser, j'ai tendu la main et saisi la première prise indiquée et me suis soulevé. Une poussée, une prise pour l'autre main. La pierre était trempée par les embruns, mais l'adhérence Eishundo a tenu bon. J'ai ramené la jambe pour m'appuyer sur une corniche, j'ai basculé mon poids et j'ai tiré.

Et quitté le sol.

Du gâteau.

La pensée m'a traversé l'esprit alors que j'avais fait vingt mètres, et m'a laissé un rictus un peu fou. Natsume m'avait prévenu que les premiers moments de l'escalade étaient trompeurs. « *C'est un truc d'homme singe. Beaucoup de balancements, de prises attrapées* in extremis. *De grands gestes, et on a encore de la force, à ce moment-là. Tu vas te sentir bien. Mais souviens-toi, ça ne va pas durer.* »

J'ai retroussé les lèvres, comme un chimpanzé, et crié tout bas. En dessous de moi, la mer s'attaquait inlassablement à la pierre. Le bruit et l'odeur remontaient vers moi en longeant la pierre et m'enveloppaient dans le froid et l'humidité. J'ai réprimé un frisson.

Se hisser. S'accrocher.

Petit à petit, je me suis rendu compte que le conditionnement diplo n'avait pas encore manifesté sa présence pour lutter contre le vertige. Avec la façade rocheuse à cinquante centimètres de moi et les muscles Eishundo qui faisaient leur travail, j'en étais venu à oublier que j'étais au-dessus du vide. À partir d'une certaine hauteur, la pierre a perdu la couche humide laissée par le maelström, et le rugissement répétitif des vagues a disparu dans le fond sonore. Mes gènes de gecko rendaient les prises petites ou lisses très confortables. Et surtout, c'était peut-être la touche finale Eishundo, mais ce que j'avais dit à Natsume paraissait vrai – mon enveloppe savait ce qu'elle faisait.

Puis, comme j'atteignais une série de prises et de corniches que le masque indiquait comme un endroit où se reposer, j'ai regardé comment Brasil et Tres se débrouillaient, et j'ai tout foutu en l'air.

Soixante mètres en dessous, même pas un tiers de la distance, et la mer n'était qu'une noirceur moutonneuse, soulignée de l'argent de Daikoku là où elle se soulevait. La jupe de récifs à la base de Rila reposait dans l'eau. Les deux grands rochers qui encadraient le canal dans la direction d'où nous venions me paraissaient assez petits pour tenir dans ma main. Le ressac de l'eau entre les deux était hypnotique et m'attirait vers le bas. La vue paraissait osciller.

Le conditionnement est arrivé, écrasant la peur. Comme une porte coupe-feu sous mon crâne. Mon regard est remonté vers la pierre. Sierra Tres m'a touché le pied.

— Ça va ?

Je me suis rendu compte que j'étais là, immobile, depuis une minute.

— Je me repose.

La voie s'inclinait vers la gauche, diagonale contournant un large dévers dont Natsume nous avait dit qu'il était plus ou moins impossible à escalader. Au lieu de grimper, il avait franchi le bas du dévers presque la tête en bas, les pieds calés contre les replis et fissures de la pierre, les doigts cramponnés contre des angles de pierre qui méritaient à peine le nom de prises, jusqu'à ce qu'il puisse enfin poser les deux mains sur une série de corniches de l'autre côté et se remettre en position verticale.

J'ai serré les dents et commencé à faire comme lui.

À mi-chemin, mon pied a glissé, m'a fait basculer et a délogé ma main droite de la pierre. Un grognement réflexe, et je me suis retrouvé suspendu par le bras gauche, les pieds battant pour trouver une prise bien trop haute pour qu'ils l'atteignent. J'aurais crié si les tendons de mon bras convalescent ne l'avaient pas déjà fait pour moi.

Chier !

Accroche-toi bien.

La prise gecko a tenu bon.

Je me suis recroquevillé à partir de la taille, tendant le cou pour voir les prises marquées sur le verre du masque. De petites inspirations paniquées. J'ai logé un pied contre une bulle de pierre. La tension s'est à peine déplacée de mon bras gauche. Incapable de voir clairement avec le masque, j'ai tendu la main droite dans le noir pour trouver une prise.

Là.

J'ai déplacé mon pied sur quelques centimètres pour coincer l'autre à côté.

Accroché, le souffle court.

Non, putain, t'arrête pas!

Il m'a fallu toute ma volonté pour déplacer la main droite jusqu'à la prise suivante. Deux autres mouvements, et il m'a fallu le même effort horrible pour continuer. Trois autres déplacements, un angle tout juste à peine plus favorable, et je me suis rendu compte que j'étais presque de l'autre côté. J'ai tendu la main, trouvé la première des corniches et me suis hissé, en pleine hyperventilation et me traitant de tous les noms. Une véritable prise, profonde, s'est offerte. J'ai posé mon pied sur le rebord le plus bas. Me suis affalé avec soulagement contre la pierre froide.

Tu empêches les autres de passer, Tak. Les laisse pas coincés là-dessous.

J'ai gravi en hâte les prises suivantes jusqu'à être au-dessus du dévers. Une large plate-forme brillait en rouge sur mon affichage, un visage souriant dans l'air. Point de repos. J'ai attendu que Sierra Tres et Brasil émergent d'en bas et me rejoignent. Le gros surfeur souriait comme un gosse.

— T'as failli m'inquiéter, Tak.

— Laisse tomber, tu veux ? Laisse tomber.

On s'est reposés une dizaine de minutes. Au-dessus de nous, les remparts de la citadelle étaient clairement visibles, des bords francs saillant des angles chaotiques de la pierre naturelle. Brasil m'a indiqué le sommet.

— Plus très loin, hein ?

— Ouais, et il ne reste que les razailes comme souci.

J'ai sorti mon répulsif et m'en suis aspergé généreusement. Tres et Brasil m'ont imité. La petite odeur verte paraissait plus forte dans les ténèbres. Ça ne ferait jamais fuir un razaile, mais au moins ça les dégoûterait. Et si ça ne suffisait pas…

J'ai extrait le Rapsodia de son holster contre mes côtes et l'ai appuyé contre un patch à équipement sur ma poitrine. Il y est resté accroché, facile à attraper en une fraction de seconde si ma main pouvait se permettre de lâcher prise. Si je devais affronter une colonie de razailes surpris et en colère avec des petits à défendre, le tout à flanc de falaise, je préférerais de loin le Sunjet lourd que j'avais passé en bandoulière. Mais je ne pourrais jamais le manier dans ces conditions. J'ai grimacé, ajusté le masque et revérifié le jack. Avec une grande inspiration, je suis reparti à l'assaut.

La falaise devenait convexe, nous forçant à monter avec un dévers de vingt degrés. Le chemin ouvert par Natsume zigzaguait sur la pierre, gouverné par la quantité très restreinte de prises correctes, et même les occasions de se reposer étaient rares. Le temps que la paroi se remette à la verticale, mes bras me faisaient mal, de l'épaule au bout des doigts, et ma gorge était à vif à force de haleter.

Accroche-toi bien.

J'ai trouvé une fissure en diagonale signalée sur l'affichage, l'ai suivie pour laisser de la place aux autres, et j'y ai coincé un coude. Puis je suis resté accroché, mou, pour reprendre mon souffle.

L'odeur m'est parvenue en même temps que j'ai vu les petites guirlandes blanches suspendues au-dessus de nous.

Huileux, acide.

C'est parti.

J'ai tordu la tête et regardé vers le sommet pour être sûr. Nous étions juste sous le nid de la colonie. Tout le rocher était poissé de leur sécrétion crémeuse dans laquelle les embryons razailes étaient directement mis au monde pour leurs quatre mois de gestation. À l'évidence, quelque part juste au-dessus de ma tête, des petits arrivés à terme s'étaient dégagés et avaient pris leur envol, ou avaient plongé vers la mer. Vive Darwin.

Oui, eh ben, évite de penser à ça, d'accord?

J'ai poussé la vision neurachem et examiné la colonie. Des silhouettes noires marchaient et battaient des ailes çà et là sur des monticules blancs, mais ils n'étaient pas si nombreux. « *Les razailes*, nous avait assuré Natsume, *ne passent pas beaucoup de temps dans leur nid. Ils n'ont pas d'œuf à couver, et les embryons se nourrissent directement dans la sécrétion.* (Comme la plupart des grimpeurs chevronnés, il était expert amateur sur le sujet.) *Vous aurez quelques sentinelles, une ou deux femelles qui mettent bas et peut-être des parents bien nourris qui rajoutent un peu de cocon autour de leur petit. Si vous avancez prudemment, ils vous foutront la paix.* »

J'ai fait une nouvelle grimace et commencé à monter dans la fissure. La puanteur s'est intensifiée, et des lambeaux blancs ont commencé à adhérer à ma combinaison. Le système chaméléochrome a blanchi partout où la matière se collait. J'ai arrêté de respirer par le nez. Un coup d'œil rapide entre mes bottes m'a montré que les autres me suivaient, le visage crispé par l'odeur.

Puis, bien sûr, la fissure a disparu et l'affichage m'a montré que les prises suivantes étaient sous la toile. J'ai hoché la tête pour moi-même et plongé la main dans cette horreur jusqu'à trouver une pointe de roche qui ressemble à l'affichage rouge. Elle avait l'air assez solide. Une deuxième incursion m'a trouvé une autre prise encore meilleure et j'ai cherché du pied un rebord lui aussi recouvert. Même en respirant par la bouche, je sentais la graisse dans ma gorge.

C'était pire que le dévers. Les prises étaient bonnes, mais chaque fois, il fallait traverser la toile épaisse et collante pour les trouver. Il fallait guetter l'ombre diaphane des embryons au travers de la paroi. Parce que même embryonnaires, ils pouvaient mordre. Et l'hormone de peur qu'ils libéreraient dans la toile aurait l'effet d'une sirène chimique. Les sentinelles nous tomberaient dessus en quelques secondes. Et nos chances de les repousser sans tomber ne me plaisaient guère.

Coller la main dedans. Fouiller.

Trouver sa prise. Monter.

Se dégager et secouer la main. La puanteur libérée, étouffante. Recommencer.

Nous étions couverts de filaments blancs, et j'oubliais peu à peu ce qu'était l'escalade sur pierre propre. Au bord d'un passage dégagé, je suis passé devant un jeune mort et déjà bien avancé, pendu par les serres à un nœud de toile qu'il n'avait pas eu la force de rompre. Il était mort de faim. Le cadavre putréfié ajoutait de nouvelles nuances douceâtres à la puanteur ambiante. Au-dessus, un embryon presque à terme a paru tourner la tête pour me regarder tandis que je plongeais la main dans la toile à un mètre de lui.

Je me suis hissé sur une corniche rendue ronde et collante par la toile.

Le razaile m'a foncé dessus.

Il devait être aussi surpris que moi. Avec les vapeurs montantes de répulsif, la silhouette noire et massive qui a suivi, on peut le comprendre. Il a donné plusieurs coups de bec en direction de mes yeux, frappant le masque et me rejetant la tête en arrière. Le bec a fait un bruit strident contre le verre. J'ai perdu la prise de ma main gauche, pivoté sur la droite. Le razaile a coassé et s'est rapproché, frappant vers ma gorge. J'ai senti le bord denté du bec qui ouvrait ma peau. À court d'options, je me suis ramené vers la corniche avec la main droite. Ma main gauche, accélérée par le neurachem, a saisi la bestiole par le cou, l'a arrachée à la corniche et l'a jetée vers le bas. Un nouveau coassement surpris, puis une explosion d'ailes membraneuses. Sierra Tres a hurlé.

J'ai saisi une nouvelle prise avec ma main gauche et regardé vers le bas. Ils étaient tous les deux encore là. Le razaile était une ombre volante qui reculait de plus en plus, planant vers la mer. J'ai recommencé à respirer.

— Ça va ?

— Tu pourrais éviter de recommencer ? Ce serait sympa, a grincé Brasil.

Ça n'a pas été nécessaire. L'itinéraire de Natsume nous a menés dans une zone de toile ancienne et arrachée, puis sur une étroite bande de sécrétion plus épaisse, et nous avons quitté la colonie. Une dizaine de bonnes prises plus tard, nous étions accroupis sur une plate-forme artificielle, juste sous le pan des fortifications de la citadelle.

Sourires crispés pour tout le monde. Il y avait assez de place pour s'asseoir. J'ai activé le micro à induction.

— Isa ?

— Oui, je suis là.

Sa voix était particulièrement aiguë, lourde de tension, et ça m'a fait sourire.

— On est en haut. Préviens les autres.

— D'accord.

Je me suis rappuyé contre la pierre et j'ai respiré librement. En regardant l'horizon.

— Je n'ai aucune envie de recommencer.

— Il reste encore cette petite chose, a dit Tres en montrant la fortification.

J'ai suivi le mouvement et regardé les fondations du mur.

« *Architecture colo*, avait dit Natsume presque avec mépris. *C'est tellement baroque qu'ils auraient aussi bien pu y mettre une échelle.* (Et l'étincelle de fierté que tout son temps chez les Renonciateurs n'avait pas réussi à effacer.) *En même temps, ils ne s'attendaient pas que quelqu'un arrive jusque-là.* »

J'ai examiné les rangées sculptées sur le ventre de la structure. C'étaient avant tout des motifs standard, vagues et ailes, mais on trouvait par endroits le visage stylisé de

Konrad Harlan et certains de ses parents les plus connus de l'époque Colo. Soit une bonne prise tous les dix centimètres. La base des fortifications était à trois mètres. J'ai soupiré en me relevant.

— Bon, allez.

Brasil s'est mis debout à côté de moi, regardant l'angle de la pierre.

— Ça a l'air facile, hein ? Tu penses qu'il y a des senseurs ?

J'ai appuyé sur le Rapsodia pour m'assurer qu'il était encore bien fixé contre ma poitrine. Fait coulisser le Sunjet dans son étui derrière moi.

— Qu'est-ce qu'on en a à foutre ?

J'ai levé la main, saisi l'œil de Konrad Harlan et j'ai crispé mes doigts. Puis j'ai commencé à avancer avant de réfléchir. Trente secondes suspendu, et je me suis retrouvé sur le mur vertical. J'ai trouvé le même genre de bas-reliefs pour monter, et j'ai accédé à un parapet large de trois mètres, qui surplombait un cloître ornemental en forme de larme, gravier hersé et rochers alignés à grand soin. Une petite statue de Harlan près du centre, la tête penchée et les mains pliées en méditation, sous l'ombre d'un Martien idéalisé dont les ailes étaient étendues pour protéger et transmettre le pouvoir. De l'autre côté de l'espace arrondi, une arche royale délimitait la sortie vers les cours ombragées et les jardins de l'aile des invités.

Le parfum des herbes et des fruits de corniche m'a enveloppé. Mais il n'y avait pas le moindre bruit dans le vent. Les invités devaient tous être dans le complexe central, où les lumières étaient allumées et la fête semblait battre son plein, portée jusqu'à nous par le vent. J'ai poussé le neurachem et entendu des cris de joie, une musique élégante qu'Isa aurait haïe, et une voix qui chantait de façon magnifique.

J'ai tiré le Sunjet de son holster et l'ai allumé. Posé là dans les ténèbres en bordure de la fête, la mort entre les mains, je me suis senti comme un esprit maléfique de légende. Brasil et

Tres sont arrivés derrière moi et se sont écartés sur le parapet. Le gros surfeur avait une vieille carabine massive entre les mains, et Tres tenait son blaster dans la main gauche, la droite occupée par son kalachnikov à balles. Son expression est devenue distante quand elle a comparé ces deux armes dans ses mains, comme si elle se demandait laquelle garder, laquelle jeter. Le ciel nocturne s'est illuminé d'un trait de feu céleste et nous a illuminés, bleus et irréels. Le tonnerre a grondé. Au milieu de tout cela, le maelström poussait encore son appel.

— Bon, allez, ai-je soufflé.

— En effet, assez attendu, a dit une voix depuis l'ombre parfumée. Veuillez lâcher vos armes.

Chapitre 32

Des silhouettes, en armes et armure, sont sorties du cloître. Au moins une dizaine. Ici et là, je voyais un visage pâle, mais la plupart avaient des masques d'amélioration visuelle et des casques façon Marines tactiques. Les armures de combat serraient leurs membres et leur poitrine comme un muscle supplémentaire. Leurs armes étaient aussi lourdes. Des blasters à éclats à embouchure large, des carabines à fragmentation un siècle plus jeunes que celle de Jack Soul Brasil. Un ou deux fusils plasma montés sur la hanche. Personne ne voulait prendre de risque, ici.

J'ai baissé le canon de mon Sunjet vers le parapet. Gardé la main autour de la crosse. Ma vision périphérique me disait que Brasil en avait fait autant de sa carabine, et que Sierra Tres avait les bras le long du corps.

— Oui, je voulais vous dire de déposer vos armes, de les lâcher complètement, a précisé la femme d'un ton badin. Mon amanglais n'est peut-être pas aussi exact qu'il le faudrait.

Je me suis tourné dans la direction de cette voix.

— C'est vous, Aiura ?

Il y a eu une longue pause, et elle est sortie de l'arche au fond de l'espace d'ornement. Une autre décharge orbitale l'a illuminée un instant, puis les ténèbres sont revenues et j'ai dû utiliser mon neurachem pour conserver les détails. La cadre de sécurité de Harlan était le summum de la beauté Première Famille – des traits eurasiens élégants et presque sans âge, des cheveux de jais sculptés en arrière dans un champ statique qui paraissait à la fois couronner et encadrer la pâleur de son visage. Une intelligence mobile tout en lèvres et en regards, des rides infimes aux commissures des yeux pour montrer qu'elle avait vécu. Un grand corps fin enveloppé dans une veste matelassée simple, noire et rouge sombre, avec le col montant de l'administration, un pantalon bouffant assez long pour qu'on le prenne pour une robe de cour quand elle se tenait immobile. Des chaussures à talons plats, dans lesquelles elle pouvait courir ou se battre si besoin était.

Un pistolet à éclats. Pas brandi, pas tout à fait baissé.

Elle a souri dans la lumière faible.

— Je suis Aiura, oui.

— Vous avez ma saloperie de jeunesse avec vous ?

Nouveau sourire. Un haussement de sourcils tandis qu'elle regardait sur le côté, d'où elle était venue. Il est sorti de l'ombre sous l'arche. Il souriait, mais il n'avait pas l'air pleinement satisfait.

— Me voilà, le vieux. T'as un truc à me dire ?

J'ai regardé l'enveloppe de combat bronzée, la posture concentrée et les cheveux noirs attachés. Comme un méchant dans une série Z de samouraï.

— Rien que tu écouterais, va. J'essaie juste de savoir combien d'idiots j'ai devant moi.

— Ah ouais ? Ce n'est pas moi qui viens de grimper sur deux cents mètres pour tomber dans un piège.

J'ai ignoré sa pique et regardé Aiura, qui m'étudiait avec une curiosité amusée.

— Je viens chercher Sylvie Oshima, ai-je annoncé doucement.

Ma jeunesse s'est étranglée de rire. Quelques hommes et femmes en armure l'ont imité, mais pas très longtemps. Ils étaient trop nerveux, il restait encore trop d'armes sorties. Aiura a attendu que les derniers se taisent.

— Je pense que nous le savons tous, Kovacs-san. Mais je ne vois pas comment vous allez atteindre votre but.

— J'apprécierais que vous alliez me la chercher.

Nouveaux rires. Mais le sourire de la cadre de sécurité avait pâli, et elle a réclamé le silence d'un geste.

— Soyez sérieux, Kovacs-san. Ma patience n'est pas sans limites.

— Moi non plus, croyez-moi. Et je suis fatigué. Alors autant envoyer deux ou trois de vos hommes pour qu'ils ramènent Sylvie Oshima de la chambre d'interrogatoire où vous la gardez, et je souhaite pour vous qu'on ne lui ait fait aucun mal. Sans ça, cette négociation est finie.

— Avec quoi négociez-vous exactement, Kovacs-san ?

— Avec la tête de Mitzi Harlan, ai-je répondu simplement.

Le silence s'est crispé. Le visage d'Aiura aurait aussi bien pu être gravé dans la pierre, tant elle est restée inexpressive. Mais elle se tenait un peu différemment, et je savais que je la tenais.

— Aiura-san, je ne bluffe pas. La petite-fille préférée de Konrad Harlan a été capturée lors d'un assaut quelliste à Danchi il y a deux minutes. Son détachement des services spéciaux est mort, comme tous ceux qui ont commis l'erreur de se porter à son secours. Vous vous êtes concentrée sur le mauvais endroit. Et vous avez à présent moins de trente minutes pour me restituer Sylvie Oshima saine et sauve – après cela, je n'aurai plus aucune influence. Tuez-nous, capturez-nous. Peu importe. Ça ne changera rien. Mitzi Harlan mourra. Lentement.

L'instant a basculé. Sur le parapet, il faisait frais, et j'entendais vaguement le maelström. C'était un plan solide et construit avec soin, mais ça ne voulait pas dire que je n'allais pas me faire tuer. Je me demandais ce qui se passerait si on me tirait dessus maintenant. Si je serais mort avant de toucher le sol.

— Conneries ! (C'était ma jeunesse. Il s'était avancé vers le parapet, tout son être exprimant la violence qui bouillonnait en lui.) Tu bluffes ! Tu n'aurais jamais…

J'ai braqué mon regard dans le sien, et il s'est tu. Je le comprenais… la même incrédulité glaciale m'avait saisi quand je m'étais rendu compte qui se trouvait derrière ses yeux la première fois que je les avais regardés. J'avais déjà été doublement enveloppé, mais ç'avait été une copie carbone de ma personnalité de l'époque, et pas un écho du passé révolu. Pas ce fantôme.

— Tu es sûr ? Tu oublies qu'il y a environ un siècle de ma vie que tu n'as pas encore vécu. Et ce n'est même pas la question. On ne parle pas de moi, là. On parle d'un groupe quelliste, avec trois siècles de rancœur accumulée, et d'une putain de traînée aristo qui se dressait entre eux et leur chef vénérée. Vous le savez, Aiura-san, même si ma jeunesse imbécile l'ignore. Ils feront tout ce qu'il faudra. Et rien de ce que je pourrai leur dire n'y changera quoi que ce soit à moins que vous me donniez Sylvie Oshima.

Aiura a murmuré quelque chose à ma jeunesse. Puis elle a sorti un téléphone de sa veste et a levé les yeux vers moi.

— Vous me pardonnerez de ne pas vous croire sur parole.

J'ai opiné du chef.

— Je vous en prie, confirmez tout ce qu'il faut. Vite, de préférence.

Il ne lui a pas fallu longtemps pour obtenir les infos qu'elle voulait. Elle avait à peine prononcé deux mots qu'un torrent de syllabes paniquées s'est déversé dans son oreille. Même sans neurachem, j'entendais la voix à l'autre bout du fil. Son visage s'est durci. Elle a craché quelques ordres en japonais, a coupé la communication et a rangé l'appareil.

— Comment comptez-vous partir ? m'a-t-elle demandé.

— Oh, il nous faudra un hélicoptère. Je sais que vous en avez ici une demi-douzaine. Rien de bien compliqué, un seul pilote. S'il se tient bien, nous vous le renverrons entier.

— Ouais, si tu ne te fais pas descendre par une plate-forme un peu chatouilleuse, a lancé Kovacs. Sale nuit pour décoller.

Je l'ai regardé avec haine.

— Je vais prendre le risque. J'ai déjà fait des trucs beaucoup plus idiots.

— Et Mitzi Harlan ? (La cadre de sécurité de Harlan me regardait comme un prédateur.) Quelle assurance ai-je de sa survie ?

Brasil s'est agité à côté de moi, pour la première fois depuis le début de la confrontation.

— Nous ne sommes pas des assassins.

— Ah non ? (Aiura a braqué son regard sur lui comme un canon de sécurité automatique.) Alors, vous devez être une nouvelle branche quelliste dont j'ignorais l'existence.

Pour la première fois, j'ai cru entendre une rupture dans la voix de Brasil.

— Allez vous faire foutre, bourreau. Vous avez le sang de plusieurs générations sur les mains et vous voulez nous faire la morale ? Les Premières Familles ont…

— Nous aurons cette discussion une autre fois, ai-je lancé d'une voix forte. Aiura-san, vos trente minutes sont en train de fondre. La mort de Mitzi Harlan ne rendra pas les quellistes plus populaires, au contraire, et vous savez qu'ils éviteront de se créer des ennemis autant que possible. Si ça ne suffit pas, je vous propose un marché personnel. Si vous convenez à nos revendications, je veillerai moi-même à ce que la petite-fille de Harlan revienne entière.

Aiura a regardé ma jeunesse, qui a haussé les épaules. Avec peut-être un infime hochement de tête. À moins qu'il ait frémi à l'idée de rencontrer Harlan devant le corps ensanglanté de sa petite-fille.

J'ai vu la décision s'enraciner en elle.

— Très bien, a-t-elle dit brusquement. J'accepte votre promesse, Kovacs-san. Inutile de vous rappeler ce que cela signifie. Quand la rétribution viendra, votre comportement dans cette affaire sera peut-être tout ce qui vous épargnera la vengeance de la famille Harlan.

J'ai affiché un sourire rapide.

— Ne me menacez pas, Aiura. Quand la rétribution viendra, je serai loin d'ici. Et c'est bien dommage. Je ne verrai pas vos petits maîtres hiérarques et vous vous déchirer pour emporter votre butin hors planète avant que la populace vous pende à une grue. Et maintenant, où est mon putain d'hélicoptère ?

Ils m'ont amené Sylvie Oshima sur une civière grav, et quand je l'ai vue, j'ai cru que les Petits Scarabées Bleus allaient être obligés d'exécuter Mitzi Harlan malgré tout. La silhouette aux cheveux d'acier sous la couverture était une imitation blême de la femme dont je me souvenais à Tekitomura, émaciée par des semaines de sédation, le teint fiévreux, les lèvres rongées, les paupières tombantes sur des yeux agités. Son front était couvert de sueur, soulignée par la lampe d'examen incorporée à la civière. Un long bandage transparent sur le côté gauche de son visage, où une fine blessure allait de sa pommette à sa mâchoire. Quand le feu céleste a illuminé le jardin de pierre autour de nous, le flash bleu a donné à Sylvie Oshima des allures de cadavre.

J'ai senti plus que j'ai vu l'indignation qui a saisi Sierra Tres et Brasil. Le tonnerre a roulé dans le ciel.

— C'est elle ? a demandé Aiura, tendue.

J'ai soulevé ma main vide.

— Du calme. Oui, c'est elle. Aiura, qu'est-ce que vous lui avez fait, bordel ?

— Je vous déconseille de réagir trop vivement. (Mais j'ai entendu la tension dans sa voix. Elle savait comme les choses pouvaient déraper facilement.) La blessure a été auto-infligée, avant que nous puissions l'en empêcher. Une procédure a été tentée, à laquelle elle a mal réagi.

Mon esprit est retourné à Innenin et à Jimmy de Soto qui se détruisait le visage sous l'effet du virus Rawling. Je devinais quelle procédure ils avaient essayé sur Sylvie Oshima.

— Vous l'avez nourrie ?

Ma voix a grincé à mes propres oreilles.

— Par intraveineuse. (Aiura avait baissé son arme à feu pendant l'attente.) Vous devez comprendre…

— Nous comprenons parfaitement, a lancé Brasil. Nous comprenons ce que vous êtes, vous et les vôtres. Et un jour, bientôt, nous viendrons laver la planète de votre souillure.

Il a dû bouger, peut-être faire trembler le canon de sa carabine. Les armes se sont dressées tout autour du jardin dans un cliquetis paniqué. Aiura s'est retournée.

— *Non ! Baissez vos armes* ! Tous !

J'ai lancé un regard à Brasil en murmurant :

— Toi aussi, Jack. Ne fais pas tout foirer.

Un léger bruit de battement. Au-dessus des angles longs de la citadelle, au niveau de l'aile des invités, un coptère Dracul noir a filé vers nous, le nez baissé. Il a viré au large du jardin, sur la mer, a hésité un moment quand le ciel s'est peint en bleu, puis est revenu avec le train d'atterrissage sorti. Un changement de régime du moteur, et il s'est posé avec une précision tout inhumaine sur le parapet, à notre droite. Si le pilote s'inquiétait de l'activité orbitale, ça ne se voyait pas.

J'ai fait un signe de tête à Sierra Tres. Elle s'est penchée sous la tempête des rotors et a couru jusqu'au coptère. Je l'ai vue se pencher à l'intérieur et discuter rapidement avec le pilote, puis se retourner vers moi et me faire signe que tout allait bien. J'ai posé mon Sunjet et me suis tourné vers Aiura.

— Bon. Junior et vous, faites-la monter jusqu'à moi. Vous allez m'aider à la charger. Les autres, reculez.

C'était peu pratique, mais à nous trois nous avons réussi à charger Sylvie Oshima du jardin de pierre jusqu'au parapet. Brasil a fait le tour pour s'interposer entre nous et le vide. J'ai pris la femme aux cheveux gris sous les bras, tandis qu'Aiura lui soutenait le dos et l'autre Kovacs les jambes. Nous avons porté son corps inerte jusqu'à l'hélicoptère.

Et à la porte, dans le chant des rotors au-dessus de nous, Aiura Harlan s'est penchée par-dessus la forme à demi consciente que nous tenions. Le coptère était une machine furtive, censée faire peu de bruit, mais à cette distance les rotors en faisaient trop pour que je la comprenne. J'ai tendu le cou.

— Quoi ?

Elle s'est de nouveau penchée. Et a parlé directement à mon oreille.

— J'ai dit, renvoyez-la-moi en un seul morceau, Kovacs. Ces clowns révolutionnaires, on pourra les combattre une autre fois. Mais s'ils font quoi que ce soit à l'esprit ou au corps de Mitzi Harlan, je passerai le reste de mon existence à vous pourchasser.

Je lui ai souri. J'ai élevé la voix quand elle a reculé.

— Vous ne me faites pas peur, Aiura. Je vis depuis toujours avec des pourritures dans votre genre. Vous récupérerez Mitzi parce que je vous l'ai dit. Mais si vous tenez vraiment à elle, prévoyez-lui de longues vacances hors planète. Ces types ne plaisantent pas.

Elle a baissé les yeux sur Sylvie Oshima.

— Ce n'est pas elle, vous savez, a-t-elle crié. Ça ne peut pas être elle. Quellcrist Falconer est morte. Vraiment Morte.

— OK. Dans ce cas, pourquoi toutes les Premières Familles se pissent dessus ?

Le cri de la cadre de sécurité est devenu vraiment inquiet.

— Pourquoi ? Parce que, qui qu'elle soit – et ce n'est *pas* Quell, Kovacs – elle a rapporté une épidémie de la zone à nettoyer. Une toute nouvelle forme de mort. Parlez-lui du protocole Qualgrist quand elle se réveillera, et demandez-vous après si ce que j'ai fait pour l'arrêter est si terrible que ça.

— Oy ! (C'était ma jeunesse, les coudes sous les genoux de Sylvie, les mains ouvertes sous ses fesses.) On la charge, cette conne, ou on reste là à bavasser ?

J'ai soutenu son regard un moment, puis soulevé la tête et les épaules de Sylvie pour les passer à Sierra Tres qui attendait dans le coptère. L'autre Kovacs a poussé en force, et le reste du corps a suivi. Le mouvement l'a rapproché de moi.

— C'est pas fini, a-t-il crié dans mon oreille. Toi et moi, on a une affaire à régler.

J'ai passé un bras sous le genou de Sylvie Oshima et l'ai repoussé du coude, loin d'elle. Nos regards ne se lâchaient plus.

— Me tente pas. Espèce de sale petite merde à louer.

Il s'est hérissé. Brasil a surgi tout près de moi. Aiura a posé la main sur le bras de ma jeunesse et lui a parlé dans l'oreille. Il a reculé. Soulevé son index vers moi. Ses paroles se sont perdues dans le ronronnement des rotors. Puis la cadre de sécurité de Harlan l'a entraîné en arrière, à bonne distance. J'ai bondi dans le Dracul, ai laissé de la place derrière moi pour Brasil et opiné du chef pour Sierra Tres. Elle a parlé directement au pilote, et le coptère a lâché sa prise sur le parapet. J'ai regardé le jeune Kovacs. L'ai regardé me regarder.

On a décollé.

À côté de moi, Brasil arborait un grand sourire, comme le masque d'une cérémonie à laquelle je n'avais pas été invité. Je lui ai fait un signe de tête, épuisé. J'étais brisé, de corps et d'esprit. La longue nage, la crispation constante et les deux rattrapages *in extremis* de l'escalade, la tension inhumaine de la confrontation… tout m'est retombé dessus.

— On a réussi, Tak ! a crié Brasil.

J'ai secoué la tête. Retrouvé ma voix.

— Pour l'instant, tout va bien, ai-je contré.

— Oh, allez, sois pas comme ça.

J'ai encore secoué la tête. Cramponné dans l'encadrement de la porte, je me suis penché au-dehors pour regarder les lumières de Rila qui reculaient rapidement. Sans pousser ma vision, je ne voyais plus la moindre silhouette dans le jardin, et j'étais trop fatigué pour le neurachem. Mais même avec la distance qui s'allongeait entre nous, je sentais encore son regard, et la haine impitoyable qui l'accompagnait.

Chapitre 33

Nous avons retrouvé le *Boubin Islander* exactement à l'endroit prévu. La navigation d'Isa, via le logiciel du trimaran, avait été impeccable. Sierra Tres a parlé au pilote, qui paraissait, même si nous le connaissions très peu, un type sympa. Vu son statut d'otage, il avait montré peu de nervosité pendant le vol, et même dit quelque chose qui avait fait hurler Tres de rire. Il opinait de la tête à présent, laconique, en l'écoutant. Il a agrandi quelques affichages sur son tableau de vol et le coptère est descendu vers le yacht. J'ai réclamé d'un geste le communicateur supplémentaire et l'ai coincé dans mon oreille.

— Vous êtes encore là, Aiura ?

Elle m'a répondu, précise et d'une politesse terrifiante.

— Je vous écoute, Kovacs-san.

— Très bien. Nous allons nous poser. Votre pilote ici aura la bonne idée de repartir rapidement. Mais juste pour vous faire comprendre, je veux que le ciel soit vide dans toutes les directions.

— Kovacs-san, je n'ai pas l'autorité pour…

— Alors obtenez-la. Vous ne me ferez pas croire que Konrad Harlan est incapable de faire dégager le ciel de tout l'archipel de Millsport s'il le désire. Alors écoutez-moi bien. Si je vois un hélicoptère où que ce soit au-dessus de notre horizon d'ici six heures, Mitzi Harlan est morte. Si je vois une filature aérienne sur notre radar à n'importe quel moment d'ici six heures, Mitzi Harlan est morte. Si je vois quoi que ce soit qui nous suit, Mitzi Harlan…

— J'ai compris, Kovacs. (La politesse de sa voix disparaissait à toute allure.) On ne vous suivra pas.

— Merci.

J'ai jeté le communicateur sur le siège à côté du pilote. À l'extérieur, l'air était opaque. Il n'y avait pas eu de tir orbital depuis notre départ, et l'absence de feu d'artifice au nord paraissait indiquer que le spectacle se calmait. D'épais nuages arrivaient de l'ouest, étouffant le bord naissant d'Hotei. Plus haut, Daikoku était légèrement voilée, et Marikanon complètement occultée. Il allait peut-être pleuvoir.

Le Dracul a décrit un virage serré au-dessus du trimaran, et j'ai vu le visage blanc d'Isa sur le pont, faisant des signes peu convaincants avec une ancienne carabine à fragmentation de Brasil. J'ai failli sourire. Nous sommes repartis et descendus au niveau de la mer, puis nous avons progressé en biais vers le *Boubin Islander*. Je me suis mis à la porte pour faire des signes amples. Les traits tirés d'Isa se sont effondrés de soulagement, et elle a baissé son arme. Le pilote a perché son appareil sur un coin du pont et a crié par-dessus son épaule.

— La balade est finie, messieurs-dames !

Nous sommes descendus en sautant, avons tiré la forme encore inconsciente de Sylvie derrière nous et l'avons posée délicatement sur le pont. La brume venue du maelström nous a recouverts comme le souffle froid des fées marines. Je me suis penché vers le pilote.

— Merci. Très délicat. Vous feriez mieux de partir.

Il a acquiescé et j'ai reculé. Le Dracul a lâché le pont et s'est soulevé. Le nez a tourné et en quelques secondes, il était à plusieurs centaines de mètres de nous, s'élevant dans le ciel dans un bourdonnement assourdi. Tandis que le bruit disparaissait, j'ai tourné mon attention vers la femme à mes pieds. Brasil s'était penché sur elle, lui a soulevé une paupière.

— Elle n'a pas l'air en trop mauvais état, a-t-il marmonné quand je me suis agenouillé près de lui. Elle a une petite fièvre, mais elle respire normalement. J'ai le matériel qu'il faut ici pour mieux l'examiner.

J'ai posé le dos de ma main contre sa joue. Sous la pellicule humide soulevée par le maelström, elle était chaude et sèche, comme dans la Z… chez Annette. Et malgré l'avis médical éclairé de Brasil, elle n'avait pas l'air de respirer si normalement que ça.

Ouais, bah, tu sais, ce type s'envoie des maladies virales plutôt que des drogues. Alors petite fièvre, ça doit être un terme relatif, hein, Micky ?

Micky ? Où est passé Kovacs ?

Kovacs est resté là-bas, à se mettre Aiura à dos. Voilà où il est.

La rage vive, lumineuse.

— Et si on l'emmenait à l'intérieur ? a suggéré Sierra Tres.

— Ouais, a dit Isa sans douceur. Elle a une trop sale gueule, tu sais.

J'ai retenu une poussée subite et irrationnelle de rancœur.

— Isa, des nouvelles de Koi ?

— Oh. (Elle a haussé les épaules.) La dernière fois que j'ai vérifié, tout allait bien, ils allaient…

— La dernière fois que tu as *vérifié* ? C'est quoi, ces conneries ? C'était il y a combien de temps ?

— Je ne sais pas, je vous guettais au radar ! (Sa voix est devenue aiguë, blessée.) Je vous ai vus arriver, je me suis dit…

— Combien de *temps*, Isa, putain ?

Elle s'est mordu la lèvre et m'a regardé.

— Pas longtemps, c'est bon !

— Espèce de p… (J'ai serré un poing, invoqué toutes mes réserves de came. Ce n'était pas de sa faute, rien de tout ça n'était de sa faute.) Isa, je voudrais que tu descendes et que tu vérifies que tout va bien. Maintenant. Qu'il te dise que tout va bien, et qu'il sache qu'on a fini, qu'on va partir.

— D'accord… J'y vais…

Mais sa voix me disait que je lui avais fait de la peine.

Je l'ai regardée partir, j'ai soupiré et aidé Brasil et Tres à soulever Sylvie Oshima, inerte et fiévreuse. Sa tête a basculé en arrière et j'ai dû remonter rapidement une main pour la soutenir. Sa crinière de cheveux gris a paru se tordre à certains endroits, mais sans force. J'ai baissé le regard sur le visage pâle et rougi aux pommettes, et ma mâchoire s'est crispée de frustration. Isa avait raison, elle avait une sale gueule. Rien à voir avec ce qu'on imaginait en pensant à l'héroïne guerrière aux membres fins et aux yeux brillants de la Décolonisation. Ou quand Koi parlait d'un fantôme vengeur et éveillé.

Je ne sais pas, remarque… Elle est en bon chemin pour faire un fantôme.

T'es un comique, toi.

Isa est apparue en haut de la coursive de poupe quand nous sommes arrivés. Perdu dans mes propres idées maussades, il m'a fallu un moment pour la regarder dans les yeux. Et il était déjà trop tard.

— Kovacs, je suis désolée, a-t-elle supplié.

Le coptère.

Distant, le battement doux des rotors, sortant du bruit de fond du maelström. La mort et la fureur approchant sur des ailes de ninja.

— Ils sont morts, a pleuré Isa. Les commandos des Premières Familles les ont retrouvés. Ado est touchée, les autres sont… la moitié est… Ils ont Mitzi Harlan.

— Qui ça ? (Sierra Tres, les yeux plus écarquillés que jamais.) *Qui* l'a ? Koi ou…

Mais je connaissais déjà la réponse.

— Attaque !

J'avais crié. J'essayais déjà de monter Sylvie Oshima sur le pont sans la laisser tomber. Brasil avait eu la même idée, mais dans la direction opposée. Le corps de Sylvie s'est tendu entre nous. Sierra Tres a crié. Nous avions tous l'air de nous déplacer dans la boue, lents et sans grâce.

Comme un million de fées marines déchaînées, le tir de la mitrailleuse a déchiré l'océan à notre proue, puis a remonté le pont du *Boubin Islander*. Il n'a fait aucun bruit, aussi étrange que ça paraisse. L'eau a giclé et claqué, silencieuse, joueuse. Le bois et le plastique ont volé tout autour de nous en échardes. Isa a crié.

J'ai couché Sylvie sur les sièges. Atterri sur elle. Dans le ciel sombre, juste sur les talons de son tir silencieux, le Dracul est arrivé au-dessus de l'eau, à hauteur de mitraillage. L'arme s'est réveillée et je me suis jeté hors du siège, tirant le corps inerte de Sylvie derrière moi. Quelque chose de massif a percuté mes côtes et je suis tombé dans l'espace confiné. J'ai senti l'ombre du coptère passer sur moi et disparaître, ses moteurs étouffés fredonnant derrière lui.

— Kovacs ?

Brasil, depuis le pont au-dessus.

— Toujours là. Et toi ?

— Il revient.

— Bien sûr qu'il revient.

J'ai sorti la tête de mon abri et vu le Dracul qui virait. Le premier passage avait été un assaut furtif – il ignorait qu'on ne l'attendait pas. Maintenant, ça n'avait plus aucune importance. Il prendrait son temps, resterait à distance pour nous tailler en morceaux.

Enculé.

Tout a jailli hors de moi. Tous les combats rentrés que la confrontation avec Aiura m'avait obligé à garder en dedans. Je me suis relevé entre les sièges, ai saisi l'échelle et me suis hissé sur le pont. Brasil était accroupi, la carabine frag au creux du coude. Il m'a fait un signe de tête, sombre, vers l'avant. J'ai suivi son regard et la rage s'est nouée un peu plus dans mon ventre. Sierra Tres était étendue, une jambe broyée et réduite en éclats rouges. Isa était allongée à côté d'elle, trempée de sang. Son souffle venait en petits hoquets. À quelques mètres d'elle, la carabine frag qu'elle avait montée sur le pont.

J'y suis allé en courant, ramassant l'arme comme un enfant adoré.

Brasil a ouvert le feu de son côté. Sa carabine a lancé un rugissement retentissant, et des flammes de un mètre ont jailli du canon. Le coptère a viré de la droite, montant légèrement quand le pilote a repéré le tir. Des balles se sont écrasées sur les mâts du *Boubin Islander* avec un bruit sec, trop hautes pour nous menacer. Je me suis calé contre le pont légèrement incliné, ai posé la crosse contre mon épaule. Visé. Commencé à tirer quand le Dracul est revenu. La carabine a rugi dans mon oreille. Peu de chances de toucher, mais la charge frag standard a un détecteur de proximité et peut-être, *peut-être*…

Peut-être qu'il sera assez lent pour que tu t'approches ? Allez, Micky…

J'ai repensé au Sunjet, lâché sur le parapet pour soulever Sylvie Oshima. Si je l'avais eu à présent, j'aurais pu descendre cet enfoiré les yeux fermés.

Ouais, et au lieu de ça, tu te retrouves avec une des pièces de musée de Brasil. Bien joué, Micky. Cette erreur va te coûter la peau.

La deuxième source de tir a dû secouer le pilote, car tous ces coups en l'air lui ont fait peur. Ce n'était peut-être pas un pilote militaire. Il nous a de nouveau survolés à un angle aigu, sur le flanc, manquant de décapiter les mâts. Il était assez bas pour que je voie son visage masqué nous regarder. Les dents serrées de rage, trempé par le maelström, je l'ai suivi avec les tirs frags, essayant de le garder assez longtemps dans mon viseur pour le toucher.

Et soudain, au milieu de toutes les détonations, quelque chose a explosé près de la queue du Dracul. L'un de nous avait réussi à coller une cartouche assez près pour son détecteur de proximité. Le coptère a hoqueté et pivoté. Il avait l'air en parfait état, mais le coup raté de peu a dû lui faire peur. Il a remonté son appareil, nous contournant en un grand arc de cercle ascendant. La mitrailleuse silencieuse a de nouveau fait feu, léchant le pont dans ma direction. Le chargeur de la carabine s'est éjecté, vide. Je me suis jeté sur le côté, ai glissé vers la rambarde sur le bois humide…

Et le feu céleste a frappé.

De nulle part, un long doigt bleu. Il a jailli des nuages, fendu l'air embrumé et le coptère a disparu. Plus de tir de mitrailleuse qui me pourchasse obstinément, plus de bruit à part le craquement des molécules d'air maltraitées par le passage du rayon. Là où le Dracul avait pris feu, le ciel a lui et s'est éteint, laissant une rémanence sur ma rétine.

… et j'ai percuté le bastingage.

Un long moment, il n'y a eu que le bruit du maelström et le claquement des vaguelettes contre la coque en dessous de moi. J'ai tendu le cou et regardé partout. Le ciel demeurait obstinément vide.

— On t'a eu, enculé, ai-je murmuré.

Les souvenirs se sont mis en place. Je me suis relevé pour courir jusqu'à Isa et Sierra Tres. L'eau coulait autour d'elles en rigoles tachées de sang. Tres s'était appuyée contre la paroi du cockpit de beau temps et se faisait un garrot avec des lambeaux d'étoffe trempés de sang. Ses dents se sont crispées quand elle l'a serré. Elle a croisé mon regard et opiné du chef, puis roulé la tête vers Isa et Brasil, à genou à côté d'elle, les mains s'affairant sur le corps de l'adolescente. Je suis venu regarder par-dessus son épaule.

Elle avait dû prendre six ou sept balles dans le ventre et les jambes. Sous la poitrine, on avait l'impression qu'une panthère des marais l'avait attaquée. Son visage était immobile, et ses halètements s'étaient ralentis. Brasil m'a regardé et a secoué la tête.

— Isa ? (Je me suis agenouillé à côté d'elle dans son sang.) Isa, parle-moi.

— Kovacs ? (Elle a essayé de tourner la tête vers moi, en vain ou presque. Je me suis penché pour mettre mon visage près du sien.)

— Je suis là, Isa.

— Je suis désolée, Kovacs, a-t-elle gémi d'un murmure de petite fille. Je n'avais pas réfléchi.

J'ai dégluti.

— Isa…

— Je suis désolée…

Et d'un coup, elle a arrêté de respirer.

Chapitre 34

Au cœur du dédale d'îlots et de récifs appelé bien sévèrement Eltevedtem, il y avait autrefois une tour de deux kilomètres de haut. Construite par les Martiens directement sur le plancher océanique, pour des raisons qu'eux seuls connaissent. Et il y a presque un demi-million d'années, pour des raisons tout aussi mystérieuses, elle s'était effondrée. Presque tous les débris se sont retrouvés éparpillés au fond de l'océan, mais on trouve parfois des morceaux sur la terre ferme. Au fil du temps, les ruines sont devenues un élément du paysage là où elles étaient tombées, mais même cette présence subliminale avait dissuadé la colonisation d'Eltevedtem. Les habitations humaines les plus proches, des villages de pêcheurs sur le bras nord de l'archipel de Millsport, se trouvaient à quelques dizaines de kilomètres de là. Millsport même se trouvait à une centaine de kilomètres au sud. Et Eltevedtem (« Je suis perdu », dans l'un des dialectes magyars pré-Colo) aurait pu avaler toute une flottille d'embarcations de haut-fond, si cette flottille avait voulu se cacher. Il y avait des canaux étroits et couverts de feuillages entre des saillies rocheuses assez hautes pour dépasser le mât du *Boubin Islander*, des grottes marines rongées dans les terres, dont l'entrée était invisible à plus de quelques dizaines de mètres. Et bien sûr, des morceaux de ruines martiennes étouffés sous la végétation suspendue.

C'était une cachette idéale.

Pour semer nos poursuivants extérieurs, au moins.

Je me suis penché sur le bastingage du *Boubin Islander* afin de regarder l'eau limpide. Cinq mètres sous la surface, un mélange coloré de poissons indigènes et coloniaux se pressait autour du sarcophage de béton-spray blanc dans lequel nous avions inhumé Isa. J'avais pensé contacter sa famille, une fois que nous étions arrivés, pour leur dire où elle était. Mais ça m'a paru inutile. Quand une enveloppe est morte, elle est morte. Et les parents d'Isa ne seraient pas moins paniqués quand une équipe de récupération ouvrirait le béton et verrait qu'on avait enlevé la pile de leur fille.

Elle était dans ma poche. L'âme d'Isa, faute d'une meilleure description, et je sentais quelque chose changer en moi sous le poids solitaire qu'elle représentait. Je ne savais pas ce que j'allais en faire, mais je n'avais pas osé la laisser, de peur qu'un autre la découvre. Isa était très impliquée dans le raid sur Millsport, et cela lui réservait d'office une place dans une chambre d'interrogatoire de Rila Crags si on la capturait. Pour le moment, il faudrait que je la porte sur moi, comme j'avais porté des prêtres vers le sud pour les punir. Comme j'avais porté Yukio Hirayasu et son collègue le gangster pour avoir une monnaie d'échange éventuelle.

J'avais enterré les piles des yakuzas dans le sable à la maison de Brasil, et je ne m'étais pas attendu que ma poche se remplisse si vite. En route vers Millsport, je m'étais même surpris à apprécier momentanément cette absence de *poids*, jusqu'à ce que les souvenirs de Sarah et mon habitude de haine reviennent à l'assaut.

La poche était de nouveau lestée. Comme une variante moderne et dysfonctionnelle du chalut maudit par Ebisu dans la légende de Tanaka. Destiné à remonter pour l'éternité les cadavres des pêcheurs noyés.

Apparemment, ma poche ne savait plus rester vide, et je ne parvenais pas encore à définir ce que ça me faisait.

Je n'avais pas eu de tels doutes depuis environ deux ans. La certitude avait coloré mon existence d'un gris uniforme. J'avais toujours pu mettre la main dans ma poche et sentir ses différents contenus avec une satisfaction sombre et froide. J'avais une impression d'accumulation lente, petits incréments dans la balance contre les tonnes que représentait l'extinction de Sarah Sachilowska. Depuis deux ans, aucun autre but que cette poche et sa poignée d'âmes volées ne m'avait été nécessaire. Je n'avais pas eu besoin d'un autre futur, ni d'une autre perspective que le remplissage de cette poche, autour des enclos à panthères des marais de Segesvar, sur la Prairie.

Vraiment ? Alors qu'est-ce qui s'est passé à Tekitomura ?

Un mouvement sur le bastingage. Les câbles ont vibré et rebondi doucement. J'ai regardé Sierra Tres se traîner en avant, appuyée des deux mains sur le bastingage, sautillant sur sa jambe valide. Son visage habituellement inexpressif était chargé de frustration. L'effet potentiellement comique était cassé par son pantalon déchiré au-dessous du genou et le plâtre transparent qui dévoilait chacune de ses blessures.

Ça faisait près de trois jours que nous étions terrés à Eltevedtem. Brasil avait bien employé ce temps ainsi que nos réserves, limitées en premiers soins. La chair sous le plâtre de Tres était enflée, noire et violette, transpercée et déchirée par les tirs de l'hélicoptère, mais les blessures avaient été nettoyées. Des étiquettes bleues et rouges s'alignaient sur les parties abîmées, marquant les endroits où Brasil avait inséré les bios de régénération rapide. Une botte en flexalliage protégeait le fond du plâtre contre les impacts externes, mais pour marcher, il aurait fallu plus d'analgésiques que Tres voulait bien en prendre.

— Tu devrais être allongée, ai-je dit quand elle m'a rejoint.

— Oui, mais il m'a ratée, alors je suis debout. Me prends pas la tête, Kovacs.

— D'accord. (J'ai recommencé à regarder la mer.) Du nouveau ?

Elle a secoué la tête.

— Mais Oshima est réveillée. Elle a demandé si tu étais là.

J'ai perdu de vue les poissons sous mes yeux. Puis j'ai repris mes esprits. Sans faire mine de quitter le bastingage ou de regarder ailleurs.

— Oshima ? Ou Makita ?

— Eh bien, ça dépend de ce que tu veux croire, en fait, non ?

J'ai opiné de la tête.

— Donc, elle croit encore qu'elle est…

— Pour le moment, oui.

J'ai encore regardé les poissons. Puis je me suis redressé et suis parti sur la coursive. J'ai senti une grimace involontaire me tordre la bouche.

— Kovacs.

J'ai regardé Tres, impatient.

— Oui, quoi ?

— Vas-y doucement, avec elle. Ce n'est pas de sa faute si Isa s'est fait descendre.

— Non, en effet.

En dessous, dans une des cabines de proue, l'enveloppe de Sylvie Oshima était appuyée contre des oreillers dans une couchette double et regardait par un hublot. Tout au long des virages, accélérations et cabotages qui nous avaient amenés ici, et depuis que nous nous cachions, elle avait dormi, réveillée seulement à deux reprises, où elle s'était débattue dans son délire en débitant du code machine. Quand Brasil pouvait faire autre chose que piloter et surveiller le radar, il l'avait nourrie avec des patchs dermiques de nutriments et des cocktails en hypospray. Une perf avait fait le reste. Et apparemment, ça lui avait fait du bien. Ses joues avaient perdu un peu de leur couleur fiévreuse, et son souffle était redevenu normal et audible. Le visage conservait sa pâleur maladive, mais il n'était plus inerte, et la longue cicatrice sur sa joue paraissait guérir. La femme convaincue d'être Nadia Makita m'a regardé par les yeux de l'enveloppe et a fait un petit sourire.

— Bonjour, Micky la Chance.

— Bonjour.

— J'aimerais bien me lever, mais on me l'a déconseillé. (D'un mouvement de tête, elle a désigné un fauteuil moulé dans un mur de la cabine.) Tu ne t'assieds pas ?

— Je suis bien ici.

Elle a paru me regarder plus attentivement, comme pour m'évaluer. J'ai vu un soupçon de Sylvie dans sa façon de faire, juste assez pour me remuer les entrailles. Puis, quand elle a parlé et changé d'expression, ça a disparu.

— J'ai cru comprendre que nous pourrions être amenés à partir rapidement, a-t-elle dit, très calme. À pied.

— Peut-être. Je dirais qu'il nous reste plusieurs jours, mais c'est surtout une question de chance. Hier, il y a eu une patrouille aérienne. Nous les avons entendus, mais ils ne sont pas passés assez près pour nous repérer, et ils ne peuvent rien embarquer d'assez sophistiqué pour détecter la chaleur corporelle ou l'activité électronique.

— Ah… Donc ça, au moins, ça n'a pas changé.

— Les orbitales ? Oui, elles fonctionnent toujours avec les mêmes paramètres que… (Je me suis arrêté. Un geste.) … qu'avant.

De nouveau, le long regard évaluateur. Je l'ai soutenu d'un air vide.

— Dis-moi, a-t-elle fini par dire. Ça remonte à quand, la Décolonisation ?

J'ai hésité. J'avais l'impression de franchir un seuil.

— S'il te plaît. J'ai besoin de savoir.

— Environ trois cents années locales. (Un nouveau geste.) Trois cent vingt, plus ou moins.

Pas besoin de conditionnement diplo pour lire ce qu'elle avait dans les yeux.

— Si longtemps, a-t-elle murmuré.

« La vie, c'est comme la mer. Il y a une marée à trois lunes qui t'attend quelque part, et si tu la laisses faire, elle va t'arracher tout ce qui a pu compter dans ta vie. »

La sagesse maison de Japaridze, mais c'était cuisant. Qu'on soit gros bras des Anges à sept Degrés ou poids lourd de la famille Harlan, certaines choses mordent de la même façon. Ou qu'on soit Quellcrist Falconer.

Ou qu'on ne soit pas elle, me suis-je rappelé.

Vas-y doucement, avec elle.

— Tu ne savais pas ? lui ai-je demandé.

Elle a secoué la tête.

— Je ne sais pas, je l'ai rêvé. Je crois que je savais que ça faisait longtemps. Je pense qu'on me l'a dit.

— Qui te l'a dit ?

— Je… (Elle s'est arrêtée. A levé les mains du lit et les a laissé retomber.) Je ne sais plus. Je ne me rappelle pas.

Elle a serré les poings.

— Trois cent vingt ans, a-t-elle murmuré.

— Ouais.

Elle est restée allongée, à avaler ça. Les vagues léchaient la coque. Je me suis rendu compte que, malgré moi, je m'étais assis dans le fauteuil.

— Je t'ai appelé.

— Oui. *Vite, vite.* J'ai eu ton message. Et tu ne m'as pas rappelé. Pourquoi ?

La question a eu l'air de l'estomaquer. Ses yeux se sont écarquillés, puis le regard s'est effondré sur lui-même.

— Je ne sais pas. Je savais… (Elle s'est éclairci la voix.) Non, *elle* savait que tu viendrais me chercher. Nous chercher. La chercher. Elle me l'a dit.

Je me suis penché en avant.

— Sylvie Oshima t'a dit ça ? Où est-elle ?

— Ici, quelque part. Ici.

La femme dans la couchette a fermé les yeux. J'ai cru qu'elle s'était endormie. J'aurais quitté la cabine, je serais remonté sur le pont, mais je n'avais rien à y faire. Puis, d'un coup, elle a ouvert les yeux et a opiné de la tête comme si on venait de lui confirmer quelque chose à l'oreille.

— Il y a un… (Elle a dégluti.) Un espace, là-dedans. Comme une prison millénaire. Des rangées de cellules. Des allées et des couloirs. Il y a des choses là-dedans qu'elle affirme avoir attrapées. Comme on attrape une baleine à bosse depuis un yacht. Ou comme des maladies ? C'est… des ombres ensemble. Ça veut dire quelque chose ?

J'ai repensé au logiciel de commandement. Je me suis rappelé les paroles de Sylvie Oshima pendant la traversée pour Drava.

« … codes interactifs minmils qui essaient de se reproduire, des systèmes d'intrusion machine, des façades de personnalités artificielles, des débris de transmission, tout et n'importe quoi. Il faut que je puisse contenir tout ça, le trier et l'utiliser sans rien laisser filtrer dans le réseau. C'est ça, mon taf. Tout le temps. Et même si on paie un bon nettoyage après coup, il reste des saloperies dans les coins. Des traces de code résistant. Des données fantômes. Il y a des trucs implantés là-dedans, derrière les amortisseurs, auxquels je ne veux même pas penser. »

J'ai opiné du chef. En me demandant ce qu'il faudrait pour sortir d'une prison pareille. Le genre de personne – ou de chose – qu'il faudrait être.

Des… fantômes.

— Oui, ça veut dire quelque chose. (Puis, avant de pouvoir m'arrêter.) C'est de là que tu viens, Nadia ? Tu es quelque chose qu'elle a attrapé ?

Un bref regard horrifié sur son visage tiré.

— Grigori, a-t-elle murmuré. Il y a quelque chose qui ressemble à Grigori là-dedans.

— Grigori qui ?

— Grigori Ishii. (C'était encore un chuchotement. Puis l'horreur intérieure l'a quittée, balayée, et elle m'a regardé.) Tu ne penses pas que je suis réelle, n'est-ce pas, Micky la Chance ?

Un éclair de regret dans ma tête. Le nom « Grigori Ishii » résonnait quelque part dans ma mémoire pré-Diplo. J'ai regardé la femme dans le lit.

Vas-y doucement, avec elle.

Et merde.

Je me suis relevé.

— Je ne sais pas ce que tu es. Mais je vais te dire tout de suite, tu n'es pas Nadia Makita. Nadia Makita est morte.

— Oui, a-t-elle dit, la voix faible. Ça, j'avais compris. Mais à l'évidence, elle a été sauvegardée et stockée avant sa mort, parce que je suis ici.

J'ai secoué la tête.

— Non, justement. Tu n'es pas ici du tout. Nadia Makita a disparu, vaporisée. Et rien ne prouve qu'on avait fait une copie. Aucune technique n'explique comment une copie aurait pu se retrouver dans le logiciel de commande de Sylvie Oshima, même si elle existait. En fait, il n'y a aucune preuve que tu es autre chose qu'une protection de couverture.

— Je pense que ça suffit, Tak. (Brasil est entré dans la cabine. Son visage n'était pas amical.) On peut en rester là.

Je me suis retourné vers lui d'un bloc, les lèvres retroussées par un sourire sauvage.

— C'est ton avis d'expert médical, Jack ? Ou juste une opinion de révolutionnaire quelliste ? La vérité en petites doses contrôlées. Rien que le patient ne puisse pas assimiler.

— Non, Tak, a-t-il dit calmement. C'est un avertissement. Tu devrais sortir de l'eau avant de te faire bouffer.

Mes mains se sont serrées doucement.

— Ne me tente pas.

— Tu n'es pas le seul à avoir du neurachem, Tak.

Le moment est resté entre nous, puis a pivoté et trépassé quand j'ai compris la dynamique ridicule de tout ça. Sierra Tres avait raison. Ce n'était pas la faute de cette femme brisée si Isa était morte, pas plus que celle de Brasil. Et puis, si j'avais voulu faire des dégâts au fantôme de Nadia Makita, je ne pouvais pas aller plus loin. J'ai opiné de la tête et relâché la tension du combat. Je suis sorti en frôlant Brasil. Je me suis retourné avant la porte pour parler à la femme.

— Qui que vous soyez, je veux que Sylvie Oshima revienne saine et sauve. (J'ai indiqué Brasil du menton.) Je vous ai amené de nouveaux amis, mais je ne suis pas comme eux. Si je pense que vous avez fait quoi que ce soit pour nuire à Oshima, je les brûlerai tous comme le feu céleste pour arriver jusqu'à vous. Pensez-y.

Elle a soutenu mon regard.

— Merci, a-t-elle dit sans aucune ironie. J'y penserai.

Sur le pont, j'ai trouvé Sierra Tres, affalée dans un fauteuil à armature de fer, qui fouillait le ciel avec une paire de jumelles. Je me suis mis derrière elle, poussant le neurachem pour regarder dans la même direction. La vue était limitée – le *Boubin Islander* était rangé à l'ombre d'un grand fragment d'architecture martienne incrusté dans le corail et fossilisé par le temps. Au-dessus de l'eau, des spores aériennes avaient créé une épaisse couche de lianes. À présent, le ciel était masqué par des cordes de feuillage suspendu.

— Tu vois quelque chose ?

— Je pense qu'ils ont lancé des microlumières. (Tres a reposé les jumelles.) C'est trop loin pour être sûr, mais il y a quelque chose qui bouge près de l'interstice dans le récif. Quelque chose de très petit.

— Alors, ils sont encore nerveux ?

— Tu le serais pas, toi, à leur place ? Ça doit bien faire un siècle que les Premières Familles n'avaient pas perdu un appareil dans le feu céleste.

— Bah, ai-je dit avec un détachement que je ne ressentais pas vraiment. Ça doit faire un siècle que personne n'a été assez bête pour lancer un assaut aérien pendant une tempête orbitale, hein…

— Alors toi aussi, tu penses qu'il était à moins de quatre cents mètres ?

— Je ne sais pas. (Je me suis rejoué les dernières secondes du coptère avec mon souvenir diplo.) Il montait assez vite. Même s'il n'y était pas, c'est peut-être le vecteur qui a réveillé les défenses. Ça et l'armement activé. Putain, va savoir ce que pense une orbitale ? Ce qu'elle perçoit comme une menace. Elles ont déjà enfreint les règles, hein. Regarde ce qui arrivait aux autos à fruit des corniches, pendant la Colo. Et les barges de course à Ohrid, tu te souviens ? Il paraît que la plupart étaient à moins de cent mètres de l'eau quand elles se sont fait descendre.

Elle m'a lancé un regard amusé.

— Je n'étais pas née à l'époque, Kovacs.

— Oh, pardon. Tu as l'air plus vieille.

— Merci.

— Enfin bon, ils n'avaient pas l'air très enclins à faire décoller quoi que ce soit pendant qu'on fuyait. Ça suggère que les IA de prévision étaient plutôt portées à la prudence, ou au pessimisme.

— Ou alors on a eu de la chance.

— Ou alors on a eu de la chance, ai-je répété.

Brasil est sorti des entrailles du navire et nous a rejoints. Il y avait une colère inhabituelle dans la façon dont il se déplaçait, et il m'a regardé de façon franchement hostile.

— Ne lui parle plus jamais de cette façon, m'a-t-il dit.

— Oh, arrête ton numéro.

— Je suis sérieux, Kovacs. On sait tous que tu as un problème avec l'implication politique, mais je ne vais pas te laisser vomir ta rage de malade mental sur cette femme.

Je me suis retourné contre lui.

— Cette femme ? Cette *femme* ? C'est moi que tu traites de malade ? *Cette femme* dont tu parles n'est pas un être humain. C'est un fragment. Un fantôme, au mieux.

— On n'en sait rien, pour l'instant, a dit Tres tout bas.

— Oh, je vous en prie. Aucun de vous deux ne voit ce qui se passe, là ? Vous projetez vos désirs sur une putain d'esquisse digitalisée. Déjà. C'est ça qui va se passer quand on rentrera à Kossuth ? On va monter tout un mouvement révolutionnaire sur une bribe de mythe ?

Brasil a secoué la tête.

— Le mouvement est déjà là. Il n'a pas besoin qu'on le monte, il est prêt à éclater.

— Oui, il a juste besoin d'un emblème. (Je me suis détourné, rattrapé par ma vieille fatigue, encore plus forte que ma colère.) Ce qui tombe bien, parce que c'est tout ce que vous avez, un putain d'emblème.

— *Tu n'en sais rien pour l'instant.*

— Non, c'est vrai. (J'ai commencé à m'éloigner. On ne peut pas aller bien loin, sur un bateau de trente mètres, mais j'allais mettre le plus de distance possible entre moi et ces imbéciles. Puis quelque chose m'a fait me retourner sur le pont. Ma voix s'est élevée, animée par la fureur.) Je n'en sais rien, c'est vrai. Je ne sais pas si toute la personnalité de Nadia Makita n'a pas été stockée et abandonnée dans New Hok comme un obus encore amorcé dont personne ne voudrait. Je ne sais pas si elle n'a pas trouvé un moyen de se charger dans une déClass qui passait par là. *Mais putain, statistiquement, vous trouvez ça probable, vous ?*

— On ne peut pas encore décider, a répondu Brasil en me rejoignant. Il faut qu'on l'amène à Koi.

— *Koi ?* (Rire sauvage.) Oh, c'est trop fort. Ce putain de Koi. Jack, tu penses vraiment que tu vas le revoir, Koi ? Koi est sans doute réduit en steak haché dans une ruelle de Millsport. Ou encore mieux, il est interrogé par les bons soins d'Aiura Harlan. Tu ne comprends pas, Jack ? C'est fini. Ta résurgence néoquelliste est niquée. Koi est foutu, et les autres aussi, sans doute. Autant de morts sur la route glorieuse du changement révolutionnaire.

— Kovacs, tu crois que je me fous de ce qui est arrivé à Isa ?

— Jack, je pense que du moment qu'on sauvait l'image d'un mythe, tu te cognais de savoir qui mourait, ou comment.

Sierra Tres s'est déplacée le long du bastingage, gauche.

— Isa a choisi de s'impliquer. Elle connaissait les risques, elle a accepté l'argent. C'était un agent libre.

— *Elle n'avait que quinze ans, putain de merde !*

Aucun n'a répondu. Ils se sont contentés de me regarder. Le clapotis de l'eau est redevenu audible contre la coque. J'ai fermé les yeux, pris une grande inspiration et les ai fixés. En opinant du chef.

— C'est bon, ai-je dit d'une voix lasse. Je vois où ça va, tout ça. Je l'ai déjà vu. Je l'ai vu sur Sanction IV. Ce connard de Joshua Kemp l'a dit à Indigo City : « Ce que nous désirons, c'est l'élan révolutionnaire. La façon de l'obtenir est presque anecdotique, et certainement pas abordable dans un débat d'éthique. Seule l'issue historique permettra de porter un jugement moral. » Si ce n'est pas Quellcrist Falconer qu'on a dans la cabine, vous allez vous arranger pour qu'elle le devienne. N'est-ce pas ?

Les deux surfeurs se sont regardés. J'ai opiné du chef une nouvelle fois.

— Ouais. Et qu'est-ce que vous faites de Sylvie Oshima, là-dedans ? Elle n'a rien choisi de tout ça. Ce n'était pas un agent libre. C'était une innocente qui passait par là. Et ce ne sera pas la dernière victime innocente, si vous arrivez à vos fins.

Nouveau silence. Brasil a fini par hausser les épaules.

— Alors pourquoi tu es venu nous voir ?

— Parce que je me suis trompé sur toi, Jack. Parce que le souvenir que j'avais de vous était meilleur que toutes ces conneries de rêve éveillé.

— Alors tu te souvenais mal.

— On dirait.

— Je crois que tu es venu nous voir parce que tu n'avais plus le choix, a dit Sierra Tres, très sobre. Et tu devais savoir qu'on apprécierait l'existence potentielle de Nadia Makita plus que celle de la personnalité hôte.

— *Hôte ?*

— Personne ne veut faire de mal à Sylvie Oshima sans nécessité. Mais si un sacrifice est nécessaire et si c'est bien Makita…

— Ce n'est pas elle. Ouvre un peu les yeux, Sierra.

— Peut-être pas. Mais soyons froids et honnêtes, Kovacs. Si c'est bien elle, elle vaut bien plus pour le peuple de Harlan qu'une chasseuse de primes déClass pour qui tu as le béguin.

J'ai senti une tranquillité froide et destructrice s'emparer de moi quand j'ai regardé Tres. C'était presque confortable, comme si j'étais enfin rentré chez moi.

— Elle vaut peut-être beaucoup plus qu'une groupie à surfeur handicapée. Tu y as pensé, à ça ? Tu es prête à le faire, ce sacrifice-là ?

Elle a regardé sa jambe, puis mon visage.

— Bien sûr que je le suis, m'a-t-elle dit doucement comme si elle parlait à un enfant. À ton avis, qu'est-ce que je fais ici ?

Une heure plus tard, le canal secret s'est réveillé et a éclaté en communications excitées. Les détails étaient confus, mais la teneur était d'une clarté jubilatoire. Soseki Koi et une poignée de survivants avaient pu se sortir de la débâcle Mitzi. Le plan de sortie de Millsport avait tenu bon.

Ils étaient prêts à venir nous chercher.

Chapitre 35

Tandis que nous entrions dans le port du village, je regardais autour de moi et l'impression de déjà-vu m'a submergé. Je sentais presque les flammes. J'entendais presque les cris paniqués.

Je m'y voyais presque.

Du calme, Tak. Ce n'était pas ici.

En effet. Mais j'ai trouvé le même arrangement épars de maisons burinées par le vent et la mer, qui remontaient depuis la plage. Le même nœud de commerces sur la rue principale qui longe la côte, et le même complexe portuaire d'un côté de l'embouchure. Les mêmes grappes de chalutiers à quille et de remorqueurs amarrés le long du quai, écrasés par la masse fine et lourde d'un gros chasseur de raies conçu pour la haute mer. Il y avait la même station de recherche Mikuni de l'autre côté de l'embouchure et, pas très loin derrière, la maison de prière perchée sur le roc, qui avait dû la remplacer quand le financement s'était tari. Dans la rue principale, les femmes étaient emmitouflées, comme si elles travaillaient sur des substances toxiques. Pas les hommes.

— Allez, qu'on en finisse, ai-je murmuré.

Nous avons amarré le canot pneumatique sur la plage où des jetées de plastique tachées et usées s'inclinaient vers l'eau à des angles trahissant le manque d'entretien. Sierra Tres et la femme qui se faisait appeler Nadia Makita se sont assises à la proue pendant que Brasil et moi déchargions les bagages. Comme n'importe quelle personne en voyage dans l'archipel de Millsport, les propriétaires du *Boubin Islander* avaient prévu des tenues féminines convenables au cas où ils devraient s'arrêter dans les communautés du Nord, et Tres et Makita étaient enveloppées jusqu'aux yeux. Nous les avons aidées à descendre du canot avec ce que j'espérais être une sollicitude également convenable, avons ramassé les sacs scellés et nous sommes dirigés vers la rue principale. Lentement – Sierra Tres s'était shootée jusqu'aux yeux d'analgésiques de combat avant de quitter le yacht, mais le fait de marcher avec le plâtre et la botte de flexalliage lui donnait quand même le boitillement d'une vieille femme. Nous avons eu quelques regards curieux, mais je les ai attribués à la taille et la blondeur de Brasil. Je commençais à regretter qu'on ne l'ait pas emmitouflé aussi.

Personne ne nous a parlé.

Nous avons trouvé le seul hôtel du village, sur la grand-place, et avons réservé des chambres à la semaine avec deux puces d'identité prises dans la sélection apportée de Vchira. En tant que femmes, Tres et Makita étaient sous notre responsabilité et ne nécessitaient pas d'identification propre. La réceptionniste, dans la tenue imposée, les a pourtant accueillies avec une chaleur qui, quand j'ai expliqué que ma vieille tante s'était blessée à la hanche, s'est transformée en sollicitude envahissante. J'ai dû refuser sèchement la proposition d'une visite de la doctoresse, et la réceptionniste a reculé devant mon autorité masculine. Les lèvres serrées, elle s'est occupée de nos papiers. Depuis la fenêtre à côté de son bureau, on voyait la place et la plate-forme surélevée, les points d'attache pour le siège de châtiment. Je l'ai regardée un moment, froid, puis je me suis enfermé dans le présent. Nous avons déposé notre empreinte palmaire sur un vieux lecteur et sommes montés dans notre chambre.

— Tu as quelque chose contre ces gens ? m'a demandé Makita en enlevant sa coiffe dans la chambre. Tu as l'air en colère. C'est pour ça que tu menais une vendetta contre leurs prêtres ?

— C'est lié.

— Je vois.

Elle a secoué ses cheveux et y a passé les doigts. Elle a regardé le système de masque en tissu et métal dans son autre main avec une curiosité bien éloignée du dégoût ressenti par Sylvie Oshima quand elle avait dû porter un foulard à Tekitomura.

— Pourquoi diable quelqu'un choisirait-il de porter une chose pareille ?

— J'ai vu des gens se dévouer à des causes plus idiotes.

— C'est une critique dissimulée ?

— Non, pas du tout. Si j'ai une critique à formuler, elle sera on ne peut plus claire.

Elle a répondu à mon haussement d'épaules par un autre.

— Eh bien, vivement qu'on y arrive. Mais j'imagine que tu n'es pas quelliste.

J'ai pris une grande inspiration.

— Imagine ce que tu veux. Je sors.

Du côté commercial du port, je me suis promené jusqu'à trouver un préfa bulle qui servait de la nourriture et des boissons bon marché aux pêcheurs et aux dockers. J'ai commandé un bol de ramen de poisson, l'ai emporté vers un siège à côté de la fenêtre et l'ai mangé lentement, en regardant les hommes d'équipage se déplacer sur les ponts et les cordages du chasseur de raies. Au bout d'un moment, un autochtone entre deux âges s'est approché de ma table avec son plateau.

— Je peux m'asseoir ? Il y a du monde.

J'ai regardé autour de moi, dans le préfa. Il y avait du monde, mais il restait d'autres places. J'ai haussé les épaules, sans grâce.

— Comme vous voulez.

— Merci.

Il s'est assis, a ouvert sa boîte de bento et a commencé à manger. Nous avons tous les deux continué en silence, puis l'inévitable s'est produit. Il a croisé mon regard entre deux bouchées. Ses traits burinés se sont fendus d'un sourire.

— Vous êtes nouveau par ici ?

J'ai senti un léger raidissement dans mes nerfs.

— Qu'est-ce qui vous fait dire ça ?

— Ah, vous voyez ? (Nouveau sourire.) Si vous étiez du coin, vous ne me poseriez pas la question. Vous me connaîtriez. Tout le monde me connaît, à Kuraminato.

— C'est bien, ça.

— Mais vous n'êtes pas sur le chasseur de raies ?

J'ai posé mes baguettes. En me demandant vaguement s'il faudrait que je tue ce type, plus tard.

— Pourquoi, vous êtes détective ?

— Non ! (Il a ri de bon cœur.) Non, je suis spécialiste qualifié en dynamique des fluides. Qualifié, mais sans emploi. Enfin, sans vrai emploi, disons. Ces jours-ci, je fais partie de l'équipage d'un chalutier, le vert, là. Mais mes parents m'avaient inscrit à la fac quand le projet Mikuni était encore en route. En temps réel. Ils n'avaient pas les moyens pour du virtuel. Sept ans. Ils se disaient que tout ce qui touchait au courant avait de l'avenir, mais bien sûr, quand je suis sorti, ce n'était plus le cas.

— Et pourquoi vous êtes resté ?

— Oh, ce n'est pas chez moi, ici. Je viens d'une dizaine de kilomètres plus haut sur la côte. Albamisaki.

Le nom est tombé comme une charge sous-marine. Je suis resté figé, à attendre qu'elle explose. En me demandant ce que je ferais à ce moment-là.

J'ai fait fonctionner ma voix.

— Ah ?

— Oui. Je suis venu ici avec une fille que j'avais rencontrée à l'université. Sa famille est ici, je me disais qu'on pourrait monter une affaire de construction de bateaux. Des vrais bateaux, pas des glisseurs. Vous voyez, pour gagner de quoi manger jusqu'à ce que je puisse peut-être… dessiner des yachts pour les richards de Millsport. (Il a fait la grimace.) Eh bien… à la place, on a monté une famille, vous voyez. Et maintenant, j'ai du mal à garder la tête hors de l'eau, avec la nourriture, les vêtements et l'école.

— Et vos parents ? Vous les voyez souvent ?

— Non, ils sont morts.

Sa voix s'est fendue sur le dernier mot. Il a détourné le regard, la bouche crispée. Je l'ai regardé avec attention.

— Je suis désolé.

Il m'a regardé en s'éclaircissant la voix.

— Non, ce n'est pas votre faute, hein ? Vous ne pouviez pas savoir. Mais… (Il a inspiré comme si ça lui faisait mal.) C'est arrivé il y a un an, je dirais. De nulle part. Un pauvre dingue a perdu les pédales avec un blaster. Il a tué des dizaines de personnes. Que des vieux, tous de plus de cinquante ans. C'était de la folie. Complètement insensé.

— On l'a coincé ?

— Non. (Autre inspiration douloureuse.) Non, il court toujours. Il paraît qu'il a continué à tuer, qu'on ne peut pas l'arrêter. Si je savais comment le trouver, moi je l'arrêterais.

J'avais aperçu une ruelle entre deux entrepôts de l'autre côté du port. J'ai pensé lui donner sa chance.

— Pas d'argent pour se réenvelopper, alors ? Pour vos parents, je veux dire ?

Il m'a lancé un regard noir.

— Vous savez bien qu'on ne fait pas ça.

— Eh, je ne suis pas du coin, vous l'avez dit vous-même.

— Oui, mais… (Il a hésité, regardé autour du préfa, puis baissé la voix.) Écoutez, je suis de l'Apocalypse. Je ne respecte pas tout ce que disent les prêtres, surtout en ce moment, mais c'est une religion. C'est une façon de vivre. Ça vous donne un truc à quoi vous raccrocher, un cadre pour élever vos enfants.

— Vous avez des fils ou des filles ?

— Deux filles, trois fils. (Il a soupiré.) Oui, je sais, toutes ces conneries. Vous savez, après la pointe, on a une plage où on peut se baigner. La plupart des villages en ont. Je me rappelle que, gamins, on passait tout l'été dans l'eau, tous ensemble. Parfois, les parents nous rejoignaient après le travail. Maintenant, depuis que les choses sont devenues sérieuses, ils ont mis un mur jusque dans l'eau. Il y a des officiants qui vous surveillent toute la journée, et les femmes doivent aller de l'autre côté du mur. Je ne peux même pas passer la journée à la plage avec ma femme et mes filles. C'est complètement débile, je sais. Trop extrême. Mais qu'est-ce qu'on y peut ? On n'a pas l'argent pour partir à Millsport, et je ne voudrais pas que mes gamins y traînent dans les rues, de toute façon. J'ai vu comment c'était quand j'y ai fait mes études. C'est une ville de dégénérés. Aucune morale, rien que la lie. Au moins, les gens d'ici croient encore en une chose plus noble que d'assouvir tous leurs désirs bestiaux quand ça les prend. Vous savez quoi, je ne voudrais pas vivre dans un autre corps si c'était pour n'en faire que ça.

— Alors heureusement que vous n'avez pas l'argent pour vous faire réenvelopper. Ce serait dommage d'être tenté.

Dommage de revoir vos parents, mais je me suis tu.

— C'est bien vrai, a-t-il dit sans percevoir mon ironie. C'est exactement ça. Quand on a compris qu'on n'a qu'une seule vie, on essaie davantage de faire les choses bien. On oublie ce qui est matériel, toute cette décadence. On s'inquiète de cette vie, et pas de ce qu'on pourra faire dans un prochain corps. On se concentre sur ce qui compte. La famille. La communauté. L'amitié.

— Et bien sûr, l'Observance.

La douceur de ma voix était étrangement sincère. Nous avions besoin de faire profil bas pendant quelques heures, mais il y avait autre chose. J'ai regardé en moi, et me suis rendu compte que j'avais perdu le mépris habituel avec lequel je réagissais dans ces situations. Je l'ai regardé, et je me suis senti épuisé. Il n'avait pas laissé mourir Sarah et sa fille. Il n'était peut-être même pas né quand c'était arrivé. Peut-être, dans la même situation, aurait-il fait comme ses parents et hurlé avec les loups. Mais pour le moment, ça n'avait aucune importance. Je ne pouvais pas le détester suffisamment pour l'emmener dans cette allée, lui dire qui j'étais et lui donner sa chance.

— C'est vrai, l'Observance. (Son visage s'est illuminé.) C'est la clé, ce qui soutient tout le reste. Vous comprenez, la science nous a trahis, elle nous a échappé, et ce n'est plus nous qui la contrôlons. Elle a trop facilité les choses. Ne pas vieillir, ne plus être obligé de mourir et de rendre des comptes devant notre créateur, ça nous a fait perdre de vue les vraies valeurs. Nous passons toute notre vie à essayer de trouver l'argent pour nous faire réenvelopper, et nous gaspillons le temps réel où nous pourrions vivre décemment. Si les gens pouvaient seulement…

— Eh, Mikulas ! (J'ai levé les yeux. Un autre homme, du même âge que mon interlocuteur, s'avançait vers nous derrière ce cri joyeux.) Tu as fini de lui tenir la jambe, oui ? On a une coque à récurer, mec.

— Oui, j'arrive.

— Ignorez-le, a dit le nouveau venu avec un grand sourire. Il aime penser qu'il connaît tout le monde, et si votre visage n'est pas sur la liste, il faut absolument qu'il se renseigne pour savoir qui vous êtes. Je suis sûr qu'il l'a déjà fait, hein ?

J'ai souri.

— Oui, plutôt.

— Je le savais. Je m'appelle Toyo. (Une grosse main tendue.) Bienvenue à Kuraminato. On se reverra peut-être, si vous restez assez longtemps.

— Oui, merci. Ce serait bien.

— Mais d'ici là, il faut qu'on y aille.

— Oui, a admis Mikulas en se levant. Ça m'a fait plaisir de vous parler. Vous devriez réfléchir à ce que je vous ai dit.

— Peut-être. (Un dernier sursaut de prudence m'a poussé à l'arrêter alors qu'il partait.) Dites, comment vous avez su que je n'étais pas du chasseur de raies ?

— Oh, ça. Eh bien, vous les regardiez comme si ce qu'ils faisaient vous intéressait. Personne ne regarde son propre navire à quai avec autant d'attention. J'avais raison, non ?

— Oui, bien vu. (Le petit soulagement supplémentaire m'a envahi.) Vous devriez peut-être devenir détective. Ce serait une nouvelle carrière. Et vous feriez le bien. En attrapant les criminels.

— Eh, c'est pas bête.

— Nan, il serait trop gentil avec eux. C'est une vraie guimauve, ce type. Il ne peut même pas corriger sa propre femme.

Rires généraux à leur départ. J'ai fait pareil. Et l'ai laissé retomber à un sourire, puis au soulagement que je ressentais dans mon ventre.

Ce n'était vraiment pas la peine de le suivre pour le tuer.

J'ai attendu une demi-heure et j'ai quitté le préfa pour passer sur le quai. On voyait encore des silhouettes sur les ponts et la structure du chasseur de raies. Je suis resté là à regarder quelques minutes, puis un membre d'équipage a fini par venir me voir à terre. Il n'avait pas l'air commode.

— Je peux vous aider ?

— Oui. « Chantez l'hymne des rêves tombés du ciel d'Alabardos. » Je suis Kovacs. Les autres sont à l'hôtel. Prévenez votre skipper. On part dès qu'il fait nuit.

Chapitre 36

Le chasseur de raies *Limite feu céleste*, comme la plupart de ses congénères, était très impressionnant, à mi-chemin entre le navire de guerre et le bateau de course poussé en graine. Avec un centre de gravité bas et une poussée grav hallucinante dans ses nasses externes, il était construit avant tout pour la vitesse exagérée et la piraterie. Les raies éléphants et leurs parents plus petits sont rapides dans l'eau, mais surtout leur chair se gâte si on ne la traite pas rapidement. Si on congèle le corps, on pourra vendre la viande, mais si on le rapporte assez vite aux enchères de poisson frais dans les zones riches comme Millsport, on peut se faire un vrai pactole. Pour ça, il faut un navire rapide. Les chantiers navals de tout Harlan le comprennent, et construisent en fonction. Ils comprennent aussi que certaines des meilleures races de raies éléphants vivent et se reproduisent dans les eaux réservées aux Premières Familles, et que si l'on doit y braconner et s'en tirer sans bobo, il faut un navire au profil bas, difficile à reconnaître, à la fois en visuel et au radar.

Pour échapper aux forces de l'ordre de Harlan, on peut trouver pire qu'un chasseur de raies.

Au deuxième jour, confiant que nous étions si loin de l'archipel de Millsport qu'aucun appareil ne pourrait nous survoler, je suis monté sur le pont m'installer sur le portique du gig, pour regarder l'océan défiler sous moi. Les embruns dans le vent, et l'impression que les événements se précipitaient sur moi trop vite pour que je les assimile. Le passé et son chargement de morts, qui suivaient dans notre sillage, emportant avec eux des options et des solutions que je ne pouvais plus essayer.

Les Diplos sont censés être bons pour ces conneries.

Surgi de nulle part, j'ai vu le nouveau visage délicat de Virginia Vidaura. Mais cette fois, je n'avais pas de voix dans la tête, pas de leçon à rappeler. Apparemment, ce fantôme-là ne pouvait plus rien pour moi.

— Ça te dérange si je viens ?

Elle m'avait appelé par-dessus le bruit des vagues et du vent. J'ai regardé sur la droite et l'ai vue se cramponner à l'entrée du portique, portant une veste et un pantalon large empruntés à Sierra Tres. Elle avait l'air malade et chancelait. Ses cheveux argentés étaient chassés de son visage par le vent, mais les câbles les plus épais les empêchaient de voler, comme un drapeau trempé. Ses yeux étaient des puits noirs dans la pâleur de son visage.

Encore un putain de fantôme.

— Non. Pourquoi pas ?

Elle m'a rejoint, plus assurée dans le mouvement que dans l'immobilité. Le temps qu'elle arrive, ses lèvres avaient pris un pli ironique et sa voix était assurée. Les soins de Brasil avaient réduit la blessure de son visage à une ligne presque effacée.

— Ça ne te dérange pas de parler à un fragment, alors ?

Une fois, dans un construct porno de Newpest, je m'étais défoncé au *take* avec une pute virtuelle dans l'espoir – déçu – de faire planter le programme de satisfaction des désirs. Une autre fois, un peu moins jeune, après les retombées de la campagne d'Adoracion, j'avais discuté de politique interdite avec une IA militaire, entre deux brumes d'alcool. Plus tard, sur Terre, je m'étais bourré la gueule comme jamais avec une copie de moi-même. Ce qui était sans doute le point essentiel de toutes ces conversations.

— Ça ne veut rien dire. Je parle à presque n'importe qui.

— Je me souviens de beaucoup de détails.

J'ai regardé la mer. Sans répondre.

— On a baisé, non ?

L'océan se déversait derrière moi.

— Oui. Deux ou trois fois.

— Je me rappelle… (Nouvelle pause prolongée. Elle a détourné le regard.) Tu m'as tenue dans tes bras. Pendant que je m'endormais.

— Oui… (J'ai eu un geste d'impatience.) C'est du récent, tout ça, Nadia. Tu ne peux pas remonter plus loin ?

— C'est… difficile. (Un frisson.) Il y a des zones, des endroits que je ne peux pas atteindre. Comme des portes verrouillées. Comme des ailes dans ma tête.

Oui, c'est le système de limitation de ta personnalité façade, ai-je eu envie de dire. *C'est pour t'empêcher de devenir psychotique.*

— Tu te rappelles un dénommé Plex ? lui ai-je demandé.

— Plex, oui. De Tekitomura.

— De quoi tu te souviens, à son sujet ?

L'expression de son visage s'est intensifiée, comme si on y avait pressé un masque de l'intérieur.

— Que c'était un pauvre accessoire yakuza. Des façons de faux aristo à deux balles et une âme vendue aux gangsters.

— Très poétique. En fait, c'était vraiment un aristo. Avant, sa famille était marchande au niveau de la Cour. Ils ont été ruinés pendant que tu menais ta guerre révolutionnaire.

— Je devrais me sentir coupable ?

J'ai haussé les épaules.

— Moi, je dis juste ce qu'il en est.

— Parce qu'il y a quelques jours, tu me disais que je ne suis pas Nadia Makita. Et maintenant, tu voudrais me reprocher quelque chose qu'elle a fait il y a trois siècles. Tu devrais décider ce que tu crois une bonne fois, Kovacs.

Je l'ai regardée en biais.

— Tu as parlé avec les autres ?

— Ils m'ont dit ton vrai nom, si c'est de ça que tu parles. Ils m'ont un peu expliqué pourquoi tu en veux tant aux quellistes. Et ils m'ont parlé de ce clown de Joshua Kemp contre qui tu t'es ligué.

Je me suis détourné d'elle.

— Je ne me suis pas ligué contre Kemp. On m'avait envoyé le soutenir. Pour amener la révolution sur ce gros caillou qu'est Sanction IV.

— Ouais, c'est ce qu'ils ont dit.

— C'est ce qu'ils m'ont envoyé faire. Jusqu'à ce que, comme tous les révolutionnaires que je connais, ce salaud de Joshua Kemp se transforme en pourriture démagogue aussi nocive que ceux qu'il voulait déloger. Et clarifions une chose ou deux avant de continuer dans les rationalisations néoquellistes. Ce clown de Kemp, comme tu l'appelles, a commis chacune de ses atrocités, y compris un bombardement atomique, au nom de Quellcrist Falconer.

— Je vois. Donc, tu voudrais me rendre responsable des actes d'un psychopathe qui a emprunté mon nom et quelques-uns de mes épigrammes plusieurs siècles après ma mort. Ça te paraît juste ?

— Eh, c'est toi qui veux être Quell. T'as intérêt à t'habituer.

— Tu dis ça comme si j'avais le choix.

J'ai soupiré. Regardé mes mains sur le portique.

— Tu as vraiment parlé aux autres, hein ? Qu'est-ce qu'ils t'ont vendu ? La Nécessité Révolutionnaire ? La Subordination à l'Histoire en Marche ? Quoi ? Qu'est-ce qu'il y a de drôle ?

Le sourire s'est mué en grimace.

— Rien. Tu ne comprends pas, Kovacs. Tu ne vois pas qu'on se moque de savoir si je suis vraiment celle que je suis ? Si je ne suis qu'un fragment, une mauvaise esquisse de Quellcrist Falconer, quelle différence ça fait ? Aussi loin que je cherche en moi, je suis convaincue d'être Nadia Makita. Que puis-je faire d'autre que vivre sa vie ?

— Tu devrais peut-être rendre sa vie et son corps à Sylvie Oshima.

— Oui, mais pour l'instant, ce n'est pas trop possible, hein ? a-t-elle lancé.

Je l'ai regardée.

— Je ne sais pas. Pourquoi ?

— Tu penses que c'est moi qui la retiens ? Tu ne comprends pas ? Ça ne marche pas comme ça. (Elle a saisi une poignée de ses cheveux argentés et les a tirés.) Je ne sais pas faire fonctionner ce truc. Oshima connaît bien mieux les systèmes que moi. Elle s'est cachée là-dedans quand les Harlanites nous ont emmenées et a laissé son corps fonctionner en automatique. C'est elle qui m'a envoyée à la surface quand tu es arrivé.

— Ah oui ? Et pendant ce temps-là, elle fait quoi, elle se repose de ses aventures ? Elle range ses données ? Allez, c'est bon…

— Non. Elle pleure.

— Elle pleure ?

— Évidemment. Toute son équipe est morte à Drava.

— Mon cul. Elle n'était pas en contact avec eux quand ils sont morts. Le réseau était coupé.

— Oui, c'est vrai. (La femme devant moi a pris une grande inspiration. Sa voix est redescendue, son débit a ralenti.) Le réseau était tombé, elle n'y avait plus accès. Elle me l'a dit. Mais le système de réception a enregistré le moment de leur mort. Et si elle ouvre les mauvaises portes, elle se prend tout en pleine tête. Elle est en état de choc à cause de ce qu'elle a vu. Elle le sait, et tant que ça durera, elle restera à l'abri.

— C'est elle qui te l'a dit ?

Nous étions les yeux dans les yeux, un demi-mètre de vent de mer entre nous deux.

— Oui, c'est elle.

— Je ne te crois pas.

Elle a soutenu mon regard un bon moment, puis s'est détournée. A haussé les épaules.

— Ce que tu crois ou pas, Kovacs, ça te regarde. D'après ce que m'a dit Brasil, tu cherches juste des cibles faciles pour exprimer ta rage existentielle. C'est toujours moins dangereux que de chercher un changement constructif, non ?

— Oh, je t'emmerde ! Tu vas me servir ces conneries ? Le changement constructif ? Et la Décolo, c'était constructif ? Briser New Hok pour le Nouveau Siècle, c'était constructif ?

— Non, pas du tout. (Pour la première fois, j'ai vu de la douleur sur le visage devant moi. Sa voix est devenue lasse, et j'ai failli la croire. Failli. Elle a saisi le bastingage à deux mains et a secoué la tête.) Ça ne devait pas se passer comme ça. Mais nous n'avions plus le choix. Nous devions forcer le changement politique sur la planète. Contre la répression massive. Ils n'auraient pas abandonné leur position sans combattre. Tu crois que ça me fait plaisir de voir comment ça a tourné ?

— Dans ce cas, tu aurais dû mieux prévoir ton coup.

— Ah oui ? Tu n'y étais pas.

Silence.

J'ai cru un moment qu'elle allait partir, chercher une compagnie moins politiquement hostile. Mais non. Sa repartie, avec son soupçon de mépris, est tombée derrière nous tandis que le *Limite feu céleste* fendait la surface ridée de la mer à une vitesse d'avion. Je me suis rendu compte qu'il ramenait la légende vers ses fidèles. L'héroïne vers l'histoire. Dans quelques années, on écrirait des chansons sur ce navire, sur son voyage vers le sud.

Mais pas sur cette conversation.

Ça m'a fait sourire.

— Vas-y, à toi de me dire ce qu'il y a de drôle, maintenant.

J'ai secoué la tête.

— Je me demandais juste pourquoi tu préfères me parler au lieu de rester avec des fidèles néoquellistes.

— Peut-être que j'aime les défis. Plus que l'approbation générale.

— Alors les prochains jours ne vont pas être très rigolos.

Elle n'a pas répondu. Mais sa deuxième phrase résonnait encore sous mon crâne. Quelque chose que j'avais lu dans ma jeunesse. Dans ses journaux de campagne, un poème griffonné à l'époque où Quellcrist Falconer avait peu de temps à consacrer à la poésie, un texte dont le ton avait été rendu larmoyant par la voix d'un acteur et une école d'interprétation qui voulait enterrer la Décolo, n'en faire qu'une erreur regrettable et éminemment évitable. Quell voit ses erreurs, mais ne peut rien faire d'autre que se lamenter :

Ils viennent me voir pour les
> Comptes-rendus de progression <
Mais je ne vois que le changement, les corps brûlés.
Ils viennent me voir pour les
> Objectifs atteints <
Mais je ne vois que le sang, les occasions perdues.
Ils viennent me voir avec
Une approbation générale de chacun de mes actes.
Mais je ne vois que le prix.

Bien plus tard, avec les gangs de Newpest, j'ai trouvé un exemplaire illégal de l'original, lu dans un micro par Quell elle-même quelques jours avant le dernier assaut sur Millsport. Dans la lassitude de cette voix, j'ai entendu toutes les larmes que l'édition scolaire avait essayé de nous arracher avec ses artifices, mais il y avait aussi quelque chose de plus profond, de plus puissant. Dans un préfa bulle gonflé en hâte, au bord de l'archipel, entourée de soldats qui subiraient sans doute une vraie mort ou pire à ses côtés, quelques jours plus tard, Quellcrist Falconer ne rejetait pas ce prix. Elle appuyait le doigt dessus comme on titille une dent cassée, comme on l'enfonce dans sa chair pour ne pas oublier. Pour que personne n'oublie. Pour qu'on n'écrive aucune ballade, aucun hymne hypocrite sur la révolution glorieuse, quelle que soit l'issue.

— Bon, parle-moi du protocole Qualgrist, ai-je dit après un temps. Cette arme que tu as vendue aux yakuzas.

Elle a sourcillé. Sans me regarder.

— Tu es au courant ?

— Par Plex. Mais il n'avait pas beaucoup de détails à me donner. Tu as activé quelque chose qui tue les membres de la famille Harlan, c'est ça ?

Elle a regardé l'eau un moment.

— Tu présumes beaucoup. En pensant que je devrais te confier un secret pareil.

— Pourquoi ? C'est réversible ?

Elle n'a pas bougé.

— Je ne crois pas. (Je devais lutter pour comprendre ses paroles dans le vent.) Je leur ai fait croire qu'il y avait un code de désactivation pour qu'ils me gardent en vie en essayant de le trouver. Mais je ne pense pas qu'on puisse l'arrêter.

— Alors qu'est-ce que c'est ?

Quand elle m'a regardé, sa voix était plus ferme.

— Une arme génétique. À la Décolonisation, on avait modifié des volontaires des Brigades Noires pour qu'ils la portent en eux. Une haine génétique du sang de la famille Harlan, déclenchée par les phéromones. C'était de la technologie de pointe sortie des labos de Drava. Personne n'était certain que ça marcherait, mais les Brigades Noires voulaient une frappe *post mortem* si l'assaut sur Millsport échouait. Quelque chose qui reviendrait, génération après génération, poursuivre les Harlanites. Les volontaires, ceux qui survivraient, le transmettraient à leurs enfants, et eux aux leurs, et ainsi de suite.

— Sympa.

— C'était la guerre, Kovacs. Tu penses que les Premières Familles ne transmettent pas un schéma de classe dirigeante à leurs descendants ? Tu penses que le même privilège, la même supposée supériorité n'est pas imprimée, génération après génération ?

— Oui, peut-être. Mais pas au niveau génétique.

— Tu en es sûr ? Tu sais ce qui se passe dans les cuves de clonage des Premières Familles ? Les technologies qu'ils ont découvertes et incluses en eux ? Quelles provisions sont prises pour assurer la pérennité de l'oligarchie ?

— Et si tu me disais juste ce que fait cette saloperie ? ai-je répondu froidement.

La femme dans l'enveloppe d'Oshima a haussé les épaules.

— Je croyais l'avoir fait. N'importe quelle personne portant ce gène modifié a un instinct inné de violence contre les membres de la famille Harlan. Comme la peur des serpents qu'on voit chez les singes, comme la réaction instinctive qu'ont les baleines à bosse pour une aile noire sur l'eau. Mais déclenchée par la structure des phéromones liées au sang Harlan. Après ça, c'est juste une question de temps et de personnalité – parfois le porteur réagit tout de suite, devient fou furieux et tue avec ce qu'il a sous la main. D'autres personnes pourront planifier leur coup. Certains peuvent même essayer de résister à cette envie, mais c'est comme le sexe, comme les caractéristiques compétitives. La biologie finit toujours par gagner.

— Insurrection génétique. (J'ai opiné de la tête. Un calme redoutable m'envahissait.) Eh bien, je suppose que c'est une extension tout à fait normale des principes quellistes. Se disperser et se cacher, revenir une vie plus tard. Si ça ne marche pas, hypothéquez vos petits-enfants et ils pourront combattre pour vous dans plusieurs générations. Quelle détermination. Pourquoi les Brigades Noires ne l'ont jamais utilisé ?

— Je ne sais pas. (Elle a tiré sur les revers de sa veste.) Nous étions peu nombreux à avoir les codes d'activation. Et il faudrait plusieurs générations avant qu'une chose comme ça vaille la peine qu'on l'active. Peut-être qu'aucun de ceux qui savaient n'a survécu. D'après ce que m'ont dit tes amis, presque tous les officiers des Brigades ont été chassés et exterminés après ma… Après la fin. Il ne restait peut-être personne.

J'ai encore opiné de la tête.

— Ou alors, il ne restait personne qui sache et qui soit prêt à le faire. Après tout, c'est une idée assez horrible.

Elle m'a lancé un regard fatigué.

— C'était une arme, Kovacs. Toutes les armes sont horribles. Tu trouves que viser le sang de la famille Harlan, c'est pire que la bombe nucléaire qu'ils ont employée contre nous à Matsue ? Quarante-cinq mille personnes vaporisées parce qu'il y avait des caches quellistes quelque part. Tu veux parler d'horreur ? À New Hokkaido, j'ai vu des villes rasées par des tirs tendus d'artillerie gouvernementale. Des suspects politiques exécutés par centaines d'un tir de blaster dans la pile. C'est moins horrible ? Le protocole Qualgrist est-il moins sectaire que le système d'oppression économique qui décide si on va se faire pourrir les pieds dans les fermes de belalgue ou les poumons dans les usines de traitement, essayer de trouver une pitance sur la roche et faire une chute mortelle en récoltant les fruits des corniches, tout ça parce qu'on est nés pauvres ?

— Tu parles de conditions qui n'existent plus depuis trois cents ans, ai-je dit doucement. Mais ce n'est pas le problème. Ce n'est pas pour la famille Harlan que je me désole. C'est pour les pauvres types que leurs ancêtres des Brigades Noires ont impliqué dans la lutte au niveau cellulaire plusieurs générations avant leur naissance. Tu pourras me trouver vieux jeu, mais je préfère décider moi-même qui je tue et pourquoi. (Je me suis retenu un moment, et j'ai porté le coup de grâce.) Et d'après ce que j'ai lu, Quellcrist Falconer pensait comme moi.

Un kilomètre de bleu ourlé de blanc a passé sous nos pieds. À peine audible, un des deux moteurs grav murmurait tout seul.

— Qu'est-ce que tu veux dire ? a-t-elle fini par murmurer.

J'ai haussé les épaules.

— C'est toi qui as lancé ce truc.

— C'était une arme quelliste, a-t-elle dit avec ce que j'ai pris pour un soupçon de désespoir. C'est tout ce que j'avais. Tu trouves ça pire qu'une armée de conscrits ? Pire que les enveloppes de combat clonées et améliorées que le Protectorat donne à ses soldats pour qu'ils tuent sans empathie ou regret ?

— Non. Mais je pense qu'en tant que concept, cela contredit sévèrement les paroles : « Je ne vous demanderai pas de vous battre, de vivre ou de mourir pour une cause que vous ne comprenez pas et n'acceptez pas de plein gré. »

— Je sais bien ! (Il y avait maintenant une fissure audible dans sa voix.) Tu penses que je ne m'en rends pas compte ? Mais quel choix j'avais ? J'étais seule. En pleine hallucination, ou en train de rêver la vie de Sylvie Oshima et… d'autres choses. Je ne savais jamais vraiment quand j'allais me réveiller la fois suivante, même pas *si* j'allais me réveiller. Parfois, je ne savais même pas combien de temps j'avais. Ou si même j'étais *réelle*. Tu as une idée de ce que ça peut représenter ?

J'ai secoué la tête. Le déploiement des Diplos m'avait fait passer par pas mal d'expériences cauchemardesques, mais on ne doute jamais une seule seconde de la réalité de ce qu'on traverse. Le conditionnement l'interdit.

Les mains de nouveau crispées sur le bastingage, les phalanges blanchies, elle regardait l'océan, à mon avis sans le voir.

— Pourquoi repartir en guerre contre la famille Harlan ?

Elle m'a lancé un regard.

— Tu crois que la guerre s'est arrêtée ? Tu crois que ces gens ont arrêté de chercher un moyen de nous ramener à la pauvreté de l'époque Colo à cause de deux ou trois concessions obtenues il y a trois siècles ? Cet ennemi-là ne disparaît jamais.

— Oui, « cet ennemi-là, on ne peut pas le tuer ». J'ai lu ce discours quand j'étais gamin. Le plus étrange, c'est que pour quelqu'un qui n'est réveillé que depuis quelques semaines, par intermittence, tu es très bien informée.

— Ce n'est pas ça, a-t-elle dit en se retournant de nouveau vers la mer. La première fois que je me suis réveillée pour de bon, je rêvais déjà Oshima depuis des mois. C'était comme de se trouver dans un lit d'hôpital, paralysée, en regardant quelqu'un qui pourrait être votre docteur sur un moniteur mal réglé. Je ne comprenais pas qui elle était, mais je savais qu'elle était importante pour moi. La moitié du temps, je savais ce qu'elle savait. Parfois, je me retrouvais à flotter en elle. Comme si je pouvais poser mes lèvres derrière les siennes et parler par son intermédiaire.

Je me suis rendu compte qu'elle ne me parlait plus. Les mots sortaient simplement de sa bouche comme un flot de lave, soulageant la pression. Pression qui tourmentait son corps, mais qui l'occupait ? Allez savoir.

— Lors de mon premier vrai réveil, j'ai cru mourir sous le choc. Je rêvais qu'*elle* rêvait d'un type avec qui elle avait couché quand elle était plus jeune. J'ai ouvert les yeux sur un lit dans un trou à rats de Tek'to. Je pouvais bouger. J'avais la gueule de bois, mais j'étais vivante. Je savais où j'étais, la rue et le nom de l'endroit, mais je ne savais pas qui j'étais. Je suis sortie, j'ai marché jusqu'au quai, au soleil, les gens me regardaient et je me suis rendu compte que je pleurais.

— Et les autres ? Orr et le reste de l'équipe ?

— Je les avais laissés à l'autre bout de la ville. *Elle* les avait laissés, mais je pense que c'était à cause de moi. Elle avait dû me sentir arriver et s'isoler. À moins que ce soit moi qui l'aie manipulée. Je ne sais pas. (Elle a frissonné.) Quand je lui ai parlé. Dans les cellules, quand je lui ai dit ça, elle a parlé de fuite. Je lui ai demandé si elle me laisserait passer de temps en temps, et elle n'a pas voulu me répondre. Je sais que certaines choses déverrouillent les cellules. Le sexe. La peine. La rage. Mais parfois, je remonte sans raison, elle me laisse le contrôle. (Elle s'est arrêtée, a secoué la tête.) Ou alors on négocie ?

— Laquelle de vous deux a pris contact avec Plex ?

— Je ne sais pas. (Elle regardait ses mains, les pliant et les dépliant comme un appareil mécanique auquel elle ne serait pas encore habituée.) Je ne me rappelle pas. Je crois que c'était elle. Je crois qu'elle le connaissait déjà. En périphérie, il faisait partie du paysage. Tek'to est un petit étang pour les gros poissons, et les déClass sont toujours en marge du légal. Le matériel déClass est moins cher au marché noir, et Plex touche à ça, pour vivre. À mon avis, ils n'ont jamais fait affaire, mais elle connaissait sa tête et son boulot. Je l'ai pioché dans sa mémoire quand j'ai su que j'allais activer le système Qualgrist.

— Tu te rappelles Tanaseda ?

Elle a opiné de la tête, posée à présent.

— Oui. Patriarche yak des hautes sphères. Ils l'ont envoyé derrière Yukio, quand Plex leur a dit que les codes préliminaires étaient bons. Yukio n'avait pas assez d'ancienneté pour faire ce dont ils avaient besoin.

— C'est-à-dire ?

Retour du regard scrutateur qu'elle m'a lancé quand j'avais parlé de l'arme la première fois. J'ai écarté les bras.

— Allez, Nadia. Je t'ai apporté ton armée révolutionnaire. J'ai escaladé Rila Crags pour te faire sortir. Je mérite bien un petit quelque chose, non ?

Son regard s'est détourné. J'ai attendu.

— C'est viral, a-t-elle fini par dire. Contagion haute, une variante sans symptômes de la grippe. Tout le monde l'attrape, tout le monde le transmet, mais seuls ceux qui sont génétiquement modifiés réagissent. Ça déclenche une nouvelle réaction dans leur système hormonal en cas de reconnaissance des phéromones Harlan. Les enveloppes porteuses étaient enfouies dans des stocks scellés sur différents sites secrets. Au cas où le protocole serait activé, un groupe donné les déterrerait, se chargerait dans les enveloppes modifiées et irait se promener. Le virus ferait le reste.

«Se chargerait dans les enveloppes modifiées.» Les mots se sont égrenés dans ma tête comme de l'eau s'infiltre par une fissure. La précompréhension des Diplos était juste hors d'atteinte. Les mécanismes de l'intuition faisaient tourner de petits rouages dans la machinerie de la certitude.

—Ces sites, ils étaient où ?

—Principalement à New Hokkaido, mais il y en avait dans le Nord de l'archipel Safran.

—Et Tanaseda, tu l'as emmené à... ?

—Sanshin Point.

Le mécanisme s'est mis en place, les portes se sont ouvertes. Le souvenir et la compréhension sont entrés comme le soleil du matin. Lazlo et Sylvie qui se chamaillaient dans le *Guns for Guevara* qui accostait à Drava.

—Je suis sûr que vous n'avez pas entendu parler du dragueur qu'on a retrouvé en morceaux du côté de Sanshin Point...

—Si, j'en ai entendu parler. Le rapport a dit qu'ils ont touché terre la pointe en avant. Tu cherches une conspiration alors qu'il n'y a que de l'incompétence.

Et ma propre conversation avec Plex au *Tokyo Crow*, la veille.

—Alors, pourquoi ils ont besoin de ton matos de déballage/remballage ? Il doit bien y avoir plus d'une installation de dérivation d'humain digital en ville...

— Une connerie. Ils ont leur propre matos, mais il a été contaminé. De l'eau de mer dans les conduits à gel.

— *Super, le crime organisé…*

— Il y a quelque chose de drôle, Kovacs ?

J'ai secoué la tête.

— Micky la Chance. Je pense qu'il va falloir que je garde ce nom.

Elle m'a regardé bizarrement. J'ai soupiré.

— Aucune importance. Alors, Tanaseda, il cherche quoi ? Quel besoin il a d'une arme pareille ?

Un coin de sa bouche s'est relevé. Ses yeux brillaient dans la lumière reflétée par les vagues.

— Un criminel reste un criminel, quelle que soit sa classe politique. Tanaseda n'est finalement pas différent d'un gros bras des docks de Karlovy. Et si les yakuzas sont bons pour une chose, depuis toujours, c'est bien le chantage et l'influence. Donc, il a trouvé le moyen de faire pression sur le gouvernement, afin d'obtenir des avantages. Des parts dans des entreprises d'État, une impunité relative dans ses activités… Une collaboration à la répression, contre un certain prix. Tout cela avec le sourire.

— Mais tu les as blousés.

Elle a hoché la tête faiblement.

— Je leur ai montré le site, donné les codes, dit que le virus se transmettait sexuellement. Pour qu'ils pensent avoir le contrôle. C'est aussi le cas, en fait, et Plex a été trop léger sur les biocodes pour creuser assez profondément. J'étais sûre de pouvoir compter sur lui pour faire une bourde pareille.

Un autre sourire m'a caressé le visage.

— Oui, c'est un de ses rares talents. Ça doit être l'héritage aristo.

— Sans doute.

— Et vu l'emprise que les yakuzas ont sur l'industrie sexuelle à Millsport, tu as bien joué ton coup. (Le plaisir inné de l'arnaque m'a envahi comme une montée au frisson. Il y avait une certaine justesse, lisse et mécanique, comme un plan de Diplo.) Tu leur as donné une menace à faire peser sur les Harlanites pour laquelle ils avaient déjà le système de lancement parfait.

— Oui, du moins en apparence. (Sa voix se troublait de nouveau tandis qu'elle retombait dans ses souvenirs.) Ils allaient envelopper un soldat yak quelconque dans un des corps de Sanshin, et l'emmener à Millsport pour faire la démonstration de ce qu'ils avaient. Je ne sais pas s'il est arrivé jusque là-bas.

— Oh, je suis sûr que si. Les yakuzas sont très méticuleux dans leurs chantages. J'aurais donné cher pour voir la tête de Tanaseda quand il est allé à Rila avec son colis, et que les spécialistes en génétique des Harlan lui ont dit de quoi il s'agissait vraiment. Je suis même étonné qu'Aiura ne l'ait pas fait abattre sur place. Elle a une maîtrise remarquable.

— Ou une concentration phénoménale. Ça n'aurait servi à rien de le tuer. Le temps d'embarquer cette enveloppe sur le ferry pour Tek'to, il avait déjà dû infecter assez de porteurs pour que la propagation soit impossible à endiguer. Quand il est descendu de l'autre côté, à Millsport… on devait déjà avoir une épidémie invisible sur le dos.

— Ouais.

Elle a peut-être entendu quelque chose dans ma voix. Elle m'a de nouveau regardé, et son visage était plein de rage contenue.

— D'accord, Kovacs, vas-y, dis-moi. Qu'est-ce que tu aurais fait, toi ?

Je l'ai vue, vu sa douleur et sa terreur. Et j'ai détourné le regard. Soudain, j'avais honte.

— Je ne sais pas. Tu as raison, je n'y étais pas.

Et comme si je lui avais enfin donné ce dont elle avait besoin, elle m'a laissé.

Laissé seul près du bastingage, à regarder l'océan approcher à une vitesse impitoyable.

Chapitre 37

Dans le golfe de Kossuth, les systèmes météo s'étaient calmés pendant que nous avions le dos tourné. Après avoir martelé la côte est pendant plus d'une semaine, la grosse tempête avait frappé l'extrémité nord de Vchira et s'était perdue dans l'océan Nurimono, au sud. Là, tout le monde pensait qu'elle mourrait dans les eaux glacées du pôle. Dans le calme qui s'en est suivi, il y avait eu une envolée de la circulation maritime, chacun essayant de rattraper son retard. Le *Limite feu céleste* est tombé au beau milieu de tout ça comme un dealer poursuivi dans un centre commercial bondé. Il a viré de-ci de-là, s'est blotti contre la masse du hameau flottant *Pictures of the Floating World*, et s'est amarré tranquillement aux docks bon marché au moment où le soleil commençait à baver sur l'horizon ouest.

Soseki Koi nous a retrouvés sous les grues.

J'ai repéré sa silhouette teintée par le soleil couchant depuis le chasseur de raies et l'ai salué d'un geste du bras. Il ne m'a pas répondu. Quand Brasil et moi l'avons retrouvé, j'ai vu comme il avait changé. Son regard portait une intensité, une lueur qui pouvait tenir autant des larmes que de la fureur retenue. Difficile à dire.

— Tres ? a-t-il demandé tout bas.

— Encore en convalescence, a répondu Brasil en indiquant le bateau. On l'a laissée avec… avec Elle.

— D'accord. Bien.

Les monosyllabes se sont transformés en silence général. Le vent a sifflé autour de nous, tirant les cheveux, piquant les sinus. À côté de moi, j'ai senti plutôt que vu se tendre le visage de Brasil. Comme un homme qui sonde sa blessure.

— On a entendu la nouvelle, Soseki. Qui est revenu, de ton côté ?

— Pas grand monde. Vidaura. Aoto. Sobieski.

— Mari Ado ?

— Désolé, Jack.

Le pilote du chasseur de raies est descendu à terre avec quelques officiers que je connaissais assez pour leur faire un signe de tête quand je les croisais. Apparemment, Koi les connaissait tous : ils se sont pris par l'épaule avec un rapide échange en stripjap, avant que le pilote reparte vers la capitainerie, les autres à sa suite. Koi s'est retourné vers nous.

— Ils vont rester à quai le temps de demander une réparation des moteurs grav. Il y a un autre chasseur de l'autre côté, des vieux potes à lui. Ils achèteront une proie fraîche à emmener à Newpest demain, pour les apparences. Pendant ce temps, on file à l'aube avec un des glisseurs de contrebande de Segesvar. C'est ce qu'on a pu organiser de plus proche d'une disparition.

J'ai évité de regarder Brasil en face. Au lieu de ça, j'ai examiné la structure du radeau urbain. Et surtout, j'étais enveloppé d'un soulagement tout égoïste. Virginia Vidaura faisait partie de la liste des survivants. Mais une petite partie diplo de mon esprit remarquait le flux des passants, les points d'observation ou de tir possibles.

— On peut leur faire confiance ?

Koi a hoché la tête. Il paraissait content de s'occuper avec les détails.

— La très grande majorité, oui. Le *Pictures* a été construit à Drava, et la plupart des actionnaires du bord sont les descendants des propriétaires de la coopérative d'origine.

Leur culture est largement pro-quelliste ; donc une tendance à s'entraider, mais à ne pas s'occuper des affaires des autres si personne ne demande rien.

— Ah ouais ? Ça me paraît un peu utopique. Et l'équipage non associé ?

Le regard de Koi s'est assombri.

— Les nouveaux venus et l'équipage saisonnier savent sur quoi ils s'engagent. Le *Pictures* a une réputation, comme tous ces chasseurs. Ceux à qui ça ne plaît pas ne restent pas longtemps. La culture se transmet.

Brasil s'est éclairci la voix.

— Combien savent ce qui se passe ?

— Qu'on est ici ? Une dizaine. *Pourquoi* on est ici ? Deux, anciens des Brigades Noires. (Koi a scruté le chasseur.) Ils veulent tous les deux être là pour la Détermination. On a trouvé une planque dans les niveaux inférieurs de la poupe.

— Koi. (Je me suis inséré dans son champ de vision.) D'abord, il faut qu'on parle. Il y a une chose ou deux que tu devrais savoir.

Il m'a regardé un moment, ridé et insondable. Rien de ce que je dirais ne pourrait éteindre la faim dans son regard.

— Il faudra que ça attende, m'a-t-il répondu. Notre premier souci est de confirmer Son identité. Je serais heureux qu'aucun de vous ne m'appelle par mon nom avant que ce soit fait.

— *Déterminer*, ai-je repris. (La majuscule audible chaque fois qu'on parlait d'elle commençait à me courir.) Tu veux dire *Déterminer*, n'est-ce pas, Koi ?

Son regard a glissé de mon épaule pour se reporter au flanc du chasseur de raies.

— Oui, bien sûr.

On a beaucoup parlé des racines quellistes dans les classes inférieures. Notamment depuis que la principale architecte du mouvement est morte et donc indisponible pour les débats politiques, ce qui arrange tout le monde. Le fait que Quellcrist Falconer ait choisi de se bâtir une base de soutien chez les plus pauvres de Harlan a mené à une interprétation curieuse chez beaucoup de néoquellistes selon laquelle elle comptait pendant la Décolo créer un cadre dirigeant tiré exclusivement de cette base. Le fait que Nadia Makita elle-même soit issue d'une classe moyenne relativement privilégiée est savamment ignoré, et puisqu'elle n'a jamais atteint la moindre position gouvernante, la question capitale de *qui va tout diriger quand les choses seront retombées* ne s'est jamais posée. Mais cette contradiction intrinsèque survit au cœur de la pensée quelliste moderne, et il est préférable de ne pas soulever la question en compagnie de néoquellistes.

Donc, je n'ai pas fait remarquer que l'abri dans les profondeurs de *Pictures of the Floating World* n'appartenait à l'évidence pas à l'homme et à la femme cultivés qui nous y attendaient, tous deux anciens des Brigades Noires. Poupe inférieure, c'est le quartier le moins cher et le plus dur de n'importe quel radeau urb ou usine maritime, et personne ne *choisit* d'y vivre. Je sentais les vibrations des moteurs du *Floating World* s'intensifier à mesure que nous descendions, passant devant les quartiers les plus désirables au-dessus de la poupe. Le temps d'arriver dans l'appartement, c'était un grattement constant à l'arrière-plan. Meubles utilitaires, murs nus et bruts avec un minimum de décoration. L'occupant des lieux ne passait pas beaucoup de temps chez lui.

— Pardonnez ce cadre, a dit la femme d'un ton très urbain en nous faisant entrer. Ce ne sera que pour cette nuit. Et la proximité des moteurs rend toute surveillance presque impossible.

Son partenaire nous a indiqué des chaises autour d'une table en plastique bon marché fournie en rafraîchissements.

Une théière chauffée, un assortiment de sushis. Très formel. Il a parlé pendant que nous nous asseyions.

— Oui, nous avons aussi moins de cent mètres à faire jusqu'à la trappe de maintenance de coque la plus proche, où on viendra tous vous récupérer demain matin. Le flotteur arrivera juste sous les étais, entre les quilles six et sept. Vous pourrez descendre tout droit. (Un geste pour Sierra Tres.) Même blessée, vous ne devriez avoir aucun problème.

Il y avait dans tout cela une assurance répétée, mais à mesure qu'il parlait, son regard ne cessait de revenir vers la femme dans le corps de Sylvie Oshima, puis se détournait d'un coup. Koi faisait à l'origine la même chose quand nous l'avions fait descendre du *Limite feu céleste*. Seule la femme des Brigades Noires paraissait contrôler son regard et son espoir.

— Alors, a-t-elle dit doucement. Je suis Sto Delia. Voici Kiyoshi Tan. Pouvons-nous commencer ?

La Détermination.

Dans la société moderne, c'est un rituel aussi courant que les fêtes de reconnaissance parentale pour saluer une naissance, ou les remariages pour cimenter des couples récemment réenveloppés dans leur ancienne relation. Entre la cérémonie stylisée, les réminiscences « et tu te rappelles quand », la Détermination varie dans sa forme et sa rigidité d'un monde à l'autre, d'une culture à l'autre. Mais sur chaque planète où je suis allé, c'est un aspect très respecté et fondateur dans les relations sociales. En dehors de coûteuses procédures psychographiques, c'est la seule façon dont nous pouvons prouver à nos amis et nos parents que, malgré la chair que nous portons, nous sommes qui nous affirmons être. La Détermination est la fonction sociale essentielle qui définit la continuité identitaire dans notre époque moderne, aussi vitale pour nous que des fonctions primitives comme les bases de données de signatures ou d'empreintes digitales pour nos ancêtres.

Et là, je ne vous parle que des citoyens ordinaires.

Pour les héros quasi mythiques revenus – peut-être – d'entre les morts, la cérémonie est cent fois plus prégnante. Soseki Koi tremblait de façon visible en s'asseyant. Ses collègues portaient des enveloppes plus jeunes, et cela se voyait moins, mais en les regardant avec des yeux de Diplo, on retrouvait la même tension dans leurs gestes hésitants et outrés, leur rire trop vite éteint, le tremblement occasionnel de leur voix quand elle montait d'une gorge sèche. Ces hommes et cette femme, autrefois membres de la force de contre-insurrection la plus crainte de toute la planète, entrevoyaient soudain un espoir dans les cendres de leur passé. Ils étaient face à la femme qui affirmait être Nadia Makita, et tout ce qui leur avait un jour paru important pesait dans la balance. Cela se lisait dans leur regard.

— C'est un honneur, a commencé Koi avant de s'éclaircir la voix. C'est un honneur de parler de ces choses…

De l'autre côté de la table, la femme dans l'enveloppe de Sylvie Oshima le regardait sans broncher. Elle a répondu à une de ses questions détournées avec un assentiment brusque, en a ignoré une autre. Les deux autres membres des Brigades sont intervenus, et elle se tournait chaque fois légèrement pour leur faire face, avec un geste d'invite. Je me suis senti glisser dans le rôle de spectateur tandis que le premier tour d'amabilités s'achevait et que la Détermination prenait de l'élan. La conversation s'est faite plus dynamique, passant rapidement des événements récents à une longue et sombre rétrospective politique puis un rappel de la Décolonisation et des années qui l'avaient précédée. Le langage régressait tout aussi vite, de l'amanglais contemporain à un dialecte japonais inhabituel entrecoupé de stripjap vieilli. J'ai regardé Brasil et haussé les épaules quand le sujet et le contenu syntaxique sont devenus trop éloignés pour nous.

Ça a duré plusieurs heures. Les moteurs laborieux du radeau entretenaient un tonnerre sourd dans les murs autour de nous. Le *Pictures of the Floating World* continuait son chemin. Nous écoutions.

— … fait réfléchir. Une chute de n'importe laquelle de ces corniches, et on se retrouve en compost dispersé sur >> *la marée descendante?* << Aucun programme de récupération, aucune assurance de réenveloppement, pas même de dédommagement à la famille. C'est une >> *rage?* << qui commence dans les os et…

— … rappelez quand vous en avez pris conscience?

— … un des articles de mon père sur la théorie coloniale…

— … jouer à >> *?????* << dans les rues de Danchi. On le faisait tous. Je me souviens d'une fois, la >> *police de rue?* << a essayé de…

— … réaction?

— Les familles sont comme ça – ou du moins ma famille était toujours >> *prise dans?????* << une invasion de slictopodes…

— … même quand vous étiez jeune, n'est-ce pas?

— J'ai écrit tout ça à peine sortie de l'adolescence. J'ai du mal à croire qu'on l'ait imprimé. J'ai surtout du mal à croire que des gens aient >> *donné du vrai argent/consacré du temps précieux à?* << toutes ces >> *?????* <<.

— Mais…

— Vraiment? (Haussement d'épaules.) Je n'avais pas cette impression en >> *y repensant/réfléchissant* << avec du >> *sang sur les mains?* << sur la base du >> *?????* <<.

De temps en temps, Brasil ou moi nous levions et faisions du thé dans la cuisine. Les vétérans de la Brigade Noire nous remarquaient à peine. Ils étaient concentrés, perdus dans le déferlement d'un passé soudain réincarné de l'autre côté de la table.

— … rappelez qui a pris cette décision?

—Bien sûr que non. Votre >> *chaîne de commandement/ respect* << ne valait pas un clou et…

Éclats de rire tout autour de la table. Mais leurs yeux étaient trop brillants.

—… et il commençait à faire trop froid pour une campagne de furtivité. Les infrarouges nous auraient révélés comme…

—Oui, c'était presque comme…

—… Millsport…

—… mieux leur mentir et leur dire qu'on avait une chance ? Je ne pense pas.

—Il aurait fallu une centaine de kilomètres avant que…

—… et des réserves.

—Odisej, si je me rappelle bien. Il aurait fait un >> *?????* << dernier carré de résistance juste sous le…

—… sur Alabardos ?

Longue pause.

—Ce n'est pas clair, ça me paraît un peu >> *?????* <<. Je me souviens d'un hélicoptère ? On allait à l'hélicoptère ?

Elle tremblait légèrement. Une nouvelle fois, ils se sont écartés du sujet comme des razailes surpris par un tir de fusil.

—… quelque chose sur…

—… essentiellement une théorie *réactive*…

—Non, sans doute pas. Si j'examinais les autres >> *modèles ?* <<…

—Mais n'est-ce pas axiomatique que >> *la lutte ?* << pour le contrôle du >> *?????*<< cause…

—Ça l'est ? D'après qui ?

—Eh bien… (Hésitation gênée, échange de regards.) D'après vous. En tout cas, vous avez >> *avancé/admis ?* << que…

—Mon cul, oui ! Je n'ai jamais dit qu'un changement de politique convulsif était la >> *clé ?* << d'un meilleur…

—Mais Spaventa affirme que vous souteniez…

— *Spaventa ?* Ce putain d'escroc ? Il respire encore, lui ?

— … et vos écrits sur la démodynamique montrent…

— Écoutez, je ne suis pas une putain d'idéologue, d'accord ? Nous étions face à >> *une baleine à bosse dans les vagues ?* << et il fallait…

— Donc >> *?????* << n'est pas la solution à >> *?????* << et réduire la >> *pauvreté/ignorance* << entraînerait…

— Bien sûr que oui. Je n'ai jamais affirmé le contraire. Qu'est-ce qu'il est devenu, Spaventa ?

— Euh, eh bien… il enseigne à l'université de Millsport…

— Vraiment ? Ah la petite merde…

— Hem. Nous pourrions peut-être aborder une >> *version/vue* << des événements qui repose moins sur >> *?????* << que les théories de >> *recul/fronde* <<…

— Très bien, si ça tient la route. Mais vous pourriez me donner un seul >> *exemple probant ?* << pour soutenir ces affirmations ?

— Euhhh…

— Exactement. La démodynamique, ce n'est pas >> *du sang dans l'eau ?* <<, c'est une tentative de…

— Mais…

Et ainsi de suite, jusqu'à ce que dans un fracas de meuble bon marché, Koi se lève soudain.

— Ça suffit, a-t-il bougonné.

Les autres, moi compris, ont échangé des regards. Koi a fait le tour de la table, et son vieux visage était tendu d'émotion quand il a regardé la femme assise là. Elle l'a regardé sans aucune expression.

Il lui a tendu les mains.

— Je vous ai… dissimulé mon identité jusqu'à maintenant, pour le bien de… notre cause… notre cause commune. Mais je suis Soseki Koi, du commandement de la 9e Brigade Noire, front Safran.

Le masque sur le visage de Sylvie Oshima s'est liquéfié. Remplacé par une sorte de sourire.

— Koi ? Koi la Tremblotte ?

Il a opiné du chef, les lèvres serrées.

Elle a pris ses mains tendues, et il l'a levée à côté de lui. Face à la table, il nous a regardés l'un après l'autre. On voyait les larmes dans ses yeux, on les entendait dans sa voix quand il a parlé.

— C'est Quellcrist Falconer, a-t-il dit. Dans mon esprit, il n'y a plus la moindre place pour le doute.

Puis il s'est retourné et l'a prise dans ses bras. Des larmes soudaines ont brillé sur ses joues. Il avait la voix rauque.

— Nous vous attendions depuis si longtemps. Depuis *si longtemps*…

Cinquième partie : Ça, c'est la tempête qui approche

« Personne n'a entendu Ebisu revenir avant qu'il soit trop tard, et à ce moment-là, on ne pouvait plus retirer ce qui avait été dit, ce qui avait été fait… Et tous ceux qui étaient là devaient assumer leurs erreurs. »

Légendes du dieu de la mer
(Traduction)

« Vecteurs et vélocité de vent imprévisibles… Risques très élevés de climat chaotique. »

Réseau d'alerte climatique de Kossuth
Alerte de conditions extrêmes

Chapitre 38

Je me suis réveillé dans la chaleur et le soleil bas de Kossuth avec une légère gueule de bois et l'écho lointain d'un grondement. Dans les enclos, quelqu'un devait nourrir les panthères.

J'ai regardé ma montre. Il était encore tôt.

Je suis resté un moment dans les draps blancs froissés à ma taille, à écouter les animaux, les jappements virils des équipes qui les nourrissaient. Segesvar m'avait fait visiter son installation deux ans plus tôt, et je me rappelais encore la puissance horrible avec laquelle les panthères se redressaient pour attraper des steaks de poisson de la taille d'un torse humain. À l'époque aussi, les hommes qui leur apportaient leur repas leur criaient dessus, mais on se rendait vite compte que c'était uniquement pour résister à leur terreur instinctive. À l'exception d'un ou deux chasseurs aguerris des marais, Segesvar recrutait exclusivement sur les quais et dans les taudis de Newpest, où les gosses avaient autant de chance d'avoir déjà vu une vraie panthère que d'être allés à Millsport.

Quelques siècles plus tôt, c'était différent. La Prairie était plus petite, pas encore dégagée jusqu'au sud pour céder la place aux moissonneuses automatiques de belalgue. À certains endroits, les magnifiques arbres vénéneux des marais et leur feuillage flottant arrivaient presque aux limites de la ville, et il fallait draguer le port côté terre deux fois par an. Il arrivait qu'une panthère se fasse dorer au soleil sur les rampes de chargement, sa peau de caméléon, tout en crinière et en fourrure, ondulant pour imiter le regard du soleil. Des variations étranges du cycle reproductif de leurs proies dans la Prairie les poussaient parfois à chasser dans les rues les plus proches des marais, où elles éventraient les poubelles scellées avec une sauvagerie naturelle, et attaquaient parfois un vagabond ou un ivrogne. Tout comme dans leur environnement naturel, elles s'étendaient dans les ruelles, le corps et les membres cachés sous une crinière qui les camouflait dans les ténèbres. Pour leur victime, ce n'était qu'une tache d'ombre jusqu'au moment fatidique. Elles ne laissaient rien à la police à part de grandes éclaboussures de sang et les échos de cris dans la nuit. À dix ans, j'avais déjà vu une bonne quantité de bestioles en chair et en os, et j'avais même monté en criant une échelle au flanc d'un immeuble des quais quand une panthère s'était retournée à notre approche feutrée, mes amis et moi. Elle avait rabattu une partie de sa crinière et ouvert sa gueule immense en bâillant.

Cette terreur, comme une grande partie de ce qu'on ressent dans l'enfance, était tenace. Les panthères des marais étaient effrayantes, mortellement dangereuses dans les mauvaises conditions, mais elles faisaient partie de notre monde.

Le grondement dehors a paru atteindre un crescendo.

Pour l'équipe de Segesvar, les panthères représentaient les méchants d'une centaine de jeux holo bon marché, et peut-être un cours de bio qu'ils n'avaient pas séché à l'école. Elles se concrétisaient d'un coup. Des monstres venus d'une autre planète.

Celle-ci.

Et pour certains des gosses qui travaillaient pour Segesvar jusqu'à ce que le monde des *haiduci* du bas de l'échelle les fasse crever, ces monstres éveillaient sans doute un frisson de compréhension existentielle. Ils se rendaient peut-être compte comme nous étions loin de chez nous.

Ou pas.

Quelqu'un a bougé et grogné dans le lit à côté de moi.

— Ces putains de trucs ne la ferment jamais ?

Le souvenir et la surprise me sont tombés dessus d'un coup, s'annulant mutuellement. J'ai tourné la tête. Virginia Vidaura, les traits froissés, les yeux encore clos, pressait un oreiller sur le côté de son visage pour étouffer le bruit.

— C'est l'heure de la soupe, ai-je expliqué d'une bouche pâteuse.

— Ouais, et je ne sais pas ce qui me gonfle le plus. Eux, ou ces cons qui leur donnent à manger. (Elle a ouvert les yeux.) Bonjour.

— Bonjour aussi. (Des souvenirs de la nuit passée, accroupie en avant sur moi. Sous les draps, le souvenir m'a raidi.) Je ne pensais pas que ça arriverait dans le monde réel.

Elle m'a regardé un moment, puis s'est tournée sur le dos pour contempler le plafond.

— Non, moi non plus.

Les événements de la veille sont remontés lentement à la surface. J'avais aperçu Vidaura, à la proue du glisseur profil-bas de Segesvar tandis qu'il restait stationnaire sur l'eau entre les gros étais du radeau. La lumière de l'aube qui entrait par la trappe ouverte n'avait pas atteint cet espace, et elle ne représentait qu'une silhouette armée aux cheveux pointus tandis que je suivais le tunnel. Elle possédait un professionnalisme rassurant, mais quand la lumière des lampes a caressé son visage, j'ai vu quelque chose que je n'aurais pas su définir. Elle a croisé mon regard rapidement, puis a détourné les yeux.

Personne n'a parlé ou presque pendant le voyage de retour sur les eaux du golfe. Un vent fort montait depuis l'ouest, et la lumière froide n'encourageait pas la conversation. Tandis que nous approchions de la côte, le contrebandier de Segesvar nous a tous appelés à l'intérieur, et un deuxième *haiduci* aux traits durs s'est hissé dans la tourelle. Nous sommes restés dans le silence de la cabine étroite, à écouter les moteurs changer de régime dans notre décélération. Vidaura s'est assise à côté de Brasil, et dans l'ombre où leurs cuisses se touchaient, j'ai vu leurs mains se rejoindre. J'ai fermé les yeux et me suis renfoncé dans le siège inconfortable, toile et métal, en suivant l'itinéraire dans la tête, histoire de m'occuper.

Sortis de l'océan, nous avons gravi une plage ravagée par les produits chimiques au nord de Vchira, tout juste hors d'atteinte de l'horizon de Newpest dont les bidonvilles crachaient ce poison. Personne n'aurait été assez bête pour venir pêcher ou se baigner ici, donc personne ne pouvait voir ce flotteur court à la jupe renforcée traverser la zone à toute allure. De là, cap vers des étendues boueuses tachées de polluants, un passage sur le feuillage flottant étouffé et pourrissant jusque sur la Prairie. Des zigzags dans l'immense potage de belalgue à vitesse autorisée pour briser la piste, trois arrêts à différentes stations de liage, chacune avec ses employés attachés aux *haiduci*, et un changement de direction après chaque escale. L'isolement au bout du voyage, chez Segesvar, dans son ranch à panthères.

Il a fallu presque toute la journée. Je suis resté à bord à la dernière escale, pour regarder le soleil se coucher sur la Prairie comme une gaze tachée de sang. Sur le pont, Brasil et Vidaura parlaient avec une intensité douce. Sierra Tres était restée à l'intérieur, à échanger des ragots de *haiduci* avec l'équipage. Koi était ailleurs, à passer des coups de fil. La femme dans l'enveloppe de Sylvie Oshima a contourné une balle d'algues mise à sécher et haute comme nous deux. Elle s'est arrêtée à côté de moi en suivant la direction de mon regard.

—Joli ciel.

J'ai grogné.

—C'est une des choses que je me rappelle à propos de Kossuth. Les ciels du soir sur la Prairie. Quand je travaillais aux récoltes, en 1969 et 1971. (Elle s'est assise contre la balle et a regardé ses mains comme pour chercher les traces de ce travail.) Bien sûr, à l'époque, on nous faisait continuer le travail jusqu'à la nuit, mais quand la lumière basculait comme ça, on savait qu'il ne restait pas longtemps.

Je n'ai rien répondu. Elle m'a regardé.

— Toujours pas convaincu, hein ?

— J'ai pas *besoin* d'être convaincu, lui ai-je dit. On n'écoute pas beaucoup ce que j'ai à dire, par ici. Tu as convaincu tous ceux qu'il fallait à bord du *Floating World*.

— Tu penses vraiment que je tromperais volontairement ces gens ?

J'ai réfléchi un moment.

— Non. Mais ça ne fait pas de toi celle que tu crois être.

— Alors, comment tu expliques ce qui s'est passé ?

— Comme je te l'ai dit, je n'ai pas à l'expliquer. Appelle ça l'histoire en marche, si tu as envie. Koi a ce qu'il voulait.

— Et toi ? Tu n'as pas ce que tu voulais ?

J'ai regardé le ciel blessé.

— Je n'ai besoin de rien que je n'aie déjà.

— Vraiment ? Tu es facile à contenter… (Elle a fait un geste large autour d'elle.) Aucun espoir d'un lendemain meilleur ? Une petite restructuration équitable des systèmes sociaux, ça ne te dit rien ?

— Tu veux dire, briser l'oligarchie et les symboles qu'ils utilisent pour assurer leur domination et rendre le pouvoir au peuple ? Ce genre de chose ?

— Ce genre de chose. (Je ne savais pas si elle m'imitait ou si elle acquiesçait.) Tu pourrais t'asseoir ? Tu me donnes mal au cou, à rester debout.

J'ai hésité. Ça paraissait vraiment puéril de refuser. Je l'ai rejointe par terre, me suis appuyé contre la balle et j'ai attendu. Mais elle était très silencieuse. Nous sommes restés un moment épaule contre épaule. C'était étrangement confortable.

— Tu sais, a-t-elle fini par dire, quand j'étais petite, mon père a bossé sur des nanobes biotech. Tu sais, les systèmes de réparation tissulaires, les boosters immunitaires ? C'était une sorte d'article de présentation, un récapitulatif des nanotechs depuis notre arrivée et leur évolution probable. Je me rappelle qu'il m'avait montré des films de ces trucs de pointe qu'on avait mis dans un bébé à la naissance. Et j'étais horrifiée.

Sourire lointain.

— Je me rappelle avoir vu ce bébé, et avoir demandé à mon père comment il dirait quoi faire aux machines. Il a essayé de m'expliquer que le bébé n'avait rien à leur dire, elles savaient déjà quoi faire. Il fallait juste les alimenter.

— Belle analogie, ai-je glissé. Mais je ne…

— Laisse-moi finir, si tu veux bien. Imagine… (Elle a levé les mains comme pour encadrer quelque chose.) Imagine qu'un salaud, volontairement, n'ait pas activé la plupart de ces nanobes. Ou seulement ceux qui sont en rapport avec le cerveau et l'estomac. Les autres ne sont que des biotech morts, ou pire encore quasi morts. Ils consomment encore, mais ne font rien. Ou ils sont programmés pour faire ce qu'il ne faut pas. Pour détruire les tissus au lieu de les réparer. Pour laisser entrer les mauvaises protéines, ne pas équilibrer les sécrétions chimiques. Bientôt, ce bébé grandit et commence à avoir des problèmes de santé. Tous les organismes locaux dangereux, ceux qui ont leur place, que la Terre n'a jamais vus, embarquent sur le bébé, qui contracte toutes les maladies pour lesquelles ses ancêtres de la Terre n'ont jamais développé de résistance. Qu'est-ce qui se passe ?

— On l'enterre ? ai-je proposé avec une grimace.

— Mais avant ça. Les docteurs arrivent, et ils conseillent de la chirurgie, des remplacements d'organes ou de membres…

— Nadia, ça fait vraiment longtemps que tu es partie. À part sur les champs de bataille et pour la chirurgie sélective, ce genre de chose ne…

— Kovacs, c'est une analogie, d'accord ? Ce que je veux dire, c'est qu'on se retrouve avec un corps qui fonctionne mal, qui a besoin d'un contrôle conscient permanent de l'intérieur et de l'extérieur, et tout ça pour quoi ? Pas à cause d'un défaut intrinsèque, mais parce que les nanotechs ne sont pas utilisées. Et c'est nous, ça. Cette société – toutes les sociétés du Protectorat – est un corps où quatre-vingt-quinze pour cent des nanotechs sont éteintes. Les gens ne font pas ce qu'ils devraient.

— C'est-à-dire ?

— *Gérer* les choses, Kovacs. Prendre le contrôle. S'occuper des systèmes sociaux. Protéger les rues, administrer la santé publique et l'éducation. Bâtir. Créer la richesse et organiser les données, et s'assurer que les deux arrivent là où il faut. Les gens en sont capables, mais c'est comme les nanobes. D'abord, il faut les activer, les rendre conscients. Au final, c'est ça, une société quelliste – une population consciente. Des nanotechs démodynamiques en action.

— C'est ça. Donc, les vilaines oligarchies ont éteint les nanotechs.

Elle a souri de nouveau.

— Pas tout à fait. Les oligarques ne sont pas un facteur extérieur, ils sont une sorte de sous-routine en boucle qui a échappé à notre contrôle. Un cancer, si tu veux changer d'analogie. Ils sont programmés pour se nourrir sur le reste du corps, quel que soit le prix à payer par le système dans son ensemble, et pour tuer tout ce qui leur résiste. C'est pour ça qu'il faut les éliminer en premier.

— Oui, il me semble que j'ai déjà entendu ce discours. Si on écrase la classe dirigeante, tout ira bien, c'est ça ?

— Non, mais c'est un point de départ obligé. (Elle s'animait, et réfléchissait de plus en plus vite. Le soleil couchant lui donnait une lumière de vitrail.) Tous les précieux mouvements révolutionnaires de l'humanité ont fait la même erreur de base. Ils ont tous vu le pouvoir comme un appareil statique, une structure. Mais non. C'est dynamique, c'est un système de flux avec deux tendances possibles. Le pouvoir peut s'accumuler, ou se diffuser dans le système. Dans beaucoup de sociétés, il est en mode accumulatif, et la plupart des mouvements révolutionnaires veulent simplement déplacer cette concentration. Une *véritable* révolution doit *inverser* le flux. Mais *personne* ne le fait jamais, parce que les gens ont trop peur de perdre leur putain d'élan dans le processus historique. Si on abat une dynamique d'agrégation pour en ériger une autre, on n'a rien changé. On ne va pas résoudre les problèmes de la société, on va juste les déplacer. Il faut construire des structures qui permettent la diffusion du pouvoir, et non son regroupement. La responsabilité, l'accès à la démodynamique, des systèmes de droits constitués, l'éducation dans l'usage de l'infrastructure politique...

— Ohh ! (J'ai levé la main. J'avais presque déjà tout entendu dans la bouche des Petits Scarabées Bleus, et je n'allais pas la laisser en remettre une couche, joli ciel ou pas.) Nadia, on a déjà essayé, tout ça. Et tu le sais. Si je me rappelle bien mon histoire personnelle, les gens éclairés en qui tu avais tant foi ont directement rendu le pouvoir à leurs oppresseurs, avec joie, en échange de simples holoporns et d'un carburant pas trop cher. C'est peut-être une leçon, non ? Les gens ont peut-être trop envie de ragots et des fesses de Josefina Hikari ou de Ryu Bartok pour s'intéresser à la gestion de la planète. Tu y as pensé ? Ils sont peut-être plus heureux comme ça.

Le mépris a dansé sur son visage.

— Ouais... Ou alors la période dont tu parles a été mal représentée. Et si la démocratie constitutionnelle pré-Colo n'était pas l'échec qu'on nous présente dans les livres d'histoire ? Ne l'a-t-on pas simplement assassinée, afin de nous en priver en mentant à nos enfants ?

J'ai haussé les épaules.

— Va savoir. Mais dans ce cas, ils ont été particulièrement doués pour faire le même coup, partout, tout le temps.

— Évidemment. (C'était presque un cri.) Tu n'aurais pas fait attention, à leur place ? Si la conservation de tes privilèges, de ton rang, et de ta vie de loisirs et ton statut dépendaient de cette manipulation, tu n'en prendrais pas soin ? Tu ne l'apprendrais pas à tes enfants dès qu'ils sauraient marcher et parler ?

— Mais pendant ce temps, nous ne sommes pas capables d'apprendre la vérité à nos descendants ? Enfin, quoi ! On a besoin d'un Ébranlement tous les deux ou trois siècles pour s'en souvenir ?

Elle a fermé les yeux et s'est appuyée contre la balle. Elle avait l'air de parler au ciel.

— Je ne sais pas. Oui, peut-être. C'est une lutte inégale. Il est toujours plus facile d'assassiner et d'abattre que de construire et d'éduquer. Plus facile d'accumuler le pouvoir que de le diffuser.

— Oui. Ou alors, tes amis quellistes et toi ne voulez pas voir les limites de votre biologie sociale évoluée. (J'entendais ma voix monter. J'ai essayé de la retenir, et les mots sont sortis en grinçant.) C'est ça. Inclinez-vous, adorez, faites ce que vous dit l'homme avec la barbe ou celui en costume. Comme je te dis, les gens sont peut-être *heureux* comme ça. Peut-être que les gens comme toi et moi sont des nuisances, des nuages de moustiques qui les empêchent de dormir.

— Alors c'est là que tu nous quittes, hein ? (Elle a ouvert les yeux sur le ciel et m'a regardé de profil sans descendre la tête.) Tu abandonnes, tu laisses les pourritures des Premières Familles se goinfrer pendant que le reste de l'humanité reste dans le coma. Tu annules la lutte.

— Non. Je pense que c'est déjà trop tard pour ça, Nadia. (Je n'ai pas trouvé en le disant la satisfaction sinistre que j'attendais. J'étais simplement fatigué.) Les hommes comme

Koi sont difficiles à arrêter, quand ils sont lancés. J'en ai déjà vu plusieurs. Et pour le meilleur ou pour le pire, nous sommes lancés. Tu vas avoir ton nouvel Ébranlement, je pense. Quoi que je dise, quoi que je fasse.

Son regard m'a cloué sur place.

— Et tu penses que c'est une perte de temps.

J'ai soupiré.

— Je pense que j'ai vu les choses déraper trop souvent, sur trop de mondes différents, pour imaginer que ça se passera mieux cette fois. Tu vas faire massacrer beaucoup de gens pour très peu de concessions locales. Au mieux. Au pire, tu vas faire débarquer les Diplos sur Harlan, et crois-moi, ça dépassera de loin tes pires cauchemars.

— Oui, c'est ce que Brasil m'a dit. Que tu faisais partie de ces redresseurs de torts, avant.

— C'est vrai.

J'ai regardé le soleil se coucher.

— Tu sais, je ne prétends pas savoir ce qu'on t'a fait chez ces Diplos. Mais j'ai déjà rencontré des types comme toi. La haine de soi fonctionne, pour toi, parce que tu peux la canaliser en rage pour détruire la première cible qui te passe sous le nez. Mais c'est un modèle statique, Kovacs. C'est une sculpture de désespoir.

— Vraiment ?

— Oui. À la base, tu n'as pas vraiment envie que les choses s'améliorent parce que ça te priverait de cibles. Et si tous les exutoires extérieurs de ta haine disparaissaient, Kovacs, tu serais obligé de faire face à ce que tu as à l'intérieur de toi.

— C'est-à-dire ?

— Exactement ? Je l'ignore. Mais je peux essayer de deviner. Un parent violent. Une vie dans la rue. Une perte quelconque, dans ta jeunesse. Une trahison, peut-être. Et tôt ou tard, Kovacs, il va falloir admettre que tu ne pourras jamais revenir dans le passé pour y faire face. Il faut laisser tout ça derrière toi.

— Ouais. Au service de la glorieuse révolution quelliste, j'imagine.

— Ça, c'est à toi de voir.

— C'est tout vu.

— Et pourtant tu es venu m'arracher à la famille Harlan. Tu as mobilisé Koi et les autres.

— Je venais chercher Sylvie Oshima.

— Vraiment ?

— Oui.

Nouvelle pause. Dans le glisseur, Brasil a disparu dans la cabine. J'ai simplement aperçu la fin de son mouvement, mais il paraissait abrupt et impatient. En remontant la trajectoire, j'ai vu Virginia Vidaura qui me regardait.

— Alors, a dit la femme qui se prenait pour Nadia Makita, on dirait que je perds mon temps avec toi.

— Oui, je pense aussi.

Si ça l'a mise en colère, elle n'en a rien montré. Elle a haussé les épaules, s'est levée et m'a souri bizarrement avant de repartir vers le dock noyé de soleil, en regardant l'eau trouble de temps à autre. Plus tard, elle a parlé à Koi, mais elle m'a laissé tranquille jusqu'à notre arrivée chez Segesvar.

Comme terminus, le ranch n'avait rien d'impressionnant. Il interrompait la surface de la Prairie avec quelques préfas bulles les pieds dans l'eau, dans les ruines d'une autre station de liage en U. En fait, avant la création des machines automatiques, c'était un ancien dock à belalgue indépendant, mais à la différence des autres stations où nous nous étions arrêtés, on ne l'avait pas vendue aux sociétés, et elle était tombée en ruine en moins d'une génération. Radul Segesvar avait hérité de ce squelette en paiement partiel d'une dette de jeu, et n'avait pas dû se réjouir en voyant ce qu'il avait gagné. Mais il avait utilisé cet espace, avait réaménagé la station dans un style résolument antique et étendu toute l'installation sur ce qui était auparavant le port commercial avec des bunkers immergés à la pointe de la technologie, obtenus auprès d'un entrepreneur militaire de Newpest qui lui devait quelques faveurs. À présent, le complexe abritait son petit bordel sélect, son casino très élégant et le cœur sanglant de l'ensemble, ce qui donnait aux clients un frisson qu'aucun cadre urbain ne leur apportait : les fosses de combat.

Il y avait une sorte de fête quand nous sommes arrivés. Les *haiduci* s'enorgueillissent de leur hospitalité, et Segesvar ne faisait pas exception. Il avait dégagé un espace sur un des docks réaménagés d'un côté de la vieille station et avait disposé un buffet, un bar, de la musique d'ambiance, des torches en vrai bois odorant et de grands ventilateurs pour faire naître un courant d'air dans la touffeur du marais. Des hommes et des femmes, tous beaux, attirés soit du bordel, soit des studios holoporns de Segesvar à Newpest, circulaient avec des plateaux lourdement chargés et des tenues légères. Leur sueur perlait artistiquement sur leur peau en motifs aériens, et épaississait l'air de leurs phéromones modifiées. Leurs pupilles étaient défoncées à un euphorisant ou un autre, leur accessibilité rendue implicite. Ce n'était pas idéal pour un rendez-vous néoquelliste, mais c'était peut-être l'intention de Segesvar. La politique l'avait toujours agacé.

Quoi qu'il en soit, l'humeur était sombre sur les docks, et se dissolvait très lentement dans un abandon d'origine chimique qui n'a jamais dépassé les paroles traînantes et laborieuses. La réalité du kidnapping de Mitzi Harlan et la fusillade qui s'en était suivie dans les rues de New Kanagawa était trop sanglante et brutale pour permettre autre chose. Les défunts étaient trop évidents par leur absence, l'histoire de leur mort trop sinistre.

Mari Ado, cuite à moitié par un tir de Sunjet, réunissant ce qui lui restait de force pour prendre une arme à feu et se tirer une balle dans la gorge.

Daniel, déchiré par un tir de blaster.

La fille avec lui sur la plage, Andrea, écrasée quand les commandos avaient fait exploser une porte pour entrer.

Les autres que je ne connaissais pas ou dont je ne me souvenais pas, morts d'autres façons pour que Koi puisse partir avec son otage.

Je suis allé le voir dans un moment de calme, avant qu'il se mette à écluser. Nous avions entendu les nouvelles pendant le voyage, le meurtre lâche d'une jeune femme innocente par des assassins quellistes, mais les titres auraient été les mêmes si Mitzi Harlan avait été flinguée par un commando peu prudent.

— Tu l'as tuée ?

— Bien sûr que oui. C'est ce que j'avais dit, et ils le savaient.

— Vraie mort ?

Il a opiné de la tête.

— Pour ce que ça vaut. Ils ont dû la réenvelopper depuis une copie de stockage. Elle n'a pas dû perdre plus de quarante-huit heures de sa vie.

— Et ceux qu'on a perdus ?

Son regard n'avait pas encore quitté l'autre côté du dock. Comme s'il voyait Ado et les autres, là, dans la lumière dansante des torches, spectres sinistres du festin qu'aucune quantité d'alcool ou de *take* ne pourrait faire disparaître.

— Ado a vaporisé sa pile avant de mourir. Je l'ai vue faire. Les autres… (Il a eu l'air de frissonner, mais c'était peut-être le vent frais sur la Prairie, ou un haussement d'épaules.) Je ne sais pas. Ils doivent les avoir.

Aucun de nous n'avait besoin de suivre cette conclusion jusqu'à son terme. Si Aiura avait récupéré les piles, les propriétaires étaient à présent en interrogatoire virtuel.

Torturés à mort si nécessaire, puis relancés dans le même construct pour recommencer. Jusqu'à ce qu'ils crachent ce qu'ils savaient, et peut-être encore après, pour venger ce qu'ils avaient osé faire à un membre des Premières Familles.

J'ai avalé le reste de mon verre, et la brûlure a libéré un frisson dans mes épaules et le long de ma colonne vertébrale. J'ai levé mon verre vide vers Koi.

— Eh bien, espérons que ça valait la peine.

— Oui.

Je ne lui ai plus parlé, après ça. Le mouvement naturel de la fête l'a emporté loin de moi, et je me suis retrouvé coincé avec Segesvar. Il avait une belle femme à la pâleur cosmétique pendue à chaque bras. Vêtues des mêmes mousselines ambrées et scintillantes, elles ressemblaient à deux poupées jumelles. Il paraissait en verve.

— Tu t'amuses bien ?

— Pas encore. (J'ai pris un cookie au *take* sur un plateau et l'ai mordu.) Mais j'y travaille.

— C'est difficile de te faire plaisir, Tak. Tu veux aller dire bonjour à tes amis dans les enclos, à la place ?

— Pas tout de suite.

D'un mouvement involontaire, j'ai regardé le lagon hérissé de bulles où se trouvaient les arènes à panthères. Je connaissais bien le chemin, et je pense que personne ne m'aurait empêché d'y aller, mais je ne trouvais pas ça assez important. Et puis, j'avais découvert l'année dernière qu'une fois les prêtres morts et réenveloppés dans une chair de panthère, je perdais l'appréciation de leur souffrance. Il ne me restait qu'une compréhension intellectuelle froide, à la distance frustrante. Je ne pouvais pas regarder ces grosses créatures mouillées qui se déchiraient dans les arènes et y voir les hommes que j'avais ressuscités pour les punir. Si les psychochirurgiens avaient raison, peut-être n'y étaient-ils plus vraiment. Le cœur de leur conscience humaine était rongé depuis longtemps, remplacé en quelques jours par une folie noire et hurlante.

Par un après-midi étouffant, je m'étais tenu dans un des fauteuils surplombant les arènes, entouré par une foule debout qui hurlait et tapait du pied, et j'avais senti la vengeance me filer entre les doigts, se dissolvant et s'écoulant hors de mes mains avides.

Après ça, j'avais arrêté d'y aller. Je confiais les piles à Segesvar, et je le laissais faire.

Il a soulevé un sourcil dans la lumière des torches.

— Bon, d'accord. Je peux peut-être te proposer un sport d'équipe, alors ? Tu veux m'accompagner au gymnase grav avec Ija et Mayumi que voici ?

J'ai regardé les deux femmes offertes et reçu de chacune un sourire hésitant. Aucune ne paraissait augmentée chimiquement, mais j'avais quand même l'impression que Segesvar les manipulait, comme des marionnettes, par un trou dans leur dos. Comme si les mains qu'il avait posées sur leur hanche à la courbe parfaite étaient fausses.

— Merci, Rad. Je suis de moins en moins partageur, sur mon grand âge. Va t'amuser sans moi.

Il a haussé les épaules.

— De toute façon, on ne peut plus s'amuser *avec* toi. En tout cas, ça doit faire cinquante ans que ça ne m'est pas arrivé. On dirait un gars du Nord, Tak.

— Comme je t'ai dit…

— Ouais, ouais, je sais, tu en viens à moitié. Le truc, Tak, c'est que tu le cachais un peu plus quand tu étais jeune. (Il a remonté sa main droite pour épouser la courbe d'un sein généreux. La propriétaire de l'engin a gloussé et lui a mordillé l'oreille.) Allez, les filles. On laisse Kovacs-san faire la gueule.

Je les ai regardés rejoindre le cœur de la fête, Segesvar aux commandes. L'air riche en phéromones a fait naître un vague regret dans mes tripes et mon entrejambe. J'ai fini le cookie au *take*, presque sans le sentir.

— Ha, t'as vraiment l'air de t'amuser…

— Camouflage diplo, ai-je répondu automatiquement. On nous forme à nous fondre dans la masse.

— Alors ta formatrice devait être nulle à chier.

Je me suis retourné. Un verre dans chaque main, Virginia Vidaura arborait un sourire sarcastique. J'ai cherché Brasil du regard, mais en vain.

— Il y en a un pour moi ?

— Si ça te dit.

J'ai pris le verre et y ai trempé les lèvres. Single malt de Millsport, sans doute l'un des plus chers des distilleries de la bordure ouest. Segesvar ne laissait pas ses préjugés entraver son bon goût. J'en ai repris, et j'ai cherché le regard de Vidaura. Elle avait les yeux perdus dans la Prairie.

— Je regrette, pour Ado.

Elle a ramené son regard et a plaqué un index contre ses lèvres.

— Pas maintenant, Tak.

Ni maintenant ni ensuite. Nous nous sommes à peine parlé en quittant la fête pour les couloirs des bunkers aquatiques. La fonctionnalité diplo s'est réveillée comme un pilote automatique d'urgence, un code en regards et silences qui me piquait les yeux tant il était intense.

C'est ça, me suis-je soudain souvenu. *C'était comme ça. On vivait comme ça. On vivait* pour *ça.*

Et dans ma chambre, quand nous nous sommes jetés l'un sur l'autre au milieu de vêtements ôtés en hâte, sentant ce que chacun voulait de l'autre avec une clarté réservée aux Diplos, je me suis demandé, pour la première fois depuis plus d'un siècle de vie objective, pourquoi j'étais parti.

Ce sentiment n'a pas résisté à la redescente des panthères. La nostalgie m'a quitté avec le recul du *take* et la gueule de bois dont je n'étais pas sûr de mériter la douceur. Il ne m'en restait qu'une vague possessivité quand je regardais le corps bronzé de Vidaura sur mes draps blancs, une vague appréhension que je n'arrivais pas à préciser.

Vidaura regardait encore le plafond comme si elle lui en voulait.

— Tu sais, a-t-elle fini par dire, je n'ai jamais aimé Mari. Elle cherchait tout le temps à nous prouver quelque chose. Comme si ça ne suffisait pas de faire partie des Scarabées.

— C'était peut-être le cas, pour elle.

J'ai pensé à Koi quand il m'a raconté la mort de Mari Ado. Avait-elle appuyé sur la détente pour échapper à l'interrogatoire virtuel, ou simplement pour renouer des liens familiaux qu'elle avait passé toute sa vie à vouloir casser ? Son sang aristo aurait-il suffi à lui épargner la fureur d'Aiura ? Qu'aurait-elle dû faire pour quitter le construct d'interrogatoire avec une nouvelle enveloppe ? Avec quoi aurait-elle été forcée de renouer pour s'en tirer intacte ? Je me demandais si, dans ses derniers moments de lucidité, elle avait regardé le sang aristo de ses blessures et si elle l'avait haï.

— Jack raconte des conneries sur les sacrifices héroïques.

— Oh, je vois.

Elle a passé son regard sur mon visage.

— C'est pas pour ça que je suis ici.

Je n'ai rien répondu. Elle a recommencé à regarder le plafond.

— Et puis merde, si ! C'est exactement pour ça.

Nous avons écouté les grondements et les cris. Vidaura a soupiré, puis s'est assise. Elle a appuyé ses mains sur ses yeux, en secouant la tête.

— Tu te demandes parfois si on est encore humains ?

— En tant que Diplos ? J'essaie de ne pas me laisser avoir par toutes ces conneries de tremblez-voici-venir-les-posthumains, si c'est ce que tu veux dire. Pourquoi ?

— Je ne sais pas. (Elle a secoué la tête, énervée.) Je sais, c'est complètement con. Mais parfois, je parle à Jack et aux autres, et on dirait qu'ils font partie d'une autre espèce. Ce qu'ils croient. Le *niveau* de conviction qu'ils peuvent atteindre, sans justification ou presque.

— Ah. Donc, tu n'es pas convaincue non plus.

— Du tout. (Vidaura a levé une main au ciel, exaspérée. Elle s'est tournée dans le lit pour me faire face.) Comment tu veux que ce soit possible ?

— Eh bien, je suis content de ne pas être le seul coincé avec cette question. Bienvenue dans la minorité rationnelle.

— Koi dit que c'est bien elle. Sans réserve.

— Oui. Koi a tellement envie que ce soit elle qu'il prendrait un razaile en foulard pour Quellcrist Falconer. J'étais là, à la Détermination, et ils lui ont lâché la grappe dès qu'elle avait du mal à répondre. Quelqu'un t'a parlé de l'arme génétique qu'elle a déclenchée ?

— Ouais. Plutôt extrême, non ?

— Et en complète contradiction avec toutes les convictions que Quellcrist avait de son vivant, surtout.

— Aucun d'entre nous ne peut se permettre de rester propre, Tak. Tu le sais. Vu les circonstances…

— Virginia, si tu ne te méfies pas, tu es sur le point de démontrer que tu es un membre de l'espèce humaine à part entière, avec plein de convictions étranges. Et ne va pas croire que je continuerai à te parler si tu t'engages là-dedans.

Son sourire s'est allumé, pour devenir une sorte de rire. Elle a posé la pointe de sa langue sur sa lèvre supérieure et m'a regardé de travers. C'était étrange et électrique à regarder.

— D'accord. Soyons inhumainement rationnels. Mais Jack dit qu'elle se rappelle l'assaut sur Millsport. Et d'avoir pris l'hélico à Alabardos.

— Oui, ce qui plombe un peu la théorie de la copie stockée en plein combat devant Drava, non ? Puisque ces deux événements sont postérieurs à sa présence à New Hok.

Vidaura a étendu les mains.

— Ça plombe aussi la théorie d'une personnalité étui pour une mine data. Pour la même raison.

— D'accord.

— Donc, ça nous emmène où ?

— Tu veux dire, Brasil et le gang de Vchira ? ai-je demandé pour la faire bisquer. Facile. Ça les laisse chercher désespérément une autre théorie qui tiendra suffisamment la route pour qu'ils puissent croire. Ce qui, pour des néoquellistes bon grain, est franchement décevant.

— Non, j'ai dit *nous*. (Ses yeux m'ont poignardé avec le pronom.) Ça *nous* emmène où ?

J'ai couvert le sursaut dans mon ventre en me frottant les yeux, en écho du geste qu'elle avait eu un peu plus tôt.

— J'ai plus ou moins une idée. Une sorte d'explication.

La porte a sonné. Vidaura a soulevé un sourcil.

— Oui, et un carnet mondain très chargé, on dirait.

J'ai jeté un coup d'œil à ma montre, secoué la tête. Dehors, l'enthousiasme des panthères était retombé, simple ronronnement bas et persistant, avec parfois un craquement quand elles brisaient un cartilage. J'ai enfilé un pantalon, pris le Rapsodia sur mon chevet et j'ai ouvert la porte.

Le battant s'est replié, me donnant une vue sur le couloir calme et chichement éclairé. La femme portant l'enveloppe de Sylvie Oshima se tenait là, habillée, les bras croisés.

— J'ai quelque chose à vous proposer.

Chapitre 39

Il était encore tôt dans la matinée quand nous sommes arrivés à Vchira. Le pilote *haiduci* que Sierra Tres avait sorti du lit – de son lit à elle, en fait – était jeune et crâneur ; nous avions emprunté le même glisseur que pour arriver. N'étant plus dans l'obligation de se faire passer pour un élément quelconque de la circulation de la Prairie, et sans doute pour impressionner Tres autant qu'il s'impressionnait lui-même, le pilote a poussé le véhicule à fond, et nous avons filé comme le vent vers un point d'amarrage appelé Sunshine Fun Jetties en moins de deux heures. Tres est restée avec lui dans le cockpit pour lui prodiguer de petits encouragements, pendant que Vidaura et la femme qui se faisait appeler Quell restaient en bas. Moi, j'étais seul sur le pont avant, soignant ma gueule de bois avec l'air frais de notre vitesse.

Avec un nom pareil, Sunshine Fun Jetties était surtout fréquenté par des glisseurs à touristes de Newpest, et d'une ou deux Prairiemobiles de gosses de riches. À cette heure de la journée, il n'y avait que l'embarras du choix au niveau de l'amarrage. Et surtout, cela nous plaçait à moins d'un quart d'heure de marche de Dzurinda Tudjman Sklep à un pas qui convienne à Sierra Tres et sa patte folle. Ils arrivaient tout juste quand nous nous sommes présentés à leur porte.

— Je ne sais pas trop, a dit le sous-fifre dont le travail était à l'évidence de se lever avant tous les associés et de tenir le fort le temps qu'ils arrivent. Je ne sais pas trop si…

— Eh bien, moi, je sais, a tranché Tres avec impatience.

Elle avait mis une jupe longue qui tombait sur ses chevilles et cachait sa jambe presque guérie, et rien n'indiquait dans sa voix ou sa posture qu'elle était encore blessée. Nous avions laissé le pilote chez Sunshine avec le glisseur, mais Tres n'avait pas besoin de lui. Elle avait joué à la perfection la carte de l'arrogance *haiduci*. Le sous-fifre a sourcillé.

— Écoutez…

— Non, *vous*, vous écoutez. Nous étions ici il y a moins de deux semaines, et vous le savez. Maintenant, si vous voulez appeler Tudjman, faites donc. Mais je doute qu'il vous remercie de l'avoir sorti du lit si tôt dans la matinée juste pour confirmer que nous pouvons avoir accès à ce qu'il nous a déjà prêté la dernière fois.

Au final, il a fallu appeler Tudjman et crier un peu, mais nous avons obtenu gain de cause. Ils ont allumé les systèmes de virtuel et nous ont amenés aux fauteuils. Sierra Tres et Virginia ont regardé la femme dans l'enveloppe d'Oshima s'attacher les électrodes. Elle m'a tendu les hypnophones.

— C'est quoi, ça ?

— Technologie moderne et puissante. (J'ai affiché un sourire que je ne ressentais pas vraiment. En plus de ma gueule de bois, l'anticipation me donnait une sensation désagréable et irréelle dont j'aurais pu me passer.) Ce n'est là que depuis quelques siècles. Ils s'activent comme ça. Ça adoucit le voyage.

Quand Oshima a été installée, je me suis allongé sur le fauteuil à côté du sien pour me harnacher. J'ai lancé un coup d'œil à Tres.

— Donc, c'est bien clair, tu me sors de là si ça commence à foutre le camp ?

Elle a acquiescé, inexpressive. Je ne savais toujours pas pourquoi elle avait accepté de nous aider sans en parler d'abord à Koi ou Brasil. Ça paraissait un peu tôt pour accepter les ordres du fantôme de Quellcrist Falconer.

— D'accord. Allez, en voiture.

Les sonocodes ont eu plus de mal à me faire descendre, mais j'ai fini par sentir le salon se brouiller et les murs de la chambre d'hôtel l'ont remplacé avec une netteté presque douloureuse. Les souvenirs de Vidaura et moi dans une autre chambre du même genre m'ont titillé.

Reprends-toi, Tak.

Au moins, la gueule de bois avait disparu.

Le construct m'avait décanté sur mes pieds, à côté de la fenêtre avec vue improbable sur des pâturages verts à perte de vue. De l'autre côté, près de la porte, l'esquisse d'une femme aux cheveux longs, debout elle aussi, est devenue l'enveloppe d'Oshima.

Nous nous sommes regardés un moment, puis j'ai hoché la tête. Ça devait sonner faux, parce qu'elle a froncé les sourcils.

— Tu es sûr ? On n'est pas obligés de faire tout ça, tu sais.

— Oui, oui.

— Je ne m'attends pas…

— Nadia, ça va. Je suis formé pour arriver sur des planètes inconnues dans une nouvelle enveloppe et commencer immédiatement à massacrer les indigènes. Ça ne peut pas être bien pénible.

Elle a haussé les épaules.

— D'accord.

— Alors, d'accord.

Elle a traversé la pièce vers moi et s'est arrêtée à moins de un mètre. Sa tête s'est penchée, et sa crinière gris argent a lentement glissé vers l'avant pour lui couvrir le visage. Le brin central a glissé vers le côté et est resté pendu là comme une queue de scorpion, dans l'entrelacs de ses filaments secondaires. Elle ressemblait à cet instant à tous les archétypes de fantômes que mes ancêtres avaient apportés avec eux depuis la Terre.

Sa posture s'est figée.

J'ai pris une grande inspiration et tendu la main. Mes doigts ont écarté les cheveux sur son visage comme des rideaux.

Derrière, il n'y avait rien. Aucun trait, aucune structure, rien qu'une béance de chaleur noire qui a paru monter vers moi comme un éclairage en négatif. Je me suis approché et les ténèbres se sont ouvertes sur sa gorge, s'étendant lentement sur l'axe vertical de son corps. Elles l'ont fendue jusqu'à la taille puis au-delà, ouvrant le même vide entre ses cuisses. Je sentais mon équilibre basculer au fur et à mesure. Le sol a suivi, puis toute la chambre, disparaissant comme une serviette dans un feu de joie. La chaleur m'a enveloppé, avec une vague odeur d'ozone. En dessous de moi, une noirceur sans limites. Les tresses de fer dans ma main gauche se sont épaissies pour devenir un câble serpentin et agité. D'où j'étais suspendu au-dessus du néant.

« N'ouvrez pas les yeux, n'ouvrez pas la main gauche, ne bougez pas du tout. »

J'ai sourcillé, peut-être par défi, et classé ce souvenir.

Grimacé, et lâché prise.

Si je tombais, je n'en avais pas la sensation.

Il n'y avait aucun sifflement d'air, et rien d'allumé pour estimer un éventuel déplacement. Même mon corps était invisible. Le câble paraissait avoir disparu dès que je l'avais lâché. J'aurais aussi bien pu flotter immobile dans une chambre grav pas plus grande que mes bras étendus, si ce n'est que, tout autour de moi, mes sens me signalaient l'existence d'un vaste espace vide. Comme si j'étais un insecte quelconque dérivant dans l'air d'un entrepôt abandonné de Belacoton Kohei 9.

Je me suis raclé la gorge.

Un éclair a zébré le ciel au-dessus de moi, et y est resté figé. Par réflexe, j'ai levé la main, et mes doigts ont caressé des filaments délicats. La perspective est arrivée d'un coup – cette lumière n'était pas une décharge dans le ciel mais une petite brindille à quelques centimètres de ma tête. Je l'ai prise doucement et l'ai retournée avant de la lâcher. La lumière a bavé là où mes doigts l'avaient touchée. Elle est restée en place, à hauteur de poitrine devant moi.

— Sylvie ? Tu es là ?

Ça m'a valu une surface dure sous les pieds, et une chambre plongée dans la lumière d'une fin d'après-midi. D'après le mobilier, cette chambre aurait pu appartenir à un enfant de dix ans. Il y avait au mur des holos de Micky Nowaza, Rili Tsuchiya et plein d'autres que je ne reconnaissais pas. Un bureau et une spirale de données sous une fenêtre. Un lit étroit. Un panneau en bois miroir agrandissait l'espace limité, un dressing en face donnait sur une masse de vêtements mal accrochés avec des robes de cour. Il y avait un *credo* de Renonciateur épinglé derrière la porte, mais il se décollait d'un côté.

J'ai regardé par la fenêtre et vu une ville classique des petites latitudes, dont la pente menait vers le port et le bras d'une baie. Une vague trace de belalgue dans l'eau, les croissants de Hotei et Daikoku à peine visibles dans le ciel d'un bleu limpide. On aurait pu être n'importe où. Des bateaux et des silhouettes humaines en motifs dispersés. Presque réels.

Je suis allé à la porte au *credo* mal punaisé et j'ai tourné la poignée. Elle n'était pas verrouillée, mais quand j'ai essayé de sortir dans le couloir, un adolescent est apparu devant moi et m'a repoussé.

— Maman a dit que tu devais rester dans ta chambre. C'est *maman* qui l'a dit.

La porte a claqué devant moi.

Je l'ai regardée un long moment, puis je l'ai rouverte.

— Maman a dit que tu…

Le coup de poing lui a cassé le nez et l'a projeté contre le mur en face. J'ai gardé le poing replié, au cas où il riposterait, mais il a glissé contre le mur, hoquetant et sanglant. Ses yeux étaient voilés par le choc. J'ai enjambé son corps et me suis engagé dans le couloir.

Moins de dix pas, et je l'ai sentie derrière moi.

C'était infime et fondamental, un froissement dans la texture du construct. Le grattement d'ombres au bord flou se tendant contre les murs derrière moi. Je me suis arrêté et j'ai attendu. Quelque chose s'est replié comme des doigts sur mon cou et ma tête.

— Salut, Sylvie.

Sans transition apparente, j'étais au bar du *Tokyo Crow*. Elle était appuyée à côté de moi, tenant un verre de whisky dont je ne me souvenais pas dans la réalité. J'en avais aussi un devant moi. La clientèle bougeait autour de nous à vitesse accélérée, en nuances de gris, guère plus solide que la fumée des pipes aux tables ou que les reflets déformés dans le bois miroir sous nos verres. Il y avait du bruit, mais flou et murmuré, inintelligible. Comme le bourdonnement d'une machine puissante en veille de l'autre côté d'un mur.

— Depuis que tu es arrivé dans ma vie, Micky la Chance, a dit Sylvie Oshima, on dirait qu'elle dégringole.

— Ça n'a pas commencé ici, Sylvie.

Elle m'a regardé en biais.

— Oh, je sais. J'ai bien dit *on dirait*. Mais une tendance est une tendance, perçue ou réelle. Mes amis sont tous morts. Vraiment Morts. Et maintenant, je me rends compte que c'est toi qui les as tués.

— Pas ce moi-ci.

— Non, non, je comprends. (Elle a plongé les lèvres dans le whisky.) Et pourtant, ça ne me console pas du tout.

Elle a bu son verre d'un trait. Et frissonné en avalant.

Change de sujet.

— Donc, ce qu'elle entend filtre jusqu'ici ?

— Dans une certaine mesure. (Le verre a été reposé sur le bar. La magie du système l'a rempli, lentement, comme si le liquide montait du bar. D'abord l'image réfléchie, de haut en bas, puis le verre proprement dit, de bas en haut. Sylvie regardait tout cela d'un œil sombre.) Mais je ne sais pas encore vraiment à quel point nous sommes liées par les systèmes sensoriels.

— Depuis combien de temps tu la transportes, Sylvie ?

— Je ne sais pas. Un an ? Depuis Iyamon Canyon, peut-être ? C'est la première fois que j'ai eu un blanc. La première fois que je me suis réveillée sans savoir où j'étais, et où j'ai eu l'impression que mon existence était une pièce et que quelqu'un était entré, déplaçant les meubles sans me demander la permission.

— Elle est réelle ?

Un rire dur.

— C'est à moi que tu demandes ça ? Ici ?

— D'accord. Tu sais d'où elle est arrivée ? Où tu l'as récupérée ?

— Elle s'est échappée. (Oshima s'est de nouveau tournée vers moi avec un haussement d'épaules.) C'est ce qu'elle n'arrêtait pas de répéter, « je me suis échappée ». Bien sûr, je le savais déjà. Elle est sortie d'une des cellules, comme toi.

Involontairement, j'ai regardé par-dessus mon épaule pour retrouver le couloir depuis la chambre. Aucun signe derrière la foule du bar, aucun signe qu'elle avait pu exister.

— C'était une cellule ?

— Oui. Réponse à complexité liée, le logiciel de commandement les construit automatiquement autour de tout ce qui entre dans la capacité en utilisant du langage.

— Ça n'a pas été très difficile à quitter.

— Quelle langue tu parlais ?

— Euh... amanglais.

— Oui, en termes machine, ce n'est pas très dur. En fait, c'est d'une simplicité enfantine. Tu as eu la prison que ton niveau de complexité méritait.

— Mais tu espérais vraiment que j'attendrais ?

— Pas moi, Micky. Le logiciel. Ce truc est autonome.

— D'accord. Le logiciel espérait vraiment que j'attendrais ?

— Si tu étais une gamine de neuf ans avec un frère adolescent, a-t-elle dit un peu amère, tu serais resté à l'intérieur, crois-moi. Les systèmes ne sont pas faits pour comprendre le comportement humain, ils reconnaissent et évaluent le langage. Le reste, c'est de la logique machine. Ils puisent dans mon subconscient pour trouver la substance, la tonalité, et m'alertent directement s'il y a une sortie particulièrement violente, mais rien de tout cela n'a de contexte réellement humain. Les déClass ne s'occupent pas des humains.

— Donc, si cette Nadia, ou qui qu'elle soit, arrivait en parlant un japonais désuet, la machine la mettrait dans une petite boîte comme la mienne ?

— Oui. Le japonais est bien plus complexe que l'amanglais, mais en termes mécaniques, c'est presque la même chose.

— Et elle sortirait tout aussi facilement que moi. Sans t'alerter, si elle le faisait de façon subtile.

— Plus subtile que toi, oui. Elle sortirait des cellules. Mais pour trouver son chemin jusqu'à ma tête via les interfaces sensorielles et les protections, ce serait beaucoup plus dur. Bien sûr, avec le temps, si elle était assez déterminée…

— Oh, elle l'est. Tu sais qui elle prétend être, non ?

— Elle me l'a dit. Quand nous nous cachions toutes les deux des interrogateurs des Harlan. Mais je pense que je le savais déjà. Je commençais à rêver d'elle.

— Tu penses que c'est vraiment Nadia Makita ?

Sylvie a pris son verre et l'a bu.

— Difficile de croire qu'elle pourrait l'être.

— Mais tu la laisses quand même s'occuper de ton corps pour l'avenir proche ? Sans savoir ce qu'elle est, ou qui elle est ?

— J'ai tendance à juger les gens sur la façon dont ils agissent. Elle a l'air de bien gérer.

— Bordel, Sylvie, si ça se trouve c'est un virus.

— Oui, mais d'après ce que j'ai lu à l'école, c'était aussi le cas de la vraie Quellcrist Falconer, non ? Comment ils appelaient le quellisme après l'Ébranlement ? Un « poison viral dans le corps politique » ?

— Je ne te parle pas en métaphores médiatiques, Sylvie.

— Moi non plus. (Elle a vidé son verre et l'a reposé.) Écoute, Micky, je ne suis ni une activiste, ni une militaire. Je suis strictement un CyberRat. Mon truc, c'est le code et les minmils. Tu me lâches dans New Hok avec une équipe, et personne ne pourra me toucher. Mais pour l'instant, je n'en suis pas là, et on sait tous les deux que je ne suis pas près de retourner à Drava. Alors vu le climat actuel, je vais laisser faire cette Nadia. Parce que, qui qu'elle soit, quoi qu'elle soit, elle a plus de chances que moi de terminer le voyage en un seul morceau.

Elle a regardé son verre se remplir. J'ai secoué la tête.

— Ça te ressemble pas, Sylvie.

— Si. (Sa voix était soudain sauvage.) Mes amis sont morts, voire pire, Micky. J'ai toute une planète de flics plus les yakuzas de Millsport qui cherchent à m'arranger de la même façon. Alors, ne viens pas me dire que ça ne me ressemble pas. Tu ne sais pas ce qui m'arrive dans ces conditions, parce que tu ne m'as jamais vue dans un merdier pareil, pas vrai ? Même moi, je ne sais pas comment je réagis dans ce genre de circonstances.

— Ouais, et au lieu de voir ce que tu fais, tu vas rester ici comme un putain de rêve de Renonciateur, la gentille petite fille que tes parents croyaient avoir. Tu vas rester ici à jouer dans ton monde personnel, en espérant que quelqu'un de l'extérieur s'occupera de tes problèmes.

Elle n'a rien dit, simplement levé son verre de nouveau plein dans ma direction. J'ai senti une soudaine vague de honte me traverser.

— Je suis désolé.

— Tu peux. Tu veux vivre ce qu'ils ont fait à Orr et aux autres ? Parce que j'ai un enregistrement, par là.

— Sylvie, tu ne peux pas…

— Ils sont morts salement, Micky. Tous écorchés, les uns après les autres. À la fin, Kiyoka pleurait comme un bébé pour que je vienne la chercher. Tu veux te brancher là-dedans, et porter ça en toi comme je le fais ?

J'ai frissonné, et ça a paru se transmettre à tout le construct. Une vibration froide est restée suspendue dans l'air entre nous.

— Non.

Après ça, on n'a pas parlé pendant un moment. La clientèle du *Tokyo Crow* allait et venait autour de nous, spectrale.

Au bout d'un moment, elle a eu un geste vers le haut.

— Tu sais, les aspirants croient que ça, c'est la seule vraie existence. Que tout ce qu'il y a dehors est une illusion, un théâtre d'ombres créé par les dieux ancestraux pour nous héberger jusqu'à ce que nous construisions notre réalité personnelle et que nous nous Chargions dedans. C'est réconfortant, non ?

— Si on veut.

— Tu l'as traitée de virus, a-t-elle repris, pensive. En tant que virus, elle était très efficace ici. Elle a infiltré mes systèmes comme si elle était conçue pour ça. Elle sera peut-être aussi efficace dans le théâtre d'ombres.

J'ai fermé les yeux. Appuyé une main contre mon visage.

— Un problème, Micky ?

— Dis-moi que tu le fais exprès. Je ne vais pas pouvoir gérer une croyante de plus, en ce moment.

— Eh, si ma conversation te plaît pas, tu peux encore aller te faire foutre.

La violence soudaine dans sa voix m'a ramené à New Hok et aux chamailleries apparemment sans fin des déClass. Un sourire involontaire a déformé ma bouche à ce souvenir. J'ai ouvert les yeux et l'ai regardée de nouveau. Placé les deux mains sur le bar, et j'ai laissé le sourire monter en soupirant.

— Je suis venu te chercher, Sylvie.

— Je sais. (Elle a posé sa main sur la mienne.) Mais je suis bien, ici.

— J'ai dit à Laz que je prendrai soin de toi.

— Alors prends soin d'elle. Ça me protège aussi.

J'ai hésité, pour essayer de bien jouer mon coup.

— Je pense que c'est une sorte d'arme, Sylvie.

— Comme nous tous, non ?

J'ai regardé le bar et ses fantômes gris. Le murmure bas des sons amalgamés.

— C'est vraiment tout ce que tu veux ?

— Pour l'instant, Micky, je suis incapable d'autre chose.

Mon verre était encore là, sur le bar, intact. Je me suis levé et l'ai pris.

— Alors je ferais mieux de rentrer.

— Pas de souci. Je te raccompagne.

Le whisky m'a brûlé la gorge. Acide et bon marché. Je ne m'attendais pas à ça.

Elle m'a accompagné sur le quai. L'aube était déjà levée, froide et pâle. Il n'y avait personne, en accéléré ou autre. La station de glisseur était fermée et déserte, les points d'amarrage et l'océan, vides de toute circulation. Tout avait l'air nu, dépouillé, et la mer d'Andrassy lapait les piliers avec une force opiniâtre. Vers le nord, on sentait Drava sous l'horizon, avec le même calme abandonné.

Nous étions sous la grue de notre première rencontre, et je me suis rendu compte que je ne la reverrais jamais.

— Je peux te poser une question ?

Elle regardait vers la mer.

— Bien sûr.

— Ton agent actif préféré là-haut a dit qu'elle avait reconnu quelqu'un dans ton stockage. Grigori Ishii. Ça te dit quelque chose ?

— Oui, vaguement. (Froncement de sourcils.) Mais je ne pourrais pas te dire pourquoi. Je ne vois pas comment une personnalité hd aurait pu arriver ici.

— Voilà.

— Elle a dit que *c'était* Grigori Ishii ?

— Non. Elle a dit que quelque chose par ici avait la même voix. Mais quand tu as craqué en attaquant le canon scorpion, quand tu as émergé à Drava, tu as dit que ça te connaissait. Que ça te *connaissait*. Comme un vieil ami.

Sylvie a haussé les épaules. Elle regardait encore l'horizon au nord.

— Alors ça pourrait être que les minmils ont évolué. Un virus pour déclencher des routines de reconnaissance dans le cerveau humain. On pense voir ou entendre quelque chose qu'on connaît déjà. Chaque individu touché attribuerait son propre support.

— Ça n'a pas l'air très probable. Ces derniers temps, les minmils n'ont pas eu beaucoup d'interaction humaine pour s'adapter. Mecsek n'est en place que depuis quoi, trois ans ?

— Quatre. (Léger sourire.) Micky, les minmils sont *conçues* pour tuer des humains. C'est à ça qu'elles servaient, à l'origine. Va savoir s'il n'y a pas une arme virale construite dans cette intention qui a survécu aussi longtemps, en s'affinant un peu dans le même temps.

— Tu as déjà rencontré quelque chose comme ça ?

— Non. Mais ça ne veut pas dire qu'il n'y en a pas par là-bas.

— Ou par ici.

— Ou par ici.

Elle avait répondu rapidement. Elle voulait que je parte.

— Ou alors c'est une simple bombe à enveloppe de personnalité.

— Ou alors.

— Ouais. (J'ai encore regardé autour de moi.) Bon, comment je sors d'ici ?

— La grue. (Elle est revenue vers moi un instant. Ses yeux ont quitté le nord et ont croisé les miens. Elle m'a indiqué du menton une échelle d'acier qui disparaissait dans la structure.) Tu grimpes, sans t'arrêter.

Super.

— Prends soin de toi, Sylvie.

— Promis.

Elle a déposé un bref baiser sur ma bouche. J'ai opiné de la tête, lui ai donné une petite tape sur l'épaule et j'ai reculé de quelques pas. Puis je suis allé vers l'échelle, ai posé les mains sur les barreaux froids et j'ai commencé à monter.

Elle avait l'air assez solide. C'était mieux qu'une falaise infestée de razailes ou que de l'architecture martienne.

J'étais à quelques dizaines de mètres du sol quand sa voix m'est parvenue.

— Eh, Micky !

J'ai baissé les yeux. Elle se tenait au pied de la grue et me regardait. Elle avait les mains en porte-voix. Je lui ai fait un signe en lâchant un barreau.

— Ouais ?

— Je viens de me rappeler. Grigori Ishii. On nous en a parlé à l'école.

— On vous a parlé de quoi ?

Elle a écarté les bras.

— Va savoir. Je me souviens jamais de ces conneries.

— D'accord.

— Pourquoi tu lui demandes pas à *elle* ?

Bonne question. À froid, j'aurais répondu à cause de la prudence des Diplos. Mais c'était sans doute plutôt une méfiance obstinée. Un refus. Je ne croyais pas au glorieux retour de Quell. Pas aussi facilement que Koi et les Scarabées.

— Peut-être, oui.

— OK. (Un bras levé en guise d'adieu.) Scan, Micky. Continue à monter, regarde pas en bas.

— Ouais. Bonne chance aussi, Sylvie.

J'ai grimpé. La station de glisseurs a pris les proportions d'un jouet pour enfant, la mer est devenue un métal gris martelé et soudé à un horizon bancal. Sylvie était un point face au nord, puis trop petite pour que je la distingue. Elle n'y était peut-être plus. Les poutrelles autour de moi ont perdu toute ressemblance avec la grue qu'elles étaient auparavant. La lumière froide de l'aube s'était assombrie, un argent fragile qui dansait en motifs sur le métal et paraissait incroyablement familier. Je n'avais pas l'air de me fatiguer.

J'ai arrêté de regarder en bas.

Chapitre 40

— Alors ? a-t-elle fini par demander.

J'ai regardé par la fenêtre, Vchira Beach et le reflet de la lumière sur les vagues. Plage et mer qui commençaient à se remplir de silhouettes humaines décidées à profiter du climat. Les bureaux de Dzurinda Tudjman Sklep étaient éminemment isolés de leur environnement, mais on sentait presque la chaleur montante, on entendait presque la clameur croissante et le tourisme qui les accompagnait. Je n'avais parlé à personne depuis ma sortie du construct.

— Alors tu avais raison. (J'ai lancé un regard en biais à la femme qui portait le corps de Sylvie Oshima, puis me suis retourné vers la mer. La gueule de bois avait fait son retour, sans doute en pire.) Elle ne veut pas sortir. Elle est retombée sur ses conneries d'enfance chez les Renonciateurs pour faire face au chagrin. Et elle y reste.

— Merci.

— Ouais. (J'ai laissé la fenêtre pour me tourner vers Tres et Vidaura.) On a fini.

Personne n'a parlé pendant qu'on retournait au glisseur. On avançait dans la foule bigarrée à grand renfort de bousculades. Bien souvent, nos visages suffisaient à nous frayer un chemin – ça se voyait dans l'expression des gens qui s'écartaient en vitesse. Sierra Tres grimaçait quand sa jambe heurtait des accessoires de plage en plastique mal tenus, mais les drogues ou sa concentration lui ont fait supporter la douleur en silence. Personne ne voulait créer de scène mémorable. Une seule fois, elle s'est retournée vers un abruti particulièrement maladroit, qui a failli détaler en courant.

Eh, les mecs ! L'idée m'a traversé, amère. *Vous ne reconnaissez pas vos héros politiques ? On vient vous libérer.*

À Sunshine Fun Jetties, le pilote était vautré sur le flanc de son glisseur, prenant le soleil comme tout le monde. Il s'est redressé en clignant des yeux quand on est montés à bord.

— C'était rapide. Vous voulez déjà rentrer ?

Serra Tres a regardé le plastique coloré qui nous entourait de toutes parts.

— Tu vois une raison de traîner par ici, toi ?

— Eh, ça pourrait être pire. Je viens de temps en temps avec les gamins, ils s'amusent bien. On voit de tout, mais moins de peaux de vaches que du côté sud. Ah, au fait, toi, le pote de Rad.

Je l'ai regardé, surpris.

— Ouais ?

— Quelqu'un te cherchait.

Je me suis figé. Le froid glacé des Diplos, où on nous apprend à être prêts à tout. Avec un poil de satisfaction. Je m'y attendais. La gueule de bois est repartie à l'arrière de ma conscience.

— Qu'est-ce qu'il voulait ?

— Sais pas. Il avait pas ton nom. Mais il t'a plutôt bien décrit. C'était un prêtre, un des malades du Nord, là. Tu sais, avec la barbe et tout.

J'ai opiné du chef, mon attente retombant en petites flammèches.

— Et tu lui as dit quoi ?

— D'aller se faire mettre. Ma nana vient de Safran, elle m'a raconté les saloperies qu'ils font, là-haut. J'aimerais plutôt attacher ces connards à une faucheuse avec du fil électrique que de leur parler.

— Ce type, jeune ou vieux ?

— Oh, jeune. Et il se portait bien, en plus, tu vois ?

Les paroles de Virginia Vidaura m'ont retraversé l'esprit. « *Des assassins solitaires et sanctifiés contre des infidèles ciblés.* »

Bon, c'est pas comme si tu ne t'y attendais pas.

Vidaura est venue me rejoindre et m'a posé une main sur le bras.

— Tak…

— Retourne avec les autres tout de suite, ai-je dit doucement. Je m'en occupe.

— Tak, on a besoin que tu…

— Bien essayé. Mais vous n'avez plus besoin de moi. Et je viens de me défaire de ma dernière obligation en virtuel.

Elle m'a regardé sans ciller.

— Tout ira bien, lui ai-je assuré. Je lui arrache la gorge et je reviens.

Elle a secoué la tête.

— C'est vraiment tout ce que tu veux ?

Ses paroles ont sonné, écho en temps réel à ma question virtuelle. J'ai eu un geste d'impatience.

— Qu'est-ce que je pourrais trouver d'autre ? Lutter pour la glorieuse cause quelliste ? Ben voyons. Ou pour la stabilité et la prospérité du Protectorat ? J'ai fait les deux, Virginia, comme toi, et tu connais la vérité autant que moi. Tout ça, c'est de la merde en branche. Des innocents qui explosent, du sang et des cris, pour un compromis politique de merde. Les causes des autres, Virginia, j'en ai ma claque.

— Et tu les remplaces par quoi ? D'autres massacres inutiles ?

— Les massacres inutiles, c'est ce que j'ai appris à faire. Je suis bon pour ça. Grâce à toi, Virginia.

J'aurais aussi bien pu la gifler. Elle a sourcillé. Sierra Tres et le pilote nous ont regardés, curieux. La femme qui se faisait appeler Quell, ai-je remarqué, était descendue dans la cabine.

— On a tous les deux quitté les Corps, a fini par dire Vidaura. Intacts. Meilleurs. Et maintenant, tu vas éteindre le reste de ta vie comme une lampe ? Tu vas t'enterrer dans une sous-routine de vengeance ?

J'ai appelé un sourire.

— J'ai eu plus d'un siècle de vie, Virginia. Ça ne va pas me manquer.

— Mais ça ne résout rien. (Elle s'était mise à crier.) Ça ne ramènera pas Sarah. Quand tu auras fait ça, elle sera toujours morte. Tu as déjà tué ou torturé tous ceux qui étaient là. Tu te sens mieux ?

— Les passants commencent à nous regarder, ai-je dit tout bas.

— Je m'en cogne. Réponds-moi. Est-ce que tu te sens mieux ?

Les Diplos sont les meilleurs menteurs au monde. Mais pas pour eux-mêmes, ni entre eux.

— Seulement pendant que je les tue.

Elle a opiné de la tête, sinistre.

— Oui, voilà. Et tu sais ce que c'est, Tak. On le sait tous les deux. On a déjà vu ça. Tu te souviens de Cheb Oliveira ? Nils Wright ? C'est pathologique, Tak. Tu perds les pédales. C'est une drogue qui va finir par te dévorer.

— Peut-être. (Je me suis approché, luttant pour garder le contrôle de ma rage soudaine.) Mais entre-temps, ça ne tuera aucune gamine de quinze ans. Ça ne fera pas bombarder des villes ou décimer des populations. Ça ne va pas se transformer en Décolo ou en campagne d'Adoracion. À la différence de tes potes surfeurs, ou de ta nouvelle meilleure amie dans la cabine, je ne demande à personne de se sacrifier.

Elle m'a regardé froidement pendant quelques secondes. Puis elle a hoché la tête, comme soudain convaincue de quelque chose qu'elle espérait faux.

Elle s'est détournée sans un mot.

Le glisseur a quitté le point d'amarrage, a fait demi-tour dans un jaillissement d'eau vaseuse et a accéléré vers l'ouest. Personne n'est resté sur le pont pour me dire au revoir. Les gouttelettes soulevées dans le sillage m'ont aspergé le visage. J'ai regardé le véhicule disparaître, un faible grognement et un point sur l'horizon, puis je suis parti à la recherche du prêtre.

« Des assassins solitaires et sanctifiés. »

J'en avais croisé quelques-uns sur Sharya. Des fous religieux camés et psychotiques dans des enveloppes de martyrs de la main droite de Dieu, isolés du groupe de combattants, plongés dans un aperçu virtuel du paradis qui les attendait après la mort. Puis, on les envoyait infiltrer les bases du Protectorat. Comme la résistance de Sharya dans son ensemble, ils n'étaient pas très imaginatifs – ce qui avait causé leur perte face aux Diplos – mais ils n'étaient pas tendres non plus. Le temps de finir de les massacrer, nous avions tous développé un respect méfiant pour leur courage et leur endurance.

Les chevaliers de la Nouvelle Apocalypse, par comparaison, faisaient une cible facile. Ils avaient l'enthousiasme, mais pas l'héritage. Leur foi reposait sur les piliers habituels d'entraînement de masse et de misogynie pour faire appliquer ses lois, mais pour l'instant ils n'avaient eu ni le temps ni le besoin de faire émerger une caste de guerriers. C'était des amateurs.

Pour l'instant.

J'ai commencé par les hôtels les moins chers du quai côté Prairie. On pouvait être à peu près sûr que le prêtre m'avait suivi après qu'on m'avait vu chez Dzurinda Tudjman Sklep avant notre départ pour Millsport. Puis, quand la piste a refroidi, il a dû attendre. La patience est une vertu capitale pour les assassins, il faut savoir quand agir, mais il faut aussi pouvoir se montrer patient. Ceux qui vous paient peuvent et doivent le comprendre, quitte à ce que vous le leur expliquiez. On guette l'indice. Une visite quotidienne à Sunshine Fun Jetties par exemple, une surveillance attentive de la circulation, surtout celle qui sort de l'ordinaire. Comme un glisseur pirate mat et discret au milieu des bateaux à touristes gros et criards habitués de cet endroit. La seule chose qui ne correspondait pas, c'était la question posée directement au pilote. Je la mettais sur le compte de l'arrogance des vrais illuminés.

Une faible odeur de belalgue pourrie, des façades mal entretenues et un personnel grognon. Des rues étroites barrées par endroits de soleil chaud. Des coins couverts de détritus humides qui ne sèchent vraiment qu'autour de midi. Des allées et venues pitoyables de touristes déjà épuisés et déçus par leurs tentatives stériles de profiter du soleil. J'ai traversé tout ça, essayant de laisser le sens diplo faire son travail, essayant d'étouffer mon mal de crâne et la haine battante qui ne demandait qu'à être libérée.

Je l'ai trouvé bien avant la nuit.

Je n'avais aucun mérite. Kossuth n'était pas encore trop atteinte par la Nouvelle Apocalypse, et un prêtre barbu était aussi discret qu'un accent de Millsport chez Watanabe. Je n'ai eu qu'à poser les mêmes questions partout où j'allais. Faux langage de surfeur, tiré sans problème de bribes de conversations que je me rejouais des semaines précédentes. Ça m'a permis de passer les défenses de petits ouvriers et de remonter les apparitions du prêtre. Une utilisation judicieuse de puces de crédit pas trop chargées et de regards froids et insistants a fait le reste. Quand la chaleur a commencé à déserter l'après-midi, je me tenais à la réception d'un petit hôtel avec location de bateaux, le *Palais des Vagues*. D'une façon assez étrange, il était construit sur les eaux sales de la Prairie, reposant sur des pilotis anciens en bois miroir, et l'odeur de la belalgue pourrie remontait par le sol.

— Oui, il est arrivé il y a une semaine, m'a dit la réceptionniste en empilant plusieurs planches de surf usées contre un cadre sur le mur. Je m'attendais à plein de problèmes, vu que je suis une fille et que je m'habille comme ça, mais il n'a même pas eu l'air de m'intégrer.

— Vraiment ?

— Oui. Et il a un sacré équilibre, en plus, vous voyez ? J'ai même cru qu'il était surfeur. C'est dingue, hein ? Mais même là-haut, ils doivent en avoir, non ?

— Ouais, les surfeurs sont partout.

— Alors vous voulez lui parler ? Lui laisser un message ?

— Eh bien… (J'ai regardé les alvéoles derrière le comptoir.) En fait, il y a quelque chose que j'aimerais lui laisser, si c'est possible. Une sorte de surprise.

Ça lui a bien plu. Elle a souri et s'est levée.

— Bien sûr, on peut faire ça.

Elle a laissé les planches et m'a rejoint de l'autre côté du comptoir. J'ai pris dans ma poche un chargeur supplémentaire pour le Rapsodia et je lui ai donné. Elle l'a pris avec une expression étonnée.

— C'est tout ? Vous ne voulez pas lui écrire une note pour aller avec ?

— Non, ça ira. Il comprendra. Dites-lui que je reviendrai ce soir.

— OK, si c'est ce que vous voulez.

Avec un haussement d'épaules joyeux, elle s'est tournée vers les alvéoles. Elle a glissé le chargeur dans la poussière de la case 74.

— En fait, ai-je dit avec une fausse spontanéité, je pourrais prendre une chambre ?

Elle s'est retournée, surprise.

— Eh bien, euh, oui…

— Pour cette nuit, juste. C'est plus logique que d'aller ailleurs et de revenir le voir, quand même.

— Pas de problème. (Elle a activé son écran d'une caresse, l'a regardé un moment et m'a de nouveau souri.) En fait, si vous voulez, je peux vous mettre au même étage que lui. Pas à côté, c'est pris, mais deux ou trois portes plus loin, c'est bon.

— C'est super. Bon ben, dans ce cas, dites-lui juste que je suis là, vous lui donnez mon numéro de chambre, et il pourra venir me voir. En fait, vous pouvez me rendre la surprise.

Elle a froncé les sourcils sous cette avalanche de changements.

— Vous ne voulez plus que je lui donne ?

— Non, ça ira, merci. Je préfère lui donner moi-même, du coup. C'est plus personnel.

À l'étage, les portes avaient des gonds à l'ancienne. Je me suis introduit dans la 74 sans plus d'adresse qu'un gamin de seize ans qui s'introduit dans les entrepôts pourris de matériel de plongée.

La chambre était exiguë et simple. Une capsule salle de bains, un hamac en toile jetable pour économiser de la place et de la lessive, des tiroirs de rangement moulés dans les murs, plus une table et une chaise en plastique. Une fenêtre à transparence variable maladroitement branchée au système de contrôle climatique de la chambre – le prêtre l'avait laissée à moitié opacifiée. J'ai cherché quelque chose pour me cacher dans la pénombre, et me suis retrouvé dans la capsule, faute de mieux. L'odeur piquante d'un aérosol antibac récent – le cycle de nettoyage avait dû se faire peu de temps avant. J'ai haussé les épaules, respiré par la bouche et cherché des analgésiques pour calmer le retour de ma gueule de bois. J'ai trouvé une plaquette de pilules pour touristes contre les crises cardiaques. J'en ai avalé quelques-unes sans eau, puis je me suis assis sur les toilettes pour attendre.

Il y a un problème, m'a tancé le sens diplo. *Un truc qui ne colle pas.*

Ce n'est peut-être pas ce que tu penses.

C'est ça. C'est un négociateur qui vient m'apaiser. Dieu a changé d'avis.

La religion, c'est de la politique avec des enjeux plus importants, Tak. Tu le sais, tu l'as déjà vu sur Sharya. Il n'y a aucune raison que ces gens ne puissent pas en faire autant pour calmer le jeu.

Ces gens sont des moutons. Ils feront ce que leurs saints hommes leur diront.

Sarah a flamboyé dans mon esprit. Le monde autour de moi a basculé un instant tellement j'étais furieux. Pour la millième fois, j'ai imaginé la scène, et dans mes oreilles retentissait le rugissement d'une foule lointaine.

J'ai tiré le couteau Tebbit et regardé la lame sombre et mate.

Lentement, avec cette vision, le calme diplo m'est revenu. Je me suis rassis dans le petit espace de la capsule, me laissant écraser par la sérénité jusqu'à ne plus avoir conscience que de mon but. Des fragments de la voix de Virginia Vidaura me sont revenus.

« Les armes sont une extension. C'est toi le tueur, le destructeur. »

« Tue rapidement et dégage. »

« Ça ne ramènera pas Sarah. Quand tu auras fait ça, elle sera encore morte. »

J'ai froncé les sourcils en entendant ça. Quand vos anciennes idoles formatives commencent à sortir de leur rôle, c'est la plaie. Quand on se rend compte qu'elles sont aussi humaines que vous.

La porte a grincé et s'est ouverte.

La pensée a disparu comme des fragments dans le courant de force canalisée. Je suis sorti de la capsule et je me suis dressé, le couteau en main, prêt à poignarder.

Il n'était pas comme j'avais pensé. Le pilote du glisseur et la fille de la réception avaient remarqué sa prestance, et je l'ai vue dans sa façon de se retourner quand mes vêtements ont fait du bruit. Quand l'air a changé dans la pièce. Mais il était fin, son crâne rasé délicat, sa barbe ridicule et déplacée sur des traits aussi élégants.

— Tu me cherchais, saint homme ?

Nous nous sommes regardés un instant, et le couteau avait l'air de trembler tout seul.

Puis il a levé la main et tiré sur sa barbe, qui s'est décollée avec un bref craquement statique.

— Bien sûr que je te cherche, Micky, a dit Jadwiga, épuisée. Ça fait près de un mois que je te suis.

Chapitre 41

— Tu devrais être morte.

— Oui, deux fois, même. (Jad a tripoté sa prothèse de barbe. Nous nous étions assis à la table plastique, sans nous regarder.) C'est la seule raison pour laquelle je suis là, je pense. Quand ils sont venus trouver les autres, personne n'avait parlé de moi.

J'ai revu Drava comme elle l'avait racontée, une image mentale de neige tourbillonnante sur le noir nocturne, les constellations gelées des lumières du camp et les rares silhouettes qui passaient d'un immeuble à l'autre, arc-boutées contre la tempête. Ils étaient venus le lendemain soir, sans prévenir. On ne savait pas trop si Kurumaya avait été acheté, menacé ou juste assassiné. Derrière la force concentrée du logiciel de commandement d'Anton en surrégime maximal, Kovacs et son équipe avaient retrouvé les Furtifs par leur signature Net. Ils avaient défoncé la porte et réclamé leur soumission.

Apparemment, ça n'avait pas marché.

— J'ai vu Orr abattre quelqu'un, a-t-elle raconté les yeux perdus dans ses souvenirs. Juste l'éclair. Et il criait à tout le monde de sortir. Je rapportais à bouffer du bar. Je n'ai même pas…

Elle s'est arrêtée.

— Tout va bien.

— Non, Micky, ça va pas. Je me suis enfuie.

— Tu serais morte si tu ne l'avais pas fait. Vraiment Morte.

— J'ai entendu Kiyoka hurler. Je savais qu'il était trop tard, mais je…

J'ai accéléré pour passer à la suite.

— Quelqu'un t'a vue ?

— J'ai échangé quelques coups de feu avec eux en allant vers les hangars. On aurait dit qu'ils étaient partout. Mais ils ne m'ont pas poursuivie. Ils ont dû se dire que je passais par hasard. (Elle a indiqué l'enveloppe Eishundo qu'elle portait.) Aucune trace sur la recherche Net. Pour ce que ce connard d'Anton en savait, j'étais morte.

Elle avait pris un des rampeurs Dracul pour quitter le quai.

— Je me suis chamaillée avec le système autosub en sortant de l'estuaire, a-t-elle raconté derrière un rire sans joie. On n'est pas censés faire ça, mettre un véhicule dans l'eau sans autorisation. Mais les codes de priorité ont fini par fonctionner.

Et direct dans la mer d'Andrassy.

Hochement de tête mécanique de ma part, inversement exact de mon incrédulité. Elle avait fait près de mille kilomètres sur le rampeur, sans se reposer, pour revenir à Tekitomura et accoster discrètement dans une petite crique à l'est de la ville.

Elle a eu un haussement d'épaules comme pour dire que ce n'était rien.

— J'avais de la nourriture et de l'eau dans les fontes. De la meth pour ne pas dormir. Le Dracul a un guidage Nuhanovic. Ce qui m'inquiétait le plus, c'était de rester le plus bas possible sur l'eau, pour ressembler à un bateau et pas à une machine volante. Histoire de ne pas attirer le feu céleste.

— Et tu m'as trouvé comment ?

— C'est trop bizarre, en fait. (Pour la première fois, quelque chose est sorti de sa gorge qui n'était ni la fatigue ni la rage.) J'ai vendu le rampeur pour me faire un peu de cash sur le quai de Soroban. Je remontais vers Kompcho. Je me faisais ma descente de meth, et j'avais l'impression de te sentir. Comme l'odeur du vieux hamac de famille qu'on avait quand j'étais gosse. Je l'ai suivie, en automatique à cause de la descente. Je t'ai vu sur le quai, qui montais sur un tas de ferraille, le *Haiduci's Daughter*.

J'ai encore opiné de la tête, cette fois sous le poids de la compréhension qui me tombait dessus. Le sentiment inhabituel, étranger, d'avoir une famille. Après tout, nous étions jumeaux. Des enfants de la maison défunte d'Eishundo.

— Donc, tu t'es embarquée en clandestin. C'est toi qui essayais d'entrer dans la nasse quand la tempête a éclaté.

— Ouais. Se trimballer sur le pont, ça va bien quand le soleil brille. Mais il ne faut pas essayer quand il y a du gros temps. J'aurais dû me dire qu'il y aurait des alarmes partout. Putain d'huile de gelée toilée. Ça pourrait être du matos Khumalo, tellement ils le vendent cher.

— Tu as aussi volé de la nourriture dans la réserve commune, le deuxième jour.

— Eh, ton rafiot avait ses lumières de départ quand je t'ai vu grimper. Il appareillait dans l'heure. Ça ne me laissait pas trop le temps d'aller faire mes courses. J'ai passé une journée sans manger avant de me dire que tu ne descendrais pas à Erkezes mais que tu irais jusqu'au bout. J'avais trop faim.

— Tu sais qu'il y a presque eu une bagarre à cause de ça ? Un de tes amis déClass voulait éclater la tête de quelqu'un pour se venger.

— Oui, je les ai entendus discuter. Complètement grillés, les mecs. (Sa voix a pris un ton de dégoût automatique, comme une macro d'opinion sur un sujet maîtrisé.) C'est ce genre de vieux losers qui nous donnent une sale réputation.

— Et après tu m'as filé dans Newpest et dans la Prairie.

Nouveau sourire sans joie.

— C'est chez moi, Micky. Et puis, le glisseur dans lequel tu es monté a laissé un sillage que j'aurais pu suivre les yeux fermés. Le type que j'ai engagé t'a vu entrer à Kem Point sur le radar. J'y étais le soir même, mais tu étais déjà parti.

— Ouais. Mais pourquoi tu n'es pas venue taper à ma cabine pendant qu'on était à bord du *Haiduci's Daughter* ?

— Parce que je ne te faisais pas confiance, ça te va ?

— D'accord.

— Oui, et d'ailleurs, je ne te fais toujours pas confiance. Comment tu vas m'expliquer ce que tu as fait avec Sylvie ?

J'ai soupiré.

— Tu as quelque chose à boire ?

— À toi de me le dire. C'est toi qui t'es introduit dans ma chambre.

Quelque chose a remué en moi, et je me suis soudain rendu compte à quel point j'étais content de la voir. Je ne savais pas si c'était le lien entre les enveloppes Eishundo, le souvenir du mois de camaraderie ironique à New Hok ou juste le soulagement de ne plus me retrouver avec pour seule compagnie les révolutionnaires régénérés de Brasil qui se prenaient de nouveau au sérieux. Je l'ai regardée là, et j'ai cru sentir la mer d'Andrassy souffler un grand coup dans la pièce.

— Ça me fait plaisir de te revoir, Jad.

— Ouais, moi aussi, a-t-elle admis.

Quand j'ai eu fini de tout lui expliquer, la nuit était tombée. Jad s'est levée et s'est placée près de la fenêtre pour regarder au-dehors. L'éclairage extérieur se condensait sur le verre. Des voix vives parvenaient jusqu'à nous. Une sorte de dispute d'ivrognes.

— Tu es sûr que c'est à elle que tu as parlé ?

— Quasiment. Je ne pense pas que c'était Nadia, qui qu'elle soit. Quoi qu'elle soit. Je ne pense pas qu'elle pourrait manipuler le logiciel de commandement. Certainement pas assez pour intégrer une illusion aussi cohérente.

Jad a hoché la tête pour elle-même.

— Oui, ces conneries de Renonciateurs auraient forcément rattrapé Sylvie un jour ou l'autre. Quand ces salauds vous mettent le grappin dessus aussi jeune, on ne s'en débarrasse jamais. Et pour cette Nadia, alors ? Tu penses vraiment que c'est une mine à personnalité ? Parce que je dois te dire, Micky, qu'en trois ans dans New Hok, je n'ai jamais vu de mine de données qui puisse envoyer autant de détails à une telle profondeur.

J'ai hésité, palpant les bords de mon intuition diplo pour une idée qui pourrait recevoir une forme aussi grossière que des mots.

— Je ne sais pas. Je pense que c'est, comment dire, une sorte d'arme spécifique. Tout a l'air de montrer que Sylvie a été infectée chez Annette. Tu y étais, à Iyamon Canyon, non ?

— Oui. Elle a craqué pendant le combat. Elle a été malade pendant des semaines après ça. Orr voulait nous faire croire que c'était juste le blues postopé, mais on voyait bien que c'était autre chose.

— Et avant ça, elle allait bien ?

— Eh bien, c'était une tête déClass, on ne peut pas dire que ces gens-là aillent *bien*. Mais toutes ces conneries de charabia, les absences, les moments où elle nous amenait vers des sites déjà nettoyés, ouais, tout ça, c'est d'après-Iyamon.

— Des sites déjà nettoyés ?

— Mais oui, tu sais. (Dans le reflet de la vitre, l'irritation est montée d'un coup sur son visage, puis retombée.) Non, d'ailleurs, tu ne sais pas. Tu n'étais pas là à l'époque.

— À l'époque de quoi ?

— Oh, une fois ou deux on s'est dirigés vers de l'activité minmil, et le temps qu'on arrive, c'était fini. Comme si elles s'étaient entre-tuées.

Quelque chose s'est mis en place, qui remontait à ma première rencontre avec Kurumaya. Les paroles de Sylvie, les réponses impassibles du commandant du camp.

— *Oshima-san, la dernière fois que je vous ai fait partir en avance, vous avez négligé votre mission et vous avez disparu vers le nord. Comment puis-je être certain que vous n'allez pas recommencer ?*

— *Shig, vous m'avez envoyée regarder une* épave. *Quelqu'un était passé avant nous, il ne restait rien. Je vous l'ai dit.*

— *Quand vous avez fini par revenir, oui.*

— *Oh, soyez raisonnable. Comment je pouvais déClass ce qui était déjà démoli ? On a mis les bouts parce qu'il ne restait rien.*

J'ai froncé les sourcils quand cette pièce du puzzle s'est mise en place. Doucement, bien comme il fallait, comme un éclat. La détresse a fusé dans les théories que j'étais en train de construire. Ça ne collait avec rien de ce que j'avais commencé à croire.

— Sylvie en a parlé quand on partait pour le ramassage. Kurumaya vous avait mis en route en avance, et quand vous êtes arrivés à la zone attribuée, il ne restait rien.

— Oui, c'est ça. Enfin, ça n'a pas été la seule fois. On a vu la même chose chez Annette, plusieurs fois.

— Vous n'en parliez pas quand j'étais là.

— Tu sais, les déClass… Pour des types et des nanas avec la tête pleine de matos de pointe, on est plutôt superstitieux. On parle pas de ces conneries, ça attire la poisse.

— Donc, si je comprends bien, ces suicides de minmils, ça date d'après-Iyamon aussi ?

— Si je me rappelle bien, oui. Tu vas me parler de ta théorie d'arme spécifique, maintenant ?

J'ai secoué la tête, encore occupé à jongler avec ces nouvelles infos.

— Je ne suis pas sûr. Je pense qu'elle a été conçue pour lancer ce tueur génétique à Harlan. Je ne crois pas que les Brigades Noires ont abandonné leur arme. Et encore moins qu'elles ont été exterminées avant de pouvoir la déclencher. À mon avis, elles ont construit ce truc comme détonateur initial, puis ils l'ont caché à New Hok. Une enveloppe de personnalité avec un programme pour activer l'arme. Elle se prend pour Quellcrist Falconer, parce que ça la motive. Mais c'est tout, c'est un système de propulsion. Quand il est question de ce truc, du déclenchement d'une malédiction génétique lancée sur des gens qui n'étaient même pas nés à l'époque, elle se comporte comme une personne tout à fait différente, parce qu'au final, c'est la cible qui compte.

— Ça ressemble à tous les meneurs politiques que j'ai pu voir. La fin et les moyens, tu sais. Pourquoi Quellcrist Falconer serait-elle différente ?

— Ouais, je sais pas. (Une étrange résistance involontaire à son cynisme me retenait. J'ai regardé mes mains.) Si tu regardes la vie de Quell, presque tout ce qu'elle a fait est conforme à sa philosophie, tu vois. Même cette copie, ou quoi que ce soit, même si elle n'arrive pas à faire coïncider ce qu'elle fait et ce qu'elle pense être. Elle est perdue par ses propres actions.

— Et alors ? Bienvenue chez les humains.

Ses paroles avaient une dureté amère qui m'a fait lever les yeux. Jad était encore à la fenêtre, à regarder son reflet.

— Tu n'aurais rien pu faire…

Elle n'a pas bougé.

— Peut-être. Mais je sais ce que j'ai *ressenti*, et ça ne suffit pas. Cette putain d'enveloppe m'a changée. Elle m'a sortie de la boucle…

— Ce qui t'a sauvé la vie…

Soubresauts impatients de son crâne rasé.

— Ça m'a empêchée de ressentir avec les autres, Micky. Ça m'a mise à l'écart. Ça a même changé les choses avec Ki, tu sais. On n'avait plus les mêmes sentiments l'une pour l'autre, ce dernier mois.

— C'est très courant avec le réenveloppement. Les gens apprennent à…

— Oh oui, je sais. (Elle s'est enfin retournée vers moi.) Une relation, c'est pas facile, c'est du travail. On a essayé toutes les deux, comme jamais. C'est ça, le problème. Avant, on n'était même pas obligées d'essayer. Quelquefois, je mouillais rien qu'à la regarder. On n'avait besoin que d'un coup d'œil, une caresse, l'une comme l'autre. Et tout ça, ça avait foutu le camp. (Je n'ai rien dit. Parfois, il n'y a rien d'utile à dire. On ne peut qu'écouter, attendre que ces trucs sortent. En espérant que ça les éliminera.) Quand je l'ai entendue crier, a repris Jad avec difficulté, c'était comme si ça n'avait aucune importance. En tout cas pas assez. Je ne l'ai pas assez ressenti pour me battre. Dans mon propre corps, je serais restée pour l'aider.

— Tu serais restée pour mourir, tu veux dire. (Un haussement d'épaules. Ce n'était pas le problème.) C'est des conneries, Jad. Tu te sens coupable d'avoir survécu. Tu te dis tout ça, mais tu n'aurais rien pu faire. Tu le sais aussi bien que moi.

Elle m'a regardé, et elle pleurait, de petits rubans de larmes qui faisaient couler sa grimace.

— Qu'est-ce que tu en sais, Micky ? C'est juste une putain d'ancienne version de toi qui nous a fait tout ça. T'es un putain de destructeur, un ex-Diplo grillé. T'as jamais été un déClass. T'as jamais eu ta place, tu ne sais pas ce que c'était que faire partie de ça. Cette proximité. Tu ne sais pas ce que c'est de perdre ça.

J'ai repensé aux Corps et à Virginia Vidaura. La rage après Innenin. C'était la dernière fois que j'avais fait partie de quelque chose. Un siècle plus tôt. J'en avais ressenti des sursauts, après. La naissance d'une camaraderie nouvelle, d'un but commun – et chaque fois je les avais arrachés par la racine. C'est le genre de conneries avec lesquelles on se fait tuer. Ou manipuler.

— Bon, ai-je repris sur un ton brutalement factuel. Maintenant que tu m'as retrouvé. Maintenant que tu sais. Qu'est-ce que tu vas faire ?

Elle a essuyé ses larmes avec des gestes si brusques qu'on aurait dit des coups.

— Je veux la voir.

Chapitre 42

Jad avait loué un petit glisseur en sale état à Kem Point. Il était garé sous un éclairage cru de sécurité, sur une rampe de location près de l'hôtel. Nous y sommes allés, avec un petit signe de la main de la réceptionniste qui paraissait ravie d'avoir joué un rôle dans nos retrouvailles. Jad a ouvert le toit, s'est mise derrière le volant et a fait un demi-tour rapide dans la Prairie. Tandis que les lumières de la Bande rétrécissaient derrière nous, elle a arraché sa barbe et m'a donné le volant pendant qu'elle enlevait le reste de son déguisement.

— Ouais, au fait, pourquoi tu t'es déguisée comme ça ?

— C'était une couverture. Je me suis dit que les yak au moins devaient me chercher, et je ne savais toujours pas où tu en étais, pour qui tu roulais. Autant rester cachée. Où qu'on soit, les gens foutent la paix aux Barbes.

— Ah ouais ?

— Ouais, même les flics. C'est marrant, la religion. Personne ne veut parler aux prêtres.

— Surtout à ceux qui peuvent te condamner à mort pour ta façon de te couper les cheveux.

— Oui, ça doit jouer. Enfin bon, j'ai trouvé un magasin de déguisement à Kem Point, je leur ai passé ma commande, en leur disant que c'était pour une fête sur la plage. Et tu sais quoi, ça marche. Personne n'est venu me parler. Et en plus… (Elle s'est dégagée de la robe avec une aisance née de l'habitude, et a indiqué le pistolet à éclats tueur de minmils caché sous son bras) c'est super-pratique pour cacher le matériel.

J'ai secoué la tête. Hallucinant.

— Tu as trimballé ce putain de canon jusqu'ici ? Tu comptais me répandre sur la Prairie ?

Elle m'a lancé un regard morne. Sous les sangles de son holster, son tee-shirt de déClass portait l'inscription « Attention, système d'armement carbone intelligent ».

— Peut-être, a-t-elle répondu.

Elle s'est détournée pour cacher son déguisement au fond de la cabine.

La Prairie, ce n'est pas très rigolo à traverser quand on se retrouve avec une location qui a un radar du style jouet pour gosse. Jad et moi étions natifs de Newpest, et on avait vu assez d'épaves de glisseurs en grandissant pour lever le pied. Pour ne rien arranger, Hotei était encore couchée, et les nuages masquaient Daikoku à l'horizon. Il y avait une route commerciale pour les cars de touristes, avec des bouées à l'illuminum dans la nuit odorante, mais ça ne servait pas à grand-chose. L'installation de Segesvar se situait très à l'écart des itinéraires touristiques. En moins d'une demi-heure, les bouées avaient disparu et nous étions seuls avec l'éclat cuivré de Marikanon, haute dans le ciel.

— C'est calme, ici, a dit Jad comme si elle le découvrait.

J'ai grogné et fait un virage quand les phares du glisseur ont accroché les racines d'un tepes. Les branches les plus longues ont raclé contre le métal de la jupe.

— On aurait peut-être dû attendre le matin.

— Je peux rentrer si tu veux.

— Non, je pense…

Le radar a bipé.

On a tous les deux regardé la console, échangé un regard. Nouveau bip de présence, plus fort.

— Peut-être un transport de balles.

— Peut-être.

Mais son expression avait une méfiance de déClass aguerrie en regardant le signal qui approchait.

J'ai coupé les moteurs et attendu que le glisseur s'immobilise dans le murmure des stabilisateurs. L'odeur d'algue s'est refermée sur nous. Je me suis relevé et appuyé sur le bord du toit ouvrant. En plus des bruits de la Prairie, le vent portait celui de moteurs en approche.

Je me suis laissé retomber dans le cockpit.

— Jad, tu ferais mieux de prendre l'artillerie et d'aller à l'arrière. Au cas où.

Elle a opiné du chef et m'a fait signe de la laisser passer. J'ai reculé et elle s'est hissée sur le toit sans effort, puis a sorti le blaster à éclats de son holster. Elle m'a regardé.

— Ordre de tir ?

J'ai réfléchi puis activé les stabilisateurs. Le murmure du système vertical est devenu un grondement soutenu, puis est retombé.

— Comme ça. Dès que tu entends ça, tu tires sur tout ce qui bouge.

— Compris.

Ses pieds ont frotté sur la structure, vers l'arrière. Je me suis relevé et l'ai regardée s'installer derrière l'abri de la queue. Puis j'ai reporté mon attention vers le signal qui approchait. Le radar était une simple installation de base exigée par l'assurance, et ne donnait aucun détail à part le « bip » qui approchait sur l'écran. Mais quelques minutes plus tard, c'était devenu inutile. La grande silhouette à tourelle est sortie de l'horizon, filant vers nous. Elle aurait aussi bien pu porter un emblème à l'illuminum.

Des pirates.

Pas très différent d'un flotteur lourd paré pour l'océan, il avançait sans la moindre lumière de navigation. Il était bas et long sur la surface de la Prairie, mais on l'avait épaissi avec du blindage et des nasses d'armement rajoutées à la structure d'origine. J'ai poussé le neurachem et eu l'impression de silhouettes se déplaçant dans une lumière rouge derrière les panneaux de verre de la proue, mais aucune activité près des canons. Tandis que le vaisseau s'approchait et virait en montrant le flanc, j'ai vu de grandes rayures dans le métal de la jupe. En souvenir de tous les engagements qui avaient fini par un abordage coque contre coque.

Un projecteur s'est allumé et a glissé sur moi, puis est revenu sur mon visage. J'ai levé une main pour me protéger de l'éclat. Le neurachem a tout compressé pour me montrer des silhouettes sur un cône tronqué au-dessus de la cabine avant. Une voix d'homme jeune, tendue par les produits chimiques, a flotté au-dessus de l'eau saumâtre.

— Vous êtes Kovacs ?

— Je suis la Chance. Vous voulez quoi ?

Gloussement sec.

— La Chance. Ben ouais, pour moi, c'est clair. La Chance de tous les diables, je dirais même.

— Je vous ai posé une question.

— Ce que je veux. J'ai entendu. Eh bien, ce que je veux, avant tout, c'est que votre petite copine là-bas descende et lâche sa pétoire. On l'a sur infrarouge, de toute façon, et ce serait facile de la transformer en bouillie pour panthère avec l'ultravib. Mais après, vous seriez en colère, non ? (Je n'ai rien répondu.)

Et je n'ai aucune envie de vous mettre en colère. Je suis censé vous ménager, Kovacs. Vous emmener, mais en vous traitant bien. Alors, votre copine descend, *moi* je suis content, pas besoin de pétarades ou de sang, et du coup *vous*, vous êtes content, vous venez avec moi. Et les gens pour qui je travaille sont contents, et du coup ils me traitent bien. Et du coup je suis encore plus content. Et vous savez comment ça s'appelle, ça, Kovacs ? Un cercle vertueux.

— Vous voulez bien me dire pour qui vous travaillez ?

— Eh bien, oui, je veux bien, ça va de soi, mais je ne peux absolument pas. Je suis sous contrat, et je ne peux rien dire avant que vous soyez à la table à danser la valse du donnant-donnant. Alors j'ai peur que vous soyez obligé de me faire confiance.

Ou de vous faire exploser en essayant de vous enfuir.

J'ai soupiré et me suis tourné vers la poupe.

— Reviens, Jad.

Longue pause, puis elle est sortie des ombres de la queue, blaster accroché au côté. J'avais encore le neurachem enclenché, et son expression me disait qu'elle aurait préféré se battre.

— C'est beaucoup mieux, a crié le pirate avec joie. Maintenant, on est tous amis.

Chapitre 43

Il s'appelait Vlad Tepes, non pas du nom de la végétation locale mais de celui d'un héros folklo oublié des années pré-Colo. Il était long et pâle, et portait une peau qui rappelait une version chauve et bas de gamme de Jack Soul Brasil. Un prototype qu'on aurait abandonné en cours de route. Quelque chose me disait que c'était sa peau, sa première enveloppe, auquel cas il ne devait être guère plus vieux qu'Isa. Il avait des cicatrices d'acné sur les joues, qu'il grattait de temps en temps. Il était surchargé de meth et tremblait de la tête aux pieds. Il faisait de trop grands gestes, il riait trop, et à un moment de sa jeune vie, il s'était fait ouvrir le crâne aux tempes et remplir l'ouverture par des sections d'alliage violet-noir en motifs d'éclairs. La matière brillait dans la faible lumière du bateau pirate tandis qu'il bougeait. Quand on le regardait de face, son visage prenait un aspect vaguement démoniaque qui devait correspondre à l'effet recherché. Les hommes et femmes autour de lui cédaient rapidement le terrain devant sa progression saccadée et poussée par la meth, et on lisait le respect dans tous les regards.

À part la chirurgie radicale, il me rappelait Segesvar ou moi au même âge. À tel point que c'en était douloureux.

Le navire, cela paraissait évident pour lui, portait le doux nom d'*Empaleur*. Il filait plein ouest, écrasant sans peur les obstacles qu'un glisseur moins grand et moins blindé aurait dû contourner.

— Il faut bien, nous a informés Vlad tandis que quelque chose craquait sous la jupe. Tout le monde vous cherche sur la Bande, et pas très bien à mon avis, vu que personne ne vous a trouvés. Ha ! Enfin, bon, ils ont foutu beaucoup d'argent en l'air, et mes clients, ils avaient l'air plutôt pressés par le temps, vous voyez ?

Sur l'identité des clients, il restait tout aussi muet, ce qui n'était pas un mince exploit avec autant de meth.

— Bon, on y sera bientôt, de toute façon, alors faut pas vous inquiéter.

Il disait vrai. À peine une heure après notre embarquement, l'*Empaleur* a ralenti et glissé prudemment vers une ruine de station de liage au milieu de nulle part. L'officier de comm pirate a lancé quelques protocoles d'interrogation codés et la personne à l'intérieur devait avoir les bonnes réponses. La femme officier a levé et hoché la tête. Vlad avait les yeux qui brillaient devant tous les instruments et lançait ses ordres comme des insultes. L'*Empaleur* a repris un peu de vitesse latérale, tiré ses lignes d'amarrage dans les piliers de béton inusable du dock, avec quelques bruits de brisure, puis s'est remorqué. Lumières vertes. Une passerelle de débarquement s'est tendue.

— Allez, en route.

Vlad est passé en vitesse par le pont, l'écoutille de débarquement, encadré par deux gros bras encore plus jeunes et camés que lui. Il a monté la passerelle à un pas qui se voulait de course, a traversé le dock. Des grues abandonnées étaient couvertes de mousse là où l'antibac avait cessé de fonctionner, des machines rouillées s'entassaient un peu partout, attendant d'écorcher les imprudents à l'épaule ou au tibia. Nous avons contourné les débris et filé tout droit vers la porte ouverte dans la tour du superviseur des docks. Un escalier de métal sale montait, deux volées en angle opposé et un palier en plaques d'acier entre les deux, qui a grincé et bougé de façon alarmante quand nous l'avons traversé.

Une lumière douce filtrait de la pièce du haut. Je suis entré avec Vlad, mal à l'aise. Personne ne nous avait pris nos armes, et ses cohortes étaient armées avec un manque total de subtilité, mais…

Je me rappelais le voyage sur le *Limite feu céleste*, l'impression que les événements se précipitaient trop vite pour que je puisse les traiter efficacement, et j'ai grimacé. Je suis entré au sommet de la tour comme si j'y allais pour me battre.

Et tout s'est effondré.

— Salut Tak. Ça marche bien, la vendetta, ces jours-ci ?

Todor Murakami, fin et compétent dans sa combi furtive et son blouson de combat, les cheveux raccourcis selon la réglementation militaire, les mains sur les hanches et un sourire à mon adresse. Il avait un pistolet à interface kalachnikov à la hanche, un couteau de mise à mort dans un fourreau inversé sur sa poitrine. Une table entre nous avec une lanterne tamisée, une spirale de données portable et une carte holo affichant les limites est de la Prairie d'Algues. Tout ce matériel puait l'opération diplo.

— Tu ne t'y attendais pas, hein ? ajouta-t-il devant mon mutisme.

Il a contourné la table et tendu la main. Je l'ai regardée, puis son visage, sans bouger.

— Qu'est-ce que tu fous là, Tod ?

— Je travaille en bénévole, tu imagines ? (Il a laissé retomber sa main et a regardé par-dessus mon épaule.) Vlad, emmène tes copains jouer en bas. Et la gamine minmil, aussi.

Derrière moi, j'ai senti Jad se braquer.

— Elle reste, Tod. Ou alors cette conversation s'arrête tout de suite.

Il a haussé les épaules et hoché la tête pour ses nouveaux amis pirates.

— Comme tu voudras. Mais si elle entend ce qu'il ne fallait pas, je serai peut-être obligé de la tuer.

C'était une blague diplo, et j'ai eu du mal à ne pas lui rendre son sourire en l'entendant. J'ai senti, très vague, la même pointe de nostalgie qu'en emmenant Virginia Vidaura dans mon lit chez Segesvar. Le même doute. Pourquoi j'étais parti ?

— Je plaisantais, a-t-il clarifié pour Jad quand les autres ont été partis.

— Oui, c'est ce que je m'étais dit. (Jad est allée se poster à la fenêtre et a observé la masse réduite de l'*Empaleur*.) Alors Micky, ou Tak, ou Kovacs, enfin, qui que tu sois pour l'instant. Tu me présentes ton pote ?

— Euh oui. Tod, voici Jadwiga. Comme tu le sais apparemment, elle est déClass. Jad, voici Todor Murakami, un ancien collègue à moi, de… avant.

— Je suis Diplo, a précisé Murakami sans gêne.

Jad a à peine sourcillé, il faut lui reconnaître ça. Elle a pris la main qu'il tendait avec un sourire un peu incrédule, puis s'est appuyée contre les fenêtres et a croisé les bras.

Murakami a bien compris.

— Alors, quel est le problème ?

— On peut commencer par là, ai-je acquiescé.

— Je pense que tu peux deviner.

— Je pense que tu peux arrêter de tergiverser et me le dire.

Il a souri et touché sa tempe de l'index.

— Désolé. L'habitude. Bon, voilà mon problème. D'après mes sources, quelqu'un est en train de réveiller une petite révolution, peut-être assez sérieuse pour secouer les Premières Familles.

— Tes sources ?

— C'est ça. Mes sources. (Il a souri, sans céder de terrain.)

— Je ne savais pas que vous étiez déployés par ici.

— On ne l'est pas. (Son calme de Diplo l'a quitté par fraction, comme si par cette admission il avait perdu de sa maîtrise.) Comme je te l'ai dit, c'est caritatif. Je limite la casse. Tu sais aussi bien que moi qu'on ne peut pas se permettre un soulèvement néoquelliste.

— Ah oui ? (Cette fois, c'est moi qui souriais.) C'est qui, « on », Tod ? Le Protectorat ? La famille Harlan ? Un autre groupe de super-richards ?

— Nous tous, Tak. Tu penses vraiment que cette planète a besoin d'un nouvel Ébranlement ? D'une nouvelle guerre ?

— Il faut deux camps pour faire la guerre, Tod. Si les Premières Familles voulaient accepter les idées néoquellistes, lancer des réformes… Alors un soulèvement serait inutile. Tu devrais peut-être leur en parler.

— Pourquoi tu me dis tout ça, Tak ? Ne me dis pas que tu crois à toutes ces conneries ?

Une pause.

— Je ne sais pas.

— Tu ne *sais* pas ? C'est quoi, cette philosophie politique de merde ?

— Ce n'est pas une philosophie du tout, Tod. Juste l'impression qu'on en a peut-être tous trop bavé. Qu'il pourrait être temps de brûler ces connards une fois pour toutes.

— On ne peut pas laisser faire ça. Désolé.

— Alors pourquoi vous n'invoquez pas la rage des Diplos, histoire de tout régler d'un coup ?

— Parce que je ne *veux* pas que les Corps descendent ici. (Son visage était soudain désespéré.) Je suis né ici, Tak. C'est chez moi. Tu penses que je veux que cette planète se transforme en une redite d'Adoracion ? De Sharya ?

— C'est très noble de ta part.

Jad a bougé contre les fenêtres, s'est avancée et a touché la spirale de données. Des taches violettes et rouges ont éclaté autour de ses doigts là où elle interrompait le champ.

— Bon, quel est le plan de bataille, monsieur Scrupules ?

Ses yeux sont allés d'elle à moi deux ou trois fois et se sont arrêtés sur moi. Qui ai haussé les épaules.

— Bonne question, Tod.

Il a hésité un moment. Comme moi quand il avait fallu lâcher ma prise sur le câble martien à Tekitomura. Il abandonnait ici sa dévotion de toute une vie aux Diplos, et mon départ des Corps ne lui donnait pas de justification satisfaisante.

Il a fini par grogner et écarter les mains.

— D'accord, voilà l'info : ton pote Segesvar t'a vendu.

J'ai sourcillé.

— Mon cul.

Il a opiné de la tête.

— Ouais, je sais, les dettes *haiduci*, hein ? Il te doit la vie. La question c'est, à ton avis, à quelle version de toi il pense la devoir ?

Oh merde.

Et il l'a vu, et a encore hoché la tête.

— Oui, ça aussi je suis au courant. Tu vois, Takeshi Kovacs a sauvé la vie de Segesvar il y a quelques siècles, en temps objectif. Mais vous l'avez fait tous les deux. Le vieux Radul a bien une dette, mais apparemment il ne voit pas pourquoi il devrait la rembourser plusieurs fois. Et ta jeunesse lui a proposé un deal sur cette base-là. Les hommes de Segesvar ont pris presque tous tes plagistes révolutionnaires dans la matinée. Et ils t'auraient eu aussi, avec Vidaura et la déClass, si tu n'étais pas parti pour une commission sur la Bande.

— Et maintenant ? (Derniers fragments d'espoir. On les arrache, et on examine les faits avec un visage taillé dans le roc.) Ils ont Vidaura et les autres, maintenant ?

— Oui, ils les ont cueillies au retour. Ils retiennent tout le monde jusqu'à ce qu'Aiura Harlan-Tsuruoka arrive avec l'équipe de nettoyage. Si tu étais rentré avec elles, tu partagerais leur cellule. Donc… (Un sourire rapide, un sourcil levé.) On dirait que tu m'en dois une.

J'ai permis à ma fureur de reprendre le dessus, comme une grande inspiration, comme une vague. Je l'ai laissé me traverser, puis je l'ai écrasée minutieusement, comme un cigare au chanvre de mer fumé à moitié, que je garderais pour plus tard. Tu verrouilles tout, et tu réfléchis.

— Comment tu sais tout ça, Tod ?

— Comme je te l'ai dit, je vis ici. Et je garde mes contacts. Tu connais le principe.

— Non, je ne connais pas. Qui est ta putain de source, Tod ?

— Je ne peux pas te le dire.

— Alors je ne peux pas t'aider.

— Tu vas tout lâcher ? Segesvar te vend, et il s'en tire ? Tes amis de la plage peuvent mourir ? Allons, Tak.

J'ai secoué la tête.

— J'en ai marre de mener les guerres des autres. Brasil et ses amis se sont fourrés là-dedans tout seuls, ils peuvent s'en sortir. Et Segesvar ne va pas disparaître. Je m'en occuperai plus tard.

— Et Vidaura ?

— Quoi ?

— C'est elle qui nous a formés, Tak.

— Oui, nous. Alors va la sauver toi-même.

Pour un non-Diplo, il n'y aurait rien eu à voir. C'était moins qu'un sursaut, un déplacement de un millimètre dans sa posture, à peine. Mais pour moi, Murakami s'est affaissé.

— Je ne peux pas le faire tout seul, a-t-il dit tout bas. Je ne connais pas la base de Segesvar, et sans ça il me faudrait un peloton de Diplos pour le prendre.

— Alors appelle les Corps.

— Tu sais ce que ça ferait…

— *Alors dis-moi qui est ta putain de source !*

— Ouais, a insisté Jad sardonique. Ou alors, dis-lui de venir, il est à côté.

Elle a croisé mon regard et indiqué une trappe dans le sol à l'arrière de la pièce. J'ai fait un pas en avant et Murakami a retenu de justesse le geste qu'il a voulu faire pour m'en empêcher. Il a foudroyé Jad du regard.

— Désolée, a-t-elle souri en posant l'index contre son crâne. Alerte de données. Équipement de poisson-grimace assez standard. Ton ami est là, il utilise son téléphone, et il se déplace pas mal. Je dirais qu'il fait les cent pas.

J'ai regardé Murakami. Avec un sourire.

— OK, Tod, à toi de jouer.

La tension a duré quelques secondes, puis il a soupiré et m'a fait signe d'avancer.

— Vas-y. De toute façon, tu aurais fini par deviner.

Je suis allé à la trappe, j'ai trouvé le panneau et l'ai activé. La machinerie a protesté dans les entrailles du bâtiment, et la trappe s'est soulevée par à-coups. Je me suis penché dans l'espace dégagé.

— Bonsoir. Alors, lequel de vous est le mouchard ?

Quatre visages se sont tournés vers moi, et dès que je les ai vus, quatre silhouettes sinistres habillées en noir, tout s'est mis en place dans ma tête avec le même bruit que la trappe arrivée en bout de course. Trois gros bras, deux hommes et une femme. La peau de leur visage avait une élasticité plastique là où on avait caché leurs tatouages au spray. C'était une option court terme, éphémère, qui ne résisterait pas à un examen professionnel. Mais ils étaient en plein territoire *haiduci*, et ça devait leur éviter de mener des batailles à chaque coin de rue de Newpest.

Le quatrième, celui qui tenait le téléphone, était plus âgé mais reconnaissable rien qu'à son port de tête. Je l'ai salué d'un hochement de tête.

— Tanaseda, j'imagine. Très bien.

Il m'a légèrement salué. Ça allait avec la culture, les mêmes manières à l'ancienne. Il ne portait aucune décoration faciale, puisqu'à son niveau il était souvent amené à se rendre dans les enclaves des Premières Familles, qui auraient vu cela d'un mauvais œil. Mais on percevait encore les cicatrices d'honneur là où les tatouages avaient été enlevés sans le bénéfice de la chirurgie moderne. Ses cheveux noirs striés de gris étaient attachés en une queue-de-cheval courte, pour mieux révéler les marques sur le front et accentuer les longues pommettes. Ses yeux étaient marron et durs comme des pierres polies. Le sourire prudent qu'il m'a adressé était le même qu'il donnerait à la mort quand elle viendrait le voir. Si ce jour arrivait.

— Kovacs-san.

— Alors, qu'est-ce que vous gagnez à tout ça, mon vieux ? (Les gardes du corps se sont rembrunis à mon manque de respect. Je les ai ignorés et j'ai regardé Murakami.) Tu dois savoir qu'il veut me voir Vraiment Mort, de la façon la plus lente et la plus désagréable possible.

Murakami a croisé le regard du senior yakuza.

— Cette affaire peut se régler, a-t-il murmuré. N'est-ce pas, Tanaseda-san ?

Tanaseda s'est de nouveau incliné.

— Il est arrivé à mon attention que malgré votre implication dans la mort de Hirayasu Yukio, vous n'étiez pas entièrement coupable.

— Et alors ? (J'ai haussé les épaules pour chasser ma colère montante, parce que la seule façon dont il avait pu apprendre ça, c'était via l'interrogatoire virtuel de Kiyoka, Lazlo ou Orr, après que ma jeunesse l'avait aidé à les tuer.) En général, ça ne vous émeut pas tellement, de savoir qui est vraiment coupable ou pas.

La femme dans son escorte a grogné. Tanaseda l'a interrompue d'un geste infime de la main, mais le regard qu'il a braqué sur moi démentait le calme de son ton.

— Il m'apparaît aussi que vous êtes en possession de l'appareil de stockage cortical d'Hirayasu Yukio.

— Ah.

— Est-ce exact ?

— Eh bien, si vous pensez que je vais vous laisser me fouiller, vous pouvez…

— Tak. (La voix de Murakami était traînante, mais c'était une simple apparence.) Sois poli. Tu as la pile d'Hirayasu ou non ?

J'ai marqué une pause pour indiquer le basculement, espérant presque qu'ils voudraient me la prendre de force. L'homme à gauche de Tanaseda a sourcillé et je lui ai souri. Mais ils étaient trop bien entraînés.

— Pas sur moi, ai-je répondu.

— Mais tu pourrais la remettre à Tanaseda-san, n'est-ce pas ?

— Si j'avais de bonnes raisons de le faire, sans doute, oui.

Retour du grognement, chez les trois musclés.

— *Ronin*, a craché l'un d'eux.

J'ai croisé son regard.

— Exact, mon pote. Je n'ai pas de maître. Alors attention à toi. Personne ne me rappellera au pied si je ne t'aime pas.

— Et personne ne pourra vous soutenir si vous vous retrouvez acculé, a fait remarquer Tanaseda. Pourrions-nous, je vous prie, nous dispenser de ces enfantillages, Kovacs-san ? Vous parlez de raisons. Sans les renseignements que j'ai fournis, vous seriez à présent captif avec vos collègues, à attendre votre exécution. Et j'ai proposé de révoquer ma condamnation. Cela ne suffit-il pas pour rendre une pile corticale qui ne vous sert de toute façon à rien ?

J'ai souri.

— Vous êtes un enfoiré, Tanaseda. Vous ne faites pas ça pour Hirayasu. Ce type ne mérite pas l'air qu'il respire, nous le savons tous les deux.

Le maître yakuza a paru se resserrer encore tandis qu'il me regardait. Je ne savais toujours pas pourquoi je le poussais, ni ce que je cherchais.

— Hirayasu Yukio est le seul fils de mon beau-frère. (Très calme, à peine un murmure dans l'air qui nous séparait, mais lourd de fureur contenue.) Il y a un *giri* que je ne compte pas faire comprendre à un originaire du Sud.

— Fils de pute, a dit Jad sans trop y croire.

— Bah, qu'est-ce que tu veux, Jad ? Au final, c'est un criminel comme les autres, comme les *haiduci*. Une mystique différente, mais les mêmes illusions d'honneur passé.

— Tak…

— Lâche-moi, Tod. On va tout cracher. C'est de la politique, et rien de plus propre que ça. Tanaseda ne s'inquiète pas pour son neveu ou je ne sais quoi. C'est un plus appréciable mais rien d'autre. Il a peur de perdre le contrôle, peur de se faire punir pour une putain de tentative de chantage. Il regarde Segesvar devenir ami avec Aiura Harlan, et il a peur que les *haiduci* gagnent une part de gâteau planétaire en échange de leur sollicitude. Ce que ses cousins de Millsport lui reprocheraient plutôt directement, par un courrier accompagné d'un poignard et d'un schéma d'instructions. « Insérez ici, découpez en biais ». Pas vrai, Tan ?

Le gros bras de gauche a craqué, comme je m'y attendais. Une lame longiligne est tombée de sa manche jusque dans sa main droite. Tanaseda a aboyé un ordre, et l'homme s'est figé. Son regard me brûlait, ses phalanges ont blanchi autour de la poignée du couteau.

— Tu vois, quand on est un samouraï sans maître, on n'a pas ce problème. Pas de laisse. Quand on est *ronin*, on n'a pas à voir son honneur vendu pour le bien de la politique.

— Tak, mais tu vas la fermer…, a grogné Murakami.

Tanaseda a fait un pas en avant pour se poster entre moi et le garde du corps, encore noué par la rage. Il m'a regardé de ses yeux étrécis, comme si j'étais un insecte venimeux qu'il fallait étudier plus avant.

— Dites-moi, Kovacs-san, a-t-il commencé tout bas. Souhaitez-vous finalement mourir aux mains de mon organisation ? *Cherchez*-vous la mort ?

J'ai soutenu son regard quelques secondes et fait un petit bruit de crachat.

— Vous ne comprendriez pas ce que je cherche, Tanaseda. Vous ne sauriez pas ce que c'est même si ça vous arrachait la bite avec les dents. Et si vous le trouviez par accident, vous vous démerderiez pour le vendre.

J'ai regardé Murakami, dont la main était encore posée sur la crosse de son kalache. J'ai hoché la tête.

— D'accord, Tod. J'ai vu ton mouchard. Je marche.

— Alors nous avons un accord ? a demandé Tanaseda.

J'ai retenu mon souffle et me suis tourné vers lui.

— Dites-moi, quand Segesvar a-t-il conclu son marché avec ma copie ?

— Oh, pas récemment. (Je n'aurais su dire s'il y avait de la satisfaction dans sa voix.) Je pense qu'il est au courant de la situation depuis plusieurs semaines. Votre copie a été très active dans la prise de contact avec ses anciennes connaissances.

J'ai repensé à l'apparition de Segesvar dans le port des terres. Sa voix au téléphone. « *On va se saouler ensemble, voire aller chez Watanabe, en souvenir du bon vieux temps. Une bonne cuite au sake, une pipe… J'ai besoin de te regarder dans les yeux, mon vieil ami. Pour savoir que tu n'as pas changé.* » Je me suis demandé si déjà, à l'époque, il était en train de prendre une décision, de savourer l'étrange circonstance qui lui permettait de choisir à qui il pouvait payer sa dette.

Dans ce cas, je n'avais pas beaucoup aidé ma cause dans la compétition. Et Segesvar ne me l'avait pas caché, la veille. Il me l'avait presque dit clairement.

— *De toute façon, on ne peut plus s'amuser* avec *toi. En tout cas, ça doit faire cinquante ans que ça ne m'est pas arrivé. On dirait un gars du Nord, Tak.*

— *Comme je t'ai dit…*

— *Ouais, ouais, je sais, tu en viens à moitié. Le truc, Tak, c'est que tu le cachais un peu plus quand tu étais jeune.*

Était-il venu me dire au revoir ?

« C'est difficile de te faire plaisir, Tak. »

« Je peux peut-être te proposer un sport d'équipe, alors ? Tu veux m'accompagner au gymnase grav avec Ija et Mayumi que voici ? »

Juste une seconde, une vieille tristesse s'est déversée dans mon cœur.

La colère l'a écrasée. J'ai regardé Tanaseda et hoché la tête.

— Votre neveu est enterré sous une maison de plage au sud de Kem Point. Je vais vous faire une carte. Maintenant, dites-moi ce que vous savez.

Chapitre 44

— Pourquoi tu as fait ça, Tak ?

— Fait quoi ?

J'étais avec Murakami sous les projos directionnels de l'*Empaleur*, à regarder les yakuzas partir dans une belle Prairiemobile noire que Tanaseda avait fait venir par téléphone. Ils repartaient vers le sud, laissant un large sillage de la couleur d'un vomi laiteux.

— Pourquoi tu l'as cherché comme ça ?

Je regardais le glisseur qui repartait.

— Parce que c'est une merde. Parce que c'est un putain de criminel et qu'il ne veut pas le reconnaître.

— Tu ne deviens pas un peu sectaire sur ton grand âge ?

— Tu crois ? C'est peut-être juste mon avis de gars du Sud. Tu viens de Millsport, Tod, tu es peut-être trop près pour le voir.

— OK, a-t-il admis avec un gloussement. Alors dis-moi ce que tu vois, toi.

— La même chose qu'avant. Les yakuzas qui se cachent derrière leur prétendue ancienne tradition d'honneur et qui pendant ce temps-là s'occupent de la même criminalité mesquine que les autres, tout en s'acoquinant avec les Premières Familles.

— Plus maintenant, on dirait.

— Allons, Tod, sois sérieux. Ces types sont de mèche avec Harlan et les autres depuis qu'on est arrivés ici. Tanaseda va peut-être payer pour son erreur Qualgrist, mais les autres feront les bruits polis qu'il faut, et tout ira bien. Retour aux mêmes trafics illicites et à l'extorsion douce qu'ils ont toujours pratiquée. Et les Premières Familles laisseront faire les bras ouverts, parce que c'est un fil de plus dans le filet qu'ils ont lancé sur le monde.

— Tu sais… (Le rire n'avait pas quitté sa voix.) Tu commences à parler comme elle.

— Elle qui ?

— Quell, mec. Tu commences à parler comme Quellcrist Falconer, putain…

Sa remarque a plané entre nous quelques secondes. Je me suis détourné et j'ai regardé dans la nuit de la Prairie. Reconnaissant peut-être les tensions irrésolues qui subsistaient entre Murakami et moi, Jad avait préféré nous laisser seuls pendant que les yakuzas se préparaient à partir. La dernière fois que je l'avais vue, elle montait sur l'*Empaleur* avec Vlad et sa garde d'honneur. Une histoire de café au whisky.

— D'accord, Tod, ai-je dit d'une voix égale. Alors réponds-moi. Pourquoi Tanaseda est-il venu te voir pour remettre sa vie d'aplomb ?

Il a fait la grimace.

— Tu l'as dit, je suis né à Millsport. Et les yak aiment bien avoir des connexions haut placées. Ils ne me lâchent plus depuis que je suis rentré de ma première perm des Corps, il y a cent et quelques années. Ils pensent qu'on est amis de longue date.

— Et c'est le cas ?

J'ai senti son regard. Sans réagir.

— Je suis Diplo, Tak, a-t-il fini par dire. N'oublie pas.

— Ouais.

— Et mon ami, c'est toi.

— C'est bon, Tod, je suis déjà dans ton camp, pas la peine de me jouer ça. Je t'emmène chez Segesvar par la petite porte à condition que tu m'aides à le foutre en l'air. Tu y gagnes quoi, toi ?

Il a haussé les épaules.

— Aiura doit tomber pour infraction aux directives du Protectorat. Le double enveloppement d'un Diplo...

— Ex-Diplo...

— Parle pour toi. Lui n'a jamais quitté officiellement les Corps diplomatiques. Et rien que pour avoir gardé cette copie, quelqu'un dans la hiérarchie Harlan doit tomber. Effacement garanti.

Sa voix avait un tranchant étrange. Je l'ai regardé de plus près. Puis l'évidence m'a sauté aux yeux.

— Tu penses qu'ils en ont aussi une de toi, hein ?

— Tu as quelque chose de spécial pour être le seul sauvegardé ? Tak, ça n'aurait aucun sens. J'ai vérifié les archives. À ce recrutement, on a été une dizaine de Harlan à s'engager. Celui qui a décidé de prendre cette assurance a dû tous nous copier. On a besoin d'Aiura vivante pendant suffisamment de temps pour nous dire où ils sont dans les données du gouvernement.

— D'accord. Quoi d'autre ?

— Tu sais quoi d'autre.

La Prairie a de nouveau envahi mon regard.

— Je ne vais pas t'aider à massacrer Brasil et les autres, Tod.

— Je ne te le demande pas. Par respect pour Virginia, au moins, je vais essayer d'éviter. Mais il faut que quelqu'un paie la note des Scarabées, Tak. Ils ont tué Mitzi Harlan dans les rues de Millsport !

— Quel drame. Sur toute la planète, les éditeurs de pages à scandales pleurent à chaudes larmes...

— D'accord. Ils ont aussi tué va savoir combien de victimes secondaires dans le même temps. Policiers. Passants innocents. J'ai toute latitude pour clore cette opération, sous l'estampillage « agitation politique stabilisée », sans qu'on soit obligés de se déployer après coup. Mais il faut que je leur donne des boucs émissaires, ou les auditeurs des Corps vont me tomber dessus comme du barbelé autonome. Tu le sais, tu sais comment ça marche. Il faut que *quelqu'un* paie.

— Ou ait l'air de payer.

— Exactement. Mais pas forcément Virginia.

— « Une ex-Diplo dirige une révolte planétaire. » Oui, je comprends pourquoi les relations publiques des Corps diplomatiques n'apprécieraient pas forcément.

Il s'est arrêté et m'a regardé avec hostilité.

— C'est vraiment ce que tu penses de moi ?

— Non. Excuse-moi.

— Je fais de mon mieux pour tout boucler avec un minimum de dégâts pour les gens qui comptent, Tak. Et tu ne m'aides pas beaucoup.

— Je sais.

— J'ai besoin de quelqu'un pour le meurtre de Mitzi Harlan, et j'ai besoin d'un meneur. Quelqu'un qu'on pourra faire passer pour le génie criminel qui a tout manigancé. Et deux ou trois autres, pour étoffer la liste des arrestations.

« Si au final je dois me battre et mourir pour le fantôme et le souvenir de Quellcrist Falconer, et non pour la femme elle-même, alors ce sera mieux que de ne pas combattre du tout. »

Les paroles de Koi dans le flotteur échoué sur Vchira Beach. Ses paroles et l'étincelle de passion autour de son visage tandis qu'il les prononçait. La passion, peut-être, d'un martyr qui avait raté sa chance la première fois et ne comptait pas la laisser passer de nouveau.

Koi, ancien des Brigades Noires.

Mais Sierra Tres avait dit à peu près la même chose pendant qu'on se cachait dans les canaux et les ruines effondrées d'Eltevedtem. Et le comportement de Brasil le disait pour lui en permanence. Peut-être ne désiraient-ils rien d'autre que devenir martyrs pour une cause plus ancienne, plus grande et plus importante qu'eux-mêmes.

J'ai écarté mes pensées, les ai quittées avant qu'elles arrivent à leur destination.

— Et Sylvie Oshima ? ai-je demandé.

— Eh bien… D'après ce que j'ai compris, elle a été attaquée par une chose sortie de la zone à nettoyer. Si nous pouvons la sauver dans la fusillade, nous devons la décontaminer et lui rendre sa vie. Ça te paraît raisonnable ?

— Ça me paraît intenable.

Je me rappelais ce que Sylvie disait sur le logiciel de commandement à bord du *Guns for Guevara*. « *Et même si on paie un bon nettoyage après coup, il reste des saloperies. Des traces de code résistant. Des données fantômes.* » Si Koi pouvait se battre et mourir pour un fantôme, qui savait ce que les néoquellistes feraient de Sylvie Oshima, même après l'effacement de sa tête ?

— Vraiment ?

— Allez, Tod, c'est une icône. Quoi qu'il y ait en elle, ou quoi qu'il n'y ait pas, elle pourrait être le cœur d'une toute nouvelle vague néoquelliste. Les Premières Familles vont vouloir la liquider par principe.

Murakami a eu un sourire féroce.

— Ce que les Premières Familles veulent et ce qu'elles vont obtenir, c'est radicalement différent, Tak.

— Ah ouais ?

— Ouais. Parce que si elles ne coopèrent pas complètement, je vais leur promettre une force d'assaut diplo complète.

— Et s'ils te prennent au mot ?

— Tak, je suis Diplo. C'est notre boulot de jouer au bras de fer avec les régimes planétaires. Ils vont plier comme une putain de chaise de jardin, et tu le sais. Ils seront tellement contents de trouver une porte de sortie qu'ils enverront leurs enfants me torcher avec la langue, si je leur demande.

Je l'ai regardé, et j'ai eu l'impression qu'une porte venait de s'ouvrir d'un coup sur mon passé de Diplo. Il était là, encore souriant dans les projecteurs, et il aurait aussi bien pu être moi. Et je me suis rappelé ce que c'était vraiment. Ce n'était pas l'impression d'appartenance qui m'est revenue. C'était la puissance brutale de l'accession aux Corps. La sauvagerie libératrice qui naissait quand on comprenait à quel point on était craint. Qu'on parlait de vous à mi-voix dans tous les mondes colos et que même dans les couloirs du pouvoir sur Terre, les puissants se taisaient en entendant votre nom. C'était un trip égotiste plus fort que n'importe quel tétrameth. Ces hommes et des femmes qui pouvaient effacer ou briser des centaines de milliers de vies d'un simple geste, on pouvait leur réapprendre la peur. Et l'instrument de la leçon, c'était les Corps diplomatiques. C'était vous.

Je me suis forcé à sourire.

— Tu es charmant, Tod. Tu n'as pas changé d'un poil, hein ?

— Non.

Et d'un coup, mon sourire n'était plus forcé. J'ai ri, et ça a paru débloquer quelque chose en moi.

— D'accord. Vas-y, accouche, enfoiré. Comment on fait ?

Il m'a encore fait sa grimace de clown, les deux sourcils relevés.

— J'espérais que tu allais me le dire. C'est toi qui as le plan des lieux.

— Ouais, je voulais dire : avec quoi on attaque ? Tu ne comptes pas utiliser…

Murakami a indiqué du pouce la masse de l'*Empaleur*.

— Nos amis aux idées pointues ? Bien sûr que si.

— Putain, Tod, c'est des gosses camés à la meth. Les *haiduci* vont les tailler en pièces.

Il a eu un geste désinvolte.

— On travaille avec ce qu'on a, Tak, tu sais ce que c'est. Ils sont jeunes, en colère et gonflés à la meth, et ils cherchent quelqu'un sur qui se défouler. Ils occuperont bien Segesvar le temps qu'on rentre et qu'on fasse des dégâts.

J'ai consulté ma montre.

— Tu comptes faire ça ce soir ?

— Demain, à l'aube. On attend Aiura, et d'après Tanaseda, elle ne sera pas là avant le soleil. Ah oui… (Il a relevé la tête et indiqué le ciel.) Et il y a le climat.

J'ai suivi son regard. De gros contreforts de nuages noirs s'empilaient au-dessus de nos têtes, se pressant vers l'ouest depuis un ciel orangé où la lumière d'Hotei luttait encore pour se faire sentir. Daikoku était depuis longtemps noyée dans la lueur de l'horizon. Et à présent que je le remarquais, un vent frais soufflait sur la Prairie et apportait l'odeur inimitable de la mer.

— Qu'est-ce qu'il a, le climat ?

— Il va changer. (Murakami a reniflé.) La tempête qui était censée s'épuiser au sud de Nurimono ? Finalement, non. Et maintenant, on dirait qu'elle a trouvé un drôle de courant nord-ouest, et elle revient.

L'Oreille d'Ebisu.

— Tu es sûr ?

— Bien sûr que non, Tak, c'est de la prévision météo. Mais même si on ne la prend pas en pleine poire, un peu de vent violent et de pluie horizontale ne pourra pas faire de mal, hein ? Les systèmes chaotiques, c'est exactement ce qu'il nous faut.

— Ça, ça dépend des talents de pilote de Vlad l'Avaleur de meth, là. Tu sais comment on appelle une tempête qui fait demi-tour, par ici ?

Murakami m'a regardé, vide d'expression.

— Non. Manque de bol ?

— Non. On l'appelle l'Oreille d'Ebisu. À cause de la légende des pêcheurs.

— Ah oui…

Au sud, Ebisu n'est plus lui-même. Dans les régions nord et équateur de Harlan, la prédominance de la culture japamanglaise a fait de lui le dieu populaire des mers, patron des marins et, en général, une divinité bienveillante. Saint Elme est lui aussi accueilli comme archétype de dieu amical, pour inclure les résidents plus influencés par le christianisme. Mais à Kossuth, où l'héritage des ouvriers d'Europe de l'Est qui ont aidé à bâtir Harlan se fait plus sentir, cette approche ultratolérante n'est pas en vigueur. Ebisu est une présence sous-marine démoniaque qui sert à faire peur aux enfants. Un monstre de légende contre lequel saint Elme doit se battre pour protéger les fidèles.

— Tu te rappelles comment l'histoire se termine ?

— Bien sûr. Ebisu donne des cadeaux phénoménaux aux pêcheurs en échange de leur hospitalité, mais il oublie sa canne à pêche, c'est ça ?

— Pile.

— Donc, euh, il revient la chercher, et juste avant de frapper à leur porte, il les entend critiquer son hygiène. Ses mains sentent le poisson, il ne se brosse pas les dents, ses vêtements sont en mauvais état… Tous les trucs qu'on doit apprendre aux gamins, c'est ça ?

— C'est ça.

— Oui, je me rappelle que je racontais ce truc à Suki et Markus, quand ils étaient petits. (Le regard de Murakami s'est perdu dans le lointain et les nuages qui s'y massaient.) Ils doivent avoir au moins un demi-siècle, maintenant. Tu y crois ?

— Finis l'histoire, Tod.

— Ah oui. Euh, alors, Ebisu est furax, il débarque, prend sa canne et ressort. Et là, tous les cadeaux qu'il avait donnés se transforment en belalgue pourrie et en poissons morts dans son sillage. Il plonge dans la mer et les pêcheurs ont des prises exécrables pendant plusieurs mois. Morale de l'histoire, prenez soin de votre hygiène personnelle, *mais surtout, les gosses*, ne parlez pas des gens derrière leur dos. (Il m'a regardé.) Comment j'étais ?

— Pas mal, après cinquante ans. Mais ici, on la raconte un peu différemment. Tu vois, Ebisu est très laid, il a des tentacules, un bec et des crocs. Il est terrifiant et les pêcheurs ont du mal à ne pas s'enfuir en hurlant. Mais ils maîtrisent leur peur et lui offrent l'hospitalité, ce qu'on n'est pas censé faire avec un démon. Alors Ebisu leur donne toutes sortes de cadeaux volés dans des bateaux qu'il a coulés par le passé, et il part. Les marins poussent un gros soupir de soulagement, et commencent à discuter. « Tu as vu comme il était monstrueux, terrifiant, comme on a été malins de récupérer tous ces cadeaux », et au milieu de tout ça, il revient chercher son trident.

— Pas une canne à pêche, alors ?

— Non, ça ne faisait sans doute pas assez peur. C'est un gros trident barbelé, dans cette version.

— Ils auraient pu le remarquer, quand même. Imagine, un…

— La ferme. Ebisu les entend dire du mal, et il repart vert de rage. Puis il revient sous forme d'une grosse tempête qui détruit tout le village. Ceux qui ne sont pas noyés sont emportés par ses tentacules et passent une éternité de souffrance dans un enfer aquatique.

— Charmant.

— Oui, la morale est la même. Ne parlez pas des gens dans leur dos mais surtout, ne faites pas confiance à ces sales divinités étrangères venues du nord. (J'ai perdu mon sourire.) La dernière fois que j'ai vu l'Oreille d'Ebisu, j'étais encore gosse. Elle est venue par le bord est de Newpest et a ravagé les constructions de l'intérieur des terres sur des kilomètres le long de la côte de la Prairie. Ça a tué une centaine de personnes sans se fatiguer. Ça a coulé la moitié des cargos à algue dans le port avant même qu'on puisse les activer. Le vent a soulevé les glisseurs légers et les a jetés dans les rues jusqu'à Harlan Park. Par ici, l'Oreille est une très mauvaise nouvelle.

— Oui, surtout quand on promène son chien dans Harlan Park.

— Je suis sérieux, Tod. Si cette tempête arrive et que ton pote Vlad ne sait pas tenir son rafiot, on a des chances de se retrouver dans la soupe à respirer de la belalgue avant d'arriver chez Segesvar.

Murakami a froncé les sourcils.

— Laisse-moi m'inquiéter de Vlad. Toi, concentre-toi sur un plan d'assaut qui pourrait marcher.

J'ai opiné de la tête.

— D'accord. Un plan d'assaut qui marche sur la principale place forte *haiduci* de l'hémisphère Sud, avec des ados junkies comme troupes d'assaut et une tempête mortelle comme couverture. À l'aube. Bien sûr. Facile, pour moi.

Un froncement de sourcils, puis, d'un coup, il a ri.

— Maintenant que tu me présentes les choses comme ça, j'ai hâte d'y être. (Il m'a donné une claque sur l'épaule et s'est dirigé vers le glisseur pirate, sa voix flottant jusqu'à moi.) Je vais aller parler à Vlad. Putain, on va s'en souvenir, Tak. Tu verras. J'ai un bon feeling. L'intuition diplo.

— C'est ça.

Et à l'horizon, le tonnerre roulait comme s'il était piégé dans l'espace étroit entre les nuages et le sol.

Ebisu revenait chercher son trident, et il n'était pas très content de ce qu'il venait d'entendre.

Chapitre 45

L'aube était à peine plus qu'une éclaboussure grise et délavée sur la masse noirâtre des nuages quand l'*Empaleur* a largué ses amarres et s'est lancé à l'abordage de la Prairie. À sa vitesse d'assaut, le bateau faisait tant de bruit qu'on le croyait sur le point de se disloquer, mais quand nous sommes entrés dans la tempête, même ce vacarme a disparu sous le hurlement du vent et le battement de la pluie contre les flancs blindés. Les hublots avant de la passerelle étaient une masse informe d'eau que les essuie-glaces lourds balayaient avec un gémissement d'électronique malmenée. On voyait tout juste les vagues qui agitaient la surface normalement étale de la Prairie. L'Oreille d'Ebisu était fidèle à sa réputation.

— On se croirait revenus à Kasengo ! a crié Murakami, le visage ruisselant et souriant quand il a passé la porte le ramenant du pont d'observation.

Ses vêtements étaient détrempés. Derrière lui, le vent a hurlé, saisi le battant et essayé de le suivre à l'intérieur. Murakami l'a repoussé avec effort et a fermé la porte. Les verrous tempête se sont enclenchés avec un bruit sourd.

— La visibilité est en train de foutre le camp, a-t-il repris. Ces types ne nous verront même pas arriver.

— Alors ce ne sera pas Kasengo. (Cette évocation m'avait rendu irritable, et mes yeux me brûlaient à cause du manque de sommeil.) Ceux-là nous attendaient.

— Ouais, c'est vrai. (Il a passé les mains dans ses cheveux pour en déloger l'eau, puis a secoué ses doigts.) Mais on les a quand même dérouillés.

— Attention à ta dérive, a dit Vlad à son pilote. On est là pour utiliser le vent, pas lui obéir. Mets-y un peu de force.

Il avait une ardeur nouvelle et étrange dans la voix, une autorité que je n'avais pas constatée jusqu'alors. Et le pire de ses tremblements paraissait sous contrôle.

— De la force.

Le flotteur a frémi, le pont a vibré sous nos pieds. La pluie faisait un nouveau son, furieux, contre le toit et les hublots quand notre angle d'entrée dans la tempête a tourné.

— C'est ça, a dit Vlad sereinement. Reste comme ça.

Je suis resté sur la passerelle un moment de plus, puis j'ai hoché la tête pour Murakami avant de descendre aux cabines. Je me suis dirigé vers la poupe, les mains appuyées contre les murs de la coursive pour résister aux soubresauts occasionnels du flotteur. Une fois ou deux, des membres d'équipage sont apparus et m'ont dépassé dans le passage étroit avec une aisance habituée. L'air était moite. Quelques cabines plus loin, j'ai jeté un œil par une porte entrouverte et vu une des jeunes pirates de Vlad, torse nu et penchée sur des éléments de matériel inconnus posés par terre. J'ai enregistré ses gros seins bien formés, une pellicule de sueur sur sa peau sous la lumière blanche et crue, ses cheveux courts collés sur la nuque. Puis elle s'est rendu compte que j'étais là et s'est redressée. Elle a appuyé une main contre la paroi, et a replié l'autre sur sa poitrine et croisé mon regard avec une hostilité qui devait venir d'une descente de meth ou de l'impatience du combat.

— T'as un problème, mec ?

— Désolé, j'avais la tête ailleurs.

— Ah ouais ? Bah va chier, alors.

La porte de la cabine s'est refermée. J'ai soupiré.

Bien fait pour moi.

Quand j'ai retrouvé Jad, elle était tout aussi tendue, mais habillée. Elle était assise sur le plus haut des lits superposés de la cabine qu'on nous avait allouée, le blaster à éclats sans chargeur coincé sous la cuisse. Dans ses mains, elle avait les deux moitiés d'un pistolet à cartouches dont je ne me souvenais pas.

Je me suis glissé dans le lit du bas.

— C'est quoi, ça ?

— Kalachnikov Électromag. Un des types un peu plus loin me l'a prêté.

— Tu te fais déjà des amis, hein ? (Une tristesse incontournable m'a pris en disant cela. Peut-être en rapport avec les phéromones jumelles émises par les enveloppes Eishundo.) Je me demande où il l'a volé.

— Pourquoi il l'aurait volé ?

— Parce que ce sont des pirates. (J'ai tendu la main vers sa couchette.) Je peux y jeter un œil ?

Elle a assemblé l'arme et me l'a posée dans la main. Je l'ai tenu devant moi avec un hochement de tête. La gamme kalache EM était connue dans tous les mondes colos comme l'arme silencieuse par excellence, et celui-ci était un modèle de pointe.

— Ouais, au moins 700 dollars NU. Aucun pirate junkie ne pourrait dépenser ça pour un silencieux. Il l'a chouré. Sans doute en tuant le propriétaire. Fais gaffe à tes fréquentations, Jad.

— T'es vachement joyeux, ce matin. T'as pas dormi du tout ?

— Vu comme tu ronflais là-haut ? Tu plaisantes ?

Aucune réponse. J'ai grogné et me suis replongé dans les souvenirs que Murakami avait réveillés. Kasengo, une ville portuaire sans intérêt dans l'hémisphère sud de Nkrumah où l'on avait récemment posté des troupes gouvernementales tandis que le climat politique se dégradait et que les relations avec le Protectorat empiraient. Kasengo, pour des raisons connues des autochtones, avait une capacité d'hyperdiff stellaire, et le gouvernement de Nkrumah craignait que les armées NU puissent avoir accès à cette capacité.

Ils avaient raison.

Nous étions arrivés tranquilles dans des stations d'hyperdiff autour de la planète, pendant les six mois précédents où tout le monde avait fait semblant de croire que la diplomatie arrangerait les choses. Quand le commandement diplomatique a ordonné la frappe sur Kasengo, nous étions aussi acclimatés à Nkrumah que n'importe lequel de ses cent millions de colons de cinquième génération. Pendant que nos équipes infiltrées fomentaient des émeutes dans les villes du Nord, Murakami et moi réunissions une petite équipe tactique pour disparaître au sud. Nous comptions éliminer les hommes de la garnison dans leur sommeil et nous emparer des installations d'hyperdiff les plus proches le lendemain matin. Mais il y a eu un problème. L'information a filtré, et à notre arrivée la station d'hyperdiff était lourdement défendue.

Nous n'avions pas eu le temps de préparer un nouveau plan. Si la garnison de Kasengo était au courant, il devait déjà y avoir des renforts en route. En plein orage glacial, nous avons attaqué la station en combis furtives et harnais grav, larguant des leurres magnétiques dans le ciel autour de nous pour simuler un nombre plus grand. Dans la confusion de l'orage, notre ruse a fonctionné comme un charme. La garnison était faite principalement de jeunes conscrits avec quelques sous-offs expérimentés pour les tenir. Dix minutes après le début du combat, ils ont craqué et se sont enfuis par grappes paniquées dans les rues. Nous les avons poursuivis, isolés et cueillis. Certains, rares, se sont battus, mais la plupart ont été pris vivants et enfermés.

Plus tard, nous avons utilisé leurs corps pour envelopper la première vague d'assaut lourd diplo.

J'ai fermé les yeux.

— Micky ?

La voix de Jad, au-dessus de moi.

— Takeshi.

— Ouais. On va garder Micky, pour le moment, hein ?

— D'accord.

— Tu penses que cet enculé d'Anton sera là aujourd'hui ?

J'ai rouvert les yeux.

— Je ne sais pas. Oui, j'imagine. Tanaseda avait l'air de le penser. On dirait que Kovacs l'utilise encore, de toute façon, peut-être comme protection. Si personne ne sait trop à quoi s'attendre de la part de Sylvie ou du truc qu'elle trimballe, ça pourrait le rassurer d'avoir une autre tête de contrôle à côté de lui.

— Ouais, c'est logique. (Une pause. Puis, juste quand je refermais les yeux.) Ça ne te dérange pas, de parler de toi comme ça ? De savoir qu'il est là-bas ?

— Bien sûr que ça me dérange. Je vais le tuer, ce petit con.

Silence. J'ai laissé mes paupières se refermer.

— Bon, Micky ?

— *Quoi ?*

— Si Anton est là…

J'ai levé les yeux vers la couchette supérieure.

— Oui ?

— S'il est là, il est à moi. Si tu dois lui tirer dessus, vise les jambes, ce que tu veux. Mais c'est moi qui le tue.

— D'accord.

— Je suis sérieuse, Micky.

— Moi aussi, ai-je murmuré, écrasé par le poids du sommeil repoussé. Tue qui tu veux, Jad.

« Tue qui tu veux. »

Ça aurait aussi bien pu être le mot d'ordre de la mission.

On a percuté le ranch à pleine vitesse. Des émissions de détresse brouillées nous ont permis d'approcher suffisamment pour rendre les armes à longue portée de Segesvar inutiles. Le pilote de Vlad a tracé un vecteur qui paraissait poussé par la tempête, mais était en fait un virage contrôlé à haute vitesse. Le temps que les *haiduci* comprennent ce qui leur arrivait, l'*Empaleur* était sur eux. Le flotteur a percuté les enclos à panthères, écrasant les barrières et les vieilles jetées en bois de la station de liage d'origine, arrachant les planches, détruisant les murs antiques et décrépis, emportant avec lui les débris empilés sur son nez blindé.

« Écoutez, avais-je confié à Murakami et Vlad la nuit précédente. Il n'y aura aucun moyen de terminer l'approche avec subtilité. » Et les yeux de Vlad s'étaient illuminés d'un enthousiasme poussé par la meth.

L'*Empaleur* s'est arrêté dans un grincement infernal au milieu des modules bunkers à demi submergés. Il était légèrement incliné sur la droite, net au niveau du débarquement, une dizaine d'alertes collision hurlaient dans mes oreilles quand les boulons explosifs ont sauté. Les rampes se sont abattues comme des bombes, avec des sécurités en fil autonome à leur pied, se tordant et déchirant le béton inusable pour s'amarrer. Au travers de la coque, j'ai entendu les claquements métalliques des lignes d'amarrage envoyées. L'*Empaleur* s'est cramponné à ses attaches.

C'était un système autrefois utilisé pour les urgences, mais les pirates avaient recâblé tous les aspects de leur navire pour l'assaut rapide, l'abordage et le combat. Seul le cerveau mécanique qui gérait tout cela avait été épargné, et se prenait toujours pour un navire en détresse.

L'orage nous a rattrapés sur la rampe. La pluie et le vent me sont tombés dessus et m'ont giflé sous des angles étranges. En hurlant, l'équipe d'assaut de Vlad a foncé en plein chaos. J'ai lancé un coup d'œil à Murakami, secoué la tête et suivi le mouvement. Leur idée était peut-être la bonne. Vu comme l'*Empaleur* était coincé dans les dégâts qu'il venait de commettre, ils n'avaient d'autre alternative que la victoire ou la mort.

La fusillade a éclaté dans le tourbillon gris de l'orage. Les sifflements et craquements des armes à rayons, l'aboiement des armes à projectiles. Les rayons étaient d'un bleu ou d'un jaune pâles dans le brouillard. Un lointain tonnerre dans le ciel, un éclair qui a paru leur répondre. Quelqu'un a hurlé avant de tomber un peu plus loin. Cris indistincts. J'ai quitté la rampe, dérapé sur la bosse d'un module bunker, repris mon équilibre avec l'enveloppe Eishundo et bondi en avant. Dans les trous d'eau entre les modules, pour gravir le bunker suivant. La surface était pleine de terre et offrait de bonnes prises. Ma vision périphérique m'a dit que j'étais à l'avant de la pointe, Jad à ma gauche, Murakami à ma droite avec un pistolet à plasmafrag.

J'ai poussé le neurachem et remarqué une échelle de maintenance devant nous, trois pirates de Vlad coincés à son pied par des tirs depuis le dock en haut. Le corps étendu d'un camarade flottait contre le bunker le plus proche, la tête et la poitrine fumant encore là où le tir de blaster avait arraché la vie à son propriétaire.

Je me suis jeté contre l'échelle avec l'abandon d'un poisson-grimace.

— Jad !

— OK, go !

Comme chez Annette. Des vestiges de coordination des Furtifs, ou une affinité de jumeaux made in Eishundo. J'ai couru à toutes jambes. Derrière moi, le blaster à éclats a parlé – un gémissement hargneux dans la pluie, et le bord du dock a éclaté en averse de fragments. Nouveaux cris. J'ai atteint l'échelle au moment où les pirates se rendaient compte qu'ils n'étaient plus cloués sur place. Je suis monté en quatrième vitesse, le Rapsodia à l'étui.

En haut, il y avait des cadavres, déchirés et ensanglantés par les éclats, et l'un des hommes de Segesvar, blessé mais encore sur pied. Il a crié et s'est jeté sur moi avec un couteau. J'ai pivoté, saisi le bras armé et j'ai poussé le type par-dessus le bord du dock. Un cri bref, avalé par la tempête.

Accroupi pour examiner les alentours, le Rapsodia braqué malgré la mauvaise visibilité, pendant que les autres montaient à ma suite. La pluie s'abattait en un millier de geysers sur le béton. J'ai cligné des yeux pour la chasser.

Personne en haut.

Murakami m'a tapé sur l'épaule.

— Eh, pas mal pour un retraité.

J'ai ri.

— Il faut bien que quelqu'un te montre comment on fait. Par ici.

On a suivi le dock dans la pluie, trouvé l'entrée qui m'intéressait et nous nous sommes glissés à l'intérieur, un par un. Le choc a été brutal en sortant de la tempête. Nous gouttions sur le sol plastique du couloir aux portes familières en métal, lourdes et percées d'un hublot. Le tonnerre a grondé au-dehors. J'ai regardé par le hublot d'une porte pour être certain, et j'ai vu une salle pleine de placards métallisés. Stockage à froid pour la nourriture des panthères dont, à l'occasion, le corps des ennemis de Segesvar. Au bout du couloir, un escalier étroit menait à l'installation grossière de soins vétérinaires et de réenveloppement des panthères.

J'ai désigné l'escalier d'un signe de la tête.

— Par là. Trois étages, et on est dans le complexe du bunker englouti.

Les pirates sont passés, bruyants et enthousiastes. Chargés de meth comme ils l'étaient, et plus que mécontents que je les aie grillés pour l'échelle, ç'aurait été dur de les retenir.

Murakami a haussé les épaules avant même d'essayer. Ils sont descendus en courant dans l'escalier en métal et sont tombés tout droit dans l'embuscade sur le palier.

Nous étions un étage plus haut, avançant avec la prudence des gens lucides, et même, de là où je me trouvais, la chaleur des blasters m'a brûlé les mains et le visage. Une cacophonie de cris aigus et soudains quand les pirates se sont enflammés et sont morts en torches humaines. L'un des deux a fait quelques pas laborieux pour remonter l'escalier, ses ailes de feu tendues vers nous en imploration. Son visage fondu était à moins de un mètre du mien quand il s'est effondré, sifflant et fumant sur les marches froides.

Murakami a lancé une grenade ultravib par la cage d'escalier, et elle a rebondi une fois avant que le crissement familier s'engage. Dans l'espace confiné, c'était assourdissant. Nous avons plaqué nos paumes à l'unisson. Si quelqu'un a crié en dessous de nous, sa mort a été inaudible.

Nous avons attendu une seconde après la fin de la grenade, puis Murakami a tiré un coup de fusil plasmafrag vers le bas. Aucune réaction. J'ai rampé jusqu'aux cadavres noircis des pirates, étouffé par la puanteur. En regardant derrière les membres recroquevillés et désespérés de l'un des hommes plus exposés, j'ai vu un couloir vide. Murs, sol et plafond crème, vivement éclairés par des bandes d'illuminum incrustées au-dessus de nos têtes. Près du pied de l'escalier, tout était peint de grandes traînées de sang et de tissus brûlés.

— C'est bon.

Nous avons laissé cette scène de massacre derrière nous pour suivre le couloir avec prudence, jusqu'au cœur des niveaux inférieurs du bunker. Tanaseda ne savait pas exactement où les captifs étaient retenus – les *haiduci* étaient déjà nerveux qu'il y ait des yakusas à Kossuth. Prudent dans son nouveau rôle de maître chanteur pénitent, Tanaseda avait insisté, au prétexte qu'il comptait récupérer la pile de Yukio en me torturant et ainsi sauver la face, au moins auprès de ses collègues. Aiura Harlan-Tsuruoka, pour une raison tortueuse ou une autre, avait accepté, et c'était son insistance auprès de Segesvar qui avait permis la coopération diplomatique entre les yakuzas et les *haiduci*. Tanaseda avait été accueilli officiellement par Segesvar en personne, puis on lui avait dit de façon catégorique qu'il ferait mieux de trouver un logement à Newpest ou Sourcetown, de rester loin du ranch tant qu'on ne lui aurait pas fait signe de venir, et de garder le contrôle de ses hommes. On ne lui avait pas fait visiter l'installation.

Mais il n'y avait qu'un seul endroit réellement sécurisé dans le complexe pour les gens qu'on ne voulait pas tuer. Je l'avais déjà vu une ou deux fois lors de mes visites précédentes, et j'avais même regardé un pauvre joueur junkie condamné, qu'on y traînait pendant que Segesvar se demandait comment en faire un exemple. Si on voulait enfermer un homme dans le ranch, on le mettait à l'endroit d'où un monstre ne pourrait pas sortir. Les cages à panthères.

Nous avons marqué une pause à un carrefour, où le système de ventilation s'ouvrait au-dessus de nous. Le bruit du combat nous parvenait faiblement par le conduit. J'ai fait un geste vers la gauche, en parlant tout bas.

— Par là. Les cellules des panthères sont sur la droite au prochain coude, elles s'ouvrent sur des tunnels qui mènent directement aux enclos. Segesvar en a converti quelques-unes pour enfermer des humains. Ça doit être là-bas.

— Ça marche.

Nous avons repris notre progression, tourné à droite, et j'ai entendu le bourdonnement d'une des portes qui s'enfonçait dans le sol. Des pas, des voix impatientes. Segesvar et Aiura, et une troisième que je connaissais sans la reconnaître. J'ai étouffé mon sursaut de joie, me suis écrasé contre le mur et fait signe à Jad et Murakami de reculer.

Aiura, réprimant sa rage.

— … attendez vraiment à ce que je sois *impressionnée* ?

— Ne me faites pas porter le chapeau, a lâché Segesvar. C'est ce sale connard de yak bridé que vous avez voulu impliquer. Je vous avais dit…

— Segesvar-san, je ne pense pas…

— Et m'appelez pas comme ça. On est à Kossuth, pas dans le Nord. Souvenez-vous de notre culture. Anton, tu es sûr qu'il n'y a pas de diff d'intrusion en cours ?

Et la troisième voix était attribuée. La grande tête de contrôle aux cheveux criards de Drava. Chien d'attaque logiciel pour Kovacs version Deux.

— Rien. C'est purement…

J'aurais dû m'en douter.

J'allais attendre quelques secondes de plus. Pour qu'ils arrivent dans l'espace large et éclairé du couloir, puis j'aurais refermé le piège. Au lieu de ça…

Jad a filé à côté de moi comme un câble de chalutier qui lâche. Sa voix a paru faire naître des échos dans les murs de tout le complexe.

— Anton, espèce d'enculé !

Je me suis décollé du mur, me tournant pour tous les couvrir avec le Rapsodia.

Trop tard.

Je les ai vus tous les trois, bouche bée. Segesvar a croisé mon regard et a grimacé. Jad était posée, le pistolet à éclats contre la hanche, tendu. Anton l'a vue et a réagi, rapide comme un déClass. Il a saisi Aiura Harlan-Tsuruoka par les épaules et l'a poussée devant lui. Le pistolet à éclats a craché. Et la cadre de sécurité des Harlan a cri…

… explosé des épaules à la taille quand le nuage monomol l'a pulvérisée. Le sang et les chairs ont giclé autour de nous, m'éclaboussant et m'aveuglant…

Le temps que je m'essuie les yeux, les deux autres étaient partis. Retournés dans la cellule d'où ils venaient, et le tunnel derrière. Ce qui restait d'Aiura était répandu par terre en trois morceaux et une flaque de sang.

—Jad, *mais à quoi tu joues bordel*? ai-je crié.

Elle a essuyé son visage, étalant le sang.

—Je t'avais dit que je l'aurais.

J'ai voulu reprendre mon calme. Tendu le doigt vers le carnage par terre.

—Tu ne l'as pas eu, Jad. Il est parti. (Le calme m'a échappé, s'est déchiré comme une loque devant ma rage généralisée.) Comment t'as pu être aussi conne ? Il est parti !

—Alors je vais le rattraper !

—Non, on doit…

Mais elle était déjà repartie dans la cellule ouverte à son trot de déClass. Et passait dans le tunnel.

—Bien, Tak, a félicité Murakami avec ironie. Présence, respect. Ça me plaît bien.

—Ta gueule, Tod. Trouve la salle des moniteurs, vérifie les cellules. Ils sont tous dans le coin. Je reviens dès que je peux.

Je reculais, en mouvement avant d'avoir fini de parler. Je courais de nouveau, après Jad, après Segesvar.

Après quelque chose.

Chapitre 46

Le tunnel a débouché sur une fosse de combat. Les flancs en béton inusable, hauts de dix mètres et déchirés sur la moitié par des générations de panthères des marais décidées à se creuser une sortie. L'espace des spectateurs, autour de la fosse, était ouvert sur un ciel bouché de nuages verts et mouvants. Il était impossible de lever directement les yeux sur la pluie. Trente centimètres de boue au fond de la fosse, liquéfiée par la pluie battante. Les grilles d'écoulement n'arrivaient plus à suivre.

J'ai plissé les paupières pour passer outre l'eau dans mes yeux, aperçu Jad à mi-chemin de l'échelle étroite accrochée à un des angles de la fosse. J'ai aboyé par-dessus le vacarme de la tempête.

— *Jad ! Attends,* putain !

Elle s'est arrêtée, suspendue au barreau de l'échelle, le canon pointé vers le bas. Puis elle a fait signe et a continué à monter.

J'ai juré, rangé le Rapsodia et l'ai suivie sur l'échelle. La pluie dégoulinait sur les parois et me martelait la tête. J'ai cru entendre un tir.

Quand je suis arrivé, une main m'a saisi le poignet. J'ai sursauté et croisé les yeux de Jad.

— Te lève pas. Ils sont là.

J'ai passé la tête par-dessus le sommet du puits et regardé le réseau de passerelles et de galeries de spectateurs qui se croisaient entre les arènes. De grands rideaux de pluie grise balayaient la vue. À plus de dix mètres, la visibilité virait au flou. À vingt mètres, elle était nulle. Quelque part de l'autre côté du ranch, j'entendais les combats qui faisaient encore rage, mais ici, il n'y avait que la tempête. Jad était à plat ventre au bord de la fosse. Elle m'a vu regarder autour de moi et s'est rapprochée.

— Ils se sont séparés, m'a-t-elle crié à l'oreille. Anton va vers l'amarrage de l'autre côté. À mon avis, il cherche un moyen de se tailler, ou l'autre toi, pour se protéger. L'autre type est reparti par les enclos par là, on dirait qu'il veut se battre. Il vient de me tirer dessus.

J'ai hoché la tête.

— OK. Va choper Anton, je m'occupe de Segesvar. Je te couvrirai quand tu partiras.

— Ça marche.

Je l'ai prise par l'épaule quand elle a roulé sur elle-même, et ramenée à moi un instant.

— Jad, sois super-prudente. Si tu croises l'autre moi…

Elle m'a fait un grand sourire où la pluie s'est engouffrée.

— Je te le dessoude gratuitement.

Je l'ai rejointe en haut du mur, ai tiré le Rapsodia et l'ai réglé sur dispersion serrée, portée maximale. Je me suis installé, accroupi et à moitié en arrière.

— Scan !

Elle s'est préparée.

— Go !

Elle a couru à toute allure, le long de la rambarde, jusqu'à une passerelle de connexion et l'ombre de la pluie. Sur la droite, un rayon a fendu le nuage de pluie. J'ai tiré par réflexe, tout en sachant que j'étais trop loin. Quarante à cinquante mètres, avait dit l'armurière à Tekitomura. Mais c'était mieux si on voyait la cible.

Donc…

Je me suis levé et j'ai crié dans la tempête.

— Eh, Rad ! Tu m'écoutes ? Je vais te tuer !

Pas de réponse, et pas de tir. J'ai avancé avec méfiance, au bord de la fosse, essayant de deviner la position de Segesvar.

Les fosses étaient de larges ovales creusés à même le lit de limon de la Prairie, environ un mètre en dessous du niveau de l'eau. Il y en avait neuf, l'une contre l'autre par rangées de trois, leurs murs épais de béton inusable surmontés de galeries communicantes où les spectateurs pouvaient se tenir à la balustrade et regarder les panthères des marais s'entre-déchirer à bonne distance. Des passerelles à spectateurs en treillis d'acier étaient fixées aux coins de chaque fosse pour donner une plus grande capacité d'accueil pour les combats les plus populaires. J'avais souvent vu ces galeries bondées sur cinq rangs tout autour des passerelles, grinçant sous le poids de ceux qui voulaient voir la mort.

Cette structure en alvéoles se dressait sur environ cinq mètres au-dessus des eaux de la Prairie, et s'appuyait sur les bulles du complexe de bunkers d'un côté. Adjacent à ce bord des puits, striés de passerelles de services plus nombreuses encore, il y avait les rangées des enclos à nourriture et les longues pistes d'entraînement que l'*Empaleur* avait défoncées dans son entrée. Si j'avais bien vu, c'était depuis le bord de ces ruines que le tir de blaster avait fusé.

— Tu m'entends, Rad, espèce d'enfoiré ?

Le blaster a de nouveau tiré. Le rayon m'a frôlé, et je me suis jeté à terre dans un grand éclaboussement. La voix de Segesvar a tonné.

— Tu es assez près, Tak, il me semble.

— Comme tu veux, ai-je répondu en criant. De toute façon, c'est fini, il ne nous reste plus qu'à nettoyer.

— Vraiment ? Tu n'as pas beaucoup confiance en toi, on dirait ? Il est du côté du nouveau dock, à repousser tes amis les pirates. Il va les balancer dans la Prairie ou les laisser à bouffer par les panthères. Tu n'entends pas ?

J'ai écouté. Les bruits de combat me sont revenus. Des tirs de blasters, des cris de temps à autre. Impossible de savoir où penchait la bataille, mais mes doutes sur Vlad et son équipage me sont revenus.

— Tu l'aimes bien, on dirait ! Vous avez passé du temps tous les deux dans le gymnase grav ? Chacun à un bout de ta pute préférée ?

— Je t'emmerde, Kovacs. Au moins lui, il sait encore s'amuser !

Sa voix paraissait proche, même dans la tempête. Je me suis légèrement soulevé et j'ai commencé à ramper le long de la galerie. Histoire d'approcher.

— C'est ça. Et ça valait le coup que tu me vendes ?

— Je t'ai pas vendu. (Son rire a grincé.) Je t'ai échangé contre une meilleure version. Je vais rembourser ma dette à ce mec, plutôt qu'à toi. Parce que *lui*, il se rappelle d'où il vient.

Un peu plus près. Je me suis tiré, mètre par mètre dans la pluie battante, dans trois centimètres d'eau qui couvrent les galeries. J'ai quitté une fosse, longé une autre. Reste collé au sol. Ne laisse pas la colère et la rage te relever. Essaie de le pousser à l'erreur.

— Et il se souvient de toi qui chouinais dans une ruelle avec la cuisse ouverte, Rad ? Il s'en souvient, de ça ?

— Oui. Mais tu sais quoi ? (La voix de Segesvar a monté. J'avais dû toucher juste.) Il ne vient pas me casser les couilles avec ça chaque fois. Et il n'en profite pas pour prendre des libertés avec mes finances.

Un peu plus près. J'ai pris un ton amusé.

— Ouais, et il t'a connecté avec les Premières Familles, en plus. Et c'est surtout ça qui compte, hein ? Tu t'es vendu à des aristos, Rad. Comme les yakuzas. Tu vas bientôt déménager à Millsport…

— Va te faire *foutre, Kovacs* !

Sa rage s'est accompagnée d'un tir de blaster, mais très loin de moi. J'ai souri dans la pluie et réglé le Rapsodia sur une dispersion maximale. Me suis soulevé légèrement. J'ai poussé le neurachem.

— Et c'est *moi* qui ai oublié d'où je viens ? Allez, Rad. Tu vas te retrouver avec une enveloppe bridée, si tu continues.

C'est assez près.

— Va te fai…

Je me suis relevé et me suis lancé en avant. Sa voix m'a servi de guide, la vision neurachem a fait le reste. Je l'ai repéré, accroupi de l'autre coté d'un enclos à nourriture, à moitié protégé par le flanc en acier d'une passerelle. Le Rapsodia a craché ses fragments monomol depuis mon poing tandis que je contournais l'ovale de la dernière arène. Pas le temps de viser, il faut espérer que…

Il a glapi et je l'ai vu sursauter et se prendre le bras. Une joie sauvage m'a traversé, a retroussé mes lèvres. J'ai tiré de nouveau, et il s'est effondré ou mis à l'abri. J'ai laissé la rambarde entre la galerie sur laquelle je me trouvais et l'enclos à nourriture. J'ai failli trébucher – mais non. Ai retrouvé mon équilibre et pris une décision rapide. Je ne pouvais pas contourner le mur. Si Segesvar était encore vivant, il se serait remis sur pied le temps que j'arrive, et il me grillerait avec son blaster. La passerelle était une ligne droite, cinq ou six mètres au-dessus de l'enclos. J'ai couru.

Le métal sous mes pieds s'est incliné.

Dans l'enclos, quelque chose a bondi et feulé. La puanteur de mer et de chair pourrie de l'haleine de la panthère m'a assailli.

J'aurais le temps de comprendre par la suite : l'enclos avait été endommagé par l'arrivée de l'*Empaleur*, et le béton sur lequel Segesvar était assis s'était fendu. Cette extrémité de la passerelle ne tenait que par quelques boulons à moitié arrachés. Et suite à d'autres dégâts ailleurs, une panthère s'était échappée.

J'étais encore à deux mètres du bout quand les boulons se sont entièrement arrachés. Les réflexes Eishundo m'ont lancé en avant. J'ai perdu le Rapsodia, saisi le bord de l'enclos à deux mains. La passerelle a cédé sous mes pieds. Mes paumes se sont collées au béton trempé. L'une a glissé, l'autre a tenu grâce aux gènes de gecko. En dessous, la galerie lançait des étincelles sous les coups de griffes de la panthère, puis elle est repartie avec un hurlement déçu. J'ai cherché une prise pour mon autre main.

La tête de Segesvar est apparue par-dessus le rebord. Il était pâle, il avait le bras droit en sang, mais il a souri en me voyant.

— Tiens tiens tiens… Mon vieil ami le moralisateur, Takeshi Kovacs.

Je me suis balancé sur le côté, et j'ai passé un talon sur le bord de l'enclos. Segesvar l'a vu et s'est approché en boitant.

— Non, non, pas question.

Il a délogé mon pied d'un coup de botte. Je suis retombé, gardant de justesse la prise de mes deux mains. Il se tenait au-dessus de moi et m'a regardé un moment. Puis il a passé en revue les autres fosses et a hoché la tête, satisfait. La pluie battait autour de nous.

— Pour une fois, c'est moi qui te prends de haut.

— Ta gueule…

— Tu sais, si ça se trouve, cette panthère est un de tes amis religieux. Ce serait ironique, hein ?

— Allez, Rad, finis-en. T'es un vendu de merde, et tu ne pourras rien faire pour me prouver le contraire.

— Oui, Takeshi, fais-moi la morale, vas-y. (Son visage s'est tordu, et j'ai cru qu'il allait m'écraser les mains.) Comme d'habitude. Oh, « Radul est un sale criminel, Radul ne peut pas se débrouiller tout seul, il a fallu que je lui sauve la vie, une fois». Tu fais ça depuis que tu m'as piqué Yvonna, et *tu ne changeras jamais*.

Je l'ai regardé, bouche bée dans la pluie, le vide complètement oublié sous mes pieds. J'ai craché l'eau que j'avais dans la bouche.

— De quoi tu parles ?

— Tu sais très bien de quoi je parle ! Watanabe, cet été-là, Yvonna Vasarely, avec les yeux verts.

Les souvenirs sont revenus avec son nom. Le récif d'Hirata, la silhouette longiligne au-dessus de moi. Un corps humide et salé sur des combis de plongée moisis.

« Accroche-toi bien. »

— Je… (J'ai secoué la tête, sonné.) Je croyais qu'elle s'appelait Eva.

— Tu vois ! Tu vois, putain ? (Ça suintait de lui comme de la sanie, comme un venin trop longtemps retenu. Son visage était tordu par la rage.) Tu n'en avais rien à foutre d'elle. Pour toi, c'était juste une poufiasse à tirer.

Mon passé s'est rappelé à moi un instant. L'enveloppe Eishundo a pris le relais, et je suis resté accroché dans un tunnel d'images kaléidoscopiques de l'été en question. Sur la terrasse de Watanabe. La chaleur sous un ciel de plomb. Une vague brise sur la Prairie, trop légère pour agiter le carillon en verre miroir. La chair poissée par la sueur sous les vêtements, perlée là où on pouvait la voir. Des paroles et des rires languides, l'arôme acide du chanvre de mer. La fille aux yeux verts.

— Ça fait deux cents ans, putain, Rad. Et tu ne lui parlais même pas. Tu sniffais de la meth dans le décolleté de Malgazorta Bukovski, comme d'habitude.

— Je ne savais pas comment faire. Elle était… Je *tenais* à elle, pauvre *con* !

Je n'ai pas tout de suite reconnu le bruit que je faisais. Ç'aurait pu être une quinte de toux étouffée par la pluie qui me glissait dans la gorge chaque fois que j'ouvrais la bouche. On aurait dit un sanglot, un petit déchirement qui s'ouvrait en moi.

Un dérapage. Un chagrin.

Mais non.

Je riais.

C'est venu après la première quinte de toux comme une chaleur qui enflait dans ma poitrine et cherchait une sortie. Ça a chassé l'eau de ma bouche, et je n'ai plus pu me retenir.

— Arrête de rire, connard.

Je ne pouvais pas. Je gloussais. Une nouvelle énergie a accompagné cette hilarité dans mes bras, mes mains de gecko, une nouvelle force de traction dans chacun de mes doigts.

— Pauvre con, Rad, elle venait de la partie friquée de Newpest. Elle ne se serait jamais gâchée avec des racailles comme nous. Elle est allée étudier à Millsport cet automne-là, et je ne l'ai jamais revue. Elle m'avait *dit* que je ne la reverrais jamais. Et que ce n'était pas grave, qu'on s'était bien amusés mais que ce n'était pas notre vie. (À peine conscient de ce que je faisais, je me suis rendu compte que je commençais à m'extraire de la fosse pendant qu'il me regardait. Le bord de béton inusable contre ma poitrine. Je parlais en haletant.) Tu crois vraiment… que tu aurais pu approcher quelqu'un comme ça, Rad ? Tu croyais qu'elle porterait tes… tes enfants, et qu'elle resterait à Spekny Wharf avec les autres femmes du gang ? En attendant que tu rentres bourré de chez Watanabe, à l'aube ? Sérieusement… (Entre deux grognements, le rire a repris.) Il faudrait vraiment qu'une nana, *n'importe quelle* nana, soit désespérée pour accepter ça.

— Ta gueule !

Il m'a donné un coup de pied au visage.

Je devais savoir que ça viendrait. Je le titillais depuis assez longtemps. Mais ça paraissait soudain très lointain et très trivial, par rapport aux images brillantes de cet été-là. Et de toute façon, c'était l'enveloppe Eishundo, pas moi.

Ma main gauche s'est tendue. J'ai pris sa jambe par le mollet quand elle a reculé après le coup. Le sang a giclé de mon nez. La prise gecko a tenu bon. J'ai tiré en arrière, de toutes mes forces, et il a sautillé sur une jambe au bord de l'enclos. Il m'a regardé, le visage tordu.

Je suis tombé, et il m'a suivi.

Ce n'était pas très haut. Les bords de l'enclos étaient incurvés comme ceux de l'arène, et la passerelle effondrée s'était coincée à la moitié du mur de béton, presque d'aplomb. J'ai percuté le treillis de métal, et Segesvar m'est tombé dessus, me coupant le souffle. La passerelle a frémi et glissé sur un demi-mètre. En dessous de nous, la panthère est devenue folle, frappant la rambarde, essayant de l'amener au sol. Elle sentait le sang qui coulait de mon nez cassé.

Segesvar s'est tortillé, encore furieux. Je l'ai frappé. Il a accompagné. En grognant derrière ses dents serrées, il a ramené son bras blessé sur ma gorge et s'est appuyé de tout son poids. Ça l'a fait crier, mais il n'a pas relâché la pression. La panthère a percuté le bord de la passerelle écroulée, la puanteur de son haleine traversant le treillis jusqu'à moi. J'ai vu un œil fou, masqué par les étincelles quand ses griffes ont déchiré le métal. Elle hurlait et bavait comme un dément.

Qu'elle était peut-être.

J'ai battu des jambes, mais Segesvar m'avait coincé. Avec près de deux siècles de batailles de rue à son actif, c'était le genre d'affrontement qu'il ne perdrait pas. Il me regardait de toute sa haine, une haine qui lui donnait la force de dépasser la douleur. Je me suis libéré un bras et l'ai encore frappé. Je voulais viser la gorge, mais elle était protégée. Un blocage du coude, et mes doigts ont à peine effleuré son visage. Puis il m'a coincé le bras et a encore fait pression sur le membre blessé qui m'étouffait.

J'ai levé la tête et mordu au travers de la veste, dans la chair lacérée de son avant-bras. Le sang a coulé dans le tissu et rempli ma bouche. Il a crié et m'a frappé sur la tempe de l'autre côté. La pression sur ma gorge commençait à faire effet – je ne pouvais plus respirer. La panthère a bondi contre l'armature en métal, qui a bougé. J'ai un peu glissé sur le côté.

Et utilisé ce mouvement.

Poussé jusqu'à poser ma main à plat sur le côté de son visage. Puis j'ai frotté ma paume vers le bas.

Les soies de gecko ont mordu et déchiré sa peau. Là où j'appuyais le plus fort, à la base des doigts, le visage de Segesvar s'est ouvert. Son instinct de bagarreur lui a fait fermer les yeux quand je l'ai saisi, mais ça n'a servi à rien. L'adhérence de mes doigts a arraché la paupière, râpé l'œil et l'a fait sortir, suspendu au nerf optique. Il a crié du fond de son ventre. Un giclement de sang a soudain dessiné un sillage rouge dans le gris de la pluie, chaud sur mon visage. Il a perdu sa prise et a reculé, les traits mutilés, l'œil exorbité et projetant encore du sang par spasmes. J'ai crié en me jetant sur lui, collé un coup sur la partie intacte de son visage qui l'a fait chanceler de côté contre la rambarde.

Il y est resté appuyé un instant, la main gauche levée faiblement pour me parer, le poing droit cramponné sur le métal malgré les dégâts subis par son bras.

Et la panthère l'a attrapé.

D'un coup. Ça a été un brouillard de crinière et de fourrure, un coup de patte avant et une prise avec le bec. Les griffes se sont enfoncées en lui à hauteur d'épaule et l'ont descendu de la passerelle comme une poupée de chiffon. Il a crié, une fois, puis j'ai entendu un craquement terrible quand le bec s'est refermé. Je n'ai rien vu, mais ça l'a sans doute coupé en deux, net.

Je suis bien resté une minute sur cette passerelle inclinée, à écouter les bruits de viande déchirée et avalée, les os brisés. J'ai fini par aller en boitant jusqu'à la rambarde pour jeter un œil.

Trop tard. Rien du carnage qui entourait la panthère ne laissait supposer que son repas avait pu être humain.

La pluie emportait déjà le plus gros du sang.

Les panthères des marais ne sont pas très intelligentes. Une fois rassasiée, celle-ci s'est plus ou moins désintéressée de mon existence. J'ai passé quelques minutes à chercher le Rapsodia, en vain, puis me suis décidé à sortir de l'enclos. Avec les différentes fractures que l'arrivée de l'*Empaleur* avait causées dans le mur, ce n'était pas très difficile. J'ai utilisé la fissure la plus large pour me hisser, ai coincé mon pied dedans et poussé pour grimper. À l'exception d'un coup de sang quand un fragment s'est délogé dans ma main au sommet, ça a été une ascension rapide et sans heurt. Pendant que je montais, quelque chose dans le système Eishundo a mis fin au saignement de mon nez.

Je suis resté en haut pour écouter les bruits de bataille. Je n'ai rien entendu par-dessus la tempête, et même elle paraissait plus calme. Le combat était fini, ou avait évolué en traques et embuscades diverses. Apparemment, j'avais sous-estimé Vlad et son équipage.

Oui. Ou les haiduci.

Il était temps de savoir.

J'ai trouvé le blaster de Segesvar dans une mare de son sang, près de l'enclos. J'ai vérifié la charge et suis reparti sur les passerelles des arènes. Je me suis rendu compte en chemin que la mort de Segesvar ne m'avait apporté qu'une satisfaction très vague. Je me moquais de la façon dont il m'avait vendu, et la révélation de sa haine à cause de ma transgression avec Eva…

Yvonna.

… oui, pardon, Yvonna, cette révélation ne faisait que renforcer la vérité. La seule chose qui nous avait maintenus côte à côte pendant deux cents ans était cette dette contractée dans une ruelle. Nous ne nous étions jamais appréciés, et tout cela me faisait penser que ma jeunesse avait dû jouer sur la corde sensible de Segesvar comme un gitan sur son violon.

Dans le tunnel, je me suis arrêté tous les trois ou quatre pas pour guetter des détonations. Le complexe de bunkers paraissait très calme, et mes propres pas créaient plus d'échos que je l'aurais voulu. J'ai remonté le tunnel jusqu'à l'endroit où j'avais laissé Murakami. J'y ai trouvé la dépouille d'Aiura Harlan, avec un joli trou net en haut de la colonne vertébrale. Aucun signe de qui que ce soit. J'ai écouté dans les deux directions, sans rien entendre d'autre qu'un battement métallique rythmé. Sans doute les panthères des marais enfermées qui se jetaient contre les portes, affolées par l'agitation à l'extérieur. J'ai grimacé et commencé à avancer le long des portes, les nerfs tendus à craquer, le blaster brandi devant moi.

J'ai trouvé les autres cinq ou six portes plus loin. Le battant était ouvert, l'espace arrière éclairé sans pitié. Des corps gisaient en tas par terre, le mur était décoré de longues traînées de sang, comme si on l'y avait jeté par seaux entiers.

Koi.

Tres.

Brasil.

Quatre ou cinq autres que je reconnaissais sans connaître leur nom. Ils avaient été tués avec une arme à cartouche, tous face contre terre. Le même trou découpé dans la colonne vertébrale, les piles envolées.

Aucune trace de Vidaura ou de Sylvie Oshima.

J'étais au milieu du carnage, le regard glissant de corps en corps avachi comme si je cherchais quelque chose que j'aurais perdu. Je suis resté là jusqu'à ce que le calme de la cellule lumineuse devienne un bourdonnement aigu à mes oreilles, occultant le monde.

Des pas dans le couloir.

Je me suis retourné d'un coup, relevant le canon du blaster, et j'ai failli abattre Vlad Tepes quand il a passé la tête par le bord de la porte. Il a reculé d'un bond, tournant la carabine plasmafrag entre ses mains, puis arrêtant son geste. Un sourire hésitant a fleuri à son visage, une main est venue gratter sa joue.

— Kovacs. Merde, mec, j'ai failli te flinguer.

— Qu'est-ce qui se passe ici, Vlad ?

Il a regardé les cadavres. Haussé les épaules.

— Va savoir. On dirait qu'on est arrivés trop tard. Tu les connaissais ?

— Où est Murakami ?

Il a indiqué la direction d'où il venait.

— De l'autre côté, sur le dock de garage. C'est lui qui m'envoie te chercher, au cas où tu aurais eu besoin d'aide. Les combats sont presque finis, tu sais. Un peu de nettoyage, et après par ici le bon butin. C'est l'heure de la paie. Allez, viens, c'est par là.

Je l'ai suivi, vidé. Nous avons traversé le bunker submergé par des couloirs marqués de la bataille récente, des murs noircis par les blasters et de grotesques taches de chair humaine, avec quelques cadavres étendus par terre, et une fois un homme entre deux âges à la tenue d'une élégance absurde. Assis par terre, il regardait sans y croire ses jambes éclatées. Les bruits de combat avaient dû le chasser du casino ou du bordel, et il s'était réfugié dans le bunker, où il avait été pris dans un tir croisé. Quand nous sommes passés devant lui, il a tendu les bras vers nous, et Vlad l'a achevé d'un coup de plasmafrag. Nous l'avons laissé encore fumant du trou massif dans la poitrine. Une échelle d'accès nous a menés dans la vieille station de liage.

Sur le parking, le carnage était comparable. Le quai était jonché de corps recroquevillés jusqu'entre les glisseurs amarrés. Ici et là, de petites flammes brûlaient où les tirs avaient trouvé un matériau plus inflammable que la chair et l'os. La fumée flottait dans la pluie. Le vent était bien en train de mourir.

Murakami était près de l'eau, agenouillé à côté d'une Virginia Vidaura effondrée, en lui parlant rapidement. Une main a glissé vers le côté de son visage. Quelques pirates de Vlad se tenaient autour d'eux, en pleine discussion amicale, l'arme à l'épaule. Ils étaient trempés mais apparemment sains et saufs.

De l'autre côté de la carapace d'une Prairiemobile amarrée là, le corps d'Anton.

Il était étendu la tête en bas, les yeux ouverts, ses cheveux de contrôle arc-en-ciel traînant presque dans l'eau. On aurait pu passer la tête par le trou qu'il avait dans la poitrine. Jad avait dû faire mouche en plein centre, par-derrière, le blaster réglé pour un tir serré. L'arme elle-même était abandonnée sur le dock, dans des mares de sang. Aucun signe de Jad.

Murakami nous a vus arriver et a lâché le visage de Vidaura. Il a ramassé le blaster à éclats et me l'a tendu des deux mains. Le chargeur était éjecté, la chambre vide. Il avait été abandonné pendant le combat. Murakami a secoué la tête.

— On l'a cherchée, mais rien. Col m'a dit qu'il a cru la voir tomber dans l'eau. Abattue depuis le mur, là. Elle était peut-être juste blessée, mais dans cette saloperie… (Un geste pour le ciel nuageux.) On le saura quand on récupérera tous les corps. La tempête va mourir vers l'ouest. On pourra chercher à ce moment-là.

J'ai regardé Virginia Vidaura. Je ne voyais aucune blessure apparente, mais elle paraissait semi-consciente, la tête pendante. Je me suis retourné vers Murakami.

— Qu'est-ce qui…

Et la crosse du blaster m'a cogné en pleine tête.

Feu blanc, incrédulité. Un nouveau saignement de nez.

Qu…

J'ai chancelé, trébuché, chuté.

Murakami s'est dressé au-dessus de moi. Il a jeté le blaster et a tiré un petit sonneur de sa ceinture.

— Désolé, Tak.

Et m'a assommé avec.

Chapitre 47

Au bout d'un long, très long couloir plongé dans l'ombre, une femme m'attend. J'essaie de me dépêcher, mais mes vêtements trempés sont lourds, et le couloir lui-même grimpe ; je patauge presque jusqu'aux genoux dans un truc visqueux, qui pourrait être du sang coagulé s'il puait moins la belalgue. J'avance comme je peux sur le sol invisible, mais la porte ouverte n'a pas l'air de se rapprocher.

— T'as un problème, mec ?

Je pousse le neurachem, mais le bioware ne va pas, parce que je ne vois qu'une image de lunette de visée, très distante. Si je sourcille, l'image danse partout, et j'ai mal aux yeux quand j'essaie de la fixer. La moitié du temps, cette femme est la pirate aux gros seins de Vlad, torse nu et penchée sur les modules de cet équipement étranger sur le sol. Ses seins pendent comme des fruits – mon palais a mal tant il a envie de sucer ces tétons sombres et courts. Puis, juste quand je suis sûr d'avoir reconnu cette image, elle disparaît et devient une petite cuisine aux stores peints à la main qui bloque le soleil de Kossuth. Il y a une femme aussi, là, torse nu, mais ce n'est pas la même, parce que je la connais.

La lunette de visée chancelle de nouveau. Mes yeux glissent jusqu'au matériel par terre. Des emballages antichoc gris mat, de beaux disques noirs là où les spirales de données sortiront quand elles seront activées. Le logo de chaque module est inscrit en idéogrammes que je reconnais. Pourtant, je ne sais pas lire le chinois, celui de Hun ou celui de la Terre. Tseng Psychographics. C'est un nom que j'ai déjà vu sur les champs de bataille entre les mains d'unités de récupération psychochirurgicales, un nom nouveau. Une nouvelle étoile dans la constellation rare des marques militaires. Un nom et une marque que seules les organisations les mieux financées peuvent s'offrir.

— C'est quoi, ça ?

— Kalachnikov Électromag. Un des types un peu plus loin me l'a prêté.

— Je me demande où il l'a volé.

— Pourquoi il l'aurait volé ?

— Parce que ce sont des pirates.

D'un coup, ma paume est pleine du poids arrondi et délicieux de la crosse du kalachnikov. Il luit sous mes yeux dans la lumière basse du couloir, et n'a qu'une envie, servir.

« Au moins 700 dollars NU. Aucun pirate junkie ne pourrait dépenser ça pour un silencieux. »

Encore quelques pas laborieux, et je me rends compte d'un coup de mon incapacité à prendre conscience des faits. Comme si j'absorbais le truc visqueux du couloir via des racines sur mes jambes et par mes bottes trempées, et je sais que quand je serai plein, je serai obligé de m'arrêter.

Et après, je vais grossir et exploser, comme un sac de sang qu'on serre trop fort.

« Si tu reviens, mon gars, je t'écrase jusqu'à c'que t'explose. »

*Je sens mes yeux s'écarquiller sous la surprise. Je regarde de nouveau dans la lunette de visée, et cette fois ce n'est pas la femme avec le matériel, et ce n'est pas la cabine dans l'*Empaleur.

C'est la cuisine.

Et c'est ma mère.

Elle a un pied dans une bassine d'eau savonneuse et se penche pour se laver la jambe avec une boule d'hygisponge de culture. Elle porte une jupe de cueilleuse d'algues, fendue sur le côté et qui lui arrive en haut du genou. Elle est torse nu, et jeune, plus jeune que je me la rappelle d'habitude. Ses seins sont doux et lourds, et ma bouche a mal du souvenir de les avoir goûtés. Elle regarde sur le côté et me sourit.

Il entre dans la pièce en claquant une autre porte, qu'un souvenir fugace me dit donner sur le quai. Il entre dans la pièce et la frappe comme une force élémentaire.

« Salope, espèce de sale magouilleuse. »

Sous l'effet de la surprise, de nouveau, mes yeux s'étrécissent, et je me tiens sur le seuil. Le voile de la lunette a disparu. C'est maintenant. C'est réel. Je me mets à bouger dès le premier des trois coups. Une gifle du dos de la main, avec tout le poids du corps. Un coup qu'il nous a donné à tous, à un moment ou un autre, mais cette fois il ne se retient plus – elle est catapultée à travers de la cuisine, percute la table et tombe. Elle se relève et il lui donne un autre coup, elle retombe et il y a du sang, qui gicle de son nez en un arc de soleil derrière les stores. Elle essaie de se remettre debout et il lui abat le pied sur l'estomac, elle se tord et roule sur le flanc, la bassine se renverse et l'eau savonneuse déferle vers moi, par-dessus le seuil, sur mes pieds nus, et j'ai l'impression que mon fantôme demeure à la porte tandis que le reste de moi se rue dans la pièce et tente de s'interposer.

Je suis petit, cinq ans à peine, et il est saoul. Son coup rate sa cible. Mais il suffit à me faire voler hors de la pièce. Puis il se penche sur moi, les mains posées par chance sur ses genoux, haletant par la bouche.

« Si tu reviens, mon gars, je t'écrase jusqu'à c'que t'explose. »

Il ne prend même pas la peine de refermer avant de retourner s'occuper d'elle.

Mais je reste là, impuissant, par terre, je commence à pleurer. Et elle tend la main sur le sol et pousse le battant de la main, pour le refermer sur ce qui va se passer.

Ensuite, il ne reste que le bruit des coups et la porte qui se ferme.

Je cours dans le couloir, poursuivant la porte qui recule devant moi tandis que la dernière lumière s'infiltre par les interstices, et les pleurs dans ma gorge se modulent vers le haut, vers un cri de razaile. Une vague de rage enfle en moi, qui me soulève et me fait grandir, chaque seconde me rend plus vieux, et je serai bientôt assez grand pour atteindre l'entrée. Je vais y arriver avant qu'il nous quitte tous, qu'il disparaisse de nos vies et je vais le faire *disparaître. Je vais le tuer à mains nues, il y a des armes dans mes mains, mes mains* sont *des armes, et la bouillie visqueuse s'écoule et je percute la porte comme une panthère des marais, mais ça ne change rien, elle est fermée depuis trop longtemps, elle est solide et l'impact résonne en moi comme une décharge de sonneur et…*

Ah oui. Sonneur.

Donc ce n'est pas une porte c'est…

… le dock, et mon visage est écrasé contre, dans une mare collante de salive et de sang puisque j'ai dû me mordre la langue en tombant. C'est assez fréquent, avec les sonneurs.

J'ai toussé et me suis étouffé avec une gorgée de mucus. Je crache, je fais un rapide inventaire des dégâts subis, et je le regrette tout de suite. Tout mon corps souffre et tremble de la décharge. La nausée s'est ancrée dans mon estomac et mes boyaux, ma tête est légère et pleine d'air étoilé. La tempe me lance là où j'ai pris le coup de crosse. Je reste étendu un moment, le temps de tout contrôler, puis je décolle mon visage du dock et je relève la tête comme un phoque. C'est un mouvement court, avorté. J'ai les mains attachées dans le dos par une sorte de toile, et je ne vois pas grand-chose de plus haut que des chevilles. La chaleur lancinante d'un biosoudant actif autour de mes poignets. Cette chaleur diffuse sert à ne pas blesser les mains attachées trop longtemps. Il se dissout comme de la cire chaude si on y verse le bon enzyme, mais on ne peut pas plus s'en dégager qu'on ne peut s'arracher le doigt.

Une pression sur ma cuisse m'apprend une vérité cruelle. Ils ont pris le couteau Tebbit. Je suis désarmé.

Un haut-le-cœur m'a fait rendre le contenu d'un estomac vide. J'essaie de ne pas remettre le nez dedans. J'entends un tir de blaster lointain, et un bruit de rire éloigné.

Une paire de bottes patauge dans l'eau. S'arrête et revient.

— Il est déjà réveillé, dit quelqu'un avant de siffler. Coriace, le salaud. Eh, Vidaura, tu m'as dit que c'est toi qui as formé ce type ?

Aucune réponse. Je me soulève de nouveau, et je roule sur le côté. Je cligne des yeux en voyant la silhouette devant moi. Vlad Tepes me regarde depuis une clairière dans le ciel qui est presque dégagée de pluie. Son expression est sérieuse, admirative, et il est parfaitement immobile au-dessus de moi. Aucune trace de son ancienne addiction à la meth.

— Bon numéro, lui dis-je d'une voix grinçante.

— Ça t'a plu ? Je t'ai fait marcher, hein ?

Je me passe la langue sur les dents et je crache du sang mêlé à la bile.

— Ouais. Je me disais que Murakami devait être malade de t'engager. Et le vrai Vlad, il est où ?

— Bah… (Une grimace comique.) Tu sais ce que c'est.

— Ouais, je sais. Vous êtes encore nombreux ? À part votre spécialiste en psychochirurgie, celle avec les gros seins, là ?

Un rire de bon cœur.

— Ouais, elle m'a dit que tu l'avais matée. Beau morceau de viande, hein ? Tu sais, le dernier truc que Liebeck a porté avant ça, c'était une enveloppe d'athlète câble de Limon. Une planche à pain. Un an après, elle ne sait toujours pas si elle est contente ou mécontente du changement.

— Limon, hein ? Limon, Latimer.

— Ouais.

— Foyer de l'élite des déClass.

Il a souri.

— Tu commences à piger, hein ?

Pas facile de hausser les épaules quand on a les mains attachées dans le dos. J'ai fait de mon mieux.

— J'ai vu le matos Tseng dans la cabine.

— Ha, alors tu ne matais même pas ses seins.

— Si, si, mais tu connais le truc. Rien ne se perd, même à la périphérie.

— C'est bien vrai.

— Mallory.

On a tous les deux regardé vers le cri. Todor Murakami arrivait du bunker submergé. Il n'avait pas d'autre arme que le kalachnikov à sa ceinture et le couteau sur sa poitrine. Une pluie douce tombait autour de lui et lui dessinait comme une aura dans le soleil.

— Notre renégat est en pleine forme.

— Bien. Bon, puisque tu es le seul à pouvoir faire agir ton équipe de façon coordonnée, pourquoi tu ne vas pas les arranger un peu ? Il reste des cadavres au bordel avec leur pile, je les ai vus en passant. Putain, si ça se trouve, il reste même des témoins vivants. Je veux un dernier passage, aucun survivant, et je veux faire fondre toutes les piles. (Murakami a eu un geste de dégoût.) Putain, ce sont des pirates, ils pourraient au moins faire ça. À la place, ils sont en train de lâcher les panthères et de faire du tir au pigeon dessus. Écoute-moi ça.

Les tirs de blasters retentissaient de temps en temps, de longues rafales sans maîtrise mêlées de rires et de cris excités. Mallory a haussé les épaules.

— Où est Tomaselli ?

— Il garde le matos avec Liebeck. Et Wang t'attend sur le pont, pour que personne ne se fasse bouffer par accident. C'est ton bateau, Vlad. Va les remettre au pas, et quand ils auront fini le passage, amène l'*Empaleur* de ce côté de la base.

— Compris. (Comme une vague sur l'eau, Mallory a repris sa personnalité de Vlad et commencé à triturer ses cicatrices d'acné. Il m'a fait signe.) On se revoit dès qu'on se revoit, hein, Kovacs. Hein. Dès que.

Je l'ai regardé contourner la station et disparaître à ma vue. Puis Murakami, toujours face à ces bruits d'amusement.

— Putains d'amateurs, a-t-il murmuré en secouant la tête.

— Donc, ai-je dit d'un air déçu. Finalement, vous êtes déployés.

— Tout compris. (Murakami s'est agenouillé et m'a tiré en position assise avec un grognement.) Ne m'en veux pas. Je n'aurais pas pu te dire ça hier et te jouer la carte de la nostalgie, hein ?

J'ai regardé autour de moi et j'ai vu Virginia Vidaura, appuyée contre un poteau, les bras attachés. Elle avait un gros bleu sur le visage, et un œil enflé. Elle m'a regardé puis s'est détournée. Elle avait des larmes mêlées à la terre et la sueur sur son visage. Aucun signe de l'enveloppe de Sylvie Oshima, vivante ou morte.

— Donc, à la place, tu m'as niqué.

— On travaille avec ce qu'on a sous la main, tu le sais.

— Combien vous êtes ? Pas tout le monde, apparemment.

— Non. Cinq, seulement. Mallory, Liebeck que tu as vue, il me semble. Deux autres, Tomaselli et Wang, plus moi.

— Force de déploiement secret. J'aurais dû me douter que tu n'aurais pas passé ta perm du côté de Millsport. Depuis combien de temps vous êtes là ?

— Quatre ans, quasiment. Mallory et moi, je veux dire. On est arrivés avant les autres. On a chopé Vlad il y a quelques années, ça faisait un moment qu'on le surveillait. Puis Vlad a fait venir les autres comme nouvelles recrues.

— Ça a dû être bizarre, de se glisser dans les pompes de Vlad comme ça.

— Pas vraiment. (Murakami s'est assis sur ses talons. On aurait dit qu'il avait tout le temps de faire la conversation.) Les accros à la meth ne sont pas très perceptifs, et ils nouent rarement des relations fortes. Il n'y en avait que quelques-uns pour poser un vrai problème, et je les avais abattus bien avant. Lunette et plasmafrag. Au revoir la tête, au revoir la pile. On a coincé Vlad la semaine d'après. Mallory le collait depuis près de deux ans, à jouer aux groupies pour pirates, à lui sucer la bite, à partager des bouteilles et de la fumette avec lui. Puis par une belle nuit noire de Sourcetown, vlan ! Le Tseng portatif, là, c'est une merveille. On peut dé- et réenvelopper quelqu'un dans la salle de bains de son hôtel.

Sourcetown.

— Tu surveilles Brasil depuis tout ce temps ?

— Entre autres. Toute la Bande, en fait. C'est le seul endroit sur la planète où il reste un peu d'esprit insurgé. Dans le Nord, même à Newpest, ce n'est que du crime, et tu sais à quel point les criminels sont conservateurs.

— D'où Tanaseda.

— D'où Tanaseda. On aime bien les yakuzas, ils veulent être copains avec le pouvoir en place. Et les *haiduci*, eh bien, malgré leurs racines populaires tant vantées, ce sont juste des gangsters au rabais et sans éducation. Au fait, tu as eu ton pote Segesvar ? J'ai oublié de te demander avant de te cogner.

— Oui, c'est fait. Une panthère des marais l'a bouffé.

Murakami a gloussé.

— Super. Pourquoi tu es parti, Tak ?

J'ai fermé les yeux. La gueule de bois du sonneur paraissait empirer.

— Et toi ? Tu as résolu mon problème de double enveloppement ?

— Euh… non, pas encore.

J'ai ouvert les yeux, surpris.

— Tu veux dire qu'il est encore quelque part ?

Murakami a eu un geste gêné.

— Apparemment. On dirait que tu étais déjà difficile à tuer, à cet âge-là. Mais on va l'avoir, hein.

— Tu crois ça…

— Oui, je crois. Aiura est au tapis, il n'a plus de contact, plus de cachette. Et je suis sûr que personne d'autre dans les Premières Familles ne va vouloir prendre le relais. Pas s'ils veulent que le Protectorat leur lâche la grappe.

— Ou alors, tu pourrais me tuer maintenant que tu me tiens, et faire un deal avec lui.

Murakami a froncé les sourcils.

— Ce n'est pas drôle, Tak.

— Ce n'était pas une blague. Il se présente toujours comme un Diplo, tu sais. Il serait sans doute très content d'avoir une chance de revenir.

— Je m'en cogne. (Il était en colère.) Je ne connais pas ce petit con, et il va crever.

— OK, OK, du calme. J'essayais juste de te simplifier la vie.

— Ma vie est bien assez simple comme ça. Faire du double enveloppement sur un Diplo, même un ex-Diplo, est un suicide politique assez irrévocable. Konrad Harlan va se chier dessus quand j'arriverai à Millsport avec la tête d'Aiura et un rapport complet. Le mieux qu'il puisse faire, c'est nier avoir eu connaissance de tout ça et prier pour que je le croie.

— Tu as pris la pile d'Aiura ?

— Ouais, la tête et les épaules étaient intactes. On va l'interroger, mais c'est une formalité. On n'utilisera pas ce qu'elle sait directement. Dans ce genre de situation, on essaie de laisser le président du coin conserver sa couverture. Tu te souviens de la mission : minimiser la perturbation locale, conserver une autorité apparemment sans faille pour le Protectorat, et récolter des données pour usage ultérieur.

— Ouais, je me souviens. (J'ai essayé de déglutir pour humecter ma bouche.) Tu te doutes qu'Aiura ne craquera pas forcément. Au service de la famille, elle doit avoir un conditionnement de loyauté assez costaud.

— Tout le monde finit par craquer, Tak, tu le sais. L'interrogatoire virtuel, on craque ou on devient fou. Et de nos jours, la deuxième option n'est plus une porte de sortie. (Son sourire s'est effacé pour devenir plus dur, plus déplaisant.) Enfin bon, peu importe. Notre cher chef à perpétuité, Konrad Harlan, ne saura jamais ce qu'elle nous dira ou pas. Il supposera le pire et sera tout sage. Ou alors j'appellerai une force d'assaut, je grillerai Rila Crags autour de lui et donnerai toute sa famille à l'IEM.

J'ai hoché la tête, regardant la Prairie avec un demi-sourire aux lèvres.

— On dirait presque un quelliste. C'est ce qu'ils aimeraient faire, à peu près. Dommage que tu ne puisses pas t'entendre avec eux. Mais bon, tu ne venais pas pour ça. (Changement de regard abrupt, sur son visage.) Pas vrai ?

— Pardon ?

Il n'essayait même pas de me mentir, et son sourire est revenu.

— Allez, Tod. Tu te pointes avec du matos de psychochirurgie de pointe, ta copine Liebeck était déployée sur Latimer. Tu as emmené Oshima quelque part. Et tu dis que ce truc dure depuis quatre ans, ce qui tombe trop parfaitement au moment de l'initiative Mecsek. Tu ne viens pas pour les quellistes, tu viens jeter un œil sur la technologie déClass.

Le sourire s'est accroché pour de bon.

— Très malin. En fait, tu te plantes. On vient faire les deux. C'est la juxtaposition du matériel déClass de pointe *et* d'une présence quelliste résiduelle qui inquiète vraiment le Protectorat. Ça et les stations orbitales, bien sûr.

— Les orbitales ? (J'ai cligné des yeux.) Qu'est-ce que les orbitales viennent faire là-dedans.

— Pour le moment, rien. Et on aimerait que ça continue. Mais avec la tech déClass, on ne peut pas trop savoir.

J'ai secoué la tête, pour essayer de déloger le vertige.

— Quoi… Pourquoi ?
— Parce que, a-t-il dit avec sérieux, cette saloperie a l'air de fonctionner.

Chapitre 48

Ils ont ramené le corps de Sylvie Oshima de la station de liage sur un gros traîneau grav gris avec l'emblème Tseng et un bouclier plastique incurvé contre la pluie. Liebeck manœuvrait le traîneau à la télécommande, et une autre femme, sans doute Tomaselli, formait l'arrière-garde avec un système moniteur à l'épaule, également aux armes de Tseng. Le temps qu'elles arrivent, j'avais réussi à me remettre debout. Étrangement, Murakami n'avait rien contre. Nous étions restés côte à côte en silence, comme pour un antique cortège funéraire, à regarder arriver le lit grav et son contenu. En voyant le visage d'Oshima, je me suis rappelé le délicat jardin d'agrément à Rila Crags, la civière, et je me suis rendu compte que pour la meneuse de la nouvelle ère révolutionnaire, cette femme passait beaucoup de temps inconsciente et sanglée sur des transports pour invalides. Cette fois, sous la couverture du traîneau, ses yeux étaient ouverts mais ne paraissaient rien voir. Sans les signes vitaux affichés sur un écran à côté de sa tête, on se serait cru devant un cadavre.

C'est le cas, Tak. Là, tu vois le cadavre de la révolution quelliste. Ils n'avaient qu'elle, et maintenant que Koi et les autres sont morts, personne ne pourra la ranimer.

Je n'étais pas vraiment surpris que Murakami ait exécuté Brasil, Koi et les autres. Je m'y étais attendu, à un certain niveau, depuis que je m'étais réveillé. Je l'avais vu dans le visage de Virginia Vidaura, avachie contre le poteau d'amarrage. Quand elle avait craché ces paroles, ce n'était qu'une confirmation. Et quand Murakami avait hoché la tête comme si de rien n'était et m'avait montré la poignée de piles corticales récemment excisées, j'ai eu la sensation immonde de regarder dans un miroir des blessures mortelles que j'aurais subies.

— Allez, Tak. (Il avait rangé les piles dans une poche de sa combi furtive et s'était essuyé la main en grimaçant.) Je n'avais pas le choix, tu t'en rends bien compte. Je t'ai déjà dit qu'on ne peut pas se permettre un retour de la Décolonisation. Surtout parce que ces types allaient perdre, de toute façon, et là le Protectorat aurait frappé un grand coup. Et franchement, ça n'aurait été bon pour personne.

Virginia Vidaura lui a craché dessus. C'était un bel effort, puisqu'elle était encore écroulée contre le poteau, à trois ou quatre mètres de lui. Murakami a soupiré.

— Mais réfléchis un moment, Virginia, tu veux ? Réfléchis à ce qu'un soulèvement néoquelliste ferait à cette planète. Tu penses qu'Adoracion s'est mal passé ? Tu trouves que Sharya était sale ? Ce n'est rien par rapport aux suites de leur révolution de plagistes. Crois-moi, l'administration Hapeta ne déconne pas. Ce sont des durs, avec un mandat qui risque de leur passer sous le nez. Ils vont écraser tout ce qui ressemblera à une révolte dans les mondes colonisés, et s'il faut un bombardement planétaire pour ça, *ils n'hésiteront pas.*

— Ouais, a-t-elle craché. Et on est censés accepter ça comme modèle de gouvernement ? Une seigneurie oligarchique corrompue appuyée par une force militaire écrasante ?

Murakami a encore haussé les épaules.

— Pourquoi pas ? Historiquement, ça fonctionne. Les gens aiment faire ce qu'on leur dit. Et cette oligarchie n'est pas si mauvaise que ça, hein ? Regarde les conditions de vie des gens. On ne parle plus de la pauvreté de l'époque Colonisation, ni du même genre d'oppression. Ça fait trois siècles que ça n'existe plus.

— Et *pourquoi* ? (La voix de Vidaura avait baissé. Je commençais à craindre qu'elle ait une commotion. Les enveloppes de surfeur sont solides, mais on ne les prévoit pas pour prendre le genre de dégâts faciaux qu'elle avait encaissés.) Pauvre con. C'est parce que les quellistes leur ont botté le train.

Murakami a fait un geste exaspéré.

— D'accord, bon, alors ils ont joué leur rôle, non ? On n'a plus besoin d'eux.

— C'est des conneries, Murakami, et tu le sais. (Mais Vidaura, en parlant, me regardait sans expression.) Le pouvoir n'est pas un système, c'est une structure fluctuante. Soit il s'accumule dans les hautes sphères, soit il se diffuse dans le système. Le quellisme a lancé cette diffusion, et les enfoirés de Millsport essaient d'inverser le flux depuis le début. Maintenant, il est redevenu accumulatif. Les choses vont empirer, ils vont continuer à tout nous prendre, et dans cent ans de plus, tu vas te réveiller et ce sera *vraiment* le retour de la Décolonisation.

Murakami a hoché la tête pendant toute cette tirade, comme s'il réfléchissait pour de bon.

— Oui, mais le problème, Virginia, c'est qu'on ne me paie pas, et on ne m'a pas formé – *tu* ne m'as pas formé – à penser à cent ans de distance. On m'a formé à penser aux circonstances présentes. Et c'est ce qu'on fait, là.

Circonstances présentes : Sylvie Oshima. DéClass.

— Putain de Mecsek, a râlé Murakami. Si j'avais mon mot à dire, aucun gouvernement local n'aurait accès à ce genre de truc. Et encore moins le droit de le faire porter par des chasseurs de primes camés et dysfonctionnels. On aurait pu développer une équipe de spécialistes Diplos dans New Hok, et rien de tout cela n'aurait eu lieu.

— Oui, mais ça aurait coûté trop cher, tu te rappelles ?

— Ouais. C'est bien pour ça que le gouvernement a vendu des licences pour utiliser ce matos. Retour sur investissement.

Tout est une question de fric. Les gens veulent faire du bénef, ils n'ont plus envie de changer la face du monde.

— Je croyais que c'était ce que tu voulais, a dit Vidaura. Tout le monde se dispute pour le fric. Des entrepreneurs en oligarchie. Un système de contrôle facile à pleurer. Et maintenant tu viens te plaindre ?

Il lui a lancé un regard en biais et a secoué la tête. Liebeck et Tomaselli se sont éloignées pour partager un pétard de chanvre de mer jusqu'à ce que Vlad/Mallory arrive avec l'*Empaleur*. Repos. Le traîneau grav oscillait sur place, abandonné, à un mètre de moi. La pluie tombait doucement sur le plastique et s'écoulait sur le côté. Le vent était presque mort, petite brise hésitante. Les tirs de blasters s'étaient tus depuis longtemps du côté du ranch. J'ai vécu un moment de calme cristallin et j'ai regardé les yeux figés de Sylvie Oshima. Des bribes ténues d'intuition ont gratté à la porte de ma compréhension consciente.

— Qu'est-ce que c'est que ces salades, Tod ? Faire l'histoire ? Qu'est-ce qui se passe avec les déClass ?

Il s'est tourné vers moi, et il avait une expression que je ne lui avais encore jamais vue. Un sourire incertain. Il avait l'air très jeune.

— Ce qui se passe ? Comme je t'ai dit, ce truc *fonctionne*. Ils ont des résultats, à Latimer. Contact avec les IA martiennes. Compatibilité des systèmes de données, pour la première fois depuis près de six cents ans qu'on essaie. Leurs machines parlent aux nôtres, et c'est ce système qui a comblé le fossé. On a craqué leur interface.

Des griffes glacées sont descendues le long de ma colonne vertébrale. Je me rappelais Latimer et Sanction IV, et certaines des choses que j'y avais faites et vues. J'avais toujours dû savoir que ce serait un moment charnière. Mais je n'aurais jamais pensé que ça reviendrait me jouer des tours.

— Ils sont plutôt discrets, hein…

— Tu la ramènerais, toi, à leur place ? (Murakami a indiqué du doigt la silhouette sur le traîneau grav.) Ce que cette femme a de branché dans le crâne parlera aux machines que les Martiens ont laissées derrière eux. Avec un peu de temps, ça pourrait même nous dire où ils sont allés. Nous *mener* à eux. (Il a retenu un éclat de rire.) Et le plus drôle, c'est que ça ne vient pas des archéologues, d'un officier système diplo entraîné ou d'un spécialiste de Mars. Non, c'est une putain de chasseuse de primes, Tak, une mercenaire limite psychotique qui tue des machines. Et il y en a va savoir combien d'autres comme elle, qui se trimballent avec ces trucs actifs dans leur tête. Tu te rends compte à quel point le Protectorat a merdé, sur ce coup-là ? Tu es allé à New Hok. Tu imagines les conséquences, si notre premier contact avec une culture étrangère hyperavancée est établi par ces gens-là ? On aura de la chance si les Martiens ne viennent pas stériliser toutes les planètes qu'on a colonisées, histoire de ne pas prendre de risque.

Soudain, j'ai eu envie de me rasseoir. Le tremblement du sonneur m'est retombé dessus, depuis les tripes jusqu'à la tête. J'ai ravalé la nausée et essayé de penser clairement malgré la clameur de détails qui me revenaient en tête. Les Furtifs de Sylvie en action, mortels et laconiques face au canon scorpion et son entourage.

« Tout votre système de vie est hostile au nôtre. »

« Et en plus, on veut ce putain de bout de terrain. »

Orr et sa barre à mine, au-dessus du karakuri déglingué dans le tunnel sous Drava. *« Alors, on l'éteint, oui ou non ? »*

Fanfaronnade de déClass à bord du *Guns for Guevara*, vaguement amusante tant elle est présomptueuse, jusqu'à ce qu'un contexte arrive qui peut lui donner sens.

— *Si tu trouves le moyen de déClass une station orbitale, Laz, tu nous fais signe.*

— Ouais, ça m'intéresse aussi. Si on descend une orbitale, on m'enverra Mitzi Harlan me brouter tous les matins pour le restant de mes jours.

Oh putain.

— Tu penses vraiment qu'elle pourrait faire ça ? Tu crois qu'elle peut parler aux orbitales ?

Il a découvert les dents. C'était tout sauf un sourire.

— Tak, si ça se trouve, elle leur parle déjà. Pour l'instant, elle est camée jusqu'aux yeux, et le matériel Tseng surveille toute transmission, ça fait partie du brief, mais on ne sait pas ce qu'elle a déjà fait.

— Et si elle commence ?

— J'ai mes ordres.

— Super. Très constructif.

— Tak, tu crois qu'on a le choix ? (Sa voix frôlait le désespoir.) Tu as vu la tournure bizarre que prend New Hok. Les minmils qui font des trucs qu'elles ne devraient pas faire, qui sont construites avec des carac dont personne ne se rappelle. Tout le monde pense qu'elles évoluent. Les nanotech ont grandi, mais ça pourrait être autre chose… Si ça se trouve, ce sont les déClass qui ont déclenché tout ça. Les orbitales se réveillent parce qu'elles ont détecté les logiciels de contrôle compatible, et elles font quelque chose aux minmils en réaction. Ce truc devait plaire aux machines martiennes, dans la limite de ce qu'on en comprend, et il paraît que ça marche à Latimer. Alors pourquoi pas ici ?

J'ai regardé Sylvie Oshima, et la voix de Jad a résonné sous mon crâne.

« … toutes ces conneries de charabia, les absences, les moments où elle nous amenait vers des sites déjà nettoyés, ouais, tout ça, c'est d'après-Iyamon. »

« … fois ou deux on s'est dirigés vers de l'activité minmil, et le temps qu'on arrive, c'était fini. Comme si elles s'étaient entre-tuées. »

Mon esprit est parti à la dérive dans les avenues que l'intuition diplo de Murakami venait de m'ouvrir. Et si elles ne s'étaient pas entre-tuées ? Ou si…

Sylvie, à moitié consciente dans une couchette de Drava. *Ça me* connaissait. *Comme un vieil ami. Comme un…*

La femme qui se faisait appeler Nadia Makita, étendue sur une autre couchette dans le *Boubin Islander*.

« Grigori. Il y a quelque chose qui ressemble à Grigori là-dedans. »

— Ces gens que tu as dans la poche, ai-je dit à Murakami, ceux que tu as tués pour nous promettre un avenir plus stable. Ils croyaient tous que c'était Quellcrist Falconer.

— C'est marrant, les croyances, Tak. (Il regardait au-delà du traîneau grav, sans le moindre humour dans la voix.) Tu es Diplo, tu le sais bien.

— Ouais. Et toi, tu crois quoi ?

Il a gardé le silence un moment. Puis il a secoué la tête et m'a regardé directement.

— Ce que je crois, c'est que si on est sur le point de décoder la clé de la civilisation martienne, des Vraiment Morts qui reviendraient à la vie ne seraient pas si importants.

— Tu penses que c'est elle ?

— Je me fous de savoir si c'est elle ou pas. Ça ne change rien.

Un cri de Tomaselli. L'*Empaleur* contournait le ranch dévasté de Segesvar comme une raie éléphant endormie. Au risque de vomir une nouvelle fois, j'ai poussé le neurachem et vu Mallory dans la tour conique avec son officier de comm et quelques autres pirates que je ne reconnaissais pas. Je me suis rapproché de Murakami.

— J'ai une autre question, Tod. Qu'est-ce que tu comptes faire de Virginia et moi ?

— Eh bien… (Il a passé la main vigoureusement dans ses cheveux en brosse, qui ont projeté une nuée de gouttelettes.

Un soupçon de sourire a fleuri, comme si ce retour à des sujets pratiques lui évoquait les retrouvailles avec un vieil ami.) C'est un peu problématique, mais on va trouver. Vu comment tournent les choses sur Terre en ce moment, ils vont sans doute vouloir que je vous ramène tous les deux pour vous effacer. Les Diplos renégats ne sont pas en odeur de sainteté auprès de l'Administration.

— Et donc ?

— Et donc je les emmerde. Tu es un Diplo, Tak. Elle aussi. Ce n'est pas parce que vous avez perdu votre adhésion au club que vous n'êtes plus membres. Vous n'avez pas changé juste parce que vous avez quitté les Corps diplomatiques. Tu crois que je vais oublier ça juste parce qu'un groupe de politiciens graisseux sur Terre cherche des boucs émissaires ?

J'ai secoué la tête.

— Tu parles de tes employeurs, là.

— Mon cul, oui. Moi, je réponds à l'état-major diplomatique. On n'efface pas les nôtres. (Il a mordillé sa lèvre inférieure en regardant Vidaura puis moi. Sa voix est retombée à un murmure.) Mais je vais avoir besoin de ton aide pour ça, Tak. Elle prend tout ça trop mal. Je ne peux pas la libérer avec ce genre d'attitude. Elle me collerait un coup de plasmafrag dans la nuque à la première chance.

L'*Empaleur* est arrivé en dérapant sur une section inutilisée du dock. Ses grappins ont jailli et mordu dans le béton inusable. Un ou deux ont touché des parties pourries et se sont délogés dès qu'ils ont commencé à se tendre. Le glisseur a légèrement reculé dans une vague d'eau déplacée et de belalgue déchirée. Les grappins se sont rembobinés puis éjectés aussitôt.

Quelque chose a hurlé derrière moi.

Au début, j'ai eu l'idée complètement idiote que le chagrin rentré de Virginia Vidaura éclatait enfin. Une fraction de seconde plus tard, j'ai reconnu le bruit mécanique et compris de quoi il s'agissait. Une alarme.

Le temps a paru s'arrêter net. Les secondes se sont transformées en lourdes plaques de perception, tout se déplaçant avec la grâce indolente des mouvements sous-marins.

… Liebeck, qui se détourne d'un coup du bord de l'eau, le pétard allumé tombant de sa bouche ouverte, rebondissant sur son sein en une brève averse d'étincelles…

… Murakami qui crie dans mon oreille et me dépasse pour aller au traîneau grav…

… Le système de moniteurs incorporés qui hurle, toute une rangée de spirales de données s'animant d'un coup le long du corps soudain agité de Sylvie Oshima…

… Les yeux de Sylvie, grands ouverts et fixés sur les miens tandis que la gravité de son regard m'attire, inexorablement…

… L'alarme, aussi étrangère que le nouveau matériel Tseng, mais qui ne peut avoir qu'une seule explication…

… Et Murakami qui lève le bras, la main pleine du kalachnikov qu'il a tiré de sa ceinture…

… Mon propre cri, étiré et confondu avec le sien tandis que je me jette en avant pour l'arrêter, les mains encore liées, désespérément lent…

Puis les nuages se déchirent dans l'est, vomissant le feu céleste.

Et le dock s'embrase de lumière et de fureur.

Le ciel nous tombe sur la tête.

Chapitre 49

Après coup, il me faut un moment pour réaliser que je ne rêve pas. La scène qui m'entoure a la même qualité hallucinatoire et abandonnée que mon cauchemar d'enfance revécu un peu plus tôt. La même absence de cohérence. Je suis de nouveau étendu sur le dock du ranch de Segesvar, mais il est désert, et mes mains sont détachées. Une légère brume flotte sur chaque chose, délavant les couleurs. Le traîneau grav est toujours là où je l'avais vu, mais par quelque perverse logique onirique, c'est à présent Virginia Vidaura qui y est étendue, le visage pâle de chaque côté du bleu massif qui le barre. Quelques mètres plus loin, sur la Prairie, des flaques d'eau sont surmontées de flammes inexplicables. Sylvie Oshima les regarde, assise, penchée en avant sur un des poteaux d'amarrage comme un razaile, et figée sur place. Elle a dû m'entendre me relever, mais elle n'a pas bougé.

Il a fini de pleuvoir. Mais l'air sent le feu.

Je la rejoins d'un pas hésitant au bord de l'eau.

— Putain de Grigori Ishii, dit-elle sans me regarder.

— Sylvie ?

Alors elle se tourne, et j'ai ma confirmation. La tête de contrôle déClass est de retour. Les détails de sa façon de se tenir, son regard, sa voix, tout est revenu. Elle sourit légèrement.

— Tout est de ta faute, Micky. C'est toi qui m'as fait penser à Ishii. Je n'arrêtais pas d'y revenir. Puis je me suis rappelé qui c'était, et il a fallu que je retourne le chercher. Et quand j'ai creusé un chemin pour lui, *elle* en a profité. (Elle a haussé les épaules, mais ce n'était pas un geste détendu.) Je lui ai ouvert le chemin.

— Je suis largué. Qui est Grigori Ishii ?

— Tu ne te rappelles pas ? cours d'histoire pour enfants, troisième année ? le Cratère d'Alabardos ?

— J'ai mal à la tête, Sylvie, et j'ai séché beaucoup de cours. Accouche.

— Grigori Ishii était un pilote de jetcoptère quelliste du détachement de repli à Alabardos. Celui qui a essayé d'emmener Quell. Il est mort avec elle quand le feu céleste est tombé.

— Alors…

— Oui, c'est vraiment elle.

— C'est… (Je me suis arrêté, pour essayer de comprendre tout ce que ça voulait dire.) C'est elle qui a fait ça ?

— Non, c'est moi. (Correction.) Enfin, c'est les plates-formes. Mais c'est moi qui le leur ai demandé.

— Tu as *demandé* le feu céleste ? Tu as contrôlé une orbitale ?

Un sourire a flotté sur son visage. Mais il a croisé quelque chose de douloureux.

— Oui. Toutes ces conneries dont on parlait, et c'est moi qui réussis. Ça ne paraît pas possible, hein ?

J'ai appuyé contre mon visage.

— Sylvie, je ne te suis plus. L'hélicoptère d'Ishii, il lui est arrivé quoi ?

— Rien. Enfin, tout, exactement ce qu'on t'apprend à l'école. Le feu céleste l'a grillé. Comme dans l'histoire. (Elle parlait plus pour elle-même que pour moi, le regard encore perdu dans la brume créée par le feu céleste quand il avait vaporisé l'*Empaleur* et les quatre mètres d'eau en dessous.) C'est pas ce qu'on croyait, Micky. Le feu céleste. D'accord, c'est un rayon de destruction, mais pas seulement. C'est un appareil enregistreur. Un ange archiviste. Il détruit tout ce qu'il touche, mais tout ce qu'il touche modifie aussi l'énergie du rayon. Chaque molécule, chaque particule subatomique change l'état d'énergie du rayon. Quand c'est fait, il porte une image parfaite de ce qu'il a détruit. Une image qu'il stocke, et qu'il ne perd jamais.

J'ai toussé, entre le rire et l'incrédulité.

— Tu te fous de moi. Tu es en train de me dire que Quellcrist Falconer a passé ces trois derniers siècles dans une base martienne ?

— Elle était perdue, au début. Elle a erré très longtemps dans les couloirs. Elle ne comprenait pas ce qui lui arrivait. Elle ne savait pas qu'on l'avait transcrite. Il lui a fallu tellement de force…

J'ai essayé d'imaginer une existence virtuelle dans un système construit par un esprit étranger. Impossible. J'ai eu des frissons.

— Et comment est-elle sortie ?

Sylvie m'a regardé avec un drôle d'éclat dans les yeux.

— L'orbitale l'a renvoyée sur Harlan.

— Arrête…

— Non, c'est… (Elle a secoué la tête.) Je ne prétends pas comprendre le protocole, seulement ce qui est arrivé. Elle a vu quelque chose en moi, ou dans la combinaison de ma personne et du logiciel de contrôle, peut-être. Une sorte d'analogie, quelque chose qui paraissait familier. Apparemment, c'était le cadre parfait pour cette conscience. Les orbitales doivent être une sorte de réseau intégré, qui cherchait à faire ça depuis pas mal de temps. Tous ces comportements modifiés des minmils à New Hok. Je pense que le système a essayé de renvoyer les personnalités humaines qu'il a emmagasinées, tous les gens brûlés par les orbitales depuis quatre siècles, ou ce qu'il en reste. Jusqu'à maintenant, elles se sont retrouvées dans des esprits de minmils. Pauvre Grigori Ishii. Il faisait partie du canon scorpion qu'on a abattu.

— Oui, tu as dit que tu le connaissais. Quand tu délirais, à Drava.

— Pas moi. C'est *elle* qui le connaissait, qui reconnaissait quelque chose en lui. Je pense qu'il ne restait pas grand-chose de la personnalité d'Ishii. En tout cas, il n'en reste pas grand-chose dans les cellules. Au mieux l'extérieur, et complètement fou. Mais quelque chose l'a poussée à se souvenir de lui, et elle a saturé le système en essayant de sortir pour s'en occuper. C'est pour ça que l'engagement a été interrompu. Je ne pouvais pas résister, elle a jailli de la capacité de réserve d'un coup, comme une putain de détonation.

J'ai fermé les yeux pour assimiler.

— Mais pourquoi les orbitales feraient ça ? Pourquoi les renvoyer ?

— Je te l'ai dit, je ne sais pas. Peut-être qu'elles ne savent pas quoi faire avec les formes de personnalités humaines. Elles ne doivent pas être conçues pour. Elles ont dû tenir le coup pendant un siècle, puis elles ont cherché un endroit où entreposer les déchets. Les minmils ont passé trois siècles seules à New Hok, soit presque toute notre histoire ici. Si ça se trouve, ça dure depuis longtemps, mais on n'en aurait rien su sans l'initiative Mecsek.

Je me suis demandé d'un coup combien de personnes avaient été tuées par les orbitales pendant les quatre siècles d'histoire de Harlan. Victimes d'erreurs de pilotage, prisonniers politiques exécutés avec des harnais grav depuis Rila Crags et une dizaine d'autres points de mise à mort sur la planète, les quelques cas où les orbitales avaient surpris tout le monde et détruit en dehors de leurs paramètres habituels. Combien s'étaient dissous dans la folie à bord des stations, combien d'autres s'étaient retrouvés sans cérémonie dans l'esprit des minmils de New Hok. Et combien il en restait.

Erreur de pilotage ?

— Sylvie ?

— Quoi ?

Elle avait reporté son attention sur la Prairie.

— Tu étais consciente quand on t'a sortie de Rila ? Tu savais ce qui se passait autour de toi ?

— Millsport ? Non, pas vraiment. Un peu. Pourquoi ?

— Il y a eu un combat avec un coptère, et une orbitale l'a descendu. J'ai cru sur le moment que le pilote avait mal calculé son vecteur ascendant, ou que l'orbitale avait eu la gâchette facile. Mais tu serais morte s'il avait continué à nous tirer dessus. Tu penses… ?

Haussement d'épaules.

— Peut-être. Je ne sais pas. Le lien n'est pas fiable. (Elle désigne la scène autour de nous en riant.) Tu sais, je ne peux pas faire ça à volonté. Il a fallu que je demande très gentiment.

Todor Murakami, vaporisé. Tomaselli et Liebeck, Vlad/Mallory et tout son équipage, toute la carcasse blindée de l'*Empaleur* et les centaines de mètres cubes d'eau sur lesquels le navire flottait, et même – j'ai regardé mes poignets et vu une légère brûlure sur chacun – les menottes de biosoudant qui nous entravaient, Virginia et moi. Tout cela, envolé dans la microseconde où la colère contrôlée du ciel s'était déchaînée.

J'ai repensé à la précision nécessaire pour qu'une machine effectue tout cela à cinq cents kilomètres de la surface de la planète. L'idée qu'il puisse y avoir un au-delà et que ses gardiens tournent au-dessus de nos têtes. Puis je me suis rappelé la petite chambre à coucher du virtuel, le tract des Renonciateurs qui se décollait à un coin. J'ai regardé Sylvie et compris une partie de ce qui devait l'agiter.

— C'est comment ? De leur parler ?

Elle a reniflé.

— À ton avis ? On dirait de la religion, comme toutes les conneries que me racontait ma mère. Ce n'est pas un dialogue, c'est… un partage, comme une fusion de la séparation qui te permet d'exister. Je ne sais pas. Comme le sexe, peut-être, quand c'est magique. Mais pas le… Ah putain, Micky, je ne peux pas te le décrire. J'ai déjà du mal à croire que ce soit arrivé. Ouais. Une union avec la Tête divine. Si ce n'est que les gens comme ma mère auraient fui du centre de chargement plutôt que de se retrouver vraiment face à ça. C'est un chemin obscur, Micky. J'ai ouvert la porte, et le logiciel savait quoi faire, il voulait m'emmener par là, il sert à ça. Dedans c'est sombre et froid, ça te laisse… nu… dépouillé… Tu as des sortes d'ailes pour te couvrir, mais elles sont froides, Micky. Froides et rêches, et elles sentent la cerise et la moutarde.

— Mais ce sont les orbitales qui te parlent ? Ou tu penses qu'il y a des Martiens dedans pour les contrôler ?

De nulle part, elle a eu un sourire de travers.

— Ce serait quelque chose, hein ? Résoudre le mystère de notre époque. Où sont les Martiens ? Où sont-ils tous partis ?

J'ai laissé cette image m'imprégner. Nos prédécesseurs, les prédateurs aux ailes membraneuses, qui se seraient précipités par milliers dans le ciel en attendant que le feu céleste les enveloppe et les transcende, les réduise en cendres et leur donne une renaissance virtuelle au-dessus des nuages. Venant peut-être de tous les autres mondes en pèlerinage, se regroupant pour leur transfiguration irrévocable.

J'ai secoué la tête. Imagerie empruntée à l'école Renonciatrice, avec quelques éléments traces du mythe sacrificiel chrétien. C'est la première chose qu'on apprend aux futurs archéologues. N'essayez pas de transférer votre bagage anthropomorphique à ce qui n'a rien d'humain.

— Trop facile, ai-je dit.

— Ouais. Je trouve aussi. De toute façon, c'est la station qui me parle, ça ressemble à une machine, comme une minmil. Mais oui, il reste des Martiens dedans. Grigori Ishii, ou ce qu'il en reste, en parle quand il arrive à être à peu près cohérent. Et Nadia aussi se rappellera quelque chose dans ce genre-là, je pense, quand elle aura pris assez de distance. À mon avis, quand elle se rappellera comment elle a fait pour quitter leur base de données et arriver dans ma tête, elle pourra *vraiment* leur parler. Et à côté, ma liaison à moi, ce sera du morse tapé sur des tam-tams.

— Je croyais qu'elle ne savait pas utiliser le logiciel de commandement.

— Elle ne sait pas. Pas encore. Mais je peux lui apprendre, Micky.

Il se lisait sur le visage de Sylvie Oshima une tranquillité particulière. Je ne l'avais encore jamais vue comme ça. J'ai repensé au visage de Nikolai Natsume dans le monastère, avant que quelqu'un vienne tout détruire – une impression de destinée, confirmée au-delà de tout doute humain. Une cohésion que je n'avais pas ressentie depuis Innenin, et que je ne m'attendais pas à retrouver un jour. Une jalousie amère m'a tordu le ventre.

— Tu vas devenir *sensei* pour déClass, Sylvie, c'est ça ?

— Je ne parle pas d'enseigner dans le monde réel, je parle de l'enseigner à *elle*. Dans mes zones à capacités élevées, je peux pousser le ratio pour que chaque minute dure des mois. Et je peux lui montrer *comment faire*. Ce n'est pas comme chasser la minmil. Ce truc n'est pas fait pour ça. Je ne m'en rends compte que maintenant. Tout le temps que j'ai passé dans la zone à nettoyer, j'ai l'impression d'avoir dormi. Maintenant, j'ai enfin trouvé ce pour quoi je suis née.

— C'est le logiciel qui te fait dire ça, Sylvie.

— Et alors ?

Je ne voyais rien à répondre. J'ai regardé le traîneau grav où l'on avait déposé Virginia Vidaura. Je me suis approché, attiré comme par un câble ancré dans mon ventre.

— Elle va s'en tirer ?

— Oui, je crois. (Sylvie s'est écartée du poteau d'amarrage.) Une amie à toi ?

— Euh… quelque chose comme ça.

— C'est un sale bleu, sur son visage. L'os pourrait bien être fêlé. Je l'ai mise là aussi doucement que possible, j'ai enclenché le système, mais pour l'instant elle est juste sous sédatifs, plus au cas où qu'autre chose, je pense. Je n'ai pas eu le temps de faire un diagnostic. Il faudra re…

— Hmm ?

Je me retournais pour lui dire de continuer, lorsque j'ai vu le cylindre gris au sommet de sa courbe. Pas le temps de rejoindre Sylvie, pas le temps de faire quoi que ce soit à part me jeter en roulé-boulé par-dessus le traîneau grav et dans l'ombre relative que sa longueur protégée m'offrait. Gamme militaire Tseng – au moins, ça devait pouvoir résister à des combats. J'ai touché le sol de l'autre côté et me suis aplati sur le dock, les bras sur la tête.

La grenade a explosé avec un craquement étouffé, et quelque chose dans ma tête a hurlé avec ce bruit. Une onde de choc comprimée m'a soufflé, écrasant mes tympans. J'étais debout dans le bourdonnement qu'elle a laissé. Pas le temps de chercher une blessure au schrapnel. Les babines retroussées, je me suis tourné vers lui tandis qu'il sortait de l'eau au bord du dock. Je n'avais pas d'arme, mais j'ai fait le tour comme si mes mains étaient pleines.

— T'as été rapide, a-t-il crié. J'aurais cru vous avoir tous les deux.

Ses vêtements étaient trempés par la nage, et il avait une grande estafilade sur le front, que l'eau avait lavée de son sang, mais l'assurance de son enveloppe ambrée n'avait pas disparu. Les cheveux noirs étaient encore longs, emmêlés sur ses épaules. Il n'avait pas l'air armé, mais me souriait quand même.

Sylvie était tombée d'un coup, à mi-chemin entre l'eau et le traîneau. Je ne voyais pas son visage.

— Oh putain, je vais te buter.

— Oui, tu vas essayer, le vioque.

— Tu sais ce que tu as fait ? Tu as la moindre idée de qui tu viens de tuer ?

Il a secoué la tête avec une pitié feinte.

— Tu commences vraiment à être dépassé, hein ? Tu penses que je vais retourner chez les Harlan avec un cadavre alors que je pourrais leur apporter une enveloppe vivante ? On me paie pas pour ça. C'était une grenade assommante. Ma dernière, malheureusement. Tu n'as pas entendu le craquement ? Reconnaissable entre tous, si tu as fréquenté les champs de bataille récemment. Mais ce n'est sans doute pas ton cas. L'onde de choc te sonne, et les schrapnels moléculaires inhalés t'étendent pour le compte. Elle en a pour la journée.

— Me donne pas de cours sur les champs de bataille, Kovacs. J'étais toi, et j'ai arrêté pour faire quelque chose de plus intéressant.

— Ah oui ? (La colère a fusé dans les yeux bleus.) C'était quoi ? La criminalité de bas étage ou la révolution stérile ? Il paraît que tu as touché aux deux.

Je me suis avancé et je l'ai regardé se mettre en posture de combat.

— Quoi qu'on t'ait dit, j'ai vu un siècle de levers de soleil que tu as ratés. Et maintenant, je vais tous te les prendre.

— Ah ouais… ? (Il a fait un bruit de gorge immonde.) Eh bien, s'ils me conduisent à ce que tu es maintenant, tu me rendras service. Parce que quoi qu'il m'arrive, je ne veux surtout pas finir comme toi. Je préfère me faire sauter la pile tout de suite que de me retrouver dans tes pompes.

— Alors pourquoi tu ne le fais pas ? Ça m'évitera des efforts inutiles.

Il a ri. Ç'aurait dû être méprisant, j'imagine, mais il a raté son coup. Il y avait de la nervosité, et trop d'émotion. Il a écarté ma réplique d'un geste.

— Putain, je serais presque tenté de te laisser repartir, tellement j'ai pitié de toi.

J'ai secoué la tête.

— Non, tu ne comprends pas. Je ne vais pas te laisser la ramener aux Harlan. C'est fini.

— Tu m'étonnes que c'est fini. J'arrive pas à croire à quel point tu as foutu ta vie en l'air. Mais regarde-toi…

— Ouais, regarde-moi. C'est le dernier visage que tu verras, pauvre petite merde.

— Me fais pas du mélodrame, l'ancêtre.

— Tu crois que j'en rajoute ?

— Non. (Cette fois, il a bien dosé son mépris.) C'est trop pathétique pour ça. Putain, on croirait un vieux loup qui n'arrive plus à suivre la meute, qui doit rester en marge en espérant que quelqu'un lui laissera un peu de viande. J'arrive pas à croire que tu aies quitté les Corps, mec. J'y arrive pas !

— Ouais. Faut dire, t'étais pas là.

— Exact. Si j'y avais été, ce ne serait jamais arrivé. Tu crois que moi, j'aurais tout laissé filer comme ça ? Que je me serais tiré, comme papa ?

— Eh, va chier !

— Tu les as laissés, exactement de la même façon, pauvre merde. Tu as abandonné les Corps, et tu es sorti de leur vie.

— Tu ne sais pas de quoi tu parles. Ils avaient besoin de moi dans leur vie comme d'une putain de gelée toilée dans une piscine. J'étais un *criminel* !

— Exact. Et alors, tu veux une putain de médaille ?

— T'aurais fait quoi, toi ? Tu sais ce que ça veut dire, d'être un ex-Diplo ? Tu ne peux rien faire d'autre que des petits boulots. Rien d'important dans l'armée, le gouvernement ou les sociétés privées. Aucun accès aux crédits légaux. Puisque tu es si intelligent, qu'est-ce que tu aurais fait ?

— Je ne serais pas parti.

— Tu n'étais pas là.

— Ah, d'accord. En tant qu'ex-Diplo, ce que j'aurais fait ? Ce que je sais, c'est que je n'aurais pas fini comme toi après plus de deux siècles. Seul, à sec et à dépendre de Radul Segesvar et d'une poignée de *surfeurs*. Tu sais que je t'avais relié à Rad avant même que tu viennes le voir. Tu le sais, ça ?

— Bien sûr que je le sais.

Il a hésité un moment. Plus beaucoup d'assurance diplo dans sa voix.

— Ouais, et tu savais qu'on avait prévu chacun de tes coups depuis Tekitomura ? C'est moi qui ai monté l'embuscade à Rila.

— Ouais, ç'a été un franc succès.

Un nouveau degré de rage a déformé son visage.

— Ça n'avait aucune importance, on avait Rad. On était tranquilles. Pourquoi tu penses que tu as pu t'en tirer si facilement ?

— Euh, parce que les orbitales ont descendu votre coptère, et que les autres, toi y compris, étaient trop incompétents pour nous retrouver dans le bras nord ?

— Ta gueule. Tu crois qu'on t'a cherché ? On savait où tu irais, mec, dès le début. On était sur ton cul depuis le début.

Ça suffit. C'était une décision dure au centre de ma poitrine, et elle m'a poussé en avant, les mains levées.

— Bon, maintenant, il te reste juste à finir le coup. Tu crois que tu vas y arriver tout seul ?

On s'est regardés un long moment, et l'inéluctabilité du combat a défilé devant nous. Puis il s'est jeté sur moi.

Des coups fracassants à la gorge et à l'entrejambe, déroulés d'une ligne d'attaque serrée qui m'a repoussé sur deux mètres avant que je puisse la contenir. J'ai détourné le coup au bas-ventre avec un blocage latéral d'un bras, et me suis baissé suffisamment pour recevoir sur le front celui destiné à ma gorge. Ma contre-attaque a démarré en même temps, directement à la base de sa poitrine. Il a chancelé, essayé de coincer mon bras avec une de mes prises d'aïkido favorites, tellement familière que j'ai failli rire. Je me suis libéré et ai frappé vers les yeux, les doigts tendus. Il s'est écarté en un cercle gracieux et a lancé un coup de pied vers mes côtes. Il était trop haut, pas assez rapide. J'ai saisi le talon, les orteils, et tordu de toutes mes forces. Il a accompagné, pivoté dans l'élan et m'a placé un *high kick* à la tempe dans le même mouvement. L'intérieur de son pied a frappé ma pommette, mais je reculais déjà pour éviter de prendre son coup de plein fouet. Je l'ai lâché et ma vision s'est brouillée un instant. J'ai vacillé en arrière, puis me suis appuyé sur le traîneau grav derrière moi alors que l'autre tombait. Le traîneau a bougé sur son champ stationnaire mais m'a retenu. J'ai secoué la tête pour retrouver tous mes esprits.

Ce n'était pas aussi acharné que ç'aurait dû. Nous étions tous les deux fatigués et nous comptions inévitablement sur les systèmes conditionnés de nos enveloppes. Nous faisions tous les deux des erreurs qui dans d'autres circonstances auraient pu être mortelles. Et, peut-être, aucun de nous n'était sûr de ce qu'il faisait ici, dans la réalité brumeuse et silencieuse du dock vide.

« *Les aspirants croient…* (La voix de Sylvie, maussade dans sa réserve de capacité.) *… que tout ce qu'il y a dehors est une illusion, un théâtre d'ombres créé par les dieux ancestraux pour nous héberger jusqu'à ce que nous construisions notre réalité personnelle et que nous nous Chargions dedans.*

C'est réconfortant, non ? »

J'ai craché et repris mon souffle. Me suis décollé de la couverture du traîneau.

Si on veut.

En face de moi, il s'est relevé. Je suis arrivé rapidement, pendant qu'il se rétablissait, et j'ai mis tout ce que j'avais. Il l'a vu venir et s'est détourné pour me recevoir. Coup de pied repoussé par un tibia interposé, les poings déviés par un blocage à deux mains sur la poitrine et la tête, le coude qui me frappe la tempe. Je suis tombé avant qu'il puisse me cogner encore, j'ai roulé et raté une tentative pour le faire tomber. Il s'est écarté en dansant, a pris le temps de sourire avant de revenir à l'assaut.

Pour la deuxième fois ce matin-là, ma perception du temps s'est dissoute. Le conditionnement de combat et l'enveloppe Eishundo spécialisée ont tout ralenti, floutant le mouvement de l'attaque.

« Arrête de rire, connard. »

Le visage de Segesvar, des décennies d'amertume se transformant en rage puis en désespoir quand mes railleries ont brisé l'armure d'illusions qu'il s'était construite en toute une vie de violence.

Murakami, une poignée de piles excisées, haussant les épaules devant moi comme un miroir.

Ma mère, et le rêve et…

« … et il lui abat le pied sur l'estomac, elle se tord et roule sur le flanc, la bassine se renverse et l'eau mousseuse déferle vers moi…

Une vague de rage enfle…

… chaque seconde me rend plus vieux, et je serai bientôt assez vieux pour atteindre la porte…

Je vais le tuer à mains nues, il y a des armes dans mes mains, mes mains sont *des armes…*

… un théâtre d'ombres… »

Son pied s'est abattu. Il a mis une éternité. J'ai roulé au dernier moment, vers lui. Lancé, il ne pouvait plus m'éviter. Le coup a touché mon épaule relevée et l'a déséquilibré. J'ai continué à rouler, il a reculé. La chance a fait buter son talon contre un objet sur le dock, la forme inerte de Sylvie. Il a basculé.

Je me suis redressé, passant par-dessus le corps de Sylvie et cette fois je l'ai attrapé avant qu'il se remette debout. Un grand coup de pied dans la tête. Le sang a giclé quand son cuir chevelu s'est déchiré. Un autre, avant qu'il s'écarte. Sa bouche s'est fendue, davantage de sang encore. Il s'est avachi, s'est soulevé comme un ivrogne et je suis tombé de tout mon poids sur sa poitrine et son bras droit. Il a grogné, et j'ai cru sentir le bras se casser. J'ai frappé, la paume ouverte vers sa tempe. Sa tête a roulé, ses paupières ont battu. J'ai relevé la main pour le coup qui lui écraserait le larynx.

« … un théâtre d'ombres… »

« La haine de soi fonctionne, pour toi, parce que tu peux la canaliser en rage pour détruire la première cible qui te passe sous le nez. Mais c'est un modèle statique, Kovacs. C'est une sculpture de désespoir. »

Je l'ai regardé. Il bougeait à peine. Facile à tuer.

Haine de soi…

Théâtre d'ombres…

Ma mère…

Surgie de nulle part, une image de moi, accroché dans l'aire martienne par une main. Paralysé et suspendu. J'ai vu ma main serrée sur le câble, qui me sauvait la vie.

Me retenait.

Je me suis vu desserrer les doigts, inertes, un par un, et avancer.

Je me suis relevé.

Je me suis écarté de lui. Je l'ai regardé, pour essayer de comprendre ce que je venais de faire.

— Tu sais quoi ? ai-je commencé d'une voix rauque qui m'a obligé à m'y reprendre, plus doucement. Tu sais quoi, je t'emmerde. Tu n'étais pas à Innenin, tu n'étais pas sur Lokyo, tu n'étais pas à Sanction IV ou sur Hun. Tu n'as même jamais mis les pieds sur Terre. Qu'est-ce que tu connais de ma vie ?

Il a craché du sang. S'est assis et a essuyé sa bouche fendue. J'ai ri sans joie et secoué la tête.

— Tu sais quoi ? On va voir comment *toi*, tu t'en tires. Tu crois que tu pourras éviter mes erreurs ? Vas-y. Essaie. Pour voir. (Je me suis écarté en lui désignant les rangées de glisseurs amarrés sur le dock.) Il doit bien y en avoir un ou deux pas trop amochés. Choisis celui que tu veux et casse-toi. Personne ne te cherchera. Pars, profite de ton sursis.

Il s'est relevé par petits gestes. Ses yeux n'ont jamais quitté les miens, ses mains tremblaient de tension, vaguement en garde. Je ne lui avais peut-être pas cassé le bras, finalement. J'ai ri de nouveau, et ça m'a fait du bien.

— Je suis sérieux. Voyons si tu vivras mieux ma vie que moi. Essaie de ne pas terminer comme moi. Allez, fous le camp.

Il m'a dépassé, toujours méfiant, le visage fermé.

— Ce sera facile. Je ne vois pas comment je pourrais faire pire.

— Alors fous le camp. Allez, dégage ! (J'ai saisi ma rage qui revenait, l'envie de le remettre par terre et d'en finir. Je l'ai ravalée, étonné par le peu d'effort que ça m'a demandé. Ma voix est redevenue paisible.) Ne reste pas là à pleurnicher, montre-moi que tu pourras faire mieux.

Il m'a lancé un nouveau regard méfiant, puis s'est éloigné vers le dock et les glisseurs les moins abîmés.

Je l'ai regardé partir.

Dix mètres plus loin, il s'est arrêté et s'est retourné. Il a commencé à lever la main.

Et une traînée de feu liquide a jailli du dock. Il l'a prise dans la tête et la poitrine, grillé sur toute la trajectoire. Il est resté là un moment, debout, abrégé de la taille à la tête, puis ses restes fumants ont glissé sur le côté, basculé par-dessus le bord du dock, rebondi sur la carapace du glisseur le plus proche et coulé dans l'eau dans une éclaboussure faible.

C'était comme un choc sous les côtes. Un petit bruit étranglé est monté en moi, et je l'ai arrêté derrière mes dents. Je me suis retourné, sans arme, dans la direction d'où venait le tir.

Jadwiga est sortie d'une porte de la station de liage. Elle avait retrouvé quelque part le fusil plasmafrag de Murakami, ou un autre qui lui ressemblait. Elle le tenait contre sa hanche. La brume de chaleur dansait encore autour du canon.

— J'imagine que ça ne te dérange pas, m'a-t-elle lancé par-dessus le silence et le vent qui nous séparaient.

J'ai fermé les yeux et je suis resté là, à respirer.

Ça n'a rien arrangé.

Épilogue

Depuis le pont du Haiduci's Daughter, *la côte de Kossuth s'éloigne, fine ligne charbonneuse à la poupe. De grands nuages laids se massent encore au sud, où la tempête aborde la limite ouest de la Prairie, perdant sa force dans les eaux peu profondes. Les prévisions annoncent des mers calmes et du soleil sur toute la route. Japaridze estime qu'il pourrait nous amener à Tekitomura en un rien de temps, et il le ferait volontiers, vu ce qu'on le paie. Mais une pointe de vitesse soudaine de la part d'une vieille fille comme son rafiot nous ferait sans doute remarquer, et ce n'est vraiment pas une bonne idée. Le train commercial et ordinaire de cette trajectoire qui cabote le long de l'archipel Safran fait une meilleure couverture. Et la coordination est essentielle.*

Quelque part, je le sais, il doit y avoir une enquête dans les coulisses du pouvoir de Millsport. Les auditeurs des opés diplos ont été hyperdiffés et examinent les débris du fiasco de Murakami. Mais comme la tempête qui disparaît sur la Prairie, ça ne nous touchera pas. On a le temps, tout le temps qu'il nous faut si on a de la chance. Le virus Qualgrist rampe peu à peu dans la population mondiale, et cette menace chassera les Harlan de leur corps aristo pour les faire rentrer dans leur pile avec leurs ancêtres. Le vide de pouvoir que créera ce retrait au centre des choses aspirera les autres Premières Familles dans un maelström politique qu'elles ne sauront pas gérer. Et là, tout commencera à s'écrouler. Les yakuzas, les haiduci *et le Protectorat tourneront comme des baleines à bosse autour d'une raie éléphant blessée, attendant l'issue et se surveillant les uns les autres. Mais ils n'agiront pas tout de suite.*

C'est ce que pense Quellcrist Falconer, et bien que parfois ça paraisse un peu trop facile, du genre de l'histoire en marche si chère à Soseki Koi, j'ai tendance à être d'accord avec elle. J'ai vu le même processus sur d'autres mondes, à des endroits où j'avais aidé à le mettre en place, et ses projections ont un arôme de vérité. Et puis, elle était là pour la Décolo, on n'a donc pas de meilleur expert qu'elle sur les changements politiques de Harlan.

C'est étrange, de la côtoyer. Déjà, c'est difficile de parler à une légende vieille de plusieurs siècles. Mais ça, parfois on l'oublie, et parfois on ne voit que ça. Surtout, il y a la fluidité croissante avec laquelle elle vient et elle part, échangeant sa place avec Sylvie Oshima comme Japaridze se fait relever par son premier officier. Parfois, on perçoit la différence, comme une décharge de parasites sur son visage – elle cligne des paupières et on parle à une autre femme. Parfois, j'ai un moment où je ne sais plus trop à laquelle je m'adresse. Je dois regarder la façon dont son visage bouge, écouter la cadence de ses paroles.

Je me demande si, dans les décennies à venir, ce genre de personnalité mouvante sera une réalité courante chez les humains. D'après ce que me dit Sylvie quand elle a le contrôle, c'est plus que probable. Le potentiel du système déClass est presque illimité. Il faudra des humains très forts pour y faire face, mais c'est le cas pour toutes les percées majeures dans la connaissance ou la technologie. On ne peut pas se fier aux modèles passés, il faut continuer à avancer, construire des esprits et des corps meilleurs, toujours. Soit ça, soit l'univers vous bouffe tout cru comme une panthère des marais.

J'essaie de ne pas trop penser à Segesvar et aux autres. Surtout l'autre Kovacs. Petit à petit, je reparle à Jad. Je ne peux pas lui en vouloir. Et Virginia Vidaura, la nuit où nous avons quitté le port de Newpest sur le Haiduci's Daughter, *m'a donné une grande leçon sur la meilleure façon d'accepter l'inévitable. Nous avons baisé une nouvelle fois, doucement, en faisant attention à son visage encore marqué, puis elle a pleuré et m'a parlé de Jack Brasil toute la nuit. Je l'ai écoutée et j'ai tout absorbé, comme elle m'avait appris à le faire il y a tant de siècles. Au matin, elle a pris mon érection naissante en main, l'a pompée et l'a avalée et l'a glissée en elle, et nous avons de nouveau baisé avant de sortir affronter le jour. Elle n'a plus parlé de Brasil, et quand je l'ai évoqué moi-même, une fois, par inadvertance, elle a cligné des yeux et souri, et les larmes n'ont pas eu le temps de déborder de ses yeux.*

On apprend tous à oublier le passé, à vivre avec ce qu'on a perdu et à s'inquiéter plutôt de ce qu'on pourra changer.

Oishii Eminescu m'a dit autrefois que ça ne servait à rien de renverser les Premières Familles. Ça ne ferait qu'amener le Protectorat et les Diplos sur Harlan. Il pensait que le quellisme aurait échoué si les Diplos avaient existé à l'époque de la Décolonisation. Je pense qu'il avait raison, et même Quell a du mal à soutenir le contraire, mais quand le soleil se couche sur l'océan rougi par la lune et que nous sommes assis sur le pont avec un verre de whisky, elle essaie quand même.

Ça n'a pas d'importance, apparemment. Parce que dans ses réserves de capacité, étirant des minutes en mois, Sylvie et Quell apprennent à parler aux orbitales. Le temps que nous arrivions à Tekitomura, Sylvie pense qu'elles les contrôleront. Et ensuite, elle apprendra les mêmes choses à Oishii et d'autres déClass qui partagent ses idées.

Et là, nous serons prêts.

L'humeur à bord du Haiduci's Daughter *est posée et sérieuse, mais il y a un courant d'espoir auquel je dois encore m'habituer. Manque d'entraînement. Ce ne sera pas glorieux, ce ne sera pas sans victime. Mais je commence à croire qu'on pourra le faire. Je pense qu'avec les circonstances et un peu de feu céleste, nous pourrons faire tomber les Premières Familles. Chasser les yakuzas et les* haiduci. *Ou au moins les rappeler à l'ordre. Je pense que nous pourrons repousser le Protectorat et les Diplos. Et s'il reste quoi que ce soit après tout ça, nous pourrons enfin essayer les nanotechs démodynamiques de Quell.*

*Et je ne peux m'empêcher de croire – d'*espérer, *peut-être – qu'une plate-forme orbitale qui peut effacer d'un seul coup un glisseur lourd plein de gens et les liens infimes qui enserrent les mains de deux personnes, qui peut détruire et enregistrer en même temps, qui peut décanter des esprits entiers dans des systèmes de données au sol – que ces mêmes systèmes pourront un jour fouiller les abords de l'océan de Nurimono et trouver une paire de piles corticales abandonnées depuis des dizaines d'années.*

Et ramener à la vie ce qu'elles contiennent.

Achevé d'imprimer en [illegible]
[illegible]
[illegible]
[illegible]
Imprimé en [illegible]
[illegible]

Achevé d'imprimer en janvier 2021
Par CPI Brodard & Taupin à La Flèche
N° d'impression : 3041492
Dépôt légal : mai 2018
Imprimé en France
2810388-3